HEYNE<

AF168738

BERNHARD HENNEN
ROBERT CORVUS

HIMMELSTURM
DIE PHILEASSON-SAGA

ZWEITER ROMAN

WILHELM HEYNE VERLAG
MÜNCHEN

Der Verlag behält sich die Verwertung der urheberrechtlich geschützten Inhalte dieses Werkes für Zwecke des Text- und Data-Minings nach § 44 b UrhG ausdrücklich vor. Jegliche unbefugte Nutzung ist hiermit ausgeschlossen..

Penguin Random House Verlagsgruppe FSC® N001967

Originalausgabe 09/2016
Redaktion: Catherine Beck
Copyright © 2016 by Bernhard Hennen
Copyright © 2016 by Robert Corvus
Copyright © 2016 by Ulisses Medien & Spiel Distribution GmbH
Copyright © 2016 dieser Ausgabe by
Wilhelm Heyne Verlag, München,
in der Penguin Random House Verlagsgruppe GmbH,
Neumarkter Str. 28, 81673 München
Dieses Werk wurde vermittelt durch
die Michael Meller Literary Agency GmbH, München
Umschlaggestaltung: DAS ILLUSTRAT, München
Umschlagillustration: Kerem Beyit
Innenillustrationen: Nadine Schäkel
Karte: Daniel Jödemann
Satz: Leingärtner, Nabburg
Druck und Bindung: CPI books GmbH, Leck
Printed in the EU

ISBN: 978-3-453-31752-9
www.heyne.de

PROLOG

*Nahe der Tränenbucht, zwanzig Meilen östlich
der Chaneb-Mündung,
dreizehnter Tag im Vinmond*

»Ich glaube wirklich, die fressen ihre Kinder.« Abduls dünne Finger tasteten über den verwitterten Stein. Das Relief zeigte schlangenhafte Kreaturen, die ähnliche, aber kleinere Gestalten hochhoben und dabei das Maul weit aufrissen. Er dachte an die Nacht, in der seine Schwester Anaram ihre beiden Töchter bekommen hatte. Und daran, wie stolz sein Schwager Jussuf die beiden in der Nacht ihrer Geburt zum Himmel emporgestreckt hatte, als wollte er sie allen Gestirnen der Nacht zeigen. Was die Schlangenmänner dort taten, sah ähnlich aus. Nur diese klaffenden Mäuler ... Wenn das Bild nur besser erhalten wäre! Nach allem, was Abdul über die Echsen- und Schlangenvölker vergangener Zeiten wusste, traute er ihnen jede Grausamkeit zu. »Wir hätten vor tausend Jahren hier sein sollen, als die Reliefs noch deutlicher zu erkennen waren.«

»Manchmal glaube ich, die Zeit tut uns einen Gefallen, wenn sie solche Spuren verweht.«

Abdul sah seinen Gefährten überrascht an. So melancholisch zu sein, war sonst gar nicht Hammud ben Hassans Art. Sie beide kannten sich lange. Einst hatten sie gemeinsam an der Akademie zur Meisterung jenseitiger Entitäten zu Rashdul unterrichtet. Aber

Abdul war bei Dschelef ibn Jassafar, dem Leiter der ehrwürdigen Magierschule, in Ungnade gefallen. Er war zu weit auf jenen Pfaden gegangen, die Menschen besser erst gar nicht betreten sollten.

»Wen wundert es, dass sie untergegangen sind, wenn sie ihre Kinder gefressen haben.« Hammud schlug mit der flachen Hand auf das Relief, das in den roten Fels geschnitten war. Es war ein einzelner Stein, anders als alle anderen, die sich ringsum aus Sand und halb vertrockneten Dornenbüschen erhoben.

Abdul kam die Geste aufgesetzt vor. Sie beide wussten genug über die längst vergangenen Echsenvölker. Diese Barbarei war nicht der Grund für ihren Untergang gewesen.

»Hast du Glyphen gefunden?«, fragte er ernst.

Hammud stieß die Spitze seines perlenbestickten Stiefels in den Sand vor dem Felsen. »Ich hab einen halben Schritt tief gegraben. Das Relief setzt sich fort. Weiter unten sieht man Sklaven, die zu einem Altar geschleppt werden. Menschensklaven …«

»Wir sollten tiefer graben«, sprach Abdul halb zu sich. Der Magie der Echsen galt nicht sein Hauptinteresse, aber das hier versprach neue Erkenntnisse über die untergegangene Kultur der Geschuppten.

Hammud schnaubte abfällig. »Wen könnte man zum Graben hierher bringen? Ein paar arme Bauern? Du weißt, wie es mit solchen Orten ist. Die Fellachen würden schon in den ersten Nächten verrückt vor Angst.«

Abdul spürte die dunkle Aura des Felsens. Er fragte sich, was dieser Stein wohl alles gesehen haben mochte, und wünschte sich, der rote Felsblock hätte ein Gedächtnis, in dem er graben könnte.

»Ich werde wieder hierher kommen …« Die verwitterten Bilder nahmen Abdul ganz und gar gefangen. Es mussten ja nicht Menschen sein, die hier für ihn gruben. Er vermochte auch über andere, weniger furchtsame Geschöpfe zu gebieten.

Als sich Abdul endlich losriss, sah er im Blick seines Freundes, dass Hammud ganz genau wusste, was er dachte. Die dunkleren Pfade der Magie schenkten dem Mutigen, der sie beschritt, Macht. Hammud liebte es, seine Macht und seinen Reichtum zur Schau zu stellen. Wie ein Geck aus reichem Haus hatte er sich herausgeputzt mit seinem roten Turban und dem Schleier, der die Narben auf seiner Wange verbarg. Sein schwarzes Hemd aus feinster Seide hatte gewiss ein Vermögen gekostet. Und diese Hose ... Abdul vermochte nicht einmal zu sagen, aus was für einer Art Stoff sie gefertigt war. Dazu die schwarzen Stiefel mit den Perlen und ein flammend roter Umhang. Hammud liebte es, die Blicke auf sich zu ziehen. Vor allem seit seinem Unfall ... Wenn er den Schleier abnahm, war er kein schöner Anblick.

Er selbst würde diesen Weg niemals beschreiten, dachte Abdul. Ihm ging es allein um das Wissen. Was scherten einen Forscher Gold und schöne Frauen! Natürlich war ihm schmerzlich bewusst, wie viele seiner Kollegen mit den Jahren diesen Verlockungen erlagen. Aber er war anders! Abdul begehrte zu entdecken, was die Vergangenheit vor der Gegenwart verborgen halten wollte. All die Wissensschätze der versunkenen Völker zu heben, das war sein Ziel. Er wollte die Krankheiten besiegen, die heute noch den sicheren Tod bedeuteten. Und vielleicht, wenn die Reise lang genug dauerte und die Gefahren in der Dunkelheit ihn nicht verschlangen, würde er einen Weg finden, die Khôm-Wüste wieder so fruchtbar zu machen, wie sie einst gewesen war. Er wusste, wo er suchen musste. Vor drei Monden erst war er auf etwas gestoßen ...

Dünner, schwarzer Rauch besudelte das makellose Blau des südlichen Himmels. »Bei Rastullah!«, entfuhr es ihm.

Hammud drehte sich um und sog scharf den Atem ein. »Schnell!«

Abdul rannte zu den Pferden. Er war beileibe kein junger Mann mehr, aber er war so schnell im Sattel wie schon seit Jahren nicht. Der Rauch kam von ihrem Lager nahe der Küste. Ihre Karawane hatte einen Umweg gemacht, weil seine Nichten so sehr gebettelt hatten, einmal die Hände in das Meer tauchen zu dürfen.

Er rammte seiner Stute die Fersen in die Flanken, ohne sich nach Hammud umzusehen. Die Küste hätte sicher sein sollen! Was war geschehen? Vielleicht hatte ja nur eines der Zelte Feuer gefangen, wollte er sich beruhigen und wusste es doch besser.

Schon als er das Relief berührte, hatte er gespürt, dass Unheil in der Luft lag. Abdul versuchte, sich für das Kommende zu wappnen. Er war ein machtvoller Magier, doch ohne zu wissen, welcher Gegner ihn erwartete, konnte er sich nicht vorbereiten.

In halsbrecherischem Tempo hetzte er seine Stute zwischen den halb verdorrten Büschen hindurch, die einzeln oder in kleineren Gruppen die sandige Ebene sprenkelten. Hier und dort ragten graue Felstrümmer aus dem Sand.

Schaum flog der Stute von den Lefzen. Sie war eine gute Läuferin. Er war verspottet worden, als er sie gekauft hatte. Es war ein Pferd für einen jungen Heißsporn und nicht für einen Magier, dessen Haar ergraute. Nie hatte er den Kauf so wenig bereut wie jetzt.

Meile um Meile trug sie ihn durch das Buschland, bis zu den Dünen, hinter denen der Strand lag.

Am ersten Hang strauchelte sie fast im fließenden Sand.

»Weiter!« Abdul klopfte auf ihren Hals. Ihre Adern zeichneten sich als pulsierende Stränge unter dem schneeweißen Fell ab. »Weiter«, drängte er. »Du schaffst das!«

Auf dem Dünenkamm angelangt, hörte Abdul Schreie. Der Wind, der den Sand in dünnem Schleier über den Dünengrat tanzen ließ, trieb sein Spiel mit ihm. Mal verschlang er den Lärm. Mal klang er ganz nah. Da war auch das Klirren von Stahl.

Er trieb die Stute den Hang hinab. So steil war der Weg, dass er sich weit im Sattel nach hinten lehnte. Wer hatte ihr Lager gefunden? Sein Schwager war ein mächtiger Mann. Kein Räuber wäre so verrückt, eine Karawane Jussuf ibn Salids zu überfallen. Und obendrein reisten sie unter dem Schutz Sultan Mustafa ibn Khalid ibn Rusaimis von Unau. Wer wagte ein solch tolldreistes Verbrechen?

Die Stute kämpfte sich die nächste Düne hinauf. Hinter sich hörte er Hammuds Rufe. Sein schwerer Rappe schaffte es nicht, zu ihm aufzuschließen. Es wäre klug, auf seinen Freund zu warten, doch Abduls unruhiges Herz duldete keine Verzögerung.

Er schlug der Stute auf die Flanke, trieb sie erbarmungslos durch den Sand hinauf. Und dann sah er das Lager. Die Zelte brannten. Lastkamele liefen durcheinander, und Treiber hetzten ihnen hinterher. Überall lagen Tote. Die wenigen überlebenden Karawanenwachen sicherten zum Strand hin. Ein Hauptmann mit einem langen Schnitt quer über dem Gesicht versuchte schreiend, Ordnung in das Durcheinander zu bringen. Abdul preschte in halsbrecherischem Tempo den Hang hinab, mitten ins Lager.

Aus dem Augenwinkel sah er die Sklavinnen seiner Schwester. Sie hatten Anaram auf einen Stapel Stoffballen gebettet. Neben ihr lag Jussuf. Beide hatten die Arme über der Brust gekreuzt. Die älteste Dienerin stimmte den schrill trällernden Ruf der Totenklage an. Aber wo waren die Mädchen? Sie hätten bei ihren Eltern stehen sollen!

Hektisch sah Abdul sich um und trieb dabei die Stute zwischen den brennenden Zelten hindurch. Jamilah und Selime, seine Nichten, waren nirgends zu entdecken.

»Lauf!«, schrie Abdul mit sich überschlagender Stimme und rammte der Stute die Fersen in die Flanken.

Abdul konnte keine Angreifer entdecken, und er wusste, was das zu bedeuten hatte.

Ohne auf die Rufe zu achten, und auf die Hände, die sich ihm entgegenstreckten, trieb er seinen Schimmel weiter voran. In gestrecktem Galopp hetzten sie durch das Tal zwischen zwei hohen Dünen, das sich hinter einer weiten Kehre zum Meer öffnete. Und dort sah er, was er am meisten gefürchtet hatte: eine schwarze Galeere, die sich durch die sanft rollende Brandung hinaus auf das offene Meer kämpfte. Sklavenjäger aus Al'Anfa!

Am Heck des Schiffes drängten sich Krieger. Erst dachte Abdul, sie winkten ihm zu, um ihn zu verhöhnen. Doch dann erkannte er, dass es nicht um ihn ging. In der weißen Dünung tanzte ein schwarzer Fleck. Langes Haar floss wie ein nachtfarbener Umhang über schmale Schultern.

Bogenschützen traten an die Reling, entschlossen zu töten, was sie nicht besitzen konnten. Pfeile schwirrten durch die Luft.

Tränenbucht, achtzehn Meilen östlich der Chaneb-Mündung, dreizehnter Tag im Vinmond

Abdul trieb die Stute in die Brandung. Stumm verfluchte er den Weg der Magie, den er für sich auserkoren hatte. Die Zauber, die er wob, wirkten tief, doch sie brauchten Zeit. Er konnte nichts tun, als dem Mädchen entgegenzureiten, das sich mutig dem Meer anvertraut hatte. Er war niemand, der Feuerbälle und Blitze schleuderte oder wütende Böen herbeizurufen vermochte, die die Pfeile davontragen würden.

Tränen hilflosen Zornes standen ihm in den Augen. Und er schämte sich, den Einen um Beistand zu bitten. Er flehte ihn an, dass es eine seiner beiden Nichten sein sollte, die dort schwamm. Er wusste, wie weit er ein Leben hinter sich gelassen hatte, auf das Rastullah mit Wohlgefallen geblickt hätte. Viel Hoffnung auf die Gnade des Unermesslichen hatte er nicht.

Ein Pfeil zupfte an seinem Turban. Ein zweiter sirrte so dicht an seiner linken Wange vorbei, dass er den Luftzug spürte.

Seine Stute verlor den Grund unter den Hufen, doch weiterhin gehorchte sie seinem Drängen. Ihr mächtiger Leib tanzte in der Dünung. Ohne zu zögern, schwamm sie dem Mädchen entgegen, das nur noch zehn Schritt entfernt war.

Verzweifelt drückte Abdul der Stute die Hacken in die Flanken. Mit aller Kraft kämpfte der Schimmel gegen das Wasser an. Schnell schlugen ihm die Wellen bis zum Kopf. Abdul glitt aus dem Sattel, um dem Pferd das Schwimmen zu erleichtern, und damit seiner Stute kein Wasser in die Ohren lief. Die schlanken Hände des Magiers krallten sich fest um den Sattelknauf, und er ließ sich weiter hinaus in die See ziehen.

Ein schwarz gefiedertes Geschoss verfing sich in der triefend nassen Mähne. Blut sickerte in das weiße Fell, doch schien es nicht mehr als nur eine Schramme zu sein, denn die Stute ließ in ihrer Anstrengung nicht nach.

Der schwarze Fleck hielt auf ihn zu. Mit kräftigen Zügen kam die Schwimmerin näher. Ein Pfeil zupfte am Stoff seines Kaftans.

Eine zierliche Hand streckte sich ihm entgegen. Abdul ergriff sie und half dem Mädchen, am Sattel Halt zu finden. Es war Jamilah! »Oh, Rastullah!«, rief er in unendlicher Erleichterung. Er erkannte Jamilah an dem Muttermal links über ihrer Lippe. Nur darin unterschieden sich die Zwillinge.

»Wir müssen Selime befreien«, keuchte sie völlig außer Atem.

Der Beschuss hatte aufgehört. Die schwarze Galeere ließ die Küste hinter sich. Kräftige Ruderschläge zerwühlten das azurblaue Wasser zu schäumender Gischt.

Abdul drückte das zitternde Mädchen fest an sich. Es bäumte sich in seinen Armen auf und drohte, das erschöpfte Pferd unter Wasser zu drücken. »Wir müssen …«, begann es erneut. Dann erstickte seine Stimme in Schluchzen. Jamilah war fünfzehn. Bereits im besten Alter, um verheiratet zu werden. Sie war kräftig, doch es gelang ihm, ihren verzweifelten Widerstand niederzuhalten.

»Wir werden sie holen«, sagte Abdul entschieden. »Nicht heute. An einem anderen Tag. Ich weiß, wohin sie Selime bringen.«

*Hafen von Al'Anfa,
dreißigster Tag im Vinmond*

Mit dem Sog des Tidenhubs passierte die schwerfällige Kogge die Hafeneinfahrt. Dunkle Algen glänzten auf den Mauern, denen das Schiff bedenklich nahe kam, bevor sich der größte Hafen Aventuriens vor ihnen weitete.

Abdul kannte das eindrucksvolle Panorama. Den Wald aus Masten, der sich vor ihnen ausbreitete. Die Schwärme kleinerer Boote, die jeden Neuankömmling umzingelten. Lockrufe, doch einen Teil der Waren schon jetzt zu verkaufen, bevor die gierigen Büttel des Hafenmeisters ihre Abgaben einforderten.

Hinter hölzernen Frachtkränen und Lagerhäusern erhob sich die Stadt. Endlose Reihen schmutzig weißer Häuser erklommen Terrasse für Terrasse einen steilen Hang. Dächer aus orangeroten Ziegeln leuchteten zwischen ärmlicheren aus Holz oder Palmwedeln. Manche nannten Al'Anfa »die Perle des Südens«. Für andere war es eine Pestbeule. Ein offenes Geschwür. Für Abdul war es die Stadt, die seine Nichte Selime verschlingen würde, wenn er sie nicht bald fände. Es musste schnell geschehen. Er wusste nur zu gut, welch vielfältige Gefahren jungen Mädchen hier drohten. Und ihre Ehre zu verlieren, war nur das Geringste der Übel. Die Namenlosen Tage standen unmittelbar bevor. Tage, an denen man besser nicht sein Haus verließ, so dachten die meisten Ungläubigen, die zu den zwölf

Götzen beteten. Ihm war bewusst, dass dieser Aberglaube nicht ganz ohne Grund existierte. Viele dunkle Dinge waren in der Vergangenheit in jenen Tagen geschehen, die nach dem Kalender der Irrgläubigen zwischen den Jahren lagen. Aber er würde es nach dem Kalender seines Volkes halten. Für ihn war morgen der dritte Rastullahellah, der Tag der Blutrache. Und die würde er ohne Gnade einfordern!

Er war kein Mann, der in Zeiten der Bedrängnis auf den Knien lag und einen Gott um Erlösung anflehte. Er wusste, was Selime erwartete, wenn sie in die falschen Hände geriet. Die Zeit drängte! Er musste sie vor den Namenlosen Tagen finden. Dazu blieb ihm nur noch ein halber Tag. Aber er war vorbereitet …

Seine Hände schlossen sich um das rissige Holz der Reling. Aus dem Augenwinkel betrachtete er Jamilah. Seine Nichte hatte sich züchtig verhüllt. Sie trug weite Bauschhosen, die in kurzen Stiefeln steckten. Ein schweres, weißes Leinenhemd, darüber einen kurzen Umhang und ein Kopftuch nach Art der Beni Novad, das so gewickelt war, dass wenig mehr als ihre Augen zu sehen war. Ein flüchtiger Beobachter würde sie für einen Mann halten. Ihre schwarzen Augen musterten die Stadt.

Sie schien keine Angst zu kennen. Tagelang hatte er mit Jamilah gestritten. Al'Anfa war keine Stadt für frisch erblühte Frauen. Was hier zu tun war, mochte ihre Seele in Dunkelheit tauchen. Aber ihre Hartnäckigkeit hatte ihn schließlich überzeugt. Sie wollte dabei sein, wenn ihre Schwester gerettet wurde, oder bei dem Versuch sterben. Sie war eine Kriegerin und noch viel mehr. Er wusste nur zu gut, welches Erbe in ihr schlummerte.

Gleichmäßig ertönte das Geräusch der Riemen und lenkte Abdul von seinen düsteren Gedanken ab. Alles in ihm drängte zur Eile. Unerbittlich lief der Sand durch das Stundenglas, das Selimes verbleibende Lebenszeit maß. Ihr Erbe war es, das sie in so tödliche Gefahr brachte.

Die schweißglänzenden Rücken der Ruderer beugten sich vor und zurück. Vier Boote schleppten sie in den Hafen, zu jenem Steg, der ihnen vom Hafenmeister bestimmt worden war.

Nur wenige Schiffe fuhren in diesen Tagen Al'Anfa an. Abdul wusste, dass man zu anderen Zeiten manchmal bis tief in die Nacht vor der Hafeneinfahrt warten musste, bis Boote frei wurden, die einen Kauffahrer zu seinem Liegeplatz schleppten. Sein Blick wanderte über die Kaianlagen. Für hiesige Verhältnisse waren sie spärlich belegt. Etwa sechzig Schiffe, schätzte er. Große Koggen aus dem fernen Bornland, eine Karacke mit hoch aufragendem Vorder- und Achterkastell, von deren Heck schlaff die Fahne mit dem roten Greifen des Mittelreichs hing. Etliche Galeeren, viele mit schwarz geteertem Rumpf. Schiffe der Sklavenjäger, denn die Kriegsflotte Al'Anfas lag in einem getrennten Hafenbecken. Wer Verstand hatte, steuerte zu dieser Jahreszeit nicht die Stadt des Totengötzen an, dem die frevlerischen Bewohner Al'Anfas huldigten. Sogar unter den Verehrern der Zwölfgötzen galten sie als Auswurf. Statt die unheilvollen Namenlosen Tage mit Fasten und Gebeten zu verbringen, feierten sie rauschende Feste, wie schon den ganzen Mond zuvor, in dem sie der wollüstigen Götzin Rahja huldigten. Dabei schmückten sie ihre Häuser mit Kreidebildern und kleinen Skulpturen von solcher Sittenlosigkeit, dass man dergleichen in anderen Städten höchstens in Bordellen und übelsten Spelunken fand.

Jamilah fuhr sich mit der Hand über die Stirn. Es war drückend heiß. In ihren schweren Kleidern litt sie sichtlich unter der Hitze. Hier herrschte nicht die trockene Wärme der Wüste, sondern ein schwüles Klima. Selbst wenn man stillstand und nichts tat, außer zu atmen, war man in Schweiß gebadet.

»Du warst schon einmal hier.« Jamilah sprach leise. Ihre Stimme klang sachlich. Es war keine Frage.

Abdul nickte. »Öfter als einmal.« Er würde ihr nicht verraten, in welche Abgründe er hier geblickt hatte, aber es wäre sinnlos, das Offensichtliche zu leugnen.

Sie schwieg.

Hätte er sich nur bei Zeiten durchgesetzt! Schon früh hatte er bemerkt, dass seine Nichten begabt waren. Er hatte auf seine Schwester Anaram und seinen Schwager Jussuf eingewirkt, dass sie an einen besonderen Ort gehen sollten, um gefördert, aber auch vor sich beschützt zu werden. Doch der Mann seiner Schwester war ein ausgemachter Dickschädel gewesen. Er hatte um die Ehre der Mädchen gefürchtet. Abdul schnaubte. Jussuf war ein verdammter Idiot gewesen!

Jamilah sah ihn an. »Wir werden Selime doch retten …«

»Natürlich!« Seine Antwort kam zu schnell. Zu deutlich schwang die schlecht überspielte Sorge darin mit.

Er blickte zu den Kais, auf denen Schauerleute auf den nackten Holzbohlen dösten. Es war ein ruhiger Tag im Hafen. Etwa hundert Schritt entfernt wurde ein hochbordiger Kauffahrer beladen. Er würde wohl mit der nächsten Ebbe den Hafen verlassen. Abdul wünschte, sie wären auch schon so weit. Nur noch einen Gezeitenwechsel von der Heimreise entfernt.

Ihre Kogge legte nahe der Hafenmeisterei an. Ein dürrer Mann in schwarzer Robe wartete dort. Vier Bewaffnete unterstrichen die Autorität, die er selbst nicht ausstrahlte. Hinter ihnen sammelten sich Lastenträger, die darauf hofften, sich ein paar Oreal zu verdienen.

Kaum dass die Kogge festgezurrt war, senkte sich eine Laufplanke an die Reling. Abdul griff nach dem kleinen Bündel, das neben ihm an Deck lag. Sie beide reisten mit leichtem Gepäck. Ein paar Kleider, Jamilahs Schmuck und die drei Notizbücher, sein größter Schatz, waren alles, was sie mit sich führten.

Der Schwarzgewandete kam an Bord. Ihr Kapitän überreichte ihm die Frachtpapiere. Es fiel Abdul schwer, sich in Geduld zu üben. Er drehte ein Goldstück zwischen den Fingern, sodass es dem Beamten der Hafenmeisterei auffallen musste. Mehr konnte er nicht tun. Würde er ihn im Gespräch mit dem Kapitän unterbrechen, mochte das seinen Unwillen erwecken.

So war es der Zollbeamte selbst, der ihn ansah und ihm dann zunickte.

»Bestünde die Möglichkeit, das Schiff bereits zu verlassen?« Abdul hielt den Blick gesenkt und sprach demütig wie ein Sklave, der den Zorn seines Herrn erregt hatte.

Der Beamte schob kurz zwei Finger unter den langen Ärmeln seiner Robe hervor.

Abdul nickte. Nichts in Al'Anfa war günstig zu bekommen. Diskret zog er ein zweites Goldstück aus seiner Börse, während der Hafenbeamte in Richtung der Krieger auf dem Kai nickte. »Euch ist natürlich bewusst, dass Ihr Euch bei der Hafenmeisterei melden müsst. Gordo wird Euch dorthin bringen. Ich wünsche Euch einen angenehmen Aufenthalt.« Mit diesen Worten wandte er sich wieder dem Kapitän zu.

Gordo führte sie zu dem dreistöckigen Gebäude am Ende der Kaianlagen. Seine Fürsprache beschleunigte die Ausstellung der Pässe, ohne die kein Fremder die Hafenstadt betreten durfte. Er brachte sie auch zu einem Geldwechsler, der angeblich einen besseren Kurs bot als seine Kollegen, die unter Baldachinen in der schwülen Hitze vor der Hafenmeisterei dösten.

Erst danach forderte er seinen Lohn. Abdul drückte ihm die beiden Goldstücke in die Hand und dazu noch einige Oreal. Es war immer klug, sich in Al'Anfa großzügig zu zeigen.

Der vernarbte Krieger lächelte auf ihn herab. »Du solltest dir besser einen Leibwächter zulegen, kleiner Mann. Man ist hier nicht überall freundlich zu Fremden mit wohlgefüllter Börse. Ich könnte dir ein paar zuverlässige Kameraden empfehlen.«

Abdul lächelte ihn an. »Das ist sehr nett, Gordo. Aber ich glaube, wir werden nicht lange genug in der Stadt bleiben, um Ärger bekommen zu können.«

Der Krieger sah ihn ernst an. »Dies ist Al'Anfa. Es genügt, seine Straßen zu betreten, damit einem Ärger gewiss ist, wenn man sich nicht zu schützen weiß.« Er zuckte mit den Achseln. »Deine Entscheidung, kleiner Mann.« Gordo ging, ohne sich noch einmal nach ihnen umzusehen.

Jamilah sah ihn mit großen, schwarzen Augen an. Sie schien nicht an ihm zu zweifeln, stellte keine Fragen.

»Wir gehen zum Sklavenmarkt«, entschied Abdul. Er blickte zu den Kais und den Dächern der Lagerhäuser. Dann wandte er sich nach Osten. Er kannte den Weg.

Sklavenmarkt von Al'Anfa,
dreißigster Tag im Vinmond

Feiner, weißer Kies knirschte unter ihren Schritten. Der brackige Geruch des Hafenwassers lag noch in der Luft. Sie hatten nicht weit gehen müssen, um den Sklavenmarkt zu erreichen. Unter hohen Palmen, inmitten eines Parks, erhoben sich die strahlend weiß getünchten Mauern des massigen Baus, in dem die Auktionen abgehalten wurden. Vor ihnen lag der berühmteste Sklavenmarkt Aventuriens, doch Abdul wusste, dass Selime nicht hier sein würde.

Ein Krieger trat aus dem Schatten des Torbogens. Er trug eine abgewetzte Lederrüstung. Schweiß glänzte auf den verschlungenen Tätowierungen, die seine nackten Arme schmückten. Eine Hand lag auf dem Schwertgriff. Er wirkte wachsam und verärgert darüber, dass er zur heißesten Stunde des Tages ins helle Sonnenlicht treten musste. »Was wollt ihr hier?«

»Ein kurzes Gespräch mit dem Verwalter der Sklavenlisten führen.«

Der Krieger runzelte die Stirn.

»Gibt es hier jemanden, der Namen auf Listen schreibt?«

Der Krieger nickte zögerlich. »Den nennt aber niemand Verwalter.«

Abdul zog einen Oreal aus seiner Börse. »Fällt dir vielleicht ein, wie man ihn nennt und wie ich zu ihm finde?«

Der Wächter nahm die Hand vom Schwert und griff nach der Münze. »Fausto. Alle nennen ihn nur Fausto.«

Der Magier griff ein weiteres Mal in seine Börse. »Ich nehme an, dir fällt auch noch ein, wo ich ihn finde.«

»Natürlich!« Der Krieger deutete zum Tortunnel. »Da entlang. Wenn ihr auf den Hof tretet, nehmt die erste Tür links. Ihr habt Glück. Üblicherweise ist er um diese Zeit nicht hier. Schätze, er hat ein paar dringende Schreibarbeiten zu erledigen …« Er trat ihnen aus dem Weg. »Ihr habt mich nie getroffen.«

Abdul nickte. »Natürlich nicht. Wir haben den Weg allein gefunden.« Innerlich seufzte der Magier. Wie konnte der Kerl so dämlich sein zu glauben, Fausto würde nicht wissen, wer sie geschickt hatte? Es gab nur ein Tor und nur eine Wache.

Sie durchquerten einen zehn Schritt langen Tunnel, bevor sie in den weiten Innenhof traten. Ringsum erhoben sich hölzerne Tribünen. Darunter befanden sich Käfige aus Brabaker Rohr. Es gab auch massige Pfähle, von denen schwere Eisenketten hingen. Genau gegenüber dem Eingang erhob sich eine Bühne. Dort wurden wohl die Sklaven zur Versteigerung vorgeführt. Jetzt jedoch war kein einziger Gefangener zu sehen. Alle Käfige waren leer, und es ließen sich auch keine weiteren Wächter blicken.

Abdul sah, wie Jamilah die Umgebung aufmerksam musterte.
»Sie ist nicht hier«, sagte sie mit schwerer Stimme, der anzuhören war, wie sehr sie mit der Enttäuschung rang.

»Dies hier ist nur ein Schritt auf dem Weg zu deiner Schwester«, versuchte Abdul sie zu trösten. »Vertraue mir. Wir werden nicht mehr viele Schritte tun müssen. Allerdings liegt das schwerste Stück des Weges noch vor uns. Und wenn wir es gemeinsam gehen, wirst du in mir nie mehr den netten Oheim sehen, den du aus Kindertagen kennst.«

»Meine Kindheit ist längst vorüber.«

In ihrer Stimme schwang etwas mit, das Abdul erschauern ließ. Sie wirkte gerade nicht wie das unschuldige Mädchen, das er gekannt hatte. Da funkelte etwas in ihren Augen. Sie wollte Rache. Rache für den Tod ihrer Eltern und Rache für das, was Selime angetan worden war.

Neben dem Tortunnel fand sich nur eine einzige Tür. Sie traten ein, ohne anzuklopfen.

Über einen Schreibtisch gebeugt saß ein Mann in mittleren Jahren. Konzentriert übertrug er Namen aus einem aufgeschlagenen Buch in eine Liste. Verärgert sah er auf und schlug dann hastig das Buch zu.

»Was tut ihr hier? Der Markt ist geschlossen. Heute gibt es keine Auktionen. Erst nach den Namenlosen Tagen, im neuen Jahr!« Während er aufgeregt redete, hüpfte der schmale, grau melierte Schnurrbart auf seiner Oberlippe auf und nieder.

Er war Abdul auf Anhieb unsympathisch. Der Magier hielt nichts von Männern mit lächerlichen Bärten. »Ich suche ein Mädchen.«

»Verstehst … du … nicht?«, fragte Fausto langsam und überdeutlich, als würde er mit einem Idioten reden. »Der … Markt … ist … geschlossen.«

»Ich suche ein Mädchen«, wiederholte Abdul. »Es ist vor zweieinhalb Wochen an der Küste von einer schwarzen Galeere aufgegriffen worden.«

Fausto schnaubte verächtlich und erhob sich von seinem Stuhl. »Was für ein herzzerreißendes Schicksal. Ich denke, das teilt sie mit etwa hundert anderen Mädchen in jedem Jahr. Und ihr beide werdet nun gehen, oder ich lasse euch von meinen Wächtern hinausschaffen.«

»Es wird nicht dein Schaden sein, wenn du sie findest. Ihr Name ist Selime.«

»Hör mal, Wickelkopf. Alle Sklaven werden draußen in der Bucht auf der Sklaveninsel gefangen gehalten. Sie kommen erst zu den Auktionen her. Du kannst hier kein Mädchen freikaufen.« Fausto trat an die Tür und stieß sie auf. »Und nun geht.«

»Wenn ich sie finde, bekommst du genauso viel Gold wie der Mann, dem ich sie abkaufe.«

Der Schreiber leckte sich mit schmaler Zunge über die Lippen. Dann warf er einen Blick hinaus in den Hof und zog langsam die Tür wieder zu. »Ein Mädchen, sagtest du ... Ich unterstelle mal, sie ist hübsch.«

»Jamilah, zeig ihm dein Gesicht.«

Ohne zu zögern, löste seine Nichte den Stoffstreifen ihres Kopftuchs, den sie vor ihr Antlitz gezogen hatte.

»Selime ist ihrer Schwester wie aus dem Gesicht geschnitten.«

Wieder zuckte die schmale Zunge über die Lippen des Schreibers. »Ein schönes Mädchen ...« Seine Brauen zogen sich zusammen, und er sah Abdul ernst an. »Ich gehe davon aus, dass dir bekannt ist, dass solche Sklavinnen sehr hohe Preise erzielen. Zeig mir dein Gold.«

Der Magier griff unter sein Gewand und zog einen kleinen Lederbeutel hervor, auf den mit türkisblauem Faden ein Auge gestickt war. Dann trat er an den Schreibtisch und schüttete den Inhalt über die polierte Holzplatte.

Fausto gingen schier die Augen über, als er die Edelsteine in allen Farben des Regenbogens sah.

»Ich weiß, dass die Granden und einige auserwählte Kaufherren jederzeit zur Sklaveninsel können, um dort neue Ware zu inspizieren.« Er strich mit der flachen Hand über das geschlossene Buch. »Und jeder gute Geschäftsmann führt Listen über Wareneingänge. Ich wäre dir sehr verbunden, Fausto, wenn du für mich feststellen könntest, ob ein Mädchen mit Namen Selime in den letzten zehn Tagen zur Sklaveninsel gebracht wurde.«

Der Schreiber nahm sich einen kleinen Rubin. »Ich nehme an, du bist ein enger Freund eines der Granden der Stadt. Solchen Geschäftspartnern stehen natürlich privilegierte Informationen zu.«

Abdul nickte zufrieden. »Ja, nehmen wir das an.«

Fausto schlug das Buch auf, blätterte kurz und fuhr dann mit dem Finger über die Namenslisten. Plötzlich hielt er inne. »Ja, ein Mädchen, das als Namen Selime angegeben hat, wurde auf die Insel gebracht. Sie ist allerdings schon am nächsten Morgen gekauft worden. Das ist ungewöhnlich …« Fausto blickte auf und sah ihn zweifelnd an. »Sehr ungewöhnlich«, sagte er gedehnt. »Für sie wurden fünfhundert Dublonen gezahlt. Selbst für ein hübsches Mädchen ist das ein Preis …« Er wiegte den Kopf. Der Schreiber betrachtete die Edelsteine, als versuche er, ihren Wert zu schätzen.

»Dir ist klar, dass dort ein Wert von weit mehr als fünftausend Dublonen liegt«, sagte Abdul freundlich. »Der Handel, den ich dir vorgeschlagen habe, gilt nach wie vor.«

Fausto räusperte sich. »Aber … Sie ist ja gar nicht mehr auf der Insel. Sie steht nicht mehr zum Verkauf.« Er seufzte. »Da kann ich nichts mehr machen.«

»Du könntest mir sagen, wer sie gekauft hat.«

»Wir schreiben die Namen der Kunden nicht auf. Die meisten wollen das nicht …«

Abdul begann, seine Edelsteine vom Tisch aufzusammeln und wieder in dem kleinen Beutel verschwinden zu lassen. »Das ist natürlich schade.«

»Ich glaube aber, ich könnte den Namen herausfinden.«

Der Magier hob missbilligend eine Braue. »Mutmaßungen sind nichts wert.«

»Ich meinte, ich bin mir ziemlich sicher, dass ich den Namen des Käufers herausfinden kann. Wer trägt schon eine solche Summe bei sich? Er muss einen Schuldschein ausgestellt haben, der dann eingelöst wurde. Darauf steht sein Name.«

Abdul schob einen kleinen Smaragd neben den Rubin, den Fausto für sich ausgewählt hatte. »Es ist doch immer wieder erfreulich, in eine Stadt zu kommen, in der jeder Bewohner ein verständiger Geschäftsmann ist.« Er streckte Fausto die Hand entgegen. »Schlag ein. Mein Name ist Abdul el Mazar. Mit wem habe ich die Freude, Geschäfte zu machen?«

»Fausto«, entgegnete sein Gegenüber und sah ihm geradewegs in die Augen. »Fausto Bilar. Die Freude ist ganz auf meiner Seite. Ich werde bis zur Abendstunde herausfinden, wer Selime gekauft hat, mein Ehrenwort.«

Abdul lächelte. »Einen Mann von Ehre erkenne ich immer auf den ersten Blick. Du wirst mich in der Herberge *Zum Weißen Einhorn* nahe der Universität finden. Du kennst diesen Ort doch, oder?«

Fausto nickte. »Gewiss doch, Herr. Ich werde euch finden und uns beide zu glücklichen Männern machen.«

Als Abdul ging, merkte er, wie angespannt Jamilah war. Sie hatte den Schleier wieder vor ihr Gesicht gezogen und hielt sich einen halben Schritt hinter ihm. Als sie wieder unter den Palmen des Parks angelangt waren, blieb er stehen. »Nur heraus damit, was willst du mir sagen?«

»Diesem Fausto kann man nicht vertrauen. Ich begreife nicht, wie du diesem Mann zwei kostbare Edelsteine überlassen konntest. Er wird uns betrügen und ausplündern.«

Abdul wiegte bedächtig den Kopf. »Ich glaube, dass er genau das tun wird, was ich von ihm erwarte. Ich kenne diese Brut, vertraue mir, Jamilah.«

Schweigend gingen sie eine Weile nebeneinander her. Als sie die düster aufragende Gladiatorenarena hinter sich gelassen hatten und eine steile Treppe hinaufstiegen, berührte ihn seine Nichte sanft an der Hand. »Woher kennst du Al'Anfa, Oheim? Was hast du hier getan?«

Er antwortete nicht.

Herberge Zum Weißen Einhorn, Al'Anfa,
dreißigster Tag im Vinmond

Abdul lag lang ausgestreckt auf dem Bett und sah den tanzenden Fliegen unter der Zimmerdecke zu. Dabei lauschte er auf Jamilahs Atem. Obwohl die Dämmerung eingesetzt hatte und das Zimmer in weiches, rosafarbenes Licht tauchte, schien es nicht weniger schwül als zur Mittagsstunde zu sein. Feiner Sprühregen ging draußen nieder. Es tröpfelte von den Dachtraufen auf das Pflaster. Abdul rang um jeden Atemzug. Früher hatte ihm das weniger ausgemacht. Sieben Mal schon war er in Al'Anfa gewesen, meist zu den Namenlosen Tagen. Er wusste um die »Weide der himmlischen Ziege«, das verborgene Gotteshaus des Levthan, in dem niedere Diener der Erddämonin Belkelel beschworen wurden. Er selbst hatte an diesen Orgien teilgenommen, doch nicht, um niedere

Triebe zu befriedigen. Er hatte über die Kreatur Levthan forschen wollen, die einst auch im Land der Tulamiden angebetet worden war. Abdul wollte Licht in die Dunkelheit tragen. Er war besessen davon, die Geschichte versunkener Kulte zu erforschen und heutige Anhänger obskurer Götzen zu geißeln. Zweimal hatte er einen Ring von Paktierern des Namenlosen Gottes auffliegen lassen, weil sie ihn aufgrund seines Wissens für einen der Ihren gehalten hatten.

Lange schon rechnete er damit, dass ihn das Unglück einholen würde. Niemand ließ sich auf Dauer ungestraft mit jenen Mächten ein, die er wiederholt herausgefordert hatte. Für Selime fürchtete er das Schlimmste. Dass sie so schnell für einen solch gewaltigen Preis gekauft worden war, ließ nichts Gutes ahnen. Jemand musste erkannt haben, welche Kräfte in ihr schlummerten. Dies, verbunden mit ihrer Jungfräulichkeit, machte sie für Kulte wie den des Levthan zu einem unschätzbaren Opfer.

Jamilah seufzte. Sie drehte sich im Schlaf. Ihr Arm schwang herum, und ihre Rechte legte sich auf seinen Bauch, dicht unter seinen Nabel. Angenehme Wärme strahlte von ihr aus.

Ihre Lider waren leicht geöffnet, sodass er das Weiß ihrer Augäpfel sah. Sie war ein schönes Mädchen. Ihre Weiblichkeit war bereits voll erblüht. Früher hatte er nie darauf geachtet, doch nun trug sie nur ein dünnes Seidenhemd, unter dem sich ihre Brüste deutlich abzeichneten.

Er wandte den Kopf und sah zum Fenster. Für ihn war sie immer ein Kind gewesen. So oft hatte er seinen Schwager bekniet, die beiden Mädchen zu einer der magischen Akademien zu schicken. Beide trugen sie die Gabe in sich. Sie hätten machtvolle Zauberinnen werden können. Formte man dieses Talent jedoch nicht, dann erwuchs daraus nur allzu oft Unglück. Und so war es nun gekommen.

Jamilah zuckte im Schlaf. Ihre Hand rutschte noch ein wenig tiefer.

Abdul schämte sich für die Regungen, die ihn überkamen. Er drehte sich zur Seite, sodass das Mädchen ihn nicht länger berührte. Nie hatte er es gewagt, eine Familie zu gründen. Bei der Art seiner Forschungen war das nicht ratsam. Eine Familie hätte ihn angreifbar gemacht.

Dabei war er dem weiblichen Geschlecht durchaus zugetan. Gelegentlich hatte er seine unerfüllten Sehnsüchte in Freudenhäusern gestillt. Doch hatte er niemals häufiger als drei Mal ein und demselben Weib beigelegen. Er wollte keine Bindungen.

Die Erinnerung trieb ihm die Glut in die Wangen. Wenn Jamilah und Selime wüssten, was für ein Oheim er war ... Keineswegs der weltfremde Narr, für den ihn so viele hielten.

Es klopfte leise an der Tür.

Jamilah setzte sich ruckartig im Bett auf. Abdul war überrascht, wie leicht ihr Schlaf war. »Bedecke dich, meine Liebe. Ich sehe nach, ob Fausto uns Nachricht schickt.«

Die hölzernen Dielen knarrten unter seinen Füßen, als er zur Tür trat und sie einen Spalt weit öffnete. Er sah in ein schmales Gesicht mit schwarzen, großen Augen. Eine junge Frau in einem geflickten Kleid schenkte ihm ein gehetztes Lächeln. »Fausto schickt mich. Er hat den Mann gefunden, den Ihr sucht.«

»Und warum kommt er nicht selbst, um mir das zu sagen?« Aus dem Augenwinkel sah Abdul, wie sich Jamilah einen Dolch griff. Sie schaffte es, völlig lautlos über die Dielen zu schreiten.

»Fausto verhandelt mit dem Besitzer des Mädchens. Alles wird gutgehen. Aber der Besitzer will jetzt sehen, dass Ihr auch zahlen könnt. Deshalb soll ich Euch holen, Herr.«

»Wir kleiden uns an und kommen«, entschied Abdul. »Warte einen Augenblick.« Er schob die Tür zu.

Flüsternd erklärte er seiner Nichte, was die Botin wollte.

Jamilah sah ihn entgeistert an. »Du glaubst ihr doch nicht etwa?«

»Können wir uns leisten, es nicht zu tun?« Abdul griff sich seinen Burnus, der ihn vor dem Regen schützen würde.

»Das ist der blanke Leichtsinn«, protestierte seine Nichte, doch auch sie kleidete sich an.

»Vertraue mir. Ich kenne diese Stadt und weiß, wie man hier Geschäfte macht.«

Jamilah bedachte ihn mit einem vernichtenden Blick und schob ihren Dolch unter die weite Bluse.

Ohne Aufsehen zu erregen, verließen sie den Gasthof über eine Hintertreppe. Die Sonne war hinter dem Horizont versunken. Faustos Botin führte sie durch ein Labyrinth von Gassen, in denen tiefe Finsternis herrschte. Kaum jemand war auf den Straßen. Hier und dort kauerten sich Bettler in Hauseingänge. Einmal sprach ihn eine Dirne an, deren Atem nach fauligem Fisch stank.

Ihre Führerin vertrieb sie mit schrillem Gezänk, dann ging es eine Treppe hinab zu einer tiefer gelegenen Terrasse. Ihr Weg führte sie über einen weiten Platz, der mit strahlend weißen Kalkplatten gepflastert war. Hier leuchtete warmes Kerzenlicht hinter den Fenstern, und die Passanten erweckten nicht den Eindruck, als würden sie einem Dolche in den Rücken stoßen, wenn man sie nicht im Blick behielt.

Vor einer Gaststube standen mehrere Sänften. Helles Gelächter drang durch die offene Tür. Abdul verlangsamte seinen Schritt und sah zu den Dächern hoch. Sie gingen zu schnell. Das war nicht gut.

»Komm, alter Mann!« Die Botin zupfte ungeduldig an seinem Burnus. »Es ist nicht mehr weit.«

»Es ist mein Oheim, der entscheidet, wie schnell wir gehen, Gossenhure!«, herrschte Jamilah sie an.

Die Botin bedachte seine Nichte mit einem kalten Lächeln. »Natürlich, Prinzessin … Mit Freuden passe ich meine Schritte denen des fußlahmen alten Mannes an.«

»Lass es gut sein, Jamilah. Sie ist ein Kind der Straße. Sie meint es nicht böse.«

Ihre Führerin ging nun betont langsam. Sie hielt sich stets nah der Häuser, als habe sie Angst vor der offenen Fläche des Platzes, in dessen Mitte sich die Statue einer Kriegerin erhob.

»Ich glaube, uns folgt jemand«, flüsterte Jamilah ihm zu.

Er strich ihr sanft über den Arm. »Wir sind nicht in Gefahr. Bei Nacht spielen einem die Schatten leicht allerlei Streiche.«

»Ich hab aber gesehen …«

Jetzt drückte er ihren Arm ein wenig fester. »Kein Wort mehr. Vertraue mir.«

Die Botin führte sie erneut in eine enge Gasse. Schließlich erreichten sie eine nachtschwarze Basaltmauer, in der ein Tor klaffte, das an den Schlund eines Ungeheuers gemahnte. Abdul wusste genau, wo sie sich befanden. Diese Mauer diente nicht der Verteidigung. Sie umschloss das verrufenste Stadtviertel Al'Anfas. Einst hatte hier ein schrecklicher Brand getobt. Nie wieder waren die Paläste hinter dieser Mauer aufgebaut worden. In den Ruinen trieb sich nur herum, wer nichts mehr zu verlieren hatte.

Es gab keine Wachen bei dem Tor, das sie durchschritten.

Abdul hatte das Gefühl, dass immer noch ein leichter Brandgeruch in den Gassen lag.

Aufmerksam betrachtete der Magier die verfallenen Fassaden. Er kannte diese Straße. Nicht weit von hier lag der geheime Tempel des Levthan. Würde ihr Weg dort enden?

»Hier, Erhabener.« Die Botin deutete in eine enge Gasse. Etwas Dunkles bewegte sich ein paar Schritt voraus.

»Einen Moment noch.« Abdul stützte sich gegen eine regennasse Mauer und tat so, als würde er um Atem ringen. In dieser Gasse würde es geschehen, was auch immer ihre Botin mit ihnen im Schilde führte.

»Uns verfolgt ganz gewiss jemand, Oheim«, zischte Jamilah ihm zu. »Gerade noch habe ich gesehen, wie er sich in den Torbogen dort hinten gedrängt hat, keine zehn Schritt die Gasse hinauf.«

Abdul wedelte abwehrend mit der Hand. Dieses Gerede war nicht gut. Hier war alles so, wie es sein sollte.

»Seid Ihr wieder bei Kräften, Herr?«, fragte die Botin voll heuchlerischer Höflichkeit. »Fausto hat mich bedrängt, Euch so schnell wie möglich zu ihm zu bringen.«

»Und er erwartet uns in dieser stinkenden Gasse?«, fuhr Jamilah sie an. »Denkst du wirklich, wir glauben dir das?«

»Das solltet Ihr, Prinzessin, denn wenn wir nicht schnell kommen, dann wird der anderen Prinzessin vielleicht noch etwas zustoßen.«

Abdul holte übertrieben tief Atem. Er war kein junger Mann mehr, aber bei Weitem weniger erschöpft, als er der Botin vorspielte. Angespannt lauschte er in die Nacht. Nicht weit entfernt hörte er zwei lallende, tuschelnde Stimmen. Irgendwelches Pack im Drogenrausch vermutlich. Aus der Gasse kamen scharrende Geräusche, und übler Gestank stieg dort aus der Gosse auf.

Hier im Schlund waren die Ärmsten der Armen zusammengepfercht, der übelste Auswurf der Stadt. Wenn es einen Ort gab, auf den der Schandname Eiterbeule des Südens zutraf, den Al'Anfas Feinde so gern nutzten, dann war es dieses Stadtviertel. Selbst die Wachen trauten sich hier nur noch selten hin, und wenn überhaupt, dann in größeren Trupps. Abdul war sich bewusst, dass ihn in dieser Gasse nicht Fausto, sondern eine Dolchklinge erwartete. Und dennoch war es der einzige Weg, der vielleicht noch rechtzeitig zu Selime führen konnte. Er straffte sich und atmete noch einmal schwer aus. »Ich bin bereit.«

»Sehr schön!« Im Licht des abnehmenden Mondes sah er kurz die Zähne der Botin aufblitzen, die ihn breit anlächelte. »Nur noch ein paar Schritt!« Sie winkte ihn an sich vorbei in die Gasse.

»Oheim!«, zischte Jamilah. »Du kannst doch nicht ...«

»Still, Mädchen!«, unterbrach er sie schroff. »Oder willst du den Tod deiner Schwester verschulden? Dies ist der Ort, an dem wir erfahren werden, wo sie sich befindet.« Er ergriff Jamilahs Hand und zog sie hinter sich her.

Die Botin hielt sich hinter ihnen, und Abdul hatte das Gefühl, kurz noch eine zweite Gestalt gesehen zu haben. Es würde also auf die klassisch al'anfanische Art laufen, dachte er.

Ein verärgertes Schnauben ließ ihn zum Ende des engen Weges blicken. Ein Eber. Das Mondlicht ließ die Hauer des Biests überdeutlich erkennen. Am Boden lag eine Gestalt, die Glieder verdreht. Der Eber hatte nicht etwa in Abfällen gewühlt. Und was von seiner Schnauze herabhing, während er die Störenfriede bei seinem Festmahl böse anfunkelte, waren auch keine Würste.

»So was kann passieren, wenn man uneinsichtig ist«, erklärte ihre Botin triumphierend. »Aber Fausto hat mir versichert, dass du ein weiser Mann bist, Abdul. Deshalb möchte ich dich nun höflich um den Beutel mit den Diamanten bitten. Deine übrigen Wertgegenstände darfst du behalten. Fausto meinte, er möchte dich nur ungern in Verlegenheit bringen. So bleibt dir genug Geld, die Stadt wieder zu verlassen.«

Abdul starrte die junge Frau an und lauschte in die Nacht hinaus. Sein Gehör war sein am besten ausgeprägter Sinn, während seine Augen in all den Jahren des Studiums von alten Folianten gelitten hatten. Knirschten da Schritte in der Ruine links von ihnen? Die Botin war ganz gewiss nicht allein gekommen.

»Den Beutel!«, kam es nun fordernder. »Wir haben nicht die ganze Nacht Zeit.«

Abdul sah zu Jamilah, die ihn mit einem vernichtenden Blick bedachte, während ihre Hand nach dem verborgenen Dolch tastete.

Plötzlich hatte auch die Botin einen Dolch in der Hand. Die

Spitze der Waffe deutete auf seine Nase. »Wir kommen nun zum Ende. Es ist deine Entscheidung, ob dieses Schwein als Nächstes deine Eingeweide frisst oder sich mit Küchenabfällen begnügen muss. So oder so werde ich diese Gasse mit deinen Diamanten verlassen.«

»Edelsteine«, sagte Abdul entschieden. »Es sind Edelsteine. Das ist die korrekte Bezeichnung, wenngleich auch ein paar Diamanten dabei sind. Es gibt aber auch Rubine und Smaragde sowie …«

Die Dolchspitze berührte seine Nase. »Ich glaube, das ist ein ganz schlechter Augenblick zum Klugscheißen.«

»Ähm … Gewiss …« Abdul tastete unter seinem Kaftan nach dem Gürtel, an dem das kleine Säckchen mit den Edelsteinen hing. »Könnten wir vielleicht nicht … Ich meine, ich bin ein reicher Mann. Wenn ich meine Nichte wiederbekomme, würde ich mich …«

»Schwätz nicht!«

»Aber du könntest … Wie heißt du eigentlich? Du könntest wirklich sehr viel mehr gewinnen, wenn du …«

»Ich bin Esmeralda, die Schwätzer nicht leiden kann.« Die Spitze der Klinge schnitt in seine Nase.

Der scharfe Schmerz trieb Abdul die Tränen in die Augen. Er war nicht gut darin, spontan Zauber zu wirken. Invocationen, große Magie, die viel Zeit beanspruchte, war sein Fachgebiet, oder aber Zauber, die es ihm erlaubten, alte Sprachen zu verstehen. Nicht sonderlich hilfreich.

Er wich ein Stück vor der Klinge zurück.

»Selime wird verloren sein, wenn du die Edelsteine nimmst«, erklärte er und kämpfte gegen die Tränen an. »Bitte, du kannst doch nicht so gnadenlos sein! Sie ist noch ein …«

»Ich bin nicht gnadenlos. Noch nicht. Alondro!«

Wie aus dem Nichts erwuchs eine Gestalt aus den Schatten und trat mit gezücktem Dolch hinter Jamilah. Ein ungewöhnlich großer, hagerer Kerl, dessen Gesicht im Dunkel der Gasse nur eine Silhouette blieb.

»Du verkennst die Lage, alter Mann. Ich bin gnädig. Ich lasse euch beide mit dem Leben davonkommen. Und nun her mit den Diamanten, oder du wirst noch eine weitere Nichte verlieren!«

Mit Sorge sah Abdul, dass Jamilah eine Hand unter dem Umhang verborgen hielt. Wahrscheinlich glaubte sie in ihrem jugendlichen Leichtsinn, dass sie diesem Abschaum der Gosse gewachsen sei. Wenn sie ihren Dolch zog, war sie tot. Er konnte es sich nicht leisten, noch länger zu verhandeln.

Er hob beide Hände hoch über den Kopf. »Ich ergebe mich dem Unausweichlichen«, sagte er bedrückt. Er fand keinen Gefallen an dem, was nun geschehen würde, aber er hatte in seinem Leben noch nie gezögert, sich dem Unausweichlichen zu stellen.

Alondro gab einen röchelnden Laut von sich und brach in die Knie.

Als Esmeralda nach ihrem Gefährten sah, traf ein Armbrustbolzen ihre linke Hand. Sie keuchte auf. Ihr Dolch fiel zu Boden und mit ihm ein Finger, den das Geschoss abgetrennt hatte.

Abdul setzte einen Fuß auf die Waffe. »Hast du wirklich geglaubt, dass ich einer wie dir in den Schlund folgen würde, ohne vorbereitet zu sein?«

»Du …« Die Botin griff mit der Linken nach einem zweiten Dolch in ihrem Gürtel.

Abdul schüttelte den Kopf. »Mach keine Dummheiten. Mein Schütze dort oben in der Ruine hat inzwischen nachgeladen. Er hat mir einmal erzählt, dass man das Weiße im Auge auf so kurze Entfernung selbst bei Nacht erstaunlich gut sehen kann. Möchtest du wirklich herausfinden, wohin sein nächster Schuss zielt?«

Esmeralda ließ die Hand sinken. Sie atmete heftig, versuchte, gegen den Schmerz in ihrer Hand anzukämpfen.

»Oheim …« Jamilah wirkte erstaunlich gefasst für eine junge Frau, die gerade erst mit einem Dolch bedroht worden war. »Du hast die ganze Zeit gewusst, dass diese Schlampe uns bestehlen will?«

Er zuckte mit den Achseln. »Weiß man, dass ein Sandsturm kommen wird, wenn Staub über der gesamten Breite des Horizonts steht?«

Hinter seiner Nichte zeigte sich eine weitere Gestalt in der Gasse. Sie bückte sich und zog Alondro den Dolch aus dem Rücken, der seinem Leben ein Ende gesetzt hatte.

»Wer ist das?«

Jamilah wich erschrocken zurück.

»Willst du das wirklich wissen, meine Liebe?«

»Nach allem, was passiert ist? Natürlich!«

Die Meuchlerin wischte ihren Dolch am Gewand des Toten ab und sah abwartend zu Abdul. Er durfte jetzt keinen Fehler machen, auch wenn er seiner Nichte gern jeden Wunsch erfüllte. »Wo wolltest du dich mit Fausto treffen, Esmeralda?«

Sie schüttelte den Kopf. »Wenn ich das sage, bin ich tot, nicht wahr? Und wenn ich die Namen deiner Meuchler höre auch …«

»Wir wissen, wo er wohnt«, ertönte eine warme, tiefe Frauenstimme hinter Jamilah.

»Er wird niemals reden!«, rief ihre Botin mit sich überschlagender Stimme. »Er ist vom alten Schlag. Aber ich … ich kann dir eine Menge verraten. Er hat herausgefunden, wo deine Tochter ist.«

»Du meinst meine Nichte.«

Sie nickte. »Ja, ja! Natürlich, deine Nichte …«

»Wir wissen, wo er wohnt.« Die Meuchlerin erhob sich. Ihr schmales, dunkles Antlitz war im Mondlicht zu sehen.

Erschrocken wandte sich Esmeralda ab und hob die Hände vors

Gesicht. »Du wirst mich brauchen«, stammelte sie. »Fausto schreibt nichts auf. Alle wichtigen Dinge hat er im Kopf. Und er redet nicht. Aber mir würde er vielleicht verraten, wo deine Nichte ist.«

»Er hat eine Frau und zwei Töchter«, erklärte die Meuchlerin trocken.

»Er ist ein übler Kerl«, jammerte Esmeralda. Sie warf sich vor ihm auf die Knie und hob bittend die Hände. »Er wird nicht reden, egal, was ihr mit den Kindern macht. Ihr kennt ihn nicht. Und ich ...« Sie schluchzte. »Ich hätte euch auch nichts getan. Ehrlich. Wir wollten euch nur bestehlen. Nur die Diamanten ... Kein Blut. Wirklich ...«

Abdul tastete nach seiner schmerzenden Nase. Es würde dauern, bis der Schnitt ausheilte. Er sah zu dem Eber, der am Ende der Gasse reglos über dem Toten stand, der sein Abendmahl war. Das Biest behielt sie im Blick, bereit, seinen Fraß zu verteidigen. Dies hier war zweifellos ein Ort, an den man nur kam, wenn man Finsteres im Schilde führte.

»Du willst die Namen unserer Helfer wissen?«, fragte Abdul. Er war leicht verärgert darüber, dass Esmeralda so bettelte. Sie kam aus Al'Anfa. Sie war tief in dieses Spiel hier verwickelt. Sie hatte gewusst, was die Verlierer erwartete.

»Ja, ich will sie wissen«, entgegnete seine Nichte, und Abdul las in ihren Augen, dass sie sich sehr wohl bewusst war, was dies bedeutete. Sie wollte ihre Rache.

Abdul nickte.

»Ich heiße Saranja«, sagte die tiefe Frauenstimme.

»Bitte, du ...« Ein Armbrustbolzen traf Esmeralda dicht unter dem linken Auge, nah bei der Nase. Die Wucht des Geschosses riss sie nach hinten. Sie war sofort tot.

»Ich bin Kamillio«, sagte eine zweite Stimme über ihnen in den Ruinen des verfallenen Hauses.

Abdul betrachtete die schmale, schmutzige Hand, die auf seinem Stiefel ruhte. Esmeralda hatte gewusst, dass diese Art nächtlicher Geschäfte allzu oft ein blutiges Ende nahm. Sie hatte nicht wirklich eine Wahl gehabt. Aber Fausto! Er hätte ein reicher Mann werden können, doch seine Gier nach noch mehr Schätzen hatte alles verdorben.

»Gehen wir«, entschied Abdul. »Wir haben noch einen Besuch zu machen.«

*Nahe dem Tsatempel, Al'Anfa,
dreißigster Tag im Vinmond*

Abdul betrachtete die rot lackierte Tür. Sie gehörte zu einem hübschen Haus, nahe dem Tsatempel, unweit der nördlichen Stadtmauer und auf der obersten Terrasse der Stadt gelegen. Abduls Waden brannten vom Aufstieg. Deutlich hörte man hier das Rauschen des Hanfla, der nicht weit entfernt die Klippen hinab dem Meer entgegenstürzte.

Es war ein gutes Haus. Kein Palast, aber Fausto war ohne Zweifel wohlhabend. Und in dieser Nacht würde er endgültig ein reicher Mann werden, so hatte er es sich gewiss ausgerechnet, als er Esmeralda und Alondro losgeschickt hatte.

Abdul nickte und wechselte einen letzten Blick mit Kamillio. Der untersetzte Meuchler hatte seine Armbrust auf den Rücken geschnallt und hielt entspannt einen Kriegshammer in der Hand. Der schwere Kopf der Waffe verharrte zwei Handbreit über dem Boden.

Abdul klopfte gegen die Tür. Seine Nase schmerzte. Morgen würde er einen Heiler aufsuchen.

Im Haus erklangen eilige Schritte. Ein Riegel wurde zurückgeschoben. Die Tür öffnete sich.

Fausto gaffte ihn mit offenem Mund an.

Bevor er die Tür wieder schließen konnte, schwang der Kriegshammer vor in den Spalt zwischen Tür und Rahmen. Ein unangenehmes Knirschen erklang, als die Waffe auf Faustos Kniescheibe traf. Wimmernd taumelte der Hausherr zurück.

»Du hast es geschafft, mich zu verärgern«, erklärte Abdul ruhig und schob die Lacktür auf, während sein unfreiwilliger Gastgeber stürzte und rücklings von ihm wegkroch.

Kamillio war sofort durch die Tür und setzte Fausto einen Fuß auf die Brust, als der Sklavenhändler versuchte, sich aufzurichten.

»Das andere Knie auch noch?« Er hob den Hammer.

Abdul winkte ab. »Wir reden erst ein wenig.« Der Magier ging neben Fausto in die Hocke, als eine zierliche, kleine Frau auf der Treppe zur Eingangshalle erschien. Erschrocken schlug sie sich die Hand vor den Mund.

»Es wäre gut, wenn du deiner Frau klar machst, dass sie weder versuchen sollte zu schreien noch zu fliehen.«

»Raya, bitte …«, keuchte Fausto gegen seinen Schmerz an. »Es wird alles wieder gut.«

Nun traten auch Jamilah und Saranja ein. Ohne einen Befehl abzuwarten, war die Meuchlerin mit einigen langen Schritten bei der Treppe und packte Raya.

»Wo sind deine Kinder?«, fragte Abdul höflich.

Schweiß glänzte auf der Stirn des Sklavenhändlers. »Bitte, alter Mann. Bitte … Nimm mich. Die beiden haben nichts …«

»Ich will nicht wissen, was sie haben oder nicht. Sag mir, wo sie sind. Beim nächsten Mal, wenn du nicht auf eine meiner Fragen antwortest, wird der freundliche Herr neben dir einen deiner Finger abschneiden. Er hat Erfahrung darin, seine früheren Kunden waren immer sehr zufrieden.«

»Sie schlafen«, stieß Fausto panisch hervor.

»Dann sollten wir besser leise sein«, entgegnete Abdul ernst. »Gibt es hier einen Raum, der so weit von den Kinderzimmern entfernt ist, dass sie nicht jedes Wort hören, wenn wir ein ernsthaftes Geschäftsgespräch führen?«

»Dort.« Fausto verdrehte die Augen und sah zu einer mit kitschigen Blumen bemalten Tür links vom Hauseingang.

Noch bevor Abdul etwas sagen konnte, öffnete Kamillio die Tür. Dahinter lag eine dunkle Kammer, in die ein Lichtstreif aus der kleinen Empfangshalle fiel. Der Raum war karg und hässlich. Abgesehen von einem Eimer in der Ecke und einigen schweren Eisenringen an den Wänden gab es nichts als blankes Mauerwerk. Bis zur Mitte der Wand reichte ochsenblutrotes Putzwerk, darüber war es schmuddelig weiß.

Abdul sah in die Eingangshalle mit ihrem Mosaikboden und der geschwungenen Marmortreppe und dann wieder in diese Kammer, die so gar nicht zum Haus passen wollte.

»Was ist das?«

Fausto wimmerte leise vor sich hin und hielt beide Hände auf sein zerschmettertes Knie gepresst. »Das ist …«, keuchte er. »Es …«

»Viele unserer Gäste erscheinen in Begleitung von Sklaven«, erklärte Raya. »Wenn uns die Sklaven nicht vertrauenerweckend vorkommen, werden sie hier untergebracht, bis sie uns mit ihren Herren wieder verlassen.«

Abdul kannte solche Gepflogenheiten aus Fasar. Er selbst hatte nie lebende Ware besessen, empörte sich aber auch nicht gegen die Sklaverei, so wie es die Nordländer taten. Manchmal war es ein probates letztes Mittel, ein Kind in die Sklaverei zu verkaufen, wenn der Familie der Ruin drohte. Er hätte im Falle einer solchen Notlage wohl eher seine Schwiegermutter verkauft, hätte er denn eine gehabt.

»Ich werde euch nun zeigen, wo mein Mann seine Dublonen versteckt, und überreiche euch auch meinen sämtlichen Schmuck«, erklärte Raya resigniert. »Ihr müsst Fausto nicht foltern, um es zu bekommen. Wir geben euch alles, und ihr verlasst uns wieder.«

Abdul sah die Hausherrin verblüfft an. Sie musste irgendwo in den Vierzigern sein, schätzte er. Feine Fältchen umspielten ihre Lippen, die immer noch von sinnlicher Fülle waren. Für seinen Geschmack war sie zu mager, doch davon abgesehen war sie früher gewiss einmal eine atemberaubend schöne Frau gewesen. Nun kämpfte sie mit zu viel Schminke gegen die Grausamkeiten des Alterns an.

Dass sie ihn für einen Dieb hielt, kränkte den Magier. Er sah nun wirklich nicht wie jemand aus, der in Häuser einstieg, um sich an fremden Gütern zu bereichern.

»Ihr solltet wissen, meine Dame, dass ich heute Morgen mit Eurem Gemahl ein Gespräch über meine verschwundene Nichte führte. Ich habe ihm Hunderte Dublonen für seine freundliche Unterstützung angeboten, doch statt mir zu helfen, zog er es vor, mir Diebe und Halsabschneider zu schicken, die mich um meine Barschaft erleichtern sollten. Ich bitte sehr um Entschuldigung, wenn die weitere Fortführung unseres Gespräches nun möglicherweise zu einigem Ungemach führen könnte. Ich selbst bin wahrlich verärgert darüber, nun gezwungen zu sein, einen Weg zu beschreiten, der eigentlich nicht meinen charakterlichen Neigungen entspricht.«

Raya bedachte Fausto mit einem bitterbösen Blick. »Dass du den Hals nie vollbekommst«, zischte sie wütend.

»Ich werde das alles klären … Ein Missverständnis … Ich weiß nicht, wie dieser Novadi darauf kommt, dass ich ihn hätte bestehlen wollen …«

Abdul seufzte. »Können wir diesen Teil nicht einfach auslassen, Fausto?«

»Hier sind Ketten«, meldete sich Jamilah zu Wort. »Hier, in einer Kiste hinter der Tür.«

»Sehr gut!« Der Magier inspizierte erfreut ihre Entdeckung. Das Mädchen erwies sich in der Tat als überaus nützlich.

Kamillio kettete ihre beiden unfreiwilligen Gastgeber an die Wand, während Saranja ein Öllämpchen aus dem Flur holte und die Tür schloss.

»Möchtest du mir etwas erzählen, Fausto? Ich fände es sehr entgegenkommend von dir, wenn du mich nicht zu weiteren Bluttaten nötigen würdest.« Abdul fühlte sich unendlich müde. Schon als sie den Sklavenmarkt verlassen hatten, hatte er all dies hier kommen sehen. Er fand es entsetzlich erschöpfend und überflüssig.

»Rede!«, herrschte Raya ihren Mann an.

Fausto wirkte jämmerlich. Tränen troffen von seinem Gesicht. Seine Augen waren rot. »Ich kann deine Nichte nicht zurückholen«, stieß er schluchzend hervor. »Niemand kann das. Sie ist auf dem Silberberg. Salix Kugres hat sie auf das Anwesen seiner Familie geholt. Auch deine beiden Meuchler können dich nicht dorthin bringen, Novadi. Sie ist verloren.« Er schluchzte. »Wie hätte ich dir das sagen können? Ich sehe doch, wie du für sie brennst.«

Abdul legte seine Hände flach an die Schläfen. Salix Kugres. Er erinnerte sich an den alternden Lebemann, der sich gern wie ein Geck in bunte Seide kleidete. Er war einer der Granden der Stadt. Einer der einflussreichsten Männer Al'Anfas. In seiner Villa würde es von Wachen nur so wimmeln. Um Selime da herauszuholen, wäre ein kleines Heer von Nöten. Oder eine abgefeimte Intrige.

Salix stand den dunkleren Spielarten der Magie durchaus aufgeschlossen gegenüber. Vielleicht könnte er ihn mit einer alten Handschrift ködern. Mit verbotenem Wissen.

Er war dem Rektor der Universität auf seinen vergangenen Reisen nach Al'Anfa mehrfach begegnet. Befreundet waren sie beide nicht, aber zumindest würde sein Name ihm etwas sagen, wenn er um ein Gespräch ersuchte.

Abdul betrachtete den flennenden Sklavenhändler. »Bist du dir sicher, dass du mir alles gesagt hast, Fausto?«

»Ja, Herr«, schluchzte er demütig. »Alles! Ich werde alles tun ... Aber auf den Silberberg ...«

Abdul schnitt ihm mit einer harschen Geste das Wort ab. Er wusste nur zu gut, was es bedeutete, dass Selime zum Silberberg geschafft worden war. Selbst wenn sie dort ein freundliches Schicksal erwartete, war sie unerreichbar. Auf dem Silberberg lagen die Villen der acht mächtigsten Familien Al'Anfas. Festungen sicherten den Zugang, hohe Mauern umgaben den Berg und jede Villa. Überall gab es Wachen. Die Granden hatten sich in der Vergangenheit weit mächtigere Feinde gemacht, als er einer war. Er hatte noch niemals davon gehört, dass einer dieser Feinde auf den Berg gelangt wäre. Selime war vermutlich weniger als eine Meile entfernt und doch unerreichbar.

»Was sollen wir mit den beiden tun?«, fragte ihn Saranja.

Abdul seufzte. Wenn sie einfach gingen, dann würde Fausto sie ganz gewiss verraten. Er würde sofort Salix Kugres benachrichtigen und darauf hoffen, zusehen zu dürfen, wie man ihn schnappte und folterte.

»Wir werden das Haus nicht verlassen.« Raya sprach mit fester Stimme, und doch hörte Abdul die Angst, die in ihren Worten mitschwang. Er mochte sie. Wie sie wohl an Fausto geraten war?

»Du«, wandte er sich an Saranja, »folgst mir und Jamilah, wenn wir zu unserem Gasthof zurückkehren. Und du«, er sah Kamillio an, »bleibst hier. Ich muss in Ruhe nachdenken. Hörst du bis übermorgen früh nichts mehr von mir, dann verfährst du so, wie du es für richtig hältst.«

Abdul sah aus dem Augenwinkel, wie seine Nichte die Lippen

zusammenpresste und eine Grimasse schnitt. Ihr gefiel seine Entscheidung offenbar ganz und gar nicht.

»Ich werde vor Sonnenaufgang die beiden Kinder herunterholen müssen«, bemerkte der Meuchler sachlich. »Sie sollten nicht durch das Haus wandern und nach ihren Eltern suchen.«

Abdul nickte. »Tu, was notwendig ist. Aber bis zur Mittagsstunde übermorgen möchte ich hier keine Toten haben.« Er sah Fausto scharf an. »Sollte sich allerdings herausstellen, dass du mich angelogen hast, werde ich sehr viel früher zurückkehren.«

»Es ist alles wahr, was ich gesagt habe«, hechelte der Sklavenhändler. Kamillio hatte ihn inzwischen an einen der eisernen Ringe an der Wand gekettet. Fausto stand vorgebeugt, sein verletztes Bein leicht angewinkelt, um das Knie nicht zu belasten. Tränen rannen ihm über die Wangen.

Seine Frau hingegen stand kerzengerade. Auch sie war an die Wand gekettet. Sie suchte Abduls Blick. »Danke«, sagte sie leise. Sie hatte verstanden, was ihr und den Kindern erspart geblieben war. Zumindest vorläufig.

Ohne ihr zu antworten, verließ der Magier das Haus.

»Wie kannst du dir sicher sein, dass diese schleimige Ratte dich nicht belogen hat?« Abdul war überrascht, dass seine Nichte eher neugierig als verärgert fragte.

»Ich hab es in seinen Augen gesehen, in seiner Stimme gehört …« Er zuckte mit den Achseln. »Man spürt, ob jemand lügt.«

»Du hast so etwas also schon öfter getan?«

Das hatte er in der Tat. Und war nicht stolz darauf, weshalb er dieses Gespräch nicht fortsetzen würde.

Eine Weile gingen sie schweigend nebeneinander her. Sie folgten der Straße entlang der nördlichen Festungsmauer. Kaum jemand war noch unterwegs. Ab und an hörten sie die Schritte von Wachen auf dem Wehrgang über ihren Köpfen.

Saranja hielt sich irgendwo hinter ihnen im Schatten. Zweimal sah Abdul zurück, vermochte die Meuchlerin aber nicht zu entdecken. Sie sicherte ihnen den Rücken, für den Fall, dass ihnen noch weitere finstere Gestalten nachstellten, was Abdul aber für recht unwahrscheinlich hielt. Fausto hatte seine Karten ausgespielt und verloren. Nur hatten sie leider keineswegs gewonnen.

Er zermarterte sich den Kopf, wie er auf den Silberberg gelangen könnte. Kamillio und Saranja wären ihm dabei keine Hilfe. Er hatte die Dienste der beiden schon mehrfach in Anspruch genommen. Sie waren gut! Und genau deshalb würden sie ihm nicht auf eine selbstmörderische Mission folgen, ganz gleich, wie viel Gold er ihnen bieten würde.

Er hatte sie unmittelbar nach Selimes Entführung angeschrieben und darum gebeten, über ihn zu wachen, sobald er nach Al'Anfa kam. Im Gasthof hatte er am Tresen eine kurze Notiz über Fausto hinterlassen. Den beiden war klar gewesen, womit zu rechnen war und was sie zu tun hatten.

»Vater hat immer gesagt, dass du dunkle Wege beschritten hast«, flüsterte Jamilah. »Deshalb wollte er nicht, dass wir auf eine Akademie gehen, um die Kunst der Zauberei zu erlernen. Er hatte Sorge, dass wir dieselben Wege einschlagen würden.«

Abdul antwortete nicht darauf. Ihm gegenüber hatte sein Schwager immer erklärt, er könne nicht ertragen, dass seine beiden Töchter unter lauter verrückten jungen Männern studieren würden. Zum ersten Mal fragte sich Abdul, ob Jussuf vielleicht Angst vor ihm gehabt hatte.

»Könntest du nicht einen Dämon beschwören und Selime holen lassen? Für Dämonen gibt es keine Grenzen. Sie können überall hingehen, und niemand kann sie aufhalten. Nicht einmal all die Wachen auf dem Silberberg. Du müsstest nur ...«

Abdul blieb abrupt stehen. Nur ein paar Stunden noch, und der erste der Namenlosen Tage begann. Er sah die Basaltmauer entlang, spähte in die Hauseingänge und beobachtete einen leicht angetrunkenen Zecher, der etwa zehn Schritt vor ihnen auf der Straße taumelte. Niemand konnte sie belauschen. »Sprich nie wieder davon!«, zischte er. »Du hast ja keine Ahnung. Diese Wesenheiten … In diesen Tagen sind sie uns besonders nahe. Man sagt, bei manchen reicht es, den Namen auszusprechen, um sie in unsere Welt zu rufen. Schweig einfach!«

Jamilah stemmte die Hände in die Hüften. »Du könntest es, das sehe ich. Warum tust du es nicht? Du hast gesagt, du würdest dein Leben geben, um Selime zurückzuholen. Das waren wohl nur leere Worte. Du bist …«

Er versetzte ihr eine schallende Ohrfeige. »Ich sagte: Schweig, du Tochter der Einfalt! Wir gehen auf unser Zimmer, du legst dich in dein Bett und sagst nichts mehr.«

Sie setzte an, den Mund zu öffnen.

Er gab ihr noch eine Ohrfeige, bevor das erste Wort über ihre Lippen kam. »Du wirst mir gehorchen!«

Jamilah schluckte. Blanker Hass stand in ihren Augen. »Du denkst immer nur an dich. Deshalb hast du kein Weib. Niemand kann es lange bei dir aushalten. Dein Herz ist schwarz und dein Verstand von Dunkelheit durchwoben.« Sie wandte sich ab und ging langsam vor ihm die Straße hinauf.

Ihre Worte trafen ihn tief. Er sah sich nicht so. Er kämpfte gegen die Dunkelheit an! Er hatte sich ihr nie geöffnet. Jamilah hatte recht, er könnte einen Dämon beschwören. Es wäre möglich, Selime auf diesem Weg zu befreien … Aber wer mit Dämonen paktierte, verlor am Ende immer. Nichts rechtfertigte den Preis, den man für ihre Gefälligkeiten zahlte. Wenn er diesen Schritt tat, würde er alles verraten, wofür er sein Leben lang eingestanden hatte.

Sein Leben hätte er wirklich ohne zu zögern gegeben. Aber sein Lebenswerk …

In tiefem Schweigen erreichten sie den Gasthof, stiegen die Treppen hinauf und betraten ihr Zimmer. Abdul empfand es als Erlösung, nach dem Auf- und Abstieg über all die Terrassen der Stadt endlich ein paar Stunden ohne Stufen vor sich zu haben. Jamilah zog sich in den Erker zurück und setzte sich auf die hölzerne Bank der Fensternische. Durch die kunstvoll geschnitzten Rauten blickte sie zum Nachthimmel.

Abdul sah Tränen auf ihren Wangen glänzen. Er fühlte sich elend. Obwohl Mitternacht nicht mehr fern sein konnte, war es immer noch drückend schwül. Über den Bergen weit im Westen war blassgelbes Wetterleuchten zu sehen. Ein Gewitter zog auf. Noch vor dem Morgengrauen würde es die Stadt erreichen.

Abdul zündete eine Öllampe an und kramte die drei kleinen Notizbücher aus seinem spärlichen Gepäck. Sie waren sein größter Schatz. Darin standen all die Namen derer, die ihn auf seinem Weg begleitet hatten, und auch die Namen seiner Feinde und Widersacher. Jedem hatte er eine Seite beschieden. Meist standen sie voller Notizen, über Wohnorte, über seltene Bücher, die sie besaßen, über Verbindungen zu anderen Zauberwebern oder Kultisten. All dies hatte er in Chrmk niedergeschrieben, echsischen Glyphen. Für einen unbedarften Betrachter würden die Büchlein wirken, als seien sie mit den Schmierereien eines Kindes gefüllt.

Im tanzenden Licht der Lampe studierte er die verworrenen Schriftzeichen. Er kannte mehr Leute in dieser verrufenen Stadt als nur den Rektor der Universität. Doch welcher wäre der Richtige, um ihm Zugang zum Silberberg zu verschaffen? Traf er die falsche Wahl, würden er und Jamilah das Schicksal von Esmeralda und Alondro teilen.

*Im Palmenpark, Al'Anfa,
erster Hranngar-Tag*

Abdul hatte Jamilah im Gasthaus zurückgelassen und Saranja damit beauftragt, sie nicht aus den Augen zu lassen. Der Mann, den er zu besuchen gedachte, war kein Freund, auch wenn sie viele Jahre lang ein Zimmer an der Akademie geteilt hatten.

Asef hatte sich stets als Asket gegeben. Einst hatten sie beide für den Kampf gegen das Dunkel gebrannt. Immer noch klangen Abdul die Worte seines Zimmergefährten in den Ohren, dass jeglicher Luxus nur Ablenkung sei. Selbst als er nach Al'Anfa gekommen war, hatte Asef noch so gesprochen und sich ein Zimmer genommen, in dem er in eine Decke gehüllt auf dem nackten Boden geschlafen hatte. Doch dann hatte er begonnen, sich zu verändern. Es war über zehn Jahre her, dass Abdul ihm zum letzten Mal begegnet war.

Er blickte über den Palmenmarkt mit seinen kiesbestreuten Wegen. Die wenigen Passanten, denen Abdul auf dem Weg hierher begegnet war, hatten gehetzt gewirkt und ihn mit misstrauischen Blicken bedacht. Durch seine Studien des Unaussprechlichen wusste Abdul, dass die Irrgläubigen in den anderen Teilen der Welt mit ihren Vorbehalten vor dieser Zeit zwischen den Jahren nicht ganz unrecht hatten. Wer konnte, blieb an den Tagen des Unheils in seinen vier Wänden. Und jeder, der sich hinauswagte, war verdächtig. In Al'Anfa war das anders, man war erschöpft von einem Mond der Feiern zu Ehren der Götzin des Rauschs. Da verlor man das Gespür für das Böse, das aus den Schatten kroch.

Der Magier sah zu dem Haus mit den verspielten Zwiebelfenstern, in denen Bilder aus buntem Glas im Sonnenlicht glänzten. Es kündete vom Reichtum seines Besitzers. Abdul lächelte abfällig. Asef hatte alles verraten, wofür er einmal eingetreten war. Und doch war er derjenige, bei dem die größte Hoffnung bestand, dass er helfen konnte.

Entschlossen schritt Abdul über einige große Pfützen auf der Straße hinweg, die ihn vom prächtigen Haus trennte. Er durchquerte den Garten und stieg drei Stufen empor, bis er vor einer grünen Tür mit polierten Messingbeschlägen stand. Er bemerkte die magischen Schutzzeichen, die vor der Schwelle in den Boden geschnitten waren, auch wenn sie sich in einem Mosaik verbargen, das auf den arglosen Betrachter nur wie verschlungene Efeuranken wirkte.

Abdul klopfte dreimal. Es dauerte lange, bis er im Haus Schritte hörte. Ein Fensterchen öffnete sich in der Tür. Schwarze Augen musterten ihn misstrauisch.

»Sage Asef, sein alter Freund Abdul el Mazar sei gekommen, um mit ihm über vergangene Zeiten zu plaudern.«

Das Fensterchen schloss sich. Schritte huschten davon. Abdul lauschte auf den Gesang der Vögel im nahen Park. Ein seltsamer Laut mischte sich hinein. Ein Krächzen, das sich viel länger zog, als eigentlich möglich war, und in ein Stöhnen mündete, das Abdul wohl nur hörte, weil er darauf achtete. Solche Laute machten Vögel nicht. Jedenfalls nicht an normalen Tagen. Schweiß sickerte seinen Nacken hinab. Mit einem kleinen Fächer wedelte er sich Kühlung zu. Es dauerte sehr lange, bis sich die Tür schließlich öffnete und eine dunkelhäutige Dienerin sich vor ihm verbeugte.

»Mein Herr wird Euch empfangen. Bitte folgt mir.«

Abdul sah sich um. Das Haus war noch größer, als es ihm von außen erschienen war. Ein silberner Brunnen sprudelte in der Eingangshalle. Dutzende mit Tüchern verhängte Vogelkäfige hingen von der hohen Decke.

Die Dienerin führte ihn eine mit rotem Teppich ausgelegte Treppe hinauf und an einer Galerie entlang in ein weites Zimmer, dessen Rückseite von großen Fenstern beherrscht wurde. Von dort blickte man auf den Hafen hinab.

Asef ruhte auf einem Berg von Kissen. Eine Meerschaumpfeife mit einem Stiel, lang wie ein Arm, lag an seinen Lippen. Zwei Sklavinnen in Gewändern aus halb durchscheinender Seide lagen bei ihm. Einer hatte sein Studienfreund die Hand auf den Oberschenkel gelegt.

Abdul hatte das Gefühl, all dies sei für ihn arrangiert worden. Die beiden Sklavinnen lächelten ihn an. Ihre Lippen waren unnatürlich rot, als hätten sie gerade erst von Waldfrüchten gekostet. Das Haar fiel ihnen bis weit über die Schultern. Sie waren von fast kindlich zarter Gestalt. Mit großen Mandelaugen warfen sie ihm verführerische Blicke zu.

Eng anliegende Silberreife schlossen sich beiden um den Hals. Auch wenn sie fein ziseliert und mit Rubinsplittern geschmückt waren, erkannte Abdul in ihnen Sklavenhalsbänder. Eine silberne Kette verband die beiden miteinander und ließ ihnen kaum zwei Schritt Spiel. Was immer sie machten, sie waren gezwungen, es zu zweit zu tun.

»Abdul«, begrüßte ihn Asef mit einem Lächeln, das die Augen nicht erreichte. »Es ist lange her …«

Der Magier verneigte sich vor seinem Kollegen. »Wie ich sehe, hast du es weit gebracht, mein Freund.«

»Waren wir Freunde?« Asef deutete mit einer flüchtigen Geste auf einen Kissenstapel zu seiner Linken. »Das ist mir entfallen. Manchmal ist es seltsam, welche Streiche die Zeit unserer Erinnerung spielt.«

Diese herablassende Art hatte er früher schon an den Tag gelegt, dachte Abdul und versuchte, sich seinen Ärger nicht anmerken zu lassen. Damals hatte Asefs Spott jenen gegolten, die in einem Bett statt auf dem blanken Boden schliefen. Aufmerksam sah er sich um. Die Dienerin, die ihm die Tür geöffnet hatte, brachte auf einem silbernen Tablett eine prächtige Kristallkaraffe, in der blutroter Cavazaro leuchtete.

»Hast du nicht einmal alles verabscheut, das die Sinne vernebelt? Wie waren deine Worte damals? Nur das Licht eines klaren Geistes vermag die Dunkelheit der Niederhöllen zu besiegen.«

Asef klatschte in die Hände. »Meine Lieben, ihr dürft uns nun verlassen.«

Augenblicklich waren die beiden Lustsklavinnen auf den Beinen. Ihr Blick erinnerte Abdul an die Augen von Kutschpferden, über deren Köpfe hinweg eine Peitsche knallte.

Die dunkelhäutige Dienerin wirkte weniger gehetzt. Sie stellte ihr Tablett auf einen kleinen, achteckigen Tisch, der mit Intarsien aus Perlmutt und Obsidian geschmückt war, verneigte sich kurz und zog sich dann gemessenen Schrittes zurück.

»Ich kürze unser Gespräch einmal ein wenig ab.« Asefs Lächeln war gewichen. Trotz all der Jahre war er immer noch gertenschlank. Er hatte sich den Bart abgenommen und die Haare gestutzt. Graue Schläfen gaben ihm etwas Gesetztes. Er hätte eher an einen Kaufmann erinnert, wäre da nicht der weite, nachtblaue Mantel gewesen, der um seine Schultern lag. Zweifellos ein erlesener Stoff. Er war über und über mit Sternen und arkanen Symbolen bestickt. Er sah wie die Parodie eines Magiers aus. Wie ein Zauberer aus einem Märchen.

»Wie du siehst, habe ich mit einigen meiner alten Ideale gebrochen«, fuhr Asef in gereiztem Ton fort. »Ich habe den Ballast an törichten Ideen, die die Jugend mit sich bringt, abgeworfen.« Er bedachte Abdul mit einem abfälligen Blick. »Wie mir scheint, ist dir dies nicht gelungen. Lass mich raten: Du ziehst das Studium alter Folianten noch immer dem Studium des wirklichen Lebens vor.«

Abdul wurde sich bewusst, dass seine Kleider neben diesem Stutzer alt und abgetragen wirkten. Er hatte nie sonderlichen Wert auf sein Äußeres gelegt.

»Du wirst mir vorhalten, ich hätte mich verkauft.« Asef machte eine große Geste, die das ganze Zimmer umschloss. »Das habe ich, in der Tat. Und wie du siehst, bin ich nicht für ein paar Kupferstücke zu haben. Ich bin in den Häusern der Granden ein gern gesehener Gast.«

Das war Abdul bekannt, auch wenn er Asef lange nicht mehr getroffen hatte.

»In einem Bett und zudem in angenehmer Gesellschaft schläft es sich wesentlich besser als auf dem Boden.« Er sah in die Richtung, in die die beiden Sklavinnen verschwunden waren. »Du solltest es auch einmal versuchen, Abdul. Du siehst aus wie eine vertrocknete Dattel.« Asef lächelte. »Aber selbst in dir werden sie die Säfte wieder steigen lassen.«

Abdul räusperte sich verlegen. Schlüpfrige Anspielungen hatte er noch nie geschätzt. Es war erschütternd zu hören, wie tief sein asketischer Stubenfreund gesunken war.

»Möchtest du noch irgendetwas über Moral sagen?« Asef schnaubte. »Verkneif es dir. Moral ist eine Erfindung derer, die es zu nichts gebracht haben und den anderen ihr schönes Leben neiden.«

Abdul atmete langsam aus. Auf solche Predigten war er nicht vorbereitet. Sein Gegenüber genoss seine Sprachlosigkeit augenscheinlich. Er goss ihm ein wenig Wein ein und reichte ihm ein Kristallglas.

»Und, willst du mir jetzt etwas über dich erzählen?«

»Ich bin in Schwierigkeiten«, gestand Abdul, und da sein früherer Studienkollege keinen Zweifel daran gelassen hatte, welche Macht nun sein Leben beherrschte, legte er den Beutel mit den Edelsteinen neben die Karaffe mit dem Wein. »Meine Nichte wurde entführt. Sie ist latent magiebegabt und ein hübsches, junges Mädchen. Soweit ich erfahren konnte, wurde sie von Salix Kugres gekauft. Weißt du einen Weg, wie ich sie zurückgewinnen kann?«

Asef nahm den Beutel und schüttete den Inhalt auf die Servierplatte. »Ich glaube nicht, dass du auf den Silberberg in die Villa Kugres gelangen kannst«, sagte er ruhig, während er mit ausgestrecktem Zeigefinger durch die in allen Regenbogenfarben funkelnde Pracht der Juwelen fuhr.

»Aber du kannst es.« Abdul hoffte, dass er nicht allzu verloren klang.

Sein Studiengefährte blickte von den Edelsteinen auf. »Glaubst du, ich würde alles, was ich mir hier erschaffen habe, dafür aufgeben, dir einen Gefallen zu tun? Ausgerechnet dir! Denkst du, ich sehe deinen mühsam beherrschten Hochmut nicht? Du blickst auf mich herab, hältst dich für etwas Besseres. Natürlich verkneifst du dir jedes gehässige Wort, denn du erhoffst dir einen Gefallen von mir. Und doch vermagst du dich nicht so sehr zu verstellen, dass ich nicht an deinen Zügen ablesen könnte, was du denkst. Du bist nur deshalb in mein Haus eingelassen worden, weil ich sehen wollte, wie du dich verbiegst. Du, der stets aufrechte Abdul el Mazar. Der eine, der die Wege der Schatten nur studierte, um gegen das Dunkel in dieser Welt anzutreten. Der, für den es nur Schwarz und Weiß gibt.« Asef lachte freudlos. »Und ich habe natürlich alles verraten, weil ich in einem schönen Haus lebe. Hast du jenseits deiner Vorurteile irgendeine Ahnung, was ich in den letzten Jahren gemacht habe?«

»Du pflegst Umgang mit den Granden.« Abdul bemühte sich, nicht allzu vorwurfsvoll zu klingen. Noch hielt er an seiner Hoffnung fest. Asef war käuflich, und vor ihm auf dem Tisch lag ein kleines Vermögen. Durchaus genug, um in einer anderen Stadt ein nicht minder prächtiges Haus zu erwerben.

»Umgang mit den Granden zu haben, ist der Adelsschlag in dieser Stadt, du dämlicher Kameltreiber. Es bedeutet, dass man es geschafft hat.« Asef nahm einen tiefen Schluck aus seinem Weinglas.

»Sie kommen zu mir, weil die Dunkelheit die Mächtigen lockt, so wie Aas Fliegen anlockt. Sie wollen von ihr kosten, ihr aber nicht verfallen. Ich berate sie, nutze mein Wissen um die Geheimnisse der Stadt und lasse mich dafür gut bezahlen. Will eine alternde Grandessa ein wenig von ihrer verblühten Schönheit zurück, weiß ich, an wen sie sich wenden muss. Es ist ein schmaler Grat, auf dem ich wandele. Ich vermittle zwischen jenen, die die Pforten in die Finsternis aufstoßen, und jenen, die zögerlich an der Schwelle stehen und nicht wissen, was sie erwartet. Am Ende sind meist beide Seiten zufrieden, und ich werde doppelt entlohnt. Doch bin ich nie zugegen, wenn Anrufungen stattfinden. Auch habe ich nie mein Wissen und meine Macht genutzt, um selbst Invocationen durchzuführen. Ich bleibe stets in der Mitte.«

Abdul rang seinen Abscheu nieder. Auch ihm musste es gelingen, die Maske zu wahren. »Das heißt, du weißt, was Salix Kugres tut?«

Asef lächelte abfällig. »Langsam verstehst du. Genau damit verdiene ich mein Geld. Seine Spektabilität wird heute ein exklusives Treffen zur dritten Mittagsstunde veranstalten.«

Abdul hatte das Gefühl, dass sich seine Eingeweide in Eis verwandelten. »Zur dritten Stunde?« Das war nicht mehr lang. Mittag war schon verstrichen gewesen, als er Asefs Haus betreten hatte. »Was wird er tun?«

Sein Gegenüber blickte auf die Edelsteine.

»Nimm dir davon!«, stieß Abdul hervor. »Doch um Rastullahs Willen, sage mir, was Selime erwartet.«

Asefs Hand hielt über den Steinen inne. »Was genau sie erwartet, weiß ich nicht. Doch jeder, der dieses Fest besucht, bringt einen

Lustknaben oder eine Gespielin mit, die mindestens zwanzig Jahre jünger ist. Daraus ergäbe sich eine Möglichkeit, was ihr Schicksal angeht, allerdings ...«

»Ja!« Abdul schämte sich dafür, mit welcher Unterwürfigkeit er an Asefs Lippen hing.

Sein Studienkamerad nahm einige der Edelsteine. »Es sind etliche Sklavenhändler heute bei ihm zu Gast. Die meisten kennen sich, aber ein paar Neue werden auch dabei sein. Und eine Magierin, die keinen guten Ruf hat. Es heißt, sie stünde bereits im dritten Kreis der Verdammnis und hätte sich ganz und gar der Erzdämonin Asfaloth verschrieben. Salix hat sie zum ersten Mal eingeladen. Es scheint, als habe er etwas Besonderes vor ...« Asef schaffte es für einen Augenblick, wirklich betroffen zu wirken. »Wir beide wissen, was es heißt, wenn Paktierer etwas Besonderes planen und ein junges Mädchen entführt wurde ...«

Abdul keuchte. »Bring mich dort hin!«

Sein Gegenüber hob abwehrend die Hände. »Hast du mir nicht zugehört? Du bittest mich um genau das, was ich niemals tue. Ich berate, ich vermittle, aber ich bin niemals zugegen, wenn diese Dinge geschehen. Gerade heute nicht! Du weißt, dass die fünf besonderen Tage angebrochen sind.«

»Es geht um meine Nichte!« Abdul kniete vor ihm nieder. »Ich bitte dich, hab Erbarmen!«

»Geh zum Praiostempel, wenn du dich mit Paktierern anlegen willst. Sie haben dort einen jungen Inquisitor. Marcian heißt er. Ein melancholischer, sauertöpfischer Geselle. Er soll im Kaiserreich schon einige Hexen und andere Kundige verbrannt haben, die ihre Kunst etwas zu freimütig praktiziert haben. Der ist dein Mann.«

Abdul schloss die Augen. Er war der Praioskirche bekannt. Sie würden ihn mit Freuden hereinbitten und dann nicht mehr hinauslassen. Für sie war er ein Verlorener. Ein berüchtigter Dämonendiener. Dass er ihnen schon mehrfach heimlich im Kampf gegen den Namenlosen geholfen hatte, wussten diese einfältigen Tröpfe nicht. Wäre er offen an sie herangetreten, hätten sie seine Unterstützung niemals angenommen. Erst recht kein Inquisitor. Diese Narren waren so verbohrt, dass sie lieber verbluteten, als auf dem Schlachtfeld Hilfe durch einen Heilzauber zu dulden. Er konnte nicht zum Praiostempel, und Asef wusste das ganz genau.

Abdul lag noch immer auf den Knien. »Wie kann ich meine Nichte wiedersehen? Bitte sag es mir. Ich werde alles dafür tun.«

»Du bist ein Narr, mein Freund. Aber gut, wer bin ich, mich in den Weg eines Narren zu stellen? Unweit des Rahjatempels, mit bestem Blick auf die Wassergärten am Fuß des Silberbergs, findest du ein Gasthaus, in dem sich die verwöhntesten Gaumen der Stadt von den besten Köchen des Südens huldigen lassen. Es heißt *Seerose*. Dort werden sich Salix Kugres und seine Gäste treffen. Wenn du ein bronzenes Medaillon vorzeigst, wirst du an der Küche vorbeigeführt werden. Was dich dann weiter erwartet, ahne ich nur, aber du wirst zu den Räumlichkeiten der Paktierer gebracht werden.« Er runzelte die hohe Stirn. »Ich rate dir noch einmal: Geh nicht an diesen Ort. Du wirst dort alles verlieren.«

»Woher bekomme ich das Medaillon?«, fragte Abdul, taub für alle Worte, die ihn von Selime fernhalten sollten.

»Ich habe eines. Ich werde auf die meisten dieser Zusammenkünfte eingeladen, obwohl ich noch nie tatsächlich gekommen bin. Du kannst es haben.« Er erhob sich und verließ den Raum.

Vor der Tür hörte Abdul flüsternde Stimmen. Waren es die Sklavinnen?

Asef ließ sich Zeit damit, zurückzukehren. Er hatte ein rundes, bronzenes Medaillon dabei, fast so groß wie ein Handteller, das an einer schweren, silbernen Kette hing. Er reichte es Abdul, der aufmerksam die Prägung betrachtete. Sie zeigte eine Seerose, aus deren Blütenkelch ein Auge zu ihm aufblickte. Er spürte, dass dem Zeichen Unheil anhaftete, obwohl es nicht mit einem Zauber belegt zu sein schien.

»Nimm dir deine Edelsteine.«

Asef schüttelte den Kopf. »Ich lasse mich für guten Rat bezahlen. Kann ich jemanden nicht davon abbringen, in sein Verderben zu ziehen, dann nehme ich sein Gold nicht. Lebe wohl, Abdul. Ich glaube nicht, dass wir uns je wiedersehen werden.« Mit diesen Worten zog sich sein Studienkamerad zurück.

Stattdessen trat die dunkelhäutige Dienerin ein, die ihn an der Tür empfangen hatte. Sie trug Kleider über dem Arm. Kostbare Seidengewänder, wie sie die Reichen des Südens gern an solch heißen Tagen wie heute trugen.

»Mein Gebieter bittet Euch, dies als ein Geschenk anzunehmen. Er fürchtet, dass Ihr in Euren Kleidern in Schwierigkeiten geraten könntet. Die Söhne der Wüste sind in dieser Stadt nicht überall gern gesehen, und ihre traditionellen Gewänder könnten von manchem als eine Provokation betrachtet werden. Legt dies an, und Ihr geht als ein Kaufmann durch, der sich den Sitten Al'Anfas angepasst hat.«

Abdul gehorchte und zog die neuen Kleider an. Ein seidenes Hemd mit einer weiten Hose, dazu eine Bauchbinde in schillerndem Rot und eine knapp geschnittene, schwarze Weste. In den Gewändern fühlte er sich wie ein Geck.

Zuletzt streifte er noch die kniehohen Stiefel über. Die schweren Absätze klackten auf dem steinernen Boden. Seine Füße fühlten sich eingesperrt. Ganz sicher würde er sie nur so lange wie notwendig anbehalten.

Mit schlechtem Gewissen sammelte er seine verbliebenen Edelsteine wieder ein. Wie es schien, hatte er Asef falsch eingeschätzt.

Die Dienerin geleitete ihn die Treppe hinab bis zur Haustür. Nachdenklich ging er hinüber in den Park. Die Zeit drängte, und doch hatte er das Gefühl, das Falsche zu tun. Als er aufblickte, sah er eine ganz in Weiß gekleidete Gestalt auf dem Weg vor sich. Jamilah!

*Im Palmenpark, Al'Anfa,
erster Hranngar-Tag*

»Was machst du hier? Wo ist Saranja? Sie hatte strikten Befehl, dich nicht aus dem *Weißen Einhorn* zu lassen. Du dürftest gar nicht …«

»Sie ist gegangen«, erklärte Jamilah leise.

Abdul brauchte einen Augenblick, um zu fassen, was da geschehen war. Er hatte Saranja und Kamillio fürstlich für ihre Dienste entlohnt. Es konnte nur einen einzigen Grund geben, warum die Meuchlerin gegangen war: Jemand musste ihr noch mehr geboten haben. Aber wie hatten sie Saranja gefunden? Fausto! Jemand musste zum Haus des Sklavenhändlers gekommen sein und dort mit Kamillio verhandelt haben. Nur er hatte gewusst, wo seine Gefährtin zu finden war.

Aber warum hatten sie Jamilah nicht in ihre Gewalt gebracht?

»Hat Saranja irgendetwas gesagt, als sie gegangen ist?«

Seine Nichte schüttelte den Kopf. »Nur, dass sie nicht mehr in unseren Diensten steht. Dann ist sie gegangen.«

Abdul keuchte. Die schwüle Hitze trank ihm die Kraft aus den Gliedern. Und das hier … Er fühlte sich plötzlich wie ein Greis. Seine Knie zitterten. Alles brach auseinander. Seine Pläne, seine Hoffnungen …

»Woher wusstest du, wo du mich findest?«

»Du murmelst leise vor dich hin, wenn du liest, Oheim. Ich habe dich gestern ein paar Mal ›Palmenpark‹ flüstern hören. Da dachte ich, ich finde dich hier.«

Es stimmte, er wiederholte flüsternd, was er las. Aber er hatte sich immer eingebildet, dass niemand die gehauchten Worte verstehen könnte. Offensichtlich hatte er das feine Gehör seiner Nichte unterschätzt.

Beklommen sah er sich um. Abgesehen von ein paar Äffchen, die auf den Palmen dösten, war der Park verlassen. Es sah aus, als sei niemand Jamilah gefolgt. Allerdings waren Kamillio und Saranja äußerst erfahren darin, selbst für aufmerksame Blicke unsichtbar zu bleiben.

Wenn sie nicht hier waren, erwarteten sie ihn beim Gasthof.

»Wir können nicht zurück«, murmelte Abdul verzweifelt.

»Das habe ich mir auch schon gedacht«, entgegnete Jamilah ernst und deutete auf eine kleine, mit Elfenbeinperlen bestickte Tragetasche, die sie unter den Arm geklemmt hielt. »Ich habe deine Notizbücher und meinen Schmuck mitgenommen.«

Abdul schloss sie in die Arme. Ihm fehlten die Worte. Fest drückte er sie an sich. Er hatte sie unterschätzt. Er sollte aufhören, sie wie ein Kind zu behandeln. Sie war längst eine junge Frau und noch dazu nicht auf den Kopf gefallen.

Er sollte sich ihr anvertrauen! Sonst gab es auch niemanden mehr. Er musste mit einer viel jüngeren Gespielin zur *Seerose* kommen. Das Amulett allein genügte nicht, um bis zum Bund der Paktierer vorzudringen.

Wieder glitt sein Blick über den zierlichen Leib seiner Nichte. Die kleinen Brüste, die sich sanft unter ihrem weißen Kleid wölbten, und ihre ernsten, dunklen Augen. Er hasste es, sie dieser Gefahr auszusetzen. Aber es wäre auch nicht minder gefährlich, sie irgendwo zurückzulassen. Ohne Leibwächter war Al'Anfa kein

Ort, an dem man eine junge Frau allein lassen konnte. Noch dazu an den Namenlosen Tagen ...

Abdul blickte zum Himmel, dann auf die Schatten der Palmen. Sie wurden bereits länger. Die dritte Stunde nach dem Mittag war nicht mehr fern, und sie mussten fast durch die halbe Stadt laufen, um zur *Seerose* zu gelangen.

»Du wirst immer an meiner Seite bleiben?«

Jamilah lächelte entschlossen. »Bis wir Selime gefunden haben.«

Es lag eine Härte in ihrem Blick, die er ihr nicht zugetraut hätte. Sie war eine Novadi, dachte er mit einem Anflug von Stolz. Sie würde es mit ihm zu Ende bringen, denn heute war der Tag der Blutrache.

Bei der Seerose, *Al'Anfa,*
erster Hranngar-Tag

Es kam noch einer. Der dritte schon, seit sie auf der Lauer lagen. Abdul stand mit Jamilah im Schatten der Terrasse der Herberge *Madamal* und blickte auf das einzeln stehende Haus. Es war gut gepflegt und hatte leuchtend rote Dachschindeln. Und es schien etwas an sich zu haben, das es für Blinde so anziehend machte, wie Nektar es für Bienen war.

Gerade eben war ein Mann mit kurz geschorenem Bart erschienen, der von einer jungen Frau bei der Hand geführt wurde und einen Stock vor sich hin und her schwang. Es war ein wettergegerbter, harter Kerl von vierschrötiger Gestalt. Ein Seefahrer, schätzte Abdul. Auf jeden Fall jemand, der die meiste Zeit seines Lebens der unerbittlichen Sonne ausgesetzt gewesen war, denn seine Haut war dunkel wie gegerbtes Leder.

Möwen kauerten auf den Bäumen entlang der steinernen Uferbefestigung, von der es zum Strand hinabging. Man hatte von hier aus einen guten Blick auf den in Parkanlagen zergliederten Silberberg, wo sich die Granden Al'Anfas hinter hohen Mauern und den Schwertern ihrer Söldner versteckten. Südöstlich von ihnen erstreckten sich die Wassergärten. Heute lagen dort keine Boote. Kein Lachen hallte zwischen den Bäumen wider. Die Reichen der Stadt gingen verborgeneren Genüssen nach.

Über den Inseln erhob sich eine riesige schwarze Rabenstatue. Der Rabe symbolisierte den Totengötzen Boron, den sie in dieser Stadt anbeteten. Einmal im Jahr zwangen die Irrgläubigen zehn junge Männer und Frauen, vom Kopf des Raben in die Tiefe zu springen, sich den Klippen und der Brandung zu übergeben. Durch und durch verderbt waren diese Götzenanbeter! Doch heute würde er ihnen ein Opfer entreißen, dachte Abdul, erfüllt von heiligem Zorn. Er hatte einen Plan. Er war verrückt und verzweifelt, und er hatte Jamilah keine Silbe verraten. Wenn alles gelang, wie er es sich erhoffte, dann würde sie schon das Richtige tun.

»Gehen wir!«, entschied er.

Sie schritten quer über den Platz und klopften dreimal an die mit Weinranken bemalte Tür, so wie sie es bei den anderen gesehen hatten. Als sich ein kleines Sichtfenster öffnete, hielt Abdul das Medaillon mit dem Auge in der Seerose hoch. Es wurden keine Fragen gestellt. Die Tür schwang auf.

Eine Frau in fließenden gelben Gewändern geleitete sie zwischen verwaisten Tischen hindurch in die Küche. Die Herdfeuer waren verloschen. Doch hing noch ein Geruch nach Bratenfett und Koriander über den Hackklötzen für Fleisch und zwischen den Schränken, in denen sich einfache Teller aus rotbraunem Ton stapelten.

Die zweite Tür, die sie passierten, war aus blassgrauen Brettern gefertigt, die Abdul an Treibholz erinnerten. Ihre Begleiterin blieb zurück.

Hier führte eine steinerne Treppe in die Tiefe. Auf jeder fünften Stufe brannte eine Öllampe. Es war angenehm kühl. Der Treppenschacht war aus Basaltfelsen geschlagen. Deutlich erkannte der Zauberer noch die Spuren der Werkzeuge entlang der Wand. Nie hatten sich die Handwerker die Mühe gemacht, die Wand zu glätten. Es war nur darum gegangen, in der Tiefe des Felsens eine verborgene Zuflucht für Tätigkeiten zu schaffen, die kein Tageslicht duldeten. Der gewachsene Stein schützte sie zugleich vor dem Meerwasser.

Am Fuß der Treppe angekommen, fröstelte es Abdul. Es roch nach Blut. An eisernen Haken hing Fleisch von der Decke. Halbe Hammel, Schinken, zwei Ziegenköpfe, in denen noch die Augen saßen.

Es war lange her, dass er ein Ziegenauge gekostet hatte. Eine erlesene Delikatesse unter den Hirten der Unauer Berge. Abdul verdrängte die Gedanken an seine einsamen Reisen. Diese Höhle voller Fleisch setzte ihm zu. Er konnte spüren, dass etwas Dunkles ganz nah war.

Aus dem Augenwinkel betrachtete er Jamilah. Sie schien ohne Furcht zu sein. Es mangelte ihr an Vorstellungskraft. Sie hatte keine Ahnung, was sie hier erwartete.

Ein fremder Duft von exotischen Blüten stieg ihm in die Nase. Hier, tief unter der Erde. Wie war das möglich?

Neben einer Hammelhälfte fand sich ein weiterer Durchgang. Wieder führten Stufen in die Tiefe. Von unten drang das Raunen von Stimmen herauf. Es schienen viele Gäste gekommen zu sein, dachte Abdul besorgt. Das war nicht gut. Er hatte darauf gehofft, dass sie es nur mit einem kleinen Zirkel von Paktierern zu tun bekamen.

Gelbes Licht leuchtete am Ende der Treppe. Es kam aus einer Höhle, deren Wände Abdul so zerklüftet erschienen, als habe sich der Fels gewehrt, diesen Raum freizugeben. Er wirkte wie eine Wunde im Leib der Erde. Abdul konnte nicht erkennen, wie weit sich die Höhle erstreckte, eine Biegung verwehrte umfassenden Einblick.

Tänzerinnen wiegten sich lasziv zum Klang von Flöten oder Zimbeln, die sie in ihren rot bemalten Fingern hielten. Sie bewegten sich sorglos, obwohl ihre Augen verbunden waren. Einige schwankten, vermutlich waren sie berauscht. Kostbar gekleidete Besucher lagen auf pompösen Kissen, die nicht zu den Wänden aus rauem Stein passten, an denen die Feuchtigkeit herunterlief. Der süße Geruch von Wasserpfeifen drang in Abduls Nase.

Die gelben Laternen schufen Inseln aus Licht, erhellten den verwinkelten Komplex aber nur spärlich. Es schien, als kämpfe die Dunkelheit dieses Ortes dagegen an, ihren lockenden Schrecken zu offenbaren.

»Wer bist du?« Die dunkle, schmeichlerische Stimme wollte nicht zu dem alten, gebeugten Mann passen, der ihnen den Weg von der Treppe in die Höhle verstellte. Seine Haut war weiß wie Kirschblüten, aber von Hunderten Runzeln durchzogen. Selbst die Handflächen, die er ihnen tastend entgegenstreckte, zerfurchte ein Netz aus tiefen Falten.

Blicklose weiße Augäpfel starrten Abdul an, während er zurückwich. Jamilah aber blieb stehen. Sie duldete, dass der Blinde über ihr Gesicht strich.

Erschrocken zuckte der Greis zurück, als habe er sich verbrannt. In den Fingerkuppen seiner rechten Hand öffneten sich Spalten, durch die nachtschwarze Augen starrten. »So schön«, hauchte er und trat zur Seite.

Abdul schob Jamilah an dem Alten vorbei. Sie durften nicht auffallen. Noch nahm niemand mehr als flüchtige Notiz von ihnen. Die Männer und Frauen auf den Kissen plauderten miteinander oder gaben sich anderen Vergnügungen hin. Den Lustknaben, die Süßigkeiten und Rauchkraut reichten, waren ebenso die Augen verbunden wie den Tänzerinnen. Einige Gäste machten sich einen Spaß daraus, einen halb nackten Jüngling mit ihren Rufen so zu leiten, dass er stolperte. Er stürzte. Die Scherben der Gläser, die er auf einem Tablett getragen hatte, schnitten in seine Hände.

Abdul zog Jamilah tiefer in die Höhle hinein. Sie folgte furchtlos. »Schau dich um«, raunte er ihr zu. »Siehst du deine Schwester irgendwo?«

Diese verfluchten Schatten! Dieser Ort verhöhnte die Natur. Abdul musste die Leute anstarren, um ihre Gesichter zu erkennen. Ob sie nicht bemerkten, was hier vorging? Waren sie bereits so berauscht, oder war ihnen das blasphemische Treiben einfach gleichgültig?

Und wo waren die Blinden mit ihren jugendlichen Begleitern? Abdul sah lediglich den Greis, dem Augen in den Fingerspitzen wuchsen und der bei seiner Begrüßung so von Jamilah angetan gewesen war. Er folgte ihnen in einigem Abstand.

Je weiter sie vordrangen, desto sicherer war Abdul, dass die Erde diese Höhle nicht freiwillig geschaffen hatte. Es war, als sehnte sich das umgebende Erz danach, diese Wunde zu schließen. Das mochte sich noch als Vorteil erweisen. Zwar war Erz träge, doch wenn man ihm half … Abdul kramte in seinem Gedächtnis.

Sie trafen auf die Blinden, als die Höhle in einem kreisförmigen Dom von gut zehn Schritt Durchmesser ihren Abschluss fand. Die Männer und Frauen umstanden ein Gewächs, das niemals nach Aventurien hätte gelangen dürfen, denn schon auf den ersten Blick war offensichtlich, dass seine Heimat in dämonischen Gefilden liegen musste. Scharf sog Abdul den Atem ein und zog Jamilah an seine Seite.

In der Mitte der Höhle erhob sich die Pervertierung eines Baums fünf Schritt hoch. Widerliche Auswüchse leckten über die Decke. Zum Teil waren sie tatsächlich Zungen, groß und speicheltriefend. Manche hingen aus wulstigen Lippen, andere wuchsen direkt aus den Ästen hervor. Einige waren groß wie bei einem Ochsen, aber es gab auch kleine, gespaltene, die Abdul an zischelnde Giftschlangen erinnerten.

Es waren nicht die einzigen Organe, die dieser Baum statt Blättern hervorbrachte. Finger wanden sich zwischen den Stacheln eines kaktusartigen Auswuchses. An anderen Stellen grapschten Hände oder vollführten obszöne Gesten. Eine behaarte Pranke masturbierte ein männliches Glied, das erigiert aus dem Stamm wuchs, direkt über zwei prallen Brüsten. Es gab Füße, Ohren und Lippen, und sogar ein ganzer Arm wand sich an einem Ast, als versuchte er, sich von der dämonischen Kreatur zu lösen.

Was mutete Abdul seiner Nichte nur zu! Wie unbedacht hatte er sie in dieses Reich des Schreckens geführt!

Besorgt sah er Jamilah an. Aber in ihrem Gesicht stand weder Angst noch Abscheu, noch nicht einmal die Entschlossenheit, ihre Blutrache einzufordern. Abdul hoffte, dass das seltsam zurückhaltende Licht dieses Ortes ihn täuschte und nicht wirklich ein Lächeln um ihre Lippen zuckte. Das hätte nur bedeuten können, dass das Mädchen den Verstand verlor.

Eine junge Frau in einer grünen Pumphose und einem ebenso gefärbten Brustschal näherte sich ihnen mit wiegenden Schritten. Sie reichte Jamilah einen silbernen Pokal. »Trink, Kleines«, ermunterte sie sie. »Das wird es leichter machen.«

»Was wird es leichter…?«, setzte Abdul an, aber Jamilah nippte bereits an dem Getränk.

Lächelnd nahm die Frau das Silbergefäß zurück, fasste Jamilah am Arm und führte sie zwischen den Blinden zum Baum. Abdul wollte sie zurückhalten, aber das wäre bestimmt aufgefallen. Sie waren nicht so weit gekommen, um Selime nun doch noch aufzugeben!

Unmittelbare Gefahr schien Jamilah nicht zu drohen. Dort, wo sich die an rohes Fleisch erinnernden Wurzeln in schwarzes Erdreich gruben, lagen bereits ein halbes Dutzend Jünglinge und Mädchen. Das jüngste schätzte Abdul auf zwölf. Sie schienen unverletzt, auch wenn sie blutverschmiert waren. Ihre Kleidung war nicht zerschnitten. Wo immer ihr Gewicht auf das Erdreich drückte, quoll dunkle Flüssigkeit heraus. Als einer der Blinden vortrat und sich einen oberflächlichen Schnitt beibrachte, erkannte Abdul, woher das Blut kam.

Die jungen Menschen am Stamm des Baums schienen durch das berauschende Getränk ruhiggestellt, doch Abdul hatte ein flaues Gefühl im Magen. Er musste Selime finden, aber für einen Moment schloss er die Augen, um das Grauen auszusperren. Sein Herz dröhnte wie eine große Trommel.

Ich darf mich nicht von der Angst überwältigen lassen, dachte er. Die Angst ist die liebste Waffe der finsteren Mächte. Sie öffnet das Tor ins Herz, und dann sickert das lähmende Gift hinein. Ich darf keine Angst haben!

Er hoffte, dass Jamilah nur so getan hatte, als würde sie trinken. Wenn sie ebenfalls in Apathie verfiele, wäre alles verloren. Er brauchte sie, um Selime aus diesem Dämonenpfuhl zu befreien! Wenn das nicht gelänge … Er versuchte, hinter der Kakofonie dämonischer Präsenz, die auf seine geschulten Sinne einstürmte, die natürliche Matrix dieses Ortes zu erspüren. Das Erz. Das Erz war sein Verbündeter. Es rebellierte gegen die unheiligen Vorgänge. Abdul spürte die Verbundenheit zu diesem Widerwillen. In Gedanken ging er die magischen Formeln durch, die eine astrale Verbindung zum Erz schufen. Er musste einen Zauber finden, der ihm ermöglichte, dieser Kraft Aventuriens seine Wünsche mitzuteilen.

Er würde der Urgewalt dienen, indem er ihr seine Sinne lieh und ihr zeigte, wie sie ihren Feinden schaden könnte.

Als ein Schmerzensschrei durch die Höhle gellte, riss er die Augen auf. Einer der Blinden, ein Mann mit wettergegerbter Haut und vollem, schwarzem Bart, lag auf einem Lager aus weichen Kissen. Ein kräftiger Sklave mit einem Halsband aus Schlangenleder hielt ihn fest. Ein anderer, schmächtiger, pulte mit einer dünnen Klinge in einer leeren Augenhöhle herum.

Neben ihm stand ein beleibter Mann in gelber Pumphose, roter Bauchbinde mit Goldquaste und einem hellgrünen Seidenhemd mit blutroten Stickereien. »Stell dich nicht so an.« Mit einer wischenden Geste schwenkte er sein Weinglas. »Du willst doch wieder etwas sehen.«

Erst an der Stimme erkannte Abdul den Gastgeber Salix Kugres. Der Grande hatte mit seiner Bekleidung einen neuen Gipfel der Geschmacklosigkeit erklommen.

Abdul wandte sich ab und entfernte sich einige Schritte, bevor er unschlüssig stehen blieb. Er wollte in Jamilahs Nähe bleiben, und da sich der dämonische Baum hier befand, war Selime vermutlich auch nicht weit. Aber in Salix' Umgebung lief er Gefahr, erkannt zu werden. Er war froh um die schreiend bunte Kleidung, die er von Asef bekommen hatte. In solch einem Aufzug kannte Kugres ihn nicht.

»Seid Ihr das erste Mal hier?«, sprach ihn eine Frau an, auf deren Stirn ein silbernes Diadem glänzte. Es zeigte eine Rose, die Dornen waren Obsidiansplitter.

Abdul nickte. Je näher er an der Wahrheit blieb, desto geringer war die Wahrscheinlichkeit, dass er sich in Widersprüche verstrickte.

»Es kann einem zusetzen.« Sie zog ihr rotes, mit Goldborten verziertes Wickelgewand zurecht, um ihre Unterarme freizubekommen, und zeigte auf ihr rechtes Auge. »Aber es wirkt.«

Ihre Augen waren unterschiedlich, wie Abdul jetzt erkannte. Das linke passte besser zu ihrer Hautfarbe, es war dunkelbraun. Im rechten dagegen lag ein roter Schimmer. Nein, es waren sogar rote Linien darin, und sie bewegten sich wie Wasserschlangen.

»Seid Ihr auch hier, um Euer Augenlicht zurückzugewinnen?« Wieder nickte Abdul.

»Gut.« Eine Spur Schärfe lag in ihrer Stimme. »Ich dachte schon, man hätte Euch die Zunge herausgeschnitten. Weil Ihr nicht mit mir sprecht.«

Er überlegte, ob er sie stehen lassen sollte, aber ein einsamer Wanderer fiel vermutlich mehr auf als jemand, der Konversation betrieb. »Erlaubt, dass ich mich vorstelle. Ich bin ...« Er brauchte einen Decknamen, den er nicht sofort wieder vergaß. In gewisser Weise war er für seinen Schwager hier. Es ging auch darum, ihn zu rächen. »Jussuf. Man nennt mich Jussuf.«

»Einfach nur Jussuf?«, fragte sie.

»Bescheidenheit gehört zu meinen Gewohnheiten.« Abdul schielte zu Salix hinüber. Er stand noch immer neben dem Mann, der sich jetzt aufs Wimmern verlegte, aber nun war eine rothaarige Frau bei ihm.

Abduls Konversationspartnerin schmunzelte. »Das ist gut, einfach nur Jussuf. Wer bescheiden auftritt, wird leicht unterschätzt. Das verschafft einen Vorteil. Ich bin Cylina Amazetti.«

»Euer Name lässt mich vermuten, dass Ihr nicht von hier stammt.«

»Ebenso wenig wie Ihr, einfach nur Jussuf, will ich meinen.«

»Das stimmt.«

»Und Ihr seid keiner von Salix Kugres' Sklavenkapitänen, oder? Dafür seid Ihr zu schmächtig.«

»Auch das ist richtig.«

»Also habt Ihr bezahlt und seid jemand, der es sich leisten kann, hier zu sein«, stellte Cylina zufrieden fest. »Das trifft sich gut. Ich hoffe, auf Geschäftspartner zu treffen.«

»Um was für Geschäfte geht es?«, fragte er.

»Handel.« Achselzuckend hakte sie sich bei ihm unter. »Handel mit Waren.«

Abdul begann, mit ihr an seiner Seite den dämonischen Baum zu umrunden, wobei er unauffällige Blicke auf die Anwesenden warf. »Handel mit Waren – ist das nicht etwas allgemein?«

»Sagen wir, ich bin weit herumgekommen und habe mir dabei vielfältige Fertigkeiten angeeignet. Zuletzt profitierte das Handelshaus Stoerrebrandt von meinen Talenten, aber dort war man mir zu engstirnig, was die Geschäftsmöglichkeiten angeht.«

»Engstirnig?«

Sie kicherte. »Wisst Ihr, Salix Kugres hat immer Bedarf an jungen Damen und Herren mit, nun ja, exquisitem Geschmack.« Wieder kicherte Cylina. »Man kann lange auf einem Sklavenmarkt suchen, bis man ein gutes Stück ergattert. Oder man kann die Ware etwas … aktiver besorgen. Auf Bestellung, sozusagen.«

»Ich verstehe.«

»Ihr erschient mir sofort verständig, Jussuf. Aber genug von mir. Was ist Eure Spezialität?«

»Neugier«, sagte Abdul. »Ich befriedige Neugier.«

»Vor allem Eure eigene, scheint mir.«

Hatte er sich verraten? Abdul bemühte sich um ein weltmännisches Lächeln.

Cylinas Kichern ging ihm auf die Nerven. »Ihr schaut schon die ganze Zeit zu den jungen Schönheiten hinüber, die sich am Stamm unseres Ehrengastes rekeln. So schlecht können Eure Augen gar nicht sein.«

»Das täuscht. Ich tue mich schwer, wenn ich Schriften entziffern will.«

»Das wird überschätzt.« Cylina machte eine wegwerfende Handbewegung. »Wer es sich leisten kann, liest nicht. Er lässt lesen.«

Jamilah schien in Schwierigkeiten zu geraten. Ein junger Mann, aber offensichtlich kein Sklave, denn sein ausladender Turban war mit Perlenketten und Pfauenfedern geschmückt, hatte sie auf die Beine gezogen und drückte sie an sich, während er mit der freien Hand ihren Hintern betatschte.

Jamilah hielt die Arme zwischen sich und ihm. Ob sie nach dem Dolch unter ihrem Gewand suchte?

»Manche wollen die Jugend noch einmal benutzen, bevor dieses Ding sie mit sich zieht.« Musste Cylina ständig kichern? Wie konnte man eine solche Frau um sich haben? »Soll ich das süße Ding noch einmal zu Euch bringen, bevor Ihr sie nie wiederseht?«

Abdul merkte, wie er schwitzte. Worin lag weniger Gefahr, entdeckt zu werden? Wenn Cylina sich vor allen aufspielte, oder wenn Jamilah so sehr bedrängt wurde, dass sie sich wehrte? Was sollte er tun? Eingreifen, oder den Dingen ihren Lauf lassen?

Er schüttelte den Kopf. Die Situation war außer Kontrolle geraten, als sie die Höhle betreten hatten. Sie befanden sich in unmittelbarer Nähe eines Dämons! Diese Kreaturen waren unberechenbar. Hier konnten jeden Moment Dinge geschehen, die niemand vorhersah.

Und wo steckte Selime, verdammt?

Er wollte Cylina gerade bitten, Jamilah aus ihrer misslichen Lage zu befreien, als der Blinde, der sie am Eingang betastet hatte, diese Aufgabe übernahm. Offenbar war er ihnen bis hierher gefolgt. Jetzt herrschte er den Lüstling an und stieß ihm die Finger entgegen, in deren Kuppen sich auch diesmal wieder die schwarzen Augen öffnen mochten.

Jamilah wand sich aus der Umarmung und kehrte zu dem schrecklich anzusehenden Baum zurück. Sie ließ sich neben einer jungen Frau nieder, die ebenso langes schwarzes Haar hatte wie sie. Es fiel über ihr Gesicht. Sie machte den Eindruck, als habe sich ihr Verstand an einen schöneren Ort geflüchtet. Sie regte sich kaum. Aber von der schlanken, gerade erblühenden Gestalt her ...

Abdul sog scharf die Luft ein. Jamilah hatte ihre Schwester gefunden! Die blutbesudelte Kleidung hatte Abdul genarrt, aber das musste Selime sein!

»Ihr wirkt betroffen«, stellte Cylina fest.

»Betroffen? Ich ...« Abdul räusperte sich. »Ja, ich dachte nur ... Was Ihr gerade erzählt habt ... Ich wusste nicht, dass der Cthllanogog sie mit sich nehmen würde.«

Schon wieder dieses enervierende Kichern. »Ihr kennt Euch aus. Ich könnte diesen Namen noch nicht einmal aussprechen.«

Abdul ballte die Faust seiner Linken so fest zusammen, dass die Knochen knackten. Sie mussten hier raus, sobald es ging. Jeden Augenblick konnte er sich verraten.

»Ich habe Erkundigungen eingezogen«, behauptete er. »Ich weiß gern, worauf ich mich einlasse.«

»Dafür fehlt mir die Geduld.« Cylina schmiegte sich an ihn. »Aber ich erkenne eine Gelegenheit auf den ersten Blick. Mir war sofort klar, dass wir ein gutes Gespann abgeben würden.«

Abduls Blick glitt über den Baum mit den amputiert wirkenden Körperteilen, seine Nichten und den Blinden, der mit dem jungen Granden stritt. Er sah zum einzigen Ausgang der Höhle, der ihm nun so unendlich fern schien. Wie viele Gäste mochten hier zugegen sein? Vierzig? Oder mehr? Und wie viele davon waren diesem Kult so sehr verfallen, dass sie Abdul und seine Nichten mit Gewalt aufhalten würden?

Er brauchte seine magischen Kräfte! Wieso hatte er sich nur niemals mit echten Kampfzaubern beschäftigt? Das, was er zu tun vermochte, benötigte Vorbereitung. Zeit, die er nicht hatte.

»Dieser Catl… Chtl… Dieser Dämon nimmt die jungen Schönheiten mit sich«, berichtete Cylina im Plauderton. »Das scheint eine besondere Abmachung zu sein, dadurch bleibt er Salix gewogen.« Sie kicherte. »Der braucht ihn ja auch immer wieder, vor allem, wenn dieser Thorwaler die Gewässer unsicher macht.«

»Welcher Thorwaler?«, fragte Abdul mäßig interessiert. In seinem Inneren erkundete er die Matrix, mit der er das Erz beschwören konnte.

»Beorn«, sagte Cylina. »Sie nennen ihn den Blender, und das zu Recht.« Sie kicherte. »Vor allem auf Sklavenhändler hat er es abgesehen, und davon stehen eine Menge in Salix Kugres' Diensten. Er bringt sie nicht um, jedenfalls nicht alle. Aber er nimmt ihnen das Augenlicht.«

Deswegen gab es hier also so viele blinde Seeleute!

»Sogar an den jungen Coragon Kugres hat sich der Barbar herangewagt«, plapperte Cylina weiter. »Das kann Salix unmöglich dulden.«

Inzwischen lehnte der Gastgeber an der Wand der Höhle und betrachtete amüsiert, wie die Rothaarige den Mann, aus dessen leeren Augenhöhlen Blut wie Tränen über die Wangen in seinen Bart floss, zum Cthllanogog führte. Die Frau war auffallend blass und hatte ihre besten Jahre eindeutig hinter sich. Ihr Gewand hatte ein – inmitten all des grellen Pomps – angenehm schlichtes Dunkelblau. Während der Blinde von seinem Blut opferte, vollführte sie ausladende Gesten vor dem Dämon. Abdul sah gestochene Hautbilder in ihren Handflächen. Sicher war sie eine Magierin. Eine Schande seiner Zunft, eine Dämonenbuhle. Bestimmt hatte sie den Cthllanogog beschworen und den abscheulichen Pakt mit ihm geschlossen. In diesem Moment konnte Abdul den Hass der Praioskirche auf alle Zauberer nachfühlen.

»Oh, dort sehe ich Arella Orinia!« Cylina zeigte auf eine Frau, sie sich mit lebenden Singvögeln schmückte, die sie mit Goldkettchen an sich fesselte. Dass die farbenfrohen Tiere versuchten, von ihr fortzuflattern, schien sie in ihrer Betrachtung des Dämons nicht zu stören. »Ihr entschuldigt mich doch sicher für einen Moment, einfach nur Jussuf? Ich hatte beim letzten Mal ein sehr interessantes Gespräch mit Arella, das ich unbedingt fortführen muss! Sehr lukrativ, Ihr versteht.«

»Ich verstehe.« Er nickte.

Während sich Cylina entfernte, suchte Abdul Blickkontakt zu Jamilah. Er machte eine beschwichtigende Geste. Er war noch nicht so weit.

Abdul zog sich an den Rand zurück und begann, die magische Matrix zusammenzusetzen. Er musste die dämonische Aura berücksichtigen, die diesen Ort tränkte. Und er wollte den Vorteil nutzen, dass das Erz selbst aufgebracht war. Eine Modifikation nach der anderen brachte er in den Spruch ein, den er wirken wollte, und versuchte, die Einzelheiten zu memorieren.

Er bekam kaum mit, wie die rothaarige Magierin in ein Astloch griff und zwei blutige Augen herauszog, die sie in den Schädel des Mannes drückte, den sie geführt hatte. Man sah ihm den Schmerz und auch den Schrecken an, etwas Fremdes, Dämonisches in sich zu spüren. Nach dem, was Abdul gelesen hatte, verbanden sich die so geernteten Körperteile zwar mit ihrem neuen Träger, aber dies geschah auf sehr fordernde Weise. Dämonen gierten danach, sich das göttergeschaffene Leben zu unterwerfen, es zu schänden und zu quälen. Die Magierin sprach einen Heilzauber.

Alle Aufmerksamkeit war bei dem Mann, als der seine neuen Augen das erste Mal öffnete. Noch waren sie blutunterlaufen, aber die grünen Iriden funkelten so hell, als lodere hinter ihnen das Feuer der Niederhöllen. »Ich kann wieder sehen!«, rief er mit einer

Stimme, die gegen Sturmwinde anzuschreien vermochte. »Ich bin nicht mehr blind!«

Abdul hatte keine Zeit für lange Betrachtungen. Sie mussten die allgemeine Aufregung nutzen.

Während der Sehende wie ein Hund zu seinem Herrn kroch, gab Abdul Jamilah einen Wink. Sie half ihrer Schwester auf und stützte sie. Nach den ersten Schritten schien Selimes Kraft zurückzukehren.

Abdul legte sich ihren Arm über die Schultern. Gemeinsam verließen sie die runde Höhle und eilten durch die gewundene Kaverne Richtung Treppe. Zum Glück gab es keine Abzweigungen, sie konnten den Weg nicht verfehlen. Die Gäste waren mit ihren Vergnügungen beschäftigt, die Abdul im Vergleich zu dem, was sich beim Cthllanogog abspielte, nun wie harmlose Kinderspiele erschienen.

Sein Herzschlag beruhigte sich schon wieder, als plötzlich jemand hinter ihnen kreischte. »Bleib, schöne Herrin!«

Abdul wirbelte herum. Der Alte, der sie begrüßt und später Jamilah aus ihrer Bedrängnis befreit hatte, taumelte auf sie zu. Es fiel ihm schwer, mit ihnen Schritt zu halten. Die weißen Augen waren weit aufgerissen, die Finger mit den schwarzen Augen vorgestreckt. »Verlass uns nicht!«

»Lauf!«, schrie Abdul.

Gemeinsam mit Jamilah zerrte er Selime vorwärts.

»Herrin, erbarme dich!«, rief der Alte.

Die Gäste begriffen, dass hier etwas nicht stimmte. Leider waren nur wenige vollständig dem Rausch verfallen, die Feier war wohl noch nicht fortgeschritten genug. Ein kräftiger Kerl hatte sein Schwert mit hier heruntergebracht. Offenbar wollte er jetzt beweisen, dass er auch damit umzugehen verstand. »Stehen bleiben!«, forderte er.

Jamilah rammte ihr Knie in sein Gemächt.

Er röchelte, während ringsum empörte Rufe laut wurden.

Abdul löste sich von Selime. Jetzt musste sich zeigen, was ein Leben voller Zauberstudien wert war! Er hatte wenig Zeit für die Vorbereitung gehabt, aber das musste genügen.

»Die Treppe hoch!«, forderte er.

Seine Sicht verschwamm. Er hatte den Eindruck, als würden die Zwillinge miteinander ringen. Als schlüge Selime auf Kopf und Schultern ihrer Schwester ein, während diese sie weiterzerrte.

Drohend folgten ihnen die Gäste. Die meisten waren unbewaffnet, aber einer nahm das Schwert des Mannes auf, der sich mit glasigen Augen den Schritt hielt, und einige hatten Dolche gezogen. Vor allem aber machte ihre schiere Masse einen Kampf aussichtslos.

Abdul stieg rückwärts die ersten Treppenstufen hinauf. Dann breitete er die Arme aus und rief aus vollem Hals die Zauberformel, so laut, dass sie in seiner Kehle schmerzte. Das Erz musste ihm helfen! Jetzt! Es musste einfach, oder sie wären verloren.

Es war so träge! Es wollte die Paktierer erdrücken, aber es war gegen seine Natur, sich schnell zu bewegen.

Abdul schrie mit aller Gewalt. Er machte Fehler, die Matrix war nicht perfekt. Doch darum konnte er sich nicht kümmern. Weiter, nur weiter! Er zog die astralen Ströme durch seinen Körper, warf sie wie ein Netz in die Präsenz des Erzes um ihn herum und riss daran. Er war wie ein Magnet. Zugleich spürte er den Widerstand. Auch das, was er wollte, war widernatürlich.

O Rastullah, flehte er. Gib mir Kraft! Ich war deiner Gnade nie würdig, aber errette mich aus der Blasphemie dieses Ortes! Höre mich, Rastullah!

Doch Rastullah hörte nicht.

Abdul war der Einzige, der zwischen seinen Nichten und der Gefahr stand.

Mit unbändiger Wut zwang er die magischen Kräfte unter seinen Willen. »Beweg dich, Erz!«, schrie er. »Komm herbei! Ich befehle es dir!« Seine Muskeln waren zum Zerreißen gespannt.

Das Erz wuchs aus den Seitenwänden der Treppe. Wie heißes Wachs flutete es herauf, türmte sich hoch und versiegelte den Durchgang vor den Verfolgern. Abdul wusste, dass er Salix Kugres und seine Magierin damit nicht für ewig aufhalten konnte. Doch ein wenig Zeit sollten sie gewonnen haben.

Erschöpft von der Kraft, mit der er den Zauber genährt hatte, stützte sich Abdul gegen die Basaltwand. Jede Stufe hinauf war ein Kampf.

Irgendwo über ihm ertönte ein gellender Schrei.

Die Angst beflügelte seine letzten Kräfte. Er taumelte zwischen den blutigen Lammhälften hindurch und kämpfte sich die zweite Treppe hinauf.

Jamilah stand breitbeinig über der Frau im gelben Kleid, die am Boden lag. Aus ihrer Brust ragte ein Bratenspieß. Die noch zuckende Rechte der Sterbenden umklammerte den Griff eines Fleischerbeils.

Selime schlug immer noch mit Fäusten auf ihre Schwester ein.

»Oheim ...«, schrie sie entsetzt. »Nicht, du irrst dich.«

Jamilah setzte ihre Schwester ab. »Ruhig«, versuchte sie es. »Alles wird gut.«

Selime griff nach einem Messer, das im Holz eines der Hackklötze steckte. Bevor sie es erheben konnte, rammte ihr Jamilah den Ellenbogen gegen die Schläfe, und sie sackte lautlos in sich zusammen.

Tief unter ihnen erklang das Geräusch von Metall, das auf Metall schlug. Wie lange würde die Erzwand halten? Hatten sie etwa Werkzeug dort unten? Es war keine Zeit, sich mit unnützem Grübeln aufzuhalten. Sie mussten fort.

Jamilah hob ihre Schwester hoch.

Abdul, immer noch benommen vom berauschenden Duft der Blüten und geschwächt von seinem Zauber, taumelte dem Ausgang entgegen. Das helle Sonnenlicht stach ihm wie Dolche in die Augen. Da war sie wieder, die drückende Schwüle. Sie legte sich wie feuchte Seide über ihn. Schweiß rann ihm den Rücken hinab. Wie angenehm war doch die Kühle des Fleischkellers gewesen.

»Zum Hafen!«, entschied er. Sie hatten keine Flucht vorbereitet. Zu stümperhaft war er vorgegangen. Aber er hatte auch nicht damit gerechnet, dass sie schon am Nachmittag zu Selimes Befreiung aufbrechen mussten. Sonst übten Kultisten ihre dunklen Rituale in den späten Abendstunden aus.

Aber er hatte ja noch seine Edelsteine. Er würde einen Kapitän finden, der keine Fragen stellte, wenn er diesen Schatz sah. Sie würden entkommen.

Sie folgten der Uferpromenade, überquerten die alte Richtwiese und sahen zwischen Häusern Masten aufragen. Der Geruch von faulendem Seetang hing in der bewegungslosen Luft. Ab und an war ihnen ein Blick hinter halb verschlossenen Fensterläden gefolgt, doch auf der Promenade oder der Wiese des Richtplatzes war keine Menschenseele zu sehen. Die Stadt lag wie ausgestorben da, offenbar befand sich ganz Al'Anfa beim großen Fest an der Arena, das die Ausrufer angekündigt hatten. Das war nicht gut! In dem Gedränge, das sonst in den Straßen herrschte, hätten sie viel besser untertauchen können.

Abdul blieb abrupt stehen. Auf dem Kai schlenderten zwei Krieger in geschwärzten Kettenhemden. Söldner! Von hier aus würden sie nicht ungesehen an ihnen vorbeikommen.

Sie wichen nach Norden aus. Vor ihnen lag der Park, der den Sklavenmarkt umgab. Im Schatten der Palmen schlugen sie einen Bogen. Blühende Büsche versperrten den Blick auf den Hafen, bis sie zum Eingang des kleinen Parks gelangten. Von dort sahen sie die schmutzigen Fassaden der Lagerhäuser und wieder Masten. Bei einem großen Kran, dessen langer, ausladender Arm Abdul an einen Galgen gemahnte, entdeckte er weitere Wachen, die trotz der Hitze bewegungslos in der prallen Sonne standen. Ansonsten war alles menschenleer. Die Bewaffneten würden sie augenblicklich entdecken, wenn sie sich näherten.

Hatten die Oberen der Stadt den Hafen an den Namenlosen Tagen unter besondere Aufsicht gestellt? Er entschied, im Park zu bleiben. Sie folgten einem Weg, der zur Gladiatorenarena führte.

Im Schatten der durch weite Bögen gegliederten Fassade erhoben sich die Statuen der Reichen und Mächtigen der Stadt. Auch hier befand sich niemand. Wo steckten die Bürger nur? Auch wenn der Höhepunkt der Gladiatorenkämpfe erreicht sein sollte, und alles, was Beine hatte, den Blutspielen in der Arena beiwohnte, hätte er sie jubeln hören müssen.

Er blickte hinauf zu den Statuen. Schweigend sahen die Granden auf ihn herab. Abdul war sich sehr wohl bewusst, was es bedeutete, die Herrscherfamilien gegen sich aufzubringen. Salix Kugres würde herausfinden, wer sein Ritual gestört hatte. Ob die Erzwand schon durchbrochen war?

Wenn die Zauberin im Zweig der Elementarmagie bewandert war, könnte sie das metallhaltige Gestein schmelzen lassen wie Wachs unter einer Kerzenflamme.

»Wohin?«, fragte Jamilah. Das Antlitz seiner Nichte war von Hunderten kleiner Schweißperlen bedeckt. Sie jammerte nicht, obwohl die Last ihrer Schwester sie längst an den Rand ihrer Kräfte gebracht haben musste. Unglaublich, wie zäh dieses Mädchen war! Ein nie gekannter Stolz auf sie erfüllte ihn. In ihr lebte wahrlich das Blut der el Mazars weiter. Selbst in verzweifelter Lage würde sie nicht aufgeben.

Hundegebell erscholl hinter ihnen. Die unheimliche Stille, die bisher über der Stadt gelegen hatte, erstarb. Überall in Gassen und Parks, wo Hunde streunten oder in Zwingern gehalten wurden, erklang kläffend Antwort. Hatten sich die gefangenen Paktierer befreit? Waren ihnen bereits Bluthunde auf den Fersen?

Der einzige Ort, der noch Rettung versprach, wäre sein Untergang. Aber die Mädchen wären dort in Sicherheit. Nur das zählte jetzt noch.

Sie überquerten den Platz vor der Arena, hielten sich im Schatten der wenigen Bäume, die das Pflaster flankierten, und liefen vorbei an der Gladiatorenschule. Er sah noch nicht einmal einen Wächter, den er um Hilfe hätte bitten können.

»Wir schaffen das!«, rief er keuchend Jamilah zu, die ihm mit erstaunlicher Ausdauer folgte. Ihre Schwester, die sie auf den Armen trug, regte sich noch immer nicht.

Vorbei ging es an Bordellen und Schankhäusern. Sie waren immer noch allein. Keine einzige Gestalt zeigte sich in den Fenstern, den Hauseingängen oder gar auf der Straße.

Das war doch nicht möglich!

Abdul nahm sich keine Zeit, um über die plötzliche Verlassenheit Al'Anfas nachzusinnen.

Das Hundegebell war verstummt. Sollten sie es schaffen?

Abdul erlaubte sich kein Verschnaufen. Die sichere Zuflucht war nicht mehr weit. Er hetzte eine weitere Straße hinauf. Sein Herz schlug wie eine Trommel. Lange würde er nicht mehr durchhalten. Doch schon sah er die prächtige Kuppel über den roten Ziegeldächern. Der Praiostempel. Niemals hätte er sich träumen lassen, dass Götzenanbeter einmal seine letzte Hoffnung sein würden. Doch hinter den Mauern des Tempels herrschte eine Macht, der Dämonenpaktierer und selbst ein Salix Kugres nichts entgegenzusetzen hatten.

Dann endlich hatten sie den Tempel erreicht. Abdul standen Tränen der Erleichterung in den Augen. »Geschafft!«, keuchte er und blickte zu den mächtigen roten Säulen auf, die das Kuppeldach trugen. Blattgold schimmerte darauf im Sonnenlicht und zeigte heilige Symbole der Götzendiener: einen Greif, die strahlende Sonne, einen Adler. Und auch ein unbarmherzig starrendes Auge, unter dessen Blick Abdul schauderte.

Sie umrundeten den großen Bau, bis sie vor der Treppe standen, die hinauf zum Tempelportal führten. Doch das schwere Tor war verschlossen. Kein Praiosdiener zeigte sich. Abdul sah den Kuppelbau mit weit aufgerissenen Augen an. Wie konnten sie an diesem Tag den Tempel schließen?

»Hierher also wolltest du.« Jamilah klang seltsam nüchtern. Nicht ein Hauch von Verzweiflung oder Ärger lag in ihrer Stimme.

»Öffnet uns!«, schrie Abdul aus Leibeskräften. »Dämonen! Dämonen sind hier!« Da irgendwo hinter den Tempelmauern gab es den Inquisitor. Den Hexenjäger! Er konnte einen solch verzweifelten Hilferuf doch nicht einfach ignorieren!

»Niemand hört dich. Nur ich.«

Überrascht wandte sich Abdul zu seiner Nichte um.

»Dieser Weg endet nun.«

Ihre Gesichtszüge erschienen ihm plötzlich verschwommen. Er blinzelte. Das waren die Hitze und die Schwäche und ... ihre Haarfarbe! Das Schwarz verwandelte sich in Weißblond. Ihre Augen erschienen ihm wie aus Bernstein gefertigt. Die Haut wurde blasser, ihr Gesicht schmaler.

Plötzlich waren überall Menschen. Die Bürger Al'Anfas. Sie gingen ihren Beschäftigungen nach, aber Abdul hörte sie weder reden noch vernahm er die Geräusche, die ihre Schritte oder ihr Handwerkszeug eigentlich hätten machen müssen. Und sie schienen ihn überhaupt nicht wahrzunehmen. War das eine Illusion?

Nein, erkannte er. Das hier war die Wirklichkeit. Der Weg durch die Stadt bis hierher war die Illusion gewesen. All seine Sinne waren getäuscht worden, so wie jetzt noch seine Ohren taub für jede menschliche Stimme außer jener seiner Begleiterin waren.

»Ich wollte wirklich wissen, wohin du zuletzt noch flüchtest. Dir ist klar, was sie dir im Tempel angetan hätten? Selbstlos ... Du hast mich beeindruckt, Abdul. Das können nicht viele Menschenkinder von sich behaupten.«

Der Magier war wie gelähmt. Wer war diese Gestalt, die sich hinter dem Antlitz Jamilahs verborgen hatte? Diese Täuscherin ...

»Wer ...«

»Dies ist nicht der Ort, um zu reden«, sagte sie und berührte ihn sanft an der Stirn.

Schwärze umfing Abdul.

An Bord eines Kauffahrers, südliches Perlenmeer,
dritter Tag im Midsonnmond

Eben noch hatte Abdul die beiden Mädchen rufen hören. Sie mussten ganz in der Nähe sein, in einer anderen Kammer des Frachtraumes. Er regte sich in den schweren Ketten, die ihn an die Bordwand fesselten. Er fühlte sich unendlich müde. Wie hatte er sich nur so täuschen lassen können! Er war ein Meister der Zauberkunst! Er seufzte. Ihm hätte auffallen müssen, dass nicht wirklich Jamilah an seiner Seite gewesen war.

»Grämst du dich?«, erklang eine freundliche Stimme aus dem Dunkel.

Sie war wieder hier! Sie studierte ihn noch immer, so wie ein Naturkundler einen fremden Käfer betrachtete. Sie musste hereingekommen sein, als er eingenickt war. Immer wieder übermannte ihn der Schlaf. Die stickige Hitze, die Erschöpfung und Niedergeschlagenheit. All dies hatte seine Kräfte aufgezehrt. Ihn hatte eine Müdigkeit befallen, die kein Schlaf zu bannen vermochte.

»Hast du geglaubt, deine Taten würden unbemerkt bleiben? Mein Gebieter selbst ist auf dich aufmerksam geworden, Abdul el Mazar. Du hast seine Kreise gestört.«

Ein Licht erschien, und er konnte die Gestalt der unheimlichen Elfe sehen. Sie hielt eines seiner Notizbücher in Händen.

»Deine Listen werden uns sehr weiterhelfen. All diese Namen ... Männer und Frauen, die sich vielleicht verführen lassen oder deren Leben ein schnelles Ende finden sollte. Bist du verführbar, Abdul? Würdest du mir dienen?«

Als Antwort spuckte er vor ihr aus.

»Ist das nicht vorschnell? Jeder hat seine Sehnsüchte. Seine Schwachstellen. Dein Freund Hammud ben Hassan zum Beispiel. Eine Abschrift von zwei Seiten aus der Urschrift des *Daimonicons* war genug, um ihn dazu zu bringen, dich zu verraten. Er sollte dir von der Stele mit den Echsen erzählen. Er sollte deine Neugier wecken und dich dazu bringen, deinen Schwager zu überreden, mit seiner Karawane einen kleinen Umweg zu machen. Ohne dich wären Jamilah und Selime niemals in die Tränenbucht gekommen, wo ich sie erwartet habe.«

Abdul erinnerte sich an Hammuds seltsam melancholische Art während ihrer gemeinsamen Reise. Er hatte sich diese Stimmung seines Freundes nicht erklären können. Nun ergab sie einen Sinn.

»Hast du das Bild von den Echsen gesehen, die ihre Kinder verschlingen? Sie erhofften sich die Gnade ihrer Götter. Es verlangte sie nach mehr Macht und Wissen. Ein wenig bist du wie sie, Abdul. Auch du hast Kinder verschlungen, wenngleich es nur die Töchter deiner Schwester sind.«

»Das stimmt nicht!«, begehrte er auf.

»Nicht? War es nicht deine Gier nach Wissen, die sie zum Meer geführt hat? Du hast gewusst, dass von alten Hinterlassenschaften der Echsenvölker stets auch eine Gefahr ausgehen kann. Deshalb bist du ja auch nur mit Hammud zur Stele geritten.« Sie lächelte, und er musste sich eingestehen, dass er nie eine schönere Frau gesehen hatte. »Dein Freund Asef war schwieriger zu überzeugen. Leider musste ich sehr ... direkt vorgehen. Es lag so wenig Zeit zwischen deinem Entschluss, ihn aufzusuchen, und deinem Eintreffen in seinem Haus.«

»Warum tust du das? Lass die Mädchen frei, und ich gehöre ganz dir.«

Sie schüttelte sacht den Kopf. »Nein. Ich glaube, Jamilah und Selime sind deine Schwachstelle. Solange sie in der Nähe sind, wirst du für alle meine Fragen ein offenes Ohr haben. Mein Gebieter wollte einfach nur deinen Tod. Aber ich habe dich beobachtet, Abdul. Du bist interessant. Wir werden noch viele Stunden gemeinsam verbringen. Ich fand es rührend, mit welch brennender Verzweiflung du alles gewagt hast, um Selime zu retten. Dabei hatte Jamilah die schwarze Galeere niemals verlassen. Wen ich gefangen nehme, Abdul, der entflieht mir nicht, merke dir dies. Es wird dir in Zukunft Ungemach ersparen.«

Sie trat ein wenig näher, um sich an seiner Hilflosigkeit zu weiden.

»Ich habe die Gestalt deiner Nichte angenommen. Zunächst war ich besorgt, dass du mir schnell auf die Schliche kommen würdest. Schließlich hast du als Zauberer einen gewissen Ruf. Doch dann musste ich feststellen, dass deine Schuldgefühle dich blind gemacht haben. Deine Fähigkeit, alles kritisch infrage zu stellen, hast du für Selime vollkommen ausgeblendet. Kam es dir nicht seltsam vor, dass du dich meinem Drängen gebeugt hast, mich nach Al'Anfa mitzunehmen? Respekt empfand ich übrigens dafür, dass du dich allen dezenten Versuchen von mir, dich zu verführen, entzogen hast. Ich glaube, im *Einhorn* wärest du mir fast erlegen.«

Abdul wandte den Kopf ab, um sie nicht sehen zu müssen. Selbst jetzt spielte sie mit ihren Reizen. Diese verfluchte Schlampe. Sie musste eine Elfe sein. Einmal hatte er ihre spitzen Ohren zwischen ihrem Haar vorstechen sehen, ihre hypnotischen Augen waren sehr groß, und ihr Gesicht wirkte so ebenmäßig, als scheue sich das Alter, Spuren darin zu hinterlassen. »Wohin bringst du uns?«

»Weit in den Norden, Abdul. Weiter, als du es dir vorzustellen vermagst.«

»Was nutze ich dir?«

»Du wirst mir die Zeit vertreiben. Ich will dich studieren. Deine Grenzen ausloten. Du hast dich für Dinge interessiert, die auch meine Neugier geweckt haben. Ausgefallene Spielarten der Magie, die Geschichte versunkener Völker. Womöglich vermag mich das Geplauder mit dir zu amüsieren. Wir werden noch viele, lange Gespräche führen.«

Verzweifelt blickte er in ihr Antlitz und versuchte zu ergründen, woher ihre Fremdartigkeit rührte. Sie hatte etwas an sich, das ein nie gekanntes Begehren in ihm weckte. Nie war er einem Weib begegnet, das solche Gefühle in ihm hatte erwachen lassen. »Wer bist du?«

Sie lächelte kokett. »Du hast von mir gelesen, Abdul. Und wie du siehst, bin ich keine Legende. Ich bin Fleisch und Blut. Bald schon wirst du erraten, wessen Gast du von nun an bist.«

I HIMMELWÄRTS

Eiswüste,
vierzehnter Tag im Goimond

»Das ist keine gute Idee«, raunte ihm Galayne zu, als der Eissegler eine Kehre machte, das Segel flatterte und das Gefährt mit knirschenden Kufen langsam zum Stehen kam.

Beorn betrachtete skeptisch den Hügel. Er war groß. Mehr als sechzig Schritt im Durchmesser, und seine Kuppe erhob sich ein ganzes Stück höher als ihre Mastspitze. Grob behauene Eisblöcke standen in weitem Kreis um den Hügel. Sie erinnerten den Thorwaler an die stehenden Steine alter Kultplätze. Das Eis um sie herum war flach wie ein gefrorener See. Es konnte keinen Zweifel geben, dass dieser Hügel künstlich angelegt worden war.

Der Kapitän schwang die Beine über Bord und sprang auf das Eis hinab, wo er federnd landete. Schwert und Axt schlugen an seinem Waffengurt gegeneinander.

Seine Ottajasko schlug Keile ein und zurrte die kostbaren Segler fest. Bald waren die Boote gesichert. Sie handelten ohne Befehl. Sie waren gut aufeinander eingespielt. Und doch sah er in den harten Gesichtern den Unwillen, den diese verdammte Wettfahrt tief in ihre Herzen gepflanzt hatte. Ein verdammtes Mammut zu fangen, war keine Aufgabe, mit der man die härteste Mannschaft

Thorwals glücklich machte. Und die Kämpfe gegen die Verdammten Schneeschrate hatten sie einiges Blut gekostet.

Beorn hatte vorgestern mit dem Elfen darüber gesprochen. Seine Mannschaft brauchte Plündergut. Ein wenig Gold würde ihre Stimmung heben. Das war dringend notwendig, bevor sie in den Himmelsturm eindrangen. Dort sollten sie ganz bei der Sache sein. Es wäre besser, wenn sie mehr zu verlieren hätten als nur ihr Leben.

Galayne war zögerlich mit der Geschichte über ein Hügelgrab im Eis herausgerückt. Beorn wurde nicht schlau aus dem Elfen. Wenn er den Ort für gefährlich hielt – warum hatte er überhaupt davon gesprochen? Er hätte doch nur schweigen müssen. Der Hügel lag abseits des Kurses, den die merkwürdige goldene Linie am Himmel vorgab. Ohne Galayne hätten sie ihn niemals gefunden.

»Bereit?«, rief Beorn.

Seine Recken hatten ihre Schilde erhoben und ihre Äxte gezückt. Lenya trat an seine Seite. »Es erwächst nichts Gutes daraus, den Frieden von Toten zu stören«, flüsterte sie ihm zu. »Wir sollten dieses Grab meiden.«

»Ich werde mich reuevoll an deine Warnung erinnern, wenn uns etwas zustoßen sollte.« Auch er hob seinen Schild von der Reling des Eisseglers. Seine Hand schloss sich fest um die Querstange unter dem Schildbuckel. Sie würden jetzt tun, worin sie die größte Erfahrung hatten: Plündern! Und nichts und niemand würde sie aufhalten!

»Ihr bleibt hinter mir!«, rief er gegen das leise Singen des Windes an. »Wohin immer wir gehen, ich stehe vorne, das wohl.«

Olav, der Steuermann, bedachte ihn mit einem breiten Grinsen. Sein schwarzer Bart war steif vor Frost. »Willst wohl die besten Stücke für dich, Blender.«

»Genauso ist es. Schließlich bin ich nicht so geizig bei den

Mädels wie du. Das muss ich heute wieder reinholen.« Entschlossen ging er seinen Kriegern voran. Es tat gut, endlich etwas Greifbares vor sich zu haben und nicht immer weiter ins Ungewisse zu segeln.

Galayne hielt sich an seiner Seite. Der Elf war in der Eiswüste kaum mehr als ein Schemen. Stiefel, Hose, sogar seine Lederrüstung, alles war weiß. Nur sein Helm, dessen vorgewölbtes, von kleinen Atemlöchern durchbrochenes Visier wie eine kurze Hundeschnauze wirkte, war silbern. Er war der Einzige, der in dieser schneidenden Kälte einen Helm trug. Seltsam, dass ihm das Metall nicht an den Wangen festfror. Doch das war nicht das einzig Seltsame an der schlanken Gestalt. Die Männer und Frauen der Ottajasko mieden Galayne. Er hatte etwas Unheimliches an sich.

An der Nordseite fand sich ein Einschnitt in der Hügelflanke. Stufen aus Eis führten hinab zu einer eingeschlagenen Tür.

»Siehst auch du es?«, fragte der Elf ihn unvermittelt.

»Was? Dass uns jemand die Arbeit mit der Tür abgenommen hat? Schlechtes Zeichen. Wir sind wohl nicht die ersten Plünderer.«

»Die Treppe sollte zugeweht sein.« Galayne klang herablassend. »Es gibt keine Schneeverwehungen an der Wetterseite des Hügels und bei den aufragenden Steinblöcken. Ein mächtiger Zauber wurde gewoben, um dieses Grab zu schützen.«

Beorn deutete mit der Axt auf die eingeschlagene Tür. »Mir scheint, dieser Zauber schützt nur vor Schneetreiben.«

»Was du zu tun gedenkst, ist wie in das Maul eines schlafenden Ungeheuers zu steigen, Drachenführer«, raunte Galayne.

»Und schlafende Ungeheuer beißen nicht«, ergänzte Zidaine. Die schlanke Fechterin hatte zu ihnen beiden aufgeschlossen. Als Einzige trug sie keinen Schild. Sie vertraute ganz auf ihr Rapier, und Beorn wusste nur zu gut, was sie mit dieser schnellen Klinge anzurichten vermochte.

Ohne sich weiter um die Bedenken des Elfen zu scheren, stieg er die weiten Treppenstufen in den Schacht hinab. Es war angenehm, dem ewigen Wind zu entkommen.

Das Tor zum Grabhügel war ebenfalls aus Eis gefertigt. Schwere Schläge hatten es zersplittern lassen. Vorsichtig stieg Beorn über die Trümmer hinweg und trat in eine Eiskammer, die nur durch das Licht aus dem Schacht erleuchtet wurde.

Sie war beklemmend eng. Seltsam unregelmäßige Säulen stützten die gewölbte Decke.

Hallar, der im Schildwall stets zu seiner Linken kämpfte, schob sich neben Beorn und gab ihm Deckung. Nervös sah sich der blonde Krieger um.

»Hier ist nichts.« Beorn war enttäuscht. An der gegenüberliegenden Wand befand sich ein gewölbter Durchgang, hinter dem Treppenstufen durch einen Eistunnel abwärts führten. Dort unten war Licht!

»Der Raum spricht nicht zu dir?«

Beorn nahm sich vor, mit Galayne über dessen herablassende Art zu reden. Ganz gleich, wie nützlich der Elf sein mochte, er sollte sich ihm gegenüber vor versammelter Mannschaft nicht so überheblich geben.

»Hier!« Er deutete auf etwas schwarz Verbranntes, das halb in einer Eissäule eingeschlossen war.

Beorn trat näher. Da lag ein aufgeschlagenes Buch mit verkohlten Seiten, von dem nur wenig mehr als der lederne Einband geblieben war. Ein Teil der Säule war wohl ursprünglich ein Lesepult gewesen. Jetzt bemerkte er auch zerlaufene Farben an den Wänden der Kammer.

»Sieht aus, als habe sich jemand über das Buch geärgert«, bemerkte Hallar leichthin. »Schade. Ich hätte gut was gebrauchen können, um mir den Arsch abzuwischen.«

Raues Gelächter erklang.

Nur Galayne war gar nicht amüsiert. Der Elf nahm seinen Helm ab. Seine himmelblauen Augen schienen Beorn durchbohren zu wollen. »Dieses Buch war vielleicht der größte Schatz in diesem Grab. Ein mächtiger Zauber hat es beschützt.«

»Half wohl nicht gegen eine Fackel«, spottete Hallar.

Galayne deutete auf die Säulen. »Seht ihr es denn nicht? Diese Säulen stören die Harmonie der Kammer. Die Decke war bemalt, ebenso die Wände. Das ist geschmolzen und sofort wieder gefroren. Wer immer hierhergekommen ist, hat großes Glück gehabt, nicht lebendig in einer der Eissäulen eingeschlossen worden zu sein. Dieses Grab wehrt sich gegen Eindringlinge.«

Die Scherze verstummten. Eine beklommene Stimmung machte sich breit. Genau dagegen hatte er mit diesem Plünderzug ankämpfen wollen, dachte Beorn verärgert. »Ihr habt es gehört. Fasst nichts an, bevor unser Elf es gestattet. Weiter jetzt!«

Entschlossen trat er in den Eistunnel und diesmal war ihm willkommen, dass Galayne Hallar vom Platz an seiner Seite verdrängte. Das Licht dort unten beunruhigte ihn. Dieses Grab schien es schon lange zu geben. War es möglich, dass andere Plünderer inmitten der lebensfeindlichen Eiswüste nur eine Stunde vor ihnen hergekommen waren? Unwahrscheinlich! Außer ihm war nur Phileasson in dieser Einöde unterwegs, und der lag Tage zurück. Aber wer hatte dann dort unten ein Licht für sie entzündet?

Vom Ende der Treppe blickten sie in eine Kammer, in der vier Altäre aus Eis standen. Sie waren auf die Ecken des kleinen Raumes hin ausgerichtet. Unter der gewölbten Decke schwebte eine Kugel aus Licht. So etwas hatte Beorn noch nie zuvor gesehen. Decke und Wände der Kammer waren geschwärzt, doch hoben sich vereinzelt funkelnde Kristalle vom Dunkel ab. Der Storch ... der Hund und der Held ... Beorn erkannte einige der Sternbilder.

Doch wo sich das Gehörn hätte befinden sollen, war nur ein fremdes Muster, und die Symbole des Zwölfgötterkreises fehlten gänzlich.

Die Plünderer, die vor ihnen in den Grabhügel eingedrungen waren, waren nicht weiter als bis zu dieser Kammer gekommen. Einer lag gleich auf der Schwelle. Mehrere fingerdicke Eiszapfen hatten ihn durchbohrt. Etwa einen Schritt vor Beorn war ein Elf inmitten der Bewegung erstarrt und blickte mit angstweiten Augen über die Schulter. Zwei Eiszapfen ragten aus seinem Rücken. Die Gewänder des Elfen erinnerten Beorn an einen Geweihten. Auf die Brust des weißen Wamses war mit Goldfaden eine geflügelte Sonne gestickt.

An der gegenüberliegenden Wand, dicht neben einem Altar, stand ein dritter Elf, ebenfalls erstarrt. Wut verzerrte sein Gesicht. Er hielt einen Streitkolben in der erhobenen Hand, und es sah aus, als habe er den Altarstein zerschmettern wollen.

»Willst du zuerst eintreten?«, fragte Galayne mit süffisantem Lächeln.

Beorn hob den Schild. Es brauchte mehr als drei Tote und ein paar Altäre aus Eis, um ihn zu beeindrucken.

»Nicht!« Zum ersten Mal klang der Elf geradezu erschrocken. Er legte ihm die Hand auf die Schulter und hielt ihn zurück. »Hier gibt es eine besonders heimtückische Falle. Ich habe davon gelesen, aber es noch nie gesehen. Darf ich deinen Schild haben, Drachenführer?«

Beorn reichte ihn dem Elfen. »Und?«

Hinter ihnen drängten sich Zidaine, Hallar und Olav auf der nächsten Stufe, um ebenfalls einen Blick in die schwarze Kammer zu erhaschen.

»Seht!« Der Elf schleuderte den Schild zwischen den Altären hindurch. Wie aus dem Nichts prasselten Eispfeile auf das Holz und zersplitterten.

»Sie kommen aus den Wänden. Lichtstrahlen, fein wie Spinnenfäden, durchkreuzen die Kammer. Es ist das Licht der Kugel, das die Kristalle in den Wänden zurückwerfen. Wird einer dieser Lichtstrahlen unterbrochen, dann wird ein Eisgeschoss aus den Löchern in den Wänden abgeschossen. Wenn man genau hinsieht, kann man die Löcher erkennen. Ich habe mehr als hundert gezählt.«

»Was hat die zwei, die noch stehen, umgebracht?«, fragte Zidaine.

»Ich glaube, der Zorn der alten Götter war es. Der dort hinten hat wohl versucht, den Altar, vor dem er steht, zu zerschmettern. Rührt die Altäre nicht an! Versucht nicht, den goldenen Zierrat aus dem Eis zu brechen. Sonst wird es euch genauso ergehen wie den beiden dort.«

»Du hast mir gesagt, dass die Elfen diesen Hügel das Grab im Eis nennen. Das hier sieht mehr aus wie ein Tempel. Wo sind die Gräber?«, wollte Beorn wissen.

»Vermutlich gut vor Plünderern versteckt«, entgegnete Galayne herausfordernd. »Es wäre klug, das hier auf sich beruhen zu lassen und einfach zu gehen.«

»Ganz ohne Beute?«, grollte Hallar. »Verfluchte Wettfahrt! Wir geben unser Blut und was bekommen wir? Einen Dreck!«

»Und die Gelegenheit zu zeigen, ob du Eier in der Hose hast, das wohl!«, warf Beorn ein. »Lasst ihr euch wirklich von albernen Elfenzaubern aufhalten? Wir gehen da jetzt hinein. Ihr rührt die Altäre nicht an, aber ein paar Eiszapfen haben wir nicht zu fürchten! Einen Schild für mich!«

Von hinten wurde dem Drachenführer einer der Schilde angereicht. Er ging in die Knie und hob ihn vor seine Brust. Hallar hockte sich neben ihn. Zu seiner Rechten war Eimnir, der Rotschopf, der für Beorns Geschmack etwas zu gern zündelte. Olav trat in die zweite Reihe, schob Beorn seinen Schild über den Kopf und kauerte sich ebenfalls darunter. Weitere Recken der Ottajasko schlossen sich an, bis im Eingang und auf der Treppe ein kompakter Schutzwall aus Schilden entstanden war.

»Vor!«, befahl Beorn.

Kaum dass er, immer noch in der Hocke, einen Fuß über die Schwelle setzte, prasselten Eispfeile gegen seinen Schild. Mit dumpfem Aufprall schlugen sie auf das Holz oder zersplitterten klirrend auf den Schildbuckeln.

»Weiter!« Der Blender schob sich vor. »Deckt die Flanken!«

Während sie vorsichtig zwischen die Altäre vorrückten, ließ der Beschuss langsam nach. Darauf hatte er gehofft. Auch wenn das Ganze hier eine heimtückische magische Falle war, konnte der Vorrat an Eisbolzen nicht ewig reichen.

»Langsam aufrichten!« Er drückte die Beine durch. Nun nahm der Beschuss wieder zu. Hinter ihm keuchte jemand auf. Ein paar Lücken waren im Schildwall geblieben. Vor allem zwischen dem Schilddach und dem Rand gab es Spalten. »Wen hat es erwischt?«

»Iskir«, raunte Olav. »Ist nur ne Schramme. Der Junge wird jetzt endlich aussehen wie ein Mann, das wohl. Bin sicher, dass 'ne hübsche Narbe auf seiner Wange zurückbleibt.«

Iskir war der jüngste Krieger, den er mitgenommen hatte. Ein Hüne von einem Mann mit dem Gesicht eines Zwölfjährigen. Vor allem litt Iskir daran, dass ihm nur zarter Flaum auf den Wangen spross, was ihm regelmäßig den Spott der anderen eintrug.

»Weiter aufrichten!«, sagte Beorn ruhig. Er stand jetzt mit durchgedrückten Beinen da. Auch auf den Schild über seinem Kopf prasselten nun etliche Eisbolzen ein. Splitter häuften sich knöchelhoch auf dem Boden vor ihnen. Dann endlich erstarb der Beschuss.

»Vorsichtig den Schildwall öffnen.« Es war vorüber.

Galayne klatschte und bedachte sie mit seinem stets überheblich wirkenden Lächeln. »Großartig. Ich glaube, damit hätten diejenigen, die diese Fallen ersonnen haben, niemals gerechnet.«

»Die kannten auch keine Thorwaler«, sagte Iskir ernst. Eine blutige Furche zerteilte seine rechte Wange. Der Junge hatte den Spott des Elfen wohl gar nicht verstanden. Er neigte dazu, alles ganz wörtlich zu nehmen.

»Finger weg von den Altären!«, fuhr Beorn Eimnir an, als er dessen begehrliche Blicke bemerkte.

»Hast du das hier gesehen, Kapitän? Da ist ein goldenes Bild von einer Frau mit Katzenkopf unter dem Eis.«

»Zerzal.« Galayne verließ seinen Posten im Eistunnel und trat zu ihnen. »Sie ist die Göttin des Krieges und der Jagd. Übrigens soll das kein Katzenkopf sein. Es ist ein Luchs. Manche meiner Brüder glauben, dass sie noch heute begleitet von unsichtbaren Jägern durch einsame Wälder streift.«

»Unsichtbare Jäger«, äffte Hallar den singenden Tonfall des Elfen nach. »Willst du uns mit Geistergeschichten Angst machen? Diese Götter sind doch längst von Swafnir und den Zwölfen vertrieben worden, das wohl!«

»Das wohl!«, bekräftigen Olav und Lenya.

Galayne tätschelte dem zu Eis erstarrten Elfen mit dem Streitkolben in der erhobenen Hand auf die Schulter. »Ich würde wetten, er hier war auch davon überzeugt, dass die alten Götter keine Macht mehr haben. Wahrscheinlich hat ...«

»Hier ist etwas«, unterbrach Zidaine den Vortrag des Elfen. Sie stand an der Wand, die dem Eingang gegenüberlag. »Ein feiner Spalt.« Ihr Dolch stak in der Wand. »Ich glaube, es ist ein Durchgang. Man kann die Wand zur Seite schieben.«

Sofort war Beorn bei ihr. Sie hatte recht! »Los, anfassen. Eimnir, Hallar! Ich brauche ein paar starke Kerle hier.«

Mit vereinten Kräften schoben sie eine Tür zur Seite. Hinter ihr lag eine weitere Treppe, die durch einen Eistunnel führte. An ihrem Ende erstrahlte ein helles Licht.

»Dort müssen die Toten sein!«, rief Hallar begeistert. »Ich kann das Gold schon riechen. Los, plündern wir!«

Im Grabhügel,
vierzehnter Tag im Goimond

Zidaine spürte ein leichtes Prickeln auf der Haut, als sie in den Eistunnel trat. Eben noch war sie begeistert gewesen, die Geheimtür entdeckt zu haben. Sie würde es sein, die das Gold gebracht hatte. Jetzt aber fühlte sie sich beklommen.

Beorn, Olav und Hallar waren an ihr vorbei. Selbst der arrogante Elf stieg bereits den Eistunnel hinunter.

»Alles in Ordnung?« Eimnir blieb neben ihr stehen. Besorgt ruhten seine großen grünen Augen auf ihr.

Sie hatte ihn immer für einen muskelbepackten Trottel gehalten. Natürlich war ihr nicht entgangen, wie Eimnir ihr auf den Arsch starrte, aber das taten fast alle Männer der Ottajasko. Sogar Beorn.

»Alles bestens!«, entgegnete sie harsch und trat auf die Treppe.

Eimnir blieb hinter ihr. So nah, dass sie seinen Atem im Nacken spürte. Sie mochte den Geruch seines Schweißes. Er war groß und männlich. Sollte sie ihn ermutigen? Zidaine lächelte. Wahrscheinlich wäre er ein ganz passabler Liebhaber, für ein oder zwei Nächte. Länger blieb sie nie mit einem Mann zusammen. Immer fand sie etwas, das sie an die Ersten erinnerte.

»Bei Swafnir!«, hörte sie Hallar rufen.

Dann trat auch sie hinter dem breitschultrigen Olav ins Grab. Die Kammer war viel größer als die vorherigen. Ein zweimastiger

Eissegler war darin aufgestellt. Prächtige Gemälde bedeckten die hohe Kuppeldecke sowie die Rück- und Seitenwände. So natürlich waren die Bilder, dass es Zidaine erschien, als müssten die Gestalten darauf jeden Augenblick aus den Gemälden heraustreten.

Selbst der sonst immer so spöttische Elf wirkte ergriffen und sah sich staunend um.

»Scheiße, seht ihr das?« Hallar deutete auf einen Elfen, der auf einem Thron seitlich vom Eissegler saß.

Beorn zog sein Schwert und hob seinen Schild. Vorsichtig ging er dem Elfen entgegen.

Auch Zidaine zog blank. Sie hielt sich dicht hinter dem Drachenführer.

Die Wand hinter dem Eissegler war gewölbt. Dutzende durchsichtiger Eisscheiben waren darin eingelassen. Vor der Rückwand aber saß eine Versammlung von Elfen auf Thronen, die in weitem Halbrund standen.

Ihre Gesichter wirkten fahl und ernst. Die Augen hatten sie geschlossen. Keiner regte sich.

»Die sind alle tot.« Beorn stieß sein Schwert in die Scheide zurück.

Zidaine sah die zerrissenen Kleider, die tiefen Wunden. Raureif lag auf den Wimpern der Toten und in ihrem Haar. Sie wirkten, als seien sie gestern erst gestorben. Es waren Kriegerinnen und Kinder, Zauberweber und Handwerker, alle in Stoffe gekleidet, die dazu aufforderten, sie zu berühren, so zart sahen sie aus. Wie Herrscher wirkten die Elfen nicht. Was ihnen wohl zugestoßen sein mochte?

»Wir sind reich!« Hallar hatte ebenfalls den Eissegler umrundet. Verzückt betrachtete er die toten Elfen. »Seht ihr den Rubin dort an der Halskette und den goldenen Armreif mit Smaragdsplittern? Das ist ein Vermögen, mit dem diese Kadaver hier nichts mehr anfangen können!«

»So solltest du nicht von Toten sprechen«, schalt ihn Lenya. Auch die Geweihte hatte das Schiff umrundet. »Wer hat das nur getan? Siehst du das kleine Mädchen?« Sie deutete auf eine zierliche junge Elfe, auf einem Thron zwei Schritt neben Zidaine. Ein klaffender Schnitt hatte ihre Kehle durchtrennt. »Wer tut so etwas?« Die Geweihte kniete nieder, legte den Bogen neben sich auf das Eis und begann leise für die Toten zu beten. Inständig bat sie Travia, deren Seelen zu behüten, wo immer sie jetzt auch sein mochten.

Der Anblick des toten Mädchens machte der Fechterin zu schaffen.

»Was scheren mich tote Langohren?« Hallar stupste gegen die Brust der Elfe, vor der er stand. Einer Frau mit schlohweißem Haar. Brauen wie Mondsicheln schwangen sich über den geschlossenen Augen. Ihr Hals war makellos. Keine Flecken oder Falten. Sie trug eine eng anliegende Kette, in deren Mitte ein großer Rubin eingelassen war, der ein wenig wie eine offene Wunde anmutete. Ihre Pelzjacke war blutverschmiert. Mehrere Schwertstiche hatten ihr Leben beendet.

Zidaine hatte das Gefühl, dass die Elfe ganz gewiss auch einige Feinde mit in den Tod genommen hatte. Da lag ein Zug in ihren Mundwinkeln … Eine Härte … Sie hatte sich zu Lebzeiten bestimmt nichts befehlen lassen. Vielleicht war sie eine besonders mächtige Zauberin gewesen? Waffen trug sie jedenfalls keine.

Hallar griff in den Nacken der Toten. Seine dicken Finger nestelten am Verschluss der Kette herum. Mit leisem Klicken öffnete sie sich.

Plötzlich erklang ein reißender Laut. Zidaine sah besorgt zur Decke, entdeckte aber keinen Riss. Auch die Gefährten blickten um sich. Das Geräusch steigerte sich zu einem Fauchen und brach abrupt ab.

Hallar stand erstarrt. Erst als sich die Recken wieder bewegten, wandte er seine Aufmerksamkeit erneut dem Schmuckstück zu. In dem diffusen Licht betrachtete er die Kette ausgiebig. Anders als im vorherigen Raum gab es hier keine leuchtende Kugel, die unter der Decke schwebte. Hier schien die Helligkeit aus dem Himmel auf den Bildern an Wänden und Decke zu kommen.

»Travia hilf!«, stieß Lenya plötzlich hervor und sprang auf die Beine, um von den thronenden Leichen zurückzuweichen.

Und dann sah auch Zidaine es. Die Tote vor ihnen hatte die Augen geöffnet. Himmelgraue Augen! Sie sahen zu Hallar auf, der das Eisen seines Axtblattes berührte und einen Schritt zurücktrat.

»Fahr in die Niederhöllen!«, schrie er, zog seine Axt aus dem Gürtel und ließ sie auf den Kopf der Elfe niedersausen.

Mit grässlichem Knirschen fuhr die Schneide in den gefrorenen Leichnam. Sie drang tief in den Schädel ein. Hallar versuchte, sie mit einem Ruck zu befreien. Die Tote rutschte vom Thron.

Immer noch starrten ihre grauen Augen zu ihm auf.

Zidaine hatte das Gefühl, dass es in der ohnehin schon eisigen Grabkammer noch kälter geworden war. Auch sie tastete nach der eisernen Parierstange ihrer Waffe und flüsterte den Namen des Göttervaters Praios, der vor finsterer Magie schützte.

»Rührt sie nicht an«, erklang über ihnen die singende Stimme des Elfen. »Beim letzten Rest eures kümmerlichen Verstandes! Nehmt nichts von diesen Toten!« Galayne war auf den Eissegler gestiegen, der mitten im Grab stand und sah von der Reling zu ihnen herab.

»Gib ihr die Kette zurück, Hallar, und bete, dass die alten Götter dir verzeihen werden.«

»Einen Dreck werde ich tun!« Der Krieger versuchte erneut, seine Axt aus dem Kopf der Elfe zu reißen, doch die Waffe wollte sich nicht lösen, als sei sie eins geworden mit Fleisch und Knochen.

»Hier oben auf dem Schiff liegt ein Elfenfürst aufgebahrt, und …«

»Die Kälte hat wohl deinen Verstand eingefroren«, unterbrach ihn Olav. »Elfen haben keine Fürsten, das weiß sogar ich. Sie leben wie Karnickel im Wald, das wohl.«

Galayne bedachte ihn mit einem tadelnden Blick. »Hier steht ein Eisblock mit einer Inschrift. Hört, was dort geschrieben steht, und entscheidet, ob ihr die Toten bestehlen wollt.« Er wandte sich um, verschwand außer Sicht, doch dann war wieder seine Stimme zu hören: »Sein Bruder wagte vom Himmelsturm den Himmel-Sturm. Uns alle traf dafür der Götter Fluch. Jetzt sind die Herzen derer, die hier liegen, zu Eis geworden, doch haben sie das Glück, in die Obhut der Zerzal eingegangen zu sein und nicht mehr weiterleben zu müssen, anders als jene, die ihre Herzen dem Kult des Leuchtenden Geistes geopfert haben.« Galayne trat wieder an die Reling und sah missbilligend zu ihnen herab.

»Und?«, fragte Hallar frech. »Glaubst du, deshalb würde ich mich jetzt bepissen?« Er hielt die Kette hoch. »Weißt du, wie viel allein dieser Stein wert ist? Wenn ich am Ende der Reise nichts als diese Kette heim nach Thorwal bringe, werde ich immer noch bis zu meinem Lebensende ein reicher Mann sein.«

»Ich glaube nicht, dass du es bis nach Thorwal schaffen wirst, wenn du den Zorn Zerzals erweckst«, entgegnete der Elf trocken. »Du bist gewarnt. Die Entscheidung liegt bei dir.«

»Auch Travia sieht es nicht mit Wohlgefallen, wenn du Tote bestiehlst, Hallar.« Die Geweihte trat zögerlich zu der Elfe mit der Axt im Kopf. »Helft mir, sie wieder auf ihren Thron zu setzen.«

»Hast du eine Vorstellung, wie oft ich schon Männer ausgeplündert habe, die ich im Kampf besiegt habe, Lenya?« Hallar sah die Geweihte an, als sei sie ein verzogenes Kind. »Nie ist einer von denen wieder aufgestanden, um sich an mir zu rächen. Wenn du nach

Hause kommst, Lenya, dann erwartet dich dort eine warme Kammer im Tempel, und du bekommst ein gutes Essen auf den Tisch gestellt. Ich hab ein Weib und Kinder. Bringe ich nichts mit von einer Beutefahrt, dann gibt es bei uns Grassuppe mit Fischköpfen.« Er sah in die Runde. »Und so wie bei mir ist es bei den meisten hier auch. Stimmt es nicht?«

Olav nickte. Auch Ursa. Von einigen der anderen war zustimmendes Gemurmel zu vernehmen.

»Sag uns also nicht, was wir zu tun und zu lassen haben, Priesterin.«

Lenya hielt dem stechenden Blick des Kriegers stand. Sie wich keinen Fingerbreit vor ihm zurück, wie Zidaine erstaunt sah.

»Die Götter haben dieser Welt eine Ordnung gegeben, Hallar!«, entgegnete die Geweihte entschieden. »Und es ist klüger, den Gürtel manchmal enger zu schnallen, als gegen diese Ordnung zu verstoßen.«

»In den alten Geschichten der Firnelfen ist die Rede von der Schlacht im ewigen Eis, die durch einen Drachen entschieden wurde«, sagte Galayne. »Dort heißt es, dass Freunde wie Feinde im selben Grabmal beigesetzt wurden. Ich schätze, in den Wandnischen, hinter den Eisplatten, werdet ihr noch weitere Tote finden. Und das sind Tote, die sich von jedem Gott abgewandt haben. Haltet euch an denen schadlos, wenn ihr denn schon plündern müsst.«

Iskir war der Erste, der eine der Platten einschlug. Tatsächlich befand sich dahinter eine lange Grabnische, in der ein Leichnam lag.

Zidaine wandte sich ab. Sie wollte damit nichts zu schaffen haben. Eine Tote, die die Augen öffnete, wenn man sie bestahl. Der eisige Hauch, der durch das Grab geweht war, und die Worte des Elfen ... Das alles war ihr Warnung genug. Sie brauchte kein Leichengold in ihrem Rucksack. Sie war bisher immer irgendwie durchgekommen.

Sie ging zurück zum Eingang der Grabkammer und betrachtete das Wandgemälde. Es schien mit ineinander übergehenden Bildern eine Geschichte zu erzählen. Hinter dem Eissegler hörte sie das Klirren weiterer Scheiben. Wieder strich sie über das Eisen ihrer Parierstange. Die Gier von Beorns Männern würde sie alle noch teuer zu stehen kommen, da war sie sich ganz sicher. Doch wenn sie nicht einmal auf die Geweihte hören wollten, dann brauchte sie erst gar nicht den Mund aufzumachen. Obwohl sie schon einige Fahrten mit Beorn gemacht hatte, galt sie bei solchen Gelegenheiten immer als die Fremde, die nichts zu sagen hatte, wenn echte Thorwaler Entscheidungen trafen.

Links von der Eingangstür war eine riesige, aus dem Eis ragende Felsnadel zu sehen, vor der winzige Schiffe auf dem Eis ankerten. War das der Himmelsturm, der Ort, den sie suchten? Das Bild ging über in eine Szene, die wie ein Rennen auf dem Eis aussah. Etliche kleinere und größere Eissegler mit bunten Segeln stürmten über die Ebene hinweg. Ein Schiff, das dem im Grab ähnlich sah, gewann die Wettfahrt. Auf seinen dreieckigen Segeln war eine große, geflügelte Sonne abgebildet.

»Der dort muss Emetiel sein«, erklang überraschend eine Stimme hinter ihr. Galayne war lautlos vom Eissegler gestiegen. Jetzt deutete er auf den Elfen, der neben dem Gewinner des Wettsegelns mit seinem üppigen Siegerkranz stand. »Er sieht aus wie der Tote, der dort oben im Schiff aufgebahrt ist. Die Firnelfen erzählen sich noch heute Geschichten von ihm. Er war ein großer Jäger und meist hat er die Wettfahrten gewonnen. Irgendwann in der Zeit, in der er gegen seinen Bruder verloren hat, beginnt das große Unheil, wie die Firnelfen es nennen.«

Zidaine betrachtete die Bilder von Gärten und Palästen. Von lachenden Elfen. »Von einem Unheil kann ich hier nichts sehen. Sie scheinen alle wie sorglose Adlige zu leben.«

Galayne lächelte hintersinnig. »Wenn das Unheil stets leicht zu erkennen wäre, würde es uns dann nicht auch leicht fallen, es zu meiden?« Er deutete auf eine besonders hübsche Elfe. »Ich glaube, sie war es, die Zwietracht in den Turm des Himmels brachte. Die Firnelfen haben viele Namen für sie. ›Der schöne Tod‹ ist derjenige, der mir am besten gefällt.«

Zidaine entdeckte sie auf einem weiteren Bild. Es sah aus, als leite sie die Bauarbeiten an einem Palast oder einem Tempel. Sie trug ein weißes Gewand, auf dem eine geflügelte Sonne zu sehen war. Dann sah man sie von Bewaffneten umringt. Auf dem nächsten Bild schien sie an der Spitze von Kriegern ein Theater zu stürmen. Elf kämpfte gegen Elf. Das Bild erstreckte sich bis zur Kuppel hinauf. In einem weiten Panorama sah es aus, als würden die Eissegler über den Himmel fliegen. Es war das einzige Mal, dass die Künstler an dem, was sie abbilden wollten, offensichtlich gescheitert waren. Vielleicht waren die fliegenden Schiffe auch eine Allegorie?

Es kam zu einer Schlacht auf dem Eis. Nun standen die Segler wieder auf festem Boden. Um die Ereignisse weiter zu verfolgen, musste Zidaine die Bilder rechts neben dem Eingang betrachten. In blutigem Handgemenge kämpften die Elfen miteinander. Ein Krieger mit einem Waffenrock, auf dem die Flügelsonne prangte, schnitt einem jungen Mädchen die Kehle durch.

Ungläubig trat die Fechterin näher an die Wand heran. Dieses Mädchen! Es glich bis aufs Haar dem, das sie zwischen den anderen Toten auf den Eisthronen gesehen hatte. Und jetzt entdeckte sie auch eine Elfe, die ganz eindeutig jene war, der Hallar die Halskette gestohlen hatte. Selbst die Kette war deutlich zu erkennen.

Ein goldener Drache erschien und vertrieb einen Teil der Kämpfer. Die Überlebenden bauten auf dem nächsten Bild den Grabhügel im Eis. Dann segelten sie auf ihren Schiffen gen Süden. Doch dies war nicht das letzte Bild.

Sie sah drei Elfen in der Sternenkammer über ihnen. Einer wurde von Eisbolzen durchbohrt. »Wie kann das sein? Wer hat das hier gemalt?«, wandte sie sich an Galayne.

»Ich frage mich gerade, wer das hier malt.« Er deutete auf das letzte Wandbild. Es zeigte die Grabkammer mit dem Eissegler, als würde jemand von schräg oben in die Kammer blicken. Gestalten machten sich an Leichen zu schaffen, die lang gestreckt auf dem Boden lagen.

Etwas abseits standen zwei und blickten die Wand an. Eine der beiden Figuren war ganz in Weiß gekleidet.

Zidaine stockte der Atem. »Das sind wir! Das … wie ist das möglich?«

Es war das erste Mal, dass Galayne beunruhigt wirkte.

»Ich weiß es nicht«, antwortete er. »Hier walten Kräfte, die ich nicht erklären kann. Es war nicht klug, den Frieden dieses Grabes zu stören.« Er senkte den Kopf. »Ich muss gestehen, dass ich neugierig war, hierher zu kommen. Aber das …« Er blickte zu den Plünderern, die inzwischen jede Wandnische aufgebrochen hatten. »Das hatte ich nicht erwartet.«

Lenya ging zwischen den Leichen auf und ab und betete. Sie wirkte den Tränen nahe.

»Das war der Letzte«, verkündete Eimnir und hielt eine goldene Gürtelschnalle hoch.

»Ihr müsst die Elfen wieder in ihre Gräber legen!«, rief Lenya. »Boron, der Totenhüter, und seine Geschwister werden uns niemals vergeben, dass wir das getan haben. Wir sind fluchbeladen! Wir sind …«

»Ihr habt sie gehört!« Beorn klatschte in die Hände. »Legt sie in die Schächte zurück. Und beeilt euch! Ihr habt euch die Taschen gefüllt und ihr werdet reich nach Thorwal heimkehren, so, wie ich es euch versprochen habe. Aber nun haltet euch ran. Wir haben schließlich noch ein Wettrennen zu gewinnen.«

Beklommen betrachtete Zidaine die Bilder. Wenn Galaynes Geschichten stimmten, dann hatte auch für die Elfen das Unheil mit einem Wettrennen begonnen.

Eiswüste,
siebzehnter Tag im Goimond

Asleif Phileasson, den sie den Foggwulf nannten, überlegte, ob sie die ersten Menschen waren, die sich so weit in den Norden wagten. Hetmann Arjolf war eine Legende, weil er die Insel der Schneeschrate umsegelt hatte, doch seine Saga berichtete, dass er die Nordküste stets im Blick behalten hatte. Phileasson und sein Gefolge waren vor vier Tagen vom Heiligtum der alten Elfengötter aufgebrochen, das auf einer vorgelagerten Felsnadel lag. Solange die Sonne über den Südhimmel rollte, sandte das bernsteinfarbene Juwel, das Galandel dort auf den Altar gelegt hatte, einen Lichtfinger über dem Himmel, dem sie nach Nord-Nord-Ost folgten. Da sie auch einige dunkle Stunden nutzten, mussten ihre beiden Eissegler sie inzwischen mehrere Hundert Meilen weiter nach Norden getragen haben, als Arjolf mit seinem Drachenschiff vorgedrungen war. Jetzt bildeten die auf die Seite gelegten Rümpfe einen Windschutz für das Lager der Ottajasko.

Die vorletzte Wache dieser sternklaren Nacht hielt Phileasson selbst. Der Wind trieb ein raues Spiel mit ihm. Er zupfte an dem ungewohnt langen Bart und wehte spitze Eiskristalle in sein Gesicht, die in die freie Haut unter den Augen und an der Nase bissen. Verfroren zog Phileasson den Schal wieder hoch, bis nur noch ein schmaler Sichtschlitz frei blieb. Er bestand inzwischen ebenso sehr aus Eisbröckchen wie aus Stoff.

Phileasson prüfte, wie weit der Kaiserstern über den Himmel

gewandert war. Noch eine halbe Stunde, bis er den Fuchs, das Sternbild, das die Mittelländer mit dem Gott des Handels und der Diebe in Verbindung brachten, passierte. Dann würde er mit dem behäbigen Gang, den ihm die Schneeschuhe aufzwangen, zum Lager zurückstapfen und Eichward vom Stein wecken. Der hünenhafte Ritter aus Andergast hatte das Los für die letzte Wache gezogen.

Phileasson lockerte den Umhang so weit, dass er ungehindert ausschreiten konnte. Fuß vor Fuß kämpfte er sich mit den Schneeschuhen einen Hügel hinauf. Er bewegte sich weit genug abseits des Lagers, damit ihn das Feuer weder blendete noch an jemanden verriete, der sich aus der Nacht anschleichen mochte. Jede Windbö fühlte sich so eisig an, als hätte ihm ein Zauberer die Kleidung fortgehext.

Vom erhöhten Punkt gönnte sich Phileasson einen Moment, in dem er die Vorhänge aus bunten Lichtern betrachtete, die im Norden tanzten. Waren diese grünen, roten und gelben Kaskaden, die lautlos aus dem Himmel fielen, tatsächlich Spiegelungen in den Augen Hranngars, der bösartigen Weltenschlange, mit der der Gottwal in immerwährendem Kampf lag? Oder schrieben die Ewigen eine Botschaft in die Nacht, eine Warnung vielleicht? Welche Gottheiten könnten das sein? Die sich immer verändernde Nurti, die luchsköpfige, finstere Zerzal und die beiden anderen Elfengötter, die längst von ihrem eigenen Volk vergessen waren und dennoch auf der Felsnadel nördlich der Insel der Schneeschrate wachten? Firun, der grimmige Jäger? Wer sonst interessierte sich für dieses Land aus Frost und Schnee? Gab es unter dem Eis ein Meer, dessen Dunkelheit Swafnir durchschwamm? Beobachtete der Gottwal seine Kinder? Wusste er von den Taten, die die Thorwaler hier vollbrachten?

Phileassons Blick wanderte weiter zum zweiten Feuer, das in

dieser Nacht brannte, drei Meilen voraus. Beorn der Blender, sein Rivale um den Titel des Königs der Meere, war an ihnen vorbeigezogen, als sie ihr Lager bereits aufgeschlagen hatten. Wie fand er seinen Weg in dieser Einöde?

Den Spuren von Phileassons beiden Eisseglern konnte er kaum gefolgt sein. Sie verwehten rasch.

Vielleicht erriet er, dass der tagsüber am Himmel leuchtende Lichtfinger den Weg zu ihrem Ziel wies. Aber das reichte noch nicht. Ohne die Kenntnisse von Crottet, dem Nivesen, wären Phileassons Eissegler mehr als einmal in Wehen stecken geblieben oder auf trügerischem Untergrund eingebrochen. Wusste der Elf mit dem weiß glänzenden Haar und dem silbern glänzenden Helm, den der Blender dabeihatte, um solche Tücken? Hatte auch Beorn vorgestern den Sturm rechtzeitig kommen sehen und sich mit einem Schneewall geschützt?

»Er muss jemanden wie Crottet haben«, murmelte Phileasson in den eisstarren Schal. Auch der Nivese war noch nie so weit nördlich gewesen, was wohl mehr als das versprochene Silber ein Grund für ihn war, weiter mit Phileasson zu ziehen. Aber er kannte sich mit dieser Landschaft aus, deren Weiß die Augen blendete, wenn man keine Lederbrillen trug, die nur schmale Schlitze freiließen. Er wusste, wie man Schnee zu Wasser schmolz, ohne Brennmaterial zu verschwenden. Der Untergrund sprach zu ihm wie die Wellen eines offenen Meers zu Phileasson. Ohne seine Ratschläge, wie man sich vor der Kälte schützte, hätten wohl weder Salarins und Galandels Lieder noch Shaya Lifgundsdottirs Gebete ausgereicht, um die Erfrierungen zu heilen. Auch Phileasson hätte dann schon keine Zehen mehr an seinem linken Fuß. Unwillkürlich bewegte er sie im Stiefel, wie Crottet es empfahl.

Im Tal der Donnerwanderer, mit dem gefangenen Mammut, war Beorn noch guter Dinge gewesen. Ganz der Plünderer, der sich von der Welt nahm, was immer er wollte. »Wie geht es dir jetzt?«, murmelte Phileasson.

Trotz der Kälte tat er einen tiefen Atemzug. Beorn war sein größter Rivale, seit der Seher prophezeit hatte, einer von ihnen werde dereinst König der Meere heißen. Seitdem versuchten sie, einander zu übertreffen. Wettfahrten, Plünderzüge, Entdeckungsreisen. Hätte Phileasson das Meer der Sieben Winde überquert und das Güldenland erkundet, wenn der Gedanke an Beorn ihm nicht Ansporn gewesen wäre? Ganz gleich, was er tat: Er wusste, dass im selben Moment Beorn an der Saga schmiedete, die ihn zum Größten aller Drachenführer machen sollte. So, wie Phileassons Entdeckungen schon jetzt Legende waren, galt Beorn als Schrecken der Meere. Der Großadmiral von Al'Anfas Schwarzer Flotte konnte den Namen des Blenders nicht ruhig aussprechen, sagte man. Er brüllte immer vor Wut, wenn die Sprache auf den Mann kam, der seine Galeeren jagte.

Beorn war ein würdiger Gegner.

Phileasson wandte sich vom in der Ferne flackernden Feuer ab und nahm seine Wanderung um das eigene Lager herum wieder auf. Damit er nicht über seine Schneeschuhe strauchelte, setzte er die Schritte in zwei parallelen Bahnen, wie die Kufen der Eissegler. In der südöstlichen Senke war der Schnee locker wie Puder. Trotz der ausladenden Geflechte unter seinen Sohlen sank Phileasson ein. Bei jedem Schritt hob er den Fuß weit an, um ihn mehrere Spann voraus wieder aufzusetzen. Ein Beobachter hätte ihn für einen Storch halten können, aber auch Crottet kannte keine bessere Möglichkeit, auf einem solchen Untergrund zu gehen.

Durch die Anstrengung atmete er tief ein, was trotz des Schals vor dem Mund die schneidende Kälte in seine Brust holte. Er hielt inne. Die Aufgabe einer Wache bestand nicht darin, möglichst viel Strecke zurückzulegen, sondern die Augen offen zu halten. Er spähte in die Nacht, drehte sich um die eigene Achse und trat dabei einen Kreis in den Schnee.

Wieder nahm ihn die fremde Schönheit des Nordlichts gefangen. Dort leuchteten keine Sterne und auch nicht der Mond, dessen unteres Viertel sich in dieser Nacht gefüllt hatte. Ebenso wenig brannte dort ein Feuer.

Oder doch? War das giftige Grün, das aus dem Himmel floss, der Widerschein von Flammen, die in einer anderen Wirklichkeit loderten? Der leuchtende Vorhang tanzte wie hauchdünner Stoff in sanftem Wind. Aus dem Nichts tauchte Rot auf, zunächst als geschwungene Linie in der Schwärze der Nacht. Dann fiel auch aus diesem Riss Licht, wie Finger, die die Sonne durch ein Blätterdach schickte, aber dichter. Es reichte tiefer als das Grün, schien die Ebene aus Eis in der Ferne zu streicheln.

Bewegten sich Schatten vor dieser Helligkeit?

Phileassons Hand umfasste den Schwertgriff. Durch die Fäustlinge konnte er die Konturen eines Wolfes nicht ertasten, aber dennoch fand er festen Halt. Bei der gesamten Ottajasko hatte er Leder auf das Fell an den Innenseiten nähen lassen, damit niemandem die Waffe wegrutsche, wenn es darauf ankäme.

Gegen die heranwehenden Eiskristalle kniff er die Lider bis auf Schlitze zusammen. Tatsächlich! Durch die Wimpern sah er zwei schwarze Dreiecke vor dem Rot entlanggleiten. Eissegler!

Er missachtete den Stich der Kälte, als er den Schal herunterriss und die Lunge füllte. »Alarm!«, brüllte er mit der gleichen Stimme, die seine Ottajasko in einem Sturm zu einer Einheit schmiedete. »Überfall!«

Er ließ das Schwert los. Phileasson schwang die Arme, um die Schritte zu unterstützen, mit denen er aus dem lockeren Schnee eilte. »Alarm!«, brüllte er nochmals.

Vor der Schale mit dem Lagerfeuer bewegte sich jemand. Tjorne?

Tylstyr? Es war unmöglich zu erkennen. Immerhin hatte der grimmige Frost den Vorteil, dass niemand auf den Gedanken verfiel, sein Gewand auszuziehen. Zumindest die Fellkleidung böte also Schutz, wenn es zu einem Kampf käme. Phileasson hatte seinen Leuten eingeschärft, die Waffen nahe an der Schlafstatt abzulegen. Hoffentlich hatten sie sich daran gehalten.

Die Eissegler bewegten sich verflucht schnell! Schon waren sie auf Bogenschussweite heran. Feuer flackerte in einem der Gefährte. Kurz darauf zischten zwei Brandpfeile auf Phileassons Lager zu. Die Kameraden riefen Warnungen. Die Pfeile fielen in den Schnee, wo sie sofort verloschen.

Die Recken schlugen ihre Waffen gegen die Schilde.

Dass die Angreifer die Herausforderung erwiderten, ließ vermuten, dass es sich ebenfalls um Thorwaler handelte.

»Beorn!«, rief Phileasson. »Komm her, dass ich dich in zwei Teile hacke!«

Ein Brandpfeil bohrte sich in den umgelegten Rumpf eines Eisseglers, aber ein Recke, nur ein undeutlicher Schattenriss, erstickte die Flammen mit Schnee.

Phileasson näherte sich mit weiten Sprüngen. Er war jetzt aus dem Pulverschnee heraus. »Bei Swafnirs heiligem Zorn!« Er blieb stehen, riss das Breitschwert aus der Scheide, führte es an seinem rechten Bein hinab und zerschnitt die Lederbänder, die den Schneeschuh am Fuß hielten. Rasch wiederholte er das an der anderen Seite. So sank er zwar tiefer ein und lief auf glattem Eis eher Gefahr, auszurutschen, kam aber auch schneller vorwärts. Er rannte zu seiner Ottajasko.

Shaya Lifgundsdottir, die kleinwüchsige Traviageweihte, stand vor einem Eissegler. Ihren Wanderstab hielt sie abwehrbereit vor der Brust.

Die übrigen Gefährten bildeten zwei Gruppen. Eine führte Eichward vom Stein, dessen riesiges Zweihandschwert wie ein Mast in den Himmel ragte. Die andere scharte sich um Tjorne Warulfson, der die Gegner mit Schild und Axt erwartete.

Diese aber hatten ihren Eissegler zum Halten gebracht und beschränkten sich darauf, sie zu beschießen. Die lodernden Pfeile waren in der Dunkelheit gut zu sehen und flogen hohe Parabeln, sodass man ihnen leicht ausweichen konnte.

Tylstyr Hagridson kam zu Phileasson. Eine Zeit lang hatte er eine Axt an der Seite getragen, diese Gewohnheit aber irgendwann während der Jagd auf die Mammute abgelegt. Jetzt war der Zauberstab wieder seine einzige Bewaffnung. »Soll ich ihnen eine Flammenlanze als Antwort schicken?« Die Stimme des Magiers zitterte vor Aufregung.

»Noch nicht«, entschied Phileasson.

Die Flammenlanze war ein fürchterlicher Zauber, der ihnen den Weg aus einem Gefängnis zwischen zwei Eisbergen frei gesprengt und beim Überfall einer Räuberbande gute Dienste geleistet hatte. Dann hatte er sich gegen seinen Meister gewandt und Tylstyr selbst entzündet. Salarin hatte sein ganzes Können als Heiler aufgeboten, um den Magier zu retten.

»Wo ist der andere Eissegler?«, wollte Phileasson wissen.

»Welcher andere?«, fragte Tylstyr.

»Sie waren zu zweit.«

Aus diesem Winkel betrachtet stand das Nordlicht nicht mehr hinter den Angreifern. Gegen die Sterne ließen sich Schattenrisse nur schwer erkennen. Phileasson wandte sich um. »Salarin!«, rief er. »Galandel! Seht ihr etwas?« Elfenaugen waren schärfer als die der Menschen.

»Dort!« Salarin Trauerweide zeigte über das Lager hinweg.

»Eichward! Mir nach!« Phileasson rannte los. Auf einem glatten Stück rutschte er weg, fasste jedoch sofort wieder Tritt.

Dunkle Gestalten näherten sich Phileassons zweitem Eissegler. Der Schein des Lagerfeuers schimmerte auf ihren Äxten. Jetzt, da sie bemerkt waren, stimmten sie ihr Kampfgeschrei an.

Drei von ihnen versperrten Phileasson und dem von Eichward geführten Trupp mit aneinandergelegten Rundschilden den Weg. Dahinter machten sich zwei Gegner mit wuchtigen Axtschlägen am Rumpf des Eisseglers zu schaffen.

Unbarmherzig hämmerte Phileasson sein Schwert auf einen Schild. Er trieb die Klinge so tief ins Holz, dass er sie nur mit einem harten Ruck wieder zu befreien vermochte. Der Aufprall schmerzte in Phileassons Oberarm. Die Kälte machte die Muskeln steif.

»Haltet ein!«, rief eine weibliche Stimme jenseits der Kampflinie. »Keine Toten!«

Eichward holte mit dem Bidenhänder über der Schulter aus.

Phileasson ging in die Hocke, wie sie es in den morgendlichen Übungen wieder und wieder einstudiert hatten.

Die gewaltige Waffe zerschnitt die Luft über ihm und krachte in den Schild seines Gegners, den die Wucht von den Füßen hob und in die Nacht schleuderte. Phileasson nutzte die Lücke und brach durch.

»Keine Toten!«, rief die Frau. »So verlangen es die Regeln!«

Phileasson packte einen Recken am Schienbein und riss ihn von den Füßen, hielt sich aber nicht mit ihm auf. Er hastete weiter zu den beiden, deren Äxte den Rumpf des Eisseglers bearbeiteten.

Als sie ihn kommen sahen, zogen sie sich zurück und nahmen die Schilde hoch.

»Das reicht!«, hörte er die Stimme seines verhassten Rivalen.

Auch die anderen Gegner wichen jetzt zurück.

Beorn erschien am Rand des Feuerscheins, als verfestigte sich Rauch zu einer dunklen Gestalt. Mit der Augenklappe auf der rechten Seite und den darüberfallenden Haaren wirkte sein Gesicht schief. Die Schattenrisse der Adlerflügel an seinem Helm hätten ebenso gut von Hörnern stammen können. Auch er trug in dieser Kälte einen dicken Fellmantel, der den Körper verhüllte. Vielleicht verbarg er ein Schwert darunter. Zu sehen war nur der eisenumfasste Schild mit der Seeschlange.

»Da zwei Kapitäne fern der Heimat so nah beieinander lagern«, sagte Beorn, »hätte es gegen die guten Sitten verstoßen, auf einen Besuch zu verzichten.«

Phileasson knirschte mit den Zähnen.

Das Schimmern der blonden Zöpfe, die unter der Pelzmütze hervorkamen und auf Lenyas Brust fielen, war das Erste, was er von der Traviageweihten erkannte, als diese hinter Beorn aus der Dunkelheit kam. »Kein Blut darf vergossen werden«, sagte sie. »So verlangen es die Worte der Obersten Hetfrau.«

»Oberste Hetfrau hin oder her«, knirschte Phileasson. »Bei Swafnirs Fluke: Wer den nächsten Schlag gegen einen meiner Segler führt, den spalte ich vom Schädel bis zum Steiß, das wohl!«

»Damit würdest du die Regeln brechen und könntest nicht mehr König der Meere werden«, mahnte Lenya.

»Wie kannst du das zulassen?«, rief Shaya, die jetzt hinzukam. »Ohne die Eissegler sind wir hier draußen verloren! In dieser Wüste müssten wir elendig erfrieren!«

»Der zweitbeste Drachenführer Thorwals würde euch bestimmt sicher nach Hause bringen«, versetzte Beorn, ohne dass sein verbliebendes Auge den Blick von Phileasson gelöst hätte.

»Für diese Hinterhältigkeit wirst du büßen«, versprach Phileasson.

»Kehr lieber um«, riet Beorn. »Solch ein Abenteuer ist nichts für jemanden, der gern Linien auf leere Seekarten malt.«

Er verschwand in der Dunkelheit. Seine Leute folgten ihm, und kurz darauf hörte Phileasson den Schnee unter den Kufen von Beorns davongleitendem Eissegler knirschen.

»Ich sehe mir den Schaden an«, sagte Ohm Follker. Der Skalde war der älteste Freund, der an der Wettfahrt teilnahm.

Phileasson nickte, hielt den Blick aber auf den Schattenrissen, die sich über das Eis entfernten. Mit dem Schwert in der Hand machte er einige Schritte in die Nacht hinaus, auf Beorns Lagerfeuer zu.

Sollte er Rache nehmen?

Die Regeln verbaten zwar, den Gegner zu töten, gestatteten jedoch, ihn zu behindern. Wenn Tylstyr eine Flammenlanze in einen von Beorns Eisseglern schleuderte, wäre dieser sicher unbrauchbar. Aber warum nur in einen? Sie könnten alle zerstören. Beorn hätte nicht gezögert, genau das zu tun, hätte er die Möglichkeit dazu gehabt.

»Wie schlimm ist es?«, fragte er, als Ohm Follker mit knirschenden Schritten neben ihn trat.

»Auf dem Wasser würde der Segler sinken, bevor er den Kerlok-Kanal vom Winterhafen zum Bodir durchquert hätte.« Er spie aus. »Aber hier fahren wir auf dem Trockenen. Entweder, Beorn hat angefangen, aus lauter Langeweile seine eigenen Leute zu blenden, oder sie sind zu dämlich, um zu verstehen, dass man einen Eissegler nicht wie ein normales Boot versenkt. Zwei Leinen müssen wir austauschen, dann ist der Kahn wieder flott.«

Phileasson schob das Schwert in die Scheide.

Er spürte keine Eiskristalle, die in sein Gesicht bissen. Der Wind kam aus dem Süden, er drückte gegen den Rücken. Leicht senkte er die Stirn, als ein Lächeln auf seinen Zügen wuchs.

»Sternenklarer Himmel«, stellte er fest.

»Ja«, bestätigte Ohm. »Deswegen ist es auch so kalt wie in Hranngars Herz.«

Phileasson sah dem Freund in die Augen.

Ohm begriff. »Wir können unmöglich die Richtung verlieren.«

»Wir können sogar einen kleinen Bogen fahren, damit unser Anblick niemanden in seinem Nachtlager erschreckt.« Ruhig nickte er Ohm zu. »Sag ihnen, sie sollen leise sein, wenn sie die Segler aufrichten und sie beladen.«

Ohm erwiderte das Nicken. »Beorn wird den Himmelsturm nicht als Erster erreichen.«

Eiswüste,
siebzehnter Tag im Goimond

Worte waren unnötig. Stumm sammelte man sich im Bug, soweit die Enge des Eisseglers das zuließ. Obwohl die Sonne noch nicht aufgegangen war, zeigte sich bereits das erste Grau am Horizont, gegen den sich die gewaltige Felsnadel abhob. Ihre Größe war schwer zu schätzen, weil es rundherum nur die Eisebene und den Himmel gab, aber mehr als einhundert Schritt reckte sie sich ganz gewiss empor, dachte Tylstyr Hagridson. Dies also war der Turm, der Himmel und Erde miteinander verband, wie die Ometheon-Saga berichtete. Dicht unter der Spitze glomm ein Licht, als würden sie in dieser von allem Leben verlassenen Einsamkeit erwartet.

Tylstyr hielt sich am Mast fest, als er seine Position etwas veränderte, um an Vascal della Rescati vorbeischauen zu können. Zwar war er eine halbe Handbreit größer als der Forscher aus dem Lieblichen Feld, aber dessen Fellmütze raubte die Sicht. Vascal und seine Nichte, die neunjährige Leomara, standen direkt hinter Tjorne Warulfson. Tylstyrs Jugendfreund hockte im Bug und bediente die Zugseile, die zu den Lenkkufen führten. Seine Erfahrung als Seefahrer erwies sich auch im Eissegler als wertvoll.

Tjorne war der Grund, aus dem sich Tylstyr der Ottajasko angeschlossen hatte. Er drückte an der Stelle auf seine Winterkleidung, unter der er die Kette aus Möwenknöchelchen wusste, und dachte an die von Krebsen zerfressene Leiche am Kanal in Thorwal. Seltsam, dass die Grausamkeiten ihrer Kindheit sie nach einem Jahrzehnt einholten. Und merkwürdig, dass sich Tylstyr noch immer gedrängt fühlte, den Freund zu beschützen und ihn fort von der Gefahr zu bringen, der Rächerin, die ihn auf ebenso grausame Art umbringen würde.

Waren diese beiden Zufälle nicht bereits genug? In einem Disput mit Spektabilität Cellyana hätte er unmöglich einen weiteren postulieren können.

Und dennoch …

Zidaine, die Frau aus Beorns Gefolge, mit der er im Tal der Donnerwanderer ausgerechnet Krebse gespeist und dabei ihren Namen erfahren hatte, war im richtigen Alter. Ihre Augen, die helle Haut, der leichte Akzent in ihrem Thorwalsch …

Konnte es angehen, dass Tylstyr den Freund in die Nähe der Gefahr begleitet hatte, statt mit ihm gemeinsam davor zu fliehen? Diese Frage bedrängte ihn seit dem nächtlichen Überfall mit neuer Gewalt. In der Dunkelheit war wenig zu erkennen gewesen, und auch die dicke Winterkleidung verbarg viel. Und doch – diese Frau aus Beorns Gefolge: Konnte es sich um das Mädchen von damals handeln? An die Stimme des Kindes konnte er sich nicht mehr erinnern, aber war es nicht überraschend kräftig gewesen? Zidaine jedenfalls hatte ihr schlankes Schwert durch Tjornes Schild gerammt. Nicht tief genug, um den Freund zu verletzen, aber immerhin eine Handspanne weit.

Er wunderte sich darüber, dass er das Mädchen aus der Höhle in den Klippen von Stainakr tatsächlich gern wiedergetroffen hätte. Trotz der Gefahr, die eine solche Begegnung bedeutete, hätte er sich wohler gefühlt, wenn er gewusst hätte, dass es ihm gut ginge, dass es zu einer Frau herangewachsen wäre, die ihr Leben lebte.

Aber obwohl er oft an Zidaine dachte, wie sie hüllenlos in den warmen See im Tal der Donnerwanderer gestiegen war, kam sie ihm zu normal vor. Das Mädchen hatte einen Winter des Grauens in der Höhle bei Stainakr erlitten. Musste das nicht tiefere Spuren hinterlassen? Einen fiebrigen Blick, Angst in der Nähe von Männern? Zidaine hatte im See jedoch mehr als unbefangen gewirkt.

Tylstyr sah zum wolkenlosen Himmel auf, wo die Sterne in der Morgendämmerung verblassten. Sobald die Sonne aufginge, würde wieder der Lichtfinger aufleuchten. Eigentlich hätte sich dieser in der Höhe verlieren müssen, meinte Vascal. Schließlich war sein Ausgangspunkt, das Heiligtum der alten Elfengötter, schon längst hinter dem Horizont verschwunden. Tylstyr hatte viel Zeit gehabt, mit dem Gelehrten darüber zu disputieren, und gab ihm inzwischen recht. Offenbar war dieser Lichtfinger nicht gerade wie ein Speer, sondern gebogen, sodass er stets den gleichen Abstand zum Boden hielt.

Plötzlich verstummte das Schleifen der Kufen. Auch das leichte Zittern im Rumpf, das die Fahrt ständig begleitete, erstarb von einem Augenblick auf den nächsten. Tylstyr kannte das. Dieser Effekt trat auf, wenn das Fahrzeug über einen Buckel sprang und sich die Kufen kurzzeitig vom Eis lösten. Aber jetzt hatte er keine Erhebung gespürt. War er zu sehr in den Gedanken an die Frau versunken, die sich mit so katzenhafter Geschmeidigkeit bewegte?

Nein. Auch die Gefährten sahen sich fragend an.

Tylstyr schaute zum anderen Eissegler, in dem Phileasson selbst saß. Auch dieser verlor den Kontakt zum Boden! Er fuhr leicht aufwärts geneigt, wie auf einer unsichtbaren Schräge. Sie schwebten!

»Was geschieht hier?«, rief Tjorne.

Salarin Trauerweide und Galandel Mutter-der-Schrate, die beiden Elfen, sahen sich fragend aus ihren nichtmenschlich großen Augen an. »Dieses Lied singt weder das Land noch die Luft«, meinte Salarin.

Hektisch sah sich Vascal um. »Wir fallen nicht zurück! Etwas hält uns in der Luft.«

Spitz schrie Leomara auf.

Ihr Onkel drückte sie an sich.

Tjorne zog den Schal unter das Kinn und spie aus. »Was für ein Fluch hat uns getroffen?« Seine Stimme zitterte. Er umfasste die Reling. »Nichts wie weg hier! Wir sind Männer, keine Vögel!«

»Hierbleiben!«, rief Tylstyr. »Keiner verlässt das Boot!«

Widerstrebend hockte sich Tjorne wieder hin.

»Vielleicht lässt sich etwas herausfinden«, sagte Tylstyr. In Olport, nach dem Sturm, hatte er sich geschworen, nie wieder zu versagen, indem er seine Fähigkeiten in einem Moment ungenutzt ließ, in dem sie von besonderem Nutzen waren. Er war ein Hellsichtmagier, Jahre der Ausbildung hatten ihn gelehrt, Verborgenes zu erkennen. Er war beinahe sicher, dass der Sturm einen unnatürlichen Ursprung gehabt hatte, aber er hatte es versäumt, seine Zauber zu sprechen, als die Zeit dafür gekommen war.

Jetzt hockte er sich in das Heck des Eisseglers und starrte über die Reling nach unten auf den sich entfernenden Boden. Nein, sie fuhren keine Rampe aus Glas oder sehr klarem Eis hinauf. Dann hätte es eine Vibration gegeben, die über die Kufen auch im Rumpf zu spüren gewesen wäre. Der allgemeine Analysezauber, den er in seinem Geist formte, offenbarte die Arkanstruktur eines Objekts, das er erfasste. Der Magier musste sich in der Nähe befinden, sodass er den Gegenstand seines Interesses beinahe berühren konnte. Das Problem bestand hier darin, dass man das Artefakt, den Trank oder was auch immer scharf ins Auge fassen musste.

Hundertmal und noch öfter hatte Tylstyr diesen Zauber in der Akademie gesprochen. Als er ihn jetzt murmelte, benetzte Schweiß seine Stirn. Er wollte nicht noch einmal versagen!

»Es entzieht sich mir«, flüsterte Salarin neben ihm. »Hörst du die Melodie?«

Tylstyr starrte weiter ins Leere. Seine Hände umklammerten die Reling.

Er schüttelte den Kopf. »Da ist nichts. Aber da muss doch etwas sein!«

»Die Wärme kommt von überallher«, sagte Leomara.

Vascal hinderte sie daran, sich den Umhang abzustreifen. »Es ist eiskalt«, mahnte er.

Damit hatte der Liebfelder recht. Sein spitzer Oberlippenbart bestand aus schwarzen Dornen, in denen die Atemluft gefroren war. Aus Eitelkeit schabte er sich selbst in der Eiswüste die Wangen und das Kinn, wodurch er die Kälte bestimmt noch deutlicher spürte.

»Es ist wie warmes Wasser«, klagte Leomara. »Hitze, die aus allen Richtungen heranfließt.«

Sie stiegen beständig weiter auf. In der Ferne machte Tylstyr Beorns Eissegler als dunkle Punkte auf dem Eis aus.

Galandel zog ihren Robbenfellmantel eng um die Schultern. »Ich habe mir diesen Ort heller vorgestellt.«

Tylstyr folgte ihrem Blick zum Himmelsturm, der jetzt schnell näherkam. Das Bauwerk glich einer schlanken Flamme aus dunklem Stein. Nur nahe der Spitze fiel Licht aus Fenstern oder offenen Toren. Dennoch erschien ihm der Turm nicht finsterer als die Klippen der Insel der Schneeschrate.

»Alles in Ordnung bei euch?«, rief Asleif Phileasson herüber.

Tjorne kauerte bleich im Bug, aber Vascal winkte dem Drachenführer. »Keine Probleme!«

»Vielleicht sollte jemand anders die Zugseile nehmen«, schlug Tylstyr vor. Das Segel blähte sich im Südwind, aber die Kufen verloren die Richtung, sodass sie sich von Phileassons Gefährt entfernten.

»Ich würde mich gern um Leomara kümmern«, meinte Vascal.

Ein Blick auf die beiden Elfen überzeugte Tylstyr davon, dass diese zu ergriffen waren, um eine Hilfe zu sein. Also schickte er sich an, den Freund selbst abzulösen.

»Die Lenkkufen kannst du vergessen«, murrte Tjorne. »Die finden keinen Halt.«

»Verständlich, wenn wir durch die Luft fahren«, meinte Vascal.

Tylstyr kämpfte seine Unruhe nieder. »Dann müssen wir eben auch mit Luft lenken. Drehen wir das Segel!«

»Das wird nicht gelingen«, zweifelte Vascal. »Auch ein Blatt im Wind kann seine Richtung nicht bestimmen.«

»Hast du einen besseren Vorschlag?«, fragte Tylstyr.

Stirnrunzelnd sah Vascal auf das Eis hinab, das bereits zehn Schritt unter ihnen lag, schwieg aber.

»Geh aus dem Weg, Bücherwurm!«, forderte Tjorne.

Vorsichtig lenkten Tylstyr und er das Gefährt nach steuerbord und backbord. Vascal und Leomara halfen, indem sie das Gewicht entsprechend verlagerten. Die Elfen standen unbewegt und zum Glück an einer Stelle, wo sie nicht im Weg waren.

»Das sollte so nicht möglich sein«, murmelte Vascal.

»Wir sollten auch nicht fliegen«, versetzte Tylstyr.

Der Aufstiegswinkel blieb unverändert. Wie eine Rampe führte die Schräge zur Spitze des Himmelsturms hinauf. Sie verloren jedoch nicht an Geschwindigkeit, wie Tylstyr es bei einem Hügel erwartet hätte. Ob das daran lag, dass die Kufen nicht durch Schnee pflügten?

Sie hielten nicht exakt auf die Spitze der Felsnadel zu, sondern auf das Licht, das sich etwa vierzig Schritt unterhalb befand. Es schien gelb aus drei offenen Toren und beleuchtete längliche Schemen, die vor dem Turm in der Luft trieben.

»Salarin, kannst du erkennen, was das ist?« Tylstyr ging es nicht nur darum, seine Neugier zu befriedigen. Er wollte auch den Geist des Gefährten davor bewahren, in lähmende Grübelei zu verfallen. Was immer die beiden Elfen besorgte – es war nicht zu greifen, und deswegen konnte man die Sorge auch nicht beseitigen, indem man sich mit ihr beschäftigte. Im Gegenteil, das gäbe ihr nur mehr Raum. Besser, man richtete seine Aufmerksamkeit auf etwas Konkretes.

»Das sind Boote«, sagte Salarin. »Eissegler.«

Tylstyr versuchte vergeblich, den Gedanken an sein neuerliches Versagen beim Analysezauber zu verdrängen. Immerhin hatte er seine Magie diesmal gewirkt, wie man es ihm an der Akademie beigebracht hatte, dachte er bitter.

Aber warum war er erfolglos geblieben? Wirklich nur, weil diese Rampe unsichtbar war und sich deswegen nicht fixieren ließ? Oder lag es doch daran, dass seine kümmerlichen Fähigkeiten nur für eine geschützte Umgebung wie ein magisches Laboratorium taugten?

Im Näherkommen erkannte nun auch Tylstyr die Boote. Mit dem Aufstieg veränderte sich sein Blickwinkel, sodass er die Rümpfe nicht nur von unten sah. Sieben Eissegler glichen in ihren Ausmaßen denen, die auch Phileassons Ottajasko benutzte, konnten also sechs Passagiere samt Ladung bequem aufnehmen. Ein Gefährt aber war viel größer. Der Kiel maß knapp die doppelte Länge der *Seeadler*, des Drachenschiffs, auf dem sie ins Eismeer gekommen waren. Zudem war es bauchiger, beinahe wie eine übergroße Knorr. Es könnte mehr als einhundert, vielleicht sogar einhundertfünfzig Recken tragen. Dennoch wiesen die schön geschwungenen Kufen und der hochgewölbte Rumpf eine Eleganz auf, als seien Kristall und Holz willentlich ineinander verwachsen und nicht von fremdem Willen in diese Form gezwungen worden.

»Das ist die Arbeit von Elfen«, murmelte Tylstyr.

»Nein«, widersprach Galandel, nachdem Salarin für sie übersetzt hatte. »Auf diesen Ort scheint kein Licht, in dem Elfen leben können.« Die weißhaarige Elfe war ebenso klein wie Shaya, und genau wie die Traviageweihte strahlte sie in manchen Momenten eine Autorität aus, die jener eines gerüsteten Kriegers gleichkam. Dies war ein solcher Moment.

Trotz Galandels Widerspruch glaubte Tylstyr auch in den anderen Eisseglern die Leichtigkeit zu erkennen, die elfischem Handwerk zu eigen war und etwa Salarins Bogen auszeichnete.

Ketten, die viel zu filigran wirkten, um die Fahrzeuge zu halten, verbanden sie mit bronzenen Ringen an einer über dreißig Schritt langen Terrasse, die vor den drei Toren einen leichten Bogen beschrieb. Weitere Liegeplätze waren frei, sodass Tylstyr einen davon ansteuern konnte.

»Holen wir das Segel ein!«, forderte er.

Obwohl Tjorne mithalf, näherte sich der Eissegler dem Gebäude zu schnell. Er verlor wesentlich weniger Fahrt als ein Boot auf dem Wasser. Tylstyr sah hinüber zu Phileassons Segler, der gerade eine enge Kehre fuhr, um zu bremsen.

»Hranngar verschlinge meine Blödheit!«, fluchte Tylstyr. »Wieder hoch mit dem Segel!«

Tjorne glotzte ihn an.

»Hoch, sage ich!« Sie brauchten Tuch im Wind, um lenken zu können.

Das Manöver glückte immerhin so weit, dass der Eissegler mit der Breitseite statt mit dem Bug gegen den Stein prallte. Langsam trieb er wieder von der Terrasse fort.

»Könnte jemand hinüberspringen und uns festmachen?«, fragte er.

Die Elfen machten noch immer einen gelähmten Eindruck, und so war es Vascal, der sich eine Leine nahm, von der Reling absprang, für einen Gelehrten überraschend behände auf der recht breiten Terrasse landete und den Segler an einem Bronzering vertäute.

»Also dann.« Tylstyr nahm seinen Zauberstab und folgte ihm.

Als Nächster wollte Tjorne übersetzen, aber auf der Reling stehend überlegte er es sich anders. In den Abgrund starrend ruderte er mit den Armen, hatte jedoch schon zu viel Schwung, um es zurück in den Rumpf zu schaffen. Schreiend glitt er ab.

Er fiel noch nicht einmal einen Schritt tief. Zwar schlug er wild um sich, trieb aber in der Luft wie ein Korken im Wasser.

Tylstyr hielt ihm seinen Stab hin und half ihm damit auf die Terrasse.

Sie zogen den Segler heran und befestigten ihn eng am Turm, was einige Zeit in Anspruch nahm, weil Leomara zu schwach war, um mitzuhelfen, und die beiden Elfen wie betäubt wirkten. Statt den Anweisungen zu folgen, starrten sie die Boote an. Wappenschilde, die einen stilisierten Eissegler zeigten, zierten die Rümpfe. Taue und Segel fehlten oder waren von Wind und Frost zernagt.

Als endlich alle mit ihrer Ausrüstung auf der Terrasse standen, befand sich Phileasson schon längst auf dem großen Schiff, wo er seine Bewunderung lautstark mit Ohm Follker teilte. Tylstyr blickte kurz durch eines der Tore, aber die Helligkeit blendete ihn, sodass er nur aufsteigende Sitzreihen erkannte.

Zudem lenkte Galandels Schrei seine Aufmerksamkeit wieder auf den Bereich vor der Terrasse. Dort trieben zwei Leichen in der Luft. Sie hatten sich in den Leinen eines Eisseglers verfangen, aber diese waren nicht Ursache ihres Todes gewesen. Jedem von ihnen ragte ein halbes Dutzend Pfeile aus dem Rücken.

Irulla war bereits bei den Toten und holte eine der Leinen ein, um die Leiche in Augenschein zu nehmen. »Sie sind mehr Eis als Fleisch«, verkündete die Spinnenfrau.

In der Tat wirkten die beiden Körper so unbeweglich wie Statuen. Sie waren viel zu leicht gekleidet für die tödliche Kälte, die hier herrschte. So hätte sich Tylstyr in einem Langhaus angezogen, in dem sich eine Ottajasko um die Feuergrube versammelte.

»Es sind Elfen«, hauchte Salarin.

»Ich dachte, hier könnten keine Elfen leben«, versetzte Tjorne, der wohl durch forsches Auftreten sein Missgeschick vergessen machen wollte.

»Sie sind ja auch tot.« Irulla hantierte an den steifen Beinen. »Und zwar schon sehr lange.«

Tylstyr sah zum großen Segler hinüber. Und erstarrte.

Er legte Leomara eine Hand auf die Schulter.

Das Mädchen sah zu ihm auf.

»Bei deiner Vision im Heiligtum der alten Elfengötter hast du ein Schiff gesehen«, flüsterte er.

Leomara nickte.

»Du hast von einer geflügelten Sonne erzählt, die auf dem Segel prangte.« Mit dem Stab zeigte er auf das Heckkastell des Schiffes. »War das dieses Symbol?«

Leomara kniff die Augen zusammen.

Für einen kurzen Moment hoffte Tylstyr, dass das noch immer dämmrige Licht ihn narrte.

»Ja, das war es«, bestätigte Leomara.

Tylstyr presste die Lippen zusammen. Genau diese geflügelte Sonne trug Cellyana von Khunchom, die Leiterin der Magierakademie von Thorwal, in Form eines Ringes an ihrem Finger. Er hatte es immer für ein Symbol der Magierphilosophie gehalten, jener Denkschule, die magische Macht und Verehrung mit göttlichem Wirken in Verbindung brachte. Die fanatischsten Verfechter dieser Lehrmeinung verstiegen sich gar in den Wahn, dass jeder, der genug Wissen und eine große Schar von Jüngern ansammelte, selbst unsterblich, ja sogar ein Gott werden könne. Darüber hatte er mit Vascal diskutiert, der sein Leben Nandus geweiht hatte. Diesem Halbgott gefiel es, wenn die Menschen Geist und Verstand einsetzten, Rätsel lösten und ihre Klugheit durch immer neues Wissen nährten. Da verwunderte es niemanden, dass Rohal der Weise in dieser Kirche als Heiliger galt. Zugleich war dieser größte Magier der aventurischen Geschichte, der vor über vierhundert Jahren das Kaiserreich regiert hatte, ein leuchtendes Vorbild für die Magierphilosophen. Aber hatte er die Selbstvergöttlichung angestrebt? Hatte er sie sogar erlangt? War das die Erklärung für sein spurloses Verschwinden? Diese Gedanken wühlten selbst den sonst so aufgeschlossenen Vascal auf.

Manche Texte, die man im Unterricht besprochen hatte, nannten als Begründer der Magierphilosophie einen Mann namens Ometheon. Soweit Tylstyr wusste, war außer dem Namen nichts über ihn bekannt. Dass auch der Himmelsturm die lyrische Bezeichnung Ometheon trug, hatte er erst in der Runajasko von Olport erfahren, als Ohm Follker sein Wissen über die Saga aufgefrischt hatte. Tylstyr hatte das für einen Zufall gehalten.

Freudlos lachte er auf.

Viel zu viele Zufälle, wie sein alter Lehrmeister Eddrik jetzt gemahnt hätte. Ometheon und die geflügelte Sonne. Ein Mord, bei dem Krebse das Opfer fraßen, Tylstyrs Zusammentreffen mit Tjorne, Zidaine, die Frau in Beorns Ottajasko, die ihn an das Mädchen aus Stainakr denken ließ.

Irgendetwas Größeres war hier am Werk. Bei dieser Reise ging es um viel mehr als den Titel König der Meere. Widersetzte sich die unsichtbare Rampe seinem Analysezauber, weil er unfähig war? Oder weil es hier keine Magie gab, die Tylstyr hätte finden können? Nahm göttliches Wirken, nicht etwa Zauberei, den Dingen ihr natürliches Gewicht?

Wieso begleitete jeweils eine Traviageweihte diese Fahrt? Noch wusste niemand um die dritte der zwölf Aufgaben. Shaya und Lenya sollten sie ihnen erst in der Stadt Riva offenbaren, wo die beiden sie selbst im Gebet empfangen würden. War dies eine Gunst, die die Göttin Travia ihrer obersten Geweihten im heimatlichen Thorwal erwies? Oder war es umgekehrt, und Garhelt hatte den Wettstreit im Auftrag der Ewigen ausgerufen?

In einem ruhigen Moment würde Tylstyr Shaya dazu befragen, aber jetzt richtete sich die Aufmerksamkeit auf Beorns Eissegler. Lautlos glitten sie durch die Luft heran.

Zidaine stand im Bug des vorderen Bootes. Tylstyr hätte sich nach all diesen Windungen des Schicksals nicht gewundert, wenn sie die Rächerin gewesen wäre. Das fügte sich nicht nur in die Ereignisse ein, die keine Zufälle sein konnten. Es passte auch zu der Wärme, die seine Brust erfüllte, als er ihr schmales, entschlossen wirkendes Gesicht betrachtete. In jener Nacht, als die Kogge auf den Klippen vor Stainakr zerschellt war, hatte er den ersten Schritt auf einem lange vorherbestimmten Weg getan, der ihn hierher hatte führen müssen. Doch falls Zidaine die Mörderin war – würde sie ihm erlauben, diesen Ort wieder zu verlassen?

Sechzehnte Ebene,
siebzehnter Tag im Goimond

»Herr Boron, Unausweichlicher, diesen Elfen empfehle ich dir an.« Shaya Lifgundsdottir zögerte.

Obwohl die Sonne noch unter dem Horizont lag, war der Himmel bereits hell. Hinzu kam das gelbe Licht, das aus den drei Toren auf die Terrasse fiel. Es glich dem eines sommerlichen Mittags in Thorwal. So war der Leichnam, den Irulla hierher gezogen hatte, deutlich zu erkennen. Dennoch war Shaya unschlüssig, ob sie einen Mann oder eine Frau vor sich hatte. Der steif gefrorene Körper wirkte wie von Raureif überhaucht.

Sie sah zu Salarin Trauerweide hinüber. Der Elf hätte ihr sicher helfen können, aber er stand mit Galandel Mutter-der-Schrate an der Kante der Terrasse und starrte die Rankenmuster der Torbögen an. Offenbar fürchteten die beiden den Abgrund weniger als das, was sie im Himmelsturm erwarten mochte. Tatsächlich trug der unsichtbare Boden die Schneesegler ja zuverlässig. Shaya fragte sich, an was für einem unheiligen, von den Göttern verlassenen Ort sie sich hier befanden.

»Er ...« Sie schluckte und rang um die richtigen Worte. »Er oder sie ging von uns, und wir, die wir zurückbleiben, wissen nicht, in welches der zwölfgöttlichen Paradiese die Seele Einlass begehrt, die diesen Körper verlassen hat.«

Shaya sah zu Lenya hinüber, die sich um die zweite Leiche kümmerte. In der dicken Winterkleidung mit der tief ins Gesicht gezogenen Fellkapuze war die Schwester nur an den blonden Zöpfen zu erkennen, die steif vom Eis auf ihrer Brust lagen.

»Schirme diese sterbliche Hülle«, Shayas Hand schlug das zerbrochene Rad, das Zeichen des Totengottes, »auf dass ihr kein Unheil widerfahre, und sende deinen Raben aus, diese Seele zu finden, auf dass sie vor dir gewogen werde.«

Eigentlich hätten sie den Leichnam nun bestatten müssen. Aber wie sollte das gelingen? Hier gab es nichts als den nackten Fels des Turms und den weiten Himmel.

Die Gefährten zeigten nur wenig Interesse für den Dienst, den die Schwestern an den Toten verrichteten. Phileasson und Beorn führten ihre Ottajaskos durch die offenen Torbögen ins Innere. Lenyas Augen leuchteten grün auf, als sich das Licht in ihnen brach.

Dann war Shaya mit den beiden toten und den beiden lebenden

Elfen allein auf der Terrasse. Salarin und Galandel machten keine Anstalten, den anderen zu folgen, obwohl sie ihre Ausrüstung angelegt hatten. Salarin hatte sogar eine Sehne auf den Bogen gezogen. Galandels knapp einen Schritt lange, gerade Klinge wirkte etwas wuchtiger als Salarins Degen, aber der Handschutz war so filigran, als sei er aus Bastfasern geflochten statt aus Metall geformt. Die Steinchen und Metallkugeln, die zwischen Federn und Fellbüscheln an Bändern von der Spitze des Stabs der Zauberseherin hingen, klirrten leise im Wind. Noch immer standen die beiden unbewegt nebeneinander.

Shaya ging zu ihnen. »Wenn man von Thorwal aus ein Stück weit den Bodir hinaufgeht, eine knappe Stunde vielleicht«, sagte sie, »kommt man zu einer Höhle. Warst du einmal dort, Salarin?«

Die violetten Augen des Elfen sahen sie an. »Nein.«

»Es ist kein schöner Ort.« Shaya sprach Garethi, damit auch Galandel sie verstand. »Nass und dunkel, und in jedem Langhaus werden Geschichten darüber erzählt.«

»Was für Geschichten?«, fragte Galandel.

»Sie sind immer ein bisschen anders, je nachdem, wer sie vorträgt. Manche Skalden singen dazu. Es geht um Kinder, die in diese Höhle gehen und dort auf einen Lurch treffen. Ein schleimiges Wesen, groß wie eine Kuh. Der Lurch ist blind, und er bittet seine Besucher, ihm die Schönheit eines Regenbogens zu beschreiben. Wenn sie das nicht können, wird er zornig und verschlingt sie. Gelingt es ihnen, stachelt das seinen Neid an, weil er selbst niemals diese Farben sieht. Dann ertränkt er sie, und ihre Leichen treiben den Bodir hinab ins Meer.«

»Warum erschlägt niemand diesen Lurch?«, fragte Galandel.

»Weil es ihn nicht gibt. Es ist nur eine Geschichte. Aber alle Kinder haben Angst vor dem Lurch und vor der Höhle.«

»Also hattest du auch Angst davor«, folgerte Salarin.

Shaya nickte. »So wie jeder. Sogar einige Erwachsene meiden diesen Ort. Aber ich bin mit meinen Freunden hingegangen. Wir hatten zwei Laternen dabei und sind ins Dunkel gestiegen.«

»Aber ihr hattet doch Angst davor.«

»Nur vorher.« Shaya zuckte mit den Achseln. »Jetzt weiß ich, dass die Höhle noch nicht mal besonders groß ist. Und der Lurch muss sich gut verstecken können. Wir haben ihn jedenfalls nicht gefunden.«

Abwartend sah sie die beiden Elfen an.

»Ich danke dir für diese Geschichte«, sagte Galandel. »Niemand kann sich aussuchen, ob er Angst hat oder nicht. Aber man kann wählen, ob man ein Feigling sein will.«

»Hast du nicht schon viel zu lange darauf gewartet, den Himmelsturm zu betreten?«

»Ja.« Galandel umfasste eine der vielen Ketten mit Steinchen und Haarbüscheln, die um ihren Hals hingen. »Dieser Ort ist mein Schicksal.«

»Komm mit uns«, lud Shaya sie ein. »Wir bleiben alle zusammen.«

Die jahrhundertealte Elfe ging voran, Shaya und Salarin folgten ihr.

Die Halle erinnerte Shaya an ein Theater, das sie in Rommilys gesehen hatte. Die Sitze waren gegenüber den Toren auf halbkreisförmigen Rängen angeordnet, die nach hinten anstiegen. Darüber befanden sich Nischen in der Wand. Die meisten waren leer, in einigen standen zerschlagene Statuen.

Das sattgelbe Licht sickerte aus Kugeln, die an der hohen Decke hingen. Durch ein dichtes Netz von Rissen wirkte diese Decke so zersplittert, als bestünde sie aus grauschwarzem Kies.

Was Shaya schaudern ließ, waren die vielen Toten. Mehrere Dutzend lagen auf den Rängen, die meisten vor der Treppe, die in ihrer Mitte aufwärts führte. Alle waren Elfen, ähnlich leicht gekleidet wir jene, denen Lenya und sie den Grabsegen gespendet hatten. Unübersehbar klafften die Wunden in den Leichen.

Die kleine Leomara stand in der Mitte des Saales und betrachtete all die Toten. Plötzlich begann sie, mit tiefer Stimme zu sprechen. »*Sie kommen herauf, Mordlust in den Augen. Wir haben sie verloren, können sie nicht mehr zurückgewinnen. Sie erzwingen sich Einlass ...*«

Der Blick des Mädchens war in weite Ferne gerichtet. Alle, egal, ob sie Beorn oder Phileasson die Treue hielten, sahen es an, als es die Arme ausbreitete und sich langsam im Kreis drehte. »*Die Vorsichtigen unter uns sind gewappnet. Nicht nur für sich selbst haben sie Waffen mitgebracht, sondern auch für die anderen. Stahl schlägt auf Stahl, lässt Knochen splittern und zerschneidet Muskeln und Sehnen. Meine Muhme stirbt. Sie umklammert die Klinge in ihrem Bauch. In ihren letzten Momenten will sie im Gesicht ihres Gegners lesen, will verstehen, warum dies geschehen muss. Er zeigt ihr nur eine Fratze aus Hass.*«

Leomara legte den Kopf in den Nacken. »*Ich kann es nicht dulden. Zu lange schon war der Himmelsturm Heimat für alle. Nun muss sich entscheiden, ob das Neue nichts als eine Krankheit ist, die in unserem Fleisch wuchert, oder ob wir ein verdorrter Ast sind, der nur noch zum Verbrennen taugt. Ich sammle die Macht zwischen meinen Händen. Ich verachte mich selbst, weil ich die Harmonie für lange Zeit zerstören werde, auch dann, wenn ich siegen sollte. Der Zauber ist gewaltig. Kann ich ihn beherrschen, wenn ich ihn entfesselt habe?*«

Leomara wandte sich der Treppe zu. Ihre Arme bogen sich nun so, als umfasste sie einen Zuber, doch die Hände berührten sich nicht. Mit gespreizten Fingern drehten sie sich gegeneinander, wie beim Reiben einer Kugel.

»*Sie sind so entschlossen! Ich rufe unsere Leute zurück, aber überall* wird gestorben. Die Kämpfer können sich nicht von ihren Gegnern lösen. Wenn ich die einen treffe, verbrenne ich auch die anderen. Schuld wird auf mir lasten, größer noch als unser Turm, mit dem wir die Götter herausforderten. Ich muss mich entscheiden, bevor ...«

Leomara schrie auf, warf die Hände nach hinten und stolperte vorwärts, als hätte etwas sie in den Rücken getroffen.

Vascal eilte zu ihr und wollte sie in die Arme nehmen, aber sie wehrte ihn ab. Wie eine Betrunkene torkelte das Mädchen durch den Saal. »Feuer! Feuer! Überall Feuer!«

Shayas Blick folgte Leomaras wedelnden Bewegungen nach oben. Die Decke mochte in Wirklichkeit nicht zerrissen, sondern aus Tausenden kleinen Steinen zusammengesetzt sein. Ein Mosaik, geschwärzt vom Ruß eines Brandes. Tatsächlich glaubte Shaya jetzt, die Umrisse einiger Figuren auszumachen. Schultern, Knie, eine Hand. Aber nichts, das Rückschlüsse auf die dargestellten Szenen erlaubt hätte.

»*Ich brenne!*« Leomaras Arme wirbelten wie die Flügel einer Windmühle. »*Mein Fleisch brennt!*«

Sie rannte auf die Tore zu, verharrte aber, bevor sie die Terrasse erreicht hätte.

Jetzt sah Shaya, dass zwischen dem mittleren und den äußeren Toren jeweils dreizehn große Sessel in den Fels eingearbeitet waren, Throne vielleicht. Auch sie waren von Ruß geschwärzt.

Leomara stand still.

Sie streckte sich, drückte die Brust heraus und hob das Kinn an. Ihr Blick wanderte über die Ränge. »Gut, meine Treuen«, sagte sie mit einer Kälte, die Shaya zittern ließ, obwohl sie inzwischen den Frost des ewigen Eises gewohnt war. »*Sie waren zu schwach, um aufrecht zu stehen, und zu dumm, um sich zu beugen. Ihre Götter enttäuschten ihre Hoffnung, und die Stärke in sich selbst suchten sie vergeblich. Nun sind sie vergangen, und so soll es bleiben.*«

Leomara schritt durch den Saal, als sei sie die Oberste Hetfrau, die sich das aufgehäufte Plündergut zeigen ließ. »*Niemand soll sie anrühren. Mahnung werden sie sein für alle, die …*«

Plötzlich kraftlos sackte das Mädchen zusammen und fiel auf den steinernen Boden.

Phileassons Ottajasko sammelte sich bei Leomara, während Beorn seine Recken vor den Thronen zusammenrief.

»Wie lange liegt das zurück, was sie gesehen hat?«, fragte Phileasson.

Das Mädchen war bewusstlos. Vascal bettete seine Nichte in eine halbwegs angenehme Lage.

»Die Leichen sind noch nicht verwest«, sagte Tjorne.

»In dieser Kälte hält sich Fleisch ewig«, gab Crottet zu bedenken.

Shaya fand es im Saal wärmer als draußen, aber das mochte auch daran liegen, dass sie diesseits der Tore vor dem Wind geschützt waren. Ihre Winterkleidung hätte sie nicht ablegen wollen.

»Die Toten tragen viele Wappenbilder«, berichtete Irulla ungerührt. Die Waldmenschenfrau schien sich zwischen all den Leichen wohlzufühlen. »Dennoch waren es nur zwei Gruppen. Die mit der geflügelten Sonne kamen über die Treppe. Alle anderen standen gegen sie.«

Eichward nickte zustimmend.

»Wer hat gewonnen?«, fragte Phileasson.

»Der Tod.« Unter der Pelzmütze waren nur die Beine von Irullas knochenfarbener Spinnenzeichnung zu sehen.

»Wie lange?«, wiederholte Phileasson seine erste Frage. »Kann es sein, dass der Kampf noch im Innern des Turmes tobt?«

»Sie sind steif gefroren«, sagte Irulla.

»Wie lange dauert das in dieser Kälte?« Phileasson sah Crottet an.

Die schrägen Augen des Nivesen blinzelten. »Ein paar Stunden. Aber es liegt kein Brandgeruch mehr in der Luft. Nicht einmal bei den verrußten Thronen. Ich schätze, was hier geschah, liegt sehr, sehr lange zurück.«

»Wieso sind die Toten dann nicht bestattet?«, fragte Shaya.

»Man sollte meinen, dass die Sieger zumindest ihre eigenen Gefallenen bergen«, stimmte Phileasson zu. »Wie sind die Sitten der Elfen, Salarin?«

»Wir geben die Körper unserer Toten der Natur zurück«, erklärte er. »Am Yaquir legen wir sie in den Wald, damit sich die Tiere an ihnen nähren.«

Ein Schaudern lief Shaya über den Rücken.

»Sie liegen genau so hier, wie sie gestorben sind«, meinte Irulla. »Manche waren sofort tot, andere haben sich mit Schmerzen über die Sitze und den Boden geschleppt, bevor es zu Ende war. Aber dann hat sie niemand mehr bewegt.«

»Wie kannst du das wissen?«, fragte Crottet.

Sie würdigte ihn keiner Antwort.

Beorn hatte seine Unterredung beendet. Lenya kam zu ihnen.

»Seid vorsichtig«, mahnte Phileasson. »Wir wissen nicht, ob uns Feinde erwarten. Behaltet die Hände nah an euren Waffen, und trennt euch nie von der Gruppe.«

Lenya wandte sich an Shaya. »Beorn gestattet, dass wir die Leichen segnen, bevor wir die Toten plündern.«

Phileasson starrte zu seinem Rivalen hinüber. »Ich weiß nicht, ob es eine gute Idee ist, das Gold dieser Toten zu nehmen!«, rief er.

Beorn grinste schief. »Sie brauchen es nicht mehr.«

»An diesem Ort sind Dinge vorgefallen, die wir nicht verstehen. Wir sollten niemanden reizen.«

»Dort, wo ich herkomme, ist es gute Sitte, dass sich die Thorwaler nehmen, was Schwache ihnen nicht vorenthalten können. Das ist der Grund, warum unsere Drachenschiffe so tief im Wasser liegen, wenn sie aus dem Süden zurückkommen.«

Seine Ottajasko lachte spöttisch.

»Wir sind gekommen, um ein Rätsel zu lösen«, gab Phileasson zurück. »Nicht, um uns zu bereichern.«

Eis glänzte auf den Adlerflügeln an Beorns Helm. »Eigentlich wollte ich dich wählen lassen, welche Hälfte dieses Saales du haben willst. Aber wenn du verzichtest, bleibt mehr für mich.«

Zustimmende Rufe erhoben sich in seiner Mannschaft. Nur der Elf mit dem Silberhelm blieb stumm. Wie konnte er einfach dabei zusehen, dass Beorn die toten Elfen ausplündern ließ?

Phileassons Blick schweifte über seine Recken. Bei Salarin und Galandel verharrte er länger als bei den anderen. »Wir wollen nichts von dem Totengold«, sagte er fest.

Beorn wandte sich mit einem Schnauben ab.

Shaya hätte gern mit Lenya über den bisherigen Verlauf der Reise gesprochen. Wie erging es ihr in Beorns Schiffsgemeinschaft? Hatte sich auch diese zu einer Art Familie geformt? Gab es unter ihnen Verluste, wie Ragnor, der bei der Mammutjagd umgekommen war? War der Blender immer so rau, wie er sich bei den Begegnungen mit Phileasson gab?

Die Umarmung, die ihr die Schwester schenkte, zeigte Shaya, dass auch diese die Geborgenheit in Travias Haus vermisste. Aber jetzt war die falsche Zeit dafür. Sie durften die Drachenführer nicht behindern. Also schritten sie zügig durch die Ränge und segneten die Toten.

Die Wunden sahen schrecklich aus, zumal viele der drei Dutzend Leichen zusätzlich verbrannt waren. Manchmal ließ sich nicht erkennen, wo die Kleidung endete und wo das verschmorte Fleisch begann. Der Eispanzer, der die beiden Toten draußen überzogen hatte, fehlte hier, aber weißer Frost lag dennoch auf ihnen wie Reif auf einer Wiese an einem kalten Morgen.

Beorns Leute folgten den beiden Geweihten wie ausgehungerte

Möwen, die sich auf Aas stürzten, sobald das Tier weiterzog, das die Beute erlegt hatte.

Galandel beobachtete den weiß gekleideten Elfen. Im Tal der Donnerwanderer waren sie sich nicht begegnet, und nachdem sich die Gruppen getrennt hatten, war sie erstaunt gewesen, dass ein weiterer Angehöriger ihres Volkes den Weg in den äußersten Norden gefunden hatte, obwohl er augenscheinlich kein Firnelf war. Doch auch jetzt schien kein guter Moment für einen Austausch. Feindseligkeit dräute zwischen den Ottajaskos, und der Elf öffnete noch nicht einmal das Visier seines Helms.

Auf den Sitzen entdeckte Shaya Reste von Kissen. Ein ebenfalls beinahe vollständig verbrannter Teppich hatte einst den Boden bedeckt. Die Geweihte stieg die Ränge hinauf und blickte die Rückwand entlang. In allen Nischen hatten Statuen gestanden, aber die meisten waren herausgestürzt und zersplittert.

Während Beorns Leute noch Finger brachen, um die wertvollen Ringe abziehen zu können, sammelte Phileasson seine Recken. »Über die schmalen Stufen zwischen den Rängen kommt man zu einer breiten Wendeltreppe, die sich sowohl aufwärts als auch abwärts windet«, verkündete er, was einige ihrer Gefährten erkundet haben mochten. »Beorn wird zunächst in die oberen Stockwerke vordringen. Wir steigen in den Himmelsturm hinab.«

Shaya nickte geistesabwesend. Sie beobachtete den Magier. Tylstyr Hagridson stand bereits auf den Stufen. Er sah nicht den Drachenführer an, sondern in den Saal zurück, und wenn Shaya seinen Blick richtig deutete, betrachtete er eine der Frauen aus Beorns Gefolge.

2 LICHT UND TON

*Sechzehnte Ebene,
siebzehnter Tag im Goimond*

Hallar zog einer Toten einen Ring vom Finger. Das Metall war so kalt, dass es leicht an seiner Haut klebte. Er schob die Beute zu den anderen kleineren Schmuckstücken, die er in einem Lederbeutel sammelte.

Nervös sah er über die Schulter, hinaus zu den schwebenden Eisseglern. Sie war nicht da! Ganz sicher konnte sie nicht hierher kommen. Wie sollte sie schweben? Dazu musste man in einem der Segler sitzen, oder etwa nicht?

Vor zwei Tagen hatte Hallar sie zum ersten Mal gesehen, die große, weiße Raubkatze. Sie hatte auf einem flachen Hügel gestanden und ihn während seiner Wache beobachtet. Seltsam, dass dieses Biest im ewigen Eis überleben konnte, war damals sein erster Gedanke gewesen. Nach seiner Wache hatte er sich einen Bogen geholt. Das Fell der großen Katze war sicher ein Vermögen wert. Und es wäre eine großartige Trophäe. Er war mit Eimnir hinausgegangen. Schließlich war er kein Narr! Niemand, der seinen Verstand beieinanderhatte, machte sich allein auf die Jagd nach einem unbekannten Raubtier.

Als sie den Hügel erreicht hatten, war da nichts gewesen. Keine Raubkatze, keine Spur, nichts, als hätte das Vieh niemals dort gestanden. Eimnir hatte ihn scherzend gefragt, wo er denn seinen Vorrat an Premer Feuer verstecke und ob sie nicht einen Schluck teilen könnten, um die Kälte aus den Gliedern zu verbannen.

Natürlich hatte Hallar keinen Branntwein im Gepäck. Er hatte verstanden, dass es klüger war, mit niemandem darüber zu sprechen, was er sah, denn er sah es ganz allein.

In den nächsten Tagen war die Katze jedes Mal etwas näher gewesen, wenn er auf sie aufmerksam wurde. Sie spielte mit ihm. Manchmal hörte er auch ein leises Knurren in der Nacht. Genau so ein Knurren hatte er auch vernommen, als er die Kette vom Hals der Toten genommen hatte. Doch hier war er in Sicherheit! Die Katze hatte ihr verdammtes Spiel verloren. Nach hier oben konnte sie gewiss nicht kommen.

Er band den Beutel mit der Beute an seinen Gürtel. Er sollte diese dunklen Gedanken aufgeben. Diese Fahrt machte ihn reich. Er dachte an Svenna, sein Weib. Sie war schwanger gewesen, als er sich Beorn angeschlossen hatte. Ein Kloß saß ihm im Hals, als er an seine Tochter Janda dachte. Sie war erst fünf, aber als er gegangen war, hatte sie den Bauch ihrer Mutter umklammert und ihm fest versprochen, dass sie gut auf Svenna und ihren kleinen Bruder aufpassen würde. Hoffentlich würde es ein Bruder. Janda würde unendlich enttäuscht sein, wenn sie ein Schwesterchen bekäme.

Hallar tastete nach der Goldkette, die um seinen Hals lag. Sie blieb immer kalt, ganz gleich, wie lange er sie trug. Er spürte sie sogar durch das Lederhemd hindurch. Als läge eine eisige Hand an seiner Kehle. »Unsinn!«, zischte er halblaut und bemerkte, wie Olav ihn fragend ansah. Er musste sich besser unter Kontrolle haben. Die anderen fingen schon an, über ihn zu tuscheln.

Wieder strich er über die Kette. Wenn er sie nach Thorwal brachte, bräuchten sich Svenna, Janda und sein kleiner Sohn niemals wieder Sorgen zu machen. Sie würden nie mehr Hunger leiden müssen. Er hatte das Richtige getan! Aber da waren auch diese starrenden Augen der toten Elfe, die er nicht zu vergessen vermochte ...

Wieder blickte er zu den offenen Torbögen des Saales. Da war keine Katze. Sie konnte nicht hier heraufgelangen.

»Ottajasko!«, erscholl Beorns Stimme. »Lasst alles Gepäck hier liegen. Wir gehen nach oben. Los! Seid kampfbereit!«

Ohne auch nur einen Augenblick nachzudenken, ließ Hallar seinen Rucksack von den Schultern gleiten. Der Blender wusste, was er tat. Sie hatten gemeinsam schon in Dutzenden Kämpfen gestanden, und Beorn hatte nicht ein einziges Mal eine falsche Entscheidung getroffen. Hallar verstand nicht, warum die Oberste Hetfrau dem Blender nicht einfach den Titel König der Meere verliehen hatte. Wenn es einen Mann in Thorwal gab, der ihn verdient hatte, dann war es Beorn.

Wieder blickte Hallar zu den offenen Toren. Der Morgen war nicht mehr fern. Bald würde sich die Sonne über das Eis erheben. Sie zu sehen, hatte etwas Tröstliches.

»Vorwärts!« Der Blender winkte ihn an seine Seite. »Schild an Schild, das wohl!«, sagte er laut. »Wir beide gehen vorn!«

Es tat gut, die vertrauten Befehle zu hören. Nebeneinander traten sie auf die weite Wendeltreppe und blickten nach oben. Hallar legte seinen Schild über den seines Drachenführers, sodass sie zu knapp einem Viertel überlappten. Die Treppe war breit genug, dass noch zwei weitere Männer in ihren kleinen Schildwall gepasst hätten. Aber Beorn rief niemand anderen an seine Seite.

»Wir gehen vor!«, erklärte der Kapitän energisch. »Olav, Galayne und Eimnir, ihr folgt in fünf Stufen Abstand. Wenn es Ärger gibt, schließt ihr sofort auf. Ursa und Iskir dahinter, und Iskir: Obwohl du mit deiner schmucken Narbe jetzt fast wie ein Mann aussiehst, lässt du die Finger von deiner Schwertschwester.«

Die Recken lachten.

»Danach Tjall, Salda und Torkil. Lenya, du nimmst deinen Bogen und sicherst uns nach unten hin. Zusammen mit Zidaine wirst du hinten gehen. Los, suchen wir nach den Geheimnissen dieses Turms! Und beeilen wir uns. Ich will hier nicht zu lange bleiben.« Entschlossen ging er voran, Hallar fühlte sich wohl an der Seite des Kapitäns. Das war der Ehrenplatz. Ihm war bewusst, dass die meisten Recken ihn darum beneideten.

»Alles in Ordnung?«, fragte Beorn so leise, dass ihn die anderen, die hinter ihnen gingen, nicht hören konnten.

Hallar nickte.

»Du siehst die letzten Tage ziemlich oft über die Schulter. Folgt uns jemand?«

»Nein.« Die Fragen waren ihm peinlich.

»Du weißt, dass du mir alles sagen kannst, Schildbruder …«

»Ja.« Er starrte auf die Treppenstufen, von denen ein unheimliches, gelbgrünes Leuchten ausging. Er hatte so ein Licht noch nie gesehen. Ob der Turm ein einziges riesiges Grab war? Der Saal, durch den sie hereingekommen waren, verhieß nichts Gutes.

»Asleif ist ein Narr«, sagte Beorn unvermittelt. »Wie kann er einfach hinabsteigen, ohne sich sicher zu sein, keine Feinde im Rücken zu haben?« Der Blender schnaubte verächtlich. »Er ist ein Wellenhopser und Kartenpinsel. Ein Krieger ist er nicht. Wir machen es richtig. Wir gehen erst hinauf zur Spitze. Und erst wenn wir sicher sind, dass es dort keine Gefahr gibt, steigen wir hinab. Das wohl!«

»Das wohl«, stimmte Hallar zu. Es tat gut, an der Seite des Drachenführers zu gehen. Er wusste immer, was zu tun war. Zum ersten Mal wich die Anspannung, unter der er seit dem Abstieg in das eisige Grab litt. Er war kein Feigling! Aber diese Tote, die plötzlich die Augen geöffnet hatte … Und dass er seine Axt nicht aus ihrem

Kopf befreien konnte ... Er atmete schwer aus. Er musste das vergessen! Seine Rechte tastete über die Eisenringe des Kettenhemdes, das unter seiner Pelzweste hervorlugte.

Sein Blick wanderte über die Bilder an den Wänden der weiten Treppe. Sie zeigten eine Jagdgesellschaft im Tal der Donnerwanderer. Auch die Bewohner dieses Turms hatten schon Mammuten nachgestellt.

»Da vorne!«

Beorns Ruf schreckte Hallar auf.

Der Blender wies mit der Axt auf einen gewölbten Torbogen seitlich der Treppe, durch den merkwürdiges Licht drang.

Hallar zog sein Schwert.

»Aufschließen!«, befahl der Blender und blieb stehen. Olav und Eimnir gesellten sich zu ihnen und fügten ihre Schilde in den Wall. Im Gleichschritt gingen sie langsam weiter.

Das Licht jenseits des Tores war anders als das unheimliche Glimmen der Treppenstufen. Es hatte etwas Beruhigendes an sich. Hallar ließ sein Schwert sinken.

Als er über Beorns Schulter lugte, sah er in eine weite, runde Höhle. Wie im Grabhügel waren auch hier Kristalle in Boden und Wänden eingelassen. Es gab ein kreisrundes Fenster aus buntem Glas. Von dort kam das Licht, von dem Hallar das Gefühl hatte, dass es ihm direkt ins Herz schien.

Die Höhle verschwamm vor seinen Augen. Er sah Svenna, wie sie über die grüne Wiese schritt, die vom Dorf zum kleinen Bach hinabführte. Janda lief neben ihrer Mutter her, drehte sich immer wieder zu ihm um und winkte. Ihr glockenhelles Lachen klang ihm in den Ohren. Er erinnerte sich an jenen Sommertag, den er mit den beiden im Birkenwäldchen am Bach verbracht hatte. Es war ein vollkommener Tag gewesen. Als Janda erschöpft von ihrem ausgelassenen Spiel eingeschlafen war, war Svenna ihm auf den

Schoß gestiegen, und sie hatten sich lange und leidenschaftlich geliebt. Dies musste der Tag gewesen sein, an dem sie schwanger geworden war.

Plötzlich verschwand das Bild, und vor sich sah er nur die Höhle mit dem runden Fenster. Benommen trat er einen Schritt zurück. Auch Beorn, Olav und Eimnir machten einen verwirrten Eindruck.

Hallar sah die Stufen hinab zu dem Elfen. Galayne betrachtete ihn aufmerksam. Und dann erschien die Raubkatze. Sie glitt direkt neben dem Elfen aus einem Bild, das eine tief verschneite Hügellandschaft zeigte.

Eiskalt spürte Hallar die Kette um seinen Hals, und er wusste, diesmal war die Katze nicht nur gekommen, um ihn zu erschrecken. Sie war groß wie ein Pferd, und Mordlust glomm in ihren bernsteinfarbenen Augen.

Auf der großen Treppe,
siebzehnter Tag im Goimond

Ein gellender Schrei ließ Lenya herumfahren. Ein Schrei in höchster Pein. Er klang von weiter oben auf der Treppe. Sie schob die Recken vor sich zur Seite, stürmte die weiten Stufen hinauf, und dann sah sie es. Etwas riss Hallar hoch. Er wurde gegen die Wand geschleudert. Blut spritzte über ein Bild, das verschneite Hügel zeigte.

Er glitt an der Wand herab auf die Stufen. Das Schwert fiel ihm aus der Hand. Wieder packte ihn etwas. Er wurde geschüttelt, doch kein Feind war zu sehen.

Blut färbte die Fellweste an seiner linken Schulter. Er machte einen schwachen Versuch, den unsichtbaren Feind mit dem Schild von sich wegzuschieben.

Lenya zog einen Pfeil aus dem Köcher. Alle anderen standen nur herum und starrten.

Sie zielte dicht über den Schild, schoss und griff erneut nach ihrem Köcher.

Sie konnte sehen, dass ihr Pfeil etwas getroffen hatte. Mitten im Flug schien er auf eine unsichtbare Wand geprallt zu sein. Mit trockenem Knacken zerbrach er. Ein wütendes Fauchen erklang.

»Weiche von uns, im Namen Travias!«, rief sie mit lauter Stimme.

Jetzt war ein tiefes, kehliges Knurren zu vernehmen. Vier parallele Schnitte zerfetzten Hallars Hose über dem rechtem Oberschenkel. Irgendein unsichtbares Tier zerriss ihn.

»Fort mit dir! Möge der Bannstrahl der Götter dich treffen!« Lenya machte einen Schritt auf Hallar zu. Ihr Gefährte lag jetzt reglos. Sein Mund war leicht geöffnet. Unter ihm breitete sich eine Pfütze dunklen Blutes auf der leuchtenden Stufe aus.

Ein scharfes Knacken erklang. Sein linker Fuß war verschwunden. Einfach nicht mehr da.

»Bei den Niederhöllen ...«, entfuhr es Lenya. Sie biss sich auf die Lippen. Zu fluchen stand einer Geweihten nicht gut zu Gesicht. Sie nahm zwei Stufen auf einmal, als der Elf sie am Arm packte und zurückhielt.

»Nicht! Das ist nicht dein Kampf. Er hat ihn gerufen. Der Rächer ist nur seinetwegen gekommen. Uns wird er nichts zuleide tun.«

»Der was?« Lenya versuchte sich loszumachen, doch der schlanke Elf war erstaunlich stark.

»Der Rächer muss gekommen sein, um zu holen, was Hallar im Grab gestohlen hat.« Plötzlich ließ der Elf sie los. »Er ist fort.«

Lenya achtete nicht länger auf ihn. Sie kniete sich neben Hallar, öffnete ihren Gürtel und schlang ihn dem Krieger um das Bein oberhalb der tiefen Wunden, die von den Krallen des unsichtbaren Gegners gerissen worden waren.

Ihr Atem ging keuchend vor Aufregung, doch ihre Hände waren ganz ruhig, als sie nach dem Köcher griff, einen Pfeil herauszog und den Schaft zerbrach. Sie schob das längere Ende unter den Gürtel und drehte ihn zu, bis die Blutung versiegte.

Jetzt war Beorn an ihrer Seite. Er hatte seinen Schwertgurt abgenommen und band das andere Bein an der Wade ab.

Überall auf den Stufen war Blut. Es dampfte in der eisigen Kälte.

Hallar sah sie an. Sie presste ihm beide Hände auf die Wunde in der Schulter.

»Svenna«, hauchte er. »Du bist hier ...« Ein erschöpftes Lächeln spielte um seine bleichen Lippen.

»Wo bist du?«, fragte Beorn sanft.

»Birkenwald ... am Bach ...« Hallar hielt den Blick unverwandt auf Lenya gerichtet.

Sie nahm seine Rechte und drückte sie sanft.

»Janda ist auch hier. Hörst du sie lachen?« Beorn löste seinen Gürtel über dem blutigen Stumpf wieder. Blut rieselte aus dem zerfetzten Fleisch.

Lenya wusste, dass Hallar nicht mehr zu retten war. Der Drachenführer verkürzte die Qualen des Sterbenden.

»Janda hat sich am Wasser ganz nass gemacht«, flüsterte Beorn. »Sie hat versucht, eine Forelle zu fangen, und ist in den Bach gefallen.«

»Ja ...« Ein tiefer Seufzer begleitete das Wort. »Küss ... mich ... zum ... Absch...« Seine Stimme versagte.

»Svenna hat ihn zum Abschied immer auf die Augen geküsst«, raunte Beorn ihr ins Ohr. »Erfüll ihm diesen Wunsch.«

Lenya zögerte kurz. Küsse waren nicht ihre Sache. Doch dann beugte sie sich über ihn. Ganz sanft berührten ihre Lippen seine

Augenlider. Sie spürte seinen Atem auf ihrem Hals. Es war ein langes Ausatmen. Dann lag er still.

Der Drachenführer erhob sich. »Hallar ist gestorben, wie er gelebt hat. Als Recke!«, sagte er mit fester Stimme.

»Das wohl!«, stimmte Olav zu.

Galayne trat an den Leichnam. Er schob den Kragen der Pelzjacke zur Seite. Die Kette mit dem Rubin, die der Krieger um seinen Hals getragen hatte, war fort.

Der Elf wechselte einen Blick mit Lenya, schwieg aber.

»Wir gehen weiter!« Beorn sagte das in einem Ton, der keinen Widerspruch duldete. »Hinauf bis zur Spitze des Turmes. Auf dem Rückweg nehmen wir Hallars Leiche mit. Wir bringen sie zu den Eiseglern. Er soll nicht in diesem Turm zurückbleiben.«

Der Blender wandte sich an den Elfen. »Diesen Rachegeist ... wie kann man ihn bekämpfen?«

»Nur mit Magie, Drachenführer. Oder mit Waffen, in die Zauber gewoben wurden.«

Galayne wandte sich an die übrigen Krieger auf den Treppenstufen unter ihm. »Hört auf mich, wenn ich euch warne, und ihr werdet diesen Turm lebend verlassen.«

Auch wenn er recht hatte, ging er die Sache nicht gut an, dachte Lenya. Er mochte klug und hundert Jahre oder vielleicht noch viel älter sein, aber von den Herzen von Thorwalern hatte er keine Ahnung.

»Vorwärts!«, drängte Beorn und nahm seinen Schild wieder auf.

Lenya war die Erste, die ihm folgte. Sie sah den Drachenführer mit anderen Augen. So viele Wochen waren sie schon zusammen gereist, aber es überraschte sie, dass er so einfühlsam sein konnte. Sie wusste, dass er und Hallar seit Langem Freunde und Schildbrüder gewesen waren. Und doch hätte sie so etwas nicht von ihm erwartet ...

Schweigend und in bedrückter Stimmung stiegen sie weiter die leuchtenden Stufen hinauf.

Schließlich endete die Treppe in einem Raum mit großen Fenstern. Im Osten kroch der erste blutrote Streifen über die Eisebene und kündigte die Sonne an. Es war klirrend kalt.

»Ein Wachraum«, erklärte der junge Iskir in seiner naiven Art, was für alle offensichtlich war. Dann trat er an den übermannsgroßen, mit Grünspan überzogenen Gong, der zwischen zwei Eisenrohren in der Mitte des Aussichtsraumes aufgestellt war. Er strich mit seinem Handschuh über die große Bronzescheibe.

»Finger weg!«, fuhr Beorn ihn an. »Niemand rührt den Gong oder den Schlägel dort unten auf dem Boden an. Wir wollen nicht wissen, wen ein Alarm herbeiruft.«

Iskir wich erschrocken von der Bronzescheibe zurück. Auch die übrigen Krieger machten einen weiten Bogen darum.

Beorn hatte sein Schwert noch nicht wieder gegürtet. Er gab es Eimnir, der vorsichtig bemüht war, nicht die Stellen des Gehänges zu berühren, an denen Hallars Blut klebte.

»Galayne.« Beorn sprach den Namen leise aus. Er sah den Elfen noch nicht einmal an, als er seinen Rundschild abstellte. Die Eisenumrandung klackte, als er ihn an die Wand lehnte. Seine Bewegungen wirkten bedächtig, und doch stellten sich die Härchen an Lenyas Nacken auf. Sie kannte Beorn als aufbrausenden Mann. Diese Ruhe passte nicht zu ihm. Sie war unheimlich.

Galayne schien das ebenso zu empfinden. Nur zögerlich ging er zum Drachenführer.

»Nimm deinen Helm ab«, befahl Beorn.

»Warum?«

»Du hast doch so schöne lange, spitze Ohren. Ich will, dass du auch gut hörst, was ich dich frage.«

»Ich verstehe dich klar und deutlich.«

Die eisernen Schwingen am Helm des Blenders warfen tiefe Schatten an die Wand. »Dann hast du meinen Befehl ja mitbekommen.«

Galayne sah sein Gegenüber an. Dann griff er an den silbern glänzenden Helm und zog ihn vom Kopf.

»Stell ihn neben meinen Schild.« Noch immer sprach Beorn mit unheimlicher Ruhe.

Lenya zitterte, obwohl sie gar nicht unmittelbar betroffen war.

Mit einem hohlen Klacken berührte der Helm den Steinboden.

»Du stellst dich jetzt an die Wand. Genau hier, wo das Licht auf dein hübsches Gesicht fällt.«

Galayne tat es. Er sah den Drachenführer herausfordernd an.

»Gerade ist mein Schildbruder gestorben«, stellte Beorn fest. »Ich bin, gelinde gesagt, betrübt. Irgendwann werde ich dem Sohn, den seine Frau gerade austrägt, erzählen, was seinen Vater umgebracht hat. Und genau das wirst du mir jetzt sagen.«

»Du warst doch dabei.« Abfällig hob er eine Braue. »Es war ein Geist.«

Sachte schüttelte Beorn den Kopf.

Unvermittelt rammte er seine Faust in Galaynes Magengrube. Dumpf schlug sie auf die weiße Lederrüstung, aber offensichtlich kam ein Großteil der Wucht durch, sodass sich der Elf krümmte.

Der Blender umfasste den schlanken Hals und rammte Galayne an die Wand. »Nicht gut genug.« Noch immer sprach er ruhig. Er flüsterte fast. »Du weißt, was das war. Und ich will es auch wissen.«

»Es war ein Geist«, stieß Galayne hervor. »Ein Wächter. Er hat das Grab bewacht.«

»Na also. Man muss ein Fass nur anstechen, damit der Met sprudelt.« Er hielt sein Gegenüber weiter am Hals und rammte die freie Faust nochmals in den Bauch.

Galayne hustete und schnappte nach Luft.

»Ich komme nicht umhin, mich zu fragen, ob Hallar noch leben würde, wenn du uns eher an deinem Wissen hättest teilhaben lassen.«

»Nein.« Wieder hustete Galayne. »Er war verloren, als er die Tote beraubt hat. Der Geist ... Ich nehme an, es war ein Lynx. Ein Diener Zerzals, der Totengöttin.«

Beorn sah sich um. »Ich glaube, wir haben hier eine Menge Leute, die darauf brennen, mehr über diesen Lynx zu erfahren.«

»Ich weiß nicht viel.«

»Ein solches Geständnis höre ich das erste Mal aus deinem Mund«, meinte der Blender. »Aber vielleicht weißt du ja genug, damit ich dir dein Augenlicht lasse. Versuch es einfach.«

In Galaynes Zügen entdeckte Lenya eine merkwürdige Mischung aus Schmerz und Nachdenklichkeit. Überlegte er, ob er gegen seinen Drachenführer aufbegehren sollte? Sie hatte ihn mehrfach bei den abendlichen Waffenübungen gesehen. Er war unglaublich schnell, zweifellos ein geübter Krieger. Er könnte ernsthaft Widerstand leisten. Wie sollte sie sich dann verhalten? Ihre Finger zitterten, als sie über die Befiederung ihrer Pfeile strichen. Sie wollte nicht auf ein Mitglied ihrer Ottajasko schießen.

Das blieb ihr auch erspart. Galayne kam zu Atem und redete. »Ein Lynx soll einem Luchs ähneln, aber viel größer sein. Wie ein Pferd oder ein Ochse. Denk an die Wunden! Die Krallenspuren. Sie passen dazu.«

Beorn nickte. »In der Tat.«

»Er hat Rache für den Raub genommen. Sein Auftrag ist erfüllt.«

»Dann droht uns also keine Gefahr mehr von ihm?«

»Nur Hallar hat von denen geraubt, die auf den Thronen gesessen haben. Niemand sonst.«

Beorn spie aus, trat Galayne die Beine weg und ließ ihn stürzen. Seelenruhig nahm der Drachenführer seinen Schild wieder auf.

»Ich habe gehört, dass Elfenhoden auf Maraskan als Delikatesse gelten«, sagte er, ohne den hinter ihm röchelnden Galayne anzusehen. »Man sagt ja, dass bei manchen Männern das Gemächt das Einzige ist, was Genuss bereitet. Was meinst du dazu, Lenya?«

Sie spürte, wie sie rot wurde. Sie trat ans Fenster.

»Galyane, Galayne, Galayne«, hörte sie Beorn hinter sich sagen. »Besser, du begreifst jetzt schnell, dass du zu dieser Ottajasko gehörst«, ein dumpfes Geräusch kündete von einem Tritt, der sein Ziel fand, »dass es in jeder Ottajasko nur einen Drachenführer gibt«, noch ein Tritt, »dass ich dieser Drachenführer bin«, Beorns Schritte entfernten sich, »und dass ich nicht dulden werde, dass deine Arroganz meine Leute gefährdet. Hallar hat einen Fehler gemacht, deswegen ist er jetzt tot. Also macht besser niemand mehr einen Fehler. Das gilt auch für dich, Galayne.«

Lenya sah aus dem runden Fenster. Etwa zwanzig Schritt unter ihr lag die Terrasse, an der ihre Eissegler vertäut waren. Darüber, in dem Stockwerk, das sie passiert hatten, traf der goldene Lichtstahl auf das Fenster. Er teilte die Eisebene bis zum Horizont. Der Anblick war atemberaubend. Zugleich fühlte sie sich verloren. Dort draußen gab es nichts. Kein Lebewesen, keinen Baum, nicht einmal irgendein Geländemerkmal. Nur endloses Weiß. An manchen Stellen spiegelte das Eis das rote Sonnenlicht, als bildeten sich dort Pfützen aus Blut. Nie zuvor hatte sie sich so verloren gefühlt. Ihre Ottajasko, das war jetzt ihre Welt. Außer diesen Männern und Frauen gab es nichts mehr, worauf sie vertrauen konnte. Beorn hatte recht, sie mussten zusammenhalten. Nichts anderes gab Sicherheit. Selbst die Götter hatten ihren Blick von diesem Ort abgewandt. Jedenfalls Lenyas Götter. Die boshaften Götzen der Elfen mochten in dieser Einöde noch Macht besitzen.

»He! Woher kommst du?«

Der erschrockene Ausruf ließ Lenya herumfahren. Eine halb

durchscheinende Gestalt war mitten unter ihnen erschienen. Iskir stand dem Mann am nächsten und hatte ihn angerufen.

Verblüfft sah der Fremde sie an. Mit jedem Herzschlag erschien er wirklicher. Er trug einen hohen, silbernen Helm und ein engmaschiges Kettenhemd. In der Linken hielt er einen fremdartigen Speer mit einem Stichblatt, lang wie eine Schwertklinge.

Er stieß ein Wort aus, das zugleich melodiös und erschrocken klang.

»Nein!« Iskir zog sein Schwert, doch er war nicht schnell genug. Der Fremde rammte den Schaft seines Speers gegen den Gong, und ein tief in ihren Eingeweiden vibrierender Ton erfüllte den Wachraum.

Kaum dass sie das Unheil angerichtet hatte, verblasste die Gestalt.

»Keine Sorge«, erklärte Galayne. »Das war kein Rachegeist. Hier gibt es nur noch die Geister der Toten. Dieser Gongschlag hat nichts zu bedeuten.«

Lenya sah den Gesichtern ihrer Gefährten an, dass sie dem Elfen kein Wort glaubten. Zu frisch war die Erinnerung an Hallars Tod.

»Nun, was immer dieser Alarm aufgescheucht haben mag, es wird zuerst auf Asleif und dessen Ottajasko stoßen«, bemerkte Beorn trocken.

3 ZEUGEN DES TURMES

Fünfzehnte Ebene,
siebzehnter Tag im Goimond

Zwei Windungen lang folgten sie der großen Wendeltreppe nach unten, wobei sie etwa zehn Schritt Höhenunterschied überwanden. Eichward vom Stein, Tjorne Warulfson und Ohm Follker bildeten die Vorhut. Die beiden Thorwaler würden den hünenhaften Ritter mit ihren Schilden decken, sollten sie auf Feinde treffen. Bei ihren morgendlichen Übungen hatten sie einstudiert, wie Eichward durch einen Ausfallschritt Raum gewinnen konnte, um mit einem Seitwärtshieb des Zweihänders alles wegzumähen, was vor ihnen stand, und dann in den Schutz der Gefährten zurückzuspringen.

Aus den breiten Stufen sickerte ein milchiges Licht, was den Eindruck erweckte, man bewege sich durch feinen Nebel. Salarin Trauerweide merkte Galandel Mutter-der-Schrate an, dass sie ebenso große Schwierigkeiten wie er selbst hatte, mit den anderen Schritt zu halten. Zu verstörend waren die Gemälde, die die gewölbten Wände zierten. Verschiedene Szenen gingen so kunstvoll ineinander über, dass es keinen Bruch gab. Eine Elfe in einem weißen, mehrlagigen Gewand sprach mit erhobener Hand zu einer Versammlung, die auf den Rängen des Saales saß, in dem sie den Himmelsturm betreten hatten. Die Sitzreihen näherten sich einander an, verschmolzen und wurden zu einer Treppe, die sich in den Sternen verlor. Wenige Stufen später nahm der Sternenhimmel die gesamte Wand ein. Einige Lichtpunkte verliefen zu silbernen Flächen, dann waren helle Dreiecke zwischen ihnen auszumachen, Segel von Eisbooten, die auf einer weißen Ebene fuhren, die sich unauffällig aus dem Licht einer Stufe wölbte. Von oben kam eine goldene, gerade Linie. Sie endete an der Spitze einer Felsnadel. Salarin glaubte die vier Figuren zu erkennen, die er vom Heiligtum der alten Götter in Erinnerung hatte.

Die Gefährten verharrten bei einem Treppenabsatz vor einem reich verzierten Torbogen. Mit höchster Kunstfertigkeit in den Fels gemeißelte Ranken und Blüten zierten den Rahmen, über dessen Spitze ein Wappenschild prangte. Es zeigte einen mit Pfeilen bestückten Köcher und einen Zirkel. Hinter dem Tor ließen Schatten einen Gang erahnen, der nach einigen Schritt an einem Vorhang endete, durch den Licht schimmerte.

»Bewegen sich die Eissegler?«, fragte Leomara della Rescati. Das Gesicht des Mädchens zeugte von der Faszination, die das Bild der Meister weckte.

»Nein«, sagte Galandel. »Das ist nur eine Täuschung. Solange du ganz ruhig stehst, bewegen sich auch die Gefährte nicht. Nur wenn du zwinkerst oder den Kopf neigst, scheint es dir so.«

Salarin versuchte es selbst, merkte aber, dass er Gefahr lief, sich in der Perfektion der Darstellung zu verlieren. Dieser ganze Ort war so ... widersprüchlich! In der Kunstfertigkeit, die alles durchdrang, was sie bisher gesehen hatten, spürte er eine Vertrautheit, etwas, das zu seiner Seele sprach. Die Melodie der Welt war stärker als überall, wo er sonst gewesen war. Es fühlte sich an, als könnte er hier Tag und Nacht Zauber singen, ohne zu erschöpfen.

Zugleich empfand er diese Kraft als etwas, das hinter seinem Rücken darauf lauerte, dass er einen Fehler machte.

Ein Monstrum, das ihn im Blick hatte, dessen Atem den Geruch vom Blut früherer Opfer mit sich trug.

Und jetzt mischte sich ein weiterer Duft hinein, der ihn an die Wälder Thorwals erinnerte. Das war Humus, moderndes Laub, aber auch frische Blätter.

»Da bewegt sich etwas.« Irulla richtete ihren Speer auf die Öffnung.

»Was siehst du?«, fragte Asleif Phileasson.

»Nichts. Ich höre es. Es schiebt Äste beiseite, raschelt und kratzt.«

Selbst unter Elfen wäre die Sinnenschärfe der Waldmenschenfrau erstaunlich gewesen, zumal sie nur die ersten Jahre ihrer Kindheit in der Wildnis des Regengebirges verbracht hatte. Irulla sprach selten mehr als nötig, aber die Gefährten verkürzten die Nächte an den Lagerfeuern mit so mancher Geschichte über die Reckin mit dem weißen Spinnenbild in der Haut. Kaum etwas passte zueinander, aber alle gingen davon aus, dass Sklavenhändler sie verschleppt hatten. Mit Phileasson fuhr sie nun schon seit über zehn Jahren.

»Wir sind hier, um das Geheimnis des Himmelsturms zu ergründen«, stellte der Drachenführer fest. Sein Blick streifte die weiter nach unten führenden Stufen, kehrte jedoch sofort zum Gang zurück. »Also werden wir nachsehen, was wir hier finden. Seid auf alles gefasst, aber schlagt nicht blindlings zu, wenn sich etwas bewegt. Wir mögen genauso gut auf Freunde wie auf Feinde treffen.«

Salarin dachte an das Gemetzel im Ratssaal. Falls jene Schlacht noch immer in diesem Turm tobte, würden die Beteiligten vielleicht erst zuschlagen und dann fragen.

Der Elf spähte ins Dunkel. Alles sprach dafür, dass dieser Kampf längst vergangen war. Jahre, möglicherweise Jahrhunderte konnten sie davon trennen. Wie lange schon war der Himmelsturm eine Legende? Gäbe es hier noch Bewohner, dann wüssten die anderen Elfen Aventuriens von ihnen.

Die anderen Elfen ...

Nur widerstrebend ließ Salarin den Gedanken zu, dass hier tatsächlich Elfen gewohnt hatten. Die Leichen und auch die Bilder erlaubten keinen anderen Schluss.

Das bedeutete auch, dass die Katastrophe, die sich hier ereignet haben musste und von der auch die boshafte Ausstrahlung zeugte, das Volk Salarins und Galandels betraf. Er dachte an die Geschichte vom Himmelsturm, wie Galandel sie ihm im Tal der Donnerwanderer gesungen hatte. Die Melodie ihres Liedes war voller finsterer Andeutungen gewesen, und das Ende der Erzählung blieb offen. War es vergessen worden? Hatte es keine Überlebenden gegeben, die berichten konnten? Oder war das, was hier geschehen war, so schrecklich, dass die Wissenden beschlossen hatten, es unter ihrem Schweigen zu begraben?

Hatte die Oberste Hetfrau Garhelt gewusst, was sie erwarten würde, als sie ihre Drachenführer hierhergeschickt hatte?

Diese Fragen betäubten Salarin. Er schüttelte den Kopf und prüfte die Lage des Pfeils auf der Sehne. In der allgegenwärtigen Kälte verlor der Bogen an Biegsamkeit, auch wenn es hier drin etwas wärmer war als draußen in der Eiswüste.

Moment! Wärme ...

»Aus dem Gang kommt warme Luft«, sagte er.

»Das habe ich doch gerade gesagt, Spitzohr!«, versetzte Tjorne.

Versunken in seinen Gedanken musste Salarin die Bemerkung überhört haben.

»Kannst du vielleicht ein Liedchen trällern, damit dieses Gebüsch uns durchlässt?«

»Welches Gebüsch?«

Tjorne stöhnte.

Galandel zog ihre gerade Klinge. Robbenfänger nannte sie diese Waffe, ein Geschenk von einem Firnelfen, spitz und an einer Seite geschliffen. Die Gefährten, die schon im Gang standen, ließen sie durch. Gemeinsam mit Phileasson zertrennte sie das dichte Astwerk, das ihnen den Weg versperrte. Da sie sich dabei mit der Linken an ihrem mit Fetischen behängten Stab festhielt, wirkte die kleine Elfe, als habe sie Angst.

Mit den Klingen bahnten die beiden ihnen einen Weg in einem zugewucherten Garten. Salarins Blick wanderte zur Decke. In fünf Schritt Höhe hingen faustgroße Kugeln, die mattgelbes Licht verströmten, und die Decke verriet ihm auch, wie groß der Raum sein musste, in den sie vorgedrungen waren. Etwa zehn mal zehn Schritt. Blickte er auf das dichte Astwerk ringsum, vermochte er nicht viel weiter als zwei Armlängen zu sehen. Ein Rabe flog aus dem Dickicht auf, drehte eine Schleife, krächzte und landete auf einem dornigen Ast.

Salarin war versucht, sich der Winterstiefel zu entledigen, um den Humus unter den nackten Sohlen zu spüren. Er beschränkte sich darauf, die Fäustlinge abzuziehen und die Finger ins Erdreich zu graben. Mit geschlossenen Augen hob er eine Handvoll davon vor die Nase. Tief sog er den Duft ein. Um ihn herum raschelten kleine Tiere unter den Büschen, die den Großteil der Vegetation ausmachten. Nur zwei Bäume standen in diesem Raum. Einer war verkrüppelt, der andere drückte mit seinen Zweigen gegen die Decke, als wolle er sich aus dem Gefängnis frei stemmen.

»Nicht so eifrig, Bruder Baum«, flüsterte Salarin ihm zu. »Draußen müsstest du erfrieren.«

Hier drin war es so warm, dass die Gefährten ihre Umhänge lockerten. Irulla hatte sich sogar des Großteils ihrer Kleidung entledigt, wie Salarin feststellte, als sie aus dem Dickicht auftauchte.

»Drei Ausgänge«, meldete sie. »Vier, wenn wir den Gang mitzählen, durch den wir gekommen sind. In jeder Wand einer.«

»Irgendetwas, das uns gefährlich werden könnte?«, fragte Phileasson.

»Der Tod ist hier überall. Riechst du nicht den Moder?«

Der Rabe auf dem Dornenzweig legte den Kopf schief. Er krächzte seltsam. Solch ein Lied hatte Salarin noch nie von einem Schwarzgefiederten vernommen.

»Woher kommt wohl das Wasser?«, wunderte sich Vascal della Rescati.

Fragend sah Phileasson ihn an.

»Es ist bestimmt unwichtig«, entschuldigte sich der Liebfelder. Noch immer sprach er das Thorwalsch mit starkem Akzent, hatte jedoch auf der Reise gelernt, sich in einer Unterhaltung zu verständigen. »Aber wenn wir einen Eimer nach draußen trügen, wäre er in kürzester Zeit zu einem massiven Block gefroren. Von außen kann das Wasser, das diese Pflanzen brauchen, also nicht kommen. Es sei denn, irgendwo wird das Eis erhitzt.«

»Und das müsste jemand tun«, murmelte Phileasson. »Dann wäre dieser Turm doch noch bewohnt.«

»Es gibt eine andere Möglichkeit.« Tylstyr Hagridson sah sich mit stechendem Blick um und flüsterte etwas Unverständliches, wobei seine linke Hand den Zauberstab umklammerte.

Der Magier blinzelte, als blende ihn etwas.

»Zauber liegen auf diesem Ort«, sagte er. »Viele. Mehr noch, als wenn wir in einer Akademie wären. Oder anders ...« Er wiegte den Kopf. »Aber gewiss ebenso machtvoll.«

Nochmals krächzte der Rabe, als sich ein Artgenosse zu ihm gesellte.

»Und diese Zauber bringen das Wasser?«, fragte Vascal.

Tylstyr legte den Kopf schräg. Wieder wurde sein Blick stechend. »Das kann ich nicht sagen. Aber diese Leuchtkugeln sind mit Sicherheit verzaubert, das wohl. Und die Magie in ihnen ist ... alt.«

Seine Augen weiteten sich. »Uralt. Die Matrix ist so abgeschliffen ...« Er schluckte. »Sie ist in die Materie eingesunken, eins mit ihr geworden. Ich habe einmal ein Artefakt untersucht, das vor über achthundert Jahren verzaubert wurde, aber das hier ...«

Salarin warf einen Seitenblick auf Galandel. Sie war vor drei Jahrhunderten aufgebrochen, um den Himmelsturm zu finden, dessen Lied damals schon dabei gewesen war, in Vergessenheit zu fallen. Konnte es sein, dass diese Kugeln dem Raum ein Vielfaches dieser Zeit ihr Licht spendeten?

»Elfenmagie, zweifellos«, fuhr Tylstyr fort. »Und mein eigener Analysezauber ... niemals ist er mir so mühelos gelungen wir hier.«

»Muss man den Zauber auffrischen?«, fragte Phileasson. »Wie eine Laterne, die man nachfüllt?«

Tylstyr schüttelte den Kopf. »Er zieht seine Kraft aus der Umgebung. Mich würde nicht wundern, wenn dieses Licht schon geschienen hätte, als Jurga mit den Hjaldingern übers Meer kam.«

»Das liegt zweieinhalb Jahrtausende zurück!«, protestierte Ohm Follker.

»Es würde mich nicht wundern«, bekräftigte Tylstyr.

Andacht lag in den Blicken der Gefährten, während sie die Kugeln musterten.

Die Raben blieben unberührt von solcher Ergriffenheit. Dennoch fügte sich ihr Krächzen in die Melodie dieses Ortes ein.

Ohm Follker starrte die Vögel an. »Der Linke hat ›Ometheon‹ gesagt«, behauptete er.

»Zauberwerk!« Tjorne fasste die Axt mit dem eingravierten Keilerkopf so fest, dass die Knöchel weiß aus seiner Faust hervortraten.

»Da!«, rief Ohm beim nächsten Krächzen. »Er sagt ›Ometheon‹!«

»Ich weiß nicht«, meinte Phileasson. »Dafür kreischt er doch viel zu lang.«

»Da ist viel anderes dabei, aber Ometheon kommt auch vor. Der lyrische Name des Himmelsturms!«

»Vielleicht will er uns in seinem Zuhause begrüßen«, schlug Leomara vor.

»Das haben wir gleich«, behauptete Vascal. Er breitete die Arme aus und legte den Kopf in den Nacken. »O Nandus, schenke uns die Gnade des Verstehens …«

Er betete seine Litanei in verschiedenen Sprachen. Offenbar wirkte sie, denn danach redete er ohne Akzent.

Das Krächzen der Raben jedoch blieb ein Krächzen.

Vascal runzelte die Stirn. »Ich glaube auch, ›Ometheon‹ zu verstehen. Aber wenn dieses Tier wirklich sprechen würde, müsste sich uns auch der Rest erschließen.«

»Vielleicht ist dein Gott an diesem Ort schwach«, meinte Ohm.

»Wieso wirkt das Wunder dann überhaupt?«, fragte Vascal zurück.

Ohm spie aus und zuckte mit den Schultern.

Diesmal krächzten beide Raben. Auch Salarin hörte jetzt »Ometheon« heraus, und der Elf verstand noch mehr. »Es geht um ein Rennen«, sagte er.

Alle Blicke richteten sich auf ihn.

Vorsichtig, um sie nicht zu verscheuchen, ging er auf die schwarzen Vögel zu, die ihn mit schräg gelegten Köpfen beobachteten.

Wieder krächzten sie.

»Das könnte wirklich ›Rennen‹ bedeuten«, pflichtete Galandel ihm bei. »Aber es ist ein sehr altes Wort, und sehr schlecht ausgesprochen. Aganadûn. Eine Wettfahrt. Man misst sich und der Schnellste gewinnt.«

»Ein Begriff aus der Elfensprache?«, fragte Phileasson.

»Ja, aber nicht aus dem Isdira, das wir heute sprechen. Das ist Asdharia. Das war schon ungebräuchlich, als eure Ahnen die Runen in die Steine an der Küste der Swafnirsrast gemeißelt haben. Mich wundert, dass ein junger Elf wie Salarin es kennt.«

»Ich habe niemals Asdharia gelernt«, sagte er, wobei er den Blick auf den Raben hielt.

Er streckte ihnen die Hände entgegen. Tatsächlich ließ sich derjenige, der zuerst auf dem Ast gelandet war, das Gefieder streicheln.

»Wieso ermöglicht uns Nandus' Wunder keine Verständigung?«, fragte Vascal erstaunt.

Nochmals krächzte der Vogel.

»Ometheon hat das Rennen gewonnen«, übersetzte Salarin.

Galandel stellte sich neben ihn. »Wieso verstehst du Asdharia?«

»Und was soll diese Botschaft bedeuten?«, fragte Phileasson.

»Ich weiß es nicht«, antwortete Salarin beiden.

*Fünfzehnte Ebene,
siebzehnter Tag im Goimond*

Asleif Phileasson sah die Warnung in Ohm Follkers Blick. Auch ihm selbst erschien das Verhalten der beiden Elfen merkwürdig. Dass Salarin Trauerweide im Heiligtum der alten Götter ergriffen gewesen war, konnte Phileasson leicht verstehen. Schließlich befand er sich seit Jahren auf der Suche nach den Gottheiten seines Volkes.

Seit der Ankunft im Himmelsturm jedoch benahmen er und Galandel Mutter-der-Schrate sich wie Schlafwandler. Nahmen sie mehr wahr als die Menschen? Brachte dieser Ort ähnliche Visionen in ihnen hervor wie bei Leomara della Rescati?

Die Geistesstärke des Mädchens beeindruckte Phileasson. Er hatte Männer gesehen, die das Grauen eines Schlachtfelds zu wimmernden Säuglingen gemacht hatte. Die Bilder, von denen Leomara berichtete, kamen dem Gemetzel in einem Dorf gleich, das geplündert wurde.

Falls die beiden Elfen Ähnliches wahrnahmen, schwiegen sie darüber. Offenbar verstand Salarin jetzt eine Sprache, die auch in seinem Volk in Vergessenheit geraten war. Die Gesichter, deren Hälften sich so vollkommen glichen, als wären sie Spiegelbilder voneinander, waren oft schwer zu deuten, aber als die Raben aufflatterten, stand die Verwirrung überdeutlich in Salarins Zügen.

Irulla sah den geschickt durch die Lücken zwischen den Zweigen fliegenden Vögeln nach. »Sie wollen zum Wasser. Dort geht es zu einem Brunnen.«

Seit beinahe einer Woche hatten Phileassons Leute Schnee schmelzen müssen, um etwas trinken zu können. Die Aussicht auf frisches Nass war verlockend. Außerdem mochte das Vascals Frage beantworten, wie die wuchernde Vegetation in diesem Raum gedeihen konnte.

Eichward vom Stein ging voraus und hackte mit seinem Bidenhänder einen Pfad frei, bis sie den Durchgang erreichten, der der Treppe gegenüberlag. Phileasson sah eine Ratte davonhuschen. Diese Biester überlebten alle Härten, man fand sie auf jedem Handelsschiff.

Der anschließende Raum war viel kleiner, vielleicht ein Viertel so groß wie der Garten. Hier gab es kein Gestrüpp. So wie schon nebenan sorgten Leuchtkugeln für Helligkeit.

In der Mitte der Kammer stand ein runder Springbrunnen. Hüfthoch hoben filigrane Steinhände eine mit einem Blattmuster verzierte Schale aus dem Boden. Zwei Fontänen kreuzten sich, bevor sie in das Reservoir zurückplätscherten.

Neben dem Brunnen lagen mehrere achtlos umgestoßene Silberpokale auf einem sichelförmigen Tisch und dem Boden davor. Steinerne Sitzbänke zogen sich an den mit zerfressenen Teppichen bedeckten Wänden entlang. Nur den Durchgang, durch den sie jetzt kamen, und eine ebensolche Öffnung auf der gegenüberliegenden Seite ließen sie frei.

Drei Raben saßen auf dem Brunnenrand, tauchten die Schnäbel ins Wasser und legten die Köpfe in den Nacken.

»Verscheucht sie nicht«, befahl Phileasson.

Die Gefährten verteilten sich entlang der Wände.

»Frag sie nach diesem Rennen«, forderte er Salarin auf.

Der Elf trat einen Schritt auf die Raben zu.

Unschlüssig wog er den Bogen in der Hand. Die Verzierung seiner Waffe ähnelte dem Muster am Brunnen.

»Ich kann es nicht«, gestand Salarin.

»Versuch es mit dieser alten Sprache.«

Sachte schüttelte er den Kopf. »Ich habe sein Krächzen verstanden, aber ich weiß nicht, wie man Asdharia spricht.«

Durch das von Vascal erbetene Wunder, das sich zwar nicht auf die Vögel, wohl aber auf die Gefährten auswirkte, konnte sich auch Galandel am Gespräch beteiligen. »Eigentlich braucht man zwei Stimmen, um Asdharia zu sprechen. Es ist erstaunlich, dass sich die Raben überhaupt auf diese Weise artikulieren können.«

»Es klingt auch schrecklich«, meinte Salarin.

Protestierend krächzten die Vögel.

»Sie sagen etwas anderes«, meinte Ohm Follker. »›Ometheon‹ ist nicht mehr dabei.«

Salarin hockte sich hin, wodurch sein Gesicht auf Höhe der Raben war. »Was ist eure Botschaft, gefiederte Freunde? Was wollt ihr uns sagen?«

Der Größte aus der Versammlung plusterte sich auf und hüpfte auf Salarin zu, als wolle er ihn verscheuchen. Auch sein Gekrächze klang aggressiv.

Salarin schloss die Augen.

Galandel verlor als Erste die Geduld. »Was sagt er?«

Unwillig runzelte Salarin die Stirn, ohne die Lider zu öffnen. »Es ist kaum zu verstehen.« Er benetzte die Lippen. »Er spricht immer den gleichen Satz. Es geht um jemanden, der anders ist als … Er sagt: ›… anders als wir.‹«

»Dämonen sind anders als wir«, raunte Ohm Follker in Phileassons Ohr.

Galandel machte einen Schritt auf Salarin zu.

Die Raben flatterten auf. Zwei zogen sich in den überwucherten Raum zurück, der dritte flog einen Kreis und verschwand dann im anderen Durchgang.

»Ganz hervorragend!«, spottete Tjorne Warulfson.

Salarin stand auf. »Es war zu undeutlich. ›Alliôni‹ oder ›Alliûni‹.«

Galandel steckte ihren Robbentöter in die Scheide, stützte sich auf Stab und Brunnenrand und betrachtete ihr Spiegelbild. »Vielleicht ›Alliôné‹.« Es war seltsam, innerhalb des reinen Thorwalsch, als das Vascals Wunder die Worte der Elfe erscheinen ließ, eine solche Lautfolge zu hören, die zudem eine zweite Sprachmelodie umspielte. »›Die Kinder von ihr.‹«

»›Ihre Kinder sind anders als wir‹«, murmelte Salarin. »Das könnte sein.«

»Also hat Ometheon das Rennen gewonnen, und ihre Kinder sind anders als wir«, fasste Vascal della Rescati die bisherigen Erkenntnisse zusammen. Er wirkte zufrieden. »Das Rätsel nimmt Gestalt an.«

»Legen wir erst einmal die Rucksäcke ab!«, forderte Phileasson die Ottajasko auf. »Und dann teilen wir uns auf, um die Räume zu erkunden. Irulla hat noch zwei weitere Durchgänge im vorigen Raum entdeckt.« Er zeigte auf die Öffnung, aus der die Vegetation herüberwucherte. Auf dem Boden rund um den Brunnen fanden sich auch Laub und einzelne Zweige, aber hier gab es keinen Humus, auf dem Pflanzen hätten gedeihen können.

»Wir bilden vier Trupps zu jeweils drei Recken. Einer bewacht unser Gepäck, zwei erkunden, was hinter Irullas Durchgängen liegt, und ich sehe mit Salarin und Galandel dort nach.« Er nickte zum zweiten Ausgang aus dem Brunnenraum.

Nach der Eiswüste hob die Wärme die Stimmung. Die Gefährten entledigten sich der äußeren Lagen ihrer Winterkleidung. »Verfluchtes Missgeschick!«, rief Tjorne, weil er sich beim Ausziehen in der Kette aus Möwenknochen verhakte und das Lederband riss, das sie zusammenhielt. Die Hohlknöchelchen klapperten auf den Boden.

Shaya half ihm, als er sie auflas. »Das kannst du einfach wieder verknoten«, meinte sie.

Tjorne brummte zustimmend.

Kurz darauf witzelte er schon wieder mit Ohm. Zwar erwies sich das Wasser des Beckens als so frisch, als entspränge es einer Gebirgsquelle. Dennoch hatten die Zauberarchitekten wohl keine thorwalschen Besucher erwartet – sonst hätten sie Honigbier und Premer Feuer aus diesem Brunnen sprudeln lassen.

Phileasson schob den eisengefassten Rundschild mit dem Seeadler über seinen linken Arm. Vor Salarin und Galandel betrat er einen Raum, den ein fünf Schritt langer Tisch beherrschte. Seine drei Beine waren als Robben gestaltet, die mit Flossen und Kopf die Platte stützten. Um deren Rand lief ein Muster aus Ranken, die immer wieder das Symbol der geflügelten Sonne umspielten.

An den Wänden standen schmale Truhen. Über diesen fiel das Licht der Leuchtkugeln auf verblasste Fresken.

»Sie feiern ein Fest«, sagte Salarin. »Der Diener, der das Brot aufträgt, ist besonders prächtig gekleidet.« Seine Augen vermochten die beinahe in dem hellen Stein verschwundenen Figuren wohl besser zu erkennen.

»Kaum zu glauben, dass das ein Diener ist«, flüsterte Galandel. Die Spitze ihres Robbenfängers fuhr die Linien ab, ohne den Stein zu berühren. »So prächtig ...«

Die Fresken mussten einmal alle Wände geziert haben. Sowohl rechts als auch links führten Gänge aus dem Raum. Der Rabe war jedoch nicht zu entdecken.

»Lasst uns versuchen, den Vogel einzuholen«, schlug Phileasson vor.

Der Modergeruch füllte schon seine Nase, bevor sie dem Gang um die Ecke ins nächste Zimmer folgten. Er kannte ihn von schimmelndem Leder und verdorbenem Gemüse. Sie betraten eine Bibliothek. Der Raum war etwas länger als breit, vielleicht sieben auf sechs Schritt. Ein verwinkeltes Regal füllte ihn beinahe vollständig aus. Auf der Suche nach dem Raben bemerkte Phileasson den erbärmlichen Zustand der Bücher. Kleintiere hatten sie zernagt, einige waren in sich zusammengefallen, und mehrere Regalbretter lagen zerbrochen auf dem Boden, wo Rattenspuren im Pergamentstaub verrieten, wer diese Zerstörung angerichtet hatte.

Der Vogel putzte sich auf einem Haufen zerrissener Seiten das Gefieder. Mit einem leisen Pfiff machte Phileasson die beiden Elfen auf sich aufmerksam. Gerade als sie ihn erreichten, war ein tiefer, vibrierender Ton zu vernehmen. Er schwoll an und scheuchte den Raben auf, der eine Wolke von Pergamentstaub zurückließ, als er davonflatterte.

Phileasson nieste. »Ihm nach!«

Da der Vogel über den Regalen flog, seine Verfolger diesen Hindernissen jedoch ausweichen mussten, verloren sie ihn im anschließenden Gang aus den Augen. Hinter einer Biegung erreichten sie ein Zimmer, in dem sich der Duft von Kräutern und Harz in den Modergeruch mischte. Auf kleinen Podesten unterschiedlicher Höhe lagen Fellfetzen, Knochen, Zähne und Krallen. Unter der Decke hing ein im Gleitflug segelnder Adler. Seine Federn waren so weit zerfallen, dass er wie gerupftes Geflügel erschien. An den Wänden machten zernagte Raubtierköpfe einen gequälten Eindruck. Verschrumpelte Fische, deren Gräten durch die Haut stachen, vervollständigten die Dekoration.

Der Rabe interessierte sich nicht für diese Ansammlung verrotteter Trophäen. Die Gefährten folgten ihm nach links, durch den einzigen weiteren Ausgang, in den größten Raum seit dem überwucherten Garten. Der Vogel fühlte sich anscheinend auf einem Trümmerhaufen aus Stoff und Holz wohl.

Davon gab es hier mehrere. An den gedrechselten Beinen in Form von Tatzen und Flügeln glaubte Phileasson zu erkennen, dass es sich um Überreste von einstmals prächtigen Sesseln handelte. Diese Anlage war seit Jahrhunderten verwaist, wenn man vom Kleingetier absah, das sich in den Hinterlassenschaften der einstigen Bewohner eingerichtet hatte. Die Webfäden des Teppichs zerrissen, als Phileasson darauf trat. Auch die Stoffbilder an den Wänden waren nur noch Fetzen. Ein Eisbär war wohl lediglich deswegen verschont geblieben, weil er mit Silberfaden gewebt war. Von den Speeren, die einmal in seinem Leib gesteckt hatten, zeugten nur noch zernagte Löcher.

Einzig einige Bronzetischchen hatten der Zeit besser getrotzt. Vor ihnen lag zerbrochenes Kristall, von dem sich noch erahnen ließ, dass es einmal Karaffen geformt hatte.

Der Rabe krächzte, als Salarin näher kam.

Phileasson bezähmte seine Ungeduld und fragte nicht, was er diesmal sagte. Er sah, wie sehr sich der Elf konzentrierte.

Er bedeutete Galandel, den Durchgang zu bewachen, aus dem sie gekommen waren, und stellte sich selbst vor die einzige andere Öffnung, die aus dem Raum führte. So könnten sie verhindern, dass sich der Rabe erneut davonmachte.

Während Salarin weiter auf das Gekrächze lauschte, überlegte Phileasson, welchem Zweck dieser Komplex einmal gedient haben mochte. Sie hatten den Himmelsturm durch einen Ratssaal betreten. Die Raumfolge, in der sie sich jetzt befanden, hätte in einem von Menschen bewohnten Gebäude zweifellos einem Edlen gehört. Bilder, kostbare Pokale, kunstvolle Möbel und Wandschmuck passten nicht zu Handwerkern. War dies also ein Palast gewesen?

Er versuchte, sich die Räumlichkeiten in ihrer einstigen Pracht vorzustellen. Sicher, nach der Eiswüste genoss er die Wärme, die es bestimmt damals schon gegeben hatte. Aber die Leuchtkugeln an der Decke konnten den offenen Himmel nicht ersetzen. Kein einziges Fenster gab es hier. Wohl jeder Thorwaler hätte dieses Zuhause schnell als Gefängnis empfunden. Trotz des klirrenden Frosts hätte es ihn spätestens nach einer Woche zurück in die Weite des Eises gezogen, dachte Phileasson. Doch es war wohl dumm, Elfen menschliche Befindlichkeiten zu unterstellen.

Der verwilderte Garten bewies, dass auch dem einstigen Herrscher Fels und Kunst nicht genügt hatten. Sicher hatte er zwischen den Pflanzen seine Sehnsucht nach Grün gestillt. Ob dieses Privileg allein ihm zugekommen war? Wie sahen wohl die Räumlichkeiten aus, die sein Volk bewohnt hatte? Phileasson war gespannt auf die Entdeckungen, die der Abstieg bereithielt. Auch ohne Garhelts Auftrag hätte er die Erforschung des Himmelsturms fortgesetzt.

»Wir sind nicht mehr allein«, sagte Galandel.

Phileassons Atem formte eine Wolke vor seinem Gesicht. Plötzlich war es eiskalt.

Er folgte Galandels Blick und erkannte einen blassen Schemen vor einem der Haufen aus Holz und Stoff. Anfangs erinnerte ihn das grüne, blaue und rote Leuchten an die Nordlichter, aber dann verdichtete es sich zu einer fest umgrenzten Gestalt. Ein Mensch. Nein, ein Elf, gemalt aus Licht.

Er war knapp zwei Schritt groß und trug ein buntes Gewand, in das über dem Herzen ein funkelnder Edelstein eingearbeitet war. Seine Ohren waren noch länger als die von Galandel und Salarin. Er breitete die Arme aus, wodurch sich die Ärmel gleich Flaggen bewegten. Der Schnitt machte seine Kleidung zu einer Mischung aus den Roben der Geweihten und den Westen und weiten Hosen, wie Adlige im Süden sie oft trugen. Es flatterte wie eine Ansammlung von Schleiern, als er auf Salarin zuschritt und dabei ein Metalltischchen durchquerte, das seinem ätherischen Körper keinen Widerstand bot. Phileasson schien es, als sänge er, aber die beiden Stimmen formten wohl Worte in der alten Sprache der Elfen.

Phileasson berührte das Eisen, das den Rand seines Schildes einfasste. Er kümmerte sich nicht um den aufgescheuchten Raben, der an ihm vorbei den Raum verließ.

Salarin wich zurück, woraufhin der Geist innehielt. Er sang weiter auf den Gefährten ein.

Phileasson biss die Zähne zusammen. Ein Gespenst! Fejris, sein Breitschwert, war ihm stets ein treuer Begleiter gewesen, sein Schild war robust, und die mit Eisennieten verstärkte Lederrüstung, die Krötenhaut, hatte so manchen Streich aufgefangen. Aber was nützte all das gegen einen solchen Gegner? Wie der Metalltisch gezeigt hatte, schützte derlei nicht vor einem Wesen, das andere Sphären Heimat nannte.

Salarin sagte etwas. Auch er gebrauchte zwei Stimmen, aber es klang weit weniger kunstvoll als das, was der Geist von sich gab.

Der hob die Hände an und riss den Mund weit auf. Ein schauriges Heulen entrang sich seiner Kehle und hallte vom Fels wider. Die Verzweiflung darin fuhr Phileasson in die Knie und stellte die Härchen an seinem Nacken auf.

Wie bunte Kreide, über die man mit einem Schwamm fuhr, verwischte das Gespenst. Die Farben flossen ineinander, die Konturen lösten sich auf. So rasch, wie er gekommen war, verschwand der Spuk.

Phileasson schluckte.

Vorsichtig ging er zu Salarin. »Was hat er gesagt?« Sein Atem schuf keine Wolken mehr.

Galandel legte eine Hand auf den Oberarm des abwesend starrenden Elfen und schüttelte ihn leicht.

»Ich habe es nicht verstanden«, erklärte Galandel, als Phileasson sie ansah. »Das war Asdharia, wie es jemand spricht, der die alten Zungen nicht mühsam erlernt hat, sondern mit ihnen aufgewachsen ist.«

Phileasson fixierte Salarins violette Augen. »Was hat er gesagt?«

Sacht schüttelte Salarin den Kopf. »Er hat mich mit einem Namen begrüßt, den ich noch nie gehört habe. So viel Hoffnung lag darin. Endlich seien die drängenden Bitten um Hilfe aus Tie'Shianna erhört worden.«

»Die sagenhafte Metropole des Erzes!«, rief Galandel.

»Und wieso ist er wieder verschwunden?«, fragte Phileasson.

»Weil ich ihm gesagt habe, dass ich nicht derjenige bin, auf den er hofft.«

*Fünfzehnte Ebene,
siebzehnter Tag im Goimond*

Shaya Lifgundsdottir fühlte sich, als schwebte sie, während sie aus dem heißen Bad stieg und die drei flachen Stufen hinunterschritt. Phileasson hatte angeordnet, sämtliche Ausrüstung in diesen Teil des Palastes zu schaffen, und eine Rast erlaubt, auch wenn die meisten noch die verschiedenen Räume untersuchten. Hierbei ließ ihnen der Drachenführer freie Hand. Die einzige Auflage bestand darin, niemals allein zu gehen.

Der Fellmantel, der sie im ewigen Eis warm gehalten hatte, diente Shaya als Trockentuch. Sie sah Irulla zu. Bis zu den knochigen Schultern, auf denen drei Spinnen krabbelten, war die Waldmenschenfrau ins Wasser eingetaucht. Shaya fragte sich, ob das Fehlen weiblicher Rundungen eine Eigenheit ihres Volkes oder den Härten des Lebens geschuldet war, das sie gewählt hatte.

Das Bad, groß genug für vier Erwachsene, war eine ovale Wanne, deren Wasser sich in ständiger Bewegung befand. Es kam warm aus mehreren Öffnungen und floss in anderen wieder ab. Der weißblaue, an die ruhigen Wellen eines sommerlichen Ozeans erinnernde Marmor machte es zu etwas Besonderem. Die Leuchtkugeln waren hier nicht in die Decke, sondern in kleine Wandnischen eingearbeitet. Dadurch sahen sie aus wie helle Luftblasen, die der Wasseroberfläche entgegenstrebten.

Leider roch Shayas Robe muffig, weil sie sie stets unter den dicken Wintersachen getragen hatte. Daran änderte auch ihr beherztes Ausschütteln nichts. Dennoch genoss sie es, das Orangerot leuchten zu sehen, als sie das Gewand anlegte, das die Traviakirche ihr geschenkt hatte.

»Die Wärme tut gut, oder?«, fragte sie.

»Die Kälte kriecht früher oder später in jedes Herz«, sagte Irulla mit dumpfer Stimme. »In toten Adern kreist kein warmes Blut.«

»Da hast du wohl recht.« Shaya fragte sich, wieso Irulla so besessen von Tod und Sterben war.

Während zwei der Spinnen ruhig auf der linken Schulter saßen, hockte die dritte auf dem ausrasierten Teil des Schädels und klopfte mit zwei langen Beinen auf die weißen Umrisse der Hautzeichnung.

»Was macht die da?«, fragte Shaya.

»Sie trommelt das Lied der Liebe.«

»Oh, wie schön!«

»Seit sie ihren Gemahl verspeist hat, ist sie einsam«, erklärte Irulla.

Shaya überlegte, ob sie wissen wollte, woher Irulla das wusste, und entschied sich, nicht zu fragen.

»Bald wird sie ihre Eier legen«, fuhr die Waldmenschenfrau fort, »und wenn ihre Kinder schlüpfen, wird sie selbst ihr Begrüßungsmahl sein. Oder sie frisst ihre Kinder, bevor sich die Kleinen von der Anstrengung, ins Leben gekrochen zu sein, erholt haben. Ich überlege, wozu ich ihr raten soll. Was meinst du dazu? Deine Göttin liebt doch die Familie. Sollen die Kinder für ihre Mutter sorgen, oder soll sie ihre Kleinen satt machen?«

»Viel Spaß noch im Bad!« Mit einem hoffentlich freundlichen Nicken floh Shaya vor der dunkelhäutigen Philosophin und ihren achtbeinigen Freundinnen, um die etwas lebenslustigere Gesellschaft der anderen Gefährten zu suchen.

Eichward vom Stein und Tjorne Warulfson schliffen im Nachbarraum ihre Klingen. Dieses Zimmer war bis auf eine Truhe leer. Das Möbelstück stand nun hochkant neben dem zweiten Durchgang, um es im Falle eines Angriffes umkippen und die Öffnung dadurch teilweise blockieren zu können.

»Ist deine Kette wieder heil?«, fragte Shaya freundlich.

»Ich habe zwar dicke Finger«, Tjorne grinste schief, »aber um ein Lederband zu verknoten, taugen sie noch.«

Offenbar versuchte er, die Beunruhigung zu verbergen, die ihn wegen der Geistererscheinung befallen hatte. Phileasson hatte den Gefährten davon berichtet, und nach kurzem Rat hatten sie beschlossen, in diesem Teil des Himmelsturms zu rasten. Hier konnten sie sich aufwärmen, und zugleich hoffte ihr Anführer, von den Raben oder weiteren Gespenstern Hinweise auf das Geheimnis des

Himmelsturms zu erhalten. Bei der Vorstellung, dem ruhelosen Geist eines vor Jahrtausenden Verstorbenen zu begegnen, war allerdings auch Shaya unwohl. Hatte sie vielleicht den Zorn dieser Wesenheiten erregt, weil sie die Toten im Ratssaal mit dem Segen der Zwölfgötter bedacht hatte, zu denen sie sicher nie gebetet hatten?

In der Bibliothek beklagten die beiden Gelehrten der Ottajasko, der Magier Tylstyr Hagridson und der Nandusgeweihte Vascal della Rescati, den immensen Verlust des Wissens.

»Diese Nager zeigen aber auch vor gar nichts Ehrfurcht!«, rief Tylstyr. »›Das ewige Licht – Zauber, die niemals vergehen‹! Was hätte man aus einem solchen Werk lernen können ...« Er zeigte auf die Leuchtkugeln. »Magie, die solcherlei erschafft!«

Vascal stöhnte, weil ein Buch zerbröselte, als er es aus dem Regal holte. Nur Fetzen, klein wie Silbermünzen, blieben von den Seiten.

Shaya hockte sich neben Vascal und half ihm, die erhalten gebliebenen Stücke behutsam aufzulesen. Es war ein hoffnungsloses Unterfangen.

»Ist das die Elfensprache?« Shaya zeigte auf die verschlungenen, ineinander verflochtenen Symbole, die mit grüner Tinte auf sandfarbenes Pergament gemalt waren.

»Asdharia, wenn wir uns nicht täuschen«, bestätigte Vascal.

»Ich dachte, das versteht nur Salarin?«

»Der Zauber ist als Xenographus bekannt«, antwortete Tylstyr an Vascals Stelle. »Damit hält Geschriebenes kein Geheimnis mehr. Leider wirkt er nicht auf gesprochene Worte.« Er wischte sich mit der flachen Hand über die Augen, wisperte ein paar Silben und musterte den nächsten Buchrücken. »›Die verborgenen Kräfte der Pflanzen‹. Ob das etwas für unsere Alchimisten gewesen wäre?«

Gleich drei Löcher im Buchdeckel kündeten von den Gängen, die Nager durch diesen Folianten gegraben hatten.

»Still!«, forderte Vascal. »Hört ihr das?«

Shaya lauschte mit angehaltenem Atem. »Da redet jemand«, flüsterte sie. »Vielleicht welche von uns?«

Vascal schüttelte den Kopf und zeigte auf den Durchgang, der zu den Kammern in Richtung der zentralen Wendeltreppe führte. »Dort ist keiner von uns.« Er zog den Degen.

Shayas Blick fiel auf seine Linke, mit der er die Scheide festhielt. Sie wusste, dass der kleine Finger an dieser Hand fehlte, aber wegen der Fäustlinge, die sie alle auf dem Eis ständig getragen hatten, war die Entstellung lange ihren Augen entzogen gewesen.

Ohne Wanderstab fühlte sich Shaya schutzlos. Sie sah sich um, fand jedoch zwischen den verfallenden Regalen nichts, das sich als Waffe geeignet hätte.

»Ich glaube, da kommt Beorn«, sagte Tylstyr. »Besser, du holst den Foggwulf.« Er zeigte auf den Durchgang, der zum Raum mit den Überresten der präparierten Tiere führte.

Tatsächlich fand Shaya Asleif Phileasson und Crottet zwischen den Podesten mit Fellen und Knochen, wo sie Vermutungen darüber anstellten, von welchen Arten die zerfressenen Trophäen stammten. Auf Shayas kurzen Bericht hin folgten sie ihr sofort.

Im Brunnenraum trafen sie auf Beorns Leute. Sie schwitzten in ihren dicken Pelzen. Einige tranken das frische Wasser, andere steckten die Silberpokale ein.

»Wir waren zuerst hier«, stellte Phileasson fest.

Beorn trug seinen Schild auf dem Rücken. Er schob den Bärenfellmantel zurück und umfasste den Griff des Schwerts mit der Linken. »Und wir nehmen zuerst, was uns in die Hände fällt.«

Die Rivalen starrten einander an.

»Hier ist genug Platz für uns alle!«, rief Shaya. »Wir haben sogar ein Bad entdeckt.«

»Oh, ein Bad!«, meinte Beorn in gespielter Euphorie. »Wir alle dürsten danach, uns endlich gründlich zu waschen.«

Kurz verengten sich Phileassons Augen zu Schlitzen. »Was habt ihr oberhalb des Ratssaals gefunden?«

Beorn neigte leicht die Stirn, wie ein Bulle, der im Begriff stand, auf seinen Gegner loszugehen. »Wenn du es wissen willst, kannst du selbst nachsehen. Jeder von uns löst das Rätsel dieses Ortes für sich allein.«

Aus dem Raum mit den wild wuchernden Büschen drang das Gekrächze der Raben herüber. Shaya glaubte das Wort »Ometheon« zu verstehen, aber Beorns Leute zeigten keine Reaktion.

»Dir wird es sicher nichts ausmachen, weiterzuziehen«, sagte Phileasson.

»Ebenso wenig wie dir, Asleif.« Beorn bleckte die Zähne, was wohl einem Grinsen entsprach. »Ich werde mich hier umsehen. Sicher gibt es noch mehr Plündergut, das ihr nicht gefunden habt. Und das Bad, das deine kleine Geweihte so anpreist, soll auch nicht ungenutzt bleiben.«

»Also gut«, presste Phileasson zwischen den Zähnen hervor. »Aber wir haben unser Lager hier aufgeschlagen, also beeilt euch.«

Spöttisch musterte Beorn die zerfressenen Teppiche an den Wänden. »Eigentlich erscheint es mir hier recht gemütlich. Ich denke, meine Leute können ebenfalls eine Rast gebrauchen.«

»Meinetwegen. Dann bleiben wir beide hier. Gib mir einen Moment, um meine Recken zu sammeln. Wenn ihr sie überrascht, könnte es sein, dass sie euch versehentlich wehtun.«

»Da wäre wohl eher das Umgekehrte zu befürchten, aber bitte.« Beorn winkte großzügig. »Sammle deine Kinder ein.«

Hinter ihm legten seine Leute die schwere Kleidung ab, wie es Phileassons Mannschaft auch in diesem Raum getan hatte. Eine Frau mit langem, dunklem Haar und einem schmalen Gesicht, das hier im Norden allmählich die Sonnenbräune zu verlieren schien, sah zu Shaya herüber.

Nein, nicht zu Shaya. Ihr Blick galt Tylstyr, der ihn erwiderte.

Shaya lächelte. Zuneigung blühte, Travia sei Dank, oft an den unwahrscheinlichsten Orten. »Kennt ihr euch aus Thorwal?«, fragte sie den Magier neugierig.

Der sah hastig zur Seite. »Nein. Sie sieht nur jemandem ähnlich, dem ich vor langer Zeit einmal begegnet bin.« Als er sich abwandte, wirkte es wie eine Flucht.

Shaya überlegte, ob sie ihm folgen und sich entschuldigen sollte, aber sie wusste nicht, was sie falsch gemacht hatte. Außerdem legte Lenya eine Hand auf ihre Schulter.

»Wie es scheint, haben wir ein wenig Zeit füreinander, Schwester«, sagte die andere Geweihte mit einem warmen Lächeln. »Wenn beide Ottajaskos hier lagern, können wir endlich mal wieder miteinander reden wie am Herdfeuer in Travias Haus.«

Tränen stiegen Shaya in die Augen, als sie Lenya umarmte. »Das wäre schön.«

Tatsächlich fanden sie einen ruhigen Ort, als die beiden Gruppen sich getrennt voneinander gesammelt hatten und die Drachenführer darum stritten, wer in welchem Raum lagern sollte. Shaya und Lenya richteten es sich zwischen großen Amphoren bequem ein, so weit das ging. Leider war es hier so kalt, dass sie doch wieder ihre Mäntel anlegen mussten. Aber als sie erst einmal zu plappern begannen, machte ihnen das ebenso wenig aus wie der Geruch nach ranzigem Öl.

Während Shaya von dem gewaltigen Sturm berichtete, in den sie vor Olport geraten waren, hatte sie den Eindruck, dass Lenya nicht nur gespannt lauschte, sondern auch gern etwas gesagt hätte, das sie jedoch verschwieg.

Dafür erzählte sie, wie Beorns Trupp auf dem Packeis die Nahrung knapp geworden war. »Ich habe sie als Fährtenleserin und Jägerin unterstützt«, gestand sie. »Denkst du, das ist gegen die Regeln?«

Shaya zog den Kopf zwischen die Schultern. »Ich rudere inzwischen sogar mit.«

»Was?«, rief Lenya erstaunt.

»Diese Ottajasko ist … sie ist wie eine Familie. Mutter Cunia hat doch auch gesagt, dass es so sein würde.«

Lenya nickte nachdenklich. Sie berichtete von Beorns Jagd auf die Schneeschrate und war erstaunt darüber, dass Phileasson mit dem Stamm der Hrm Hrm Freundschaft geschlossen hatte.

»Hast du die kleine Elfe gesehen, die mit uns reist?«, fragte Shaya.

»Wieso klein? Ich kenne eine Schwester, die darauf besteht, dass diese Körpergröße genau passend sei.« Sie zwinkerte ihr zu.

»Damit hat diese Schwester ganz recht«, meinte Shaya fest. »Jedenfalls heißt die Elfe Galandel. Auch sie hat den Himmelsturm gesucht, aber dreihundert Jahre bei den Schneeschraten gewartet, bis wir des Wegs gekommen sind.«

Ungläubig schüttelte Lenya den Kopf. »Seltsames Elfenvolk.«

»Aber so ist es! Sie hatte sogar einen Edelstein, der uns den Weg gewiesen hat.«

»Wie einer dieser Steine, die stets nach Süden zeigen?«

»Nein, er schickt einen Lichtfinger über den Himmel, seit wir ihn auf den Altar im Heiligtum …« Shaya zögerte, entschied aber, dass dieses Wissen Beorns Gruppe auch dann nichts nützen würde, wenn Lenya es versehentlich an sie weitergab. Also erzählte sie von der Nacht, die sie bei den Statuen der alten Elfengötter verbracht hatten.

Lenya berichtete im Gegenzug von einem verlassenen Grab im Eis, in dem ein Elfenfürst lag. Sie berichtete auch, dass der Himmelsturm sein erstes Opfer gefordert hatte. Hallar war tot. Darüber, wie es geschehen war, sagte sie jedoch nichts, und Shaya traute sich nicht, zu fragen. Sie reisten mit erbitterten Gegnern, und ab einem bestimmten Punkt blieben auch die Schwestern von dieser Rivalität nicht unberührt, das wurde ihr in diesem Moment schmerzlich bewusst.

Unangenehmes Schweigen breitete sich aus.

»Hat Phileasson eigentlich auch einen zweizahnigen Kopfschwänzler gefangen?«, fragte Lenya mit aufgesetzter Fröhlichkeit.

Shaya nickte. »Und zwar einen sehr großen«, verkündete sie stolz.

»Hoffen wir, dass die Knorren die Tiere wohlbehalten nach Thorwal bringen.«

Shaya runzelte die Stirn. »Was passiert eigentlich, wenn eins der Schiffe sinkt? Zählt die erste Aufgabe dann dennoch als gelöst?«

»Die Drachenführer haben ihren Auftrag erfüllt«, meinte Lenya. »Ich denke schon. Aber das wird am Ende Garhelt entscheiden. Wir können nur unsere Beobachtungen schildern.«

Sie redeten noch eine Weile über die Strapazen, denen sie sich gestellt hatten. Was sie über den Geist und die sprechenden Raben wusste, verschwieg Shaya jedoch ebenso, wie Lenya kein Wort über die Räume verlor, die Beorn oberhalb des Ratssaals erkundet hatte.

Fünfzehnte Ebene,
siebzehnter Tag im Goimond

»Na, weißer Recke, willst du deinen Helm nicht mal abnehmen, oder ist er dir hier drinnen an den Ohren festgewachsen?«

Galayne bedachte Ursa mit einem knappen Nicken. »Versucht die liebliche Maid mit dem weißen Ritter anzubandeln?«

Die Ottajasko brach in schallendes Gelächter aus. Selbst die stets so kühle Zidaine lächelte kurz. Die Mannschaft hatte ihre Decken ausgerollt und damit begonnen, es sich für die Nacht gemütlich zu machen.

»Ich hab noch nicht das Alter erreicht, in dem ich Männern mit weißem Haar nachstelle.«

Ursas Antwort kam spät. Man merkte ihr an, wie sehr sie darum gerungen hatte, schlagfertig zu wirken.

»Diese weißhaarige Elfe, die mit dem Foggwulf geht, wäre doch sicher etwas für dich. Wie heißt es? Gleich und Gleich gesellt sich gern. Wilde Küsse unter Silberhaarigen …« Sie gab einen obszön klingenden Schmatzer von sich. »Das ist doch sicher was für dich. Ich hab die Elfe vorhin in Richtung des verwilderten Gartens gehen sehen.« Ursa deutete auf den Durchgang zu ihrer Linken.

Galayne verbeugte sich übertrieben. »Sollte die werte Dame Ursa jemals erwägen, die Axt in eine Truhe zu legen und ein ruhigeres Leben zu führen, ahne ich, dass sie große Erfolge als Kupplerin feiern könnte.«

Iskir, der Jüngste unter den Recken, prustete los. Jetzt lachte sogar Beorn.

Ursa bedachte ihn mit einem hasserfüllten Blick. Er würde sie in Frieden lassen. Es war zu leicht, im Duell der Worte über sie zu triumphieren. Er sah ihr an, wie sie erneut um eine passende Antwort rang. Eigentlich war sie nicht auf den Mund gefallen, aber das hier lag ihr ganz offensichtlich nicht. Möglich, dass sie zu anderen Arten der Verständigung Zuflucht nähme, wenn er es übertriebe. Sie sprach gern mit der Axt. Wortlos wandte er sich ab.

Er trat tatsächlich in den Durchgang, der in Richtung des Gartens führte. Allerdings mehr, um die Ottajasko hinter sich zu lassen. Galandel … Er hatte ihren Namen erlauscht, als Phileassons Ottajasko über sie gesprochen hatte. Bei der Begegnung der beiden

Mannschaften hatte sie ihn angestarrt. Mehr noch als der andere Elf. Ahnte sie, was er war? Er hatte seinen Helm nicht abgenommen. Ihr Lied, die Melodie ihres Seins klang ungewöhnlich rein. Verlockend …

Galayne betrachtete die Wandgemälde im Tunnel, um auf andere Gedanken zu kommen. Das Bild unmittelbar vor ihm zeigte eine rothaarige Elfe, die selbstverloren auf einem Stein saß und auf einer Harfe spielte. Zu ihren Füßen saßen zwei blonde Schönlinge, die schmachtend zu ihr aufblickten.

Er riss sich von dem Anblick los, ging ein paar Schritt weiter, vermochte sich aber nicht dem Zauber der wunderbar ausgeführten Bilder zu entziehen. Es waren die besten Künstler des Elfenvolkes gewesen, die hierhergekommen waren. Hier und dort hatten irgendwelche Trottel mit halb verkohlten Ästen herumgeschmiert. Wie bedauerlich, dass Macht und Feinsinn so selten Hand in Hand gingen. Auch ihm fehlte die Anlage, ein Künstler zu sein. Er hatte Freude daran, das Schöne zu genießen, erschaffen konnte er es nicht.

Er bewunderte eine Badeszene, die bei einem Brunnen in einem Park angesiedelt war. Die Elfen lachten und sangen gemeinsam. Einige tranken Wein aus durchscheinenden Kristallgläsern. Sie alle waren nackt und wirkten dabei völlig ungezwungen. Dass sie in einem kargen Felsen, inmitten einer tödlichen Eiswüste feierten, schien sie nicht im Mindesten zu bedrücken.

Die Ahnung eines Liedes ließ ihn aufhorchen. Menschenohren wäre es sicher entgangen. Fast unhörbar schwang es in der Luft. Galayne war versucht, seinen Helm nun doch abzunehmen. Seine Linke fuhr zum Visier. Dann sank sie wieder hinab. Es wäre töricht, dieses unnötige Risiko einzugehen.

Galayne dachte zurück, an den Tag, an dem er Galandel zum ersten Mal gesehen hatten. Damals, als sie zu den Schneeschraten gekommen war, die er so lange aus der Ferne studiert hatte. Auch da hatte ihre köstliche Reinheit ihn verlockt. Nie zuvor war ihm eine solche Elfe begegnet. Er lächelte. Sie war eine unvergleichliche Melodie. Eine, wie sie nur einmal in Jahrhunderten erklang ... Vielleicht waren solche Gedanken ja sentimentaler Unsinn. Und doch hatten sie ihn damals dazu bewogen, Galandel unberührt zu lassen. Er hatte sich von der Insel der Schneeschrate zurückgezogen und seine einsame Wanderschaft begonnen.

Wieder fuhr seine Hand zum Helm, um das Visier zu öffnen. Die beiden Ottajaskos würden sich entweder aus dem Weg gehen oder einen offenen Kampf austragen. Einen Augenblick des Friedens, so wie jetzt, würde es so schnell nicht wieder geben. Erst recht nicht, wenn das Unausweichliche geschah und sie entdeckt wurden ... Galandel zu betrachten barg keine Gefahr.

Galayne lachte leise. Dieser Gedanke war Unsinn! Er sollte zurück zum Lager gehen, stattdessen trat er in den Garten.

Die wild wuchernden Büsche verwehrten ihm den Blick auf Galandel. Doch ihre Stimme war nun viel deutlicher zu hören. Sie sang ein Lied von Gemeinschaft und Verbundenheit. Es war in vollkommener Harmonie mit dem Lied, das ihr Wesen ausmachte. Sie musste sich seiner Anwesenheit bewusst sein. Sie lud ihn ein! Voller Unschuld ... Neugierig, ihn kennenzulernen.

Er vermisste den Anblick elfischer Anmut. Menschen waren in allem, was sie taten, so entsetzlich plump. Manchmal war es eine Qual, ihnen auch nur zuzusehen. Ein kurzer Blick auf Galandel wäre wie eine Rose inmitten halb verdorrter Dornenzweige. Ein Labsal für die Sinne ...

Behutsam schob er das Gestrüpp zur Seite, darauf bedacht, kein Geräusch zu verursachen und nicht in das Blickfeld der Elfe zu geraten.

Endlich sah er sie. Galandel saß auf einer steinernen Bank

inmitten des Grüns. Hinter ihr erhob sich ein Baum, dessen Krone sich unter das Gewölbe des Gartens duckte. Dutzende Raben saßen in seinem Geäst. Schweigend. Sie betrachteten die Elfe, als seien sie in einem Bannzauber gefangen.

Galandel hatte den Kopf leicht geneigt und kämmte ihr langes, silberweißes Haar. Dabei sang sie.

Wieder dachte Galayne daran, wie er sie bei den Schneeschraten gesehen hatte. Er überschlug, wie viel Zeit seitdem vergangen sein mochte und war überrascht. Das Leben der Elfe zählte bereits nach Jahrhunderten, was selten war, und dennoch schien ihr Sikaryan, ihre Lebensessenz, noch von jugendlicher Kraft zu sein. So klein und zierlich wie sie war, verkörperte sie in jedem Aspekt ihres Seins die vollkommene Antithese zu den grobschlächtigen Schneeschraten. Wie hatte sie so lange Zeit unter den Bewohnern der großen Felsinsel leben können? War es gerade dieser Gegensatz gewesen, der ihrem Leben Harmonie verliehen hatte?

Galandel beendete ihr Lied und sah auf. Sie blickte in seine Richtung. »Willst du nicht zu mir kommen? Gemeinsam könnten wir deinem Lied von Melancholie und Einsamkeit eine neue Melodie schenken.«

Er war Geschöpfen der Dunkelheit begegnet und hatte ihren Verlockungen widerstanden, doch ihre Reinheit, vervollkommnet in den Jahren fern von Falschheit und Intrigen, war für ihn von solch bezwingender Macht, dass Galayne aus dem Gebüsch trat und sich neben sie auf die Bank setzte.

Wortlos sahen sie einander an, lauschten auf die Melodie des anderen, und als Galandel die Hände hob und sein Visier öffnete, widersetzte er sich nicht. Nicht einmal, als ihre schlanken Finger nach dem Kinnriemen tasteten und die Schnalle lösten. Ihre Berührung war angenehm warm. Sein Mund wurde staubtrocken …

Galandel hob den Helm von seinem Kopf. »Sind wir uns schon einmal begegnet? Dein Lied ... Etwas daran erscheint mir vertraut. Ich habe es gehört, als ich zu den Schneeschraten kam. Deine Traurigkeit und deine Angst haben mein Herz berührt. Ich bin auch deshalb bei den Schraten geblieben, weil ich hoffte, dir noch einmal zu begegnen. Das verstehe ich jetzt.«

»Ich kenne keine Angst.« Kaum waren die Worte über seine Lippen, da ärgerte er sich. Er kam sich so unbedarft und plump vor, wie Ursa eben gewesen war.

»Ich weiß, du fürchtest dich vor nichts ... außer vor dir selbst.« Galandel strich ihm sanft über die Wange.

Er vermied es, ihr in die Augen zu sehen, rang um die Distanz. Sie allein vermochte ihn vor dem zu bewahren, wonach er sich so sehr sehnte.

»Ich spüre deine Dunkelheit, deine Fremdheit. Du bist wie kein Elf, dem ich je begegnet bin. Doch du bist nicht böse. Warum folgst du einem Menschen wie Beorn?«

Die Frage ärgerte ihn. »Auch Beorn ist nicht böse. Er ist ein harter Mann. Er weiß, was er will und auf dem Weg zu seinem Ziel räumt er alles zur Seite, was ihm im Weg steht. Würdest du lange genug mit Phileasson reisen, könntest du diesen Zug gewiss auch an ihm entdecken. Anführer müssen so sein.«

»Das glaube ich nicht. Nimm die Schneeschrate als Beispiel. Sie sind völlig anders. Ihre Anführer ...«

»Wir reden über Menschen, nicht über Schneeschrate!«, erwiderte er in einer Heftigkeit, die er sofort bereute. Verzweifelt suchte er nach ein paar leichten Worten, die diesen Ausbruch kaschieren konnten.

Schweigen klaffte wie ein tiefer Graben zwischen ihnen. Er hatte sie verletzt. Nun spürte er, wie ihre Melodie sich veränderte. Aus Offenherzigkeit wurde Verwunderung, die sich mit der immer bedrückender werdenden Stille langsam in Misstrauen verwandelte.

Galayne ergriff ihre Hand. »Ich bitte um Verzeihung. Zu lange schon lebe ich unter Menschen. Meine Umgangsformen haben gelitten ...« Er hätte sich seine Zunge abbeißen mögen. Billige Ausflüchte! Sie hatte unter Schraten gelebt und ihr Feingefühl nicht eingebüßt!

Galandel wollte ihre Hand zurückziehen, doch er hielt sie nur um so fester. Nun blickte er ihr doch in die Augen und er sah, wie sich ihre Pupillen weiteten und tief im Schwarz ihrer Augen ein Grauen aufstieg, das wie ein Dolch aus Eis in sein Herz stieß. Sie hatte erkannt, was er war!

Entschlossen beugte er sich vor. Seine Lippen berührten die ihren.

Sie bäumte sich nicht auf. Sie gab sich hin. Versuchte sie selbst jetzt noch, die Dunkelheit in ihm mit ihrem Licht zu erhellen?

Der Kuss war ein lang vermisster Rausch. Es kostete ihn Mühe, wieder von ihr abzulassen. Von dieser nie gekannten Reinheit ...

Als sich ihre Lippen lösten, wirkte Galandel verändert. Ihre Augenlider waren schwer. Sie wirkte schläfrig. Und sie schwieg. Kein Wort des Vorwurfs. Nicht einmal Bedauern. Sie hatte gewusst, worum es ging, und es zugelassen.

Galayne schluckte. Er hätte nicht hierher kommen dürfen. Und nun, da das Unglück geschehen war, durfte sie auf gar keinen Fall ihren Gefährten davon berichten. Sein Geheimnis musste gewahrt bleiben!

Er spürte, sie verachtete ihn nicht. Ihr schläfriger Blick ruhte noch immer auf ihm. Sie bereute es nicht. Das war eine neue Erfahrung für Galayne. So war es noch nie gewesen ... Und doch durfte er es nicht dulden! Nicht so kurz vor dem Ziel!

Er wisperte die Melodie des Zwangs. Den Zauber, der ihre Erinnerungen seinem Willen unterwerfen würde. Und erneut widersetzte sie sich ihm nicht.

»Wir haben uns nicht geküsst«, sagte er leise und eindringlich. Galandel nickte.

»Wir sind uns niemals in diesem Garten begegnet.« Er stockte. »Du warst allein mit den Raben und du wirst mich in Zukunft meiden und nicht über mich sprechen.«

Wieder nickte die Elfe.

Galayne wandte sich ab. Das Gebüsch griff mit dürrem Geäst nach ihm, als er so eilig davoneilte, als sei er auf der Flucht.

Als er den Gang erreichte, setzte er seinen Helm auf. Niemand sollte sein Antlitz sehen, denn Galayne fürchtete, das es ein Spiegel seines aufgewühlten Gemüts sein könnte.

Er war gekräftigt und zugleich, tief in seinem Innersten, verwundet. Er hatte das Kostbarste ausgelöscht, das ihm in seinem Leben je begegnet war. Die Zuneigung einer Elfe, die um sein Geheimnis wusste und doch nicht vor ihm zurückgeschreckt war.

Fünfzehnte Ebene,
siebzehnter Tag im Goimond

Gedankenverloren folgte Tylstyr Hagridson den geometrischen Mustern, die den Boden des mittelgroßen, leeren Zimmers bedeckten. Er saß an der weiß getünchten Wand neben dem Durchgang zu dem Raum, in dem die Geistererscheinung Phileasson und die Elfen überrascht hatte. Das Schnarchen verriet, dass dort nun die gesamte Ottajasko schlief. Alle außer Tylstyr.

Die unentwirrbaren Linien – mal kantig, mal geschwungen, mal wellenförmig – tauchten untereinander durch, hoben sich übereinander, verbanden und trennten sich. Vielleicht war es sogar nur eine einzige endlose Linie, wie bei einem Kreis oder dem Geflecht, das die Tätowierung des Magiersiegels in seiner linken Handfläche begrenzte. Jedenfalls hatte Tylstyr noch keinen Anfang und kein Ende gefunden. Der geniale Maler hatte die Illusion räumlicher Tiefe erzeugt, obwohl das Muster auf einen vollkommen flachen Untergrund aufgetragen war. Mehr noch, die Linien bildeten unmögliche Winkel, die das Auge narrten, und wenn man einen Bereich eine Zeit lang fixierte, schienen sich die anderen zu verschieben. Doch das taten sie gewiss nicht. Es war nur eine Täuschung, beruhigte er sich.

Tylstyr drehte den zerbrochenen Tontiegel in den Händen. Er hatte ihn in einem kleinen, an den überwucherten Garten anschließenden Laboratorium gefunden, wo er zu den besterhaltenen Gegenständen gezählt hatte. Sein Xenographus hatte ihm für einen Augenblick die Bedeutung der in die blaue Glasur gebrannten Inschrift offenbart, die jetzt wieder nur eine Ansammlung geschwungener Linien für ihn war.

»Ometheon«, murmelte er.

War auch dieser Name nur eine Täuschung?

Aber wer war dann der Täuscher?

All diese Rätsel! Auf dieser Fahrt schienen sie sich wie boshafte Dämonen auf Tylstyrs Schultern zu hocken und dort festzukrallen.

Wäre Meister Eddrik jetzt hier gewesen, hätte er Tylstyr mit Schalk in den Augen ermahnt, dass es eigentlich nur das neu gewonnene *Wissen* um die ungelösten Rätsel war, das ihn niederdrückte. Gegeben hatte es sie schon immer. Wäre er sich ihrer nicht bewusst geworden, würde er genauso ruhig schlafen wie seine Gefährten nebenan. Tylstyr vermisste seinen Tutor, der in die Wüste Khôm aufgebrochen und nie zurückgekehrt war. Sein scharfer Verstand wäre jetzt unendlich kostbar gewesen.

»Ometheon.«

Der von Spektabilität Cellyana verehrte Begründer der Magierphilosophie. Hatte sie nicht gelehrt, dass erst seine Thesen die Zauberei von den Ketten der Obrigkeitshörigkeit befreit hätten? Dass erst durch seine Denkweise die Forschung und Klassifikation arkaner Formeln möglich geworden sei?

Tylstyr war unsicher. Ometheon war kein großes Thema an der Akademie gewesen, zumindest nicht, als Tylstyr noch dort studiert hatte. Er hatte Cellyana kaum als Lehrerin erlebt. Sie war erst in seinem letzten Jahr an die Schule der Hellsicht gekommen.

»Ometheon.«

Hatte der Tiegel einem anderen Elfen dieses Namens gehört? Oder stand der Begriff für den Himmelsturm, wie er in der Saga genannt wurde?

Schweiß brannte in Tylstyrs Augen. Statt ihn abzuwischen, fuhr er mit dem Blick weiter das Muster im Fußboden ab. Er hatte das Gefühl, selbst darin einzusinken und auf den Linien zu wandern wie auf Wegen. Als wäre er eine Fliege.

Vermutete er einen Unterschied, wo es keinen gab? Waren der Himmelsturm und der Magierphilosoph vielleicht auf einer anderen Ebene – dort, wo die astralen Kräfte zwischen Willen und Wirklichkeit atmen – ein und dasselbe?

Solche Gedanken vertraten einige, die sich über ein langes Leben hinweg den magischen Studien verschrieben hatten. Manche der jungen Magier glaubten, diese Alten seien so vergeistigt, dass Menschen, die noch zu sehr im greifbaren Sein verhaftet waren, ihnen nicht mehr folgen könnten. Andere vermuteten, die häufige Reise in fremde Realitäten habe den Verstand dieser Philosophen ausgezehrt. Meister Eddrik hatte nichts von ihnen gehalten. Ihm galten sie als Faulpelze, die sich in Mystizismus flüchteten, statt die Tatsachen zu betrachten und logische Schlüsse zu ziehen.

War Tylstyrs Geist dabei, sich in Überlegungen zu verlieren, die keine Lösung hatten? Immer wieder kehrte er zu den gleichen Fragen zurück, so wie das Bodenmuster stets in sich gefangen blieb, ohne den Weg durch einen der beiden Ausgänge aus dem Raum hinaus zu finden.

Was war mit den auf immer verlorenen Büchern aus der Bibliothek? Die lächerlich kleinen Bruchstücke, die er mit dem Xenographus hatte erfassen können, bevor der mit der Erschöpfung der magischen Kräfte einhergehende Kopfschmerz ihn zum Abbruch gezwungen hatte, offenbarten eine elfische Repräsentation der Zauber. Nicht nur Wortfolgen und Gesten waren notiert, sondern auch und vor allem Melodien. Unvollständig, wie man es von den Elfen kannte, weil sich bei ihnen bestimmte Silben mit spezifischen Tönen verbanden, sodass diese Verknüpfung für elfische Leser keiner Erwähnung bedurfte.

Aber mehr, als dass es sich um elfische und allem Anschein nach uralte Formeln handelte, vermochte Tylstyr nicht zu sagen. Wäre Cellyana zufrieden mit ihm, wenn er nur diese dürftige Erkenntnis in das Buch schriebe, das sie ihm mitgegeben hatte?

Er dachte an seinen Abschied von der Spektabilität. Sie hatte einen Goldring mit einer geflügelten Sonne getragen, dem Symbol der Magierphilosophie.

Und wieder schloss sich der Kreis. Hatten seine Gedanken nur den Ausweg übersehen, der auf eine neue Ebene der Erkenntnis führte?

Er hörte ein Geräusch, das nicht zum Schnarchen der Kameraden passte. Ein helles Lachen.

Tylstyr wischte sich nun doch den Schweiß von der Stirn.

Konnte es sich um eine Geistererscheinung handeln? Die Möglichkeit, durch ein jenseitiges Wesen weitere Informationen über den Himmelsturm zu erhalten, war vermutlich Phileassons Grund für die Wahl des Raumes gewesen, in dem sie lagerten. Einigen

Gefährten war unwohl dabei, aber schließlich gab es immer eine Wache, und gemeinsam hatte man einem Gespenst mehr entgegenzusetzen als allein.

Tylstyr stützte sich auf den Zauberstab und stand auf. Er wollte sich gerade zurück zu seiner Ottajasko begeben, als er abermals das Lachen hörte, begleitet von einem Grunzen. Es kam aus der anderen Richtung. Er erinnerte sich, dass sich dort ein Raum mit einem gewaltigen Bett befand. Jenseits davon lag das Bad, das man nach einigem Streit Beorn überlassen hatte.

Mit gerunzelter Stirn ging Tylstyr durch den kurzen Verbindungsgang. Wieder hörte er Gelächter, diesmal aber auch eine tiefe Stimme, wenngleich die Worte unverständlich blieben.

Die Leuchtkugeln verloren seit einer Stunde an Strahlkraft. Tylstyrs Untersuchung belegte, dass ihre astrale Matrix unverändert stark war, also verminderten und erhöhten sie die Helligkeit wohl, um Dämmerung, Tag und Nacht nachzuahmen.

Im Raum mit dem Bett brannten Dutzende Kerzen. Das Licht glich dem Feuerschein in einem Langhaus. Warm leckte es über die Haut der Frau, die sich den Blicken eines kräftigen Mannes darbot.

Sie war es.

Zidaine, die Frau, die möglicherweise die Rächerin war, drehte sich um die eigene Achse. Das hauchfeine Gewand, das sie offenbar der Truhe neben dem Bett entnommen hatte, umspielte sie wie ein Vogelschwarm eine Baumkrone, in der er sich niederlassen wollte. Es war hellblau, wie klares Wasser, und kam den Kerzenflammen gefährlich nah. Die Rundungen von Zidaines schlankem, hellem Körper waren zu erahnen wie Schatten auf einer Sommerwiese.

»Gefällt dir dieses?«, fragte sie. Einige ähnliche Gewänder lagen auf der zernagten Matratze.

Tylstyr hatte den rothaarigen Mann in Beorns Ottajasko gesehen.

Da er nur eine Weste, aber kein Hemd trug, waren seine kräftigen Arme gut zu erkennen. Sicher war er ein geübter Ruderer. Er grunzte beifällig und nickte.

»Oder ist es so besser?«, neckte die Schönheit und ließ eine Schlaufe von ihrer Schulter gleiten. Die linke Brust lag jetzt frei, rund und voll und so groß, dass sie Tylstyrs Hand gut ausgefüllt hätte.

Er schluckte. Unwillkürlich stellte er sich vor, wie die Knospen der Frau zwischen seinen Lippen erhärteten. Sein Glied regte sich.

Der Mann wischte sich über den Mund. Auch er erlag der elfenhaften Ausstrahlung.

Sie kicherte. »Na komm, Eimnir! Nimm dir, was du begehrst.«

Seine starken Hände griffen sie und drückten sie in die Kleider auf dem Bett.

Sie lachte. »Ich will deine Kraft spüren!«

Tylstyrs Finger krampften sich so fest um den Tiegel mit Ometheons Namen, dass der Ton knackte. War Zidaine wirklich das Mädchen von damals? Oder hatte er sich getäuscht?

Wieder ein Rätsel.

Er wandte sich ab und lehnte sich an die Wand des vom hereinfallenden Kerzenschein nur spärlich erleuchteten Gangs. Er wollte die Hände an die Ohren pressen, um das Stöhnen auszuschließen, das von den beiden herüberdrang, aber er war gelähmt von den Bildern in seinem Kopf. Es gelang ihm nicht, die Vorstellung von dem grobschlächtigen Kerl zu vertreiben, wie er den jungen Frauenkörper betatschte und auf diese vollkommenen Brüste sabberte. Darüber schob sich die Erinnerung an Stainakr vor zehn Jahren. An das Mädchen, das der Gewalt von Tylstyrs Freunden ausgeliefert gewesen war. Tylstyrs Albträume verstärkten die damaligen Geschehnisse bis in die Gegenwart. In ihnen hörte er das Schluchzen und Schreien, das Betteln des Mädchens und das Lachen der Jungmannen, die sich mitleidlos an ihrer Beute freuten.

War diese Frau, die die Stärke des Mannes spüren wollte, dessen primitive Geilheit einem brunftigen Auerochsen glich, wirklich das Mädchen von damals? Die Pein in seinem Herzen sagte ihm das. Aber was war mit seinem Verstand? Konnte es tatsächlich so sein?

Zufälle! Zufälle!

Sein Kopf schmerzte. Wo war die Geistesschärfe, die Magister Eddrik ihn gelehrt hatte, wenn er sie brauchte?

Er hörte ein rhythmisches Knarren, begleitet von unterdrückten Lustschreien. Es fühlte sich an, als sei sein Schädel in einen Schraubstock gespannt, der immer enger gedreht wurde.

Tylstyr hielt es nicht länger aus. Er schleuderte den Tiegel in den Raum, wo er mit lautem Klirren zersprang, wirbelte herum und rannte zurück.

Auf dem verschlungenen Bodenmuster verharrte er und rang nach Luft. Vergeblich versuchte er, den rasenden Herzschlag zu beruhigen. Stattdessen wurde das Pochen in seiner Brust immer schneller. Das Blut rauschte in den Ohren wie ein Sturmwind. Er wollte etwas zerstören, etwas zerschlagen, als könne er dadurch eine Palisade durchbrechen, hinter der das einfache Leben lag, das er vor dieser Fahrt geführt hatte.

Kalt legte sich eine Klinge seitlich an seinen Hals.

Tylstyr erstarrte.

»Du beobachtest mich schon lange«, sagte die Stimme der Frau hinter ihm. »Du schaust wohl gern zu? Oder bereust du, dass du im Tal der Donnerwanderer deine Möglichkeiten ungenutzt gelassen hast?«

Vorsichtig drehte sich Tylstyr um. Der schlanke Dolch folgte ihm. Ein kunstvoll gearbeiteter Korb aus sich windenden Bronzeschlangen schützte Zidaines Hand.

Schweiß glänzte auf ihrem nackten Oberkörper, das halb ausgezogene Gewand lag jetzt wie ein mehrschichtiger Rock um ihre Hüften. Er konnte den Blick nicht von den hellen Brüsten mit den hellbraunen Knospen lösen.

Zidaine lächelte, beließ die Waffe aber an ihrem Platz. »Wenn du dich ruhig verhalten hättest, wärst du unbemerkt geblieben.« Ein schneller Schnitt konnte die Halsschlagader durchtrennen. »Was willst du von mir?«

Er zwang sich, in ihre Augen zu sehen. Sie gehörten einer Frau, die wusste, was sie vom Leben erwartete und wie man sich nahm, was man wollte. Aber schwammen nicht auch Fragen in diesen dunkelgrünen Juwelen? Vielleicht nicht an der Oberfläche, aber in der Tiefe?

»Du bist ...«, setzte er an.

Ihr Lächeln wurde breiter. Hinter ihr schnaufte der kräftige Kerl, traute sich aber wohl nicht, den weißen Raum mit den verwirrenden Linien zu betreten.

»Was?«, fragte sie. »Ein Stück hübsches Fleisch?«

Sein Herzschlag setzte aus. Hatte sich seine Furcht oder seine Hoffnung erfüllt? Oder beides zugleich?

»Wieso beobachtest du mich?«, fragte sie.

»Gibt es etwas Schöneres?« Die Worte verließen seinen Mund, ohne vorher in seinem Verstand gewesen zu sein.

Kalt wanderte die Dolchklinge über seinen Hals.

Nein, nicht der Hals war Zidaines Ziel ...

Sie angelte nach der Kette aus aufgefädelten Möwenknöchelchen und zog den Schmuck unter dem Kragen hervor. »Bestimmt nützlich«, sagte sie.

Tylstyrs Herz dröhnte in der Brust. Alle Jungmannen Stainakrs hatten diese Ketten getragen! Sie waren auf Möwenjagd gegangen, nachdem die Vögel Stig von einer Klippe stürzen ließen. Stig hatte seitdem gehumpelt, und die Knochen, inzwischen mit kleinen

Runen verziert, waren Zeichen der triumphalen Rache der Jungmannen. Selbst Tylstyr trug sie noch, obwohl er ansonsten mit Stainakr gebrochen hatte.

»Wieso findest du sie nützlich?« Tylstyrs Stimme kratzte im Hals. »Weil man dadurch atmen kann?«

Bei Eigil und Atagord hatte man ein solches Knöchelchen in der Kehle gefunden. Bei Stig war Tylstyr unsicher. Laut Tjornes Bericht hatte er gefesselt in einem Boot auf dem Meer getrieben, aufgefressen von Krebsen, wie die beiden anderen.

Zidaine hob eine Braue. »Ich stelle es mir schwierig vor, dadurch zu atmen. So ein Röhrchen ist eng. Willst du dich unter Wasser verbergen, wie Kinder es mit Schilfrohr machen? Dafür ist es zu kurz.«

Hatte sie vielleicht doch nichts mit alldem zu tun? Steigerte sich Tylstyr in einen Wahn, wenn er sie für die Rächerin hielt?

»Man muss die Ruhe bewahren«, fuhr Zidaine fort. »Sonst braucht man zu viel Luft. Unendliche Geduld ist unverzichtbar, um …«

»Genug von Geduld geschwatzt!«, rief Tjorne Warulfson in Tylstyrs Rücken. »Mir missfällt, wenn jemand meinem Freund eine Klinge an den Hals hält!«

Einen Moment noch zögerte Zidaine. Sah sie die Kette aus Möwenknochen, die Tjorne trug?

Dann zischte ihr Dolch durch die Luft, als pariere sie damit einen Angriff. »Hattest du Freude an dem, was du gesehen hast?« Sie senkte die Waffe.

Tylstyr trat einen Schritt zurück. Unwillkürlich glitt sein Blick über ihre festen Brüste. Zidaine war nicht übermäßig muskulös, aber die Arme und der flache Bauch verrieten die Kraft einer Ruderin. Anders als Irulla hatte die Schöne Göttin sie dennoch mit weiblichen Rundungen gesegnet.

Der kräftige Kerl kam in den Raum. Die roten Augenbrauen hatte er verärgert zusammengezogen.

»Könnt ihr keinen Frieden halten?«, knurrte Asleif Phileasson, der nun ebenfalls zu ihnen stieß.

»Niemand ist verletzt«, sagte Zidaine, ohne den Blick von Tylstyr zu nehmen.

»So ist es«, stimmte Tylstyr zu. »Mir geht es gut.« Er fragte sich, ob das zutraf. Jedenfalls hatte Zidaines spitze Klinge seine Haut nicht geritzt.

Das Krächzen streitender Raben hallte von den Wänden wider.

»Wir haben ohnehin lange genug gerastet«, murrte Phileasson. »Wir brechen auf.«

4 EINE FREMDE WELT

*Vierzehnte Ebene,
siebzehnter Tag im Goimond*

»Wir brauchen Licht«, sagte Asleif Phileasson.

Die winzige Flamme über Shayas Hand war ein Trost für die Recken, aber ihr Schein erstreckte sich nicht weiter als bei einer Kerze.

Das Strahlen der letzten leuchtenden Stufe reichten gerade noch um die Windung der Wendeltreppe und entlockte dem Dunkel ein Wandgemälde, das Elfen zeigte, die mit Dreizacken tauchend fette Dorsche jagten. Wo die Gefährten jetzt standen, war der Boden schwarz, glatt und metallisch hart, sodass die Nieten unter den Sohlen von Ohms Stiefeln darauf klackten. Voraus lag die Finsternis, in die ein Rabe eingetaucht war, der sie aus dem überwucherten Garten hinausbegleitet hatte.

Tylstyr Hagridsons Zauberstab wurde zu einer Fackel. Der Kopf des Magiers zuckte zurück, als überraschte ihn die Wut der emporlodernden Flammen. Der Feuerschein spiegelte sich nicht nur auf den Stufen, sondern auch an den gewölbten Wänden.

Phileasson strich mit der inzwischen wieder von einem Fäustling überzogenen Hand über das dunkle Material. Er klopfte dagegen. Es klang zu dumpf für Metall. Vielleicht Stein, der auch nach so langer Zeit noch ungewöhnlich glatt poliert war?

»Weiter!«, forderte Phileasson.

Die Wandöffnung sahen sie erst, als sie sie erreichten. Wie beim Palast weiter oben zierte auch sie ein Symbol über der Spitze eines Torbogens. Tylstyr hielt das brennende Ende des Zauberstabs vor das Bildnis. Es war dermaßen verwittert, dass man es für einen Wal, einen trächtigen Drachen oder einen Libellenflügel halten konnte.

»Hat jemand gesehen, ob der Rabe diesen Ausgang genommen hat?«, fragte Phileasson. »Oder ist er der Treppe abwärts gefolgt?«

Niemand antwortete. Phileasson führte seine Ottajasko durch das Portal.

Er hatte einen kurzen Gang vermutet, wie beim Palast und am Kopf der Treppe im Ratssaal. Stattdessen öffnete sich ein weiter leerer Raum. Die gewölbte Wand warf das Licht von Tylstyrs magischer Fackel mehrfach zurück. Es verschmierte zu einem waagerechten, schimmernden Band, aber auch an der Decke spiegelten sich die Flammen.

Mit Gesten brachte Phileasson die Recken dazu, aufzufächern. Tylstyr nahmen sie in die Mitte. Irulla erreichte die Wand zuerst.

»Sie ist gebogen«, meldete sie. »Auch nach oben hin.«

»Eine Halbkugel«, flüsterte Vascal della Rescati. »Durchbohrt von der Wendeltreppe wie ein Apfel, den man auf einen Zweig steckt.«

Tatsächlich zog sich der Raum in ebenmäßiger Breite um die Säule, in der sich die Treppenstufen befanden. Das Echo der Schritte hallte an diesem verlassenen Ort ebenso wie das Klacken der Stäbe von Tylstyr, Galandel und Shaya.

Den Raben sahen sie nicht. Sein Krächzen drang aus dem zur Treppe führenden Durchgang.

»Er verspottet uns«, meinte Tjorne Warulfson.

»Ist das so?«, fragte Ohm Follker. »Was sagt er denn?«

»Da musst du andere fragen«, gab Tjorne zurück. »Ich verstehe diese Elfensprache schon dann nicht, wenn die Spitzohren sie benutzen. Noch viel weniger, wenn sie aus einem Vogelschnabel kommt.«

»Dieses Problem haben wir erst, seit es darum geht, das Rätsel Ometheons zu lösen«, sagte Ohm. »Seltsam, nicht?«

»Wenn du etwas zu sagen hast, dann sprich offen!«, forderte Phileasson.

Sein Freund spie aus. »Wirkt Vascals Wunder wirklich nicht? Oder sollte es misslingen?«

Der Genannte stand so weit von der Fackel entfernt, dass sein Gesicht im Dunkel lag. »Nie hat Nandus seine Gnade auf diese Weise verwehrt.«

»Vielleicht will ein anderer als Nandus verhindern, dass wir im Himmelsturm triumphieren.« Ohms Rechte strich über den Griff eines der Dolche, die er in einem Gurt über seinem Oberkörper trug.

»Da ist etwas!«, rief Tjorne. »Ein Licht, das sich im Fels bewegt!«

Phileasson sah es auch. Das war nicht die Spiegelung von Tylstyrs Fackel. Im Inneren des dunklen Felsens, aus dem die Kammer geschlagen war, zog ein grünlich weißes Glimmen seine Bahn. Als es größer wurde, teilte es sich in zwei Leuchtbälle, die den Durchmesser von Leomaras Fäusten haben mochten.

Einige Gefährten fassten ihre Waffen, während sie beobachteten, wie die Leuchterscheinung absank gleich brennendem Laub in windstiller Nacht.

»Hranngars Blendwerk!«, rief Ohm, als die Lichter nun im Boden ihren Weg fortsetzten.

Unter den Füßen der Gefährten schrumpften sie. Ein Schatten zog über sie hinweg, dann waren sie verschwunden.

Vascal kniete auf dem Boden, den er mit bloßen Händen betastete. »Er ist kalt, aber Wasser würde hier nicht frieren«, meinte er. »Und glatt wie Eis.«

»Auch im Eis gibt es keine solchen Lichter«, meinte Crottet. »Es sei denn, Geister wohnen in ihm.«

»Als das Gespenst erschien, war auch niemand zugegen, der uns allen die Verständigung ermöglicht hätte«, sagte Ohm. Er musterte Vascal mit offenkundiger Feindseligkeit.

Phileasson legte seinen Rucksack ab. »Es ist an der Zeit für eine offene Unterredung. Eigentlich wollte ich unsere Rast dafür nutzen, aber Beorn kam uns dazwischen. Irulla, Eichward – ich will, dass ihr auf der Wendeltreppe Posten bezieht, oben und unten. Wenn sich jemand nähert, gebt ihr Bescheid.«

»Ich werde den Tod zu euch führen, wenn er aus der Finsternis heraufsteigt«, kündigte die Spinnenfrau an.

Gemeinsam mit dem Ritter entfernte sie sich.

Die anderen nutzten die Gelegenheit, ihre warme Kleidung zu komplettieren. Einige Schals und Überzieher waren noch in den Rucksäcken geblieben, weil man auf einen weiteren geheizten Bereich gehofft hatte. Nun malte der Atem jedoch wieder Wolken in die Luft.

»Mir ist selbst ein Rätsel, warum Nandus' Segen bei den Vögeln versagt«, beteuerte Vascal. »Immerhin können auch wir uns ohne Schwierigkeit unterhalten. Als ich das Wunder erbat, waren wir alle zugegen, und so sollte es sich auf jeden von uns erstrecken, bis draußen die Sonne versinkt. Aber das müsste ebenso für die Raben gelten. Vielleicht wüsste einer meiner Brüder Rat, aber der nächste dürfte weiter als tausend Meilen entfernt sein.«

Phileasson setzte sich auf seinen Rucksack und wartete, bis die Gefährten es ihm nachtaten. Tylstyr hielt den Zauberstab schräg, sodass alle einander sehen konnten.

»Ich habe keinen Grund, an deinen Worten zu zweifeln, Vascal«, sagte Phileasson. »Aber uns sind noch mehr Seltsamkeiten untergekommen, die ich mit euch besprechen will. Was war das für ein Gespenst, Salarin? Offenbar hat der Verstorbene dich erkannt.«

»Ich kenne den Mann nicht«, antwortete der Elf. »Sein Gewand allerdings ...«

»Was ist damit?«

»Es kommt mir vertraut vor. Als hätte ich einmal Ähnliches getragen.«

»Sicher nicht bei der Goldregenglanzsippe«, warf Galandel Mutter-der-Schrate mit müder Stimme ein. »Es sei denn, die Mode hätte sich dort sehr gewandelt.«

»Das hat sie nicht«, sagte Salarin.

»Und du hast vergessen, wo oder zu welchem Anlass du so etwas angelegt haben könntest?«, fragte Phileasson.

»Es ist, als läge die Melodie dieser Erinnerung in mir verborgen. Wenn ich danach greife, entzieht sie sich mir. Als wollte man die Töne einer Flöte mit den Händen festhalten.«

Ohm Follker räusperte sich. »Salarin ist nicht der Einzige, der an einem Loch in seinem Gedächtnis leidet. Was ist mit seinem neuen Freund?«

Phileasson erkannte, dass das Misstrauen schon eine Weile im Skalden nagte. »Wen meinst du?«

»Jemand hat ihn zu Beginn unserer Reise gemieden.« Ohm sah Tylstyr an. »In Olport noch wollte unser Magier dich bitten, ihn aus der Ottajasko zu entlassen. Er fühlte sich durch den Elfen zurückgesetzt. Jetzt sind die beiden unzertrennlich.«

»Sprich offen oder schweig!«, forderte Phileasson.

»Erkennt ihr denn nicht, wie Tylstyr ins Grübeln gerät, wenn er das Symbol der geflügelten Sonne sieht? Er weiß mehr darüber, als er sagt. Er ist derjenige, der endlich offen sprechen sollte, das wohl! Ist dies ein Zeichen, unter dem Dämonen marschieren?«

»Was Salarin angeht, so bin ich ihm zu Dank verpflichtet, weil er meine Brandwunden geheilt hat. Was diese andere Angelegenheit betrifft, so macht sie mir mehr zu schaffen als jedem von euch.« Da Tylstyr den lodernden, aber nie verbrennenden Zauberstab hielt, war sein Gesicht besonders hell. Die Besorgnis in seinen Zügen war unverkennbar. »Ich weiß nur, dass die Flügelsonne als Symbol für die Magierphilosophie steht. Und dass Cellyana von Khunchom, meine Spektabilität, einen Ring mit der geflügelten Sonne trug, als ich mich von ihr verabschiedete.«

»Hat sie dich mit uns geschickt?«, fragte Ohm misstrauisch.

»Anfangs war sie wenig erfreut«, berichtete Tylstyr.

»Aber am Ende hat es ihr gefallen, dass du mit dem Foggwulf ruderst?«

»Sie sah einen gewissen Vorteil darin.«

Ohm sprang auf. »Und dieser Vorteil hat nicht zufällig etwas mit einer geflügelten Sonne zu tun?«

In der Stille waren die Atemzüge der Gefährten zu hören.

»Setz dich wieder, Ohm«, sagte Phileasson. »Wir wollen niemanden anklagen, sondern uns nur unterhalten.«

Schnaubend folgte der alte Freund der Aufforderung.

»Woher kam Cellyanas Sinneswandel?« Phileasson kannte die neue Leiterin der Akademie nur flüchtig. Er wusste, dass sie aus Al'Anfa stammte, wie auch ihre dunkle Haut verriet, und in den Hesindedisputen eine gefürchtete Kontrahentin war, die ganze Denkgebäude mit ein paar Sätzen zum Einsturz brachte.

Tylstyr sah Salarin und Galandel an. Dann starrte er auf den glänzenden Boden vor sich. »Cellyana will, dass ich alles aufschreibe, was ich über die Elfen lerne.«

Rufe kündeten von der Überraschung der Gefährten. Mit Sorge sah Phileasson, wie Zweifel und Misstrauen um sich griffen. Doch Ohm schien seine Streitlust verloren zu haben. Er strich sich nachdenklich über den Bart.

»Und zufällig entdecken wir, dass der Himmelsturm eine verlassene Elfenstadt ist?«, fragte Vascal.

»In dieser Sache muss ich Tylstyr beispringen, auch wenn es mir nicht passt«, sagte Ohm. »Die Saga des Himmelsturms berichtet von Elfen, wenn auch nur am Rande. Cellyana könnte sie kennen und den entsprechenden Schluss gezogen haben.«

»Das wäre ihr zuzutrauen«, meinte auch Tylstyr. »Nur hätte sie dann schon von unserem Ziel wissen müssen, bevor es den Drachenführern verkündet wurde.«

»Mutter Cunia hat erzählt, dass die Oberste Hetfrau sie früh einbezogen hat«, sagte Shaya. »Vielleicht kannte Cellyana bereits unseren Reiseweg.«

»Aber was ist mit der geflügelten Sonne?«, beharrte Ohm trotzig.

»Wie ich schon sagte, weiß ich wenig darüber. Das Symbol steht für die Magierphilosophie, die jemand namens Ometheon begründet haben soll. Das habe ich dir auch in Olport gesagt.«

Grummelnd bestätigte Ohm.

»Wenn du unbedingt mehr wissen musst, sollten wir schnellstens nach Thorwal zurückkehren, um Cellyana selbst zu fragen«, versetzte Tylstyr. »Dort könnten wir noch einigen anderen auf den Zahn fühlen. Jedenfalls, wenn niemand aus unserem Kreis den Mund aufmacht. Ich glaube, wir werden ohnehin über den wahren Grund dieser Reise im Unklaren gelassen.«

Phileasson traute seinen Ohren nicht. Das wurde ja immer toller! Verdächtigte in seiner Ottajasko jetzt jeder jeden? »Erkläre dich!«, befahl er.

»Ich möchte einer anderen Gelegenheit geben, sich zu erklären.« Tylstyr starrte vor sich hin, ohne jemanden anzusehen.

»Ich bin dein Drachenführer«, sagte Phileasson gefährlich leise. »Ich erinnere dich an deinen Schwur, dich ganz für diese Ottajasko einzusetzen. Was meinst du damit, dass der Grund dieser Reise nicht offensichtlich sei?«

Tylstyr presste die Zähne aufeinander, bevor er sprach. »Schwester Shaya weiß, dass wir im Auftrag der Götter unterwegs sind. Nicht von ungefähr hat man Traviageweihte zu Schiedsrichterinnen bestellt. Soll es ein Zufall sein, dass uns ein Artefakt, das wir auf einen Altar legten, den Weg hierher gewiesen hat? Ich weiß nicht, welche Kraft die Eissegler bis zur Spitze des Himmelsturms schweben ließ, aber mit Magie hatte das vermutlich nichts zu tun. Dies ist das Wirken der Ewigen. Und in Riva sollen Shaya und Lenya die nächsten Aufträge verkünden. Macht Travia sich zur Gehilfin ihrer eigenen Geweihtenschaft? Stellt sich diese wiederum in den Dienst der Obersten Hetfrau, um Botschaften für eine Wettfahrt zu übermitteln? Oder ist es umgekehrt?«

Zitternd erhob sich Shaya. »Wahres liegt in Tylstyrs Worten«, räumte sie ein.

Phileasson ließ der kleinen Frau die Zeit, sich zu sammeln, indem sie die Fellkleidung über ihrer orangefarbenen Robe glättete.

»Auch ich weiß nur wenig«, sagte sie. »Aber ich habe mitbekommen, dass Mutter Cunias Gebete auf besondere Weise erwidert wurden. Ich meine, jeder, der mit offenem Herzen zu den Zwölfen spricht, empfängt diese Gewissheit, dass seine Worte gehört werden, dass dort jemand ist, an dessen Ohr sie dringen. Diese Wärme kann uns bestärken, wenn wir auf dem rechten Weg sind. Aber manchmal ist es anders ... deutlicher.«

»Und so war es bei Mutter Cunia«, vermutete Phileasson.

»Sie war so glücklich. So ... gesegnet. Lenya und ich wussten, dass sie näher an Travia war als jemals zuvor. Aber wir drangen nicht in sie, und sie hat uns nichts offenbart.« Shaya schluckte. »Doch mit Garhelt Rorlifsdottir-Jandasdottir hat sie gesprochen. Einige Tage, bevor sie Beorn und dich zur Wettfahrt aufforderte.«

»Dann war dies alles also gar nicht die Idee der Obersten Hetfrau?«

»Ich weiß es nicht sicher«, gestand Shaya. »Aber sie hat den Titel König der Meere ausgelobt, und der wurde euch doch bereits vor Jahrzehnten prophezeit.«

»Von einem Seher, der allen als die Stimme Swafnirs gilt«, ergänzte Ohm tonlos. »Eines Gottes.«

»Ich will die Oberste Hetfrau nicht der Lüge zeihen«, versicherte Tylstyr, »aber die ganze Wahrheit hat sie auch nicht gesagt.«

Zwei einzelne Tränen liefen über die Sommersprossen auf Shayas Wangen. »Ich glaube nicht, dass die Umstände, unter denen man den Beschluss zu dieser Wettfahrt getroffen hat, wichtig für uns sind. Nicht so wichtig, dass Gefahr aus ihrem Unwissen erwüchse. Sonst hätte ich früher darüber gesprochen.«

Mit einem Schrei sprang Tjorne auf und riss seine Axt aus dem Eisenring, um sofort damit auszuholen.

Fejris flog in Phileassons Hand, als dieser sich erhob. Er war bereit, sich vor Shaya zu werfen.

Aber die Geweihte war gar nicht Tjornes Ziel. Mit zitterndem Finger zeigte er auf die Wand hinter ihr.

Dort näherte sich eine Fratze durch den dunklen Stein. Dutzende schiefer, spitzer Zähne ragten zwischen wulstigen Lippen hervor. Darüber glotzten starre Augen auf sie herab. Zwei strahlende Kugeln vor der Stirn beleuchteten das monströse Antlitz.

»Hranngars Brut!«, keuchte Tjorne.

Während die Gefährten zusammenrückten, ging Vascal auf die Erscheinung zu. Auch er hatte seine Waffe gezogen, den Degen jedoch nicht erhoben. Er wirkte vorsichtig, aber nicht furchtsam, als er sich von den anderen und damit auch von Tylstyrs Licht entfernte.

»Wie kann etwas durch Stein gleiten und dann noch sichtbar sein?«, fragte Ohm.

»Nichts vermag das zu tun«, sagte Vascal. Mit dem bronzenen Degenkorb klopfte er gegen die gewölbte Wand, was ein helles Geräusch machte. »Das ist kein Stein. Es ist Glas, und dahinter befindet sich Wasser. Unser Freund hier«, er zeigte auf die Fratze, »ist ein etwas neugieriger Fisch.«

Begeistert klatschte Leomara in die Hände.

»Nicht hinter allem, das wir nicht sogleich verstehen, lauert ein Ungeheuer.« Phileasson schob erleichtert sein Schwert in die Scheide. »Ohm, sind deine Finger in dieser Kälte geschmeidig genug, um die Saiten zu zupfen?«

»Das will ich meinen.«

»Dann nimm deine Leier und sing uns eine Strophe aus der Saga, die du über unser Abenteuer schmiedest. Die über Ragnor.«

Die Gefährten versammelten sich wieder im Kreis. Salarin und Galandel begleiteten den Skalden auf ihren Flöten.

»Mehr Kraft als zwei Recken«,

hob Ohm an.

»kein Stärkerer am Riemen
will Ragnor es beim Hjalding wissen
zwingt des großen Foggwulfs Schweiß
Armdrücken in der Recken Kreis
wo beinah er ihn umgerissen.«

Er spielte eine schnelle, fröhliche Melodie.

»*Furchtlos auf Fels kalt und karg*
Schneeschrat Ragnor pariert stark.
Die Recken schützt sein Schild
denn Kraft für Treue gilt.
So Ragnor immer tapfer steht
bis Eis und Dunkel doch vergeht!«

Der Skalde sammelte sich vor der nächsten Strophe.

»*Nicht lässt er von des Netzes Fessel*
im heißen und verborgnen Kessel
wo Kopfschwänzler mächtig herrschen
die Garhelt nach den vielen Märschen
bei sich daheim will sehen
weswegen Recken gehen.
Ragnors Kraft ist gar groß
doch sterblich ist er bloß.
Das Mammut, alt und riesig
ist dieses Tales König.
So schreitet zu Swafnirs Heer
Ragnor nun, mit reiner Ehr.«

Eine Weile saßen die Gefährten stumm.

»Großen Gefahren und Mühen haben wir bereits getrotzt«, erinnerte Phileasson die Ottajasko. »Durch Eis und Sturm haben wir die *Seeadler* gerudert, bevor wir uns gemeinsam dem endlosen Eis stellten. Man warnte uns, niemand könne so weit im Norden überleben, doch hier sind wir! Wir haben gehungert, gefroren und triumphiert. Jeder hat seinen Beitrag geleistet. Wer auf meinem Drachen fährt, der pullt die Riemen, das wohl!«

Phileasson stand auf und sah in die Runde. Er war sich der Wirkung seiner grauen Augen wohlbewusst. »Wir werden zusammenhalten, wir werden das Rätsel des Himmelsturms lösen, und wir werden diese Wettfahrt gewinnen, ganz gleich, wer uns letzten Endes auf diese Reise geschickt hat.«

5 UNBARMHERZIGES SCHICKSAL

*Dreizehnte Ebene,
siebzehnter Tag im Goimond*

Jenseits des kleinen Meers, wie sie den Raum mit den in der Dunkelheit treibenden Fischen nun nannten, erhellten wieder Leuchtstufen die große Wendeltreppe. Die Wandgemälde zeigten Elfen, die mit kristallenem Besteck aßen und außerhalb des Himmelsturms durch einen Garten lustwandelten, in dem Blumen aus Schnee und Eis wuchsen.

Die Wendeltreppe führte weiter nach unten, aber Asleif Phileasson entschied, auch die Räumlichkeiten hinter dem nächsten Durchgang zu erforschen. An das Portal, das von einem Zirkel innerhalb einer geflügelten Sonnenscheibe gekrönt war, schloss sich ein kurzer, enger Gang an. Dahinter fanden sie sich in einem Garten wieder, der zwar nicht ganz so zugewuchert war wie der, den sie bereits erkundet hatten, aber ebenfalls seit langer Zeit ungepflegt sich selbst überlassen war.

Auch hier mussten sie sich mit Klingen einen Weg bahnen. Dass dies leichter fiel, lag wohl daran, dass es kaum Büsche gab, sondern Blumen die Vegetation beherrschten. Eine davon stand beinahe mittig in dem großen Raum. Nie zuvor hatte Phileasson ein solches Gewächs gesehen. Groß wie ein kleines Segel drückte sich eine einzelne, gewaltige Blüte gegen die Decke, wo sie mehrere Leuchtkugeln so umschloss, dass nur noch Schimmer von ihnen durch den violetten Kelch zu erkennen waren. Aus dem mastdicken Blütenstängel sprossen riesige Blätter, in deren Schatten nur noch niedrige Pflanzen, wie etwa kniehohes Gras, gediehen.

Eine Handvoll Raben balgte sich um ein totes Nagetier, das zwischen roten Blumen lag. Drohend spreizten sie die Schwingen, hüpften aufeinander zu oder brachten sich vor hackenden Schnäbeln in Sicherheit, näherten sich tief gebeugt dem Aas und krächzten einander an.

Vascal della Rescati betete wieder zu Nandus, auf dass dieser die Verständigung ermöglichen möge. Er flehte inbrünstiger als sonst. Das Misstrauen der Gefährten ging ihm offensichtlich nahe. Nach Phileassons Erfahrung schmiedeten gemeinsame Entbehrungen eine Ottajasko zusammen, aber auf dieser Reise kamen sie auch in dieser Hinsicht an die Grenze des Bekannten. In der Eiswüste war er unaufmerksam gewesen, als der Eisigel von Shaya Besitz ergriffen hatte. Die Albträume und die Aura des Bösen, die die herzensgute Geweihte umgeben hatten, waren zur Gefahr für den Zusammenhalt geworden. Das war überwunden, und auf der weiteren Fahrt waren sie wieder zusammengewachsen. Doch dieser uralte Turm mit seinen Schatten, sprechenden Raben und Geistererscheinungen zerrte an den Nerven. Phileasson musste achtgeben, nicht noch einmal zuzulassen, dass sich alle gegen Einzelne zusammentaten, weil sie außerhalb der Gruppe keinen Gegner greifen konnten. Er wünschte Vascal Erfolg.

Salarin Trauerweide schob die Pflanzen vorsichtig auseinander, um die Vögel nicht aufzuscheuchen, während er sich ihnen näherte. Einem fehlte ein Fuß. Sein wogender Gang ähnelte einem Seemann mit einem Holzbein.

Salarin betrachtete das Tier aufmerksam, während er ihm zuhörte.

»Wer das Dämonenportal durchschreitet«, sagte er schließlich, »hat sein Iama verkauft.«

Um Bestätigung bittend, sah Phileasson Galandel an, doch die kleine Elfe war in die Betrachtung einer Handvoll Schmetterlinge versunken, die einander umflatterten. Sie hatten hellblaue Flügel, doch auch rote und gelbe Tupfen mischten sich scheinbar zwischen ihnen schwebend in ihren Tanz. Diese bunten Lichter erschienen nur kurz, wie Spiegelungen in einem bewegten Glas, um sofort wieder zu verlöschen.

Phileasson spürte sich lächeln und merkte, wie auch er sich in der Betrachtung der Schmetterlinge zu verlieren drohte.

Unwillig riss er sich los. »Galandel!«, rief er.

Die kleine Elfe schrak hoch, schien aber Salarins Worte durchaus mitbekommen zu haben. »Die Schwierigkeit liegt nicht im Asdharia an sich«, sagte sie blinzelnd, »sondern in der Aussprache. Ein Vogelschnabel hat keine Lippen, und ein Rabe hat nur eine Stimme, wo das Asdharia zwei erfordert.«

»Ich bin mir sicher, dass ich den richtigen Klang der Wörter kenne«, sagte Salarin. »Auch die verbindende Satzmelodie ist irgendwo in mir. Dennoch kann ich sie nicht selbst sprechen.«

»Was ist ein Iama?«, fragte Ohm Follker. »Dieses Etwas, das man jenseits des Dämonenportals verliert?«

»Das, dem wir uns im Innersten zuwenden«, erklärte Galandel. »Was von unserer Liebe bleibt, wenn alles Flüchtige vergeht.«

»Die Seele«, schlug Shaya Lifgundsdottir vor.

»Ich bin unsicher, ob das wirklich dasselbe ist.« Galandel zögerte. »Wir stellen uns das Iama meist als das Tier vor, das das Wesen eines Elfen am besten beschreibt.«

»Und was für ein Tier ist dein Iama?«

»Ein Dachs.« Die Elfe sagte es schnell und machte damit deutlich, dass sie das Thema nicht zu vertiefen gedachte.

Salarin sah sie verwundert an. Zwar wusste Phileasson nur wenig von der elfischen Mentalität, aber er vermutete, dass er Shayas

Frage, die Galandel so freimütig und vor der versammelten Gruppe beantwortete, als sehr persönlich empfand.

Salarin ging einem Raben nach, der sich mit einem Stück Fleisch auf einen der wenigen Sträucher zurückzog.

»Ich frage mich, warum Vascals Wunder dieses Wort nicht übersetzt«, sagte Phileasson. »Iama, meine ich. Alles andere verstehe ich auf Thorwalsch.«

»Das geschieht, wenn es keine gute Entsprechung gibt«, erklärte Vascal.

Mit erhobener Hand bat Salarin um Stille. »Dieser gefiederte Freund ist kaum zu verstehen«, sagte er. »Er mag um seine Speise fürchten, deswegen spricht er die Worte hastig. Ich höre nur ›Tie'Shianna‹ heraus.«

Der Rabe sträubte sein Gefieder, wippte mit dem Kopf auf und nieder und krächzte in einem fort.

»Ich glaube, er sagt ›Tie'Shianna und Simyala‹.« Galandel trat neben ihn. »Zwei vor langer Zeit untergegangene Städte.«

»›Tie'Shianna und Simyala werden uns erlösen‹«, sagte Salarin. »Aber davor ist noch etwas. Jemand kommt von dort, aber ich verstehe nicht, wer. ›Friadûn‹? Ist das ein Name?«

Galandel stützte sich auf den mit allerlei schratischem Fetisch behängten Stab. Gemeinsam lauschten die Elfen.

»Ich glaube, er meint ›Fléadûn‹. ›Unsere Geschwister‹.«

»Also ›Unsere Geschwister aus Tie'Shianna und Simyala werden uns erlösen‹, meinst du?«

Noch einmal lauschten sie auf das Krächzen, dann nickte Galandel. »Das ist es.«

»Moment«, bat Phileasson. »Wie lautet dieses Wort, das ihr jetzt versteht?«

»Fléadûn«, sagte Salarin. Aus seinem Mund klang es noch melodiöser als bei Galandel.

»Wieso höre ich ein elfisches Wort, wenn du das sagst? Warum nicht die Übersetzung?«

»Du meinst ›unsere Geschwister‹?«

»Hast du jetzt auch Asdharia gesprochen?«

»Nein, Isdira, unsere moderne Sprache.«

»Galandel, wiederhole den ganzen Satz noch einmal so, wie der Rabe ihn sagt.«

»Unsere Geschwister aus Tie'Shianna und Simyala werden uns erlösen.« Sie machte eine unsichere Geste. »Wenn wir es richtig verstehen.«

»Jetzt höre ich es wieder auf Thorwalsch. Und du benutzt dasselbe Wort in Asdharia?«

Galandel bestätigte.

»Ich glaube, ich weiß, warum wir die Raben nicht verstehen!«, rief Vascal. »Auch bei unseren elfischen Freunden übersetzt Nandus' Gnade das, was sie sagen wollen. Es kommt darauf an, welche Bedeutung sie im Sinn haben. Aber diese Vögel ...«

»... plappern nur nach, was sie irgendwann gehört haben!«, führte Phileasson den Gedanken weiter. »Sie kennen die Bedeutung selbst nicht.«

Begeistert tätschelte Vascal den Schwertarm des Drachenführers. »So ist es! Bei ihnen geht es nur um die Lautfolge. So wie bei Galandel und Salarin, wenn sie an ein Wort denken, nicht an dessen Bedeutung.«

»Sehr gut!« Phileasson nickte. »Ein erstes kleines Rätsel haben wir gelöst.«

Dem Raben wurde die Aufmerksamkeit zu viel. Er krallte die Fänge in das Fleisch und flog krächzend davon.

»Jetzt ruft er etwas anderes«, erkannte Salarin. »Es geht um eine Göttin.«

»Das will ich wissen!«, entschied Phileasson. »Hinterher!«

Die gerade Klinge von Galandels Robbenfänger leistete gute Dienste, um das Gestrüpp zu zerteilen und in den nächsten Raum vorzudringen. Wie beim vorigen Palast schloss sich auch hier ein Brunnenraum an den Garten an. Zwei marmorne Flügel hielten eine hohle Halbkugel, die als Sammelbecken diente. Der Rabe saß auf ihrem Rand, riss ein Stück aus dem Fleisch und verschlang es, wobei er den Kopf in den Nacken legte. Als Salarin näher kam, krächzte er wieder.

Salarin schloss die Augen. »Es schmerzt, diese Sprache so entstellt zu vernehmen«, klagte er flüsternd. »Wie eine schöne Melodie, die man nicht auf einer Harfe zupft, sondern mit einem Reibeisen auf totem Holz raspelt.«

»Verstehst du, was er sagt?«

»Wehe dem, der die Göttin zaubern sieht!«

»Eine Warnung«, murmelte Ohm Follker.

»Aber wie alt mag sie sein?«, fragte Vascal. »Zumindest in den Räumen, die wir bis jetzt erkundet haben, ist lange niemand mehr gewesen. Ich schätze, seit Jahrhunderten sind Tiere die einzigen Bewohner.«

»Für Götter sind hundert Jahre nur ein Wimpernschlag«, gab Ohm zu bedenken.

Salarin wirkte nervös, als er sich an Galandel wandte. »Bestimmt ist eine Göttin unseres Volkes gemeint. Aber welche? Eine der drei, deren Statuen im alten Heiligtum stehen? Nurti, die das Leben gibt? Zerzal, die es nimmt, oder Orima, die das Schicksal zuteilt?«

Nachdenklich betrachtete Galandel den Vogel.

»Welche von ihnen zaubert«, bohrte Salarin weiter, »und welche würde dem Böses tun, der sie dabei beobachtet?«

Galandel schwieg, während der Rabe die Reste seines Mahls hinunterschlang.

»Ich weiß so wenig über die Götter unserer Vorfahren«, gestand Salarin niedergeschlagen.

»Mir geht es ebenso«, flüsterte Galandel. »Sicher gab es noch weitere Göttinnen, und der Rabe kann jede von ihnen meinen.«

»Der Rabe meint niemanden«, sagte Vascal beschwingt. »Nur diejenigen, von denen er diese Wörter irgendwann aufgeschnappt hat. Oder seine Vorfahren.«

»Das Bild ist nicht fertig«, sagte Leomara della Rescati. Das Mädchen zeigte hinauf zu einer kahlen Stelle an der Wand, wo das Halbrelief einen Bereich freiließ.

»Vielleicht ist es verwittert«, schlug Eichward vor.

»Nein, dann wäre der Stein dort eingebuchtet«, sagte Galandel. »Er steht aber flächig vor. Leomara hat recht. Hier wurde noch nichts verziert.«

Die Darstellung entlang der vier Wände, von denen jede einen Durchgang bot, zeigte die Jahreszeiten, wie man sie hier im hohen Norden wohl nie erlebte. In Richtung auf den Garten zu war es der Frühling, mit aufbrechenden Blüten und Bäumen, an deren Zweigen junge Triebe sprossen sowie einem tauenden Bach. Leomara betrachtete die Wand rechts davon, auf der spitze Berge und Schneekristalle zu sehen waren. Eissegler kreuzten durch die Weite, und tatsächlich war ein besonders großes Gefährt, auf dem das Symbol der geflügelten Sonne prangte, nur zur Hälfte ausgearbeitet. Auch die Elfenfiguren wirkten unfertig, ohne Gesichtszüge und Einzelheiten, die auf den Fresken im zuerst erforschten Palast zu finden waren.

Gegenüber dem Garten verloren die Bäume ihr Laub und neigten sich im Sturm. Auf der letzten Wand schließlich beschien eine übergroße Sonne Wiesen um einen See.

Dieses Relief erinnerte Phileasson an die Wärme, die es im Süden gab und die er seit einer Ewigkeit nicht mehr auf der Haut gespürt hatte. Er betrachtete es eine Weile.

Dann erleichterten sie sich um ihr Gepäck und legten auch die schwersten Teile ihrer Winterkleidung neben dem Brunnen ab, da es in diesen Räumlichkeiten erheblich wärmer war als auf der Wendeltreppe. Phileasson führte seine Ottajasko durch den Gang, der sich an die Sommerseite des Brunnenraums anschloss.

Das nächste Zimmer lag im Dämmerlicht, weil es nur zwei der an der Decke angebrachten Leuchtkugeln erhellten. Im vorigen Palast hatten sich die Artefakte langsam und gleichmäßig abgedunkelt, waren aber nie ganz erloschen.

Tylstyr Hagridson murmelte etwas, während er zu den Kugeln hinaufschaute. »Bis auf diese beiden haben sie ihre magische Kraft verloren.«

»Also ist das Zauberwerk doch nicht unüberwindlich.« Genugtuung lag in Tjorne Warulfsons Stimme.

»Immerhin sind das die ersten, bei denen wir diese Schwäche entdecken«, gab Tylstyr zu bedenken. »Und das nach Jahrhunderten.«

»Oder Jahrtausenden«, ergänzte Vascal.

»Hier ist jemand«, sagte Leomara.

Hatte die Kleine wieder eine Vision? Das Mädchen tat Phileasson leid. Kräfte, vor denen sich selbst gestandene Recken fürchteten, bemächtigten sich Leomaras, um Botschaften in die Welt zu tragen, die auch einen gestählten Verstand zerreißen konnten. Er hoffte, dass die Geister dieses Ortes ihre Empfänglichkeit nicht ausnutzten. Aber in diesem Moment sprach sie nicht mit der tiefen Stimme, mit der sie ihre Visionen sonst immer verkündet hatte.

Leomara ging zwischen zerbrochenen und zerfressenen Sesseln zum einzigen weiteren Ausgang des Raumes. Dort führte eine gerade Treppe abwärts. Ein zarter Lichtschein drang herauf und beleuchtete Leomaras zierliche Gestalt. »Jemand spricht.«

Die Stimmen von jenseits der Stufen hatten nichts mit dem

Gekrächze der Raben gemein. Sie waren voll und klar. Da sie einander umspielten, Harmonien bildeten und gleichzeitig aussetzten, vermutete Phileasson, dass er Asdharia hörte, wie es von einem Elfen gesprochen wurde, der damit aufgewachsen war.

»›Bist du es, Pyrdona?‹«, übersetzte Salarin. »›Begib dich doch bitte herab zu mir und lausche der Rede, die ich gleich vor dem Rat halten werde!‹«

Galandel wirkte unsicher. »So schnell, wie es gesprochen wurde, habe ich nur die Hälfte verstanden.«

»Ich bin mir vollkommen gewiss«, sagte Salarin.

Phileasson atmete tief durch. »Es mag sein, dass wir wieder auf einen Geist treffen«, meinte er. »Haltet eure Hände in der Nähe der Waffen, aber achtet darauf, dass wir nicht als Feinde erscheinen. Wir sind hier, um ein Rätsel zu lösen, nicht, um zu kämpfen und zu plündern.«

Damit stieg er die Stufen hinab.

Dreizehnte Ebene,
siebzehnter Tag im Goimond

Als Salarin Trauerweide den hell erleuchteten Raum am Fuß der Treppe betrat, verklang mit dem Zurückbleiben des Dämmerlichtes auch die melancholische Melodie von Verfall und Verlust, die den Himmelsturm bis hierher erfüllt hatte. Das sonnenwarme Leuchten umarmte ihn. Überhaupt fühlte er sich an einen anderen Ort versetzt, jenseits von Kälte und Düsternis.

Erst jetzt, da er die Vollkommenheit des vergleichsweise kleinen Zimmers erblickte, wurde ihm bewusst, wie viel in den anderen Räumen des Himmelsturms verloren gegangen war. Nun, da er die perfekten Wandreliefs sah, erschienen jene Darstellungen, die er zuvor für unerreichte Meisterwerke gehalten hatte, wie stümperhafte Entwürfe. Zugegebenermaßen waren es zuvor meist Bilder gewesen, während die Bearbeitung des Steines hier räumliche Tiefe schuf. Dies allein vermochte den überwältigenden Unterschied in der Wirkung jedoch nicht zu erklären. Hier nahm der Marmor das Licht auf, das von den Globen an der Decke kam. Es schien von einer durchsichtigen Schicht auf dem Stein geleitet zu werden wie goldener Staub in einem klaren Fluss, und ebenso glitzerte es an unzähligen Stellen hervor, als bräche es sich in tanzenden Wellen. Das Relief bildete den Himmelsturm selbst ab, wie er gleich einer Flammenzunge aus der Leere der Eiswüste loderte. Eine Schriftrolle war zu sehen, die in das Gewand eines Redners überging. Der Elf war so getreulich wiedergegeben, dass man hätte glauben können, hier sei ein Mann auf ein Viertel seiner Größe geschrumpft, dann versteinert und halb in die Wand eingesunken. Hinter dem Sprecher zeichnete sich eine weitere Figur ab, die mit ihm verwachsen war oder aus ihm hervorkam und einer geflügelten Sonne entgegenstrebte. Dieses Symbol fand sich häufig.

Auch in der gewölbten, aber durchaus geräumigen Bettnische und auf dem hauchfeinen, libellenflügelartigen Umhang des Mannes, der an einem kleinen Tisch an der Wand gegenüber der Treppe saß. Gedrechselte, schwarze Beine trugen die reich verzierte, elfenbeinerne Platte. Daneben stand eine Blume mit hängenden Blüten, aus denen Licht wie Pollenstaub sickerte und sich über den Schriftstücken verflüchtigte, die der gut aussehende Elf studierte. Er benutzte einen Griffel aus Kristall, um an einem Dokument Korrekturen vorzunehmen. In dem durchsichtigen Schreibinstrument verästelte sich grüne Tinte in feinen Bahnen, die an der Spitze zusammenflossen.

»Komm zu mir, Liebste!« Die Harmonie in der Doppelmelodie, die die Stimme des Mannes wob, füllte Salarins Augen mit Tränen.

»Wir werden den Hohlköpfen im Rat den Weg zur Vernunft aufzeigen!«

Asleif Phileasson schickte Irulla und Ohm Follker mit einer Geste zum zweiten Ausgang des Raumes. Ansonsten ließ er nur Vascal della Rescati und Salarin herein, die anderen warteten auf der Treppe. Während sich der Drachenführer mit einem Räuspern um die Aufmerksamkeit des in seine Arbeit versunkenen Mannes bemühte, flüsterte Vascal ein Gebet.

Phileasson kam mit vorsichtig gesetzten Schritten zu Salarin. »Sag ihm, dass wir in Frieden kommen und uns freuen, einen Lebenden anzutreffen.«

In der Tat sah der Mann ganz anders aus als der Geist, der geglaubt hatte, in Salarin einen Boten aus Tie'Shianna zu erkennen. Er war zwar von ungewöhnlich schöner Gestalt und auch seine Kleidung wies eine ätherische Ästhetik auf, aber dennoch schien er stofflich. Das Gespenst war durch einen Metalltisch geglitten. Dieser Mann stützte sich mit einem Arm auf, er saß auf einem Schemel, und die Kristallfeder kratzte über das Pergament.

»Wir ...«, begann Salarin. Aber er sprach Isdira, nicht Asdharia. Wie lauteten die Worte, die er im Kopf hatte, in der Zunge der Alten?

Er presste die Lippen zusammen. Das war verrückt! Er war sicher, dass er die Bedeutung jeden Ausdrucks auf Asdharia erfasst hätte, aber sein Verstand weigerte sich, die Silben selbst zu formen.

»Ich kann nicht«, flüsterte er Phileasson zu.

Der Schreiber hielt inne. »Kommst du zu mir, Liebste?«

Phileasson hob das Kinn.

Vascal ließ die Hände sinken. Er hatte sein Gebet beendet.

Die Menschen verstanden.

»Ich bin Asleif Phileasson, den sie den Foggwulf nennen«, stellte sich der Kapitän vor. »Ich bin Hetmann der Glutströhm-

Ottajasko und Drachenführer der *Seeadler*. Meine Leute und ich freuen uns, dich zu treffen. Wir bringen Geschenke und hoffen auf Gastfreundschaft. Unser Anliegen ...«

Der Mann ordnete sein kompliziert fallendes Gewand, schob den Stuhl zurück und stand auf.

Phileasson hob den Rundschild eine Handbreit an und machte einen Schritt rückwärts. Sein Rücken stieß gegen einen Wandteppich, der aus frischem Laub in verschiedenen Farben bestand. Er zeigte Bäume, in deren Kronen schwerelos wirkende Häuser gewachsen waren. Äste bildeten Brücken in luftiger Höhe. Ein Schriftband spannte sich über den Himmel aus hellblauen Blättern. »Wer Ideen pflanzt, darf ihr Wachstum nicht fürchten«, stand dort in verschnörkeltem Asdharia zu lesen.

Salarin blinzelte. Das war tatsächlich Asdharia. Jetzt verstand er sogar die Schriftsprache! Das war ihm im höher gelegenen Palast noch unmöglich gewesen. Mit Vascals Zauber, der nur auf gesprochene Sätze wirkte, konnte diese neue Fähigkeit nichts zu tun haben.

Der Mann breitete die Arme aus, wodurch der Libellenumhang aufgewirbelt wurde, um sich nur langsam wieder zu senken. Erst jetzt, da er ihn stehen sah, wirkte er ein wenig schwächlich auf Salarin.

»Komm zu mir!«, rief der Elf.

Phileasson räusperte sich erneut und schickte sich an, der Aufforderung zu folgen.

»Du bist so wunderschön!«, beteuerte der Mann.

Verdutzt blieb Phileasson stehen. »Nun, mir wurde schon häufig gesagt, das Grau meiner Augen sei ...«

»Komm in meine Arme!«

»Ich bin zwar unvertraut mit den hiesigen Sitten, aber ich schlage vor, dass wir zunächst ...«

Salarin berührte Phileassons Schulter und machte ihn auf den Dolch aufmerksam, der neben ihnen durch die Luft schwebte. Auf dem Weg von der Treppe streifte er den Thorwaler beinahe. Die Spitze der filigranen Klinge, auf die zwischen verschlungenem Asdharia ein Köcher ziseliert war, zeigte fast senkrecht nach oben.

»Ich glaube, er spricht mit dem Dolch«, flüsterte Salarin.

In der Tat folgte der Blick des Mannes Phileasson nicht, als dieser zur Seite trat, sondern blieb bei der Waffe. Oder besser: etwas oberhalb davon. Der Mann blickte auf Augenhöhe geradeaus, während die Klinge knapp über Hüfthöhe schwebte.

»Ich wünschte, wir hätten mehr Zeit füreinander!« Der Mann schloss die Luft in seine Arme.

Der Dolch stieg ein wenig an und drehte sich so, dass die Spitze auf den Rücken des Elfen zielte.

»Ich habe meine Argumente geschärft.« Hochmut stand in seinem Lächeln. »Heute werden wir es diesen ignoranten Traditionalisten zeigen! Sie werden sich der kristallenen Logik meiner Rede beugen müssen. Und sie werden beschämt sein, meine Thesen so lange verächtlich gemacht zu haben!«

Blitzschnell fuhr der Dolch nieder. Der Stahl drang bis zum Heft zwischen den Schulterblättern in den Rücken.

Die Knie des Elfen gaben nach. Es sah merkwürdig aus, wie er fiel, als böte die Luft, die er zuvor umarmt hatte, ihm Halt. Dennoch schlug er auf den Boden.

Phileasson stand gelähmt vor Schreck, aber Salarin sprang vor. Er stützte den Mann, der sich mit den Händen abgefangen hatte, unter den Achseln.

Der Verwundete schien seinen Helfer jedoch nicht zu bemerken. Er sah zur Treppe, wo die Gefährten die Szenerie mit aufgerissenen Augen beobachteten. Shaya Lifgundsdottir schlug eine Hand vor den Mund.

»Auch du, Pyrdona?« Blut brach aus dem Mund des Mannes, als er hustete. Auf seinem Rücken bildete sich ein tiefroter Fleck. »Nein!«

So schön er die Stimmen des Mannes empfunden hatte, so sehr riss die Verzweiflung, die in diesem einen Wort lag, in Salarins Brust.

»Lass mich dem Ende nicht allein begegnen! Hast du mich denn nie geliebt?«

Salarin fasste den Dolchgriff. Er versuchte vorsichtig, die Klinge aus der Wunde ziehen, doch es wollte ihm nicht gelingen.

»Warum das alles?«, röchelte der Verwundete. »Sage mir wenigstens, weshalb du unsere Sache verraten hast!«

Erst als Eichward Salarin beisprang, bewegte sich der Dolch. Salarin fürchtete, dass die ungestüme Kraft des Hünen noch zusätzlichen Schaden anrichtete, doch wichtig war vor allem, die Klinge aus der Wunde zu entfernen. Alles Weitere würde sein heilender Gesang schon richten. Sofort stimmte Salarin sein Lied an.

Wieder hustete der Elf Blut. Er starrte noch immer zur Treppe. Seine Arme zitterten. Trotz des schlanken Körpers wurde er schwerer und schwerer in Salarins Armen. Schließlich konnte er ihn nicht länger halten und ließ ihn behutsam zu Boden sinken.

Salarin löste seinen Griff und konzentrierte sich ganz auf den Zauber. »Bha'Sama Sala Bian Da'o ...« Dieser Gesang hatte Tylstyr im wahrsten Sinne des Wortes die Haut gerettet, als sich der Magier mit seiner Flammenlanze selbst in Brand gesetzt hatte. Auch Shaya verdankte ihm das Leben, nachdem Galandel den Eisigel aus ihrem Fleisch geschnitten hatte. Wie oft hatten die Elfen ihn angestimmt, um erfrorene Zehen und Finger zu heilen?

Jetzt versagte er.

Der Kopf des Mannes kippte zur Seite, sein Blick brach. Einem letzten Blutschwall folgte ein dünnes Rinnsal, das aus dem Mundwinkel auf das weiche Robbenfell troff.

Salarin legte die flache Hand auf die von warmem Blut durchnässte Kleidung über der Rückenwunde. Immer wieder sang er die Zaubersilben, achtete auf die Betonung, die Schnelligkeit, die Tonhöhen. Seine Hand klebte, sein Blick schwamm in Tränen.

Galandel kam zu ihm und drückte seine Schulter.

Salarin wusste, dass es zu spät war, aber er konnte nicht mit dem Heilgesang aufhören. Dieser Elf hatte einen so friedlichen, so in sich ruhenden Eindruck gemacht. Er mochte ein Gelehrter gewesen sein, jemand mit großem Wissen über die alte Zeit, über die Götter und über das Volk, das den Himmelsturm bewohnt hatte.

Salarin bekam kaum mit, wie Tylstyr Eichward bat, den Dolch auf den Tisch zu legen, und dort einen Zauber über die Klinge sprach.

Wieder und wieder sang Salarin die Silben, die heilen sollten, aber nichts Lebendes mehr fanden.

»Vorsicht!«, rief Eichward.

Galandel riss Salarin keinen Augenblick zu früh zurück.

Der Dolch schoss durch die Luft und schlug exakt in die bestehende Wunde ein.

Salarin verstummte.

»Er hat jemanden gesehen«, sagte Ohm Follker. »Jemanden, den wir nicht erkennen konnten.«

»Einen Geist?« Tjorne berührte das Eisen seiner Axt.

»Seine Geliebte«, meinte Salarin. »Pyrdona.«

»Das schließt sich nicht aus«, sagte Tylstyr. »Vielleicht hat er ein Gespenst geliebt.«

»Und dieses Gespenst tötet ihn zufällig in dem Moment, in dem wir ihm begegnen?«, zweifelte Phileasson. »Wieso hat er uns ignoriert? Kann es sein, dass er nicht von dieser Welt ist?«

»Dieser Mann ist Fleisch und …« Salarin schluckte, um ein Würgen zu unterdrücken. »… und Blut.«

»Und was war das mit dem Dolch?«, fragte Phileasson. »Wir alle haben ihn gesehen. Er nicht.«

»Durch meinen Zauber, einen Xenographus, konnte ich die Inschrift entziffern«, sagte Tylstyr. »›Die schärfste Klinge für den besten Jäger‹, ist dort graviert.«

»Und der Köcher sieht so aus wie das Symbol über dem Eingang zum ersten Palast, den wir erkundet haben«, fügte Eichward an. »Aber der Zirkel fehlt.«

Salarin wusste, dass Wappen in der Welt der Ritter, zu der Eichward gehörte, eine große Bedeutung zukam. Doch das interessierte ihn jetzt nicht. Sanft löste er sich von Galandel, kniete sich neben den Toten und wischte ihm mit einem Ärmel das Blut vom Gesicht.

Tylstyr untersuchte die Dokumente auf dem Tisch. Das Pergament schien sich zu wehren, wenn er einen Bogen anhob. Sobald er den Stift losließ, glitt er wieder an seine vorherige Position. Er blätterte in einem aufgeschlagenen Buch, aber wenn er die Hand wegnahm, kehrte es zu der Seite zurück, die der Tote gelesen hatte.

Der Magier ließ sich nicht beirren. Er sprach seine Analysezauber. Auch in Salarin brannte das Verlangen nach Erklärungen. Dennoch kam es ihm wie Leichenfledderei vor, den Besitz des Ermordeten zu durchwühlen.

Überrascht schrie Tylstyr auf.

Alle sahen ihn an.

»Eines dieser Blätter ist unterzeichnet.« Sein ohnehin bleiches Gesicht verlor an Farbe. »Die Tinte ist noch feucht.«

»Wer ist der Tote?«, fragte Phileasson.

»Sein Name«, Tylstyr schluckte, »lautet Ometheon.«

Dreizehnte Ebene,
siebzehnter Tag im Goimond

»Zweifel wäre Unvernunft!«, entfuhr es Tylstyr Hagridson voll dunkler Leidenschaft.

Ein Blick in Leomara della Rescatis schreckgeweitete Augen ließ ihn seinen Ausbruch sofort bereuen. Er versuchte, das Mädchen mit einem Lächeln zu beruhigen, doch es wich zurück. Travia hatte ihn nie mit dem unbeschwerten Umgang mit Kindern gesegnet, und vermutlich sah er nach der Reise über das Eis besonders wild aus, weil er nun einen struppigen Bart hatte. Außerdem erschöpfte ihn bohrender Kopfschmerz nach den vielen Zaubern, die er gewirkt hatte. Zugleich jedoch fühlte er sich so sehr von magischer Kraft erfüllt wie noch nie in seinem Leben.

»Es spricht einfach zu viel dafür, dass dies der Wohnsitz des Begründers der Magierphilosophie war«, fuhr er ruhiger fort.

Bei seinen lauten Worten hatte sich Vascal della Rescatis linke Augenbraue missbilligend gehoben. Jetzt entspannte sich der Nandusgeweihte wieder. »Der Name allein beweist gar nichts. In meiner Familie gibt es drei Vascals. Iotello ist noch beliebter. Gleich sieben Vettern wurden nach dem vermögendsten Erbonkel benannt. Vielleicht war Ometheon bei den alten Elfen häufig.«

Tylstyr umklammerte die Platte des klobigen, aber dennoch reich verzierten Holztischs, auf dem meist zerbrochenes alchimistisches Gerät und allerlei Tiegel wild durcheinanderlagen, streckte die Ellbogen durch und stützte sich schwer auf. Der Liebfelder hatte recht. Man durfte sich nicht von seinen Wünschen und Befürchtungen leiten lassen, sonst trugen sie einen davon wie ein Wildwasserbach. Stattdessen galt es, gerade dann kühl abzuwägen, wenn eine Einschätzung von großer Bedeutung vorzunehmen war.

In der Kammer, wo sich der Mord ereignet hatte, ließen sich sämtliche Gegenstände und auch die Leiche nur schwer bewegen. Sie alle strebten der Position zu, die ihnen zugedacht war. Das machte die Untersuchung mühsam, weswegen Tylstyr dort nur wenige Schriftstücke entziffert hatte. Das Interesse von Galandel und Salarin war jedoch kein wissenschaftliches, sondern ein persönliches. Schließlich ging es um einen Angehörigen ihres Volkes. Mehr noch, um jemanden, der für die Wunder dieser Turmstadt mitverantwortlich war. Deswegen waren die beiden Elfen nun allein mit der Leiche, während sich die anderen Gefährten im restlichen Palast umsahen.

»Wie es scheint, wurde der Himmelsturm nach dem Elfen Ometheon benannt«, sagte Tylstyr.

»Möglich«, räumte Vascal ein. »Oder die Bewohner nannten sich gern nach dem Himmelsturm.«

Tylstyr zwang sich zu ruhiger Überlegung. Er sah sich in dem Raum um, der ebenso groß war wie jener, in dem sich der Mord ereignet hatte, aber länger gestreckt. Sie hatten ihn neben dem verwilderten Garten entdeckt, in dem die Raben krächzten. Offensichtlich handelte es sich um ein Laboratorium, wie Instrumente, Bücher und halb beschriebene und mit kunstvollen Zeichnungen versehene Pergamente verrieten. Ungewöhnlich waren die Käfige in einer Ecke, in denen Knochen kleiner Tiere lagen. Manche von ihnen waren gebrochen und ausgelutscht, was das Werk der Ratten sein mochte, die es hier überall gab. Auch die größeren Knochen machten einen beschädigten Eindruck. Ein Schaudern überlief Tylstyr, als er sie näher betrachtete. Sie wirkten verwachsen, als habe eine unbekannte Kraft sie in eine neue Form zwingen wollen. Vielleicht gehörten sie ja auch nur zu recht seltsamen Tieren, versuchte er seine aufkeimende Sorge zu ersticken. Dennoch blieb das Gefühl, auf etwas Düsteres gestoßen zu sein, das so gar nicht zu der

Lichtgestalt passen wollte, deren Ermordung sie eben beigewohnt hatten.

»Die Pamphlete in Ometheons Schlafgemach warben, so weit ich sie entziffern konnte, für Ideen, die mit der Magierphilosophie übereinstimmen«, sagte Tylstyr.

»Ich dachte, diese sei dir nur oberflächlich bekannt.«

»Aber in Grundzügen schon. Wenn jemand davon schreibt, Gebete an Götter seien Dummheit und würden von der einzig wahren Kraft ablenken, die in jedem selbst auf ihre Erweckung warte, dann entspricht das dem Gedankengut der Fanatiker dieser Lehre, das wohl.«

»Ist Cellyana von Khunchom eine solche Fanatikerin?«

Tylstyr wischte verärgert mit der Linken durch die Luft, als könne er damit die respektlosen Worte vertreiben. »Das weiß ich nicht, und es tut auch nichts zur Sache! Sie sitzt ein paar Tausend Meilen entfernt in der Schule der Hellsicht an einem Kaminfeuer. Der Tote war jedenfalls ein glühender Verfechter dieser Denkschule.«

»Zugestanden.« Vascal nickte. »Das beweisen auch die vielen Darstellungen der geflügelten Sonne, die sich hier überall finden.« In einem Raum, dessen Funktion unklar blieb, hatten sie ein aus Goldplättchen gestaltetes Mosaik entdeckt, bei dem die Schwingen von Wand zu Wand reichten.

»Wir sind uns einig, dass die Szene, die wir beobachtet haben, nicht zufällig bei unserem Eintreffen stattfand«, sagte Tylstyr.

»Alles deutet darauf hin, dass starke Magie in diesem Raum wirkt.«

»Eben nicht«, widersprach Tylstyr. »Meine Analysezauber hätten sie enthüllt.«

»Ich habe mich ungenau ausgedrückt«, gestand Vascal zu. »Dort ist Übernatürliches am Werk.«

»Vermutlich göttliche Kraft. Ein Fluch, wenn man die Natur des Ereignisses bedenkt. Wir sollten sehen, was sich dort zuträgt. Oder besser gesagt zugetragen hat, zu einer Zeit, als der gesamte Himmelsturm noch in so gutem Zustand war wie Ometheons Gemach.«

»Das klingt plausibel, auch wenn wir vermutlich von Jahrtausenden sprechen.«

»Die Magierphilosophie war bereits alt, als die ersten Menschen die Erforschung der arkanen Ströme begannen. Vielleicht werden wir hier auf einen ihrer Urtexte stoßen!«

»Das wäre durchaus möglich.«

Tylstyr schluckte, konnte aber die Trockenheit in seiner Kehle nicht vertreiben. »Cellyana hat ihr Gold weise ausgegeben.«

»Welches Gold?«

Tylstyr entschied, dass es keinen Unterschied machte, wenn er diese unwichtige Einzelheit einem Gefährten anvertraute, mit dem er sich in einem uralten Gebäude mitten im endlosen Eis unterhielt. »Jeder Magier der Großen Grauen Gilde des Geistes muss alle zwei Jahre einen Obolus von zwanzig Dukaten entrichten oder zwei Monde für die Gemeinschaft Dienst tun. Ich wollte ihn als Unterricht in Thorwal ableisten, aber mein Aufbruch kam dazwischen. Also hat Cellyana die Zahlung übernommen und mich beauftragt, als Gegenleistung alles aufzuzeichnen, was ich auf der Reise um Aventurien über die Völker der Elfen erfahre.«

Vascal pfiff anerkennend. »Es scheint, da hat sie ihr Gold gut angelegt. Was wir hier über die Hochelfen vergangener Tage lernen, hat nie ein Mensch zuvor gewusst.«

»Vielleicht lüften wir sogar den Schleier über der Entstehung der Magierphilosophie. Sie bekommt eine Menge für ihre Münzen.«

Bewundernd schüttelte Vascal den Kopf. »Eine Hellsichtmagierin, fürwahr.«

War da ein ironischer Unterton in den Worten des Nandusgeweihten? Tylstyr entschied, darauf nicht einzugehen. Er dachte an Cellyana. War es ihr möglich gewesen, die Ereignisse hier im Himmelsturm vorauszusehen? Eigentlich bezweifelte er es, aber natürlich waren ihre Fähigkeiten denen, die er selbst durch ein paar Jahre Studium erlangt hatte, weit überlegen.

»Auch wenn ihr Interesse sie geleitet hat, mich ziehen zu lassen, kann sie keinen Einfluss auf die Ereignisse dieser Reise nehmen«, gab Tylstyr zu bedenken. »Das Schweben der Eissegler vor dem Turm, das Heiligtum der alten Götter, jetzt dieser merkwürdige Mord – all das ist das Wirken der Ewigen.«

»Zumindest darf man das nach dem, was wir bislang erfahren haben, annehmen.«

»Wir sollten weiteres Wissen erschließen«, sagte Tylstyr.

Die Aufzeichnungen auf dem Labortisch zeigten allerdings keinen solchen Überlebenswillen wie die Gegenstände in Ometheons Gemach. Sie waren ebenso zerfressen und zerfallen wie die Schriften in der Bibliothek des Palastes, den die Gefährten zuvor untersucht hatten. Wenn man sie nicht mit äußerster Vorsicht behandelte, zerbröselten sie zu Staub. Dass etwas davon in Vascals Nase stieg und dieser daraufhin heftig nieste, sorgte für weitere Verwüstung. Leomara erwies sich als Geschickteste, sodass sie die Aufgabe übernahm, die verklebten Blätter voneinander zu trennen oder die Seiten umzuschlagen, wenn Tylstyrs Xenographus die Bedeutung eines Abschnittes erschlossen hatte. Glücklicherweise nahm das magische Fluidum, das den Himmelsturm tränkte, der Anwendung astraler Kraft den größten Teil der sonst damit verbundenen Anstrengung. Dennoch pochten Tylstyrs Schläfen mittlerweile, und seine Augen fühlten sich an, als drücke etwas aus dem Inneren des Schädels dagegen.

Das Studium erwies sich als unergiebig, was die Magierphilosophie oder Ometheon betraf. Hier ging es um Notizen, die mit den Forschungen in diesem Raum zu tun hatten. Interessant war die Selbstverständlichkeit, mit welcher der Verfasser alle Tätigkeiten vom Zerstoßen eines Pulvers über das Erhitzen einer Flüssigkeit bis zur Förderung tierischen Wachstums mit Magie verband. Er gebrauchte Zauber wie andere ihre Hände. Allerdings unterschied sich die Natur der arkanen Manipulationen grundlegend von dem, was Tylstyr gelernt hatte. Er verstand gerade einmal, dass es bei der Herstellung einer purpurnen Flüssigkeit um die Veränderung der Eigenschaften von Wasser und Luft ging, die wiederum auf den Körper eines Elfen wirken und von dessen lebendiger Matrix aufrechterhalten werden sollte. Tylstyr sprach alles laut aus und prägte sich die Einzelheiten bestmöglich ein, um später Galandel und Salarin zu befragen.

Ein Zettel enthielt eine gänzlich andere Nachricht: »Da Pyrdona nun die Leitung des Kults der göttlichen Erleuchtung übernommen hat, bestätige ich, dass sie auch das Hochzeitsfest vorbereiten soll«, las Tylstyr vor, wie der Xenographus das verschlungene Asdharia übersetzte. »Unterzeichnet hat wieder Ometheon.«

»Er hat auch seine unsichtbare Geliebte Pyrdona genannt.«

Tylstyr nickte. »Dass eine solche Bestätigung notwendig war, legt die Vermutung nahe, dass es Widerstand gegen ihre neue Position gab. Wobei ›Kult der göttlichen Erleuchtung‹ übrigens sehr nach Magierphilosophie klingt.«

»Da wird sich deine Akademieleiterin freuen.«

»Ich bin mir nicht sicher«, meinte Tylstyr. »Jedenfalls hatte Ometheon offenkundig die Autorität, die Leitung des Kultes zu bestätigen. Gut möglich, dass er sie zuvor innehatte.«

»Ich gebe zu, es wird immer wahrscheinlicher, dass wir uns wirklich im Zuhause des Begründers der Magierphilosophie befinden«, gestand Vascal mit einem amüsierten Schmunzeln.

»Niemals hätte ich vermutet, so weit im Norden ...«

Leomara langweilte sich wohl beim Gespräch der Gelehrten, weswegen sie die krummen Knochen in den Tierkäfigen betrachtete. Jetzt stieß sie ein Glucksen aus.

Vascal und Tylstyr drehten sich zu dem Mädchen um.

Leomara krümmte den Rücken und schob die Ellbogen nach hinten, wobei sie die kleinen Fäuste an ihren Brustkorb drückte und sie bis zu den Achseln hochzog. Sie stieß auf, als müsse sie sich übergeben. Heftig schüttelte sie den Kopf, als wenn etwas daran klebte, das sie fortschleudern wollte.

»Was ist mit dir, Nichte?«

Als Vascal Anstalten machte, sie zu berühren, kreischte Leomara wie ein Affe und sprang von ihrem Onkel fort.

»*Warum tut er uns das an?*«, fragte sie mit der tiefen Stimme, die bei Visionen aus ihr sprach. »*Unser Schmerz ist ungerecht! Wir sind keine Beute, keine Feinde. Er nimmt nicht, um zu fressen.*«

Leomara stellte sich kerzengerade auf und streckte die Arme eng am Körper. Die Hände klappte sie zu den Seiten. Auch ihr Gesichtsausdruck wechselte, die vorher zu Schlitzen zusammengekniffenen Augen weiteten sich. »*Er ist gut zu uns. Immer Fisch. Lecker. Ohne Jagd.*«

Sie drehte sich um die Achse, beugte den Oberkörper tief, stampfte und scharrte auf dem Boden. »*Er wird dich quälen wie uns alle. Du sollst Kraft haben, damit du lange leidest.*«

Ohne Anlauf sprang sie auf den Tisch, wodurch sie eine Wolke von Pergamentstaub aufwirbelte, und landete in der Hocke. Sie umfasste die Fußgelenke, beugte sich weit vor und drückte die Knie gegen die Schultern. »*Es geht ihm nicht um Leid. Schmerz ist ihm egal. Er will anderes von uns.*«

Tylstyr machte einen schnellen Schritt zur Seite, damit sie nicht auf seinen Füßen landete, als sie wieder heruntersprang. Nochmals nahm sie die steife Haltung ein. »*Ich gebe ihm alles, was er will!*« Furchtsam sah sie zur Decke.

Dann lockerte sie sich. Ihre Hände griffen das wattierte Gewand vor ihrer Brust. Leicht gebeugt trat sie vor die Käfige. »*Ich werde das Geheimnis des Lebens enträtseln.*« Auch dieses Murmeln artikulierte sie mit tiefer Stimme. »*Schon bald werde ich eigene Geschöpfe ins Sein rufen. Nichts gibt es, was die Götter einem Wissenden voraushaben, denn nur Wissen entscheidet über Macht, und nur Macht scheidet Recht von Unrecht.*«

Damit sackte das Mädchen zusammen.

Während sich Vascal um seine Nichte kümmerte, betrachtete Tylstyr versonnen die Käfige. In der Schule der Hellsicht gab es solche Experimente nicht, aber andere Akademien forschten an lebenden Objekten, um ihre Kenntnisse zu erweitern. Manchmal verletzte man Tiere, um Heilzauber zu erproben. Magie, die vielen Menschen das Leben rettete. Und dennoch …

Sein Blick fiel auf eine Glasphiole, deren Inhalt wegen einer dicken Staubschicht kaum zu erkennen war. Er streckte sich, um sie aus dem Regal zu nehmen.

Tatsächlich, er hatte sich nicht getäuscht. Als er den Belag fortwischte, kam eine purpurfarbene Flüssigkeit zum Vorschein. Er dachte an die Notiz über die alchimistische Forschung an den Elementen Wasser und Luft und steckte das sorgsam verschlossene Gefäß ein. Derzeit war er zu aufgewühlt, um den Inhalt zu analysieren. Das würde er später nachholen, wenn er das notwendige Instrumentarium zur Verfügung hätte.

Dreizehnte Ebene,
siebzehnter Tag im Goimond

»Du hast nichts verschwiegen, was uns geschadet hätte«, sagte Eichward vom Stein.

Der Hüne zog den Kopf ein, um nicht gegen eine aus der Decke ragende Felsnase zu stoßen. Wie vieles in diesem Palast machte der kurze Gang, dem sie vom Brunnenraum aus folgten, einen halb fertigen Eindruck, das Gestein war nur grob behauen.

Shaya Lifgundsdottir weigerte sich, die Sache so einfach abzutun. »Heimlichkeiten schwächen die Gemeinschaft. Ich hätte euch sagen müssen, was ich über unsere Reise weiß.«

Tjorne Warulfson ging hinter ihr. Sie bildeten eine Dreiergruppe, um diesen Teil des Palastes zu erkunden. Vor ihnen schien Licht.

»Menschen sind Teil vieler Gemeinschaften, Shaya.« Eichward richtete sich auf, als sie den Raum am Ende des Tunnels betraten. Hier gab es keinen weiteren Zugang, sie waren in einer Sackgasse angelangt.

Er war vollständig leer. Tiefe Risse zogen sich durch weißen Putz, der an der Wand zu ihrer Linken großflächig abgefallen war. Dadurch wurden grüne Stangen sichtbar, die im Stein verliefen. Das Mosaik einer riesigen goldenen Sonne beherrschte die Wand zur Rechten.

»Man kann nicht zu jeder Zeit allen gegenüber loyal sein, die es verdient hätten«, fuhr Eichward fort. »Dem König, der Familie, den Kameraden, der armen Witwe und dem bedauernswerten Bauern, den sein Graf auf das Schlachtfeld gezwungen hat. Irgendwem wird man immer Unrecht tun.«

»Aber wir sind eine Ottajasko, auf den Foggwulf eingeschworen!«

Eichward verharrte, weil seine Schritte platschende Geräusche machten. Auf dem Boden stand fingerhoch Wasser.

Er sah sich um, und auch Shaya versuchte zu erkennen, woher die Flüssigkeit kam. Alle anderen Räume waren trocken. Hier gab es Schimmelflecken an den Wänden, die von Feuchtigkeit zeugten. Die Luft war kalt und klamm.

»Du hast auch vor Travia einen Eid abgelegt«, erinnerte Eichward, der wohl das Interesse am Wasser verloren hatte.

Unwillkürlich umfasste Shaya die silberne Gänsespange, die ihren Umhang zusammenhielt. »Du meinst, ich bin ihr untreu geworden, indem ich verraten habe, dass sich Mutter Cunia mit der Obersten Hetfrau über den Wettkampf beraten hat?«

Der Brustharnisch knackte metallisch, als Eichward die Schultern zuckte. »Hat man dir verboten, darüber zu sprechen?«

»Nein, aber ... Wenn Mutter Cunia gewollt hätte, dass Phileasson es weiß, hätte sie es ihm selbst gesagt.«

Auch ihre Füße machten platschende Geräusche.

»Selten hilft es, sich über Zurückliegendes zu grämen«, meinte Eichward.

»Manchmal kommt lang Vergangenes wieder, um einen ins Grab zu ziehen«, sagte Tjorne.

»Machst du dir noch immer Sorgen wegen dieses Königs aller Geister?«, neckte Eichward.

»Spotte nur!«, blaffte Tjorne. »Was immer diesen Dolch in den Rücken des Elfen gestoßen hat, ist mächtig genug, sich vor uns zu verbergen. Wenn es weder Tylstyr noch Vascal oder Salarin zu erkennen vermögen ...«

»... dann muss sein Tarnzauber so kraftvoll sein, dass es jeden von uns jederzeit holen kann, ohne dass wir irgendetwas dagegen tun können. Jaja. Das erzählst du ständig.«

»Weil es stimmt! Es ist ein Fehler, dass wir uns in kleine Gruppen aufteilen. Wir sollten beisammenbleiben.«

»Damit uns dieser Geisterkönig alle zusammen erwischt?«

Eichward klopfte gegen eine der grünen Stangen, die sich senkrecht durch den abgebröckelten Bereich in der Wand zogen. »Das sind Rohre.«

Moos bedeckte unterhalb der Kuhle die Wand und den Schutthaufen aus herausgefallenem Stein und Putz. Im Wasser schwammen grüne Pflanzenfasern.

»Was interessieren mich Rohre?« Tjorne betastete das Mosaik mit der geflügelten Sonne. »Das hier könnten Plättchen aus echtem Gold sein.«

»Tatsächlich?« Eichward ging zu ihm hinüber. »Ist das nicht nur aufgemalt?«

»Fühl selbst, wenn du mir nicht glaubst!«

»Warum bist du so verärgert?«, fragte Shaya.

»Weil ihr mich behandelt, als sei ich ein Feigling«, antwortete Tjorne. »Aber das bin ich nicht. Es ist dumm, eine Begegnung mit Geistern auf die leichte Schulter zu nehmen. Viele Sagas erzählen, was mit Leichtsinnigen geschieht, die sich mit Spukgestalten einlassen, das wohl!«

Shaya zog den Stoff ihrer Kutte hoch, sodass er über den Gürtel hing und der Saum nicht ins Wasser tauchte. Gern hätte sie jetzt eine spöttische Erwiderung von Eichward gehört. Dass es in diesem Turm spukte, war nicht zu leugnen. Auch hier bildete sie sich ein, den Blick verborgener Augen zwischen den Schulterblättern zu spüren.

»Ometheon war kein Geist«, sagte sie, als könne sie das beruhigen. »Er war aus Fleisch und Blut.«

»Aber sein Mörder nicht.« Tjorne fasste die Axt unmittelbar unter dem Blatt mit dem Keilerkopf und schob die Klinge in eine Ritze des Mosaiks. »Nicht der Mörder!«, bekräftigte er. »Darauf kommt es doch an. Fragt sich denn keiner, wann die Geister uns einen Dolch in den Rücken stoßen?«

»Er hat die unsichtbare Erscheinung als seine Geliebte angesprochen«, sagte Shaya.

»Macht das die Sache etwa besser?«, murrte Tjorne.

»Der Köcher, der in den Dolch ziseliert ist«, erinnerte Eichward. »Das ist das gleiche Symbol wie über dem Eingang des anderen Palastes. Und die Inschrift, die sich auf einen Jäger bezieht … Ich glaube, der Unsichtbare hat Ometheon getäuscht.«

Schaudernd drehte sich Shaya um die eigene Achse. In keinem der Risse, die im Putz klafften wie Brüche in einem Totenschädel, sah sie Augen blitzen. Dennoch verstärkte sich das Gefühl, beobachtet zu werden. Als vollzöge jemand ihre Bewegung nach und bliebe immer hinter ihrem Rücken, ganz gleich, wie schnell sie sich drehte.

Mit einem Knacken hebelte Tjorne ein Goldplättchen aus dem Mosaik. Es klimperte auf dem Boden, der an dieser Stelle zwar feucht war, aber nicht unter Wasser stand. Offensichtlich war er etwas uneben, auch an der Wand gegenüber dem einzigen Zugang war er trocken.

Tjorne wog das Plättchen auf den Fingern, biss darauf und war mit dem Ergebnis zufrieden. »Gold. Wie ich gedacht habe.«

»Sehr schön.« Eichward zog seinen Dolch und suchte sich eine Stelle, wo er dem großen Wandbild zu Leibe rückte.

Shaya trat näher zu den Männern heran, wollte sie aber auch nicht behindern. Obwohl sie sie fast berührte, fühlte sie sich allein. Ausgeliefert. Gluckerte da etwas in der beschädigten Wand? Solche Geräusche glaubte sie schon zu hören, seit sie den Himmelsturm betreten hatte. Rührten sie von Wasser her, das sich in den Wänden bewegte, oder von seltsamen Wesen, die sich über sie lustig machten? Sie hatte von krötenartigen Ungeheuern gehört, die aus dem Meer stiegen und abgelegene Langhäuser überfielen. Solche Abscheulichkeiten mussten ähnliche Laute von sich geben.

»Hast du etwas gefunden, wofür sich zu kämpfen lohnt?«, fragte sie Eichward, um sich abzulenken. Während der langen gemeinsamen Reise hatte er ihr offenbart, dass Zweifel an der Sache seines Königs ihn aus Andergast hatten fortgehen lassen.

»Wenigstens ziehe ich nicht mehr für Lügen in die Schlacht.« Er brach ein Plättchen heraus. »Dieses Gold kann ich anfassen.«

Ein lautes Fauchen ließ sie alle herumfahren. Ohne Überlegung riss Shaya den Wanderstab quer vor die Brust.

Dampf und Wasser sprühten aus Rissen in den grünen Rohren. Schnell füllte eine warme Wolke den kleinen Raum. Die Flüssigkeit plätscherte über das Geröll auf den Boden.

Eichward stellte sich vor Shaya. Der gewaltige Bidenhänder steckte noch in der Scheide auf seinem Rücken, diese Waffe hätte er in der engen Räumlichkeit nicht schwingen können. Stattdessen hielt er den Dolch in der Faust. Den linken Arm winkelte er ab.

Das Fauchen wurde zu einem Zischen, dann zu einem Pfeifen, das allmählich erstarb.

»Ich glaube, das passiert hier häufig«, meinte Shaya. »Daher kommt das Wasser auf dem Boden.«

Eichward zögerte noch einen Moment, aber als sich Tjorne wieder an den Goldplättchen zu schaffen machte, kehrte auch er zu dieser Beschäftigung zurück.

Der warme Dampf erinnerte Shaya an die große Wäsche, die dreimal im Jahr in Travias Haus gemacht wurde. Dann bewarfen sich die Schwestern mit nassen Tüchern, ohne dass man die Übeltäterin erkennen konnte, denn die Dunstschwaden verbargen sie. An jenen Tagen war die Halla des Tempels erfüllt von fröhlichem Gelächter. Voller Inbrunst wünschte sie sich jetzt, dort zu sein. Zuhause!

Shaya hielt beide Hände um das feuchte Holz ihres Stabes

geschlossen. Dass ihr Herz so schnell schlug, war nicht dem Schreck durch das austretende Wasser geschuldet. Das Gefühl, beobachtet zu werden, steigerte sich zu einem Wahn.

Sie wandte sich wieder Eichward zu. »Ist Gold jetzt alles für dich?«

»Es ist mehr als nichts«, antwortete der Hüne. »Und wenn ich irgendwann Wertvolleres finde, werde ich es gern nehmen.«

»Ist unsere Gemeinschaft nicht kostbarer?«

»Der Foggwulf ist ein aufrechter Mann, und ich reise gern mit euch.«

Es fiel Shaya schwer, sich auf das Gespräch zu konzentrieren. Die Schwaden lichteten sich, weil sich die Feuchtigkeit an Wänden und Decken niederschlug, aber noch waren sie dicht genug, um sie mit Schatten zu narren. Fast konnte man meinen, in der Ecke neben dem Eingang stünde jemand.

Shayas Puls pochte in ihren Handgelenken. Sie zwang sich, wegzuschauen. Sie durfte sich nicht verrückt machen lassen! Dort war niemand, und das Einzige, was sich bewegte, waren die vom Licht der Leuchtkugeln durchdrungenen Schwaden. Wie Dunst, der sich an einem Sommermorgen aus einem Waldboden hob. Nichts weiter.

Sie zwang ihre Aufmerksamkeit zurück zu den Gefährten. Es schien schwer zu sein, die Plättchen aus dem Mosaik zu brechen, die Zwischenräume waren dünn wie ein Haar. »Gold wärmt nicht wie ein Feuer, um das man im Kreis seiner Freunde sitzt.«

»Es verlöscht auch nicht so schnell«, versetzte Tjorne.

Shaya fuhr herum.

Da war etwas! Der Dunst sammelte sich jetzt unter der Decke, wo er die Leuchtkugeln umfing. Der Schatten in der Ecke aber blieb.

»Wer bist du?«, fragte Shaya mit zitternder Stimme.

Das nachtschwarze Gewand gewann an Festigkeit, als die Gestalt einen Schritt vorwärts machte und die Gefährten damit beinahe erreichte. Die Dunkelheit des Schattens sammelte sich im Stoff und ließ Gesicht und Hände knochenweiß zurück. Schnell gewannen sie Konturen, krallenartige Nägel wuchsen aus dürren Fingern. Die vollständig blauen, handtellergroßen Augen wiesen keine Pupillen auf. Die Ohren liefen zu wie bei einem Elfen, waren aber doppelt so lang. Hellrosa Lippen zogen sich von spitzen Zähnen zurück, als sich der Mund zu einem stummen Schrei öffnete und Zorn das Gesicht entstellte.

Shaya stolperte und stieß gegen Eichward.

»Was ist das?«, rief Tjorne.

Die Gestalt breitete die zu Klauen gebogenen Hände aus. Das Symbol der geflügelten Sonne wurde auf ihrer Brust sichtbar.

Eichward stieß zu. Seine Dolchklinge durchdrang den Körper wie Luft. Erst seine Faust fand Widerstand und drückte das Gespenst zurück.

Mit einem unartikulierten Schrei ließ Eichward die Waffe los. Sein Gesicht war vor Schmerz verzogen, als habe er in glühende Kohlen gegriffen. Der Dolch fiel durch den Körper des Geistes und platschte ins Wasser.

Tjorne griff den Schild, den er unter dem Mosaik an die Wand gelehnt hatte. »Zurück!«, brüllte er und rammte ihn gegen die Gestalt, um sofort mit der Axt zuzuschlagen.

Der Hieb hatte keinen Effekt, aber die Krallenhand des Geistes schlug durch den Schild, als existiere dieser nicht, und traf Tjorne in die Seite. Die Wucht schleuderte ihn gegen die Wand. Er stöhnte. Der Aufprall war so heftig, dass ihm die Axt entfiel.

Tjorne und Eichward waren jetzt Shayas Familie, so wie alle anderen aus der Ottajasko. Und die beiden waren dem Geist hilflos ausgeliefert! Shaya stieß ihren Stab mit solcher Wut auf den

Boden, dass das Wasser spritzte. »Weiche!« Sie war selbst überrascht, dass ihre Stimme nicht zitterte.

Lauernd wandte sich der Geist ihr zu. Sein Kopf erinnerte an eine Fledermaus. Die weiße Haut spannte sich eng um den Schädel, die viel zu großen Augen glichen blauen Steinen. Die Zunge zuckte zwischen den spitzen Zähnen wie ein Wurm und formte dabei Worte, die für Shaya unhörbar blieben.

Wo Klingen versagten, würde Göttervertrauen vielleicht helfen. Der einzige Weg hinaus war ihnen durch den Geist versperrt, aber Shaya würde nicht zulassen, dass ihren Freunden ein Leid geschähe.

Sie riss die als Gans modellierte Silberspange von ihrem Gewand und hielt sie der Erscheinung entgegen. »Im Namen der gütigen Mutter Travia!«, rief sie. »Ich verbiete dir, unseren Frieden zu stören!« Der seines Halts beraubte Umhang rutschte von ihren Schultern ins seichte Wasser.

Der Geist fletschte die Zähne und schlug die Hände vors Gesicht. Dabei wischten seine Krallenfinger durch Shayas linken Unterarm. Es fühlte sich an, als erstarre dieser plötzlich zu Eis. Sie schrie auf. Ihre linke Hand war ohne Gefühl, der Stab drohte ihr zu entgleiten.

Doch das Gespenst wich vor der Gänsespange in ihrer Rechten an die beschädigte Wand zurück. Es blinzelte zwischen den Krallen hindurch, als brenne der Anblick des heiligen Symbols in seinen Augen.

Mutig trat Shaya der unheimlichen Erscheinung entgegen. »O Travia, gütige Mutter, schütze uns vor dieser verderbten Kreatur!«

Sie erschrak vor den bedrohlich spitzen Zähnen. Dieses Wesen strahlte eine so abgrundtiefe Bösartigkeit aus, dass sie zweifelte, ob es der von den Göttern geschaffenen Natur entstammte.

Der Geist machte einen tastenden Schritt nach rechts, zog den

Fuß aber zurück. Er riss die Hände auseinander und den Mund weit auf, als wollte er Shaya beißen, nahm seinen Schutz wieder hoch und tastete nochmals mit dem Fuß.

»Im Namen der Zwölfe! Ich befehle dir: Hebe dich hinfort, Verdammter!«

»Du musst ihm einen Weg lassen«, riet Eichward. »Wer nicht entkommen kann, ist zum Kampf gezwungen.«

Tjorne nahm seine Waffen wieder auf.

»Wenn ich ihn in den Gang lasse, kann er zum Foggwulf und unseren Gefährten gelangen«, sagte Shaya zögernd.

»Ich glaube, er will zur anderen Seite«, meinte Eichward.

»Aber da kommt er doch nicht hinaus.«

Bis auf einige Risse war an der Wand gegenüber dem Durchgang nichts zu erkennen. Dennoch nahm Shaya die Gänsespange etwas zurück. Ihre linke Hand kribbelte, als die Wärme wieder in den Arm strömte.

Tatsächlich huschte der Geist zur Wand. Kurz verharrte er dort, dann schmolz sein Schatten in den Putz und löste sich auf.

»Ich habe ja gesagt, dass wir hier nirgendwo sicher sind, das wohl!«, grummelte Tjorne. »Ihr wolltet mir nicht glauben, aber nun müsst ihr zugeben, dass ich recht hatte.«

»Vielleicht hat ihn erzürnt, dass wir das Symbol seines Gottes zerstören, um das Gold zu plündern«, meinte Eichward.

Tjorne spie aus. »Hast du gesehen, wie viel Beorns Leute schon angehäuft haben? Es ist ja gut, wenn wir den Foggwulf zum König der Meere machen, aber was gewinnen wir dabei?«

Mit gerunzelter Stirn betrachtete Shaya die Wand. Wieso war der Geist gerade an dieser Stelle verschwunden? War er auch von dort gekommen, bevor sie ihn bemerkt hatte?

Sie bückte sich und hob ihren Umhang auf. Das Wasser stand jetzt etwas höher, und es gab eine leichte Strömung, die den orangefarbenen Stoff bewegte. Sie zog zur gleichen Wand, in der der Geist aufgegangen war.

Während Tjorne und Eichward darüber stritten, ob sie weitere Goldplättchen aus dem Mosaik brechen sollten, beobachtete Shaya die Pflanzen im Wasser. Sie schienen zu winken.

Shaya stellte sich vor die kahle Wand und lauschte. Tatsächlich hörte sie Flüssigkeit, die auf etwas Hartes plätscherte, vermutlich Stein. Sie betastete den Putz. »Hier ist eine Fuge!«, rief sie. Als sie sich hinhockte, konnte sie auch eine Ritze unmittelbar über dem Boden fühlen. Dort floss das Wasser ab. »Das ist eine Geheimtür!«

Die beiden Männer sahen sie an.

»Der Geist kannte diesen Ausgang, und dass er geschlossen ist, war für ihn kein Hindernis«, vermutete Shaya. »Aber eine Tür muss sich auch öffnen lassen.«

»Ich sehe weder Klinke noch Riegel«, sagte Tjorne.

Shaya stützte sich gegen die Wand. Noch war das Gefühl in ihrer Linken nicht vollständig zurückgekehrt. Die Hand kribbelte, als hätte sie eine Nacht darauf geschlafen.

»Sie lässt sich nicht einfach aufschieben«, stellte sie enttäuscht fest.

»Vielleicht hat der Mechanismus etwas hiermit zu tun.« Eichward presste gegen ein Goldplättchen, in dessen Nähe er einige andere herausgebrochen hatte. Es versank in der Wand, kam aber wieder heraus, als er den Finger wegnahm.

»Die Vorrichtung scheint kaputt zu sein«, vermutete Shaya, da sich die Tür noch immer nicht bewegte.

»Geduld«, bat Eichward. »Vielleicht gibt es noch mehr solche Plättchen.«

Tatsächlich fanden sie drei weitere. Jeweils zwei lagen so eng beieinander, dass man sie mit Daumen und Zeigefinger einer Hand hineindrücken konnte. Als Eichward das bei allen vieren tat, verriet ein Klacken, dass ein Sperrriegel zurückwich.

Shaya brauchte noch nicht einmal zu drücken. Unter dem eigenen Gewicht schwang die Tür auf.

»Stufen«, erkannte sie. »Viel enger als bei der Wendeltreppe, über die wir gekommen sind, und sie führen nur nach unten, nicht in beide Richtungen.«

»Kein Licht«, stellte Tjorne fest. Nur der Schein aus dem Raum erhellte den Weg in die Tiefe.

»Das wird den Foggwulf interessieren«, meinte Eichward.

Dreizehnte Ebene,
siebzehnter Tag im Goimond

»Also führen von hier aus zwei Wege in die Tiefe«, stellte Asleif Phileasson fest, nachdem er den Bericht angehört hatte.

Er stand mit Ohm Follker, Shaya, Tjorne und Eichward neben einem Tisch, der auch doppelt so vielen Gästen Platz geboten hätte. Sie misstrauten den wenigen Stühlen, die noch nicht zusammengebrochen waren.

Nachdenklich strich Phileasson durch seinen Bart. »Unsere Aufgabe besteht darin, das Geheimnis des Himmelsturms zu erforschen. Gut möglich, dass es hinter einer verborgenen Tür zu finden ist.« Rufe aus dem Brunnenraum ließen ihn innehalten.

»Der Elf!« Crottet kam zu ihnen gelaufen. »Das Blut und der Dolch sind verschwunden. Ometheon hat sich erhoben, als hätte er auf dem Robbenfell geschlafen, und wandert jetzt im Zimmer umher.«

Phileasson beeilte sich, in das Schlafgemach zu kommen, in dem er Zeuge des schauerlichen Mordes durch einen Unsichtbaren geworden war.

Salarin Trauerweide redete sichtlich verzweifelt auf Ometheon ein, der ihn jedoch ignorierte und ein Buch studierte, während er auf und ab ging.

»Dies ist ein gefährlicher Ort für dich, Bruder!«, rief Salarin. »Auch wenn du dich nicht daran erinnerst, fuhr hier ein Dolch in deinen Rücken! Wir werden dir helfen, wenn du uns sagst, auf welche Weise wir dies tun können. Bitte, gib mir ein Zeichen, dass du mich verstehst!«

Offensichtlich tat Ometheon das nicht. Als sich Salarin ihm in den Weg stellte, ging er einfach weiter. Salarin wurde zur Seite geschoben, als dränge ihn etwas sehr Schweres und Kräftiges weg. Ometheon stolperte leicht, blickte von seinem Buch auf, sah sich um und strich mit dem Fuß über das Fell am Boden, als vermute er dort eine Unebenheit. Dann setzte er den sinnenden Gang fort.

»Eichward!«, befahl Phileasson.

Der Ritter drängte sich an den Kameraden vorbei die Treppe herunter. Er beobachtete die Szenerie, näherte sich dann gebückt Ometheon und umklammerte dessen Hüfte mit beiden Armen, als wolle er ihn zu Boden ringen. Tatsächlich konnte er den Elfen festhalten.

Ometheon dagegen versuchte zwar, weiter vorwärtszukommen, störte sich jedoch nicht an der Vergeblichkeit seines Bemühens. Er erinnerte Phileasson an ein Spielzeugschiff, das der Wind gegen eine Hafenmauer drückte, die ihm den weiteren Weg versperrte.

Eichward ächzte. Sein Gesicht lief dunkel an.

»Keine Magie«, raunte Tylstyr Phileasson zu. »In diesem ganzen Raum nicht.«

Salarin stimmte einen seiner zweistimmigen Gesänge an. »Bian bha la da'in ...«

»Er versucht, die Freundschaft Ometheons zu erlangen«, erklärte Tylstyr.

Unruhe entstand auf der Treppe, aber Phileassons Aufmerksamkeit blieb bei den Personen im Raum. Salarins Verzweiflung war so greifbar wie Eichwards Anstrengung. Die Faszination ging jedoch von Ometheon aus. Das Blut auf seinem Rücken war ebenso verschwunden wie das auf dem Fell. Nicht nur hatte sich der Morddolch aufgelöst, auch Ometheons Gewand war wieder unversehrt. Seine Gestalt strahlte eine schwer zu fassende Fremdheit aus. Die Kleidung ähnelte der des Geistes, der Salarin im anderen Palast begrüßt hatte. Aber jene Erscheinung hatte aus Licht bestanden, während Ometheons Körperlichkeit spätestens durch den ächzenden und schwitzenden Eichward bewiesen wurde.

»Ein Blick in eine verlorene Epoche«, murmelte Phileasson. Wenn die Vermutungen von Vascal, Tylstyr und Galandel zutrafen, hatte Ometheon auf diese Weise seine Schriften studiert, lange bevor Jurga dem Gottwal über das Meer der Sieben Winde gefolgt war.

Obwohl Phileasson seinen Gefährten vertraute, war ihm klar, dass er mit Erklärungen vorsichtig sein musste. Das Rätsel des Himmelsturmes war noch lange nicht gelöst. Dies war ein Ort, der ebenso der Sphäre der Geister wie jener der Lebenden angehörte. Darauf deutete auch Shayas Bericht über die Begegnung mit dem seltsam entstellten Elfen vor der Geheimtür hin.

»Wollt ihr uns unserem Gastgeber nicht vorstellen?«, fragte eine dunkle Stimme.

Phileasson wandte sich um und sah in Beorns Auge. Obwohl er für einen Thorwaler klein war, beherrschte er den Raum, sobald er eintrat. Kein Wunder, dass Phileassons Leute ihn durchgelassen hatten. Er war ebenso Ehrfurcht gebietend wie düster, was er durch seine Kleidung noch unterstrich. Das Kettenhemd unter dem dicken Winterumhang hatte die Farbe von öligem Rauch.

»Vielleicht willst du selbst mit ihm sprechen«, sagte Phileasson.

»Dann bist du sicher, dass die Worte deinen Ruhmestaten gerecht werden.«

Oberhalb der Treppe klirrte Metall.

Einen Moment noch maßen sich die beiden Drachenführer mit Blicken. Dann war offensichtlich, dass gekämpft wurde. Schweigend gingen sie nach oben.

In dem dämmrigen Raum, der einmal ein Salon gewesen sein mochte, stand Tjorne einer Frau aus Beorns Mannschaft gegenüber. Die Axt in ihrer Hand verriet, was die Kerbe aus Tjornes Rundschild geschlagen hatte. Die eigene Waffe hielt er schlagbereit, während die beiden sich umkreisten.

»Was soll das?«, donnerte Phileasson.

»Sie hat mein Gold gestohlen!«, rief Tjorne.

Die Frau grinste. »Thorwaler plündern. Wer zu schwach ist, sein Gold festzuhalten, dem nehme ich es ab!«

Phileasson sah Beorn an. »Was sagst du dazu?«

Der Blender lachte leise. »Ursa hat auf ihren Plünderfahrten viel gelernt.«

»Hier gibt es genug für uns alle«, versuchte es Phileasson.

»Dann kann dein Bursche sich ja woanders etwas holen.«

Mit einem Schrei sprang Tjorne vor.

Die Frau hob den Schild über den Kopf, um die weit ausgeholte Axt abzuwehren.

Tjorne hockte sich jedoch blitzschnell ab und angelte nach der Ferse seiner Gegnerin. Im schummrigen Licht sah sie ihn zu spät. Er riss ihren Fuß weg, sodass sie krachend auf dem Steinboden schlug.

»Schluss!« Shaya Lifgundsdottir eilte mit weiten Schritten zu den Kämpfern und stieß energisch ihren Stab auf den Boden, um für Stille zu sorgen. »Ehrt die Regeln der Obersten Hetfrau! Ihr dürft euch nicht töten!«

»Dann soll sie mir mein Gold zurückgeben!«, forderte Tjorne mit erhobener Axt.

»Du hättest es nicht fallen lassen sollen!«, gab die Frau trotzig zurück.

»Wenn ich deine Hände abhacke, wirst du ständig etwas fallen lassen!«, drohte er.

»Es reicht!«, rief jetzt auch Lenya.

»Weg mit den Äxten!« Shaya wirkte so entschlossen, dass Phileasson ihr zutraute, beide Streiter zugleich mit ihrem Stab zu verprügeln, wenn sie nicht Folge leisteten. Dass sie den Geist vertrieben hatte, musste ihren Mut gestärkt haben.

»Tjorne ...«, mahnte Phileasson.

Der Atem des Mannes beruhigte sich, aber die Axt blieb, wo sie war.

»Erinnere dich, wer dein Drachenführer ist, Tjorne!«, forderte Phileasson. »Das bisschen Gold ist es nicht wert.«

»Es ist das einzige Gold, das ich auf dieser Fahrt in die Finger bekommen habe!«, widersprach Tjorne. »Ich werde es nicht aufgeben.«

»Beorn?« Phileasson sah seinen Rivalen an.

Der grinste wölfisch. »Ursa hat sich genommen, was der Stärkeren zusteht.«

»Ihre Waffe ist ihr entfallen, deine Frau liegt am Boden und wartet darauf, dass Tjorne ihren Schädel spaltet. Sieht so die Stärkere aus?«

Beorn zuckte mit den Schultern. »Scheint so, als ob er das nicht fertigbrächte. Also ist Ursa die Stärkere, selbst wenn sie am Boden liegt. Sie würde nicht zögern.«

Phileasson seufzte. »Lass ihr die paar Krümel, Tjorne. Wir werden mehr Schätze finden, als wir tragen können, das wohl!« Er senkte seine Stimme. »Steck die Axt weg.«

Widerwillig trat Tjorne zwei Schritte zurück und schob die Waffe in den Eisenring an seinem Gürtel.

»Viel Freude mit unserem Gastgeber«, sagte Phileasson zu Beorn und wies die Treppe hinab.

Während der Blender seine Ottajasko dorthin mitnahm, führte Phileasson seine Mannschaft zu ihrer Ausrüstung in den Brunnenraum. Immerhin hatte Beorn so viel Ehre im Leib, dass nichts fehlte.

»Es ist schlecht, wenn wir uns ständig über den Weg laufen«, grollte Phileasson. »Zeig uns die verborgene Tür, Shaya. Hoffen wir, dass sie uns zum Geheimnis des Turmes führt, während Beorn der großen Wendeltreppe folgt und sich von seiner Gier nach Gold ablenken lässt.«

6 SPIEGEL VON MUT UND VERLASSENHEIT

*Zwölfte Ebene,
siebzehnter Tag im Goimond*

Iskir blickte zum Wappen über dem Portal an der Treppe. Wenn er sich nicht täuschte, zeigte es eine Flamme. Wer wählte sich so einen Schildschmuck? Obwohl, zu Eimnir würde er passen, dachte er schmunzelnd.

»Wer nimmt den Ehrenplatz?«, fragte Beorn.

Ursa trat sofort vor. Iskir folgte ihr auf dem Fuß.

Der Drachenführer sah sie beide abwägend an, dann schüttelte er den Kopf. »Du hast dich schon dutzendfach bewährt, Ursa. Gib dem Jungen Gelegenheit, sich Ruhm zu verdienen.«

Sie schnaubte verärgert. »Das wird dann wohl die Saga von der bepissten Hose, wenn der Kleine vorne geht.«

»Du ...« Iskir hob seinen Schild. Die Hand fuhr zu der Axt, die neben seinem Schwert hing.

»Ja?« Ursa sah ihn mit ihren himmelblauen Augen herausfordernd an. »Willst du ein Tänzchen wagen?« Auch sie legte ihre Rechte auf die Axt.

»In den Tunnel mit dir!«, befahl Beorn.

Iskir zuckte kurz zusammen. Der Drachenführer sah zum Fürchten aus, wenn blanke Wut aus seinem verbliebenen Auge funkelte.

Ohne zu zögern, trat er durch das Portal mit dem Flammensymbol und folgte dem Gang dahinter, der vor einer Mauer aus wucherndem Grün endete.

Mit der Axt schlug er sich einen Pfad. Hinter sich hörte er Ursa fluchen. Überall wucherten Dornenranken. Ein Rabe krächzte ihn von einem verdorrten Baum herab spöttisch an. Der junge Recke hielt inne. Dieser Baum … Er war unheimlich. Die Rinde hatte sich von dem toten Holz geschält. Bleich wie Knochen ragte es aus dem Dickicht empor, das einst ein Garten gewesen war. Die Raben darauf schienen ihn alle anzublicken, und plötzlich kam es ihm vor, als riefen sie ihm Warnungen zu.

»Na, Jüngelchen, schwächelst du schon?«

Ursas Worte trieben Iskir die Hitze in die Wangen. Wahrscheinlich wurde er rot wie ein Knabe, der noch mit Holzschwertern spielte, wenn eine Erwachsene ihn auf seinen Platz verwies. »Keineswegs«, knurrte er und versuchte, genauso düster und entschlossen zu klingen wie Beorn. Mit doppelter Wut drosch er auf das Gestrüpp ein.

»Du kommst vom Weg ab.«

Ein derber Stoß traf Iskir in den Rücken. »Dort entlang!« Ursa deutete mit ihrer Axt nach links. »Du musst ab und an mal nach hinten schauen. Hast du dir gar nichts gemerkt? Fast alle Kammern, die wir betreten haben, hatten einen Ausgang, der dem Eingang genau gegenüberlag. Wenn es denn einen zweiten Ausgang gab … Solange du also einen geraden Weg durch den Garten schlägst, liegst du richtig.« Sie sah zu dem toten Stamm, dann zu ihm. Ihre blauen Augen funkelten. »Du weichst dem Baum aus.« Sie schnaubte verächtlich. »Bei Swafnir, du hättest besser nicht den Rockzipfel deiner Mutter verlassen!«

»Ich hab …«, begann er. Seine Hand schloss sich fester um den Axtgriff. Er würde seine Ehre nicht auch noch besudeln, indem er log und Ausflüchte suchte. Stattdessen drehte er sich um.

Verbissen machte er weiter. Heißer Schweiß rann ihm den Rücken hinab. Das Rabenkrächzen klang in seinen Ohren. In Thorwal schrien die Raben anders. Es klang wie Worte, auch wenn er sie nicht verstand.

Plötzlich stand er vor einer Öffnung in der Wand. Durch einen gewölbten Torbogen blickte er in einen Tunnel.

»Wir sind durch!«, verkündete er stolz und trat in den Gang. Laub und totes Geäst lagen hier auf dem Boden, dazwischen Kaninchenköttel. Ein schwebendes Licht erhellte den Gang, dem sie nach rechts oder links folgen konnten.

»Wir sind durch«, äffte ihn Ursa nach. »So sind sie, die lieben Kinderchen, erklären den Erwachsenen gern das Offensichtliche.«

»Legt die Rucksäcke und die Winterkleidung ab, wir müssen beweglicher werden«, befahl Beorn. »Offenbar ist Asleif nicht hier gewesen. Wir haben also Gelegenheit, die Geheimnisse dieser Höhlen vor ihm zu entdecken. Ich erwarte, dass ihr etwas findet und euch nicht die Kehlen durchschneiden lasst.«

Iskir dachte an Hallar. Vor seinen Augen war sein Kamerad von der unsichtbaren Kreatur zerfetzt worden. Verstohlen blickte er zu Galayne, der gerade seinen Helm so vorsichtig auf den Boden stellte, als wäre er zerbrechlich. Wusste der Elf noch mehr über diesen verwunschenen Turm? Welche Schrecken erwarteten sie noch?

Der junge Recke lehnte seinen Rucksack an die Wand, faltete die Fellweste zusammen und legte sie obenauf. Es war tatsächlich angenehm warm in diesem Tunnel. Sein schweißnasses Leinenhemd klebte ihm am Rücken. Kurz entschlossen zog er es aus.

»Oh«, raunte Ursa. »Der Körper eines Mannes unter dem Kopf eines Kindes.«

Iskir biss sich auf die Lippen. Bei der nächsten Bemerkung würde er ihr die Zähne einschlagen. Vorher gäbe sie wohl keine Ruhe.

»Ursa!« Beorn war zwischen sie beide getreten.

Erschrocken fragte sich Iskir, ob der Drachenführer ihm wohl seine Gedanken vom Gesicht ablas.

»Du nimmst dir Galayne, Eimnir, Zidaine und Iskir und gehst nach links. Ich erkunde mit den anderen die entgegengesetzte Richtung. Teilt euch nicht weiter auf. Eimnir hat rote Kreide dabei. Ihr markiert euren Weg, verstanden?«

»Jawohl, Drachenführer!«

Sie sprach so übertrieben pflichtbeflissen, dass in ihrer Antwort etwas Herablassendes lag, dachte Iskir.

»Geratet ihr in Gefahr, gebt ihr ein Hornsignal. Wir folgen dann den Kreidespuren. Hört ihr einen Hornruf von uns, macht ihr es umgekehrt und kommt uns zu Hilfe.« Er sah sie durchdringend an. »Du wirst deine Gruppe auf keinen Fall weiter aufteilen! Haben wir uns verstanden?«

»Seh ich eigentlich aus wie eine Amme?«

»Was?«

»Na ja, immer bekomm ich den Kleinen aufgehalst …«

Beorn grinste. »Jetzt, wo du es sagst … Trotz der harten Schale sehe ich tatsächlich etwas zutiefst Mütterliches in dir, Ursa. Du wirst das gut hinbekommen. Und von der Brust ist er ja schon entwöhnt. Da wäre bei dir ja nicht so viel zu holen.« Er verpasste ihr einen Klaps auf die Schulter. »Los jetzt! Du hast deine Befehle!«

Iskir seufzte innerlich. Warum hatte der Blender ihn nicht in seine Gruppe aufgenommen? Hielt er ihn auch für eine Memme? Er würde sich beweisen, dachte er bitter. Er würde mutiger sein als jeder andere! Die verdammten Späße würden ein für alle Mal ein Ende finden.

»Du bleibst an meiner Seite.« Etwas in Ursas Tonfall hatte sich verändert. Sie klang weniger herablassend. »Unter meinem Kommando verreckt keiner! Habt ihr das verstanden?«

Iskir dachte an die Kämpfe mit den Schneeschraten. Alle in der Ottajasko wussten, dass Ursa für dieses Gemetzel verantwortlich gewesen war, das sie vier gute Recken gekostet hatte.

Entschlossen schritt die Kriegerin los.

Bald erreichten sie eine Kammer, die an eine Werkstatt erinnerte. Überall standen Glasgefäße. Becher, Krüge und sogar Figuren aus Glas, in dem alle Farben des Regenbogens gefangen waren. Staunend sah sich Iskir um. Es wirkte, als hätten die Kunstwerke hier buchstäblich den letzten Schliff bekommen.

Allerdings lag auch der Boden voller Scherben, die unter jedem ihrer Schritte knirschten und sich tief in die Sohlen der Stiefel drückten.

Iskir ging dazu über, mit der Stiefelspitze die größten Scherben zur Seite zu schieben, bevor er den Fuß aufsetzte.

»So viel verlorene Kunstfertigkeit«, sagte Galayne einmal bedauernd, ansonsten herrschte Schweigen.

Als Iskir eine Skulptur betrachtete, die zwei junge Mädchen zeigte, die Arm in Arm gingen, hatte er das Gefühl, als berühre ihn ein Eisfinger mitten am Rücken. Seine Nackenhaare richteten sich auf. Erschrocken fuhr er herum, doch da war nichts.

Galayne hob eine Braue und sah ihn fragend an, aber er sprach ungern mit dem Elfen.

»Weiter!«, drängte Ursa. »Hier ist nichts zu holen.«

Sie folgten einem Gang, der in eine noch geräumigere Werkstatt führte. Große Öfen waren in die Wand zu ihrer Linken eingelassen. Scheite und Holzkohle lagerten in tiefen Wandnischen. Seltsame lange Metallrohre lagen am Boden.

Aus dem Durchgang zum nächsten Tunnel fiel unruhiges Licht in den Raum. Es wurde langsam heller, um dann plötzlich zu verlöschen. Dann begann es von vorne. Das Licht wurde heller. Und verlosch erneut.

Als Iskir zu dem Gang blickte, spürte er ein unangenehmes Ziehen in der Magengegend.

Zidaine sah sich einen der Öfen an. Sie steckte den Kopf durch das Feuerloch. »Hier ist etwas«, rief sie plötzlich.

Eimnir war als Erster an ihrer Seite.

»Hier!« Sie zog ein Knäuel schmutziger Decken hervor. Eine Stoffpuppe mit seidigem Haar fiel zu Boden. Eimnir steckte den Kopf neben ihr in den großen Ofen.

»Hier ist etwas in den Stein geritzt!«, rief Zidaine. »Es sieht aus wie Kinderzeichnungen. Einige Köpfe. Sie scheinen zu schweben. Und da sind auch Schriftzeichen ...«

Iskir hob die Puppe auf. Sie war eine wunderbare Handwerksarbeit. Viel besser als die Kinderpuppen, die er kannte. Das Kleid war fein genäht und der lange Rock mit Stickereien gesäumt, der Kopf kunstvoll geschnitzt und bemalt. Er wirkte so lebensecht, dass er sich fragte, ob es die Frau mit den großen Augen, die diese Puppe darstellte, wirklich einmal gegeben hatte. Und das Haar ... Er strich darüber. Es war echtes Haar, doch viel zarter als jedes Frauenhaar, das er bislang berührt hatte.

Auch Galayne kam nun. Er bedachte die Puppe mit einem kurzen Blick. »Darf ich in den Ofen schauen?«

Eimnir wich vor ihm zurück, Zidaine aber war ganz in das dunkle Loch in der Wand hineingekrochen. Eine schwere Eisentür erlaubte, das Ofenloch zu verschließen, damit die Hitze darin gefangen blieb.

Galayne stieg mit katzenhafter Behändigkeit durch das Loch. »Dort steht ›Scherenmann‹«, sagte er mit seltsam tonloser Stimme. »Und hier sind die Zeichen der alten Götter in den Ruß gekratzt. Es sieht aus, als hätten sie diesen Scherenmann abwehren sollen.«

»Aber das waren doch Kinder, die sich hier versteckt haben, nicht wahr? Es waren Kinder!« Zidaines Stimme überschlug sich.

So aufgewühlt hatte Iskir die sonst so abgeklärte Fechterin noch nie erlebt.

»Ja«, sagte der Elf. »Ich glaube auch, dass sich hier Kinder versteckt haben. Die Kämpfe oben in der Ratshalle ... Vielleicht ist auch in den Palästen und Werkstätten gekämpft worden.«

»Siehst du all die Striche? Dort, ganz hinten, an der Rückwand. Das müssen Hunderte sein.«

»Vielleicht ist es nur Kindergekrakel ...« Galayne gab sich nicht sehr viel Mühe, überzeugend zu klingen.

»Dort hat jemand Tage gezählt«, keuchte Zidaine. »Siehst du etwas, das dir verrät, was mit dem Mädchen geschehen ist?«

»Vielleicht wenn du heraussteigst und ich mir in Ruhe alles ansehen kann?«

Zidaine schob sich aus dem Ofenloch.

Iskir hörte den Elfen ein Wort raunen, und ein blauweißes Licht erschien über dessen Handfläche. Er leuchtete in jeden Winkel.

»Hier ist tatsächlich noch etwas. Eine halb verwischte Zeichnung. Zwei Mädchen mit einem Mann und einer Frau. Sie halten sich alle bei den Händen. Und dahinter ist noch eine Gestalt ... ein Mann mit einem Scherenarm.«

»Das reicht nun als Märchenstunde«, sagte Ursa scharf. »Was immer hier geschehen ist, es ist seit Jahrhunderten vorüber. Und es wird wohl kaum das Geheimnis sein, das wir ergründen sollen.«

»Ich denke schon, dass es damit verbunden ist.« Galayne kroch zurück, auch sein weißes Gewand war nun rußverschmiert.

»Weißt du wieder etwas, das du uns verheimlichst?« Ursa trat dicht vor den Elfen. Er war ein wenig größer als sie.

Gelassen blickte Galayne auf die rothaarige Kriegerin herab. »Was? Willst du es aus mir herausprügeln?«

»Das kann auch ich übernehmen«, mischte sich Iskir ein.

Der Elf seufzte. »Also bitte ... Ihr alle habt es doch gesehen. Die

Bilder im Grabmal im Eis. Die Bewohner des Himmelsturmes haben einen Bruderkrieg geführt. Sie haben im Ratssaal gekämpft, und dann gab es noch die Schlacht auf dem Eis, die der goldene Drache entschieden hat. Zumindest du, Zidaine, hast dir doch alles ganz genau angesehen.«

»Was wohl aus jenen wurde, die nicht entkommen konnten?« Zidaine sah mit schreckensweiten Augen zu dem Ofen.

Iskir hatte das Gefühl, dass ihre Gedanken in weiter Ferne waren, während sie sprach.

»Ganz gewiss werden nicht alle entkommen sein. Sie waren der Gnade der Rebellen unter der Flügelsonne ausgeliefert. Oder sie haben sich versteckt …« Auch Galayne sah zum Ofen.

»Und wir gehen jetzt«, entschied Ursa. »Hier gibt es nichts mehr zu entdecken.«

Wieder hatte Iskir das Gefühl, als bohre sich ihm ein eiskalter Finger in den Rücken. Er gab einen erschrockenen Laut von sich und erntete überraschte Blicke.

»Was?«, fragte er herausfordernd.

»Durch diese Tür! An meiner Seite«, war Ursas Antwort.

Und er folgte ihr, in den Tunnel, dessen an- und abschwellendes Licht schon in den Raum mit den Öfen gefallen war.

Vor ihnen lag ein langer Gang. Die Wände waren mit blühenden Wiesen bemalt. Es war das magische Licht, etwa zehn Schritt entfernt, das sich so seltsam verhielt. Dort war eine weitere Türöffnung zu sehen, hinter der ein Raum oder aber noch ein Tunnel liegen mochten.

Weiter hinten, vielleicht dreißig Schritt entfernt, kurz bevor die sanfte Biegung des Tunnels ihrem Blickfeld ein Ende setzte, strahlte noch ein Licht an der Decke. Dies verhielt sich normal.

Wieder spürte Iskir die nervöse Anspannung in der Magengegend. Es schien hier kälter zu sein. Das Leuchten vor ihnen schwoll an. Er hielt den Blick fest darauf gerichtet und ertappte sich bei dem Wunsch, dass es diesmal nicht verlöschen sollte.

Ein vergeblicher Wunsch. Wieder herrschte Zwielicht. Einen Herzschlag, zwei ... Vor ihnen im Tunnel standen plötzlich zwei bleiche Gestalten. Mädchen, in rußverschmierten weißen Kleidern. Ihre Augen waren tief in dunkle Höhlen eingesunken. Die Gesichter fahl und ausgezehrt. Ihr schwarzes Haar hing in verfilzten Strähnen weit über ihre Schultern herab. Sie standen leicht geduckt, bereit zur Flucht. Das kleinere der beiden Mädchen hielt eine schmutzige Puppe an die Brust gepresst, als sei sie ein Schild, der vielleicht die Schrecken dieses Turmes abwehren konnte.

Erneut wurde es heller. Das magische Licht vor dem Durchgang pulsierte und entfaltete mit jedem Erzittern mehr Strahlkraft, bis es plötzlich wieder verlosch.

Und im Zwielicht zeigten sich wieder die beiden bleichen Mädchen. Das war wider den Willen der Götter, fuhr es Iskir durch den Kopf. Die Dinge sollten im Lichte deutlich zu sehen sein. Nicht im Dunkel! Diese Kinder ... Sie waren gewiss nicht harmlos ...

Das Mädchen mit der Puppe winkte ihm. Es war eine verzweifelte Geste, die Hilfe herbeirufen sollte.

Etwas traf Iskir im Rücken. Zidaine!

Das Licht flammte erneut auf.

Zidaine stieß ihn grob zur Seite und rannte den Tunnel hinab, dorthin, wo die Mädchen gerade noch gestanden hatten.

Zwölfte Ebene,
siebzehnter Tag im Goimond

»Geht nicht dort lang!«, beharrte Galayne mit einer Leidenschaft, die Ursa dem sonst so überheblichen Elfen nicht zugetraut hätte.

»Sie gehört zur Ottajasko. Wir werden sie nicht einfach im Stich lassen«, stellte die Reckin klar. »Du hast gesagt, die Geister hier im Turm sind harmlos. Und dieses Ding, das Hallar getötet hat, ist doch jetzt fort ...«

»Das Licht hier.« Galayne deutete zur Decke hinauf. »Etwas zehrt von der magischen Kraft, die es strahlen lassen sollte. Und dort drinnen«, er deutete durch die Tür, hinter der nichts als Dunkelheit lag, »dort drinnen sollte es auch Lichter geben. Etwas, das sich von den Zaubern nährt, die von den ursprünglichen Bewohnern gewoben wurden, hat sich dort eingenistet. Etwas, das ein dunkles Lied singt. Und auch Zidaine trägt Dunkelheit in sich. Deshalb ist sie dort hineingelaufen. Du hast ein Mitglied der Ottajasko verloren, Ursa. Wenn du dort hineingehst, wirst du alle verlieren.«

»Ist das das Ende deiner Rede, Langohr?« Sie zog die Axt aus dem Eisenring an ihrem Gürtel. Ursa sah ihre beiden Gefährten an. »Sonst noch jemand, der die Hosen voll hat? Iskir? Eimnir?«

»Ich komme mit dir«, sagte der Jüngling fest. Sie merkte ihm an, dass er versuchte, seine Angst zu überspielen.

»Ich auch!« Eimnir schien völlig furchtlos zu sein.

»Weißt du, Elf: Wir stehen zueinander. In einer Ottajasko kann sich jeder auf jeden anderen verlassen. Ganz besonders, wenn man in der Scheiße steckt.«

»Weißt du, was das ist? Eine Philosophie, die geradewegs in den Untergang führt.«

Wie sie ihn verachtete, diesen Klugschwätzer! »Ich weiß nicht, von was für einer Sophie du da redest ... Ich weiß grundsätzlich nicht sehr viel von den Dingen, über die du schwatzt. Ich bin nur eine einfache Seefahrerin und Schädelspalterin. In deinem Volk stehen Gefährten also nicht bedingungslos füreinander ein. Sind eure Städte nicht untergegangen? Ist euer Glanz nicht verblasst? Gibt es einen Ort, an dem man das deutlicher sehen könnte als hier? Eure Sophie scheint euch nicht geholfen zu haben.« Sie lächelte grimmig und hob ihre Axt. »Und du kommst jetzt mit, rufst dein verdammtes schwebendes Licht, mit dem du eben in den Ofen geleuchtet hast, und folgst brav meinen Befehlen. Vorwärts!«

Der Elf bedachte sie mit einem Lächeln, das sie bis zur Weißglut reizte. Doch dann hauchte er ein Wort, wie aus einem Lied gerissen, das mit zwei Stimmen gesungen wurde, und das Licht erschien über seiner Hand.

Ursa trat durch den Torbogen. Vor ihr glänzte Dunkelheit.

Glänzte?

Sie schob die Axt vor. Etwas knarrte leise unter der Berührung, leistete aber so gut wie keinen Widerstand. Sie trat näher, stieß mit der Hand, die die Waffe hielt, danach. Leder! Ein Vorhang aus schwarzem Leder. Sie schob ihn zur Seite und schreckte zurück, als sie in das Antlitz einer rothaarigen Kriegerin blickte.

Ohne zu zögern, riss sie die Axt hoch, bereit, zuzuschlagen.

Die Kriegerin vor ihr war nicht minder schnell.

Eine Hand packte ihren Arm, bevor sie angreifen konnte. »Das ist nur ein Spiegel«, sagte Galayne amüsiert.

Ungläubig starrte sie die rothaarige Gestalt an. Das war sie? Sie kannte Handspiegel, und sie hatte beim Plündern im tiefen Süden einmal einen ovalen Spiegel gesehen, der mehr als eine Elle hoch war. Aber das hier ... Dieser Spiegel reichte vom Boden drei Schritt hoch.

»Natürlich, ein Spiegel. Ich sehe es«, sagte sie gereizt, schob ihre Axt in den Eisenring und tastete über das Glas.

Ein Stück seitwärts lag Dunkelheit. Dort hörte die spiegelnde Fläche auf. Ein Durchgang?

Ursa machte einen Schritt nach links. Dort war ein kurzer Gang mit Spiegelwänden an den Seiten, der nach wenigen Schritten vor einem weiteren Spiegel endete.

»Ein Labyrinth«, sagte Galayne hinter ihr.

»Wozu ist das gut?«, wollte Iskir wissen, der skeptisch sein Spiegelbild musterte.

»Man kann darin lustwandeln.«

»Lustwandeln?« Ursa spuckte verächtlich aus. Kein Wunder, dass die Elfenkultur untergegangen war. Lustwandeln!

Gerade wollte sie in das Labyrinth eintreten, als sich die Spiegelwand vor ihr verschob und den Zugang versperrte. Stattdessen gab es nun drei Schritt weiter links einen Eingang.

»Bewegende Wände«, keuchte Iskir.

Über seine Unart, auszusprechen, was alle sahen, würde sie in einem stillen Augenblick mit ihm reden, dachte Ursa entnervt. »Was soll das, Galayne? Was geht da vor sich?«

Der Elf lächelte entzückt. »Eine wunderbare Arbeit. Es ist nicht nur einfach ein Irrgarten. Es ist ein sich veränderndes Labyrinth. Wir werden also auf gar keinen Fall auf dem Weg hinauskommen, den wir hineingenommen haben. Eine wahre Herausforderung an Intellekt und Gelassenheit!«

Ursa sah zu Eimnir. Der Recke sah verunsichert aus.

»Du malst trotzdem mit der roten Kreide Zeichen auf den Boden. Wir bleiben bei unseren Plänen!«

»Aber es sieht aus wie eine Falle ...«, wandte Eimnir zögerlich ein.

»Der Kerl ist klüger, als er aussieht«, bemerkte Galayne.

»Ich bin es nicht!«, fuhr Ursa ihn an. »Und ich führe hier den Befehl. Es ist an der Zeit, dass du eines begreifst, Elf: Wir sind eine Ottajasko. Eine Schiffsmannschaft. Wenn ein Schiff sinkt, dann gehen alle mit ihm unter. Schlaue Reden helfen nicht, und man kann auch nicht überheblich lächelnd am Rande stehen. Wir meistern die Stürme, in die wir geraten, gemeinsam, oder wir gehen darin unter. So einfach ist das!«

Ursa ging nach links und trat in das Labyrinth. Der Elf folgte ihr. Hinter ihm Iskir. Zuletzt kam Eimnir. Sie hörte das Kratzen seiner Kreide auf dem steinernen Boden.

Ein seltsamer Zauber lag in den Spiegeln. Sie zeigten sie immer und immer wieder. Ein Schildwall von Ursas schien ihr entgegenzutreten zu wollen, um sie davon abzuhalten, nach Zidaine zu suchen.

»Die dunkle Melodie wird eindringlicher«, raunte Galayne hinter ihr. »Sie kündet von Leid, Verzweiflung, Zorn und Einsamkeit.«

»Wenn ich etwas von dir wissen will, dann frage ich dich«, knurrte Ursa ihn an. Das hatte ihr gerade noch gefehlt. Sie bog nach links und sprang erschrocken zurück. Ein riesiger Kopf starrte sie über einen Schildrand hinweg an.

»Zerrspiegel, meine Liebe«, erklärte Galayne ungefragt. »Nur amüsant, nicht gefährlich. Sie verzerren deine Erscheinung.«

»Welchen Nutzen hat das?« Ursa war es peinlich, sich vor ihrem eigenen Spiegelbild erschreckt zu haben.

Iskir hatte seinen Spaß. Er ging leicht in die Knie und sah zu, wie sich sein Spiegelbild verformte, als sei er Wachs in den Händen eines bösartigen Zauberers. Er lachte sogar.

»Sieh mal mein Maul!«

Sein Mund war breit wie das Maul eines Hais. Sogar Eimnir kicherte jetzt.

»Da lang!« Ursa schritt auf eine sich öffnende Spiegeltür zu. Ein kalter Luftzug schlug ihr entgegen.

Das magische Licht des Elfen flackerte und verlor an Leuchtkraft.

»Das Dunkel ...« Jetzt war alle Überheblichkeit aus der Stimme des Elfen gewichen. »Es zehrt von mir ...«

Ein gellender Schrei ertönte, irgendwo rechts von ihnen. Dann brach er ab. Wie abgeschnitten ...

Ursa dachte an das Bild vom Scherenmann. Abgeschnitten ...

Sie beschleunigte ihre Schritte. Eigentlich mochte sie Zidaine nicht sonderlich. Aber sie war Teil der Ottajasko! Das stand über allem.

Ursa bog scharf um eine Ecke. Eine in die Länge verzerrte Version ihrer selbst blickte sie an. Und dann lächelte ihr Spiegelbild! Sie aber lächelte nicht. Ursas Hand verkrampfte sich um den Axtgriff. Der Elf hatte sie ja gewarnt.

Es war jetzt so kalt, dass sie sich wünschte, sie hätte ihre Fellweste an. Der Atem stand in dichten, weißen Wolken vor ihrem Mund.

»Der Weg hinter uns ist zu«, sagte Eimnir beklommen.

»Wenn es nötig wird, öffnen wir ihn uns mit unseren Äxten. Weiter!« Ursa bog erneut um eine Ecke. Immer enger wurde das Labyrinth. Immer dichter rückten ihr die Spiegel auf den Leib.

Plötzlich spürte sie einen scharfen Luftzug hinter sich.

»Ursa!«, hörte sie Iskir rufen.

Sie drehte sich um. Eine spiegelnde Wand trennte sie von den anderen, und ihr verzerrtes Antlitz sah ihr lachend entgegen.

Zu ihrer Linken glitt eine Wand zurück. Sie blickte in ein kleines Zimmer. Da waren Köpfe … Als habe eine fremde Macht ihr den Leib gestohlen, trat sie ein, ohne es zu wollen. Starrte auf das, was von oben herab aus dem Dunkel hing. Arme, Beine. Ein Torso. Sie sah in das Gesicht eines Kindes. Ein Seil war in sein langes Haar geknotet, sodass der Kopf sanft schwingend vor der Kriegerin pendelte.

Ursa hatte schon vieles gesehen. Sie hatte auf Dutzenden Schlachtfeldern gestanden. Auch hatte sie selbst im Kampfrausch Dinge getan, von denen sie nie jemandem erzählen würde. Aber das hier … Die Dämonen der Niederhöllen mussten Einzug in diesen Turm gehalten haben. Das hier …

Aus dem Augenwinkel sah sie eine Bewegung. Die beiden Mädchen. Sie standen mit gesenkten Köpfen vor einem Spiegel. Winkten ihr zu.

Sie blickte in die von schwarzem Haar gerahmten Kindergesichter vor ihr. Die Züge waren fein, fast puppenhaft, die Augen groß. Es waren Elfenkinder.

»Ich hole euch hier heraus«, sagte sie mit belegter Stimme und trat auf die Mädchen zu. »Kommt! Dort hinten sind meine Gefährten.«

Eines der Kinder streckte ihr die Linke entgegen.

Ursa ging in die Hocke und ergriff die schmale weiße Hand. Es war, als habe sie blankes Eis berührt. Das Mädchen trat zurück und zog sie mit Bärenkräften mit sich. Es trat in den Spiegel hinter sich. Wellen liefen hindurch, wie bei der Oberfläche eines stillen Sees, in den ein Stein geworfen wurde.

Die Thorwalerin schrie auf. Ihr Gesicht tauchte in eisige Kälte. Einen Herzschlag lang nur, dann war sie von undurchdringlichem Dunkel umfangen. Die Kinderhand war verschwunden.

»Eimnir!«, rief sie. »Iskir? Galayne!«

Sie erhielt keine Antwort. Das beklemmende Gefühl, hier nicht allein zu sein, überkam sie. »Zidaine?«, fragte sie leise.

Stille.

Sie tastete über den Boden rings um sich. Er schien aus Stein zu sein und war eben.

Ihre Rechte fuhr zum Gürtel. Sie hatte eine Holzdose mit Zunder. Auch Feuerstein und Stahl waren darin. Sie musste wissen, an was für einen Ort sie hier gekommen war. Was sie hier erwartete. Wer noch hier war.

Der Zunder würde sehr schnell aufgebraucht sein ... Nur ein einziger Blick! Ein Atemzug, in dem das Dunkel wich. Das wäre genug. Dann wüsste sie auch, wie sie hier herauskommen könnte.

Mit zitternden Händen schüttete sie den Zunder vor sich auf den Boden und griff nach Feuerstein und Stahl. Sie schlug die kleine, am Ende mit Lederstreifen umwickelte Klinge über den Stein. Früher einmal war es ein gutes Messer gewesen, bis es gebrochen war. Jetzt nutzte es ihr auf diese Weise.

Winzige Funken stoben ins Dunkel.

Wieder zog sie die Klinge über den Stein. Und wieder. Endlich fraß sich ein Funken in den Zunder. Vorsichtig blies sie ihn an. Der Funke glomm auf. Ein Flämmchen erhob sich aus dem trockenen Zunderschwamm. Es wuchs. Vertrieb das Dunkel.

Ursa legte einige Stückchen Birkenrinde nach. Die Flamme griff weiter um sich.

Sie war in einer kleinen Kammer gefangen, nicht größer als zwei mal zwei Schritt. Über ihr erhob sich eine niedrige, gewölbte Decke. Die Wände waren mit pelziger Schwärze überzogen.

Sie tastete darüber. Ruß!

Links neben ihr, ganz in die Ecke gekauert, hockte eine Gestalt mit angezogenen Beinen. Sie trug eine mattschwarze Rüstung, über die silberweißes Haar floss. Das Antlitz war nur noch braunes Leder. Die welken Lippen, in einem Totenlächeln zurückgezogen, entblößten makellos weiße Zähne. Das also war ihr Schicksal! Hier eingesperrt zu verdursten.

Ursa sah die Spuren an der Wand. Vor dem Toten lag ein zerbrochener Dolch. Unter dem Ruß lag blanker Fels. Sie würde hier nicht mehr herauskommen!

Die kleine Flamme verlosch.

Mit der Dunkelheit kam ein Gefühl, als niste sich ein großer Eisklumpen in ihrem Magen ein. Diese Kammer ... sie sah aus wie die Öfen, die sie entdeckt hatten. Das Versteck der Kinder.

Ursa tastete nach ihrer Axt und zog sie aus dem Eisenring. Sie würde nicht aufgeben! Vielleicht würde sie untergehen, verdursten wie dieser Elf dort in der Ecke, aber bis es so weit war, würde sie kämpfen, denn sie war eine Thorwalerin!

Wütend schlug sie mit der stumpfen Seite der Axt auf die Wand ein. Funken stoben. Die Waffe prallte ab. Ihr Arm schmerzte von dem wuchtigen Hieb, und ihre Wut loderte auf. Sie schlug wieder zu und wieder, bis der Schaft der Axt zerbrach und sie sich eingestehen musste, dass sie ihr Grab gefunden hatte.

Zwölfte Ebene,
siebzehnter Tag im Goimond

Wie hatte Beorn dieser Tollwütigen nur ein Kommando überlassen können? Galayne war fassungslos über so viel Dummheit. Er hatte Ursa doch ausdrücklich gewarnt.

Ein kratzendes Geräusch ließ ihn herumfahren. Eimnir malte einen roten Pfeil auf den Boden, dessen Spitze von ihm fort zeigte.

»Dieses Labyrinth verändert sich!«, fuhr er den Thorwaler an. »Was du da tust, ist so dämlich, wie gegen den Wind zu pissen.« Kurz wunderte er sich über seine Ausdrucksweise. Er war schon zu lange unter diesen ungewaschenen Barbaren.

Die Spiegelwand, hinter der Ursa verschwunden war, glitt zur Seite und gab den Blick auf ein Zimmer frei. Köpfe und andere Körperteile hingen an Seilen von der dunklen Decke. Er hörte Iskir neben sich würgen.

»Swafnir ...«, stammelte Eimnir hinter ihm. »Großer Gottwal, gib mir Mut ...«

Der Scherenmann hatte die Kinder am Ende also doch gefunden, dachte Galayne. Was er sah, machte ihn zornig. Die Bilder durchdrangen seinen so sorgfältig errichteten Schutzwall, hinter dem er verbarg, was er eigentlich war. So etwas sollte nicht geschehen. Kein Ideal konnte das entschuldigen. Hatte sie davon gewusst? Der schöne Tod ...

»Wo ist Ursa?« Iskir starrte mit weiten Augen in die Kammer.

»Finden wir es heraus«, brummte Eimnir entschlossen.

»Nicht so vorschnell!« Galayne hob warnend die Hand. »Wir werden Ursa und Zidaine nicht helfen, wenn wir dasselbe Schicksal erleiden wie die beiden.«

»Du hast mir gar nichts zu befehlen«, grollte Eimnir. »Wir holen Ursa da jetzt raus!«

»Aber sie ist doch gar nicht mehr da«, wandte Iskir in argloser Verzweiflung ein.

Eimnir blieb auf der Schwelle stehen.

Galayne vermochte nicht zu sagen, ob Vernunft oder Angst den Thorwaler zurückhielt. Letztlich war es ihm auch egal. Er flüsterte alte Worte der Macht und öffnete sich vorsichtig der Dunkelheit, die vor ihm lag. Die Komplexität der Zauber faszinierte ihn. Diese Magie war nicht aus dem langen Studium arkaner Geheimnisse geboren. Angst und der Wunsch, sich zu rächen, hatten diesen Zauber geformt. Dunkle Verzweiflung beherrschte diese Kammer, aber die Boshaftigkeit derer, die die Dunkelheit um ihrer selbst willen liebten, war nicht in diese Magie eingeflossen, so verheerend und tödlich sie auch sein mochte.

»Ihr beide bleibt hier!«, entschied Galayne. »Ich will mir das näher ansehen.« Alle Spiegel waren von einer Magie durchdrungen, die ihm ganz und gar fremd war. »Ihr folgt mir auf keinen Fall, ganz gleich, was auch geschieht. Sollte ich auch verschwinden, dann müsst ihr zurück zu Beorn und dafür sorgen, dass niemand sonst aus der Ottajasko dieses Labyrinth betritt. Denn ganz gleich, was Ursa gesagt hat, es ist nicht unser Schicksal, alle gemeinsam unterzugehen!«

Er las in ihren Gesichtern, dass sie das nicht hören wollten. Verdammtes, starrsinniges Barbarenpack!

Er wusste, was immer dort in dem Raum war, es würde sich gegen ihn richten, sobald er eintrat.

Ein eisiger Luftzug wehte ihm entgegen. Etwas zehrte von seiner Kraft! Und plötzlich waren sie da, zwei bleiche, kleine Mädchen. Zerbrechliche Gestalten. Es ging eine Traurigkeit von ihnen aus, die ihm schier das Herz zerreißen wollte. Er wusste, was sie durchgemacht haben mussten. Wie unendlich lange sie sich in dem verlassenen Palast versteckt gehalten hatten, um zuletzt doch noch ein schreckliches Ende zu finden.

Er schuldete ihnen etwas. Jeder, der lebte und nicht täglichen Qualen ausgesetzt war, schuldete ihnen etwas.

Eines der Mädchen winkte ihm. Ein scheues, verhuschtes Zeichen. Sie brauchten Zuneigung. Brauchten es, in den Arm genommen zu werden.

Er war sich bewusst, wie wenig diese Gedanken zu ihm passten. War sich bewusst, dass sie womöglich durch einen Zauber manipuliert wurden, aber es war ihm unmöglich, sich zu widersetzen. Er trat an die Mädchen heran, ging vor ihnen in die Hocke und streckte ganz vorsichtig die Hand aus, um sie sanft zu berühren.

Sie wichen ein wenig zurück, bis dicht vor die Spiegelwand.

»Ihr müsst keine Angst mehr haben«, hauchte er. Kaum dass die Worte über seine Lippen waren, ging ihm auf, welchen Unsinn er sprach. Sie waren Geister! *Er* sollte Angst vor ihnen haben. Schließlich hatten sie Zidaine und Ursa spurlos verschwinden lassen.

»Ich werde euch helfen.« Er folgte ihnen, noch immer in der Hocke, als die zarte Kinderhand vorschnellte und ihn mit einer Kraft packte, die in keiner Weise zu dem zierlichen Körper passte. Er wurde zum Spiegel hingezogen, dessen Oberfläche sich veränderte und nun aussah wie ein See an einem windstillen Tag.

Er wusste, er war verloren, als sein Gesicht in das eiskalte Wasser eintauchte und er die abgrundtiefe Finsternis dahinter sah. Doch statt sich zu wehren und dagegen anzukämpfen, ließ er es geschehen.

»Nein!«

Der Schrei klang schrecklich weit entfernt. Doch dann barst das Wasser. Scherben prasselten auf ihn nieder. Er war wieder in dem unsäglichen Zimmer inmitten des Spiegellabyrinths, an dem Ort, wo die beiden kleinen Mädchen gestorben waren.

Erstaunt sah er Iskir an. Der Junge hielt seine Axt in der Hand.

»Du hast gegen meine Befehle verstoßen«, stellte Galayne sachlich fest.

»Du hast uns nichts zu befehlen«, konterte Eimnir, der noch immer nicht die Schwelle überschritten hatte.

»Darf ich deine Axt sehen?«

Der Junge reichte sie ihm, ohne zu zögern. Ein Wal war in das Blatt geritzt. Eine plumpe Arbeit, selbst für die Maßstäbe der Thorwaler. Er spürte keine Magie darin, und doch war da eine Aura von Macht. Es war ihm unangenehm, sie in der Hand zu halten. Er gab die Axt zurück und versuchte, sich seine Hast nicht anmerken zu lassen.

»Die Waffe hat eine Geschichte, schätze ich …«

Iskir sah ihn mit seinen großen Augen verständnislos an. »Was meinst du?«

»Es muss etwas Besonderes an ihr sein.«

Der knabenhafte Krieger verzog das Gesicht. Nachzudenken schien ihn anzustrengen.

»Hab sie am Swafnirschrein segnen lassen.«

War das die Lösung? Eine gesegnete Waffe an einem unheiligen Ort? Konnte es so einfach sein? Es würde sich zeigen. Er hatte nicht die Mittel, Zidaine oder Ursa zurückzuholen. Er hatte sich ja nicht einmal selbst schützen können. Er würde das Risiko eingehen. Vielleicht gingen die beiden verloren … Aber das waren sie jetzt ja auch schon.

»Würdest du auch die anderen Spiegel in diesem Zimmer einschlagen, Iskir?«

Der Recke betrachtete die völlig mit Spiegelglas bedeckten Wände. »Alle?«

»Ich bitte darum.«

*Zwölfte Ebene, im Spiegellabyrinth,
siebzehnter Tag im Goimond*

Das Dunkel zerbrach in tausend Splitter. Ihr Gefängnis war verschwunden, doch der Leichnam des Elfen kauerte noch neben ihr.

Ursa blickte in das Antlitz eines bartlosen Jünglings. Nie war sie so glücklich gewesen, Iskir vor sich zu sehen.

Sie stand auf, legte die Arme um den Hals des halb gebückt stehenden Hünen und küsste ihn leidenschaftlich. Einen Augenblick lang. Dann wurde sie sich bewusst, dass Galayne und Eimnir sie ansahen. Zidaine jedoch nicht. Die Fechterin benutzte ihren prächtigen Dolch mit dem Korb aus gewundenen Bronzeschlangen, um die Leichenteile der beiden Mädchen von den Seilen zu schneiden. Behutsam bettete sie die Glieder auf den Boden, legte aneinander, was nie mehr beseelt sein würde.

»Eimnir! Statt mich anzugaffen, solltest du auf den Gang hinausgehen und ins Signalhorn stoßen. Ich will Beorn hier haben, und vor allem Lenya. Sie sollen einen Segen über die beiden Mädchen sprechen. Ich weiß nicht, ob es hilft, aber das ist alles, was wir tun können. Es ist das Richtige!«

»Das wohl!«

Der singende Klang der Worte war unverwechselbar. Diesmal war der Mistkerl mit seinem Spott zu weit gegangen, dachte Ursa, bebend vor Wut. Sie würde diesem arroganten Drecksack die Zähne einschlagen.

Als sie sich umdrehte, sah sie nicht das übliche, herablassende

Lächeln auf Galaynes Lippen. Er wirkte ernst. Irgendwie verändert ...

»Ich glaube, ein Segen der Geweihten könnte helfen«, sagte der Elf. »Es war eine gesegnete Waffe, die die Spiegel zerstört hat. Wenn Lenya den Seelen der Mädchen Frieden schenken könnte, wäre das schön.« Plötzlich wirkte er zerknirscht. »Ich kann es nicht. Meine Zaubermacht vermag hier nichts auszurichten.«

Sie musterte ihn misstrauisch. Nichts deutete darauf hin, dass er sie auf hintergründige Weise verspottete. Er hatte nie zuvor *Das wohl* gesagt. Betrachtete er sich plötzlich als Mitglied der Ottajasko und nicht mehr als Außenseiter, den das Schicksal in eine Gruppe dummer Barbaren verschlagen hatte?

Eine Gedanke, fast zu schön, um wahr zu sein! Sie würde ihn im Auge behalten. Aber eins war gewiss: Sie würden diesen swafnirverfluchten Turm nur dann wieder lebend verlassen, wenn sie alle zusammenhielten.

7 DER TEMPEL DER GÖTTLICHEN ERLEUCHTUNG

*Auf der Stiege,
siebzehnter Tag im Goimond*

Unruhe regte sich in Tylstyr Hagridson. Auf dem endlos erscheinenden Abstieg die schmale Treppe hinunter konnten die zwölf Recken von Phileassons Ottajasko nur einer hinter dem anderen gehen. Abgesehen vom astralen Feuer an seinem Zauberstab waren schimmernde Pilze die hellste Lichtquelle. In diesem Turm, in dem jeder Fingerbreit des Felsgesteins von Magie durchwoben war, erschienen die Gruselgeschichten der kleinen Leomara von endlosen Wegen, die nirgendwo hinführten, erschreckend glaubwürdig. Was, wenn die Treppe eine Falle wäre? Wenn man in Wirklichkeit gar nicht weiter nach unten käme, sondern nach ein paar Windungen, wenn der Ausgangspunkt außer Sicht geriet, nur noch die Beine bewegte, die Schenkel immer mehr schmerzten, man aber keine Strecke mehr zurücklegte? Wie eine Maus in einem Laufrad, das sich drehte und drehte, ohne von der Stelle zu kommen?

Endlich mündete die Treppe in einen Gang ohne Stufen, und Tylstyr war froh, seine absurden Ängste niemandem anvertraut zu haben. Doch die Beklemmung wollte nicht weichen. Dieses Dunkel ... Gewiss war das wieder nur Einbildung, aber es kam ihm lebendig vor. Irgendetwas lauerte darin, und wenn sie am wenigsten damit rechneten, würde es eine Gestalt gebären, wie jene Kreatur, die Shaya vertrieben hatte. Nervös sah sich Tylstyr um. Er hatte das Privileg, das Licht zu tragen, auch wenn das aus der Spitze seines Zauberstabs lodernde Feuer ihn unruhig machte. Wer zu weit von ihm entfernt war, musste sich mit dem kalten Leuchten der Pilze zufriedengeben, die hier über den feuchten Stein wucherten. Darin waren die Stufen nur zu erahnen.

Der Gang war enttäuschend kurz. Nach wenigen Schritten setzte die Treppe mit verschobener Achse den Weg in die Tiefe fort. Die Gefährten befanden sich wieder im Reich der Spinnen und der wuselnden Nager, die Reißaus nahmen, wenn sie ins Licht gerieten. Waren die anderen auch so froh über jede zerbrochene Stufe, über den in einem Kokon eingesponnenen Vogel und die glutrot pulsierende Flechte, die aus einem Riss im Fels wucherte? Solche markanten Stellen bewiesen, dass sie sich tatsächlich bewegten. Oder gaukelte das nur ein raffinierter Zauber vor, der mit ihrem Verstand spielte?

Nach schier unzähligen Stufen und nagenden Zweifeln mündete die Treppe erneut in einen kurzen Gang. Tjorne war vorausgeeilt und rief ihnen zu, dass wie zuvor am Ende des Tunnels weitere Stufen warteten. Müde legten sie eine Rast ein. Sie sprachen nur wenig. Ihr Weg war eine enge, von undurchdringlichem Fels umschlossene Röhre. Nur ein Zwerg wäre hier sicher vor dem Gefühl gewesen, erdrückt zu werden.

Ein geisterhaftes Leuchten kam ihnen aus der Tiefe entgegen. Es nahm keine elfische Gestalt an, sondern blieb eine Kugel, in der sich Grün, Blau und Gelb mischten und an den Rändern wie feine Seidenschleier verwirbelten. Die Gefährten drückten sich an die Wände des Ganges, um es passieren zu lassen. Die giftigen Farben peitschten Schatten über die erschrockenen Gesichter und entstellten sie so zu Fratzen. Die gesamte Ottajasko atmete auf, als die Erscheinung nach oben verschwand.

Nach einer Rast stand nun keinem mehr der Sinn. Obwohl es niemand aussprach, war allen klar, dass jeder nur noch so schnell wie möglich das Ende dieser Treppe erreichen wollte, selbst wenn sie dort Feinde mit gezückten Schwertern erwarten mochten.

Doch so war es nicht. Die Stufen führten sie nach einer neuerlichen Ewigkeit in finsterem Fels nicht in einen Tunnel, sondern in einen von warmem Licht erfüllten Raum. Kaum sechs Schritt lang und nur etwa halb so breit, war das Zimmer zwar etwas beengt für sie, ansonsten aber der gemütlichste Ort, den sie bislang im Himmelsturm gefunden hatten. Es war ebenso tadellos erhalten wie Ometheons Schlafgemach, und das Bett in der Ecke, die der Treppe gegenüberlag, verriet, dass es dem gleichen Zweck gedient hatte. An den Schmalseiten befand sich jeweils eine Tür. Die Klinken waren als goldene, geflügelte Sonnen gestaltet. Dieses Symbol fand sich auch auf dem aus feinem Haar gewobenen Teppich, bei dem es Tylstyr leidtat, dass die Stiefel der Gefährten ihn malträtierten. Gemälde von einer Sandwüste, einem Urwald, einem stillen See und anderen Landschaften zierten die Wände. Ein flammender Goldkranz fasste einen runden, wasserklaren Spiegel. Auch ein Tisch, der mit seiner elfenbeinernen Platte jenem in Ometheons Gemach glich, fand sich hier.

Tylstyr wechselte den Zauberstab von einer Hand in die andere, wobei er kurz den Kontakt unterbrach und damit die magische Fackel löschte, deren Licht sie nun nicht mehr benötigten. Nach den vielen Stufen brannten seine Waden.

Vascal della Rescati kniete sich vorsichtig auf das mit rotem Stoff bezogene Bett, um die Bücher im kleinen Regal darüber in Augenschein zu nehmen.

»In einer Burg meiner Heimat habe ich einmal einen Geheimgang gesehen, der zwei Schlafgemächer verband«, berichtete Eichward. Wie die anderen atmete auch er wegen der Anstrengung des Abstiegs tiefer als gewöhnlich. »Natürlich war er wesentlich kürzer.«

»Warum sollte man ausgerechnet Schlafgemächer auf so aufwendige Art miteinander verbinden?«, fragte Shaya Lifgundsdottir.

Eichward sah zur Seite.

Ohm Follker lachte leise, und Phileasson schmunzelte.

Schließlich antwortete Tjorne Warulfson der Geweihten. »Weil nicht jeder erwischt werden will, wenn er Travias Treuegebot für eine Nacht ruhen lässt.«

»Oh.« Shayas sommersprossige Wangen liefen rot an.

Eichward nickte. »Der Burgherr, über dessen Namen ich hier Stillschweigen bewahren möchte, ist dafür bekannt, Damen einzuladen, die ihre Gunst gegen Silber tauschen. Man munkelt auch, dass einige Fräuleins den Weg durch sein Lehen schneller zurücklegen könnten. Natürlich weiß niemand mit Gewissheit, wo sie die fehlende Nacht Quartier nehmen.«

Mit gerunzelter Stirn zog Vascal ein quadratisches Buch aus dem Regal und schlug es auf.

»Ich kann mir nicht vorstellen, dass es hier draußen viele Frauen oder Knaben in diesem Gewerbe gibt«, meinte Crottet. »Selbst wenn ich mich irre, könnten sie sich unmöglich unbemerkt über das Eis nähern.«

»Kann das Umland früher anders ausgesehen haben?«, fragte Ohm Follker.

»Das Eis ist ewig«, versetzte der Nivese.

»Auf den Gemälden, die wir vom Himmelsturm gesehen haben, ist er auch immer von endlosem Weiß umgeben«, gab Tylstyr zu bedenken. Er vermochte sich diese triste, von Dunkelheit durchdrungene Felsnadel nicht an einem freundlicheren Ort vorzustellen.

»Der Turm ist riesig«, meinte Ohm. »Er könnte mehr Einwohner gehabt haben als Olport. Da mag Raum für Heimlichkeiten gewesen sein, wie man sie auch im Süden pflegt.«

Eichward schnaubte. Sicher verband er die Lage seiner Heimat nicht mit dieser Himmelsrichtung.

»Ich glaube«, meinte Vascal gedehnt, »der Himmelsturm ist noch nicht so lange verlassen, wie wir bisher vermutet haben.« Er hielt das Buch hoch, das er dem Regal entnommen hatte. »Könnt ihr den Titel lesen?«

»Die Schriftzeichen sehen nicht so verschnörkelt aus wie sonst«, sagte Irulla.

»Das ist Garethi.«

»Was?« Tylstyr musste sich beherrschen, um die anderen nicht aus dem Weg zu stoßen. Hastig trat er vor Vascal und riss ihm das Buch aus der Hand.

»›Vom Leben in seinen natuerlichen und ueber-natuerlichen Formen‹«, las er vor. Die Worte waren tatsächlich mit Kusliker Zeichen in Garethi, der Sprache des Mittelreiches, geschrieben. »Kein Zweifel, dieses Buch wurde verfasst, als bereits Menschen in Aventurien lebten! Und erst danach kann es hierhergekommen sein.«

Tjorne und Ohm griffen an ihre Waffen. Phileasson zog die Brauen zusammen.

Wie alles in diesem Raum machte das Buch einen neuen Eindruck. Knicke in den Seiten verrieten, dass jemand darin gelesen hatte, aber sein Zustand war weit entfernt von den Pergamenten, die bei jeder Berührung zu zerfallen drohten. Zeichnungen von einer zweiköpfigen Ziege, einem Hund mit monströsem Gebiss und einem Hai, dem Tentakel aus dem Kopf wuchsen, fielen Tylstyr beim Durchblättern auf.

»Kennst du das Werk?«, fragte Vascal.

Tylstyr sah noch einmal auf die erste Seite. »Als Verfasser ist

Zurbaran von Frigorn genannt«, murmelte er. »Der Name kommt mir bekannt vor, aber ich weiß nicht, woher.«

»Ach«, meinte Ohm Follker. »Noch so eine Gedächtnislücke wie beim Symbol der geflügelten Sonne?«

Böse funkelte Tylstyr den Skalden an. »Ich habe in meinem Leben mehr Bücher als du Methörner in der Hand gehabt. Und ich wette, dass du dich auch nicht mehr an jeden einzelnen Trunk erinnerst.«

»Mir kommt der Buchtitel ebenfalls bekannt vor«, eilte Vascal ihm zur Hilfe. »Ich bezweifle, dass ich schon einmal eine Abschrift davon vor mir hatte, aber man könnte in einer der Akademien, in denen sie so begierig auf Leomaras Gabe waren, darüber gesprochen haben.«

»Wie alt ist es?«, fragte Phileasson.

Niemand wusste die Antwort. Ohm Follker untersuchte Bindung, Umschlag, Pergament und Tinte. »Stell dir vor, ich hatte auch schon Bücher in der Hand«, sagte er mit einem Seitenblick zu Tylstyr. »Und ich ...« Abrupt verstummte er, als er eine Seite mit dem Bild einer grauenhaften Kreatur aufschlug. Eines Menschen, dem ein Skorpionschwanz aus dem Steiß wuchs, sodass der gewaltige Stachel dem Betrachter über dem Kopf entgegenragte.

Tylstyr sog die Luft ein. »Das ist eine Chimäre.«

»Nicht nur das Ergebnis kranker Vorstellungskraft?«, fragte Vascal.

»Nein.« Tylstyr schüttelte entschieden den Kopf. In seinem fünften Jahr an der Akademie hatte Magister Eddrik ihn über diese dunkleren, verwerflichen Spielarten der Magie aufgeklärt. »Wer sich mit Dämonen einlässt, kann solche Kreaturen erschaffen. Aber er muss einen hohen Preis dafür entrichten.«

»Er kann kaum so hoch sein wie jener, den diejenigen zahlen, denen das angetan wird.« Noch einen Augenblick betrachtete Ohm die Zeichnung, dann blätterte er weiter.

»Also?«, fragte Phileasson.

»Wenn ich es mit den Büchern in der Kartothek vergleiche, schätze ich es auf höchstens einhundert Jahre«, sagte Ohm. »Hier mag es sich etwas besser gehalten haben.«

Phileasson nickte. »Wir lassen es vorerst hier. Vielleicht kann sein Besitzer uns etwas über die Geheimnisse des Himmelsturms berichten. Wir wollen ihn nicht verärgern, indem wir ihn ausplündern.«

Tjorne murmelte etwas Unverständliches. Es klang wenig erfreut.

Sie verließen den Raum durch eine Tür, an die sich ein sauber verputzter Gang anschloss. Auch er befand sich in einwandfreiem Zustand. Nach ein paar Schritt bog er im rechten Winkel nach links ab.

Hier kam das Licht nicht von Kugeln in der Decke, wie es noch im Schlafgemach der Fall gewesen war. In regelmäßigen Abständen hielten Eisenklauen in Kopfhöhe schwarze Kerzen, die sich entzündeten, sobald sich ihnen jemand näherte. Als die Gefährten um die Ecke bogen, flammten sie auf einem schnurgeraden Stück von zehn Schritt Länge auf. Dort schien ein anderer Gang zu kreuzen, geradeaus dahinter führte eine Treppe abwärts.

Als sie die Kreuzung fast erreicht hatten, gebot Phileasson mit erhobener Hand Halt und sah nach links. »Ich höre Stimmen«, flüsterte er.

Zweite unterirdische Ebene,
siebzehnter Tag im Goimond

Salarin Trauerweide blinzelte. Er kannte den widerlich süßen Geruch, der in der Luft der Halle trieb. Auf seiner Wanderung war er in ein Menschendorf gekommen, wo man eine Leiche in ölgetränkte Tücher gewickelt und verbrannt hatte. Damals hatte er ebenfalls die Nase verschließen wollen.

Aber in dieser Halle lagen keine Toten. Stattdessen knieten zwei Elfen mit kalkweißer Haut und übergroßen, vollständig dunklen Augen in ihrer Mitte.

Schwarze Kerzen waren entlang der Wände angebracht. Ihr Schein verlor sich in dem großen Raum. Licht, das der Glut von Magma ähnelte, sickerte aus einer geflügelten Sonne, die über einem Altar in die Decke eingearbeitet war. Reich mit Rankenmustern verzierte, nachtgraue Säulen warfen tiefe Schatten, von denen nur einige durch diese Lichtquelle zu erklären waren.

Phileassons Ottajasko betrat den Saal an einer Längsseite. Rechts von ihnen teilten zwölf abwärts führende Stufen den Raum auf ganzer Breite.

Die beiden bleichen Elfen knieten im tiefer gelegenen Bereich. Die linken Ärmel ihrer schwarzen Roben waren hochgekrempelt, sodass sie sich mit schweren, gewellten Klingen in die Unterarme schneiden konnten. Eine weite Schale fing ihr Blut auf. Noch schienen sie die sich leise bewegenden Gefährten nicht bemerkt zu haben.

Salarin trat in den Altarraum und sah sich um. Gab es Gefahren, die sich in den Schatten verbargen?

An der kurzen Wand zur Linken befand sich ein Podest, zu dem sieben umlaufende Stufen hinaufführten. Damit bildete es den höchsten Punkt dieses Raumes, der in Vielem den Tempeln glich, die Salarin in den Städten der Menschen besucht hatte. Dort aber stellte man stets einen heiligen Gegenstand oder ein Symbol der verehrten Gottheit an so herausragender Stelle aus. Hier dagegen stand ein Thron so nah unter der Decke, dass ein davor stehender Elf den Fels über sich hätte berühren können. Auf der Rückenlehne schimmerte die geflügelte Sonne in rotem Gold.

Salarins Blick huschte zurück zu den bleichen Elfen, die noch immer in ihre Zeremonie vertieft schienen. Lauschten sie auf das Tropfen ihres eigenen Blutes in der Schüssel? Er wunderte sich nicht, dass eine goldene Sonne den Brustbereich ihrer Gewänder schmückte.

Das Sonnensymbol in der Decke befand sich unmittelbar über dem mit Blumenkränzen geschmückten Altar. Damit erleuchtete es diesen Teil des Tempels stärker als den etwas größeren Bereich zur Rechten, in dem auch die Elfen knieten. Während auf dem Boden des höher gelegenen Teils reichhaltige Verzierungen aus grauem Metall durch den Stein liefen – die auffälligsten waren zwei mit zauberischen Symbolen gefüllte Zirkel schräg vor dem Altar –, prägte kahle Schmucklosigkeit den unteren Bereich. Lediglich die Doppelreihe der Säulen setzte sich dort fort, ansonsten gab es nur rauchfarbenen, wenn auch sauber geglätteten Stein. Zwischen den letzten Pfeilern wölbten sich die Flügel eines geschlossenen Portals zwei Drittel des Weges zur Decke hinauf.

Asleif Phileasson riss Salarin aus seiner Starre, indem er ihn mit sich die Stufen hinunterzog. Ohm Follker flüsterte Eichward vom Stein und Irulla Anweisungen zu.

Die beiden Elfen wechselten schnelle Worte. Wie Spinnenfäden schwebte ihr silbriges Haar noch eine Weile, nachdem eine Kopfbewegung es aufwirbelte.

»Verstehst du, was sie reden?«, fragte Phileasson.

»Wir sind noch zu weit entfernt«, gab Salarin zurück.

Er fuhr herum, weil Galandel Mutter-der-Schrate unartikuliert aufschrie. Sie betrat den Tempel als Letzte. Sicher spürte auch sie die schmerzhaften Dissonanzen, die die Melodie dieses Raumes zu einem Lied der Qual machten, aber der Grund für ihren Schrecken waren wohl die beiden bleichen Elfen, die sie mit weit aufgerissenen Augen anstarrte. »Feyra!«, schrie sie und zeigte auf die zwei.

»Fluch der ewigen Nacht! Geister der Kälte! Lebende Dunkelheit! Unser Verderben. Wir müssen sie …« Ihre Stimme erstickte.

»Bringt sie hinaus!«, befahl Phileasson barsch.

Crottet drehte die zitternde Galandel an den Schultern herum. Sie schien ebenso sehr zu fliehen, wie sie von dem Nivesen geführt wurde.

Die beiden bleichen Elfen erhoben sich ohne Hast, steckten die Flammendolche weg und ordneten ihre Gewänder. Einer von ihnen sprach sie mit zwei einander umspielenden Stimmen an.

Aufgrund der Melodie vermutete Salarin eine Frage, doch die Bedeutung der Worte erfasste er nicht. Seltsamerweise hatten sie Ähnlichkeit zum Isdira der heutigen Elfen, die derjenigen des Asdharia nahekam, das die Geister, die Raben und Ometheon sprachen. Aber die Zischlaute, die sich daruntermischten, hätte Salarin eher mit einer Echse als mit einem Elfen in Verbindung gebracht.

Eichward bewegte sich mit einigen Gefährten zu der kleinen Tür, die jener gegenüberlag, durch die sie in den Tempel gekommen waren, und Irulla zum Portal. Damit wären alle Ausgänge bewacht.

Auch ohne Crottet und Galandel waren sie den beiden Elfen, von denen einer, wie Salarin jetzt erkannte, eine Frau war, vierfach überlegen. Phileasson trug zwar den Rundschild mit dem Seeadler, ließ aber das Breitschwert in der Scheide und das Wurfbeil im Gürtel. Er begab sich zu den beiden und streckte ihnen die unbewaffnete Hand hin. »Wir sind Gäste und freuen uns, euch zu treffen.«

Wieder sagte die Frau etwas.

Salarin überwand seinen Widerwillen gegen die fremde Aura der bleichen Elfen, stellte sich neben den Drachenführer und schüttelte den Kopf. »Vielleicht heißt eines der Wörter ›Göttin‹, aber ich bin unsicher«, meinte er. »Galandel könnte mir helfen.«

»Das wäre jetzt eine schlechte Idee«, entschied Phileasson. »Was hat sie gerufen?«

»Feyra. Es ist ein seltsamer Begriff. ›Nicht-Elf‹, aber das ist ungenau. ›Gegen-Elf‹, ›Gegenteil-von-Elf‹. Eine Perversion, eine Umkehrung all dessen, was einen Elfen ausmacht. Ein Feind.«

»Dann sollte sie ganz sicher draußen bleiben. Vascal?«

Der Nandusgeweihte stand mit zum Gebet ausgebreiteten Händen an der Wand zwischen zweien der schwarzen Kerzen, von denen Salarin inzwischen glaubte, dass sie den Leichengeruch verströmten. Vascals Stimme zitterte, als er Phileasson ansah. »Nandus ist fern von diesem Ort. Ich spreche mein Gebet ins Leere.«

»Mir geht es ebenso.« Überdeutlich war Shaya ihre kaum beherrschte Angst anzuhören. »Sonst bin ich mir stets Travias wohlwollenden Blickes gewiss, aber jetzt ist es, als hätte sich die Gütige Mutter von mir abgewandt.«

Wieder sagte die Elfenfrau etwas, aber die Bedeutung wurde in Salarins Ohren von der Melodie überlagert. Nicht von den Tönen, die die Lippen der Sprecherin verließen, sondern von der Falschheit und Dissonanz, die diesen Tempel erfüllte. Das war der Hauptunterschied zu den Orten, an denen Menschen ihre Götter verehrten. So unterschiedlich der stürmische Efferd und die junge Tsa auch waren, so waren ihre Melodien doch Teil der Welt, in und von der alle lebten. Die verschlungenen Muster an den dunklen Säulen, der Thron auf dem Podest, die Sonne, die wie das Auge der bösen Weltenschlange aus den thorwalschen Sagas glühte, und diese bleichen *Feyra* waren jedoch auf unbestimmbare Weise *falsch*. Alles hier verhöhnte die Natur, wie Salarin sie kannte. Diese Erkenntnis jagte ihm Schauder über den Rücken.

»Wir kommen in Frieden, um die Geheimnisse dieses Ortes zu ergründen«, beteuerte Phileasson mit ruhiger Stimme.

Der Mann bewegte die Hände zu dem Gürtel, an dem der übergroße Flammendolch hing. Sofort griffen auch die Gefährten an die Waffen. Salarins Hand umschloss das Heft seines Degens.

Er bedauerte, dass er die Sehne des Bogens nicht eingehängt hatte.

Aber der Mann raffte nur seine Robe. Mit langsamen Schritten ging er rückwärts, wandte sich dann zu der Treppe, die auf den höher gelegenen Teil führte, und bewegte sich darauf zu.

Eichward, der mit Tylstyr Hagridson vor dem Ausgang stand, dem er damit am nächsten kam, hatte sein Zweihandschwert samt Scheide vom Rücken geschnallt. Er nickte Phileasson selbstsicher zu. Der Magier dagegen betrachtete mit unruhig huschenden Augen die metallenen Symbole auf dem Boden, die Salarin von hier unten aus nicht mehr sehen konnte.

»Ein Missverständnis kann jetzt alles verderben«, sagte Phileasson halblaut, was ausreichte, damit jeder ihn verstand. »Wir sind nicht in Gefahr. Wir müssen besonnen agieren. Salarin, versuche, aus dieser Sprache schlau zu werden.«

Je länger er der Frau lauschte, desto größeren Ekel weckten die gezischten Wörter in Salarin. Dennoch wollte er sie verstehen. »Sie spricht immer wieder vom Tempel der Göttin, aber manchmal nennt sie ihn auch anders. Es hat etwas mit Erkenntnis zu tun.«

»Das ist zu schwierig für den Anfang.« Phileasson drückte die gespreizte Hand auf seine Brust. »Foggwulf.« Er klopfte gegen seine mit Nieten verstärkte Lederrüstung. »Asleif Foggwulf Phileasson.« Er machte eine auffordernde Geste und hob dabei fragend die Augenbrauen.

»Teyul'kala.«

Phileasson nickte lächelnd. »Das ist dein Name? Teyul'kala?«

»Teyul'kala«, bestätigte die Feyra.

Phileasson strahlte. »Das ist ein Anfang. Jetzt müssen wir ihnen begreiflich ...«

»*Kniet vor mir, Gewürm!*«, rief Leomara mit der tiefen Stimme ihrer Visionen. »*Mein ist der Triumph, ich bin eure Göttin! Asche ist, wer aufbegehrte! Seine Knochen modern im Schlamm des Meeresgrundes! Und ich warne euch: Fürchtet den Zorn der Götter, aber meinen fürchtet noch mehr!«*

»Nicht jetzt!«, forderte Phileasson. »Shaya, kümmere dich darum!«

Leomara stellte sich mit weit gestreckten Armen oben an die Treppe, als hätte sie Drachenschwingen, mit denen sie den Himmel verdunkeln wollte. *»Ich kenne eure Namen! Ihr seid mein Volk, und nur in meinem Schatten könnt ihr zu der Erkenntnis heranwachsen, die euch selbst zu Göttern machen wird!«*

Shaya hockte sich vor sie und versuchte, Leomara zu beruhigen. Vergeblich.

»Nur die Tiefe der Erde bietet uns Schutz vor der Rache der Götter. Ihr müsst graben, meine Kinder, tiefer und tiefer, so lange, bis wir den Himmel und die hohen Sphären von jenen säubern, vor denen wir schon viel zu oft gekniet haben! Werft euch nun vor mir zu Boden, denn ich werde euch erheben, auf dass die Welt vor euch zittere!«

Gleich Hagelschlag prasselten Bilder und Worte auf Salarin ein. Er erfasste sie nur noch als Blitze, die aufgleißten, um sofort den nächsten zu weichen. Die gezischten Worte der Feyra. Leomara, die in ihrer Vision eine verquere Mischung aus Unterwerfung und unbeugsamem Geist forderte. Die kreischenden Dissonanzen des Tempels. Der Gestank von brennendem Leichenfett. Die verschlungene Schrift auf dem Altar, die Gebinde aus fluoreszierenden Blüten, die ihn schmückten. Der männliche Feyra, der eine Halskette zwischen den gespreizten Fingern spannte, sodass ein goldener Anhänger auf Augenhöhe baumelte, und etwas sprach, das Salarin entging. Tylstyr, der das Geschehen mit gefurchter Stirn beobachtete.

Salarin ballte die Fäuste, bis die Nägel in die Handflächen schnitten. Er spürte, wie das Gewicht seines Rucksacks an den

Schultern zog. Er durfte sich nicht im Wirbel seiner Gedanken verlieren. Die Gefährten brauchten ihn!

Was tat der Feyra dort oben? War er ein Geweihter oder ein Zaubermeister? Oder beides? Welche Absicht hegte er? Wollte er die Verständigung ermöglichen, wie Vascal es versucht hatte?

Shaya schaffte es, Leomara von der Treppe wegzuführen, sodass ihre dunklen Worte nur noch schwach zu vernehmen waren. Crottet und Galandel befanden sich wieder im Raum. Die Elfe wirkte jetzt gefasster, dafür stand tiefe Sorge auf dem Gesicht des Nivesen. Er hatte sogar sein beinernes Kurzschwert gezogen.

Phileasson nahm den Schild vom Arm. »Setzen wir uns.« Da keine Stühle vorhanden waren, folgte er seiner eigenen Aufforderung, indem er das Gepäck ablegte und den Fellumhang als Unterlage auf dem Steinboden ausbreitete. Salarin bemerkte, dass er das Breitschwert so ausrichtete, dass er es auch im Schneidersitz ziehen konnte.

Teyul'kala, die Feyra, folgte der Einladung.

Phileasson reichte ihr einen verzierten Armreif aus Elfenbein. »Ein Geschenk, das Keim unserer Freundschaft sein soll.«

Sie nahm das Schmuckstück. Ihre Augen waren vollständig blau, ohne Pupillen oder Iriden. Die Finger, die den Reif drehten, hatten die gleiche Farbe wie das Elfenbein, und ihre Lippen waren nur unwesentlich dunkler.

Tylstyr kam die Stufen herab und eilte zu Phileasson und Salarin, wobei er wirkte, als näherte er sich der Feyra nur widerwillig. Er beugte sich herunter, um in Phileassons Ohr zu flüstern. »Ich bin mir ziemlich sicher, dass der Kerl eine elementare Beschwörung durchführt.«

Tylstyr flüsterte zwar, aber wenn Teyul'kalas Ohren ebenso gut waren wie Salarins, würde das nichts nützen. Hoffentlich hatte die Feyra mit dem Thorwalsch ebensolche Schwierigkeiten wie die Gefährten mit ihrer Zunge.

»Könnte das der Verständigung dienen?«, fragte Phileasson.

»Elementargeister sind dafür bekannt, jede Sprache zu beherrschen«, erklärte der Magier. »Aber sie sind auch gefährlich.«

»Was für ein Element ruft er?«, fragte Salarin.

»Es kann eigentlich nur Luft sein«, vermutete Tylstyr. »Der Zauberkreis, an dem er steht, zeigt die Symbole aller sechs Elemente. Aber nach dem, was ich gelernt habe, muss man eine gewisse Menge dessen, was man beschwören will, in das Zentrum legen. Das ist leer, also gibt es dort nur Luft.«

Teyul'kala wandte den Kopf und sah zu ihrem Gefährten. Sie bewegte sich mit ruhiger Eleganz, auch, als der Blick der vollständig blauen Augen zu ihnen zurückkehrte.

»Wie gefährlich kann uns ein solches Wesen werden?«

Tylstyr atmete tief durch. »Ich habe nur niedere Geister beschworen, und schon dabei habe ich mich unwohl gefühlt. Ein Elementar ... Ich habe noch nie einen gesehen, aber das ist, als wenn man ein Schwert mit einem Messer vergleicht.« Um Zustimmung heischend sah er Salarin an.

»Solche Wesenheiten sind mir fremd«, bekannte der Elf.

»Wenn es wirklich ein Luftelementar ist, sollte er gegen Erz empfindlich sein«, fuhr Tylstyr fort. »Auch gegen verarbeitetes Metall.«

»Dann sag Eichward, er soll sich für den Fall des Falles bereithalten. Sein Bidenhänder ist aus Isenborner Stahl geschmiedet. Härteren gibt es nicht, sagt er.«

Tylstyr nickte und wollte sich wieder entfernen, aber Salarin hielt ihn zurück. »Kannst du erkennen, was auf dem Altar geschrieben steht?«

»Ist das kein Asdharia?«

»Es sieht ähnlich aus, aber es ist etwas anderes«, meinte Salarin. »Genau wie bei den Worten, die sie sprechen.«

»Ich versuche es mit einem Xenographus.«

Teyul'kala verfolgte mit sichtlichem Unmut, wie Tylstyr direkt zum Altar hinaufschritt.

»Fass nichts an!«, rief Phileasson ihm nach.

Das Zischen der Feyra mischte sich mit den beinahe betörenden Melodien ihrer Stimmen, während sie sich erhob.

»Sie spricht von einem Heiligtum und einer Göttin.«

Phileasson legte die Hand auf Salarins Oberschenkel, als dieser ebenfalls aufstehen wollte. »Ganz ruhig«, murmelte er.

Einen Moment lang stand Tylstyr still vor dem Altar. Dann wandte sich der Magier um. »Gepriesen sei Bhardona, die nach Jahrhunderten das Joch der Dämonen abschüttelte und zu ihren Kindern zurückkehrte!«

»Na also.« Phileasson klatschte in die Hände. »Wenn sie jemanden preisen, der finsteren Mächten entkommen ist, sollten sie doch umgängliche Leute sein.«

Salarin berührte Phileassons Oberarm, um ihn auf eine Veränderung an den Ornamenten in jener Säule hinzuweisen, die dem Beschwörer am nächsten war. Die falschen Schatten, die nichts mit dem Licht zu tun hatten, bewegten sich und krochen die verschlungenen Linien hinauf.

Phileassons Linke umfasste die Schwertscheide, sodass er die Klinge schnell ziehen könnte.

Die Schatten verdichteten sich zu dunklen Flächen in den steinernen Spiralen der Säule, die sich nun auch bewegten und Kreise formten. Diese bekamen Dellen und Einkerbungen, die Konturen wurden deutlich.

»Totenschädel!«, rief Phileasson.

Schon glühten die leeren Augen auf.

»Schluss damit!«

Entschlossen schritt Tylstyr zum Beschwörer, wobei er mit dem Zauberstab auf den Boden schlug.

Teyul'kala schrie auf und stieß Zeige- und Mittelfinger in Tylstyrs Richtung. Ein tiefschwarzes Lodern, ähnlich der Flammenlanze, die Salarin bei dem Magier gesehen hatte, schoss hervor und traf Tylstyr mit solcher Wucht, dass sie ihn von den Füßen riss und davonschleuderte.

Phileasson war noch vor Salarin auf den Beinen. Das Breitschwert flog aus der Scheide.

Die Feyra wirbelte mehrfach um ihre eigene Achse. Dunkle Kugeln spritzten wie verdrecktes Wasser von ihren Fingern, fielen jedoch nicht zu Boden. Stattdessen schwebten sie durch die Luft, schwollen an und sogen dabei das Licht der Umgebung auf. Schlagartig wurde die Zauberin zu einem Schatten in der Dunkelheit. Eine weitere schwarze Lanze schoss aus diesem Dunkel hervor und traf Eichward, der inzwischen sein Zweihandschwert gezogen hatte und gegen den Beschwörer vorrückte. Selbst der Hüne geriet durch den Aufprall zauberischer Kraft ins Taumeln.

Phileasson nahm sich nicht die Zeit, den Schild aufzuheben. Brüllend stürzte er sich in die Finsternis, in der sich die unheimliche Elfe verbarg. Salarin folgte ihm mit dem Degen.

Ölige Flammen schlugen aus der geflügelten Sonne an der Decke. Sie wanden sich wie Tentakel, erreichten den Boden aber nicht. Sie zogen weitere Helligkeit aus dem Raum.

»Vorsicht!«, rief Salarin, als Phileassons Schwert knapp an seinem Gesicht vorbeizischte. Der Mensch musste hier noch schlechter sehen als er, und Teyul'kala hatte rasch die Position gewechselt.

»Bewacht die Ausgänge!«, brüllte Phileasson. »Salarin, wir stellen uns Rücken an Rücken!«

Ein Schatten huschte vorüber, aber als er herumwirbelte und den Degen hineinstieß, erzielte er nicht die geringste Wirkung. Vor ihm schwebten körperlose Kugeln aus Finsternis.

Die Dunkelheit verbarg nicht nur alles in dem Bereich, in dem sie sich ausbreitete. Wie Nebel behinderte sie auch Salarins Sicht auf das, was außerhalb geschah. So sah er nur verschwommen, wie sich eine wirbelnde Gestalt im Beschwörungskreis manifestierte. Während sich im unteren Teil eine flimmernde Windhose sammelte, glich der Oberkörper dem des Feyra, doch blieb die Gestalt durchscheinend, und in ihrem Inneren schienen graue Wolkenfetzen zu wirbeln.

Eichward, offensichtlich immer noch vom Treffer benommen, stemmte sich hoch und nahm seine Waffe auf.

Etwas krabbelte in Salarins Hosenbein und biss zu. Mehr erschrocken als verletzt schrie er auf.

»Ratten!« Phileasson hieb mit dem Schwert nach unten, was mit einem Quieken beantwortet wurde.

Salarin verwehrte der Ratte den Weg nach oben, indem er das Hosenbein unterhalb des Knies abdrückte. Das Biest kratzte und biss, als wollte es seine Wade zerfleischen, und das nächste versuchte schon, am anderen Bein Einlass zu erzwingen.

Kurz überlegte Salarin, dann setzte er die Degenspitze an und durchstach die Hose. Ein heftiges Zappeln noch, dann erstarb die Bewegung. Die zweite Ratte trat er fort.

»Hier finden wir sie nicht!«, erkannte Phileasson. »Wir müssen raus aus der Dunkelheit!«

Inzwischen waren die Kerzen an den Wänden die hellsten Lichtquellen. In ihrem flackernd unsteten Licht schien es, als sei der Boden des Tempels lebendig geworden. Salarin sah mehrere Dutzend huschende Nager und Hunderte von Spinnen. Die Gefährten hackten und traten um sich, wobei die meisten von ihrem Gepäck behindert wurden, das sie noch nicht abgelegt hatten. Nur Phileasson behielt den Überblick. Er rannte zu Eichward, dessen Zweihänder gerade in den Luftgeist fuhr. Tatsächlich krümmte sich die magische Kreatur zusammen, als die gewaltige Stahlklinge sie traf, und heulte dabei auf, wie es ein Wesen aus Fleisch und Blut getan hätte.

Salarin wollte Phileasson folgen, aber etwas Leichtes fiel in sein Haar. Lange Spinnenbeine stocherten in seinem Gesicht. Angewidert griff er nach dem Tier und riss es ab. Die acht Beine zappelten wie eine deformierte Hand, die nach ihm grapschte. Die beiden gebogenen Mandibeln gruben sich in seinen Daumen, sodass er die Spinne fallen ließ. Blitzschnell huschte sie davon.

In der Hoffnung, so das Gift herauszubekommen, saugte Salarin die Wunde aus. Überall wuselten die Kreaturen, die offensichtlich Teyul'kala herbeigerufen hatte. Die Ratten fiepten, die Spinnen erkletterten Säulen und Wände, um sich von dort aus auf die Gefährten herabfallen zu lassen.

Teyul'kala verbarg sich irgendwo in der Dunkelheit, die die Hälfte des tiefer liegenden Bereichs ausfüllte wie eine Sturmwolke. Schon wieder schoss ein schwarzer Flammenstrahl daraus hervor. Er verfehlte Phileasson nur knapp.

Den männlichen Feyra konnte Salarin nicht sehen, aber die Frau musste aufgehalten werden. Doch wie sollte ihm das gelingen, wenn sie für ihn so gut wie unsichtbar war?

Der nächste Strahl streifte Salarins Arm. Es fühlte sich an, als zögen sich dort alle Adern zusammen und weigerten sich, das Blut passieren zu lassen. Unterhalb des Ellbogens schien sich nur noch tote Masse zu befinden, aber zu Salarins Beruhigung konnte er die Finger dennoch bewegen.

Als Erstes musste er sich in Sicherheit bringen! Er rannte auf die andere Seite des Tempels und stellte sich dort hinter eine Säule, die einzige Deckung, die sich im unteren Bereich bot. Dort traf er auf Irulla, die gerade eine Ratte aufspießte.

»Ich gebe dir ein besseres Ziel für deinen Speer«, keuchte Salarin.

»Endlich kann er wieder den Tod bringen.« Sie zog den Nager von der Spitze und schleuderte das Viech gegen die Wand.

Salarin konzentrierte sich auf das Licht in seinem Innern, das

Licht, aus dem die Elfen vor langer Zeit getreten waren, das sie durch die Welt trugen und in das sie eines Tages wieder zurückkehrten. Mit diesem Licht musste er gegen die Finsternis kämpfen.

»Feya Feiama l'ungra.« Er schnippte mit den Fingern, und eine blauweiß strahlende Kugel bildete sich neben seinem Kopf. Sie war viel heller als alles in der Umgebung, sodass sie blendete, wenn man sie direkt ansah.

Mit der Kraft seiner Gedanken lenkte er die Kugel um die Säule herum und auf die Dunkelheit zu. Irulla und er hockten sich ab, um ihren Weg aus der Deckung heraus zu verfolgen. Immer wieder kletterten Spinnen auf sie, die Salarin erschlug, während Irulla sie an den Beinen packte und mit leise tadelnden Worten fortschleuderte.

Fest schloss sich Salarins Hand um den Degengriff. Gespannt fragte er sich, ob sein Licht ausreichen würde, um die Dunkelheit zu zerstreuen, oder ob es darin erstickte.

Nichts von beidem geschah, als die Kugel in den wolkenartigen Bereich tauchte. Zwar beleuchtete sie weder Boden noch Wand oder Säulen, aber sie selbst war noch immer klar zu erkennen.

»Das reicht nicht, damit mein Speer sein Herz finden kann«, sagte Irulla.

»Gib mir noch einen Moment«, bat Salarin. »Und es wäre *ihr* Herz. Unser Gegner ist eine Frau.« Er wünschte sich seinen Bogen, aber der lag noch bei Phileassons Umhang, wo sie mit der Feyra gesessen hatten. Wenn sie lebend hier herauskämen, würde er sofort die Sehne einhaken.

Eine weitere schwarze Lanze flammte aus der Dunkelheit. Sie zerspritzte auf dem Schild, den Tjorne geistesgegenwärtig hochriss. Die Gefährten standen jetzt zu dritt gegen den Luftelementar, der Phileasson mit einem heulenden Windstoß von den Füßen riss.

Salarin durfte sich nicht ablenken lassen. Er ließ die Kugel in enger werdenden Kreisen durch die Dunkelheit ziehen, bis ein Schattenriss sie verdeckte.

Irulla brauchte keine Aufforderung. Sie sprang auf und schleuderte ihren Speer.

Mit einem Aufschrei brach die Schattengestalt zusammen.

Salarin und Irulla orientierten sich an der Leuchtkugel, als sie in die Dunkelheit rannten. So fanden sie die sich auf dem Boden windende Feindin und zerrten sie ins Licht.

Der Speer hatte ihren Oberschenkel durchbohrt und war auf der anderen Seite wieder ausgetreten. Trotz ihrer Schmerzen zog Teyul'kala den Flammendolch und stach damit nach Irulla.

Salarin schlug die Klinge mit seinem Degen zur Seite und trat dann der Feyra gegen das Handgelenk, sodass die Waffe aus ihrer Hand geprellt wurde und über den Boden schlitterte.

Offenbar vermochte sie auch die Kontrolle über die Ratten und die Spinnen nicht länger zu halten. Die Tiere fanden zu ihrer natürlichen Scheu zurück und huschten davon.

Ein Todesschrei lenkte Salarins Aufmerksamkeit auf den Altar. Der zweite Feyra brach davor zusammen. Tjorne hatte sein Axtblatt vollständig im Brustkorb des bleichen Mannes versenkt.

Eichward kniete zwei Schritt von den beiden entfernt und atmete heftig, der Luftelementar war nicht mehr zu entdecken.

Phileasson sah sich um. Niemand schien eine schwere Verletzung davongetragen zu haben. »Raus hier!«, befahl er. Die schattenhaften Tentakel aus der geflügelten Sonne an der Decke reckten sich, waren aber zu kurz, um sie zu erreichen.

Wenig zartfühlend nahm Irulla ihren Speer wieder an sich. Teyul'kala schrie und drückte die Wunde ab. Die Gefährten nahmen den Ausgang, durch den sie den Tempel auch betreten hatten, und trugen die Gefangene in das Schlafgemach, in dem die enge Treppe endete, die in Ometheons Palast ihren Ursprung hatte. Dort legten sie die Feyra aufs Bett.

Hier gelang es Vascal, bei seinem Gott das Wunder zu erflehen, das die Verständigung ermöglichte.

»Raus mit der Sprache!«, herrschte Phileasson die Gefangene an. »Warum habt ihr uns angegriffen?«

»Ihr seid unwürdig, das Heiligtum der Göttin zu schauen!«, spie die Feyra ihm entgegen. »Ihr besudelt den Tempel der göttlichen Erleuchtung!«

»Und wer ist das – eure Göttin?«

Die Gefangene presste die blassrosa Lippen zusammen.

»Auf dem Altar ist von Bhardona die Rede«, half Tylstyr.

»Der Fluch aus der Kälte, in der das Herz gefriert«, sagte Galandel Mutter-der-Schrate.

»Was weißt du darüber?«, fragte Phileasson.

»Dieser Name steht unter den Firnelfen für alles Böse, das die Welt quält. Bhardona, die Bringerin des Leids. Bhardona, die das Volk dazu verdammte, in den langen Nächten der kalten Einöde mit dem Tod zu ringen.«

Crottet fasste an den schwarzen Seehundanhänger, den er um den Hals trug. »Wir kennen ähnliche Legenden«, flüsterte er. »Ich habe sie immer für Geschichten gehalten, die man Kindern erzählt, damit sie ihren Eltern gehorchen.«

»Hat nicht auch Ometheon seine unsichtbare Besucherin so genannt?«, fragte Vascal.

»Die hieß Pyrdona«, erinnerte sich Salarin.

»Das klingt doch halbwegs ähnlich«, meinte Ohm Follker.

»Ich habe auf eine verheißene Stadt voller Wunder und Schönheit gehofft«, sagte Galandel bitter. »Gefunden haben wir einen Ort der Schrecken und des Leids.«

Salarin fragte sich, was er gesucht hatte. Bis vor Kurzem hatte er gedacht, er fände Frieden, wenn er den Glauben an die alten Götter der Elfen erlernte. Aber traf das noch zu? Und selbst wenn dem so wäre, so befände er sich im Himmelsturm wohl weit davon entfernt. Was immer man in jenem blasphemischen Tempel verehrte – mit Nurti, Simia oder Orima hatte es nichts zu tun. Im Gegenteil, dieser Ort war eine Schmähung all dessen, was gut und richtig war.

»Was habt ihr gemacht, als wir kamen?«, fragte Phileasson. Die Gefährten hatten zwei leere Tragebeutel gefunden. »Allein zum Beten wart ihr wohl kaum dort.«

»Wir haben die Pflicht erfüllt«, zischte Teyul'kala, »den Gefangenen bei Kräften zu halten, damit sich die Göttin an ihm erfreut, wenn sie zurückkehrt.«

»Ein Gefangener?«, rief Phileasson. »Wo finden wir den?«

Wieder presste die Feyra die Lippen zusammen.

Ihre Loyalität zu einer Sache, die so abgrundtief falsch war, ließ Zorn in Salarin aufwallen. Er zog seinen Degen und drohte ihr mit der Klinge. »Sprich!« Er fühlte, wie sich etwas in seinem Innern verhärtete.

So schnell, dass er nicht reagieren konnte, warf sich die Gefangene auf den spitzen Stahl. Die Waffe durchbohrte ihre Brust und trat am Rücken wieder aus. Schaumiges Blut brach aus ihrem Mund. »Bhardona, ich habe deine Geheimnisse gewahrt«, gurgelte sie.

8 DIE KRYPTA

*Zweite unterirdische Ebene,
siebzehnter Tag im Goimond*

Auf der Suche nach dem Gefangenen boten sich Asleif Phileasson an der Kreuzung vor dem Tempel zwei Möglichkeiten. Er konnte geradeaus die Treppe hinabsteigen oder seine Ottajasko nach rechts in ein Gangsystem führen. Er entschied sich für Letzteres.

Sie entdeckten fünf identisch eingerichtete Kammern. Neben einem Doppelstockbett fanden sich in jeder ein niedriger Tisch, zwei Schemel und zwei Kleiderkisten, die unter das tiefere Bett geschoben werden konnten. Die in ihnen enthaltenen zerfaserten Geweihtenroben bestätigten ebenso wie die auf allem liegende Staubschicht, dass dieser Bereich schon lange nicht mehr genutzt wurde, wenn er auch besser erhalten war als die verlassenen Gemächer im oberen Teil des Himmelsturms.

»Wenn so lange niemand mehr hier war«, meinte Ohm Follker, »wird wohl auch so bald keiner kommen.«

»Der Tod ist bereits hier«, meinte Irulla düster. »Er liebt diesen Ort.«

»Wenn man die beiden vermisst, die wir erschlagen haben, könnte jemand nachsehen kommen«, gab Phileasson zu bedenken. »Trotzdem. Wir lassen unser Gepäck hier und schaffen die Leichen in den hintersten Raum. Dort kannst du den Totensegen sprechen, wenn du willst, Shaya. Und dann sehen wir nach, was uns erwartet, wenn wir die Treppe hinabsteigen.«

Die Vorsicht, mit der Tjorne Warulfson beim Ablegen des Mantels vorging, erschien Phileasson zunächst merkwürdig. Dann erinnerte er sich, dass der Recke beim letzten Mal die Kette aus Möwenknöchelchen zerrissen hatte, an der er ebenso zu hängen schien wie Tylstyr. Sie hatte wohl etwas mit ihrer gemeinsamen Jugend in einem göttervergessenen Nest namens Stainakr zu tun.

Dass sich Irulla freiwillig meldete, um den toten Beschwörer aus dem Tempel zu holen, in dem noch immer schwarze Tentakel aus der Decke zuckten, hatte Phileasson erwartet. Er gab ihr Tylstyr Hagridson mit, der mögliche übersinnliche Gefahren wohl am ehesten erkennen würde. Die anderen warteten am Eingang, bereit, den Gefährten zur Hilfe zu kommen. Aber das erwies sich als unnötig. Nicht mal Spinnen oder Ratten zeigten sich.

Nach dem Kampf im Tempel wäre es töricht gewesen, auf eine freundliche Aufnahme durch die Bewohner des Himmelsturms zu hoffen. Sie stiegen die Stufen mit blankgezogenen Waffen hinab.

Fünf Schritt tiefer fiel rotes, beständiges Licht auf einen Absatz. Es kam aus einem türlosen Durchgang, über dem verschlungene Schriftzeichen wie Kohlen glühten. »Raum der Offenlegung«, entzifferte Tylstyr mithilfe seines Zaubers.

Phileasson ging als Erster hinein, den Rundschild bis zum Kinn gehoben und Fejris, sein Breitschwert, fest gefasst. Beklemmend rotes Licht schien aus der Decke des Raumes zu kommen, aber die Quelle war nicht auszumachen. Etwa acht Schritt gegenüber dem Eingang, durch den Phileasson trat, befand sich ein weiterer Durchgang. Rechter Hand wich die Wand gerade genug zurück, um zwei Schränken Platz zu geben, die unten mit vielen Schubladen versehen waren und ab der Brusthöhe in mit Glasläden geschützte Regale übergingen. In der Mitte der Wand zur Linken, die sich etwa fünf Schritt entfernt befand, versperrte eine massive Eisentür einen Ausgang. In das Metall war ein seltsames Motiv gehämmert. Aus einem Meer erhob sich ein Baum, aus dessen Ästen jedoch statt Laub ein Rattenschwarm wuchs. Diese Tiere vereinigten sich zu einem Bären, einer riesigen Fledermaus und in der Mitte zu einer Elfe, klar erkennbar an der schlanken Figur und den spitzen Ohren. Die Darstellung der Frau strebte mit ausgebreiteten Armen einer geflügelten Sonne entgegen.

Wenn sich Phileasson schon fragte, woher das rote Leuchten kam, so war er völlig ratlos, was das grellweiße Licht betraf, das die vier wuchtigen Tische erhellte, die das Zentrum des Raumes beherrschen. Über jedem schien sich eine unsichtbare Laterne zu befinden, die unbarmherzig alle Einzelheiten der Fesseln aus Eisen und Leder und der hellen Laken offenbarte. Phileasson hatte genug Blut gesehen, um zu wissen, was die rotbraunen Flecken verursacht hatte, die das Leinen auf dem rechten äußeren Tisch verunzierten.

Er presste die Kiefer zusammen. Hinter ihm sog ein Recke scharf die Luft ein, und auch Phileasson fühlte sich ausgeliefert, obwohl er bewaffnet und kein Gegner zu sehen war. Beinahe, als läge er selbst in den Ketten eines unbarmherzigen Foltermeisters.

Zwischen den beiden Schränken entdeckte Phileasson ein halbrundes Loch im Boden, das mit der Wand abschloss. Darüber flimmerte Hitze, aber diese war nicht der einzige Grund, aus dem ihm der Schweiß aus den Poren brach. Er war ein mutiger Mann und stellte sich jeder Gefahr, aber in diesem Raum schwang eine nicht greifbare Bedrohung. Eisen und Stärke mochten zu wenig sein, um ihr zu begegnen.

Die Gefährten verteilten sich. Irulla signalisierte, dass hinter dem offenen Durchgang auf der anderen Seite keine Gefahr drohte.

Neben dieser Öffnung hing der einzige Wandschmuck des

Raumes, ein Ölgemälde, das lebensgroß einen Mann zeigte, der dem Betrachter aus einem Ohrensessel entgegenblickte.

Leomara ging zu einem der Tische und tastete über die Maserung des Holzes, wo das Laken es freiließ. Sie wimmerte.

Phileasson warf Vascal della Rescati einen Blick zu. Der steckte Degen und Parierdolch weg und eilte zu seiner Nichte.

»*Sie haben meine Arme und Beine gebunden.*« Leomaras Finger glitten in die Kettenglieder, während die dunkle Stimme aus ihr sprach. »*Ich kann sie bewegen, aber nur wenig. Meine Muskeln schmerzen. Auch meine Augen. Das Licht brennt in ihnen, obwohl ich sie schließe. Meine Lider bieten kaum Schutz. Überhaupt schützt mich wenig. Ich wollte meine Sicherheit aufgeben, um die Freiheit seltener Macht zu gewinnen. Jetzt habe ich beides verloren. Sie allein wird entscheiden, was mit mir geschieht.*«

»Willst du sie hinausbringen?«, fragte Phileasson.

Vascal schüttelte den Kopf. »Sie muss sehen, was sie sehen muss. Sonst setzt es sich in ihren Albträumen fest.«

Phileasson litt mit dem Kind, aber er vertraute darauf, dass Vascal wusste, was das Beste für Leomara war. Jetzt ging die Kleine zum Kopfende des Tisches, wo sie die zierlichen Hände flach auflegte.

»*Ich höre Schritte. Ist sie es? Oder nur einer der Paktierer? Sie alle wissen so viel mehr als ich! Warum habe ich danach gestrebt, ihnen gleich zu werden? Wie glücklich sind doch jene, die keine Fragen stellen! Die ihr Feld bestellen, ihren Mann lieben, sich am Heranwachsen ihrer Kinder erfreuen, den Geweihten lauschen und daran glauben, dass ihr kleines Leben das ist, was die Götter ihnen zugedacht haben! Wer hat den Samen unstillbarer Neugier in mir gepflanzt? Hat sie mich jemals glücklich gemacht? Wenn meine Augen brannten, weil die Kerze so schwach war und die Schrift so klein? Wenn ich mich ängstigte, weil die Büttel des Praios meine Kate durchsuchten und dabei über die Bohlen gingen, unter denen die Bücher versteckt lagen? Als sich der Meister des Zirkels von mir nahm,* was er begehrte, und sich dann doch als unwissender Narr erwies? Warum habe ich die Scheu in mir verdrängt, als der wandernde Gelehrte Wissen versprach, mit dem ich all diese hinter mir lassen könnte?«

Leomaras Kopf ruckte hin und her. Sie gurgelte.

»Ihr ist ganz gleich, was ich herausgefunden habe! Und wenn ich noch hundert Jahre lebte, ich könnte nicht genug lernen, um ihr etwas zu bieten. Für sie hat mein Geist keinen Wert, nur mein Körper. Aber nicht wie für einen Mann. Diese Klingen! Sie sind so scharf, dass ich den Schnitt gar nicht spüre. Aber die Kälte in meinem Fleisch! Die Luft dringt in meinen Bauch. Sie missachtet meine Schreie, ihr geht es nur darum, dass mein Blut ihren Blick nicht verstellt. Sie greift in mich hinein und ...« Die weiteren Worte gingen in einem Röcheln unter.

Phileasson wandte sich ab, sodass er nur aus dem Augenwinkel sah, wie Leomara losrannte. »Ich will sterben! Nur der Tod bringt Erlösung. Keine Niederhölle kann so schrecklich sein wie diese Qual!« Sie entwischte Vascal und schlug einen Haken um Shaya, dann hielt sie auf das Loch zu, aus dem die Hitze stieg.

Phileasson ließ das Schwert fallen und sprang. Der Schild behinderte ihn, sodass er alles andere als elegant vor Leomara aufschlug, aber er bekam ihren Knöchel zu fassen. Sie war leicht genug, dass er sie halten konnte.

Mit seinen schwachen Armen versuchte sich das Mädchen in das Loch zu ziehen, dessen Rand es umklammert hielt.

Phileasson ließ es nicht zu.

Die anderen lösten vorsichtig Leomaras Finger, an denen sich bereits Brandblasen bildeten. Vascal umarmte sie und barg sie an der Brust. Sie umschlang seinen Hals und weinte.

Phileasson sah in das Loch. Dort öffnete sich ein Abgrund, in dem weit entfernt Magma glühte.

»Foggwulf!« Es klang, als habe Ohm Follker bereits mehrfach seinen Namen gerufen, bis seine Stimme das Grauen durchdrang, das Phileasson gefangen nahm. Was war an diesem Ort geschehen? Wer hatte durch Leomara gesprochen?

»Foggwulf?« Sein alter Freund hatte eine der Schubladen geöffnet und ihr eine Sichel aus glänzendem Stahl entnommen. Als Phileasson zu ihm kam, sah er, dass hier alle Arten von Klingen aufbewahrt wurden, gerade und gebogen, so winzig wie Nadeln oder groß wie ein Schwert. Auch Sägen und Bohrer fanden sich in den Schränken. In den Regalen, hinter den Scheiben, standen Gläser, in denen Organe in trüben Flüssigkeiten schwammen. Bizarrerweise schlug ein Herz noch, als sei ihm entgangen, dass es sich nicht mehr in seinem Körper befand.

Die Unruhe, das Gefühl des Ausgeliefertseins, das er eben noch empfunden hatte, war von Phileasson gewichen, als habe Leomara es mit ihrer Vision aufgenommen, ausgesprochen und damit gebannt. Dennoch widerte ihn an, was einst der Daseinszweck dieses Raumes gewesen sein musste. *Sie greift in mich hinein ...* Die Worte Leomaras hallten in ihm wider. Warum nur hatte Garhelt sie an diesen Ort geschickt? Er hatte genug gesehen! Wäre es nicht darum gegangen, ein für alle Mal zu klären, wer der wahre König der Meere war – er ließe das Geheimnis des Himmelsturms ungelöst. Sein Blick wanderte durch den Raum und blieb an dem Loch im Boden hängen. Gut möglich, dass man die Leichenreste, die nicht für weitere Untersuchungen taugten, im Feuerloch entsorgt hatte.

»Hier ist alles sauber und geordnet«, stellte Phileasson fest.

»Diese Räumlichkeiten werden noch benutzt«, schloss Ohm. »Hoffentlich kommen wir nicht zu spät für den Gefangenen.«

Tjorne gab Phileasson das Schwert, das ihm entfallen war. Der elfenbeinerne, in Form eines Wolfes gestaltete Griff weckte Erinnerungen an die Kämpfe, die Phileasson bestritten hatte. Mehrere davon hatten aussichtslos gewirkt, und doch war er immer lebend und meist als Sieger aus ihnen hervorgegangen. Er würde nicht aufgeben. Würde nicht einfach das Feld Beorn überlassen. Das schuldete er Ragnor. Sein Tod wäre vergebens gewesen, wenn sie sich jetzt zurückzogen. Er sah zu den Gefährten. Entschlossenheit blickte ihm aus den Gesichtern seiner Ottajasko entgegen. Sie würden sich nicht einschüchtern lassen, und sie würden den Gefangenen aus diesem Albtraum befreien.

Phileasson fragte Irulla, was hinter dem Durchgang lag, den sie bewachte.

»Nur eine Treppe, die wieder nach oben führt. Wie auf der anderen Seite.«

Er nickte. »Dann sehen wir zuerst hinter der Eisentür nach.«

Phileasson bemerkte, dass Tylstyr das Ölgemälde betrachtete, während die anderen Aufstellung nahmen, um bereit zu sein, was immer auch hinter der Tür lauern mochte. Was faszinierte den Zauberer an diesem Bild? Der dort abgebildete Mann hatte entweder einen großen Kopf oder er war ungewöhnlich klein. Er versank beinahe in dem Ohrensessel, dessen Leder annähernd die gleiche dunkle Farbe hatte wie sein schulterlanges Haar. Der Blick hatte etwas Starrendes, wenn auch Respekt darin lag. Die Rechte hielt einen gedrehten Stab, verziert mit silbernen Glyphen und gekrönt von einem Eulenkopf. Gut möglich, dass es sich um einen Zauberstab handelte, auch wenn der von Tylstyr nicht von einem Wanderstab aus Steineiche zu unterscheiden war, solange keine magische Fackel aus ihm loderte. Die linke Hand des abgebildeten Mannes ruhte auf dem Kopf eines hechelnden Wolfes. Die Streifen am Körperfell und die getüpfelten Beine fand Phileasson nicht ungewöhnlich, auch wenn er eine solche Rasse noch nie gesehen hatte, aber die gedrehten Widderhörner erschienen seltsam.

»Was ist mit dem Bild?«, fragte Phileasson. »Kann es uns gefährlich werden?«

»Es ist nicht magisch, nur von einem echten Künstler gemalt.«

In der Tat wirkte es so lebensecht, als könne der Mann jeden Moment der Leinwand entsteigen.

Tylstyr fuhr die Linien des Gewandes mit den Fingern nach. »Ich habe diesen Mann schon einmal gesehen. Wenn ich nur wüsste, bei welcher Gelegenheit!«

»Ein weiteres Loch im Gedächtnis?«, neckte Ohm.

Vascal, der Leomara noch immer auf dem Arm trug, zeigte auf die Abbildung eines Pergamentes in der rechten unteren Ecke des Gemäldes. Es sah aus, als sei es zu Boden gefallen und lehne nun zufällig so an dem Sessel, dass die Zeilen darauf zu sehen waren. »Was steht dort?«

Phileasson kniff die Augen zusammen. Das waren Kusliker Zeichen, das Alphabet, in dem man auch das Garethi schrieb, die am weitesten verbreitete Sprache Aventuriens. Aber die Worte ergaben keinen Sinn für ihn.

Tylstyr beugte sich vor, bis seine Nase eine Handspanne von der Leinwand verharrte. »Für hoffentlich zehn weitere Jahre fruchtbare und inspirierende Korrespondenz, verehrte Collega«, las er vor. »Notiert in einer Umschrift des Zhayad.«

»Ist das nicht die Sprache der Zauberer?«, fragte Ohm.

»Vornehmlich der Beschwörer«, präzisierte Tylstyr. »Manche behaupten, es werde in den Gefilden der Dämonen gesprochen.« Sein Zeigefinger schwebte über dem letzten Zeichen. »Ein Z. Es steht allein.«

»Eine Signatur?«, schlug Vascal vor.

Nickend trat Tylstyr einen Schritt zurück und betrachtete das Bild noch einmal in seiner Gesamtheit. »Ich weiß es wieder. Das ist der Mann, der das Buch geschrieben hat, das du am Fuß der Treppe gefunden hast, Vascal. Zurbaran von Frigorn, ein legendärer Chimärologe. In meinem ersten Jahr an der Schule der Hellsicht war er dort Gastdozent. Ich erinnere mich jetzt an seinen Stab.«

»Er sieht unheimlich aus.« Shaya hielt Abstand zu dem Bild und sah es nur aus dem Augenwinkel an, als fürchte sie, verzaubert zu werden.

Phileasson berührte die eiserne Fassung seines Kampfschildes.

»Einer der fortgeschrittenen Schüler, Rorlif Gynnarson, ist ihm verfallen«, fuhr Tylstyr in so ruhigem, sachlichem Ton fort, als sei er gegen das Grauen dieses Ortes gefeit.

Magier, dachte Phileasson. Ich werde nie verstehen, was sie in diesen anderen Wirklichkeiten suchen, in die sie immerzu schauen. Tylstyr ist ein anständiger Kerl. Aber was hat er mit solchen Schurken wie diesem Zurbaran zu schaffen?

Die Gestalt auf dem Bild hatte den Blick eines Geiers, der darauf wartete, dass seine Beute verreckte, damit er ihr die Innereien aus dem Leib reißen könnte.

»Die beiden wollten Versuche durchführen, die Brynna von Lowangen nicht billigte«, sagte Tylstyr. »Sie hat vor Cellyana die Akademie geleitet. Wegen dieser Meinungsverschiedenheit reiste Zurbaran ab, und Rorlif nahm die unehrenhafte Entlassung in Kauf, um ihm zu folgen. Ich habe nie wieder von den beiden gehört.«

»Worum ging es bei den Versuchen?«, fragte Phileasson, obwohl er ahnte, dass die Antwort ihn anwidern würde.

Tylstyr schüttelte den Kopf. »Ich war ein junger Mann, gerade am Beginn meiner Ausbildung. Über so etwas hat man nicht mit mir gesprochen.« Er wandte sich um und sah zu den Tischen. »Aber nach dem, was ich von ihm weiß, hätte ihm gefallen, was sich hier zugetragen hat.«

Ohm warf Phileasson einen kurzen Blick zu. Zweifelte der Skalde etwa ernsthaft an Tylstyrs Wissenslücken? Eigentlich verstanden sich die beiden gut. In Olport hatten sie eine Nacht gemeinsam durchgezecht.

»Dieser Zurbaran und ich werden keine Freunde«, knurrte Phileasson düster.

Er ging zur Eisentür und betrachtete die Klinke. Sie war in Form einer geflügelten Sonne gestaltet. Er zögerte, danach zu greifen, und wandte sich zu Vascal um, der jetzt wieder seinen Degen gezogen hatte und Leomara an der Hand hielt. Sollte er die beiden fortschicken? Oder wenigstens hier zurücklassen? Das mochte dem Mädchen eine weitere Schreckensvision ersparen.

Aber das Kind wirkte ruhig. Es schien zu verkraften, was auf seinen Geist einstürmte, und da dieser Bereich des Himmelsturms offensichtlich bewohnt war, mochten die beiden in größerer Gefahr sein, wenn sie zurückblieben. Besser, sie blieben zusammen!

»Wisst ihr, was ich mich frage?« Nachdenklich strich Ohm über das Blatt seiner kurzen Axt. »Worin besteht eigentlich das Rätsel, das wir im Himmelsturm lösen sollen? Wie erkennen wir, dass wir die Antwort gefunden haben?«

Alle Blicke richteten sich auf Shaya.

Die kleine Geweihte lief rot an. »Ich kenne auch nur die Worte, die die Oberste Hetfrau uns mit auf den Weg gegeben hat.«

»Dann könnte es bereits ausreichen, dass wir den Turm gefunden haben«, meinte Ohm.

»Aber dessen können wir nicht sicher sein«, wandte Phileasson ein. »Trage uns die Aufgabe noch einmal vor, Shaya.«

»Sobald die Kopfschwänzler gefangen sind, sollen die Kapitäne mit wenigen Auserwählten in den äußersten Norden aufbrechen, um dort den Turm zu finden, mit dem die Welt am Himmelsgewölbe aufgehängt ist und den die Firnelfen deswegen Himmelsturm nennen.«

Die Gefährten brummten zustimmend.

»›Ergründet seine Geheimnisse, bevor ihr nach Riva reist‹, hat Garhelt gesagt.«

»Was meinst du, Vascal?«, fragte Phileasson.

»Die Antwort ist schwer zu finden, wenn man die Frage nicht kennt«, sagte der Nandusgeweihte. »Aber wir wissen jetzt, dass der Himmelsturm eine Stadt war. Wenn euch jemand über Olport befragen würde – was wären die Dinge, die ihr ihm erzählen würdet? Bestimmt, dass dieser Ort im Norden Thorwals liegt, am Meer, in einer schwer zugänglichen Bucht. Aber damit wäre noch nicht alles gesagt.«

»Man müsste die Runajasko erwähnen«, meinte Ohm.

»Und die Schiffsbauer«, ergänzte Phileasson.

»Natürlich auch, dass es der Ort ist, an dem Jurga nach ihrer Überfahrt landete«, bemerkte Ohm, wobei ihm anzusehen war, dass ihm nicht gefiel, worauf dieses Gespräch hinauslief.

Vascal nickte. »Das sind die wesentlichen Fragen. Wo liegt der Himmelsturm? Wer hat hier gelebt? Warum wurde er verlassen, zumindest in weiten Teilen? Und was geschieht hier heute?«

Phileasson atmete durch. Es widerstrebte ihm, seine Gefährten den Gefahren dieses Ortes auszusetzen, aber er wusste, dass Beorn solche Skrupel fremd waren. Er wollte nicht zulassen, dass der Blender über ihn triumphierte, und er war sich des Mutes und der Treue seiner Ottajasko gewiss.

»Es gibt Dinge, um die wir uns hier und jetzt kümmern müssen.« Er drückte die Klinke hinunter. »Wer immer hier gefangen gehalten wird – wir holen ihn raus, das wohl!«

Dritte unterirdische Ebene,
siebzehnter Tag im Goimond

Shaya Lifgundsdottir beobachtete, wie Asleif Phileasson die Eisentür aufzog. Sie erwartete ein Quietschen, ein Schleifen oder Knarren, aber es geschah vollkommen lautlos. Grünes Licht waberte in der Öffnung, und Phileasson schritt furchtlos hinein. Shaya folgte ihm gemeinsam mit den anderen.

Ein Kreis aus acht Zylindern beherrschte den kleinen quadratischen Raum. Sie ragten drei Schritt auf, sodass sie beinahe bis zur Decke reichten. Die Gefährten verteilten sich an den Wänden, nur Tylstyr Hagridson und Phileasson traten zwischen die massigen Säulen aus Glas.

In den Zylindern trieben völlig entstellte Kreaturen. Shaya hatte Menschen mit schrecklichen Verletzungen gepflegt, deren Knochen aus offenen Wunden ragten oder denen im Wundbrand ein Arm abfaulte. Die Barmherzigkeit der Mutter Travia hatte geholfen, das Leid zu lindern. Diese Bedauernswerten hatten jedoch nichts gemein mit den fleischgewordenen Albträumen, die in die Glaszylinder gesperrt waren. Entsetzt und abgestoßen, vermochte Shaya doch nicht den Blick abzuwenden. Sie wusste, das, was sie hier sah, würde sie noch lange um den Schlaf bringen.

Eines hatten all diese Kreaturen gemeinsam. Sie erinnerten an Elfen, wenn auch grotesk entstellt. Einem fehlten die Lippen, sodass die schiefen Zähne offen lagen, bei einem anderen starrte ein drittes, trübes Auge aus der Stirn.

Sie hatte schon Schlangen und Frösche gesehen, die in Gläsern voller Branntwein eingelegt waren. Aber diese ... Sie wusste nicht, wie sie diese widernatürlichen Geschöpfe nennen sollte. Diese Dinger, sie lebten. Klackend schlug dicht vor ihr ein langer Schnabel gegen Glas. Die kalten, schwarzen Augen der Bestie starrten sie an. Das Vieh wollte heraus. Wollte zu ihr! Abgesehen vom Vogelschnabel hatte es einen lasziven Frauenkörper, üppig, einladend. Da war etwas in dem Blick. Shaya hob eine Hand. Wollte den Zylinder berühren ...

Fordernd schlug der Schnabel gegen das durchsichtige Hindernis.

Erschrocken wandte sich die Geweihte ab, nur um einen Elfen zu sehen, dessen Unterkörper in einer mit Stacheln bewehrten Flosse auslief.

Shaya stammelte ein Stoßgebet, flehte ihre Göttin um Gnade für diese Geschöpfe an. So weit es die Begrenzung seines Zylinders zuließ, breitete ein dritter Elf seine in fellbedeckten Pranken endenden Arme aus. Er lächelte und sah mit traurigen, blauen Augen auf sie herab. Fingerdicke, weiße Würmer hafteten an seiner Brust. Die Geweihte war sich nicht sicher, ob sie von seinem Fleisch fraßen, ob sie daraus hervorbrachen oder ob sie mit dem Körper verwachsen waren wie Haare bei einem Menschen.

Den Magen Galandels, der harte Kost wie die Speisen der Schneeschrate gewohnt war, überforderte dieser Anblick. Sie stützte sich an eine Wand und erbrach sich.

Auch Shaya spürte ein Würgen in ihrer Brust aufsteigen.

Sie kämpfte es nieder und wandte den Blick von den Zylindern ab. Gegenüber der Eisentür, durch die sie dieses Kabinett der Albträume betreten hatten, befand sich ein Bronzetor, von dem ihnen schreckliche Fratzen entgegenstarrten.

War es wirklich Bronze? Oder nur hauchzarte Seide, gegen die sich die Gesichter drückten, die ganz gewiss zu Kreaturen der Niederhöllen gehörten? Shayas Mund war staubtrocken. Sie wollte den Schutz ihrer Göttin erbitten, doch kein Laut kam über ihre Lippen. Der grün leuchtende Nebel ließ die Fratzen lebendig wirken. Diese da ... Die Kreatur mit den tückischen kleinen Augen, der vier Hörner aus der Stirn wuchsen und deren Maul aussah, als zwängten sich zwei mit Krebsscheren bewehrte Arme heraus ... Hatte sich dieses Ding bewegt?

Shaya hörte Ohm hinter sich zu Swafnir beten. Er tat es auf die Art der Thorwaler und forderte den großen Wal auf, zuzusehen, wie furchtlos sich seine Kinder dem Grauen stellten.

Ihr Blick fiel nun auf ein Haupt, dem acht Augen und zwischen den Lippen vorstehende Mandibeln etwas Spinnenhaftes gaben. Dass der Kopf auf dem Hals einer wohlgewachsenen Elfe saß, ließ ihn nur umso obszöner erscheinen. Alle acht Augen blickten sie an, darauf hätte Shaya jeden Eid geschworen.

Die Fetische an Galandels Stab klimperten, als sich die Elfe wieder zu den anderen gesellte. Niemand machte ihr einen Vorwurf.

Sollten sie wirklich dieses Tor öffnen? Dies war kein Ort für Menschen! Besorgt sah sie zu Phileasson, der die bronzene Pforte mit grimmiger Entschlossenheit betrachtete.

Das grüne Licht trieb in Schwaden durch den Raum. Um die Behälter waren sie etwas dichter, so als hätten sie einen Willen, der sie dorthin zog. Vier kleinere, aber robust wirkende Türen ließen sich in den Seitenwänden hinter dem fahl glühenden Dunst nur erahnen.

Phileasson und Vascal wandten sich dem Bronzetor zu und suchten offenbar nach einer Möglichkeit, es zu öffnen. Eichward kam hinzu. Er löste eine Hand von seinem gewaltigen Schwert, legte sie an einer glatten Stelle auf das schimmernde Metall und lehnte sich dagegen.

»Achtung!«, schrie Tjorne.

Plötzlich zuckten die Kreaturen in den Zylindern. Klauen kratzten über das Glas, Schwänze peitschten durch die trübe Flüssigkeit. Überall klackte und knirschte es.

Der Behälter, der dem Bronzeportal am nächsten stand, war verschwunden, als hätte es ihn nie gegeben. Stattdessen geiferte dort ein Wesen mit Kopf und Rumpf eines Elfen, aber den nach hinten abgewinkelten Beinen eines Ziegenbocks. Es war kaum zu glauben, dass diese dünnen Glieder das Gewicht der wuchtigen Arme tragen konnten, von denen einer der übergroßen Schere eines Krebses glich, der andere aber aus grauem Fels zu bestehen schien. Flocken von Geifer lösten sich aus dem mit spitzen Zähnen bestückten Maul, als sich das Ungeheuer auf Eichward stürzte.

Der Biss glitt am Eisenharnisch ab, aber die Schere packte den Arm des Hünen und drohte, ihn abzutrennen.

Phileassons Schwert schlug auf die monströse Krebsschere, doch die Klinge vermochte den roten Panzer nicht zu durchdringen. Irullas Speer schoss durch den Raum, durchschlug den Rumpf der Chimäre oberhalb der Hüfte und wurde erst von Eichwards Harnisch aufgehalten.

Das Biest stieß einen gellenden Schrei aus, der mehr Wut als Schmerz in sich trug. Es riss Eichward vom Tor fort und schleuderte ihn zwischen die zuckenden Ungeheuer in ihren Zylindern, als sei er eine Strohpuppe.

Eichward hatte sein Schwert verloren. Stöhnend blieb er liegen und presste die freie Hand auf den verwundeten Arm. Dunkles Blut quoll zwischen seinen Fingern hervor. Salarin eilte zu ihm, während Tylstyr einen hochkonzentrierten, aber auch verärgerten Eindruck machte. Der Magier umklammerte seinen Zauberstab und hielt die andere Hand auf Brusthöhe, Mittel- und Zeigefinger gestreckt.

Shaya versuchte, den Kämpfern nicht im Weg zu stehen. Sie hätte gern geholfen, aber sie wusste, dass sie mit ihren Mitteln nichts ausrichten konnte.

Das Monstrum bewegte sich unglaublich schnell. Gerade noch schnappte die Schere vor Phileassons Gesicht zu, da krachte die Steinfaust gegen den Schild und zog eine tiefe Schramme in das Bild des Seeadlers. Schon hatten die wilden Attacken der Chimäre das Bronzetor freigekämpft.

Zischend wirbelte die Kreatur herum und warf sich auf Crottet. Sein beinernes Kurzschwert zersplitterte, als er damit den Angriff abwehren wollte und sich die Schere um die Waffe schloss. Crottet stürzte und rollte sich gerade noch rechtzeitig zur Seite, um dem niederdonnernden Steinarm zu entgehen.

Irullas Speer steckte noch immer im Leib der Bestie, die sich daran aber nicht störte und nun zwischen den Zylindern auf den am Boden liegenden Eichward eindrang.

Der hünenhafte Ritter war wehrlos. Immer noch umklammerte er seinen verletzten Arm. Shaya kniete sich hinter ihn und versuchte ihn fortzuzerren, doch Eichward war viel zu schwer.

Drohend klackte die Krebsschere der Chimäre. Kalte, schwarze Augen sahen auf Shaya herab.

Plötzlich war Salarin neben ihr und griff dem Ritter unter die Arme. Gemeinsam zerrten sie den Hünen zum Ausgang. Der Eisenharnisch knirschte über den Stein.

Unerbittlich folgte ihnen das Ungeheuer. Es ließ sich jetzt Zeit, als sei es sich völlig gewiss, dass ihm keiner von ihnen entkommen würde.

Tjorne sprang vor und schleuderte der Chimäre sein Wurfbeil entgegen.

Mit einer lässigen Bewegung des Scherenarms fegte die Bestie das Beil zur Seite. Die Waffe schlug in das Glas eines Behälters, das mit einem Knall zerbarst. Gelbliche Flüssigkeit spülte die zuvor gefangene Kreatur heraus. Der dornige Fischschwanz bewegte sich auf und nieder, während das Dutzend bleiche Tentakel, das die Arme ersetzte, wild in alle Richtungen peitschte. Die kräftigen Gliedmaßen trafen Phileasson, aber auch die bocksbeinige Chimäre und rissen sie von den Hufen.

Shaya und der Elf zogen Eichward außer Reichweite. Die Schere hatte auch seine Beine verletzt, aber immerhin floss das Blut nur, statt in Stößen herauszuspritzen.

»Kümmere dich um ihn!«, rief Shaya Salarin zu. Der Elf hatte oft genug bewiesen, wie geschickt er darin war, solche Verletzungen zu heilen.

Shaya umklammerte ihren Wanderstab. Ihr ganzes Leben lang hatte Travia, die Gute Mutter, für sie gesorgt. Jetzt, an diesem Ort fern aller göttlichen Gnade, bedrohte eine blasphemische Kreatur die Gefährten, die ihre neue Familie geworden waren. Eine Welle der Entschlossenheit brandete in der Geweihten auf. Sie würde sich dieser Gefahr entgegenstellen!

Doch ihr Mut geriet erneut ins Wanken, als sich das Monstrum zu voller Größe aufrichtete. Gelblicher Geifer schäumte zwischen den Zähnen hervor, begleitet von einem Quietschen, das ihr in den Ohren schmerzte. Eichwards Blut tropfte von der Schere. Shaya sah die Steinfaust und stellte sich unwillkürlich vor, wie ein einziger Hieb dieses Arms ihren Brustkorb zermalmte.

Ohm Follker und Tjorne schlugen mit ihren Äxten auf das Wesen ein. Die wirbelnden Attacken der Kreatur krachten gegen ihre Rundschilde und zwangen die Recken zurück, aber sie schrien ihren Mut heraus und drangen erneut vor. Holzsplitter flogen durch den Raum, Funken sprühten aus Waffenstahl, wenn er den Steinarm traf. Crottet unternahm, nur mit zwei Dolchen bewaffnet, einen todesmutigen Angriff, den er tatsächlich beinahe mit dem Leben bezahlte. Er konnte sich nur so knapp unter dem Steinarm hindurchducken, dass die Fellmütze heruntergerissen wurde. Offenbar hatte der Hieb seinen Kopf gestreift. Er torkelte zur Seite, bis er an einer Wand zusammenbrach.

Brüllend sprang Phileasson vor ihn und schützte den Nivesen mit wilden Schlägen seines Breitschwerts. Ein Tentakel der am Boden liegenden Chimäre zuckte über sein Gesicht und hinterließ dort einen feuerroten Striemen, aber das brachte den Drachenführer nur dazu, noch zorniger zu schreien.

Shaya erkannte, dass sie in diesem Kampf zu unterliegen drohten.

Dies war der Moment, in dem sie zeigen konnte, wie sehr sie Travia liebte und dass sie etwas tat, wenn es darauf ankam – wie wenig es auch bewirken mochte. Die Angst fiel von ihr ab. Sie schritt auf das Ungeheuer zu und führte einen weiten Schlag, bei dem sie ihren Stab mit beiden Händen am äußersten Ende fasste.

Ihr Angriff ging ins Leere, aber immerhin lenkte er das Ungeheuer mit dem Krebsarm von Phileasson und Crottet ab. Stattdessen wandte es sich jetzt gegen sie.

Shaya versuchte, einen weiten Schwinger mit ihrem Stab abzublocken. Das war keine gute Idee! Der Stab wurde ihr aus der Hand gerissen. Das Holz klapperte gegen einen Glaszylinder, in dem eine weitere Chimäre zuckte. Die Wucht des Hiebes riss Shaya von den Beinen und schleuderte sie vor das Bronzeportal.

Beim nächsten Atemzug stach etwas in Shayas Brust, ein Funkensturm wirbelte vor ihren Augen, und Galle stieg in ihren Mund. Sie spie die bittere Flüssigkeit aus und stemmte sich hoch. Jetzt war der falsche Moment für Schwäche! Sie war eine Dienerin Travias, einer Göttin, die man nur selten mit Härte in Verbindung brachte, aber sie war auch eine Tochter Thorwals, wo der Sturm auf schroffe Klippen traf und Drachenschiffe furchtlos in See stachen. Sie würde ihren Gefährten in diesem Kampf beistehen, das wohl!

Benommen vorwärtstaumelnd stieß sie mit dem Fuß an den Zweihänder, den Eichward fallen gelassen hatte. Sie blickte von der Stahlklinge zu dem Monstrum, das mit unverminderter Kraft auf die Gefährten eindrang, und dann zurück zur Waffe. Den Schmerz in ihrer Brust verdrängend, bückte sie sich, fasste den Griff und zog das Schwert hinter sich her. Die Spitze schleifte über den Boden. Niemals hätte sie die schwere Waffe in einem Kampf schwingen können, ganz abgesehen davon, dass ihr keiner das Fechten beigebracht hatte. Auch während der Reise hatte sie sich selten an den morgendlichen Übungen beteiligt, und wenn, hatte man sie geschont und ihr lediglich gezeigt, wie sie sich am besten mit dem Wanderstab schützte.

Aber jetzt ließ sie keine Ausreden gelten. Dieses Biest hatte sich mit der falschen Thorwalerin angelegt, das wohl!

Der Kampf hatte sich verlagert. Das Ungeheuer stand mit dem Rücken zu einem Glaszylinder, in dem sich eine sechsarmige Chimäre wand. Sie hatte dermaßen viele wirbelnde Klauen, dass Shaya gar nicht erst versuchte, sie zu zählen, und zudem ein Maul mit so langen Reißzähnen, dass sie auch als Hörner getaugt hätten.

Sie stutzte. Waren die Augen der Kreatur verkümmert, oder waren sie schon immer so klein gewesen? Das gewölbte Glas mochte täuschen, aber gerade bei Elfen waren die Augen doch besonders groß. Auch die Ohren waren nicht spitz, und die Haut war zu dunkel, wenn die Flüssigkeit nicht täuschte. Die zierliche Gestalt dagegen passte zu einer jungen Elfe … oder zu einem menschlichen Mädchen?

Für solche Überlegungen fehlte Shaya die Zeit. Sie wuchtete das Schwert hoch, sodass die Parierstange auf ihrer Schulter zu liegen kam. Ihre Brust fühlte sich an, als hätte jemand glühende Pfeile hineingeschossen. Sie wusste nicht, ob sie vor Schmerz oder vor Wut brüllte, aber es war so laut, dass alle innehielten und sie anstarrten. Sie taumelte unter dem Gewicht der Waffe.

Ihre Arme allein waren zu schwach, um den Bidenhänder zu schwingen. Das war sicher den Nachwirkungen des Schlages geschuldet, den die lästerliche Kreatur ihr versetzt hatte. Ihre Sicht verdunkelte sich, sie fühlte sich benommen, aber sie würde keinesfalls aufgeben! Also nutzte sie den Schwung ihres gesamten Körpers, indem sie um die Achse wirbelte. Wieder stoben Funken vor ihre Augen, und es fühlte sich an, als würde ihr Leib von einem gnadenlosen Riesen ausgewrungen. Sie verlor den Halt und stürzte, und das Monstrum tänzelte außer Reichweite. Trotzdem traf sie ihr Ziel.

Mit lautem Klirren barst der Zylinder. Die Kreatur, die aus kaum etwas anderem als Klauen und Zähnen bestand, glitt heraus. Blindwütig schnappte sie nach allen Seiten und riss eines der Bocksbeine auf. Heulend brach der Gegner in die Knie.

Hart schlug Shaya auf den Boden. Das Schwert vermochte sie nicht mehr festzuhalten, aber das war jetzt unwichtig. Galandel zog sie in Sicherheit, während Phileasson, Irulla und Tjorne ihrem Gegner den Rest gaben. Kreischend verging er zwischen den Äxten, dem Schwert und den Klauen.

Die Chimären in den Zylindern beruhigten sich allmählich. Die beiden, die herausgespült worden waren, reckten zwar ihre Krallenarme und Tentakel nach den Gefährten, schienen sich aber nicht vom Platz bewegen zu können. Sie stellten keine Gefahr dar, solange man einen Bogen um sie machte.

Galandel stimmte einen zweistimmigen Heilgesang für Shaya an. Nach all dem Gekreische und Gebrüll war es so schön, ein wenig Harmonie inmitten dieses Chaos zu erleben, dass Shaya auch dann die Tränen gekommen wären, wenn nicht dieser Schmerz in ihrer Brust getobt hätte.

Die Gefährten sprachen aufgeregt miteinander, sammelten die Waffen ein, schlugen sich auf die Schultern und machten sich an die Versorgung der Verletzungen. Nur Tylstyr stand einsam abseits. Auf seinem Gesicht fehlte die grimmige Freude, die in den anderen zu lesen war.

Shaya bat Galandel mit erhobener Hand, in ihrem Heilgesang innezuhalten. »Hast du das gehört?«

Beide lauschten, was in dem allgemeinen Gerede nicht leichtfiel.

Ja, da rief jemand! Erst verstand Shaya die Worte nicht, aber dann drangen sie in klarem Garethi durch eine der kleineren, klobigen Türen. »Hilfe! Bei der Liebe eurer Mütter, helft mir hier heraus!«

*Dritte unterirdische Ebene,
siebzehnter Tag im Goimond*

»Tylstyr, wir brauchen Licht!«, rief Asleif Phileasson. Nur schemenhaft erkannte er eine wimmernde, an der Wand zusammengekauerte Gestalt.

Tylstyr Hagridson war einer der Wenigen, die keine einzige Schramme aus dem Kampf mit der Monstrosität davongetragen hatten. An sich war nichts anderes zu erwarten, Magier standen einem Feind selten Klinge an Klinge gegenüber. Aber auch der Kampfzauber, der ihnen den Weg aus dem Eisberg freigeschmolzen hatte, war ausgeblieben. Wenn sich Phileasson recht erinnerte, hatte der Magier ihn das letzte Mal gegen die Räuber bei den Versorgungsschiffen eingesetzt. Auch im Tempel war er schnell außer Gefecht gewesen.

Das spielte jetzt keine Rolle. Aus dem Zauberstab loderten Flammen und erleuchteten die kleine Zelle. Abgesehen von einem Eimer, von dem der Gestank von Fäkalien ausging, einem angeschlagenen Krug und einem Strohlager gab es hier nichts als nackten Fels. Ein hagerer Mann schützte seine Augen mit den Händen vor der plötzlichen Helligkeit. Seine faltige Haut hatte den an Sand erinnernden Farbton jener Menschen, die ihr Leben unter heißer Sonne verbrachten.

Phileasson schob sein Schwert in die Scheide und bedeutete Tylstyr, zurückzubleiben. Als er selbst sich zu dem Gefangenen begab, fühlte er den Schmerz im linken Knie, wo ihn der heftigste Schlag getroffen hatte. Im gleichen Maße, in dem sich die Aufregung des Kampfes legte, kehrte das Gefühl für seinen Körper zurück. Auch der Schnitt im rechten Unterarm pochte, und eine Schwellung erhitzte sein Gesicht.

Er lehnte den Rundschild an die Wand, hockte sich vor den

Mann und streckte ihm die offenen Hände hin, ohne ihn zu berühren. »Ich bin Asleif Phileasson, den man als den Foggwulf kennt.« Er benutzte das Garethi, weil sich der Gefangene bei seinen Rufen unter anderem dieser Sprache bedient hatte. »Meine Freunde und ich kommen von weit her. Wir werden dich befreien.«

Zitternd nahm der Gefangene die Hände vom Gesicht und sah zu ihm auf. Die Augen waren braun wie die Planken der *Seeadler*, das Haar dunkelgrau. Er trug einen befleckten, zerschlissenen Kaftan, wie er bei den Bewohnern der Wüsten üblich war. Das Gewand war verkehrt herum angezogen, mit den Nähten nach außen.

Geduldig wartete Phileasson auf eine Reaktion des Eingekerkerten. Aus dem Raum mit den entstellten Monstren drangen die Geräusche seiner Ottajasko herüber. Galandel und Salarin sangen heilende Zauber, die anderen sprachen über den errungenen Sieg.

Plötzlich und überraschend behände war der Mann auf den Beinen. Für einen Herzschlag starrte er Phileasson an. Dann warf er sich nach vorne. Dürre Arme umschlangen den Thorwaler. »Rastullah sei gepriesen, der Großvater allen Großmuts, der sich seines unwürdigen Dieners erinnert und ihn aus finsterster Not errettet!«

Phileasson fasste die schmalen Schultern des Mannes und drückte ihn sanft auf Armeslänge von sich. Er war ein mageres Kerlchen, kaum eineinhalb Schritt groß, mit tief in den Höhlen liegenden Augen und einem schütteren Bart.

»Ich bin der Foggwulf«, wiederholte Phileasson. »Wie heißt du?«

»Ich bin Abdul.« Die Augen glitzerten. »Abdul el Mazar. Aus der Oase Yiyimris.«

Von diesem Ort hatte Phileasson nie gehört.

Phileasson nahm die knochigen Hände in seine. »Wir gehen jetzt erst einmal hier hinaus«, sagte er ruhig. »Wie gefällt dir das, Abdul?«

Der kleine Mann folgte ihm zwar, warf aber den Kopf hin und her. »Schon wieder Schmerzen?« Seine Augen flatterten nervös. »Ich bin noch nicht so weit. Mein Körper ist noch zu schwach. Ich muss mich erst erholen. Wir können auch so über alles reden, was ich herausgefunden habe.«

»Niemand will dir wehtun«, versicherte Phileasson.

Misstrauisch sah sich der Alte in der Kammer mit den Glaszylindern um. Er stieß einen tiefen Seufzer aus und ließ seinen Kaftan von den Schultern gleiten. Er führte die Bewegung mit einer gefügigen Selbstverständlichkeit aus, als sei dies schon Hunderte Male zuvor geschehen.

Entsetzt sah Phileasson im Licht der grünen Schwaden die Narben, die Abduls Rücken überzogen wie ein verwirrendes Geäst. Die größte jedoch lief durch den Bauchnabel bis zu seinem Brustbein. Sie war unsauber verheilt, das wuchernde Fleisch bildete einen rosafarbenen Grat. Shaya Lifgundsdottir, die unter Galandels Fürsorge wieder zu Kräften gekommen war, betrachtete den malträtierten Körper mit sichtlicher Sorge.

»Bist du der Göttin begegnet, Abdul?«, fragte Phileasson.

Der Südländer kicherte wie ein Kind, das einem Erwachsenen einen Streich spielte. »Sie ist keine Göttin. Das glaubt sie bloß. Oder sie lässt es andere glauben. Aber in Wirklichkeit ist sie keine Göttin. Auf keinen Fall.« Heftig schüttelte er den Kopf. »Sie dient einem Gott. Aber der ist ein grausamer Herr.« Plötzlich starrte Abdul Phileasson an. »Er hat keinen Namen.«

Ein Schauder lief über Phileassons Rücken. Wie beinahe alle Thorwaler richtete er seine Gebete an Swafnir, den Gottwal. Aber er wusste und respektierte, dass es auch andere Götter gab, so wie Travia, der sich Shaya geweiht hatte. Die wichtigsten von ihnen bildeten den Bund der Zwölfgötter, und obwohl sie immer wieder in Streit gerieten, sorgten sie im Großen und Ganzen dafür, dass es den Menschen gut ging. Sie schickten Regen für die Felder, heilten Kranke, spendeten Trost und gaben Halt. Doch es gab noch einen dreizehnten Gott, jenen ohne Namen, der alles zu verderben trachtete, was seine Geschwister erhalten wollten. Das Meer und den Wind, das Feuer, die Liebe und den Sinn für Rechtschaffenheit – nichts würde er bestehen lassen. Er säte Neid und Missgunst, Gier und Grausamkeit unter den Menschen, um sich dann an ihrem Leid zu erfreuen. Gut möglich, dass er Gefallen an den entstellten Kreaturen fand, die in den Glaszylindern trieben oder inzwischen auf dem Trockenen verreckt waren. Solche Bestien verspotteten die Schöpfung seiner Brüder und Schwestern. Dieser Namenlose hatte viel gemein mit Hranngar, der Weltenschlange und ewigen Widersacherin des Gottwals. Vielleicht waren beide sogar ein und dasselbe. Shaya hielt das für möglich, wie sie ihm an einem der Abende am Lagerfeuer zugestanden hatte.

»Wer wendet sich freiwillig dem Namenlosen zu?«, fragte Phileasson tonlos.

Abdul gluckste und klopfte sich seitlich gegen den Kopf. »Jemand, der hier nicht ganz richtig ist. Bei dem die Kamele nicht mehr in der Reihe gehen, sondern im Kreis hüpfen. Der sich selbst Ketten schmiedet, weil er denkt, er würde dadurch freier und mächtiger.«

Verständnislos schüttelte Phileasson den Kopf. Bislang hatte er vermutet, Abdul habe einfach Angst, aber dieses hektische Gebaren deutete darauf hin, dass er den Verstand verloren hatte.

»Du bist ein Novadi, nehme ich an.«

»Ein stolzer Sohn der Wüste!« Abdul straffte sich. »Darum hat sie mir den hier geschenkt.« Er fasste den zerschlissenen Kaftan, der halb ausgezogen um seine Hüften hing. »Damit ich nicht wie ein bunter Geck hier herumlaufen muss.«

»Wie lange bist du schon hier?«

Er sackte zusammen. Wie ein geprügeltes Kind kauerte er in der Hocke und barg den Kopf auf den Knien, die Arme schützend darüber gelegt. »Zweimal hat sie mich aufgeschnitten und nachgesehen, was in mir zuckt und pulsiert.«

Phileasson blickte sich im Kreis der Ottajasko um, die sich um ihn versammelte.

»Wer ist sie?«, fragte er dann. »Kennst du ihren Namen?«

Stumm wippte Abdul vor und zurück.

»Bhardona«, hauchte Galandel.

Abdul kicherte. »So nennen sie sie, aber man kennt sie auch anders.«

»Wie bist du ihr begegnet?«

Vorsichtig hob Abdul den Kopf. Erst jetzt schien er die anderen zu bemerken und zu erfassen, wo er sich befand. Sein Blick blieb an dem Bronzeportal mit den Dämonenfratzen hängen. »Wir glauben, wir können uns vor ihnen schützen, wenn wir sie beschwören«, flüsterte er. »Aber das stimmt nicht. Sie sind keine Diener. Sie spielen mit uns.«

»Wie hast du Bhardona getroffen?«

Abduls zitternde Augen kehrten zu Phileasson zurück. »Bin ich weit weg von Al'Anfa?«

Phileasson lachte auf. »So weit, wie sich nur denken lässt. Kein Mensch wird jemals weiter im Norden gewesen sein, als wir uns gegenwärtig befinden.« Hier unten, wo es kein Tageslicht gab und eine stete Wärme herrschte, konnte man das allerdings nicht erkennen.

»Verloren sind jene, die die Göttin zaubern sehen.« Wieder kicherte Abdul. »Aber sie ist gar keine Göttin. Vielleicht kann sie noch eine werden. Sie glaubt daran, sich auf einer geflügelten Sonne in die Sphären Alverans zu erheben, wo die Ewigen thronen. Aber ihr namenloser Meister darf das nicht wissen.«

»Der ist verrückt«, sagte Eichward.

»Aber er weiß eine Menge«, meinte Phileasson. Der Foggwulf hatte das Gefühl, dass sie nur die richtigen Fragen finden mussten, oder vielleicht auch den richtigen Augenblick, dann würde dieser zerbrechliche alte Mann zum Schlüssel für die Geheimnisse des Himmelsturms werden.

Abduls Blick ruckte wieder zum Bronzeportal. »Wissen kann zu Wirklichkeit werden, und dann wird es gefährlich.« Er stand auf. »Ich muss meine Bücher zurückholen. Niemand darf sie lesen! Ich will sie verbrennen.«

Sanft hielt Phileasson ihn zurück. »Sind sie dort? Sind deine Bücher hinter dem Portal?«

»Ich weiß es nicht. Aber ich muss sie finden. Ich habe alles aufgeschrieben. Über den Gott ohne Namen und seinen Kult. Das weiß Pardona natürlich schon alles, aber die anderen dürfen es nicht erfahren …« Er gluckste. »Vielleicht besucht sie ein paar von den Paktierern. Einige der Zirkel hat sie bestimmt gegründet.« Übergangslos wurde er ernst. »Aber auch meine Konversation habe ich aufgeschrieben. Die Thesen anderer Forscher referenziert. Mehmal. Zulqaman. Fidora. Ich muss sie warnen. Pardona darf nie von ihnen erfahren, sonst geht sie und holt sie auch und schneidet sie auf und quält sie und …« Mit einem Wimmern brach er ab.

*Dritte unterirdische Ebene,
siebzehnter Tag im Goimond*

Tylstyr Hagridson tat so, als suche er nach dem Mechanismus, der das Bronzetor öffnete. In Wirklichkeit beschränkte sich sein Beitrag darauf, dass er die Dämonenfratzen mit der Fackel an seinem Zauberstab beleuchtete, sodass die Gefährten etwas mehr sahen, als die treibenden grünen Schwaden zwischen den Zylindern erlaubten. Sie schienen tatsächlich von den Behältern angelockt zu werden, denn dorthin, wo die zwei zerstörten Glassäulen gestanden hatten, zogen sie jetzt selten.

Die beiden befreiten Chimären waren verreckt wie Fische auf dem Trockenen. Das verzweifelte Schnappen ihrer deformierten Mäuler, um ein wenig Luft in die Lungen zu bekommen, hatte Tylstyrs Mitleid geweckt. Obwohl er um die Gefährlichkeit dieser Wesen wusste und sich vorstellen konnte, dass die Verwachsungen ihnen so große Schmerzen bereiteten, dass der Tod eine Erlösung war, hätte er Salarin beinahe gebeten, sie mit seinen Heilzaubern am Leben zu erhalten. Zum Glück hatte niemand Tylstyrs Verwirrung bemerkt, außer vielleicht Asleif Phileasson, der ihn seltsam angeblickt hatte, als er zum Gefangenen hineingegangen war.

Inzwischen hatten sie auch die anderen drei Zellen kontrolliert. Sie waren leer, und Abdul el Mazar brabbelte nur noch unverständliches Zeug, teils auf Garethi, teils in der Sprache der Novadis, und manchmal auf Isdira. Sogar Galandel Mutter-der-Schrate fand seine Interpretation beachtlich, obwohl der Mann die Zunge der Elfen nur einstimmig artikulieren konnte.

Während Tylstyrs Blick über das Metall glitt, dessen Bronzeschimmer eine gewisse Ähnlichkeit mit dem Gewand der Traviageweihten hatte, rang er mit dem Dämon in seinem Innern. Dies war keine Wesenheit, die aus einer anderen Sphäre beschworen worden wäre, sondern eine Angst, die seit Wochen in ihm wuchs. Seit sein Kampfzauber außer Kontrolle geraten war und ihn selbst entzündet hatte, damals, bei dem nächtlichen Raubüberfall. Er hatte geglaubt, die Furcht verginge einfach dadurch, dass Zeit verstrich, und sich eingeredet, es sei bereits ein Erfolg, dass er das Lodern der Fackel an seinem Zauberstab ertrug.

Aber auch jetzt war ihm noch unwohl, wenn er das Feuer so knapp vor seinem Gesicht bewegte. Und das, obwohl das astrale Muster unweigerlich und blitzschnell zusammenbrach, wenn der Kontakt unterbrochen wurde. Der Stabzauber war klar strukturiert, leicht zu verstehen, von begrenzter Wirkung und gut zu beherrschen.

Anders als der Ignifaxius Flammenstrahl, wie sein Unfall bewies. Dabei peitschten die astralen Kräfte das Feuer auf, trieben es an, jagten es durch einen unsichtbaren Tunnel und zwangen die elementare Gewalt nieder, um sie erst am Ziel ausbrechen zu lassen.

Verwundet durch den Pfeil hatte Tylstyr einen Fehler begangen, damals auf dem Eis. Hatte er das Ziel nicht ausreichend fixiert? Immerhin war der feindliche Eissegler nur ein dunkler Umriss in der Nacht gewesen. Oder hatte die Konzentration auf die eindämmenden Aspekte des Zaubers gefehlt? War er zu versessen auf die Zerstörung gewesen, sodass die Flammen sogleich losgeschlagen hatten, statt sich durch den unsichtbaren Tunnel zu zwängen?

Noch Dutzende andere Möglichkeiten hatte er durchgespielt, wenn er keinen Schlaf gefunden hatte. In letzter Zeit war das seltener vorgekommen, und er hatte gehofft, die Angst überwunden zu haben, auch ohne sich der Erklärung sicher zu sein.

Aber während des Kampfes in der blasphemischen Tempelhalle, die jetzt unmittelbar über ihnen lag, hatte sich sein linker Arm angefühlt wie aus Stein. Er hatte weder den Ellbogen strecken noch die Finger auf den Beschwörer ausrichten können. Und er hatte gespürt, wie sich die Gewalt des Flammenstrahls in seinem Inneren gesammelt hatte gleich einer fauchenden Bestie. Dann hatte ihn das schwarz lodernde, magische Geschoss der bleichen Elfenfrau getroffen. Fast war er dankbar für das taube Kribbeln gewesen, das es hinterlassen hatte, war dadurch doch an den Flammenzauber Ignifaxius gar nicht mehr zu denken gewesen.

Aber das war keine Lösung. Hier, im Kampf mit den Chimären, hatte er erneut versagt. Die Krebsschere des Monstrums hatte in

Eichwards Fleisch geschnitten, Phileasson mehrfach zu Boden geschlagen und um ein Haar Crottets Gesicht zerfetzt. Als Shaya gegen dieses Bronzeportal geprallt war, hatten ihre Knochen so laut gekracht, dass sich die kleine Frau eigentlich gar nicht mehr hätte rühren dürfen. Was hätte noch passieren müssen, um mich zu bewegen, meinen Gefährten beizustehen?, dachte Tylstyr beschämt. Er verachtete sich selbst, aber schon die Vorstellung von zornig lodernden Flammen trieb ihm Schweiß auf die Stirn.

Es war Vascal della Rescati, der Gelehrte aus dem Lieblichen Feld, der den Mechanismus fand, der das Portal öffnete. Man musste die Hand tief in das mit nadelspitzen Zähnen bewehrte Maul eines Dämons stecken und an der lüstern gewundenen Zunge ziehen. Das hatte Vascal, dessen Neugier alle Furcht bezwang, bereits einmal probiert, jetzt aber riss er entschlossener. Metallisches Klacken kündete davon, dass gleich mehrere Riegel zur Seite schnappten. Auch danach ließ sich das Portal nur so schwer aufstoßen, dass die Kraft Eichwards, den Salarins Heilkunst wieder auf die Beine gebracht hatte, vonnöten war.

Tylstyr spähte durch die Öffnung. Blutrotes Licht sickerte aus der Decke. Die gegenüberliegende Wand war nur knapp vier Schritt entfernt. Halb rechts vom Eingang stand ein Tisch, über den ein Tuch gebreitet lag, das ohne den Staub, der wie Mehltau darauf lag, wohl schwarz gewesen wäre.

»Vorsicht!«, rief Tylstyr, als Eichward über die Schwelle treten wollte. Gerade noch konnte der Hüne seinen Schwung abfangen und den Fuß zurückziehen.

Der Magier hockte sich auf den Boden und betrachtete die gemeißelten Schnörkel. Das mochten Schriftzeichen sein, vermutlich Zhayad, wie die Dämonenbeschwörer es verwendeten. Er konzentrierte sich ganz und gar auf die seltsam geschwungenen Linien im Stein und murmelte einen Analysezauber. Mit Unbehagen erkannte er die Art der Magie, die mit den uralten Schriftzeichen verbunden war.

»Ein Bannspruch«, flüsterte er besorgt. »Er hält etwas in diesem Raum.«

»Also können wir nicht wieder heraus, wenn wir erst einmal hineingehen?«, fragte Phileasson.

Tylstyr blickte sich um, ohne die Schwelle zu überschreiten. Auch auf dem Boden lag eine fingerdicke Staubschicht. Rechts in der Ecke stand eine gepolsterte Liege. Daneben, an der Wand, erhob sich ein dicht mit Büchern gefülltes Regal.

»Ich bezweifle, dass diese Gefahr besteht. Die Zauberzeichen sind wirkungslos gegen Wesen, die unserer Sphäre entstammen. Sie sollen aufhalten, was aus anderen Wirklichkeiten gerufen wurde. Wenn ich mich nicht täusche, dienen einige der Verzierungen an den Wänden und der Decke dem gleichen Zweck.«

»Könnte etwas im Zimmer gefangen sein?«

»Ich erkenne nichts dergleichen, aber ich kann es auch nicht ausschließen. Vielleicht vermögen Salarin oder Galandel zu entdecken, was sich dort verbirgt.«

Den beiden Elfen war sichtlich unwohl bei dem Gedanken, den Raum zu betreten. »Darin klingt ein Lied von Fremdheit und Bosheit«, erklärte Salarin, ohne der Schwelle näher zu kommen als zwei Schritt.

»Wir brauchen diese Bücher, von denen Abdul sprach.«

»Wenn sie da drin sind, wieso liegt dann überall so viel Staub?«, fragte Crottet. »In diesem Raum war sehr lange niemand mehr, dessen Füße Spuren hinterlassen.«

»Wer Antworten will, muss sich der Gefahr stellen!« Vascal tat einen weiten Schritt.

Tylstyr hielt den Atem an. Vascal war zu schnell, zu überraschend in die Kammer getreten, um ihn noch zurückhalten zu können. Was der Nandusgeweihte tat, war der blanke Leichtsinn. Verfluchte Neugier!

Der Gelehrte verharrte und sah sich um, auch in dem Bereich, der von außen nicht einsehbar war. »Etwa so groß wie der Raum, in dem sie die Leute aufgeschnitten haben«, berichtete er. »Dort auf der linken Seite ist ein vielzackiger Stern auf den Boden gezeichnet, auf dem kaum Staub liegt. Ein mit Symbolen versehener Kreis umschließt ihn.« Er drehte sich in die von ihm genannte Richtung.

»Da ist wohl doch nichts gefangen.« Phileassons Worte klangen vorwurfsvoll. Ohne zu zögern, folgte der Kapitän Vascal.

Tylstyr war sich bewusst, dass ihr Anführer Vorbehalte gegen ihn hatte. Vorhin dieser strafende Blick, als er nicht in den Kampf gegen die Chimären eingegriffen hatte, und nun eine Warnung vor einer Gefahr, die nicht zu existieren schien ... Tylstyr folgte dem Drachenführer, um nicht wie ein Feigling dazustehen. Aber als er in die Kammer trat, zog sich sein Innerstes zusammen. Hier war etwas! Niemand wirkte so mächtige Bannzauber nur aus einer Laune heraus.

Sein Blick folgte jenem Vascals nach links, glitt über erloschene Kohlebecken und kleine Gefäße auf Regalen und erreichte den Boden vor der Wand. »Ein Beschwörungskreis, umgeben von ... etwas anderem. Dreizehn Zacken. Das bedeutet, dass man hier Dämonen herbeigerufen hat. Und das andere könnten ...« Tylstyr runzelte die Stirn. Die Anordnung der Symbole ließ vermuten, dass sie ihre Macht ausschließlich nach innen richteten. »Ich denke, das sind Schutzzeichen. Ähnlich wie die auf der Schwelle.«

»Was ist das für ein Nebel?«, wollte Phileasson wissen.

Innerhalb des Zirkels erhoben sich blassgraue Schwaden aus dem Boden. Plötzlich zuckte ein greller Blitz durch den Nebel.

Tylstyr kämpfte gegen eine seltsame Neugier, die ihn ergriff, als wäre sie ein fremdes Wesen. Er trat einen Schritt zurück. Phileasson und Vascal dagegen blieben stehen und betrachteten den wirbelnden Dunst. Das war nicht gut ...

Der Magier sprach eine Analyseformel. »Diffuse Prämanifestation, schätze ich. Da besteht eine Verbindung zu einer dämonischen Wirklichkeit, wie eine weit geöffnete Pforte.«

»Geh nicht zu nah ran«, riet Phileasson.

Tylstyr hatte gar nicht bemerkt, dass er, während er seinen Zauber wob, vier Schritte auf den Kreis zugemacht hatte, aber die Fußabdrücke im Staub waren eindeutig. Die Abstände dazwischen wurden sogar größer.

»Ich spüre es auch«, flüsterte Vascal. »Es übt einen Sog auf mich aus. Es lockt mich mit Bildern von ...«

»... Gewalt«, fuhr Tylstyr fort. Wenn er blinzelte, sah er seine eigenen, blutverschmierten Hände und wusste, dass er sie gerade aus dem Körper eines Feindes gezogen hatte. Nein, nicht eines Feindes, sondern von jemandem, der die Frechheit besaß, sich ihm zu widersetzen.

Mit einem heftigen Kopfschütteln verscheuchte er das Bild. »Wir gehen besser wieder raus.« Aber stattdessen machte er noch einen Schritt auf den Zirkel zu.

Phileasson packte ihn am Arm, riss ihn zurück und zog ihn zum Portal. Bedauernd glitt Tylstyrs Blick über die Phiolen, Tiegel und Kohlebecken. Das hier war nicht nur ein Beschwörungsraum, sondern auch ein ausgezeichnet ausgestattetes alchimistisches Laboratorium. Leicht hätte er hier die purpurfarbene Flüssigkeit untersuchen können, die er aus Ometheons Palast mitgenommen hatte. Dennoch fühlte er sich erlöst, als Phileasson ihn über die Schwelle schob. Vascal folgte kurz darauf.

»Offenbar ist nicht jeder in gleichem Maße für die Verlockung empfänglich«, stellte Tylstyr fest.

Nun jedoch starrte auch Phileasson, der als Letzter jenseits der Schwelle verblieben war, mit glasigen Augen zum Nebel, in dem immer neue Blitze knisterten.

Trotz seines Widerwillens trat Salarin gemeinsam mit Shaya Lifgundsdottir zu ihm und zog ihn zurück durch das Portal. Der Drachenführer blinzelte. »Was für eine dämonische Kraft! Ich habe unaussprechliche Dinge gesehen ... und sie geliebt!«

Tylstyr beobachtete Shaya und Salarin genau. Der Elf sah zwar zum Zirkel, hatte das Kinn aber trotzig erhoben und die Hand am Degen. Der Geweihten war keinerlei Faszination für das Grauen anzumerken. Im Gegenteil, sie zitterte.

»Meine Bücher!«, rief Abdul. »Wir müssen die Menschen schützen!«

»Siehst du das Regal mit den Schriften, Shaya?«, fragte Phileasson.

Mit offensichtlichem Widerwillen sah sich die Gefährtin um und nickte.

»Geh hin und schau, ob du welche findest, die von Abdul stammen können.«

»Woran soll ich die erkennen?«

Phileasson wandte sich an den Novadi. »Wie sehen deine Bücher aus?«

Abdul reagierte nicht auf ihn. Er hockte neben einer der aus den Glaszylindern gespülten Chimären, die inzwischen verendet waren. Es war diejenige, die mit den Klauen an ihren sechs Armen auf den Gegner mit der Krebshand und dem Steinarm eingedrungen war. Die Kreatur sah schrecklich aus, aber Abdul betrachtete die eingefallenen Lider, unter denen offenbar die Augäpfel fehlten, mit trauriger Zärtlichkeit.

»Abdul!«, rief Phileasson.

»Lass ihn«, bat Galandel und hockte sich neben den Mann. In

einer hilflosen Geste zupfte sie die schmutzige Kleidung zurecht, die er wieder angelegt hatte.

Tylstyr runzelte die Stirn. War diese tote Chimäre eine Gefangene gewesen, die Abdul gekannt hatte? Wenn man sich die monströsen Entstellungen wegdachte, hatte sie einen zierlichen Körper. Aber vielleicht lag das nicht daran, dass es sich um eine Elfe gehandelt hätte, sondern an der Jugend?

Phileasson sah ein, dass er von Abdul keine Antwort erhalten würde.

»Bring die Bücher doch zu uns heraus«, schlug Vascal an Shaya gewandt vor.

Tylstyr überlegte, ob die Berührung der Schriften gefährlich sein könnte. Es gab Geschichten über Pergamente, die von denen Besitz ergriffen, die darin lasen. Aber enthielten diese Erzählungen mehr Wahrheit als die Legende, dass am Himmelsturm der Himmel aufgehängt sei? Tylstyr kannte niemanden, der aus eigener Erfahrung von solch einem Vorfall berichtet hätte.

Als Shaya einen Armvoll Schriftrollen brachte, löschten diese alle Bedenken aus. Schon die erste ließ keinen Zweifel daran, welches Wissen hier dokumentiert war. Eine entsetzlich anzuschauende Kröte, deren Glupschaugen den Blick des Betrachters zu erwidern schienen und die eine aus Knochen gefertigte Krone auf dem Haupt trug, thronte in einer Wolke aus Schriftzeichen, die keiner menschlichen Sprache entstammten. Sie ähnelten dem Chrmk, das mit mehreren Tausend Symbolen die Silben der Echsensprachen der südlichen Dschungel abbildete.

»Sieh dir das an!« In Vascals Stimme vereinten sich Schaudern und Begeisterung. Eine Abfolge von Abbildungen zeigte, wie einem Elfen ein Arm abgetrennt wurde, woraufhin der Lauf eines Wolfs aus dem Stumpf wuchs.

Tylstyr war sofort klar, dass sie diese Schriften entweder vernichten oder mitnehmen mussten. Wenn er das Alter des Himmelsturms bedachte, enthielten sie mit Sicherheit Wissen, das schon verloren gewesen war, als die Hjaldinger die Runensteine aufgestellt hatten. Möglicherweise war er der erste Mensch, der davon erfuhr! Die Magierakademien würden sich gegenseitig überbieten, um in ihren Besitz zu kommen.

Aber Magier waren leicht verführbar. Wenig befriedigte die Eitelkeit besser, als etwas zu wissen, von dem die Collegae nichts ahnten. Wenn sich dieses Bestreben mit Machtgelüsten verband, von denen kaum ein Mensch gänzlich frei war, konnten die Schriften einen Sog ausüben, der dem des Beschwörungskreises entsprach.

»Kannst du Shaya helfen?«, bat Tylstyr Salarin. Flüchtig sah er nach den anderen Pergamenten. »Noch ist nichts dabei, das Abdul geschrieben haben könnte.« Er wusste, dass dies nicht der wahre Grund war, aus dem er die Bücher möglichst schnell unter seinen Fingern haben wollte. Für die Schriftzeichen müsste er seinen Xenographus bemühen, und es würde Wochen oder Monde dauern, sie auf diese Art zu sichten, selbst wenn er diese Zeit ungestört in einer Bibliothek verbrächte. Doch die Abbildungen und Symbole, die Teile von magischen Thesen versinnbildlichten, konnte er schon beim flüchtigen Betrachten als Werke einer Meisterin erkennen, die jeden, dem Tylstyr begegnet war, so sehr überragte wie ein Drache einen Regenwurm.

Salarin wirkte äußerst angespannt, als er einen Stapel gebundener Bücher brachte.

»Spürst du die Versuchung?«, fragte Phileasson.

Mit versteinerter Miene schüttelte der Elf den Kopf.

»Wir können dich ablösen. Wie wäre es, wenn Ohm …«

Aber Salarin wandte sich schon wieder um.

Als er zum Regal zurückkehrte, schoss plötzlich ein Tentakel quer durch den Raum und umschlang seinen Bauch. Der schwarze

Fangarm troff vor dunklem Blut, das in alle Richtungen und sogar aus dem Raum herausspritzte. Obwohl der Elf die Füße in den Boden stemmte und mit aller Macht gegen den Tentakel ankämpfte, wurde er auf den Kreis zugezogen.

Phileasson riss das Schwert aus der Scheide und eilte Salarin zur Hilfe. Tjorne und Ohm folgten ihm.

Auch Tylstyr sprang von den Schriften auf, dann jedoch erstarrte er. Er hatte den Zauberstab gefasst. Zeige- und Mittelfinger der linken Hand waren gestreckt wie eine Messerklinge. Jetzt musste er nur noch die Matrix für den Flammenstrahl formen.

Brennender Schweiß lief ihm in die Augen. Tylstyr stellte sich vor, wie sich die elementare Idee des Feuers in seinen Adern verdichtete, Gestalt annahm und Wirklichkeit wurde. Wie die astrale Energie seine Nerven nutzte, die Knochen und das Fleisch seines Körpers, um zu materialisieren. Er wusste aus den Lehrstunden an der Akademie, dass sich die Flammen erst unmittelbar jenseits der Fingerspitzen bildeten, um dann auf ihr Ziel zuzuschießen.

Aber er hatte am eigenen Leib erfahren, dass es auch anders kommen konnte. Wieder hatte er den ekelhaften Brandgeruch in der Nase. Von innen her hatte sich seine Kleidung entzündet, so schnell und gründlich, dass kaum etwas davon übrig geblieben war. Darum trug er jetzt auch kein Magiergewand mehr, sondern nur graue, dicke Kleidung aus dem Bestand der Knorren, die diese zur Vorbereitung der Reise im ewigen Eis für die Ottajaskos mitgeführt hatten.

Seine Gefährten schrien und hackten auf den Tentakel ein. Es war ein verzweifeltes Unterfangen. Dämonische Wesenheiten waren durch Waffen, in denen keine Magie lag, kaum zu verletzen. Meister Eddrik hatte einmal das Bild gebraucht, dass ein Breitschwert für einen Dämon so gefährlich war wie ein Schälmesser für einen kampferprobten Recken.

Salarin zappelte wie ein Vogel in einem von Irullas Fangnetzen. Vergeblich versuchte er, an den Degen zu kommen. Unbarmherzig zog der bluttriefende Tentakel ihn zum Loch.

Tylstyr wusste, er war der Einzige, der ihm zu helfen vermochte – aber nur, wenn er seine Angst vor dem Feuer überwand. Er presste die Kiefer so fest aufeinander, dass die Zähne knirschten.

Er schloss die Augen und atmete tief.

Wenn er schon verbrennen musste, dann sollte es an der Seite seiner Gefährten geschehen, das wohl!

Brüllend sprang er über die Schwelle. Sofort erfasste ihn der Sog des Beschwörungskreises. Dort peitschten jetzt weitere Tentakel aus dem Nebel, aber nur einer umschlang ein Ziel, und das war Salarin.

»Aus dem Weg!« Tylstyr schrie so laut, dass sein Hals schmerzte. »Weg da!«

Phileasson und die anderen hatten die Sinnlosigkeit ihrer Bemühungen wohl bereits eingesehen. Sofort warfen sie sich zur Seite.

Flammen loderten vor seinem geistigen Auge. Sie schienen aus allen Richtungen auf ihn einzustürzen, auch wenn er nicht blinzelte. Aber sie waren nicht heiß, noch nicht einmal warm. War das vielleicht gar kein Feuer, sondern Blut?

Er durfte sich nicht in dieser Schreckensvision verlieren! Er schrie die Formel hinaus und stieß die Linke vor.

Der Flammenstrahl fauchte wie ein Nest voller wütender Schlangen und schlug prasselnd gegen den Tentakel. Feuer spritzte zu den Seiten weg wie bei einer Öllampe, die auf dem Boden zersprang, aber in seinem Zentrum bohrte sich der Strahl ins Fleisch des Gegners wie eine glühende Eisenstange in einen nivesischen Iglu. Ein Kreischen, das die Knochen zum Zittern brachte, drang aus dem Beschwörungskreis.

Tylstyr lachte höhnisch. Während er Kraft für eine zweite Flammenlanze sammelte, ließ er seinen Zauberstab zu einer Fackel werden. Er fühlte, wie ihn die Magie des Himmelsturms erfüllte. In diesem Raum war sie besonders stark. Entschlossen stapfte er vorwärts.

»Nicht zu nah«, ächzte Salarin, der noch immer vom Tentakel umfangen war, aber nun immerhin nicht mehr weitergezogen wurde.

Ja, sein Gefährte hatte recht. Auch für ihn war der Sog gefährlich, erkannte Tylstyr. Er durfte sich dem Rausch der Macht nicht hingeben, musste den dunklen Verlockungen widerstehen. Doch es tat so gut, die Angst endlich überwunden zu haben!

Er umfasste den Zauberstab weit hinten und stieß die brennende Spitze in die Wunde, die der Flammenstrahl gerissen hatte.

Das gerade abgeflaute Kreischen schwoll von Neuem an. Der Tentakel zuckte.

Eichward war jetzt bei Salarin. Er zog an dem Fangarm wie an einem Tau, während der Elf versuchte, die Umschlingung zu lösen. Das unentwegt ausgeschwitzte Blut musste die schwarze Haut rutschig machen, aber die Pranken des Ritters griffen unbarmherzig zu.

Tylstyr genoss, wie die Magie der Kammer in seinen Gliedern pulsierte und ihn mit nie gekannter Macht erfüllte. Wieder schrie er, so laut er konnte, als er den zweiten Ignifaxius in den Gegner jagte. Der Flammenstrahl war noch mächtiger und heißer als der erste und durchtrennte den Tentakel zur Hälfte. Das widernatürliche Fleisch warf Blasen, nachdem der Zauber erlosch. Kraftlos fiel der Fangarm zu Boden und zog sich in den Nebel zurück.

»Tylstyr!«, rief Phileasson. »Komm da weg!«

Mühsam setzte er einen Schritt rückwärts.

Auch die anderen Tentakel verschwanden. Halb lösten sie sich im Nebel auf, halb versanken sie im Boden.

Einen letzten Flammenstrahl brannte Tylstyr in den Zauberkreis, auch wenn er kaum mehr traf als den mit dem dreizehnzackigen Stern versehenen Steinboden. Er lachte seinen Triumph hinaus.

Zweite unterirdische Ebene,
siebzehnter Tag im Goimond

Während die anderen in den Räumen mit den Stockbetten schliefen, saßen Tylstyr Hagridson und Vascal della Rescati auf dem Gang und studierten im Schein der schwarzen Kerzen die Schriften, die sie erbeutet hatten. Vascal rief den Halbgott, dem er sein Leben geweiht hatte, den Götterfürsten Praios und seinen Sendboten Urischar sowie den heiligen Argelion Schlangentreu um Hilfe an, damit sie ihm beistanden, Ordnung in die geborgenen Schriften zu bringen. Zudem suchte er anhand der Illustrationen, der wenigen in Garethi oder Bosparano verfassten Notizen und der Symbole diejenigen Passagen heraus, deren Lektüre besonders lohnend erschien, und Tylstyr entzifferte sie mit seinem Xenographus-Zauber. Hier im Himmelsturm erschöpfte sich seine magische Kraft deutlich langsamer als außerhalb, aber dennoch brauchte er nach einigen Stunden des Studiums schließlich lange Pausen, damit der bohrende Kopfschmerz wieder abklang. Seine Glieder waren schwer, aber an Schlaf war nicht zu denken. Sie hatten einen unvergleichlichen Schatz geborgen. Doch mit jeder Zeile, die er entzifferte, wurde Tylstyr auch bewusster, wie gefährlich dieses Wissen war.

Durch das Springen zwischen verschiedenen Schriften ergab sich nur ein lückenhaftes Bild, doch jede Erkenntnis für sich wühlte ihn dermaßen auf, dass Tylstyr ein gesamtes Lehrjahr an der

Akademie zur Erforschung seherischer Phänomene sowie deren Umsetzung für eines der Bücher getauscht hätte, wäre es nötig gewesen.

»Das ist unglaublich.« Er massierte sich den Nasenrücken mit Daumen und Zeigefinger. »Können wir darüber sprechen, was wir herausgefunden haben? Ich habe das Gefühl, es gleitet wieder aus meinem Kopf hinaus, wenn ich es nicht festhalte.«

Widerstrebend legte Vascal die beiden Schriftrollen in seinen Händen auf den Stapel aufgeschlagener Bücher. Er strich über seinen spitzen Oberlippenbart. Inzwischen fiel Tylstyr nur noch bei solchen Gesten auf, dass seinem Gefährten der kleine Finger der linken Hand fehlte.

»Wir haben es mit unterschiedlichen Gebieten zu tun«, begann Vascal. »Zunächst gibt es Abschriften von Lehrbüchern, allesamt in heute kaum noch gebräuchlichen Sprachen. Die meisten beschäftigen sich mit der Erschaffung und Kontrolle von Chimären oder der Beschwörung von Dämonen, vor allem aus der Domäne der Asfaloth.«

»Was naheliegt«, meinte Tylstyr, »ist Asfaloth doch die Erzdämonin, die eine besondere Freude an der Erschaffung pervertierter Formen des Lebens findet. Denen, die Schmerzen leiden und Schmerzen bringen.«

Tylstyr hatte das legendäre Daimonicon nie zu Gesicht bekommen, hielt es aber für möglich, dass eines der Bücher, aus dem jemand die letzten Seiten herausgerissen hatte, eine Urfassung dieses Werkes darstellte. Wenn das zutraf, basierte diese Abhandlung auf den Einflüsterungen vieler niederer und einiger höherer Dämonen. Angeblich hatte die Praioskirche mehrere Dörfer niedergebrannt und die Asche der Häuser ins Meer gestreut, als ihre Ordenskrieger der Spur einer Abschrift gefolgt waren.

»Das Schriftbild beweist, dass die Notizen und Protokolle allesamt von derselben Hand stammen«, fuhr Vascal fort. »Die Schreiberin nennt sich selbst Pardona.«

»Was zu Abduls Bericht passt.« Der Novadi, der immer wieder in den Irrsinn abglitt, hatte von dem Stolz erzählt, mit dem ihm die Göttin ihre Kreaturen vorgeführt hatte. Die bleichen Elfen oder Feyra, wie Galandel sie nannte, waren ihr Meisterstück. Abdul bezeichnete sie als Nachtalben.

»Einige dieser Aufzeichnungen befassen sich mit den Vorgängen im Himmelsturm, vornehmlich dem Aufbau einer Geweihtenschaft, die der Gottwerdung durch Magie und Erkenntnis huldigt.«

»Und wir wissen jetzt auch, wer Ometheon erdolcht hat«, stellte Tylstyr tonlos fest. Pardona rühmte sich dieser Tat, zu der sie die Kraft ihres Neids befähigt habe. Ometheon sei der einzige Sterbliche gewesen, dessen Erkenntnisse über ihren eigenen gestanden hätten. Zudem habe er ihre Skrupellosigkeit geteilt, sodass ihn keine inneren Fesseln vom Aufstieg zur Göttlichkeit abgehalten hätten. Gerade noch rechtzeitig habe sie dafür gesorgt, dass er nicht vor ihr die höheren Sphären eroberte. Ob sie in ihren eigenen Augen inzwischen selbst dieses Ziel verwirklicht hatte, blieb unklar. An manchen Tagen schien sie es zu glauben, an anderen kündeten die Zeilen vom Zorn über die Langsamkeit ihrer Fortschritte. Ganz sicher hatte sie sich ihrem Volk immer als Göttin präsentiert, bildete dieser Glaube doch das Fundament ihrer Herrschaft.

»Sie hat viele Veränderungen an einem Buch vorgenommen, das sich mit dem Gedankengebäude befasst, das du als Magierphilosophie kennst.«

»Das ist eine vorläufige Hypothese«, schränkte Tylstyr ein, obwohl er inzwischen nicht mehr daran zweifelte. Ometheon, der Hochelf, der von seiner Geliebten umgebracht worden war, hatte in Ometheon, dem Himmelsturm, die Magierphilosophie begründet und niedergeschrieben. Pardona hatte sie später modifiziert und entsprechend ihren Bedürfnissen erweitert. Cellyana von Khunchom wäre sicher begeistert, wenn er ihr das Buch überreichte. Wie sie zu dieser Sache stünde, wenn sie erst seinen Reisebericht gehört und das Werk gelesen hätte, stand auf einem anderen Blatt. Vielleicht würde sie der Denkschule abschwören, deren Symbol, die geflügelte Sonne, sie bei Tylstyrs Abschied getragen hatte.

Das Thema war Tylstyr unangenehm. »Jedenfalls gibt es noch weitere grundlegende Texte zur magischen Forschung«, sagte er, um dem Gespräch eine andere Richtung zu geben. »Uralte Thesen zu Zaubern, die heute viele Akademien in ausdifferenzierten Formen lehren, finden sich in diesen Schriften.« Eine davon war ganz sicher ein Stasiszauber. Er mochte auf die Leuchtkugeln gewirkt worden sein, die auch in den oberen, verlassenen Stockwerken noch immer brannten. Tylstyr war sich sicher, dass man ihn noch zu ganz anderen Zwecken nutzen konnte, als nur dazu, ewig brennende Lichter zu erschaffen. Er stellte sich vor, wie er ein Leben lang daran forschen könnte. Viel Gutes wäre damit zu bewirken ... Aber wenn dies Wissen in falsche Hände geriet ...

»Außerdem berichtet Pardona von ihren Versuchen, neues Leben zu erschaffen«, fuhr Vascal fort. »Sie muss besessen davon gewesen sein.«

»Weil sie die Möglichkeit, Leben zu schaffen, als göttliche Kraft begreift.«

»Aber ...« Vascal schluckte. »Wenn ich mir all die Fehlversuche vorstelle, von denen sie berichtet. Gesunde Elfen, die sie verkrüppelt hat, um sie mit Tieren ... Und der Preis, den die Dämonen für ihre Dienste forderten ...«

Die außerhalb ihrer Behälter lebensunfähigen Kreaturen bewiesen, dass die Forschungen noch immer andauerten und Pardona bis heute jede Zurückhaltung fremd war.

»Letztlich hatte sie Erfolg«, meinte Tylstyr trocken. »Die Nachtalben ...«

»Ich will mir das nicht vorstellen!«, unterbrach Vascal ihn. »Eine Elfe, die sich Dämonen körperlich hingibt, um die Saat eines neuen Volkes zu legen! Wie kann man so weit gehen?«

In der Tat hatte Pardona die Praktiken, die Unmengen an fremdem Blut erforderten, in jeder Einzelheit beschrieben. Weshalb? Weil sie als Wissenschaftlerin alles genau dokumentieren wollte? Weil sie stolz auf ihre Skrupellosigkeit war? Oder weil es auch an ihrer Seele fraß, der Lust eines gehörnten Dämons gefällig zu sein, und es außer ihren Aufzeichnungen niemanden gab, dem sie sich hätte anvertrauen können? Obwohl Tylstyr um die Schuld wusste, die Pardona auf sich geladen hatte, und vermutete, dass sie keine ihrer Taten bereute, empfand er in diesem Moment Mitleid mit der Elfe, der er nie begegnet war. Ihre Sehnsucht nach Wissen hatte sie über die Jahrhunderte Grenze um Grenze überschreiten lassen. Es gab nichts, was sie ihrem Forscherdrang nicht geopfert hätte. Zumindest im Ansatz konnte Tylstyr dieses brennende Verlangen verstehen. Er selbst hatte die Studientage in der Bibliothek geliebt, und die Freude daran, neues Wissen zu entdecken, war ihm wohlvertraut.

»Wenn sie die Nachtalben ihre Kinder nennt, hat das nicht nur eine übertragene Bedeutung«, murmelte Tylstyr. Sicher vermehrte sich dieses Volk inzwischen selbstständig, aber wenn sie die Schriften korrekt verstanden, war Pardona die Urahnin jedes Nachtalben, auch wenn sie die Brut, die sie von den Dämonen empfangen hatte, noch magischen Veränderungen unterzogen hatte.

Später jedenfalls schien sie nicht mehr auf diese Methode zurückgegriffen zu haben, auch wenn sie nie von ihrer verdorbenen Lust abließ, Leben zu schaffen. So wie die Eisigel, wenn Tylstyr die Vision richtig deutete, die Leomara bei dem im Eis eingeschlossenen Wrack verkündet hatte.

Crottet bog um die Ecke in den Gang, der die Schlafräume miteinander verband. War schon Zeit für seine Ablösung? Er hatte an der Kreuzung vor dem Tempel, von der aus auch die Treppe in die Krypta hinabführte, Wache gestanden.

Aber er ging mit so eiligen Schritten, dass er sicher etwas entdeckt hatte.

»Weckt alle auf«, forderte der Nivese mit mühsam gedämpfter Stimme. »Aber nicht zu laut. Da ist jemand im Tempel.« Er selbst mied den hintersten der Räume, in den sie die beiden toten Nachtalben gebracht hatten. Der Nivese empfand große Furcht vor Leichen. An Ragnors Bestattung, als die Asche der Vulkane auf die Erde im Tal der Donnerwanderer geregnet war, hatte er ebenfalls nicht teilgenommen. Jetzt widmete er sich den anderen Kammern, die sie als Nachtquartiere nutzten.

Nur Augenblicke verstrichen, bis sich die Gefährten mit voller Bewaffnung im Gang versammelten. Anweisungen waren unnötig, Phileassons ernster Blick reichte aus, um die Ottajasko auf einen neuerlichen Kampf einzustimmen. Körperlich hatten die elfischen Heilgesänge alle wieder halbwegs kampffähig gemacht, was sicher auch der magischen Matrix dieses Ortes zu verdanken war, aber die starren Mienen von Tjorne und Ohm bewiesen, dass die Schrecken der Krypta noch an anderer Stelle Wunde geschlagen hatten. Crottet, dessen knöchernes Schwert unter dem Angriff der Schere zersplittert war, hatte sich mit den schweren Flammendolchen der getöteten Nachtalben neu bewaffnet.

»Wir können doch nicht …« Tylstyr sprach nur leise. Verzweifelt sah er Vascal an. Die Bücher und Schriftrollen waren zu schwer und sperrig, um sie mitzunehmen, aber alles in ihm sträubte sich dagegen, sie hier liegen zu lassen. Dieser Wissensschatz mochte ein neues, magisches Zeitalter eröffnen, wenn es ihm gelang, ihn nach Thorwal in die Akademie zu bringen.

Auch Vascal seufzte. Doch er erhob sich. »Sie sind unsere Gefährten. Uns allen droht Gefahr. Wir müssen mit ihnen gehen. Vielleicht schaffen wir es ja, zurückzukommen ...«

»Vielleicht ist nicht genug!«, zischte Tylstyr.

Leomara kam zu Vascal und ergriff dessen Hand.

»Hast du erwogen, dass es die Götter sind, die unser Schicksal lenken? Vielleicht wollen sie uns davor bewahren, zu viel von dem hier zu studieren.« Bedauernd deutete er auf die Schriften hinab. »Ich habe es genossen, darin zu lesen. Wenn die Götter uns noch einmal hierherbringen ...« Er zuckte mit den Achseln, aber Tylstyr sah ihm an, dass er die Leichtigkeit nur spielte.

Tylstyr fühlte sich, als versuche er, Met am Auslaufen aus einem Fass zu hindern, das mehr Löcher hatte als er Finger. Vascal wandte sich ab. Sie alle folgten dem Foggwulf.

Der Magier erhob sich. Er würde zurückkehren, das wohl!

Vor dem Eingang zum Tempel hielten sie inne.

»Ich habe die Tür zugezogen, als sie durch das Portal gekommen sind«, flüsterte Crottet.

»Wir sollten nicht blindlings hineinstürmen.« Trotzdem legte der Drachenführer seine Hand ans Schwert, als sei er zum Kampf entschlossen.

Tylstyr schlängelte sich zwischen den anderen nach vorne. Er lehnte den Kopf an die Wand neben der Tür. Kühl drückte der Stein gegen seine Stirn. Er drängte den Kopfschmerz zurück, der den vielen Entzifferungszaubern geschuldet war, und kontrollierte seinen Atem. Auf der Akademie hatten die Lehrer oft für Ablenkungen gesorgt, beispielsweise, indem sie den Adepten Ameisen in den Kragen geschüttet hatten. So hatten sie lernen sollen, auch unter schwierigen Bedingungen die Konzentration auf den Zauber zu wahren. Jetzt war alles ruhig, niemand störte Tylstyr. Er musste nur die wirbelnden Gedanken bezähmen, die Vorstellung zurückdrängen, bald wieder in einem Kampf zu stehen, einen Flammenstrahl auf

Gegner zu schleudern, deren Grausamkeit kein Mitleid kannte. Er hatte gesehen, was im Himmelsturm mit Gefangenen geschah. Doch nun bedurften sie eines anderen Zaubers. Sie mussten wissen, was sie erwartete. Er hörte sich selbst zu, wie er die Formel murmelte.

Einen kurzen Moment nahm er nichts wahr als schwarze und dunkelgraue Schlieren, dann erlangte er eine magische Sicht, als befänden sich seine Augen auf der anderen Seite der Wand. Den Kopf musste er ruhig halten, aber die Pupillen konnte er bewegen.

Die Tentakel, die sich aus der geflügelten Sonne an der Decke gewunden hatten, waren verschwunden. Das Symbol leuchtete wieder so wie zu dem Zeitpunkt, als sie den Tempel zum ersten Mal betreten hatten. Jetzt waren jedoch nicht nur zwei, sondern etwa ein Dutzend Gestalten im tiefer gelegenen Teil versammelt. Nur wenige trugen die Roben mit dem Sonnenzeichen auf der Brust, die meisten waren mit schwarzen Harnischen gerüstet, die matt im Licht der Kerzen schimmerten. Bewegliche, einander überlappende Panzerteile schützten die Glieder. Solche Rüstungen hatte Tylstyr noch nie gesehen. Über den Schultern der Krieger wölbten sich spitz zulaufende, geriffelte Halbkugeln, am Torso bewegten sich mehrere Komponenten, und auch an den Extremitäten schienen sie so flexibel gefertigt, dass sie ihren Trägern geschmeidige Bewegungen erlaubten. Ihre Feinde trugen weder Helme noch Schilde. Einige führten gebogene Säbel, die so massig aussahen, dass Tylstyr beinahe daran gezweifelt hätte, dass die dürren Nachtalben sie schwingen konnten.

Denn das waren sie eindeutig, Nachtalben. Übergroße, vollständig blaue oder schwarze Augen beherrschten die fein geschnittenen Gesichter. Spitze Ohren schoben sich aus Haar, das an Spinnenseide erinnerte. Die Haut war weiß wie Kreide, und das nicht nur am Kopf, wie der mit dem Rücken zur Versammlung kniende Mann bewies.

Sein Oberkörper war entblößt. Zwei Krieger streckten seine Arme, indem sie an um die Handgelenke geknoteten Lederbändern zogen. Einer der Geweihten benutzte eine Art Keule, die in einer Krallenhand auslief, um seinen Rücken zu traktieren.

Tylstyr berichtete den Kameraden, was er gesehen hatte.

»Hranngars Verderbnis über diesen Ort!«, fluchte Phileasson leise. »Sie sind also zahlenmäßig ebenso stark wie wir.«

»Wenn sie über die gleiche Zauberkraft gebieten wie die beiden, denen wir zuerst begegnet sind, könnte es schwer werden«, meinte Ohm Follker. »Obwohl wir diesmal besser vorbereitet sind, das wohl.«

»Wir müssen sie überraschen«, schlug Eichward vor. »Wir sollten von zwei Seiten angreifen, dann werden wir sie überrumpeln.«

Wenn sie die Treppe hinuntergingen, den Raum der Offenlegung mit den Seziertischen durchqueren und an der anderen Seite wieder nach oben stiegen, befänden sie sich vor der Tür, die an der gegenüberliegenden Wand in den Tempel führte. Das hatten sie beim Rückzug aus der Krypta erkundet.

»In die Zange nehmen könnten wir sie trotzdem nicht«, gab Tylstyr zu bedenken. »Sie befinden sich im unteren Teil des Tempels, und wir wären mit beiden Gruppen oberhalb der Stufen.«

»Besser als nichts«, verteidigte Eichward seinen Plan. »Wir hätten sie nicht zwischen uns, aber sie müssten sich dennoch gegen zwei Angriffsrichtungen verteidigen.«

»Hast du gesehen, woher sie gekommen sind, Crottet?« Dem Foggwulf standen die Zweifel ins Gesicht geschrieben. Ihm schien Eichwards Plan nicht zu gefallen. Umso besser, dachte Tylstyr. Dann würden sie in den Gang mit den Büchern zurückkehren.

»Durch das Portal an der Schmalseite, gegenüber dem Thron«, flüsterte der Nivese.

Diesen Durchgang hatten sie noch nicht erkundet. Keiner von

ihnen hatte sich nach der Begegnung mit den Monstrositäten und Dämonen noch lange im Tempel aufhalten wollen. Außerdem bestand die Gefahr, dass sie hinter dem Portal einer Vielzahl von Gegnern in die Arme stolperten. Wie sich nun zeigte, war diese Sorge nicht unberechtigt.

»Wir beobachten weiter«, entschied Phileasson. »Falls Tylstyr eine gute Möglichkeit erkennt, greifen wir an. Wenn die Nachtalben ihrerseits zu uns kommen, ziehen wir uns in die Gänge zurück und schlagen von drei Seiten zu, wenn sie in der Kreuzung stehen.«

Tylstyr vermutete, dass die Nachtalben ein Bestrafungsritual vollzogen, auch wenn er nicht ausschloss, dass derjenige, dessen Rücken zerrissen wurde, auf diese Weise eine besondere Hingabe zu seiner Göttin beweisen wollte. Dafür sprach, dass er kein Gefangener mehr zu sein schien, als die Zeremonie beendet war. Man nahm ihm die Fesseln ab, wischte das Blut auf und wrang es in eine Schale, die drei Krieger vor dem Altar abstellten. Dann gingen sie zu dem Eingang, durch den sie gekommen waren. Tylstyr traute seinen Augen kaum. Sie schienen nichts von dem Kampf bemerkt zu haben, der erst vor wenigen Stunden in der Tempelhalle stattgefunden hatte. Zwar hatte Irulla die Spuren beseitigt, aber wurden die beiden getöteten Nachtalben denn nicht vermisst?

»Sie verlassen den Tempel«, meldete er den Gefährten.

»Bleibt jemand zurück?«, wollte der Foggwulf wissen.

»Nein, sie gehen alle gemeinsam.«

»Dann lassen wir sie ziehen«, entschied der Drachenführer. »Swafnir schützt uns.«

Keiner der Gefährten dachte nach dieser Begegnung noch an Schlaf. Tylstyr und Vascal wären gern zu den Schriften zurückgekehrt, aber Phileasson befahl ihnen allen, ihr Gepäck zu ordnen. Rucksäcke und Beutel sollten so angelegt werden, dass sie ihre

Kampffähigkeit bei einem Überfall möglichst wenig beeinträchtigten. Jedem war klar, dass sie sich in feindlichem Gebiet befanden.

Verzweifelt blickte Tylstyr auf die Folianten, die sich neben seinen Habseligkeiten stapelten. Schon das war nur eine Auswahl der Schriften, die sie entdeckt hatten, und doch war es immer noch viel zu viel. Welche sollte er mitnehmen und welche in der Hoffnung zurücklassen, sie auf dem Rückweg wieder einzusammeln? Die Grundlagen der Magierphilosophie dürfte er keinesfalls aufgeben, ebenso wenig die Urschrift des Daimonicons. Was war mit den Notizen zu den astralen Thesen, die Grundlage für lange verlorene Zaubersprüche darstellen mochten? Oder den Dokumentationen der chimärologischen Experimente? So verderbt diese Forschungen waren, so tiefe Einblicke ermöglichten sie doch in das Wesen einiger Erzdämonen. Solches Wissen konnte auch dazu dienen, diese Ungeheuer zu bekämpfen und die Welt der Menschen vor ihnen zu schützen.

»Sind Pardonas Notizen zu den Vorgängen im Himmelsturm vielleicht das, was wir suchen?«, wandte sich Vascal an Phileasson. »Wir sollen doch das Rätsel dieses Ortes lösen. Hier drin steht alles.« Der Gelehrte gab dem Foggwulf einen Abriss dessen, was sie durch das Studium der Schriften herausgefunden hatten.

Phileasson hörte ruhig zu, doch dann schüttelte er den Kopf. »Dein Vergleich mit der Beschreibung einer Stadt hat mich überzeugt. Würde ich jemandem von Olport berichten, dann müsste ich ihm auch von dem erzählen, was die Gegenwart dieser Siedlung ausmacht. Der Blick in die Vergangenheit reicht nicht aus, und nach allem, was wir wissen, könnten diese Schriften jahrtausendealt sein. Abdul befürchtet, dass seine Aufzeichnungen eine Gefahr für andere Forscher darstellen, wenn Pardona sie gründlich liest. Bis jetzt haben wir sie nicht gefunden. Und wenn wir noch etwas darüber herausfinden wollen, was heutzutage im Himmelsturm vor sich geht, müssen wir es schnell tun, bevor die Nachtalben merken, dass wir hier sind.«

Tylstyr gab ihm in Gedanken recht. Dennoch konnten sie all diese Wissensschätze der Vergangenheit nicht einfach ignorieren. Seine Hände zitterten, so sehr quälte ihn die Entscheidung, was er aufgeben sollte. Er stopfte Bücher in seinen Rucksack. Er nahm sie wieder heraus und ersetzte sie durch andere. Er überlegte, ob er das Buch, in dem er für Cellyana seine Erkenntnisse über Elfen aufzeichnete, zurücklassen könnte. Er behielt es und legte dafür eine Nahrungsration, einige Fußlappen und das schlechtere Paar seiner Fäustlinge weg. Auch die Phiole mit dem purpurnen Wasser, die er in Ometheons Palast gefunden hatte, behielt er. Obwohl es einen Stich in seinem Herzen verursachte, faltete er einige Pergamentrollen zusammen, damit sie weniger Platz beanspruchten.

»Diese Schriften sind unersetzlich!«, klagte er.

Doch Phileasson dachte gar nicht daran, seine Entscheidung infrage stellen zu lassen. Ein strenger Blick aus den eisgrauen Augen war seine ganze Antwort.

»Kann ich dir helfen?«, fragte Tjorne. »Ein bisschen kann ich noch tragen.«

»Danke.«

»Wir sind Freunde.« Er berührte die Kette aus Möwenknöchelchen. »Das sind wir immer gewesen.«

Vascals Verzweiflung kam derjenigen Tylstyrs nahe, der vorgespielte Gleichmut war verschwunden. Auch er packte seinen Rucksack wieder und wieder neu.

Dass Abdul weinerlich den Verlust seiner eigenen Bücher beklagte, machte alles nur noch schlimmer.

Ohm Follker mahnte, dass nun alle nur noch auf die Gelehrten warteten.

Schließlich brachten sie die restlichen Schriften in den Raum mit den beiden toten Nachtalben und brachen auf. Hinter dem Portal des Tempels fanden sie einen breiten Gang, von dem zwei Abzweigungen zu anscheinend lange nicht mehr genutzten Speisesälen führten. Sie ignorierten sie, schritten zügig den Gang entlang und stießen auf eine Wendeltreppe, die jener glich, die sie an der Spitze des Himmelsturms benutzt hatten. Vielleicht war es sogar dieselbe, denn der Weg führte auch nach oben. Auch hier leuchteten die Stufen in einem kalten Licht. Die Malereien an den Wänden zeigten Nachtalben, die sich vor einer Frau zu Boden warfen, die unter einer geflügelten Sonne schwebte.

»Wir gehen dieser Sache auf den Grund, das wohl!« Phileasson ging seiner Ottajasko in die Tiefe voran, und Tylstyr folgte ihm mit dem bangen Gefühl, dass sie nun ihr Glück über alle Maßen herausforderten.

9 DIE KAMMERN DES SCHUTZES VOR GÖTTLICHER UNGNADE

*Vierte unterirdische Ebene,
achtzehnter Tag im Goimond*

Je tiefer sie hinabstiegen, desto wärmer wurde die Luft, die ihnen von unten entgegenkam. Dankbar bemerkte Salarin Trauerweide, dass Asleif Phileasson Halt befahl, sodass er die Bilder an der gewölbten Wand der Wendeltreppe intensiver betrachten konnte. Die Augen der dargestellten Figuren hatten Pupillen und Iriden, ihre Haut war nicht weiß, und verschiedene Haarfarben wechselten sich ab. Das waren Elfen, keine Nachtalben. Sie trugen jedoch nicht die eleganten Gewänder, die Salarin in den oberen Stockwerken gesehen hatte, sondern dunkle Kutten oder robuste Kleidung, und viele von ihnen gruben in der Erde, arbeiteten an Feueröfen oder verflüssigten Gestein. Immer wieder tauchte auf den Fresken das Symbol der geflügelten Sonne auf.

Phileasson stand auf einem Absatz und beriet sich mit Ohm Follker. Zwar führte die Wendeltreppe weiter nach unten, von wo auch Geräusche heraufdrangen. Gelegentlich mischte sich ein Klirren in knackende Laute, auch Rufe waren zu vernehmen. Phileasson entschied jedoch, dem waagerechten Gang zu folgen, der vom Absatz wegführte. Über dem Portal war ein Wappen eingearbeitet, wie schon in den oberen Stockwerken. Es zeigte einige Elfen, über denen eine große, schützende Hand schwebte.

Der kurze Gang hinter dem Portal führte in einen acht Schritt durchmessenden, runden Raum, in dessen Wand sechs klobige Metalltüren eingelassen waren. Er wirkte kahl, die Leuchtkugeln in der niedrigen Decke beschienen nur einen von vier Stühlen umstandenen Tisch, auf dem ein dickes Buch lag. Aus den kreisrunden Sitzflächen erhoben sich jeweils zwei Schwingen, die als Rückenlehne dienten. Staub bedeckte alles, wenn auch nicht so dick wie im Beschwörungsraum der Krypta. Roter Rost lag körnig auf den Türen.

Salarin verharrte und versuchte, die Melodie des Ortes zu erfassen, während Tylstyr und der neunfingerige Gelehrte neugierig an den Tisch traten und das Buch betrachteten.

Der Elf spürte, wie sich das Lied der runden Kammer veränderte. Der Magier wirkte wieder einen Zauber. Der unbändige Wissensdurst der beiden hatte fast schon etwas Obszönes. Er war ein Missklang. Allerdings fügte er sich erschreckend gut in die düstere Melodie des Himmelsturms.

»Sag schon!«, forderte Vascal della Rescati ungeduldig. »Was steht drin?«

Tylstyr blätterte in dem Buch und flüsterte etwas.

»Mein Xenographus kann die Wörter nicht entziffern«, sagte er. »Ich vermute, es ist eine Namensliste.«

Nun trat auch Salarin an den Tisch. Er sah, dass unzählige Einträge die Seiten füllten. Sie waren in sauberen Spalten angeordnet, aber seltsamerweise alle durchgestrichen. Manche Streichungen hatte man mit grüner Farbe vorgenommen, andere mit roter oder brauner. Ein Muster vermochte er darin nicht zu erkennen.

Eichward versuchte sich indessen an dem Riegel, der eine der Türen verschloss. Der Hüne ächzte, während der Balken Fingerbreite um Fingerbreite zur Seite quietschte. Tjorne Warulfson und Irulla erwarteten kampfbereit alles, was sich auf der anderen Seite befinden mochte.

Der Elf ging zu einer der anderen Türen, um sich das Material in Ruhe anzusehen. Rost bröckelte unter seinen Fingern, aber darunter fühlte sich das Eisen hart und unnachgiebig an. Nur die Oberfläche hatte der Zeit und der Feuchtigkeit nachgegeben.

Crottet übernahm mit gezücktem Flammendolch Tjornes Position, als dieser Eichward half, die Tür aufzuziehen. Sicher hatten sich die Scharniere verzogen.

Dies hier war ein Ort, wo es klüger war, nicht hinter jedes Tor zu blicken, dachte Salarin und nahm einen Pfeil aus dem Köcher, bereit, sich den Gefahren zu stellen, die seine Gefährten allzu leichtfertig herausforderten. Die Bogensehne war gefettet, die Waffe schussbereit.

»Licht!«, forderte Eichward heftig atmend.

Tylstyrs magische Fackel erhellte einen engen, schnurgeraden Gang, der nach wenigen Schritt vor einer weiteren Tür endete, die wirkte, als sei sie unter einem Zauber wie jenem Flammenstrahl geschmolzen, den Tylstyr im Kampf einsetzte. Die Figuren, die diese Tür einmal geziert hatten, waren zu undeutlichen Schemen verzerrt.

Tylstyr leuchtete mit dem Zauberstab und befühlte das Material. »Blei«, befand er.

»Die Jahrtausende ziehen daran«, sagte Vascal. »Blei ist ein weiches Metall. Es erschöpft unter seinem eigenen Gewicht.«

Salarin nahm diese Behauptung mit Skepsis zur Kenntnis, obwohl er fand, dass sie für einen Mann der Wissenschaft ungewöhnlich poetisch klang.

Die befremdliche Tür hatte keinen Riegel, aber einen starren Griff, der in eine Vertiefung eingelassen war. Offenbar konnte man sie daran aufschieben und zuziehen, doch Tylstyrs Kraft scheiterte an dieser Aufgabe. Erst als Tjorne ihm half, öffnete sich die Tür mit einem schleifenden Geräusch.

Ein Saal offenbarte sich ihren Blicken, an dessen gewölbter Decke kleine Kugeln des ewigen Lichtes erstrahlten, dem sie nun schon so oft begegnet waren. Als Salarin eintrat, hatte er das seltsame Gefühl, unterzutauchen – als umgäbe eine Flüssigkeit seinen Kopf, trübe seine Sicht und sein Gehör. Trotzdem nahm er die Schritte seiner Gefährten ebenso deutlich wahr, wie er die Möwenknöchelchen an Tjornes Kette sah. Seltsam ...

Kaum zwei Schritt hinter der Tür spannte sich eine fleckige Stoffbahn. Sie reichte nicht einmal halb bis zur Decke hinauf.

Vorsichtig schob Eichward die Wand aus Leinen mit seinem Schwert zur Seite. Sie hing von einer Schnur herab. Staub wallte ihnen entgegen, und sie traten in ein Labyrinth aus winzigen Kammern, die von Stoffwänden beschirmt wurden. Dazwischen erstreckten sich Gänge, die so schmal waren, dass der breitschultrige Recke nicht hindurchpasste, ohne am Leinstoff hängen zu bleiben.

An diesem Ort schwang eine dumpfe Melodie des Elends, die Salarin das Herz bedrückte. Manche der Stoffbahnen waren nicht mehr als zerfallene Fetzen. An ihnen vorbei spähte der Elf auf die Inseln ärmlicher Zurückgezogenheit, die sich jene, die hier zusammengepfercht worden waren, erschaffen hatten. Auf dem Boden lagen löchrige Teppiche und verrottete Kissen. Ein Tuch zerriss, als Salarin versuchte, es aufzuheben. Ein paar zierliche Tischchen standen verlassen herum, andere waren unter der Last der Jahrtausende zusammengebrochen.

Unwillkürlich zog der Elf die Bogensehne eine Handbreit aus, als gäbe es ein Ziel, auf das er hätte anlegen können. Während Phileasson zwei Recken zurückschickte, damit niemand die Eisentür hinter ihnen zuschlug und verriegelte, setzte Salarin die Füße so vorsichtig, wie er es sonst nur auf der Pirsch im Wald tat.

»Hier ist jemand«, murmelte er.

Galandel Mutter-der-Schrate warf ihm einen besorgten Blick zu. Eine Hand öffnete und schloss sich um den Griff ihres Robbentöters, während die Zauberseherin mit der anderen den Stab so vorsichtig hielt, dass die daran hängenden Fetische keinen Laut verursachten.

»Wahrscheinlich kam die Atemluft von dort.« Vascal zeigte auf die Löcher, die die Decke durchsiebten.

Aus dem grauen Material senkten sich schroffe Keile herab, die Stalaktiten ähnelten, aber breiter und flacher waren. »Ich kann die Melodie dieses Gesteins nicht hören«, klagte Salarin. In diesem Raum erlauschte er nur ein schwaches Lied, und es kündete von Verlassenheit und Verzweiflung.

»Das ist kein Gestein«, meinte Tylstyr. »Merkst du es nicht? Boden, Wände, Decke – wir sind von Blei umgeben.«

Ja, das war die Erklärung. Deswegen fühlte sich Salarin so abgeschnitten vom großen Gesang der Natur.

Aber war das schon alles?

Er ging an Nischen vorbei, in denen sich Löcher auftaten, und sah Halterungen, in denen einmal Bretter gesteckt haben mochten. Ein Abtritt für die Bewohner dieses Verlieses? Würden sie bald auf ähnliche Abscheulichkeiten stoßen wie jene, die Abdul hatte ertragen müssen? Dieser Raum konnte Dutzende Elfen gefangen gehalten haben.

»Das scheint wieder Asdharia zu sein.« Tylstyr zeigte auf verschlungene Linien in der Wand.

Er hatte recht, auch wenn man die Zeichen ohne Kunstfertigkeit ausgeführt hatte. Dies hier waren keine sorgfältigen Malereien oder Verzierungen. Jemand hatte die Schrift mit ungeeignetem Werkzeug ins Blei geritzt. Jetzt, da Salarin darauf achtete, bemerkte er solche Inschriften überall an den Wänden.

»Vielleicht wird mein Xenographus …«

»Ich kann es lesen«, unterbrach Salarin ihn.

Das konnte er tatsächlich, und zwar so flüssig wie nie zuvor. Nur Eigenheiten der Handschrift ließen ihn stellenweise stutzen, ansonsten erschloss sich ihm das Asdharia, als hätte er selbst ganze Bücher darin verfasst.

Schnell wurde deutlich, welche Verzweiflung die Elfen erfasst hatte, die hier gelebt hatten. Die Hoffnung, sich selbst befreien zu können, war gewichen. Sie hatten unter dem Joch derer vegetiert, die für sich selbst in Anspruch genommen hatten, jener Erkenntnis nahe zu sein, die sie den Göttern ähnlich machte. Ein Zorn erfüllte Salarin, von dem er nicht geahnt hatte, ihn empfinden zu können. Wie im Fieber hastete er von einer Botschaft zur nächsten. Oft las er sie nur in Bruchstücken vor, weil die Augen sie schneller erfassten, als die Lippen sie wiedergaben. Die größte Hoffnung der Elfen hatte sich auf die Gleißende Stadt gerichtet, die sie als ihre alte Heimat bezeichneten. Sie selbst, wahrscheinlich aber ihre Vorfahren, waren von dort aus Ometheon ins ewige Eis gefolgt, um zu beweisen, dass die Götter daran scheiterten, ein so unwirtliches Land zu schaffen, dass die Elfen dort nicht leben könnten.

»Wer ist da?«

Tjorne hatte gesprochen. Seine Worte bannten die Raserei, die Salarin ergriffen hatte. Der Elf atmete schwer aus, versuchte, seine innere Harmonie wiederzufinden.

Tjorne hob drohend die Axt. »Komm heraus, oder ich spalte deinen Schädel!«

Er sah zu einem Tuch, das sich wie Wäsche in einem Windzug bewegte. Aber hier drin stand die Luft. Befand sich vielleicht einer der Gefährten dort?

Wieso ignorierte er dann Tjornes Ruf?

Salarin spannte die Bogensehne vor, bereit, die Waffe dorthin auszurichten, wo sich der löchrige Stoff bewegte. Aber er wollte auch nicht aus Versehen einen Kameraden verletzen.

Tjorne wirbelte herum. Ein weiteres Tuch flatterte, diesmal so stark, dass es wie ein Segel knallte, in das eine Bö fuhr. »Wer ist da?«, rief er.

»Kreis bilden!«, befahl Phileasson.

Sie stellten sich Rücken an Rücken, bereit, jeder Gefahr zu trotzen.

Salarin hörte einen Misston in der Melodie der Ottajasko.

»Da ist er!«, meldete Tjorne.

»Nein, hier!«, rief Ohm Follker.

»Ich sehe ihn auch«, meinte Shaya.

»Schlangenschiss!«, schnaubte Phileasson. »Der hält uns zum Narren. Erkennt jemand, mit wem wir es zu tun haben?«

Sicher waren es mehrere, denn so rasch konnte sie niemand umkreisen. Es sei denn, er wäre nicht an einen Körper aus Fleisch und Blut gebunden ...

»Eine arkane Präsenz«, bestätigte Tylstyr Salarins Überlegung. »Geister.«

»Im Namen Travias, der gütigen Mutter«, hob Shaya an, »verbiete ich euch, uns zu schaden! Haltet euch fern von uns und ...«

»Nein!« Salarin entspannte den Bogen. Er trat aus dem Kreis. »Redet mit uns«, bat er. »Wir werden hören, was ihr zu sagen habt.«

Das Flattern in den Tüchern verlagerte sich in seine Nähe. Unmittelbar vor ihm hing ein Laken, über das ein Sprühnebel feiner, braunroter Flecken in weitem Bogen verteilt war. Dorthin kamen sie alle ... Er spürte ihre Unrast, ihre Verzweiflung. Der Stoff beulte sich aus. Er schlug so heftig, als boxte eine Schar Kinder hinein.

Die Leine zerriss. Die Last, die sie über Jahrtausende gehalten hatte, fiel auf den bleiernen Boden.

Dahinter war nur Leere.

»Habt keine Angst vor uns«, sagte Salarin ruhig. »Wir sind nicht eure Peiniger. Wir kommen von weit her.«

Helligkeit irrlichterte über die graue Wand, als liefe unmittelbar hinter der Oberfläche eine mit Laternen ausgestattete Menge wild durcheinander.

Salarin steckte den Pfeil zurück in den Köcher und ließ den Bogen locker am langen Arm hängen. Zwei Schritt vor der Wand blieb er stehen.

Das Licht sammelte sich an drei Stellen. Während es dort intensiver wurde, entstand eine große, dunkle Fläche dazwischen. Erst als die Umrisse einer elfischen Gestalt erkennbar wurden, formte sich auch auf der Brust etwas: das Symbol der geflügelten Sonne auf einer schwarzen Robe. Die Helligkeit wurde zu Händen und Gesicht. Die Haut war bleich, aber nicht weiß wie bei den Nachtalben, und das Haar war dunkel. Die Gestalt blieb unscharf, als beobachte Salarin sie durch eine trübe Scheibe.

»Kannst du ihn bannen, Shaya?«, fragte jemand.

»Nein!«, rief Salarin. »Ich will hören, was er zu sagen hat!«

Phileasson trat an seine Seite. »Ich hoffe, du weißt, was du tust«, raunte ihm der Drachenführer zu. Er hatte sein Schwert zwar nicht erhoben, hielt es aber mit blanker Klinge in der Faust.

»Er wird uns nicht angreifen«, flüsterte Salarin. »Sieh in seine Augen.«

Diese waren nicht einfarbig und pupillenlos wie bei den Nachtalben. Die Iriden funkelten blau wie Saphire.

Der Geist bewegte den Mund, aber kein Laut verließ seine Lippen.

»Wir können dich nicht verstehen«, sagte Salarin.

Die Präsenz mühte sich weiter, doch das Sprechen bereitete ihr sichtlich Mühe. Ihre Gestalt verlor an Schärfe, krümmte sich schließlich, offenbar in Schmerzen. Sie schleppte sich an der Wand entlang.

Phileasson und Salarin folgten ihr.

Mit gespreizten Fingern griff der Geist ans Blei, das ihm jedoch keinen Widerstand bot, sodass die Hände eintauchten. An dieser Stelle befand sich eine besonders lange Inschrift.

»Kann ihm jemand helfen, in unsere Wirklichkeit zu finden?« Salarin sah in ratlose, zum Teil versteinerte Gesichter.

Der Geist wurde zu einer Ansammlung farbiger Nebelschwaden, die sich schließlich auflösten.

Salarin presste die Kiefer aufeinander und trat an die Schrift heran. »Fast täglich geschehen Unfälle in den Hallen des Feuers«, las er vor. »Es scheint, als hätte die neue Geweihtenschaft beschlossen, auch die letzten unseres Volkes, die sich noch an die wunderbare Welt jenseits des Turmes erinnern können, zu vernichten. Selbst wir, die wir früher Geweihte waren, müssen nun bei der Glasschmelze helfen. Man wirft uns vor, den Glauben an die Göttin nicht in Ehren gehalten zu haben.«

»Sie ist keine Göttin!« Abdul el Mazar lachte irre.

»Tatsächlich«, fuhr Salarin fort, die Inschrift zu übersetzen, »ist Bhardona schon sehr lange nicht mehr vor uns getreten. Sollte uns jetzt auch die letzte Göttin, deren Gnade uns noch gewiss war, verlassen haben?«

»Nein, sie ist nicht fort!«, rief Abdul. »Niemals für lange. Sie zieht durch die Welt, in einem Auftrag ohne Namen, aber hier ist ihr Zuhause. Sie kehrt immer zurück!«

Salarin ignorierte das Geplapper des Alten. »Schande über uns, die wir glaubten, uns in die Angelegenheiten der Ewigen einmischen zu können! Wir, die wir nicht einmal uns selbst regieren konnten, waren nicht dazu bestimmt, den Himmel zu stürmen. Wer immer dies liest, möge in Tie'Shianna, in den Tempeln der Alten Götter, um Vergebung für das Volk des Himmelsturms bitten. Unsere Zeit in dieser Welt ist abgelaufen.«

Es gab auch eine Unterschrift. »Elbrenell, Geweihter im Tempel der göttlichen Bhardona.«

»Den haben wir wohl gerade gesehen«, meinte Phileasson trocken.

Eine tiefe Traurigkeit erfüllte Salarin. Auch in den einsamsten Momenten, als er geglaubt hatte, niemals die Sehnsucht nach den alten Göttern stillen zu können, hatte er sich nicht so niedergeschlagen gefühlt. »Vom Himmelsturm aus wollte mein Volk den Himmel stürmen«, flüsterte er.

»Nicht unser Volk.« Galandel nahm seine freie Hand. »Unsere Vorfahren. Die Hochelfen.«

»Das ist dasselbe.«

»Sie haben ihre Strafe erhalten. Sie wurden aus Ometheon vertrieben. Die Firnelfen, die Letzten unseres Volkes, die den hohen Norden bewohnen, leben in großen Härten und voller Entbehrungen. Die alte Pracht ist vergangen.«

Salarin hörte kaum, was die Gefährten redeten. Sie versuchten, die zeitliche Abfolge zu sortieren, vom Verlassen Tie'Shiannas über den Bau des Himmelsturms, Ometheons Ermordung und Pardonas Aufstieg bis zu diesen Bleikammern, in denen man das alte Volk gefangen gehalten hatte, damit es den neuen Herrschern zu Diensten war. Ob dies wohl bereits die Nachtalben gewesen waren – oder hatte sich Pardona erst später so weit mit den Dämonen eingelassen?

Irgendwann entschieden die anderen, dass hier nicht mehr herauszufinden sei. Als Galandel, die noch immer seine Hand hielt, Salarin hinausführte, fiel sein Blick auf einen besonderen Namen in einer kurzen Inschrift. »O Fenvarien, Hoher König im fernen Tie'Shianna, erbarme dich deiner elenden Diener und heile die Wunden, die wir schlugen! Stelle den Frieden zwischen uns und den Göttern wieder her!«

Salarin ließ den Bogen fallen, löste sich von Galandel und betastete die Schriftzeichen, die den Namen »Fenvarien« bildeten. Die Bleiwand wich vor seinen Augen zurück wie Rauch.

Dahinter tat sich ein in warmes Licht gebadeter Hain auf. Salarin roch die Rinde der mächtigen Bäume, hinter denen weiße Paläste mit kühn geschwungenen Kuppeln und filigranen Türmen zu sehen waren. Grüne Blätter hingen an Lianen herunter und pendelten in einem angenehmen Luftzug, der auch das Haar und die dünnen, halb durchsichtigen Gewänder lustwandelnder Hochelfen bewegte. Einige von ihnen saßen an einer Wasserfläche, die zwar von einem steinernen Rand eingefasst war, aber dennoch wie ein Teich wirkte. Ein nacktes Elfenkind spielte mit einer Seerose, zwei Jungen lockten bunt schillernde Vögel zu roten Blüten, die süßen Nektar versprachen.

So nah vor Salarin, dass er ihn hätte berühren können, stand ein Elf mit amethystfarbenen Augen, der sich mit einer goldhaarigen, anmutigen Frau unterhielt. Lachend wandte er sich zu Salarin um. Der Elf legte ihm den Arm auf die Schulter, während er ihn mit einem Blick ansah, der auch Freundschaft, vor allem aber Erhabenheit ausstrahlten. Die Berührung spürte Salarin jedoch nicht.

Sein Herz schien sich wie eine getrocknete Pflaume zusammenziehen und nie wieder schlagen zu wollen. Mit einem Schluchzen schloss er die Augen und sank in die Knie. Er bedeckte sein Gesicht mit den Händen, aber die Tränen quollen zwischen den Fingern hindurch.

»Was ist mit ihm?«, hörte er Phileasson fragen.

Galandel gestand ihre Ratlosigkeit.

Alles in Salarin war Trauer. Er spürte einen Verlust, den er sich nicht erklären konnte. Keuchend rang er zwischen Schluchzern um Atem. Dennoch presste er die Frage hinaus, die er am liebsten von der Spitze des Himmelsturms in die endlose Verlassenheit der Nacht über der Eiswüste geschrien hätte. »Wie konnte all dies dahinwelken?«

10 WEISSER STEIN UND SCHWARZER STAHL

*Neunte Ebene,
achtzehnter Tag im Goimond*

Lenya betrachtete ihren Bogen, der neben dem Becken an der Wand lehnte. Sie hatte ihr Leben der Göttin Travia geweiht – nicht ganz freiwillig. Ihr Vater hatte sie zum Tempel gebracht, um sie nicht länger durchzufüttern. Er war ein armer Bauer. Sie hatte lange nichts mehr von ihm und ihren Geschwistern gehört.

Zwei Jahrzehnte hatte sie in Travias Haus in Thorwal gelebt und sich immer gut eingefügt. Sie wusste, was sie der Göttin und den anderen Geweihten schuldete. Sie hatten sie, eine Fremde, an ihrem Herdfeuer aufgenommen. So sollte es sein, bei der Göttin, die Heim und Familie schützte. Und doch hatte Lenya diese Gastfreundschaft nie als selbstverständlich empfunden. Sie hatte eine Schuld abzutragen! Und deshalb hatte sie sich immer nach Kräften bemüht, eine gute Geweihte zu sein ... Aber jetzt ...

So schrecklich ein Teil der Ereignisse in den letzten Wochen auch gewesen war, musste sie sich eingestehen, dass sie die Reise genoss. Sie mochte es, mit dem Bogen auf die Jagd zu gehen, so wie einst mit ihrem Vater und mit ihren größeren Brüdern. Sie hatte das Spurenlesen nicht verlernt und liebte das Ringen mit der Natur ... Aber in Augenblicken wie diesem überkam sie wieder die

Scham. Sie war eine Traviageweihte. Sie sollte jetzt das Feuer entzünden, einen Brei kochen und glücklich darüber sein, wenn sie von den Gefährten der Ottajasko ein zufriedenes Lächeln für ihre Bemühungen bekam. Stattdessen wollte sie sich lieber einen Bogen greifen und im nahe gelegenen Park ein Kaninchen jagen. Hätte ihr Vater sie nur zu einem Firungeweihten gebracht, einem dieser legendären, einsamen Jäger, die allein mit einem einzigen Schüler durch die Wildnis zogen! Sie seufzte, griff nach dem Topf, schöpfte Wasser aus dem Becken und stellte das Gefäß auf das niedrig brennende Feuer, das sie auf dem Mosaikboden entzündet hatten.

Mehrere kleine Zimmer grenzten an das Bad. Ihre Gefährten schliefen dort. Nur Galayne war irgendwo draußen im Park auf vorgeschobenem Wachposten.

Während sie auf das Wasser im Topf achtete, dachte sie an die Reise durch den Turm. Wie weit waren die Elfen hier gekommen! Sie hatten einen Ort voller Schönheit erschaffen und dann begonnen, sich auf grausamste Art gegenseitig zu ermorden. Lenya konnte das nicht verstehen. Sie wusste genau, wie Mutter Cunia darüber geschimpft hätte. Die Elfen hatten hier alles gehabt, um ein glückliches Leben zu führen. Was brauchte man noch? Hatten sie die Verbundenheit zu ihren Göttern verloren? War es deshalb zu den Kämpfen gekommen?

Lenya hatte dazu nichts gesagt. Sie sollte nur Beobachterin sein. Beorn und seine Ottajasko mussten das Rätsel des Himmelsturms ohne ihre Hilfe lösen. Doch vielleicht würden sie an dieser Aufgabe scheitern. Dies war ein Ort des Scheiterns!

Gestern hatten sie einen Palast entdeckt, in dem wohl Instrumente hergestellt worden waren und wunderbare Musiker gelebt hatten. In einigen der Kammern hallten immer noch die Melodien nach, die dort einst gespielt worden waren. In einem anderen Palast hatten sie in einem gut versteckten Loch im Boden einen

Hort von Gold und Edelsteinen gefunden. Seit Porto Paligan hatte Beorns Ottajasko nicht mehr solch reiche Beute gemacht. Ursa hatte stundenlang geflucht, weil sie ihren Rucksack immer wieder umgepackt hatte, ohne sich entscheiden zu können, was sie alles mitnehmen sollte.

Lenya aber hatte die Frage beschäftigt, was all diese Schätze für ihre früheren Besitzer wertlos gemacht hatte. Warum hatten sie all das nicht mitgenommen? War der Bürgerkrieg so schnell und mit solcher Gewalt gekommen, dass keine Zeit mehr geblieben war, um mehr als nur das nackte Leben zu retten?

Immer wieder hatte die Ottajasko Tote gefunden. Auch waren sie noch zweimal Geistererscheinungen begegnet. Doch diese waren viel friedlicher gewesen als die unglücklichen Zwillinge, die der Scherenmann einst ermordet hatte. Diese Geister schienen sie nicht einmal bemerkt zu haben. Sie wirkten glücklich, als seien sie sich gar nicht bewusst, dass sie tot waren.

Und hier, in diesem Palast, gab es Statuen, so natürlich, als seien es versteinerte Lebewesen. Jedes einzelne Haar war in den Stein geschnitten. Manchmal bewegten sie sich. Nur wenn man nicht hinsah. Sie veränderten die Position, in der sie auf den Sockeln standen. Wüsste Lenya es nicht besser, sie würde den Turm für ein Geschenk der Götter halten. Es gab so viele Wunder. Konnte dies alles wirklich von Elfen erschaffen sein?

Das Wasser im Topf begann zu köcheln. Sie nahm ein wenig Hirse und schüttete sie hinein. Mit einem hölzernen Löffel rührte sie darin. Das Kochen hatte sie immer gemocht. Aber da waren auch andere Pflichten, wie an eisigen Tagen die Wäsche im Fluss zu waschen oder auf den Knien kauernd den Boden des Tempels zu schrubben. Das vermisste sie nicht.

Lenya nahm den Topf mit dem Honig aus ihrem Gepäck und gab einen Löffel voll an den Hirsebrei. Die anderen hatten sie verspottet, weil sie den Honig behielt, statt ihn zurückzulassen und so Platz für Gold zu schaffen. Aber auf diese Weise konnte sie allen ein wenig den Tag versüßen. Dazu taugte edles Metall nicht.

    Der Turm machte ihr Angst. Es waren nicht die Geister. Es war das Geheimnis, das sich tief in den dunklen Fels gefressen hatte. Das Geheimnis, das zu lüften ihre Aufgabe war. Sie hatte das Gefühl, dass sie ihm näher kamen, je weiter sie in die Tiefe stiegen. Es war etwas, das ihren Verstand womöglich genauso vergiften würde wie den der Elfen, die hier einst gelebt hatten. Bei manchen Dingen war es besser, wenn sie niemals ans Tageslicht kamen.

    Lenya schob den Holzlöffel unter den Henkel des kupfernen Topfs und hob ihn behutsam vom Feuer. Nachdenklich sah sie auf den Honig. Ein wenig mehr davon konnte nicht schaden.

    Sie tauchte den Finger in das klebrige Gold, sah zu, wie es in einem langen Faden abtropfte, als sie den Finger anhob, und schob ihn dann schnell über ihre Lippen.

    Genießerisch schloss sie die Augen. Zumindest war ihr Morgen süß, ganz gleich, was der Tag auch bringen mochte.

Neunte Ebene,
achtzehnter Tag im Goimond

Galayne betrachtete die Feuerstelle. Noch glomm letzte Glut unter der Asche. Sie waren noch nicht lange fort. Es hatte sich also nichts geändert. Die Wachen, die aus der Tiefe aufstiegen, machten immer noch gern Rast im Palast der Steinmetze. Jetzt befanden sie sich irgendwo in den Gärten. Noch waren sie arglos. Über die zerbrochenen Äste und die freien Wege würden sie sich nicht wundern. Alle wussten, dass manche der Statuen wanderten. Sie brachen sich seit Jahrhunderten ihre Wege durch das Dickicht.

Doch schon im nächsten Palast würden die Wächter begreifen, dass jemand gekommen war. Die Spuren waren unübersehbar. Dieser verfluchte Geist beim Gong! Seit dem Tag der Befreiung erschien er. Manchmal gab er für Jahre Ruhe, dann wieder schlug er zweimal in einem Mond Alarm. Sie wussten um ihn, dort unten in der Tiefe. Und doch wurde, wann immer der Gong ertönte, eine Patrouille hinauf in den Turm geschickt.

Diesen Aufstieg betrachtete man inzwischen nicht mehr als Pilgerdienst, sondern als Strafe. Die endlosen Treppen zu erklimmen, war eine Strapaze. Und alles, was die Wachen erwartete, waren Tage nicht enden wollender Langeweile. Niemand kam freiwillig hierher in den Turm. Dies war das Ende der Welt.

Galayne betrachtete die Spuren um die Feuerstelle. Vier Nachtalben und ein Wächter. Falls es Beorn gelang, die Patrouille zu überraschen, standen die Aussichten für seine Ottajasko ganz gut, den Kampf zu gewinnen. Vor allen Dingen, wenn er ihnen half. Aber vielleicht gab es ja andere Möglichkeiten …

Galayne erhob sich und folgte vorsichtig der Spur. Er war sich bewusst, wie behutsam er vorgehen musste. Seine weiße Rüstung und die weißen Gewänder waren eine gute Tarnung im Schnee. Hier machten sie ihn überdeutlich sichtbar. Sein einziger Vorteil bestand darin, dass niemand wusste, was für Geister und Kreaturen in den Hunderten von Kammern des Himmelsturms existierten. Wenn er sehr viel Glück hatte, dann hielten sie ihn für etwas, das hierher gehörte.

Er musste wissen, wer gekommen war. Es bestand die Gefahr, dass er kurz vor seinem Triumph alles verlor, wenn ihnen die falschen Nachtalben über den Weg liefen.

Er folgte der Patrouille in den nächsten Tunnel, durchquerte mehrere Kammern, bis er sie reden hörte. Vorsichtig spähte er um eine Ecke.

Er lächelte. Manchmal hatte das Schicksal Sinn für Humor. Dort stand Kayil'yanka, die einst über ihn zu Gericht gesessen hatte.

*Neunte Ebene,
achtzehnter Tag im Goimond*

Beorn erwachte von einer leichten Berührung an seiner Schulter. Galayne kauerte über ihm, legte einen Finger an die Lippen und bedeutete ihm mit einer Geste, ihm zu folgen.

Als er sich erhob, schmerzten Beorns Glieder. Das lange, warme Bad am Abend hatte nur wenig geholfen. Der Frost setzte ihm mehr zu, als er seine Ottajasko merken ließ. Jeden Morgen machten seine Gelenke Probleme. Er fühlte sich wie ein alter Mann.

Er griff den Flügelhelm und folgte dem Elfen leise hinaus in den Baderaum, in dem Lenya neben einem kleinen Feuer ein Frühstück bereitete. Die Geweihte winkte ihm kurz zu, stellte aber keine neugierigen Fragen. Sie hatte Beorn auf der Reise angenehm überrascht. Anfangs hatte er Sorge gehabt, sie würde ihnen allen zur Last fallen. Doch das Gegenteil traf zu. Sie war das Herz der Ottajasko geworden.

Galayne führte ihn ein ganzes Stück vom Lager fort, durch einen Tunnel, bis in eine Steinmetzwerkstatt. Langsam begann sich der Drachenführer zu fragen, was der Elf so weit abseits der Gefährten von ihm wollte. Sich rächen?

»Wir sind nicht mehr allein«, sagte Galayne ruhig und lehnte sich an die Skulptur einer nackten Elfe, deren Unterleib nie aus dem Fels befreit worden war, der sie hätte gebären sollen.

»Du hast Phileasson wiedergefunden?« Beorn hatte eine Ahnung, dass dies nicht der Grund für dieses heimliche Gespräch war, und doch wünschte er sich, diese Antwort zu erhalten.

»Ich hab eine Patrouille entdeckt. Vier Elfen, mit einer Haut so weiß wie Marmor. Sie tragen schwarze Rüstungen. Noch sind sie uns nicht auf der Spur. Ein grässlich verwachsenes Ungeheuer begleitet sie.«

Beorn schloss kurz die Augen. »Der Turm ist also doch noch bewohnt …«

»Vielleicht reicht er weiter in die Tiefe, als wir dachten.« Galayne machte eine resignierende Geste. »Wir müssen eine Entscheidung treffen. Wenn sie weiter hinaufsteigen, werden sie auf Spuren von uns stoßen … Entweder wir überfallen sie aus dem Hinterhalt, oder wir reden mit ihnen.«

»Sie sind zu fünft?« Beorn war unschlüssig. »Bist du dir ganz sicher?«

»Ja.«

Sie waren den Elfen also zwei zu eins überlegen. Wenn sie den Langohren einen Hinterhalt legten, würden sie gewinnen. Aber tollkühn wäre es, diesen bleichen Elfen einfach furchtlos entgegenzutreten. Auch bot sich dadurch eine gute Gelegenheit, das Geheimnis des Himmelsturms zu ergründen. Bislang hatten sie nichts gefunden, was erklärte, wie es zu dem mörderischen Bruderkrieg gekommen war. Diese Elfen würden es ihnen gewiss erzählen können.

»Ist zwischen uns alles im Klaren?«

Galayne sah ihn auf die herablassende Art an, die Beorn so sehr an ihm hasste. »Ich habe verstanden, dass ihr Thorwaler manche Dinge gern mit Fäusten und Fußtritten klärt. Wie es scheint, ist es damit dann erledigt, und ihr vermeidet auf diese Art jahrelange Blutfehden. Habe ich das so richtig verstanden, Drachenführer?«

»Ungefähr.« Beorn wünschte sich, er könne in diesem ebenmäßigen Gesicht lesen. Selbst Zidaine, die sich anderen Menschen kaum öffnete, war im Vergleich zu diesem Elfen wie ein tief gekerbter Runenstein.

»Dann soll es auch für mich geklärt sein. Ich …«

Der Elf sah ihn eigenartig an. »Von dem Augenblick an, in dem Hallar die Halskette gestohlen hat, war er ein Verdammter. Ich hatte ihn gewarnt. Nichts hätte den Rächer der Göttin aufhalten können.«

»Ich wünsche nicht, mit dir darüber zu reden«, entgegnete er kühl. »Ich werde dir nicht verzeihen, was geschehen ist. Es wird deswegen keine Fehde geben. Das muss dir genügen.«

Galayne nickte.

»Was denkst du, wo Phileasson steckt?«

»Vielleicht ist er aus dem Turm geflohen und gibt diese Aufgabe verloren. Die Geister mögen ihn erschreckt haben.«

Beorn schüttelte verdrossen den Kopf. »Nicht Asleif.« Es hatte einmal eine Zeit gegeben, da waren sie beide Freunde gewesen. Sie beide und Beorns Schwester. Vor einer Ewigkeit … Er kannte ihn gut. Er war mehr Entdecker als Krieger, aber ein Feigling war er ganz gewiss nicht. Und er hatte immer schon unverschämtes Glück gehabt. Vielleicht war er ja bereits auf das Geheimnis dieses Ortes gestoßen? Oder er hatte es geschafft, auf einem anderen Weg tiefer in den Turm vorzudringen.

»Wir werden es mit den Elfen versuchen«, entschied Beorn. »Wenn wir von ihnen nicht erfahren, was wir wissen wollen, bringen wir sie um und verlassen den Turm auf dem schnellsten Weg. Dieser Ort ist nicht für Lebende geschaffen. Er wird uns alle töten, wenn wir zu lange bleiben. Einen Tag gebe ich uns noch, dann geht es wieder nach oben.«

Wieder nickte Galayne nur.

»Wir werden etwas brauchen, um Phileassons unverschämtes Glück auszugleichen.«

Der Elf sah ihn fragend an.

»Ich habe jemanden ausgewählt. Wenn wir das nächste Mal auf

Asleif stoßen, werden wir ihm unseren Spitzel unterschieben. Er ist zu arglos. Wenn wir es richtig anfangen, wird er ganz sicher keinen Verdacht schöpfen. Ich brauche jemanden, der besser mit dem Schwert umgehen kann als meine Thorwaler.«

»Und was soll derjenige tun?«

Stahl klapperte in der Richtung, aus der sie gekommen waren. Nicht laut, nicht begleitet von Schreien. Kein Kampf.

»Die anderen sind wach«, sagte Beorn. »Gehen wir zurück und kümmern uns um die Elfen. Die andere Sache erkläre ich dir später.«

Während der einsamen Wachen an den Lagerfeuern unter klirrend kalten Sternen hatte er diese Frage längst für sich entschieden. Es war ein großes Wagnis, vor allem für den Spitzel. Eine Stunde blieb ihm, wenn Phileasson ihn dann nicht gefunden hätte, würde er sterben. Aber der Blender wusste, dass dunkle Kräfte das Schicksal woben. Sie begünstigten jene, deren Entscheidungen das rechte Maß an Gnadenlosigkeit bewiesen.

»Da ist noch etwas, Drachenführer ...«, sagte Galayne. »Das Ungeheuer bei den vier Elfen. Ich fürchte, Ursa und Lenya werden nicht an sich halten, wenn sie es sehen.«

»Lass das meine Sorge sein! Dies ist meine Ottajasko. Sie werden meinen Befehlen folgen. Alle, das wohl!«

Neunte Ebene,
achtzehnter Tag im Goimond

Ursa griff nach ihrer Axt. Neben sich hörte sie Lenya scharf einatmen.

»Das ist er, der Scherenmann«, flüsterte die Geweihte. »Das muss ein Dämon sein!«

Die Kriegerin kniff die Augen zusammen. Als sie sie wieder öffnete, war die Kreatur immer noch da.

Vor ihnen standen vier schwarz gerüstete, bleiche Elfen, gefolgt von einer Bestie, wie es sie nicht hätte geben dürfen. Etwas mehr als zwei Schritt groß, ging sie auf Bocksbeinen. Ihr Torso war der eines muskulösen Mannes, wohingegen der zu klein wirkende Kopf von einem Elfen kam. Der rechte Arm war eine riesige Krebsschere. Ursa hörte, wie die Zange klackte, während die beiden Gruppen sich musterten.

Sie standen inmitten eines Gartens, in dem das Unterholz nicht ganz so wild wucherte. Links von ihnen erhob sich das Marmorbild eines Harfe spielenden Elfen, der sich neugierig zu ihnen umwandte.

Die Anführerin der Feinde, eine Elfe mit seidigem, weißem Haar, das zu einem straffen Zopf zurückgebunden war, trat vor. Mit spitzen Fingern zog sie ihr Schwert und ließ es neben sich zu Boden fallen. Die Klinge bestand aus einem schwarzen, kalt schimmernden Metall. Sie hob die Hände, sodass sie gut zu sehen waren. In ihren vollständig silberfarbenen Augen gab es weder Iris noch Pupille.

Sie sang mit leiser, freundlicher Stimme.

»Spann die Armbrust«, flüsterte Ursa Zidaine zu. Die Fechterin besaß immer noch Geras schwere Waffe. »Du wirst diesem Scherenmann einen Bolzen direkt in die Stirn schießen, hast du mich verstanden? Denk daran, was er den kleinen Mädchen angetan hat. Wir werden dieses Ding aus unserer Welt entfernen.«

»Das wohl!«, zischte Zidaine zurück. Leise klickend drehte sich die Winde, mit der die Sehne der schweren Armbrust gespannt wurde.

Die Elfe mit den Silberaugen sang weiter, wobei sich zwei Stimmen umspielten, wenn nicht gerade Zischlaute sie unterbrachen. Sie vollführte dabei ruhige, fließende Gesten mit den Händen. Bestimmt versuchte die Schlampe, irgendeinen Zauber zu weben. Warum unternahm der Blender denn nichts?

»Sie sagt, sie ist verwundert und erfreut, Fremde in ihrem Turm zu sehen«, übersetzte Galayne. »Ihr Name ist Kayil'yanka. Sie entstammt der altehrwürdigen Sippe der Felsformer.«

Beorn zog Axt und Schwert und legte sie auf den Boden.

»Du schießt nur, wenn ich es dir erlaube, Zidaine«, sagte er leise. Dann trat er vor ihre Gruppe und hob die Hände, so wie die Elfe es tat.

Ursa ballte wütend die Fäuste. »Mit denen kann man nicht verhandeln«, raunte sie Zidaine zu. »Da steht der Scherenmann. Es kann keinen Zweifel geben, dass er es war. Sie werden uns anlügen. Wer Leibwächter hat, die Kindern solche Dinge antun, der kann nur ein dunkles Herz haben. Und das werde ich ihm aus der Brust schneiden, ganz gleich, was der Blender sagt.«

»Wir sind Forscher«, erklärte Beorn mit fester Stimme. »Reisende, die den Geheimnissen der Welt nachspüren. Es wäre mir eine große Freude, wenn wir uns unterhalten könnten und ihr mir etwas über die Geschichte dieses außergewöhnlichen Ortes erzählen würdet.«

Ursa hatte das Gefühl, dass diese blasshäutige Elfe Galayne seltsam ansah. Irgendetwas stimmte hier nicht! Vielleicht sah sie auch nur in seine Richtung, weil er der Übersetzer war. Oder ein Elf, so wie sie ... Aber ihr Bauch sagte Ursa etwas anderes.

Die Gefolgsmänner der Elfe wirkten ebenfalls angespannt. Sie sahen einander ähnlich wie Drillinge. Ihre Augen waren nicht silbern, sondern dunkelblau, hatten aber auch keine Pupillen. Sie hielten die Hände in der Nähe der Waffen, wie erfahrene Krieger es taten.

»Wahrscheinlich schießt du dem Ungeheuer deinen Bolzen am besten in eines seiner Augen. Der Schädel könnte zu hart sein ...«

Mit einem letzten Klicken rastete der kleine Haken ein, der die Sehne hinabgezogen hatte. Aus dem Augenwinkel sah Ursa, wie Zidaine verstohlen einen Bolzen aus ihrem Pfeilbeutel zog.

Die Elfe redete und unterstrich ihre Worte mit ausladenden Gesten. Ursa verstand nichts, fand aber, dass dieses Langohr sogar noch überheblicher als Galayne klang. Vielleicht war das ja eine Eigenart ihrer seltsamen, singenden und von Zischlauten durchsetzten Sprache?

»Ich werde das andere Auge des Scherenmanns mit einem Pfeil durchbohren«, sagte Lenya mit einer Kälte in der Stimme, die Ursa ihr nicht zugetraut hätte.

Die Geweihte hatte geweint, als sie einen Segen über die beiden toten Elfenmädchen gesprochen hatte. Und nun machte Beorn mit denen, die dieses irre Monster beschützten, irgendwelche Geschäfte.

»Ich möchte von ihr wissen, ob es vielleicht eine Bibliothek gibt, in der die Geschichte des Turms in einem Buch niedergeschrieben steht. Ich würde gern etwas Handfestes als Beweis mitnehmen.«

Die silberäugige Elfe schien kurz verwundert, als Galayne ihr übersetzte, dann lachte sie und redete.

Galayne wirkte unangenehm berührt.

»Was hat sie gesagt?«, drängte Beorn.

Der Elf räusperte sich. »Sie meinte, mit einem Blick auf unser Gepäck hätte sie uns eher für Metallurgen als für Bücherfreunde gehalten.«

»Versteht sie, was wir sprechen?«

Galayne zögerte. »Ich halte das für ziemlich ausgeschlossen. Sie leben zurückgezogen in diesem Turm. Woher sollten sie die thorwalsche Sprache kennen?«

»Gut, dann erkläre ihr doch bitte wortreich, dass wir unbedingt in ihre Bibliothek möchten, um uns ihre Bücher anzusehen. Natürlich werden wir dann auch gern über unsere Heimat sprechen.«

Während Galayne zu übersetzen begann, wandte sich der Blender an die Ottajasko. »Wenn wir in der Bibliothek ein Buch gefunden haben, das uns die Geheimnisse des Turmes verrät, dann legen wir dieses blasshäutige Pack um. Und ich werde es sein, der dem Scherenmann das Herz herausschneidet. Bis dahin behandelt ihr diese Elfen und ihr Monster mit ausgesuchter Höflichkeit. Haben wir uns verstanden?«

»Das wohl!«, bestätigte Ursa als Erste.

11 DIE HALLEN DES FEUERS

*Fünfte unterirdische Ebene,
achtzehnter Tag im Goimond*

Die Wendeltreppe endete in einer natürlichen Höhle mit zerklüfteten Wänden. In ihrer Winterkleidung war die Hitze hier unerträglich. Asleif Phileasson befahl der Hälfte seiner Recken, ihre Ausrüstung zu erleichtern und das abgelegte Gepäck hinter Felsbrocken zu verbergen, während die anderen die Umgebung sicherten. Danach wechselten sie.

Auch ohne Fellmantel und Handschuhe fielen warme Tropfen von Phileassons Stirn. Das lag nicht nur am Schweiß, obwohl es wärmer war als in einem gut geheizten Langhaus. Dampfwolken zogen durch die Höhle. Sie durchnässten die Kleidung und kondensierten auf Haut und Metall. Phileasson kannte das von seinen Aufenthalten in den Regenwäldern des südlichen Aventurien.

Auch andere Schwaden zogen durch die Höhle. Phileasson schmeckte den Ruß auf den Lippen, wie in einem Dorf, wo Plünderer die Häuser in Brand steckten. Wie an solchen Orten herrschte auch hier diffuses rotes und orangefarbenes Licht. Phileasson vermochte selten weiter als zehn Schritt zu sehen. Auf allen Seiten erstreckte sich die Höhle um die Säule herum, in der die Wendeltreppe aufstieg, eine abschließende Wand war nicht zu erkennen. Ein breiter, mit abgeflachten Steinen ausgelegter Weg zerteilte den

Sichtbereich inmitten des wogenden Dunstes. Welche Richtung sollten sie nehmen? Dieser Ort war in allem das Gegenteil der Welt jenseits des Felsens. Es gab keine klare Weite. Keine Kälte. Dafür lauerten hier uralte Geheimnisse der falschen Göttin Pardona.

Von rechts drangen Geräusche herüber. Schleifen war darunter, metallisches Knallen, verzerrte Rufe. Für einen Moment übertönte ein Zischen jeden anderen Laut.

»Kannst du etwas erkennen?«, fragte Phileasson Galandel Mutter-der-Schrate. Elfenaugen sahen besser als jene eines Menschen, und Salarin Trauerweide stand noch unter dem Eindruck dessen, was er in den bleiverkleideten Kammern entdeckt hatte – was auch immer das genau gewesen sein mochte.

»Schein von Glut«, sagte Galandel. »Magma vielleicht. Und da bewegt sich etwas. Mehrere Schatten.«

»Die könnten auch die aufragenden Felsspitzen werfen, wenn sich die Lichtquelle verschiebt«, gab Ohm Follker zu bedenken.

Ruhig schüttelte die weißhaarige Elfe den Kopf. »Das ist es nicht. Von der Glut geht ein gleichmäßiges Leuchten aus. Das sind keine Trugbilder. Dort bewegt sich wirklich etwas.«

Phileasson atmete durch. In der nassen Luft blieb die Erleichterung aus. »Sehen wir uns an, was uns erwartet. Galandel, Irulla, ihr geht vor. Wir folgen zehn Schritt hinter euch.«

Während die Waldmenschenfrau schon mit beidhändig gefasstem Speer loshuschte, warf Galandel noch einen besorgten Blick auf Salarin. Die Bewegungen des Elfen wirkten seltsam verändert. Er zog einen Pfeil aus dem Köcher und legte ihn auf die Sehne, als führte er mit geschlossenen Augen eine endlos wiederholte Abfolge aus. Dabei übte der Elf ausgesprochen selten mit seinen Waffen. Wenn die anderen im Lager durch Luftschwünge und mit abgesprochenen Folgen ihre Geschwindigkeit und ihre Ausdauer im Kampf verbesserten, saß er meist nur in der Nähe und sah zu, um

»die Melodie in sich aufzunehmen«. Jetzt wirkte er so wenig berührt wie ein alter Recke, der auf dem Langboot seinen Riemen in die Halterung legte. Ein Vorgang, der immer gleich ablief und mit solcher Selbstverständlichkeit gelang, dass er keine Aufmerksamkeit erforderte. Verspürte Salarin denn keinerlei Erregung, obwohl jeden Moment Blut fließen konnte?

Phileasson winkte mit dem Schwert vorwärts. In einer lockeren Reihe folgte die Ottajasko den beiden Späherinnen. Ohm und Eichward marschierten an den Seiten, Phileasson in der Mitte. Egal, wo es zum ersten Zusammenstoß mit dem Feind käme, wäre immer ein erfahrener Recke unmittelbar im Geschehen. Der unebene Boden machte es unmöglich, ständig den gleichen Abstand einzuhalten, sodass Phileasson die äußersten Flanken ab und zu aus den Augen verlor.

Flüchtig blickte er nach hinten. Tylstyr sollte auf Abdul aufpassen. Wenn der verrückte Magier losplapperte, mochte er sie alle verraten. Der Foggwulf schnaubte. Er hätte dem alten Novadi einen Knebel ins Maul stopfen sollen. Manchmal war er einfach zu weichherzig!

Galandel entdeckte etwas, das ihre Vermutung zur Quelle des Lichts bestätigte. Der Boden senkte sich in eine Art Becken ab, das knapp zehn Schritt durchmaß. Darin sammelte sich Magma. Vorwiegend glühte es in einem dunklen Orangerot, aber gelbe und sogar weiße Spiralen drehten sich langsam in dem geschmolzenen Gestein, tauchten unter die Oberfläche oder kamen an anderer Stelle zum Vorschein. Die Luft flimmerte in der Hitze.

Plötzlich stieg eine Feuersäule brüllend in die Höhe. Die Gefährten wichen zurück. Die Eruption fiel in sich zusammen, bevor sie die Decke erreichte. Zähe Wellen wälzten sich durch das Magma und auf das schwarze Gestein des Beckenrandes.

Vascal della Rescati fand etwas anderes seiner Aufmerksamkeit wert. An der Höhlenwand, die an das Becken anschloss, klebte eine Metallkugel von sieben Schritt Durchmesser. Ihre Rundung verschwand im Fels, zusätzlich hielten sie eiserne Streben. Auf ihrer Oberfläche saßen kleine Aufsätze, aus denen Dampf zischte. Ein dickes Rohr führte hinein, sein Ursprung verlor sich in den allgegenwärtigen Schwaden.

»Da drin fließt etwas«, sagte Vascal.

»Vielleicht wird in der Hitze etwas geschmolzen?«, schlug Tylstyr Hagridson vor.

Zweifelnd musterte Vascal die Konstruktion. »Oder zum Verdunsten gebracht.«

»Wasser?«, fragte Phileasson.

»Das würde Sinn ergeben«, bekräftigte der Gelehrte und betrachtete eingehend die Rohre.

»Warum sollte man einfach so Wasser erhitzen?«, fragte Tylstyr.

»Wie gelangt das Wasser, das die Gärten, Brunnen und Bäder brauchen, in die hohen Stockwerke des Himmelsturms?«, fragte Vascal zurück. Ihm war anzusehen, wie er es genoss, mit seinem Verstand zu glänzen. »Das Rohr fällt ab. Flüssiges Wasser wird in den Kessel geleitet. Dabei wird es eine Schleuse passieren, damit der Dampf, der im Innern der Kugel entsteht, nicht auf dem gleichen Weg entweicht. Stattdessen wartet man, bis sich ausreichender Druck aufbaut. Dann wird sich im oberen Teil, der im Fels verborgen ist, ein Ventil öffnen und den Weg in eine zweite Leitung freigeben, die bis ganz nach oben …«

Tjornes Schrei unterbrach ihn.

Die Kreatur, deren schlangenartige Arme den Recken umfasst hielten, erinnerte Phileasson an das Ungeheuer, das in der Krypta hatte verhindern wollen, dass sie das Bronzeportal zum Beschwörungsraum öffneten. Auch dies war eine Chimäre, und sie trug unverkennbar elfische Züge. Die Schönheit dieses Volkes war der weit über zwei Schritt großen Kreatur allerdings fremd, alles hatte sich auf perverse Weise verkehrt. Aus den großen Augen floss eine eitrige Flüssigkeit, die Pupillen waren schräg stehende Schlitze, die Ohren zogen sich absurd lang nach oben und liefen in Fetzen aus, als hätte ein Raubtier seine Fänge hineingeschlagen. Über dem Mund, aus dem ein schnarrendes Fauchen drang, wuchsen dicke Hautstränge, sodass das Wesen die Lippen kaum auseinanderbringen konnte.

Die geschuppten Arme waren beweglich wie Schlangenleiber. Sie liefen nicht in Händen, sondern in einem Kranz dolchartiger Zähne aus. Doch statt ihn zu beißen, begnügte sich die Chimäre damit, Tjornes Brustkorb zusammenzupressen.

Verzweifelt nach Luft schnappend, ließ der Gefährte die Axt mit dem Keilerkopf fallen. Der Schild hing nur noch schlaff an den Halteriemen.

Ohm Follker bohrte der Angreiferin einen Dolch bis zum Heft in den Rücken.

Die Chimäre zog ihre Umarmung noch fester zusammen.

Tjornes Krötenhaut war eine gute Rüstung, aber sie war gedacht, um Stiche und Schnitte abzuhalten. Gegen Druck nützte sie nichts, dafür war sie zu flexibel.

Phileasson hörte die Rippen seines Freundes knacken.

Das Fauchen der Chimäre ging im allgemeinen Lärm der Höhle unter, aber die Kreatur mochte über andere Möglichkeiten verfügen, um Verstärkung herbeizurufen. Phileasson musste schnell handeln.

Er unterdrückte einen Kampfschrei, als er mit zwei Schritten Anlauf auf einen hüfthohen Felsen sprang und sich von dort zu einem weiten Satz abstieß. Seine Klinge beschrieb einen blitzenden Bogen. Er traf meisterlich. Fejris hackte so tief in den Nacken, dass er das Breitschwert loslassen musste, weil es feststeckte.

Ohne einen Laut sackte die Chimäre in sich zusammen.

Phileasson landete federnd neben der sterbenden Kreatur. Aus der Nähe betrachtet erschien sie wie eine missratene Kreuzung aus Elf und Schlange. Auch der Unterkörper war der eines Reptils, das sich gleitend über den Boden bewegt hatte.

Tjorne wand sich aus der erschlaffenden Umarmung.

Der Kopf der Kreatur baumelte vor der Brust. Wie ein Sack Getreide fiel der schwere Körper auf die Seite. Fejris klirrte auf den Stein.

Phileasson und Ohm nahmen die Waffen wieder an sich.

»Galandel, Salarin!« Der Drachenführer nickte zu Tjorne. »Kümmert euch um ihn.«

Der Gefährte musste sich setzen. Japsend rang er nach Luft.

Während die Elfen leise Heilgesänge anstimmten, warfen die anderen den toten Gegner in den Magmasee. Phileasson bemerkte die respektvollen Blicke, als er das dunkle Blut von der Schwertklinge wischte.

»So leicht wird es nicht immer werden«, warnte er seine Ottajasko. »Seid auf der Hut.«

»Ich habe ihn nicht kommen sehen«, keuchte Tjorne. »Der Dunst hat das Ding bis zuletzt verborgen.«

»Wir müssen achtsamer sein.«

Phileasson sah in die wogenden Nebelstreifen, die vor dem glühenden Licht des Magmas unruhige Schatten schufen. Er war sich nur allzu bewusst, wie leicht es wäre, ihnen einen Hinterhalt zu legen. Was für Albträume mochten sich noch in dieser weiten Höhle verbergen?

Wenigstens waren die Geräusche gleich geblieben. Noch immer stieß Metall auf Metall, aber anders als in einem Kampf. Es gab Rufe in einer fremden Sprache, Zischen und Knacken.

Phileasson suchte den Blick seiner Gefährten. Er sah Sorge, aber auch Entschlossenheit.

»Wir sind in den Himmelsturm gekommen, um Antworten zu finden«, sagte er. »Jetzt holen wir sie uns, das wohl!«

Tylstyr und Vascal nickten zustimmend. Die anderen wirkten zögerlicher. Salarin schien noch immer in seinen Gedanken gefangen zu sein, und Galandel runzelte sogar missbilligend die Stirn.

»Vorwärts!«, befahl er, bevor die Zweifel wuchsen. Sie folgten dem Rohr, das aus dem Kessel ragte, bis es in einen umgedrehten Trichter mündete. Dieser spannte sich über ein brodelndes Wasserloch. Gelbe Ablagerungen bedeckten die Felsen in der Nähe, und die trüben Schwaden rochen nach Schwefel.

»Ein Geysir«, meinte Vascal. »Aber das allein dürfte nicht reichen, um das Wasser in dieses Rohr zu zwingen.«

»Denk daran, was wir in den Büchern gesehen haben«, erinnerte Tylstyr. »Die Nachtalben verfügen über Kräfte, die jene der Mechanik beugen können.«

Salarin hockte sich hinter einen Felsen. »Dort vorn ist jemand.« Auch diese Feststellung kam mit einer schwer zu greifenden Beiläufigkeit, deren Ursprung kein Desinteresse zu sein schien. Am ehesten passte sie zu einem über alle Maßen abgebrühten Veteranen.

»Kommt enger zusammen!«, befahl Phileasson. »Dies ist die letzte Möglichkeit, Waffen und Rüstungen zu überprüfen. Wir werden schnell und gnadenlos zuschlagen müssen, bevor die Nachtalben ihre Zauber wirken können.«

Er sah Irulla an. »Finde heraus, was uns erwartet.«

Die weiße Spinne auf ihrem halb rasierten Kopf schien mit den Beinen zu zucken, als sie nickte. Dann verschwand sie in den Schwaden. Die schweigsame Waldmenschenfrau war beinahe so schwer zu verstehen wie die Elfen. Sie wirkte gelöst, ja fast glücklich. Ab und an spielte kurz die Andeutung eines Lächelns um ihre Lippen. Die schwüle Hitze der Höhle erinnerte sie wohl an ihre Heimat, vermutete Phileasson. Sie trug kaum noch Kleidung, gerade mal Stiefel, einen Schurz und ein leichtes, an den Seiten offenes Lederhemd. War dies Sitte bei ihrem Stamm? Erinnerte sie sich überhaupt an die Heimat, aus der man sie als Kind verschleppt hatte?

Die Gefährten kauerten sich nieder und warteten. Es war besser, wenn sie nicht alle ziellos durch die Dunstschwaden tappten. Irulla war eine Meisterin darin, sich lautlos zu bewegen. Es war klug, sie allein erkunden zu lassen.

Die Zeit dehnte sich endlos. Abdul schlief ein und schnarchte leise. Vascal und Tylstyr tuschelten über die Geheimnisse der Bücher, die sie gefunden hatten. Galandels Miene war schwer zu deuten. Die großen grünen Augen der Frau wirkten aufmerksam, aber ihr Interesse schien nicht der Umgebung zu gelten. Eher schon lauschte sie in sich hinein. Galandel meinte, dieser Ort zehre an ihrer Kraft, und in der Tat wirkte die weißhaarige Elfe außergewöhnlich erschöpft.

Plötzlich tauchte Irulla aus den Schwaden auf. Sie zog einen Mann hinter sich her, der viel muskulöser war als sie selbst. Er hatte zwar auch bleiche Haut, war aber kein Nachtalb, sondern ein Mensch, den Phileasson wegen der schräg stehenden Augen für einen Nivesen hielt. Ein gewickeltes Tuch bedeckte seine Scham. Zahlreiche Narben und der Schorf kaum verheilter Wunden zeichneten seinen Körper. Der Gefangene war gänzlich kahl, noch nicht einmal Augenbrauen zierten das breite Gesicht.

»Solche wie er arbeiten hier«, erklärte Irulla. »Sie schmelzen etwas an den Magmabecken. Chimären bewachen sie, und Nachtalben führen die Aufsicht.«

»Wie viele?«, fragte Phileasson.

Irulla zuckte die Achseln. »Ich habe nicht alles gesehen. Ein paar Dutzend Sklaven. Eine Handvoll Chimären. Wenigstens zwei Nachtalben.«

»Geweihte oder Krieger?«

»Sie tragen Rüstungen.«

»In dieser Hitze!«, wunderte sich Ohm.

Der breitschultrige Mann stand mit gesenktem Kopf neben Irulla wie ein Kind, das bei einem Streich erwischt worden war. Phileasson bemerkte, dass nicht alle Verfärbungen auf der Haut ihre Ursache in Staub oder Blutergüssen hatten. Hellblaue Schattierungen zogen sich über die Brust und über die linke Schulter. An den Beinen fanden sich ebensolche Flecken.

Phileasson wollte Vascal darum bitten, das Wunder der Verständigung von seinem Gott zu erflehen, doch Crottet sprach den Mann bereits im Nujuka der Nivesen an.

Der Sklave hielt den Blick gesenkt, antwortete aber.

»Er hat einen seltsamen Dialekt«, meinte Crottet, »aber ich kann ihn verstehen. Er sagt, er habe keinen Namen, weil er keinen brauche, um den Herren zu dienen.«

»Spricht er von den Nachtalben?«

Crottet und der Mann wechselten einige Sätze.

»Ja, aber er nennt sie Shakagra'e.«

»Das bedeutet ›Widersacher des Lichts‹.« Das erste Mal seit den Bleikammern weckte etwas echtes Interesse bei Salarin.

»Sag ihm, dass wir nichts mit seinen Herren zu tun haben«, bat Phileasson. »Wir wollen ihm helfen.«

»Wobei?«, übersetzte Crottet.

Ja, wobei? Die Aufgabe, die Phileasson lösen sollte, um König der Meere zu werden, hatte nichts mit diesem bedauernswerten Gefangenen zu tun. »Wir sind hier, um Antworten zu finden«, sagte er mehr zu sich selbst als zu dem Mann.

»Ich glaube, die haben wir«, meldete sich Shaya Lifgundsdottir.

Prüfend musterte Phileasson das sommersprossige Gesicht der rothaarigen Geweihten. »Sagst du das als Schiedsrichterin?«

Shaya presste die Lippen aufeinander, bevor sie zur Seite sah. »Das darf ich nicht. Die Entscheidung, ob du die gestellte Aufgabe gelöst hast, liegt bei Mutter Cunia und der Obersten Hetfrau. Ich kann nur bei unserer Rückkehr berichten, was du getan und herausgefunden hast.«

»Aber du weißt nicht sicher, ob das reichen wird?«, setzte Phileasson nach, während Crottet weiter mit dem Sklaven redete und Tjorne und Eichward die Umgebung im Auge behielten.

»Du bist unser Anführer«, mischte sich Ohm vorsichtig ein. »Ich folge dir bis in Hranngars Schlund, das weißt du. Aber wir wissen jetzt mehr über Ometheon, als uns die Sagas erzählen, die ich kenne. Und es gibt kaum jemanden, der mehr kennt als ich, das wohl.« Er blinzelte. »Ich muss sogar gestehen, dass einiges, was die Sagas berichten, die Wirklichkeit verfälscht. Im Himmelsturm lebte ein uraltes Volk, aus dem die heutigen Elfen hervorgegangen sind, das wohl. Aber dieses Volk war Aventurien nicht fremd. Die Hochelfen sind hierhergekommen, um den Göttern gleich zu sein. Wie es scheint, haben sie einen hohen Preis dafür gezahlt, und am Ende hat das Gezücht, das ihre falsche Göttin ausgebrütet hat, die letzten Überlebenden versklavt.«

Phileasson nickte. »Offenbar herrschen hier nun die Nachtalben.«

»Das wohl.« Nie hatte Ohm die oft genutzte thorwalsche Bestätigungsformel mit solcher Niedergeschlagenheit in der Stimme ausgesprochen. »Wir kennen die Lage des Himmelsturms. Wir haben ihn von der Spitze bis in seine Tiefen durchschritten. Wir wissen, dass ein Mann namens Ometheon nicht nur diese Stadt begründete, sondern auch die Magierphilosophie, und dass er von Pardona gestürzt wurde. Ihre Anhänger leben noch heute hier, und sie halten menschliche Gefangene. Einige, wie Abdul, schneidet Pardona auf, um weiteres Wissen für die Erschaffung immer neuen unheiligen Lebens zu gewinnen. Die Glücklicheren schuften hier unten.«

»Aber warum?«, fragte Phileasson. »Welchen Dienst leisten diese Sklaven für ihre Herren, die niemals den Himmelsturm verlassen? Was wollen ...«

»Da irrst du«, unterbrach ihn Galandel. »Sowohl an den Lagerfeuern der Firnelfen als auch an denen der Nivesen erzählt man von bleichen Geistern in schwarzen Rüstungen, die über das Eis wandern.«

»Auch die Arjolf-Saga berichtet von solchen seltsamen Wesen, die er im Eis eingeschlossen gefunden hat, als der Nordmeerfahrer die Insel der Schneeschrate umrundete«, erinnerte Ohm.

»Erliege nicht auch du den Verlockungen des Turms«, ermahnte ihn die Elfe. »Wir haben so vieles herausgefunden. Es ist eine dunkle, eine schreckliche Melodie, der wir hier gelauscht haben. Aber sie gehört zu dieser Welt, und sie gehört zu meinem Volk. Ich hätte früher hierherkommen sollen, um dann dem Salasandra der Goldregenglanzsippe ...«

Phileasson schnitt ihr mit einer harschen Geste das Wort ab.

Galandel verlegte sich auf brütendes Schweigen, und Ohm bedachte ihn mit skeptischen Blicken.

Sie warteten und lauschten auf die unverständlichen Worte der beiden Nivesen. Phileasson fragte sich, ob er tatsächlich weit genug gegangen war. Oft schon hatte er ferne Küsten erkundet, aber nie hatte er sich so fern von allem Vertrauten gefühlt wie dieses Mal. Sollte er umkehren, um das gewonnene Wissen zu sichern? Musste er das sogar, um die ihm anvertraute Ottajasko zu retten? Oder wäre das Feigheit?

Er stellte sich Beorn vor, wie er gemeinsam mit ihm in der Halla der Obersten Hetfrau stünde. Nur einen würde Garhelt zum König der Meere machen: denjenigen, der die meisten der zwölf Aufgaben löste. Wie weit würde Beorn gehen, um den Ruhm für die Erforschung des Himmelsturms zu ernten? Ein Stich fuhr in Phileassons Herz, als er sich ausmalte, dass der Blender, der vor allem ein Plünderer und Krieger war, ihn ausgerechnet hier, bei der Erkundung des Unbekannten, übertreffen könnte. Bislang galt Phileasson als größter und ruhmreichster Entdecker Thorwals. Welche Aufgaben mochten noch auf die beiden warten? Gut möglich, dass welche darunter waren, die eher einem Krieger als einem Forscher lagen. Solche, bei denen sich Phileasson deutlich schwerer als Beorn täte, auch wenn er das noch nicht einmal Ohm gegenüber zugeben würde.

»Sie schmelzen Sand und gießen daraus gläserne Platten«, berichtete Crottet schließlich, was er erfahren hatte und erlöste Phileasson damit von seinem peinigenden Grübeln. »Diese Platten werden abgeholt und in die Tiefe geschafft.«

»Es geht noch weiter hinunter?«, rief Vascal so laut, dass Phileasson ihn mit einem strafenden Blick bedachte.

»Er sagt, dass die Nachtalben in der Tiefe wohnen, aber er weiß nicht, wie es da aussieht. Sie dulden dort nur Ihresgleichen und die Wächter. So nennen sie die Chimären. Er meint, dass ein Dutzend Wächter hier sind, und halb so viele Nachtalben. Bald wird die Schicht wechseln, deswegen sind die Geschickteren unter den Sklaven eingeteilt, die Glasplatten so auf Wagen zu verladen, dass sie beim Transport keinen Schaden nehmen.«

»Wofür braucht man so viel Glas?«, fragte Ohm.

»Das weiß er nicht. Er sagt, er habe es bisher nicht wissen müssen, um seine Pflicht zu erfüllen.« Crottet zögerte.

»Was?«, setzte Phileasson nach.

»Er hat mich gebeten, ihm einen Finger abzuschneiden, falls ich über sein Unwissen betrübt sei.«

Die Gefährten wechselten stumme Blicke.

»Wir müssen diese Menschen befreien«, erklärte Shaya mit tonloser Stimme. »Die Götter werden uns niemals verzeihen, wenn wir solches Unrecht bestehen lassen.« Die Geweihte sah sie einen nach dem anderen eindringlich an. »Vielleicht ist das unsere eigentliche Prüfung.«

»Ich habe wenig Lust, dabei zuzusehen, wie Pardona mir in der Krypta den Bauch aufschlitzt.« Tjorne griff an seine Knochenkette, als gäbe sie ihm Halt.

»Das ist nicht ganz falsch«, bekräftigte Phileasson. »Wenn man über das Seil des Wagemuts geht, muss man wissen, dass darunter der Abgrund des Leichtsinns lauert.« Ihm missfiel, wie die Geweihte plötzlich die Initiative ergriff. Sie war nur eine Beobachterin, es stand ihr nicht zu, Entscheidungen zu treffen!

Shaya schluckte. »Du bist der Foggwulf. Niemals werde ich dir Feigheit unterstellen.«

»Und daran tust du gut«, knurrte Phileasson. »Auch diesen Bedauernswerten ist nicht geholfen, wenn wir in Gefangenschaft geraten.«

Crottet fragte den Mann etwas, woraufhin sich ein kurzer Wortwechsel entspann. Danach sah der Gefährte noch nachdenklicher aus.

»Ich wollte wissen, ob schon einmal eine Flucht versucht wurde. Er hat meine Worte verstanden, aber nicht den Sinn dahinter. Er begreift nicht, was Freiheit ist. Sein Daseinszweck besteht im Dienst an der Herrin.«

»Wurde er in Sklaverei geboren?«

Crottet schüttelte den Kopf. »Er stammt von einem Ort, den er ›Tal der Herrin‹ nennt. Immer wieder kommen Nachtalben dorthin und nehmen die Stärksten und Geschicktesten mit sich. Irgendwann war er an der Reihe.«

»Und sie wehren sich nicht?«, staunte Ohm.

»So seltsam es klingt – ich glaube, der Gedanke kommt ihnen nicht.«

Phileasson vermochte sich nicht vorzustellen, wie man so leben konnte. Forschend betrachtete er den Gefangenen, der immer noch mit gesenktem Haupt vor ihnen stand. Es sah ganz so aus, als habe er immer noch nicht begriffen, dass sie keine Sklaventreiber waren.

»Sieh dir an, wie er dasteht!«, ereiferte sich Tjorne. »Wie ein Stück Vieh, bereit, abgestochen zu werden. Wenn wir den befreien wollen, müssen wir ihn den Turm hinauftragen, den ganzen Weg bis zu den Eiseglern. Und dann wird er wahrscheinlich verhungern, wenn ihn niemand füttert.«

»Also bist du dafür, umzukehren?«, fragte Phileasson.

»Das wohl! Ich meine, hier unten gibt es keine Beute zu machen. Wir steigen wieder nach oben, und dabei sammeln wir etwas von diesem goldenen Zierrat ein, den sowieso niemand mehr benutzt.«

»Vielleicht sind wir nur ein paar Schritt von völlig neuen Erkenntnissen entfernt«, sagte Vascal in beschwörendem Ton. »Wir haben gehört, dass es noch weiter hinabgeht.«

»Und welche Schrecken mögen uns dort erwarten?«, herrschte ihn Ohm an. »Ich will nicht für deine eitle Neugier verrecken!«

»Schrecken, auf die wir die Welt vorbereiten könnten«, hielt Vascal ihm entgegen. »Nur was man kennt, kann man bekämpfen.«

»Das ist nicht der Grund, aus dem du in diese Tiefen absteigen willst.« Ohm baute sich drohend vor dem Gelehrten auf. »Sei wenigstens ehrlich, eitler Stutzer, und schwafele nicht von selbstlosen Heldentaten. Du gierst nur nach immer weiterem Wissen, bis du daran erstickst, das wohl!«

Phileasson fuhr sich durch den Bart, während er den Sklaven musterte. Seine Haltung entsprach Tjornes Beschreibung.

»Wer über das Schicksal von Menschen entscheidet, soll ihnen wenigstens in die Augen sehen«, sagte Phileasson, um den Streit zu beenden. »Wir werden uns noch etwas weiter umschauen. Ich will wissen, wie diese Sklaven leben.«

Fünfte unterirdische Ebene,
achtzehnter Tag im Goimond

Die feuchtwarmen Dunstschwaden machten es unmöglich, die Größe der Höhle zu schätzen. Mehrere Magmaseen beleuchteten den Bereich, in den Asleif Phileasson mit seiner Ottajasko vordrang. Sie hielten sich abseits eines freigeräumten Hauptweges, um die Deckung von Geröll und Stalagmiten auszunutzen. Der Lärm der Arbeiten überdeckte das Geräusch ihrer Schritte. Phileasson erspähte Schemen im Dunst, die zu Menschen gehören mochten, oder aber zu Nachtalben. Stets waren auch die massigen Schattenrisse der chimärischen Wächterkreaturen in der Nähe.

Noch immer rangen gegensätzliche Wünsche in Phileassons Brust. Er wollte mit eigenen Augen sehen, wie die Sklaven lebten und wie ihre Aufseher sie behandelten. Zugleich war ihm klar, dass es kein angenehmer Anblick werden würde, vielleicht sogar einer, der die Walwut genannte Raserei wecken konnte, die ihn zwar noch nie erfasst hatte, von der er aber fürchtete, dass sie tief in ihm schlummerte. Er wollte dem Himmelsturm die letzten Geheimnisse entreißen, aber er wollte auch die Langhäuser seiner Heimat wiedersehen und sich dort für seine neuen Entdeckungen rühmen lassen. Nie war ein Thorwaler so weit nördlich gewesen wie er!

Wie er ... und Beorn.

Phileasson knirschte mit den Zähnen. Die Ottajasko hatte geschworen, ihm, ihrem Drachenführer, zu folgen, aber auch er hatte einen Eid abgelegt. Er war für seine Recken verantwortlich. Kühnheit durfte er von ihnen verlangen, Selbstaufgabe nicht.

In ihrem Bemühen, die Sklaven im Blick zu behalten, zugleich aber selbst unentdeckt zu bleiben, erreichten sie schließlich eine raue Höhlenwand.

»Gitter«, flüsterte Galandel Mutter-der-Schrate.

Einige Nischen waren wohl mit Meißeln und Brechstangen erweitert worden, sodass sie als abgeschlossene Unterkünfte dienen konnten. Phileasson erspähte Eimer und Lager aus feucht glänzendem Laub für ein Dutzend Gefangene. Die Gittertür, mit der sich die Öffnung verschließen ließ, stand offen. Abdul wirkte sehr nachdenklich, als er eine der Eisenstangen umfasste und die Tür in den Angeln vor und zurück bewegte. »Muss ich wieder eingesperrt werden?«, fragte er.

Sanft löste Shaya seine Hand und schüttelte traurig lächelnd den Kopf.

Leomara stellte sich vor Abdul und umarmte seine Taille. Ihr eigentlich brünettes Haar war durch die feuchten Schwaden dunkler geworden, beinahe schwarz. Abdul fuhr mit den Fingern hindurch, als wollte er es kämmen. Ein friedlicher Ausdruck breitete sich auf seinem Gesicht aus.

Einige Schritt weiter folgte eine zweite Unterkunft, die jedoch nicht vollständig verlassen war. Eine bleiche Gestalt lag im Halbschatten.

Phileasson brauchte kein Kommando zu geben, damit seine Recken in einen Halbkreis ausschwärmten und sicherten, als er mit Salarin Trauerweide und Vascal della Rescati die Nische betrat.

Der Mann war groß und kräftig gebaut, zitterte aber am ganzen Leib. Phileasson hockte sich neben ihn, sprach ihn an und schüttelte ihn sachte an der Schulter. Erst dann erkannte er, dass die dunklen Flächen auf der Haut nicht Verfärbungen waren wie bei dem anderen Sklaven. Es handelte sich um sauber gestochene Hautbilder. Wellen legten sich wie ein Band um den Brustkorb, ein Wal blies über dem Sonnengeflecht, und eine Axt mit einer Schutzrune auf dem Blatt bedeckte die rechte Schulter.

Phileasson schluckte. Er war nicht der erste Thorwaler, der den Himmelsturm betreten hatte. Allenfalls war er der Erste, dem dies ohne Fesseln gelungen war.

Sie stützten den Mann, um ihn aufzurichten, wobei sie achtgaben, nicht in die Wunden des zerschlagenen Rückens zu fassen. Auch der Thorwaler war vollständig kahl, noch nicht einmal Wimpern hatte er. Sein ausgezehrter Körper war mit Prellungen bedeckt. Graue Schlieren zogen sich durch blinde Augen. Ob er sie bemerkte, war nicht zu erkennen. Er zuckte und zitterte ununterbrochen.

Phileasson sprach mit ihm, doch der Gefangene reagierte nicht darauf. Sobald sie ihn nicht mehr stützten, sackte er wieder zu Boden.

»Wir holen dich später«, sagte Phileasson, war aber unsicher, ob er dieses Versprechen halten könnte. Widerstrebend entschied er auch, Salarin von einer Heilung der Wunden durch eines seiner Zauberlieder abzuhalten. Falls ein Nachtalb zum Gefangenen käme, würde er dieses Zeichen ihrer Anwesenheit unweigerlich bemerken.

In der Haupthöhle hatten die Gefährten ein ovales Becken mit lauwarmem Wasser gefunden, das ihnen erlaubte, ein paar erfrischende Schlucke zu trinken und das Gesicht ein wenig von juckendem Ruß und Schweiß zu befreien. Auch Phileasson gestattete sich die Erquickung. Er dachte zurück an die Halla der Obersten Hetfrau, wo Shaya mit der Schüssel die Reihe der Recken abgeschritten hatte. Damals hatten sie sich alle im selben Wasser gewaschen und waren so zu einer Ottajasko geworden. Er spürte eine tiefe Dankbarkeit in sich und nahm sich vor, diese bei nächster Gelegenheit den Frauen und Männern zu zeigen, die ihm so tapfer und treu durch alle Schrecken und Gefahren folgten.

Plötzlich rissen die Dunstschwaden auf und gaben den Blick auf zwei riesige Gestalten frei.

»Swafnirs Kraft mit uns!«, entfuhr es Ohm Follker.

Auch Phileassons Herz setzte einen Schlag aus. Dann erkannte er, dass die fünf Schritt großen Giganten nur aus dem Fels gehauene Statuen waren. Die Ähnlichkeit zu den Fratzen auf dem Bronzeportal am Beschwörungsraum der Krypta war so augenfällig, dass es sich nur um Dämonen handeln konnte. Der rechte hatte fünf Arme, von denen einer nach vorn aus der Brust wuchs. Hinzu kamen fledermausartige, auf dem Rücken zusammengefaltete Flügel. In den Knien öffneten sich zahnbewehrte Mäuler, aus der Stirn quollen vier säbelartige Hörner um ein einziges geschlossenes Auge.

Auch die Lider im Gesicht der zweiten Statue waren geschlossen. Ihre drei Hörner drehten sich in Spiralen wie Korkenzieher. Die Ohrmuscheln fächerten weit auf, die wulstigen Lippen erinnerten an einen Fisch, und der rechte Arm bildete eine Schere wie bei der Chimäre, die sie in der Krypta bekämpft hatten. Der linke dagegen hatte Proportionen wie bei einem riesenhaften Menschen und hielt eine Hellebarde mit gezackter Klinge.

Zwischen den Statuen befand sich ein schwarzes Tor. Je eine goldene, mit Schwingen versehene Sonne schmückte seine beiden Flügel. Der mit behauenen Steinen ausgelegte Hauptweg führte dort hinein.

Phileasson ermahnte Vascal, sich beim Bemühen, alle Einzelheiten zu erfassen, nicht zu weit aus der Deckung zu wagen. Aus der anderen Richtung hörten sie jetzt neben den Arbeitsgeräuschen auch vermehrt gerufene Befehle.

Der gefangene Thorwaler bewies, dass nicht alle Sklaven aus dem Tal der Herrin stammten. Falls noch mehr von ihnen aus Phileassons Heimat kamen oder zumindest frei geboren waren, bestand die Möglichkeit eines Aufstandes. Gemeinsam mit dem Überraschungseffekt mochte das reichen, um Nachtalben und Chimären zu überwältigen. Wie viele Gefährten hatten mehr als eine Waffe dabei, die sie den Befreiten geben könnten? Phileasson trug außer Fejris noch ein Wurfbeil, Ohm ein ganzes Arsenal an Dolchen …

Als sich die Schwaden verdichteten, schlichen sie am Hauptweg entlang auf die Geräusche zu. Sie entdeckten zwei Nachtalben, die überwachten, wie ein Karren mit Glasplatten beladen wurde. Eine schneckenartige Chimäre, so groß wie ein Bulle, war vor das Gefährt gespannt. Ihre absurd lange Zunge peitschte zur Seite und traf die schlanke Taille einer jungen Frau mit langem, schwarzem Haar, deren Züge die Tulamidin aus dem Land der Ersten Sonne verrieten. Ihr Gesicht zeigte den Ekel über den Schleim, der ihre bronzefarbenen Haut hinablief, aber da sie gemeinsam mit einem männlichen ausgezehrten Sklaven eine Glasplatte trug, konnte sie nichts dagegen unternehmen. Vorsichtig stellten die beiden ihre Last in eine Halterung und deckten ein Tuch darüber.

»Hol mir die zwei, wenn es sich machen lässt«, forderte Phileasson Irulla auf.

Die Waldmenschenfrau huschte in den wogenden Nebel und brachte kurz darauf tatsächlich den Mann zu einem Treffpunkt zwischen einigen aufragenden Felsen. Der Sklave fiel ungeachtet des steinigen Bodens vor Phileasson auf die Knie und reckte die Hände der Höhlendecke entgegen, über der das ganze Massiv des Himmelsturms stand. »Praios, Herr des Rechts, dir sei Dank!«, rief er mit unterdrückter Stimme. »Meine Gebete wurden erhört.« Er sprach fehlerloses Garethi, wie man es nur bei jemandem fand, der im Mittelreich aufgewachsen war.

»Du bist also ein Jünger des Gottes von Sonne und Gesetz«, stellte Phileasson fest.

»Ich habe die Ehre, ihm mein Leben geschenkt zu haben.« Er zog Phileassons Hand an die Lippen. »Ich bin Donator Lumini Praioslob.«

»Ein Geweihter.«

»So ist es. Und auch hier bin ich stets standhaft geblieben, über all die Zeit ... Welches Jahr schreiben wir?« Die tief in den Höhlen liegenden Augen bettelten um Nachrichten aus der Welt jenseits dieses Ortes der Qualen. Dichtes Narbengeflecht überzog den nackten Oberkörper. Immerhin hatte der Mann noch Haare, wenn sie auch nur einen schütteren, blonden Kranz bildeten, der die rote, von Feuchtigkeit glänzende Kopfhaut einrahmte.

»Man zählt das eintausendundsiebte Jahr nach dem Fall der Stadt Bosparan«, sagte Phileasson. »Mittlerweile müsste der achtzehnte Tag des Goimonds angebrochen sein. Bei euch wacht die Göttin Tsa über diesen Mond.« Als Seefahrer war Phileasson mit den Zeitrechnungen der bedeutendsten Reiche vertraut.

»Zwei Jahre ...« Praioslobs Blick drohte sich zu verlieren, aber er riss sich zusammen. »Wir müssen uns beeilen. Bald kommt die Ablösung, dann sehen wir uns doppelt so vielen der verderbten Kreaturen gegenüber.«

Zweifelnd musterte Phileasson die ausgemergelte Gestalt. »Könnt ihr kämpfen?«

Immerhin lebte der Wunsch nach Freiheit noch in Praioslob. Der Sklave, dem sie zuerst begegnet waren, hatte sie gefragt, ob er weiterleben dürfe, weil sie ihm eingeschärft hatten, dass er keinen Hinweis auf ihre Anwesenheit geben solle. Ihm war selbstverständlich erschienen, dass man ihn tötete, sobald er jemandem zur Last fiele oder gar zur Gefahr würde. Dass die Gefährten nur wollten, dass er sich versteckt hielt, hatte sein Begreifen beinahe überfordert.

»Befreit mich oder gebt mir eine Klinge, damit ich meiner elenden Existenz ein Ende setzen kann!«, forderte Praioslob. »Nun, da der Herr der Sonne mich die Hoffnung schauen ...«

Ein markerschütternder Schrei ließ die Gefährten zusammenzucken.

»Das kam von dem Tor mit den Dämonenstatuen!«, zischte Ohm.

»Wo ist Vascal?«, wollte Phileasson wissen. Als er ihn nicht fand, blieb sein Blick an Leomara hängen. »Wo ist dein Onkel?«

Das Mädchen war den Tränen nahe. »Er hat gesagt, ich soll bei euch bleiben.«

»Möge der Wal einen dicken Haufen auf ihn scheißen!« Ohms Fluch war wohl besser zu hören, als er selbst es beabsichtigt hatte. Die Geräusche von Aufsehern und Arbeitern waren verstummt. Nicht nur den Gefährten war das Kreischen in die Glieder gefahren.

Hastige Schritte näherten sich aus Richtung des Tors auf dem ausgelegten Weg. »Ein einzelner Mann, der vor seinem Tod davonlaufen will«, sagte Irulla.

Phileasson rannte über das Geröll zum Weg. »Hier, Vascal!«, rief er. Ein Mitglied seiner Ottajasko war in Gefahr. Auch wenn Vascal sich idiotisch verhalten hatte – Phileasson gab keinen seiner Recken auf. Die Zeit der Vorsicht war vorbei, jetzt wurde gemeinsam gekämpft, das wohl!

Die Schritte gingen in ein Schlittern über. Nun erkannte Phileasson den Schattenriss zwischen den Schwaden und kurz darauf eine Handvoll weitere. Sie kamen von links, und nur einer war nicht wenigstens einen Schritt größer als der Liebfelder.

Vascal erreichte ihn. »Die Augen ...« Er atmete heftig. »Die Statuen haben die Augen geöffnet.«

»Dann sollen sie jetzt sehen, wie Helden kämpfen! Zieh endlich deine Klingen blank!«

Was die bloße Kraft anging, waren die chimärischen Wächter jedem außer Eichward überlegen. Phileasson und seine Gefährten mussten also auf Schnelligkeit setzen. Und bei den Nachtalben …

Er presste die Zähne zusammen. Auch die ließen sich mit ehrlichem Stahl töten. Es war an der Zeit, herauszufinden, wie viel diese schwarzen Rüstungen aushielten, das wohl!

»Wohin?«, wollte Ohm wissen.

»Wir holen einen von uns ab«, gab Phileasson zurück, während sie sich bereits vom Hauptweg entfernten. »Dann zur Wendeltreppe und aufwärts.«

Grimmig nickte der alte Freund.

Die Hoffnung, die Schwaden könnten sie auch jetzt noch verbergen, löste sich auf, als zwei Wächter schärfere Konturen gewannen und brüllend auf sie zustürmten. Phileasson schickte ihnen jeweils drei Recken entgegen, während Salarin, Shaya und Vascal mit Leomara den halb toten Thorwaler aus der Zelle holen sollten.

Diese Umgebung bot genug Raum für Eichwards Bidenhänder. Es sah beinahe aus wie ein Holmgang, ein Zweikampf auf einer kleinen Insel, wie ihn zerstrittene Seeleute austrugen, als sich der Ritter dem Gegner stellte, der selbst ihn überragte. Trotz des Gewichtes schwang er die Klinge in weiten, miteinander verbundenen Kreisen, sodass eine Attacke in die nächste überging.

Der Wächter kannte weder Abwehr noch Ausweichen. Bislang hatte er sich bestimmt immer auf seine rohe Kraft verlassen. Er schritt in die Bahn der Waffe und verlor dadurch eine Klaue. Dumpf schrie er auf.

An der anderen Seite hatten Ohm und Tjorne größere Probleme, ihren Gegner mit aneinandergelegten Rundschilden aufzuhalten, damit Crottet in den Rücken gelangen konnte.

»Bleibt in Bewegung!«, rief Phileasson ihnen zu.

Ohne hinzusehen, reichte er Praioslob sein Wurfbeil.

»Damit kann ich nicht umgehen«, sagte der Geweihte.

»Dann lerne es besser schnell.«

Die Kampfgeräusche hallten durch die Höhle. Die aufragenden Felsen mochten die Richtung verfälschen, und auch um jede Dampfschwade war Phileasson froh, aber ihre Feinde würden gewiss bald herausfinden, dass sich keiner der Gefährten mehr am Tor bei den Dämonenstatuen befand. Am liebsten hätte Phileasson die Wächter zurückgelassen und wäre zur Wendeltreppe gerannt, aber dann hätte er die Sklaven aufgeben müssen, auch den Mann aus Thorwal.

Irulla duckte sich unter einem von Eichwards Hieben hindurch und rammte der Chimäre ihren Speer in die Kehle. Die massige Gestalt zuckte noch einmal, dann brach sie zusammen.

»Manchmal muss der Tod ohne Umschweife kommen, Ritter«, sagte sie und befreite mit einem Ruck ihre Waffe.

»Habt ihr ihn geheilt?«, fragte Phileasson, als die Gefährten mit dem Thorwaler kamen.

»Salarin meinte, dafür sei keine Zeit«, sagte Shaya.

Da behielt der Elf recht. Als er sich des Arms entledigte, den er über seine Schultern gelegt hatte, sodass Vascal den Befreiten jetzt allein stützte, zeichneten sich bereits die nächsten massigen Schatten ab. Der zweite Wächter war noch immer nicht besiegt, Ohm rollte über den Boden.

Noch länger so nahe bei dem Portal zu kämpfen, hieße zu sterben, erkannte Phileasson. Swafnir allein wusste, wie viele Feinde die Tiefe ausspeien würde. »Weg hier!«, rief er entschlossen. »Zurück zur Treppe!«.

Er wollte Ohm aufhelfen, aber als er ihn erreichte, stand sein Freund bereits wieder. Er wischte sich Blut von der Wange. »Nur eine Schramme.«

Sie schlugen einen Bogen um einen Magmasee, wobei sie in die

Dunstschwaden spähten, um jedem Schatten auszuweichen, der einen weiteren Gegner anzeigen mochte. Rufe in fremder Sprache hallten durch die Höhle.

»Was ist mit den anderen Sklaven, Foggwulf?«, rief Shaya.

Er schloss die Faust fester um den Elfenbeingriff des Breitschwertes. »Wo sind sie?«, fragte er Praioslob.

Immerhin war die Konstitution des Geweihten gut genug, dass der Lauf über das Geröll ihn nicht außer Atem brachte. »Die meisten arbeiten an den Schmelzen.« Er deutete mit dem Beil nach links in den Nebel.

Für lange Überlegungen fehlte die Zeit. Phileasson führte seine Leute in die angegebene Richtung.

Sie trafen auf einen Wächter, dem ein Gewimmel von Tentakeln aus der linken Schulter wuchs. Damit peitschte er ein halbes Dutzend Sklaven vor sich her.

Salarin jagte ihm einen Pfeil in den Schädel, aber das Geschoss blieb stecken und bewirkte nur, dass sich der Wächter ihnen zuwandte und aus allen drei Mäulern brüllte.

»Kämpft um euer Leben!«, rief Phileasson den Sklaven zu. Auch Crottet schrie etwas, vielleicht dasselbe in der Sprache der Nivesen. Nur eine Frau reagierte, indem sie faustgroße Steine auf den Wächter schleuderte. Die anderen kauerten sich lediglich mit demütig gesenkten Köpfen nieder.

Weitere Chimären tauchten aus dem wirbelnden Weiß auf. Mit ihnen kamen zwei Nachtalben.

Einer der beiden, dem ein schneeweißer Zopf seitlich auf die Brust hing, spreizte die Hände. Kugeln aus wogendem Schwarz formten sich darüber. Es wurde merklich dunkler. Wie auch oben im Tempel sog dieser Zauber die Helligkeit der Umgebung in sich auf. Bestimmt wollten die Nachtalben ihren Gegnern keine Deckung verschaffen. Phileasson vermutete vielmehr, dass ihre pupillenlosen Augen deutlich besser in der Dunkelheit sahen als die der Gefährten.

»Shulinai!«, rief Praioslob und winkte der Frau, mit der er gemeinsam die Glasplatten verladen hatte. Sie war die Einzige, der statt ein paar Haarstoppeln ein üppiger Schopf wuchs. Er warf Phileassons Wurfbeil in ihre Richtung. »Das ist deine Freiheit!«

Die Waffe landete mehrere Schritt von ihr entfernt, aber davon ließ sich die Tulamidin nicht entmutigen. Unter der schnappenden Schere eines Wächters hindurch hastete sie über den felsigen Boden. Dann wurde es zu dunkel, als dass Phileasson sie weiter hätte beobachten können.

»Hierher!«, brüllte er mit derselben Donnerstimme, die an Bord der *Seeadler* selbst das Toben von Stürmen übertönte, und hoffte, dass die Sklaven den Sinn seiner Worte erfassten. »Kommt zu uns!«

Aus Tylstyrs Fingern gleißte ein Flammenstrahl zu den Nachtalben hinüber.

Den Effekt konnte Phileasson nicht sehen, weil er von hinten gepackt und zu Boden gerissen wurde. Gerade rechtzeitig, denn wo eben noch sein Kopf gewesen war, stieß ein Arm, aus dem scharfkantige Knochen brachen, durch die Luft.

Salarin hatte ihm das Leben gerettet. Der Elf ließ ihn sanft auf den Schotter gleiten, führte die Bewegung in einer Drehung weiter und trat gegen die Gliedmaße des Wächters. Gleichzeitig riss er den Degen aus der Scheide. Als er den Fuß absetzte, drückte er sich sofort ab und streckte Bein, Körper und Arm durch, sodass sein gesamter Körper einer schräg aufwärts weisenden Lanze glich. Die dünne Klinge durchstieß den Hals des Wächters und trat am splitternden Hinterkopf wieder aus.

Phileasson staunte. »So habe ich noch niemanden kämpfen sehen«, murmelte er, während Salarin ihm aufhalf, als sei er ein alter Mann.

»Die Ehre des Leibwächters besteht darin, das Leben von Bedeutenderen zu retten«, sagte der Elf.

Phileasson fehlte die Muße zu überlegen, wie er das nun wieder meinte. Crottet schrie gequält auf, als ein aus der Dunkelheit kommender Nachtalb einen schweren Säbel in seine Seite schlug. Hätte er noch den Anorak aus Seehundleder getragen, wäre wohl etwas von der Wucht der Klinge abgehalten worden. Da auch er den Großteil der Kleidung wegen der Hitze abgelegt hatte, fetzte das schwarz glänzende Metall ungehindert durch seine Flanke und zog einen Bogen aus Blut hinter sich her. Etwas davon spritzte sogar in die Gesichter der apathisch kauernden Sklaven, denen offensichtlich jede Vorstellung fehlte, dass sie sich ein besseres Leben erkämpfen könnten.

Der Nachtalb hielt sich nicht mit dem zusammenbrechenden Nivesen auf. Er schien erkannt zu haben, wer die Kommandos gab, und kam auf Phileasson zu. Sein Gesicht war hinter dem Visier eines Helmes verborgen, der ebenso schwarz war wie die restliche Rüstung. Nur einige silbrige Haarsträhnen lugten darunter hervor und zeugten davon, dass er ihn in Eile aufgesetzt hatte. Statt Sichtschlitzen lagen schimmernde Kristalle vor den Augen.

»Na komm schon!«, brüllte Phileasson und hob seinen eisengefassten Schild.

Salarin stieß die Finger in einer ähnlichen Geste vor, wie Tylstyr sie benutzte, wenn der Magier die Flammenlanze schleuderte, und sang einige Silben in seiner zweistimmigen Sprache. Bei ihm schoss jedoch kein Feuer aus der Hand.

Der Nachtalb ließ seinen Säbel fallen, riss beide Hände vor die Kristalle und taumelte rückwärts.

Salarin ballte die Linke zur Faust und holte aus. Niemals hatte sich die elfische Sprache in Phileassons Ohren so aggressiv angehört wie jetzt. Aber darum konnte er sich nicht kümmern. Er schlug einen Bogen um Salarin und eilte zu Crottet. Der Nivese erbrach Blut.

»Wach bleiben!« Phileasson hockte sich zwischen den Gefährten und den taumelnden Nachtalben, wobei er sich selbst und den Verwundeten mit dem Schild schützte.

»Nur ein Kratzer«, gurgelte Crottet.

Salarin schloss seinen Zauber mit einem Schrei ab und stieß die Faust vor. Obwohl gut fünf Schritt zwischen ihm und dem Ziel lagen, krümmte sich der Nachtalb, als sei er in den Bauch getroffen. Auch die Rüstung schien nichts von der Wucht abzuhalten.

Salarin sprang gerade noch rechtzeitig zur Seite, um den schwarzen Flammen eines Nachtalbenzaubers zu entgehen. Das war nicht von den Gegnern gekommen, die sie bisher bekämpft hatten! Ein weiterer Nachtalb griff aus den immer dichter werdenden Schatten in den Kampf ein.

Phileasson steckte das Schwert weg, um die rechte Hand freizubekommen. Crottet schrie vor Schmerz, als er ihn rückwärts über den Boden schleifte, vorbei an dem Wächter, aus dessen Schädel noch immer Salarins Degen ragte, und hinter einen Felsen.

»Heile ihn!«, rief er dem Elfen zu.

»Meine Aufgabe besteht darin, dich zu schützen«, widersprach Salarin. »Ich muss dich in Sicherheit bringen, Drachenführer.«

Phileasson schüttelte verärgert den Kopf. »Hältst du dich jetzt für meine Amme, Spitzohr? Crottet verreckt gerade!«

»Meine Sorge muss dir gelten.«

»Du hast den Verstand verloren, das wohl!« Aber das allein erklärte noch nicht, was in diesem Kampf geschah. Salarin focht besser als jeder Schwertmeister, und anstatt etwas von der Harmonie der Umgebung zu erzählen, in die sich seine Magie einfügen müsse, zerschmetterte er ihre Feinde mit Kampfzaubern.

Galandel fand sie und begann sogleich, Crottet zu versorgen.

Die Schönheit ihres Gesangs bildete einen solchen Gegensatz zum Durcheinander aus Blut und Stahl um sie herum, dass sie Phileasson die Tränen in die Augen trieb. Shaya schützte Leomara, Abdul quoll Rauch aus dem Mund, obwohl er ansonsten wohlauf schien. Die anderen Gefährten schlugen sich mit den Wächtern, und ein Dutzend Sklaven verstärkten inzwischen ihre Reihen. Mehr würden sie nicht retten können. Jene, die apathisch am Boden kauerten, würden nicht den Willen aufbringen, der Freiheit entgegenzustreben. Jeder Versuch, sie hier herauszubringen, wäre vergeblich.

Der Thorwaler, den sie entdeckt hatten, hockte neben der Elfe. Galandels Lieder hatten seinen zerschlagenen Rücken geheilt, aber die älteren Verletzungen erreichten sie nicht mehr. Er blieb blind und so schwach, dass sie ihn hätten tragen müssen. Daran war überhaupt nicht zu denken. Sie würden auch ihn zurücklassen müssen.

Phileasson zog einen Armreif ab und drückte ihn dem Thorwaler in die zitternde Hand. Er schloss die Finger des Mannes darum, damit sie die Drachenhäupter und Runen, die vom Stolz der Seefahrer kündeten, ertasten konnten. »Du wirst nicht vergessen werden«, versprach er.

Galandel hatte einigen Erfolg bei Crottet. Die Blutung war gestillt, und er stand wieder auf eigenen Beinen, auch wenn sein Gesicht bleich wie Milch war und er schwankte. Phileassons Respekt vor dem Gefährten wuchs. Der Überlebenswille des Nivesen stemmte sich gegen sein Schicksal.

»Was ist mit dem Nachtalben, dem du so zugesetzt hast?«, fragte Phileasson Salarin.

»Sie haben ihn geborgen.«

»Warum hast du ihm nicht den Rest gegeben?«

Seltsam ruhig sah Salarin ihn an. »Einen Toten hätten sie zurückgelassen. Um einen Verwundeten werden sie sich kümmern. Das verlangsamt sie und verschafft uns einen Vorsprung.«

»Dieser Ort bekommt dir nicht«, stellte Phileasson fest.

»Wir sollten aufbrechen.«

Anders als in der Krypta konnten sie in der weiten Höhle ihre überlegene Geschwindigkeit nutzen. Phileasson sorgte dafür, dass sich die Gefährten aus den Kämpfen mit den trägen Chimären lösten. Zügig zogen sie sich entlang des Hauptweges zurück. Gut ein Dutzend befreite Sklaven kamen mit ihnen, darunter auch die Tulamidin. Er hoffte, dass das Blut auf ihrem Körper nicht ihr eigenes war.

An der Wendeltreppe teilten sie zügig die Ausrüstung auf. Phileasson erkannte, dass sie viel zu wenig Kleidung hatten, um die Geretteten vor der grimmigen Kälte der oberen Stockwerke oder gar der Eiswüste zu schützen. Dieses Problem würden sie lösen müssen, sobald sie eine Atempause bekamen.

Tylstyr stieß einen erschrocken Ruf aus und deutete auf eine Lücke zwischen den Nebelschleiern. Dort näherte sich im gestreckten Lauf eine Chimäre, wie sie noch keine gesehen hatten. Der Kopf eines Elfen saß auf dem Körper eines riesigen Wolfes. Die Bestie war um ein Vielfaches schneller als die Wächter, denen sie bisher begegnet waren.

»Lauft!« Salarin schoss einen Pfeil ab.

12 DER GROSSE PARK

*Aufstieg zur ersten unterirdischen Ebene,
achtzehnter Tag im Goimond*

Salarin Trauerweide war bewusst, dass er sich verändert hatte, aber ihm fehlte die Muße, darüber zu meditieren, während sie die Wendeltreppe aufwärts hetzten. Tylstyr Hagridson wollte die Schriften holen, die er in einem Nebenraum des Tempels zurückgelassen hatte, aber Asleif Phileasson entschied sich für den schnellsten Weg nach oben. Die enge Stiege, die das Schlafgemach mit Ometheons Palast verband, hätte sie langsamer vorwärtskommen lassen als die breite Wendeltreppe. Zudem hätten sie die Positionen innerhalb der Marschreihe nur in den Verbindungsgängen wechseln können, sodass der Letzte allein den Angriffen der Verfolger ausgesetzt gewesen wäre.

Die Wächter lärmten unter ihnen. Das Echo machte es schwer, den Abstand zu schätzen, jedenfalls waren sie so weit entfernt, dass sie hinter der Windung verschwanden. Annähernd elfische Rufe, teilweise sogar mit zwei Stimmen in rauer Melodie ausgestoßen, mischten sich mit tierischen Lauten wie Schmatzen, Keckern und Brüllen.

Als Tylstyr dennoch Anstalten machte, die Schriften zu bergen, packte Salarin seinen Nacken und stieß ihn vorwärts, in die Richtung, die sein König befohlen hatte.

Salarin runzelte die Stirn. Warum dachte er von Phileasson als seinem König? Er war ihr Anführer, ein Hetmann und Drachenführer, aber kein gekröntes Haupt. Wenn Salarin die Lider schloss, schob sich ein anderes Gesicht vor die Züge des Thorwalers. Eines mit edler, elfischer Miene, amethystfarbenen Augen und langem, kastanienbraunem Haar. Salarin hatte dieses Antlitz vor Kurzem noch gesehen, wahrscheinlich hier im Himmelsturm, aber er erinnerte sich nicht mehr an die Gelegenheit, bei der das geschehen war.

Auch diesen Gedanken schob er beiseite. Wider Erwarten führte die Wendeltreppe nicht zur Spitze des Himmelsturms, sondern endete wenige Höhenschritt über dem Tempel in einem Pavillon, dessen sechzehn Säulen ein Kuppeldach hielten. Auf der linken Seite erstreckte sich ein Sumpf, über dem Schnaken summten, überall sonst wucherte dichte Vegetation. Salarins Wanderungen hatten ihn nie in den tiefen Süden Aventuriens geführt, aber nach den Erzählungen, die Wanderer in der Goldregenglanzsippe vorgetragen hatten, stellte er sich so den Dschungel vor. Die Vegetation an diesem Ort ähnelte dem bewachsenen Streifen um den See im Tal der Donnerwanderer, wo sie das Mammut gefangen hatten.

Die schwülwarme Luft traf Salarin wie ein nasses Handtuch. Einige Sklaven, die bereits außerhalb des Pavillons standen, stießen erstaunte Rufe aus, und auch die Gefährten blickten nach oben.

Salarin verstand, was sie überraschte, als er ebenfalls ins Freie trat. Denn so wirkte es: Über ihnen spannte sich der leicht bewölkte Himmel eines sonnigen Tages. Aber Salarin erkannte sofort, dass daran etwas falsch war. Die Wolken wirkten flächig, wie aufgehängte Wäsche, dabei hätten die Sonnenstrahlen den Dunst an ihren Rändern stärker durchdringen müssen als ihr dichtes Zentrum. Und dort, wo eine Felswand hinter den wuchernden Pflanzen zu erkennen war, schloss sie nach oben hin so gerade ab, als sei sie mit einem riesigen Schwert abgetrennt worden.

Salarin steckte den Säbel, den er dem geflohenen Nachtalben abgenommen hatte, in den feuchten Humus und griff nach dem Bogen. Ohne zu zielen, schoss er einen Pfeil in den Himmel.

Mit einem harten Knacken zerbrach er, bevor er zehn Schritt aufgestiegen war.

»Eine Illusion«, erkannte Vascal della Rescati. »Wir befinden uns noch immer in einer Höhle.«

Dass es sich tatsächlich um eine natürlich entstandene Höhle handelte, wie bei jenem Ort, aus dem sie die vierzehn Sklaven befreit hatten, die mit ihnen gekommen waren, bezweifelte Salarin. Hier erhoben sich weder Felsen aus dem Boden noch ragten Stalagmiten auf. Die alten Hochelfen hatten den Raum für diesen Dschungel wohl mit Meißel und Zauberkraft geschaffen. Aber das war ohne Belang. Salarin musste seinen König schützen, die Kreaturen des Feindes stiegen aus der Tiefe empor.

Er griff sie an, während sie noch auf den Stufen standen. Die schwarze Klinge des Säbels bohrte sich in ein blutrotes Auge. Er drehte die Waffe in der Wunde, bevor er sie mit einem Tritt gegen den Kopf freiriss. Trotz der Verletzung lebte der Wächter noch. Seine missgestalteten Pranken wischten durch die Luft, während er dumpf brüllte und dabei grünlichen Speichel verspritzte. Aber er stürzte nach hinten, seinen nachrückenden Kameraden entgegen.

»Salarin! Hier entlang!«, rief Phileasson.

Salarin gehorchte seinem König. Ein halbwegs frei gehauener Pfad zog sich durch den Dschungel. Frühere Besucher hatten unübersehbare Spuren hinterlassen. Hier und dort waren Blüten von Büschen geschnitten worden, auch einen plätschernden Brunnen hatte man vom Gestrüpp befreit, sodass man sich darum versammeln konnte.

Phileassons Leute hasteten weiter. Die Tatsache, dass sie nicht mehr an den Magmaseen schufteten, sich gegen ihre Herren erhoben und ihnen zumindest für den Moment entkommen waren, überwältigte einige Sklaven. Sie weinten so heftig, dass sie von ihren Leidensgenossen an den Händen geführt werden mussten.

Es gab auch andere. Firutin etwa, der schon aus Tobrien die Arbeit in einer Schmelze gewohnt war, hatte geistesgegenwärtig den schweren Hammer mitgenommen, mit dem er unten Gestein zerkleinert hatte. Während des Aufstiegs hatte er damit die Klaue eines Wächters zermalmt.

In der dichten Vegetation hausten ganze Schwärme von Raben. Problemlos verstand Salarin die Rufe, die sich in das empörte Krächzen darüber mischten, dass die Gefährten ihre Ruhe störten.

»Hütet euch vor den ›Tiefen‹, denn ihre Augen sind überall.«

»Wo wir Schutz finden sollten, werden wir gefangen gehalten.«

»Glaubt an das, was ihr selbst geschaffen habt, oder es wendet sich gegen euch!«

Geschmeidig schlängelte sich Salarin durch die vor ihm Laufenden bis zur Spitze der Kolonne, wo er seinen Platz neben Phileasson einnahm. Der Pfad weitete sich um einen zehn Schritt breiten, fensterlosen Turm. Wo er in die Decke überging, hatten die Künstler den Eindruck erweckt, er durchstieße einen Ring aus Wolken. Als die Gefährten ihn umrundeten, stieß Phileasson einen Jubelschrei aus. Hinter einem torlosen Durchgang leuchteten die aufsteigenden Stufen einer Wendeltreppe.

Seitlich davor stand eine Granitstatue, die einen Greif mit zwei Schritt Widerristhöhe darstellte. Sie war das Werk eines wahren Meisters. Berührt von so viel Kunstfertigkeit hielt Salarin inne. Die Augen wirkten, als erwiderten sie seinen Blick, der Schnabel war lebensecht asymmetrisch, und es wirkte, als sei ein Windstoß in das Federkleid an Kopf und Schwingen gefahren. Die Krallen an den Raubvogelbeinen drohten wie stoßbereite Dolche, während die löwenartigen Hinterläufe sprungbereit aussahen.

Praioslob wischte den Schweiß von der Stirn und dem beinahe kahlen Schädel und fiel mit ausgebreiteten Armen vor der Statue auf die Knie. Der Greif war das Symbol seines Gottes. Verspürte der Geweihte eine ähnliche Ergriffenheit wie Salarin im verlassenen Heiligtum der alten Götter nördlich der Insel der Schneeschrate?

Auch diese Erinnerung mischte sich mit anderen, fremden und doch vertrauten Bildern. Salarin sah die nachtschwarze, luchsköpfige Statue der Zerzal, den Drachen Pyr'Dakon, Orima mit ihrem Füllhorn und die sich ständig wandelnde Nurti. Sie alle standen seit Jahrtausenden verlassen auf einer Felsnadel im ewigen Eis. Doch Nurti lächelte auch auf das warme Bad herab, in dem sich Salarin gemeinsam mit anderen Elfen entspannte, während ein Sänger das Lied von Aldarin der-in-den-Wipfeln-wacht vortrug. Die Kronen lebenssatter Bäume vereinten sich zu einem grünen Gewölbe, durch das Sonnenlicht glitzerte, und ein Faun brachte süßen Saft in kristallenen Kelchen.

Salarin verscheuchte die Vision mit heftigem Kopfschütteln. Hinter ihnen kündigte das Knacken im Geäst an, dass sich die Wächter über den Pfad näherten, der zu eng für sie war. Salarin stellte sich breitbeinig neben dem Eingang zur Wendeltreppe auf, steckte den Säbel neben sich in den Humus und machte den Bogen schussbereit. »Geh voran, mein König, ich halte sie auf!«

»Ich bin kein ...«, setzte Phileasson an.

Praioslobs Schmerzensschrei unterbrach ihn.

Der steinerne Greif bewegte sich so geschmeidig wie ein Wesen aus Fleisch und Blut! Sein Krallenhieb hatte den Geweihten in einen Dornenbusch geschleudert. Die Schwingen schlugen auf und nieder, wie man es bei echten Flügeln erwartet hätte, nur dass sich die nachgebildeten Federn nicht im Luftzug regten. Sie knirschten aber auch nicht wie Stein, der sich rieb.

Phileasson sprang dem Greif in den Weg.

Den Bogen fallen zu lassen, den Säbel zu fassen und sich zwischen Phileasson und die Gefahr zu werfen, wurde zu einer einzigen Bewegung. Salarin brüllte den Greif an und hieb die Klinge mit solcher Kraft gegen den steinernen Schnabel, dass sie einen Elfen in der Mitte zerteilt hätte.

Singend prallte das schwarze Metall ab.

Salarin machte sich auf einen Hieb mit einem der Vorderbeine gefasst, die denen eines riesenhaften Adlers glichen, aber der blieb aus. Stattdessen wandte sich die lebende Statue gegen Tjorne Warulfson, der seitlich auf sie eindrang.

Shaya Lifgundsdottir und Leomara sammelten indessen die Befreiten und schoben sie durch den Eingang die Treppe hinauf. Klirrender Stahl kündete davon, dass sich andere Gefährten den Wächtern entgegenstellten.

Salarin konzentrierte sich auf die Wut in seinem Innern. In seinem Kopf formte er eine dissonante Melodie, die dennoch das Lied dieses Ortes und sogar des Greifen aufnahm, gegen den sie sich richten würde. Er sang den Zauber auf eine Weise, von der er wusste, dass sie ihm bis vor Kurzem noch widersinnig erschienen war.

Die Statue wehrte Tjornes Angriffe erst gar nicht ab. Stattdessen schlug der Greif selbst zu.

Der Recke hielt den Schild über den Kopf, als er sich abduckte.

Die Krallen des steinernen Fangs schrammten darüber.

Salarin stieß die linke Faust vor und sandte die zauberische Kraft mit mehr geschrienen als gesungenen Silben gegen den Greifen. »Fial Miniza Dao'Ka!«

Der Kampfzauber zeigte keine Wirkung.

Tjorne warf sich nach vorn und schlug die Axt von unten in den steinernen Bauch. Das Blatt blieb stecken, der Schaft brach.

Mit einem schnellen Blick versicherte sich Salarin, dass Phileasson derzeit außer Gefahr war. Dann nahm er drei Schritt Anlauf und sprang auf den Rücken des Greifen. Er klammerte sich an einem Flügel fest und schlug mit dem Säbel auf den Kopf ein. Funken sprühten und Steinsplitter flogen davon, aber die Statue kümmerte sich nicht darum und wandte sich nun dem König zu. Salarin hörte die Lust zu töten, die in dem steinernen Geschöpf dröhnte. Sie schuf ein Echo in ihm selbst.

»Ich flehe dich an, bring dich in Sicherheit!«, rief der Elf.

Kampfesmut loderte in den Augen des Drachenführers, als er mit vorgestrecktem Kampfschild und erhobenem Breitschwert auf den Greif zustürmte.

Das linke Vorderbein stoppte ihn, auch wenn er sich nicht zurückwerfen ließ. Fejris krachte gegen den Hals, richtete dort aber ebenso wenig aus wie Salarins Säbel.

Firutin, offenbar einer der letzten Sklaven, die noch nicht auf der Treppe waren, schlug seinen Hammer in die Flanke des Löwenkörpers. Mit dem kopfgroßen Brocken, den er hinausbrach, hatte er den bisher größten Erfolg.

Den Preis dafür zahlte er, als der Greif sich herumwarf, ihn mit dem Schnabel packte und fortschleuderte. Ein weiterer Befreiter, den schrägen Augen nach ein Nivese, rannte mit einem Dolch gegen die lebende Statue an. Unbarmherzig rammte ein Fang gegen seine Brust und drückte ihn auf den Boden. Ein wuchtiger Schnabelhieb riss den Bauch auf, rote Fetzen trafen Galandel.

Die Elfe hastete zu Firutin. Furchtlos beugte sie sich über den Gestürzten, an dem der Greif augenblicklich das Interesse verlor. War es möglich, dass die Elfen des Himmelsturms der Statue eingegeben hatten, die Angehörigen ihres Volkes zu verschonen?

Salarin sprang zu Boden, rannte vor den Gegner und schlug ihm den Säbel gegen den Kopf.

Zwar zeigte auch das kaum Wirkung, aber Salarins Vermutung bestätigte sich. Obwohl der Greif ihn sehen musste, griff die Bestie ihn nicht an.

Trotzdem brauchte Salarin eine wirkungsvollere Waffe, zumal der Gegner jetzt den Zugang zur Treppe blockierte.

»Ich kümmere mich um ihn!«, rief er Phileasson zu.

»Gut!«, gab dieser zurück. »Dann halte ich die Chimären auf.«

Besorgt sah Salarin dem König nach. Statt des weißblonden schien Phileasson langes, rotbraunes Haar zu haben, das über seinen Schultern wogte, und eine kostbare Rüstung zu tragen, über die sich Verzierungen aus glitzerndem Kristall zogen.

Diese Erinnerungen, die nicht die seinen waren, brachten Salarin durcheinander. Dennoch war er überzeugt, dass dies nicht das Werk der Geister des Himmelsturms war. Was immer er sah – es stieg aus seinem Inneren empor.

Er nahm den Hammer auf, den Firutin fallen gelassen hatte. Er war nur ein schweres, plumpes Werkzeug – und damit genau das Richtige, wo die Eleganz flinker Klingen nichts auszurichten vermochte. Salarin versetzte dem Greifen einen ersten wuchtigen Hieb gegen die linke Schulter. Feine Risse bildeten sich im Stein, doch seine einzige Reaktion bestand darin, ein Vorderbein zu einer behäbigen Abwehr zu heben. Salarins zweiter Angriff traf das Bein oberhalb des Fangs, wo es am dünnsten war. Es brach ab.

Das Ungeheuer wandte den Kopf und sah auf ihn herab, als vermöchte es nicht zu verstehen, warum er sich gegen es wandte. Sein nächster Hieb zertrümmerte den blutbesudelten Schnabel. Der Erfolg im Kampf gegen den belebten Stein war wie ein Rausch. Salarin schlug Brust und Kopf des Greifen in Stücke. Seine Arme brannten, das Herz trommelte wie ein galoppierendes Pferd gegen seine Rippen. Aber er schlug wieder und wieder zu, so schnell und so fest er konnte.

Er fürchtete bereits, den gewaltigen Leib Stück für Stück zertrümmern zu müssen, aber als ein schwerer Treffer dem Greifen den Kopf von den Schultern trennte, fiel die Statue donnernd um und verhielt sich nun so, wie es sich für unbelebten Stein gehörte.

Er rief die anderen und gab den Hammer an Firutin zurück. Galandels Zauber hatte den Arbeiter so weit wiederhergestellt, dass er aus eigener Kraft gehen konnte, aber der Elfe selbst war die Erschöpfung anzusehen. Nicht einmal die astralen Ströme des Himmelsturms ermöglichten die unablässige Anwendung magischer Kraft.

Phileasson trieb seine Ottajasko die Treppe hinauf, doch nicht alle Chimären waren überwunden. Eine, bei der ein verwachsener, riesenhafter Elfenoberkörper auf einem Schlangenleib saß, glitt mit schaurigem Lachen heran. Dies war die erste Chimäre, bei der Salarin einen Harnisch sah. Die Schrammen auf der Rüstung kündeten davon, dass sich die Gefährten bereits erfolglos daran versucht hatten, das Ungeheuer zu besiegen.

Salarin verwarf den Gedanken, einen Kampfzauber einzusetzen. Galandels schwankender Gang war ihm eine Warnung.

Die Wächter verharrten, um sich zu sammeln. Sie alle waren lebendiges Zeugnis von Pardonas Wahn, mit dämonischer Hilfe Leben zu erschaffen, das den Regeln der Götter spottete.

Als Letzter, unmittelbar hinter Phileasson, betrat Salarin die Treppe. Von oben wehte ihm ein eisiger Luftzug entgegen.

Das Krächzen eines Raben folgte ihm. »Wägt ab, woran ihr glaubt! Es wird wahr!«

War dies die Lehre des Himmelsturms? Das Rätsel, das Phileasson lösen sollte, um König der Meere zu werden?

Aber war er denn nicht schon seit Jahrhunderten gekrönt?

Immer wieder diese Verwirrung! Salarin machte sich an den Aufstieg.

Vor sich hörte er Phileasson mit Tylstyr sprechen, auch wenn er die beiden noch nicht sah. Es ging darum, die Treppe zu blockieren, damit die Wächter und vor allem die Nachtalben, die noch kommen mochten, ihnen nicht so leicht folgen könnten. Der Magier gestand seine Ratlosigkeit.

Als Salarin zu den anderen aufschloss, sah er, dass auch Abdul el Mazar auf einer der breiten Stufen bei Phileasson stand. Seine Stirn lag in tiefen Falten, und er brabbelte vor sich hin. »Meine Bücher. All meine Forschungen. Die Namen meiner Kollegen. Und der schöne Wüstensand zwischen den Seiten. Alles weg.«

Als der Novadi in die Hände klatschte, erfüllte ein Donnern wie von einer abgehenden Gerölllawine den Treppenaufgang. »Versiegelt in der Tiefe.«

Etwas griff nach Salarins Fuß und hielt ihn mit unnachgiebiger Kraft gefangen. Der Elf stürzte bei dem Versuch, sich loszureißen.

Er vermochte sich kaum umzuwenden, weil sich sein Fuß nicht um ein Haarbreit bewegen ließ. Eine dunkle Masse blockierte hinter ihm den Treppenschacht. Eine unregelmäßige Fläche, aus der Schlieren aufstiegen, wie steingewordene Rauchfahnen. Und eine dieser Schlieren umschlang seinen Fuß. Er brauchte einen Moment, um zu verstehen, dass die dunkle Masse, die den Bereich unter der leuchtenden Stufe füllte, Erz war. Offenbar hatte Abdul dieses Element, das sie an allen Seiten umgab, verformt. Nun versperrte es die Treppe, wie eine eiserne Klappe, die nicht aufgestoßen werden konnte. Das war genau das, was sie brauchten. Nur hatte das Erz auch Salarins Fuß eingeschlossen.

Abdul schob sich zwischen Phileasson und Tylstyr hindurch und ging weiter nach oben, als habe er eine Aufgabe erledigt, die keiner Erläuterung bedurfte.

»Er ist nicht bloß ein Gelehrter«, erkannte Tylstyr. »Er ist ein meisterlicher Magier.« Mit ungläubigem Blick betrachtete er das Erz. »Und was für einer.«

»Wir werden Salarin nicht zurücklassen«, bestimmte Phileasson.

»Geht, mein König. Rettet Euch, mein …« Salarin wurde sich bewusst, was er da sagte.

Tylstyr sah ihn verwundert an und blickte dann zu Phileasson, der lediglich mit den Achseln zuckte.

»Damit werde ich fertig«, meinte der Magier schließlich, und Salarin war ihm dankbar, dass er nicht nachfragte, warum er den Schiffsführer König nannte. Er hätte ihm darauf keine Antwort geben können. Unter Tylstyrs Händen wurde das Erz um Salarins Fuß formbar wie Wachs, bis sich der Elf befreien konnte.

»Können unsere Verfolger das auch?«

Der Magier nickte. »Vermutlich. Ich glaube nicht, dass diese Erzwand sie länger als eine Stunde aufhalten wird.«

13 GEFRORENE SEGEL

*Bodenebene,
achtzehnter Tag im Goimond*

Vergeblich versuchte Shaya Lifgundsdottir, das Zittern zu unterdrücken. Shulinai, die schwarzhaarige Tulamidin, die sie befreit hatten, trug jetzt ihren Fellumhang. Er war der schlanken Frau zu kurz, aber da sie darunter bis auf ein Lendentuch nackt war, hätten auch ein paar zusätzliche Spann nicht geholfen. Trotzdem war Shaya stolz auf die Ottajasko, denn jeder trug dazu bei, den neuen Gefährten wenigstens ein bisschen zu helfen. Alle hatten von ihrer Kleidung abgegeben.

So, wie sie immer wieder abwechselnd die Füße vom kalten Boden hoben, ähnelten die Befreiten stelzenden Vögeln. Alle froren in der weiten Halle, wo halb fertige Eissegler unter Kränen in Ankerbuchten standen, die an die Kaianlagen eines Hafens erinnerten. Ihr Atem malte Wolken in die Luft. Daheim in Thorwal hatte Shaya damit gern herumgespielt und versucht, Kringel zu formen. Doch hier war der Winter keine Freude, er drohte, das Leben zu erwürgen. Die Gefahr des Kältetods war allgegenwärtig. Die befreiten Sklaven hielten die Arme eng um die Oberkörper geschlungen und schlotterten in der eisigen Luft, die Segler und Hafenanlagen mit feinen Eiskristallen überpudert hatte.

Phileasson hatte sie bei erster Gelegenheit von der Treppe

geführt. Sie mussten Kleidung finden, die sie wärmte, oder die Ersten würden erfrieren, noch bevor sie die hinter dem Ratssaal in der klirrend kalten Luft schwebenden Eissegler erreichten.

Die Leuchtkugeln an der Decke schienen nur schwach, aber das reichte aus, um die Ausmaße der weiten Halle zu erahnen. Sie war wenigstens einhundertfünfzig Schritt lang. Ihre unregelmäßige Form ließ vermuten, dass sie zumindest zum Teil aus bereits im Fels vorhandenen Höhlen entstanden war. Sie musste dem Himmelsturm einst als Werft und Handelshafen gedient haben. Die hölzernen Kaianlagen schienen entstanden zu sein, um die hochbordigen Segler auf ihren schnittigen Kufen leichter entladen zu können. Vielleicht war es den Hochelfen aber auch darum gegangen, das vertraute Bild eines Hafens nachzuempfinden. Schließlich bewiesen die Gemälde, die es überall in Ometheon gab, welche Sehnsucht seine Bewohner nach ihrem früheren Leben gehegt hatten. Shaya vermochte nicht im Ansatz zu verstehen, wie die Erbauer des Turms gedacht hatten. Kein vernünftiger Mensch würde eine Stadt im ewigen Eis gründen. Aber Elfen ... Sie seufzte und sah sich um. Vielleicht lagerten ja irgendwo Handelsgüter. Womöglich sogar Kleider ...

Am anderen Ende der Halle erhob sich ein großes, zweiflügeliges Tor, das aus Metall gefertigt zu sein schien. So hoch und weit war es, dass jeder der Eissegler es ohne Mühe hätte durchqueren können.

Schlotternd zogen sie los, auf der Suche nach allem, was den Frost aus ihren Gliedern zu bannen vermochte.

An einem der Eissegler fanden sie eine Laterne. Shaya nahm sie auf und schüttelte sie. Im Innern schwappte das Öl.

Sie zog den rechten Handschuh ab. »Herr Ingerimm, Meister der Schmiede«, betete sie mit klappernden Zähnen, »Herrin Travia, ich bitte euch, schenkt uns vom Feuer der Esse.«

Sie fühlte die Geborgenheit göttlichen Wohlwollens, das sie durchströmte. Mit der winzigen Flamme, die vor der Spitze ihres

Zeigefingers erschien, entzündete sie den Docht. Sie gönnte sich einen Augenblick, in dem sie ihre Finger wärmte, dann schloss sie das Glas und zog den Handschuh wieder an.

Tylstyr Hagridson hatte seinen Zauberstab als Fackel auflodern lassen, wie schon oft im Himmelsturm. Wohl auch deswegen suchten die Gefährten seine Nähe, aber sein Feuer reichte nur für Wenige, und auch die zitterten noch immer. Asleif Phileasson und Ohm Follker bestaunten das Gerippe eines Eisseglers, den Tylstyr beleuchtete. Das unvollendete Werk gewährte einen guten Blick auf die Kunstfertigkeit der Schiffsbaumeister. Die tragenden Balken stachen nach oben wie die Rippen eines Meeresungeheuers. Nur die untersten Planken waren verlegt. Über allem lag eine dünne Eisschicht. Dieses Gefährt wäre noch größer geworden als der Eissegler mit dem Symbol der geflügelten Sonne am Heckkastell, der vor dem Ratssaal vertäut lag.

Phileasson riss sich vom Anblick los. »Sucht nach Kleidung«, befahl er. »Alles, was irgendwie wärmt. Abduls Erzbarriere wird unsere Feinde nur kurz aufhalten. Vielleicht kennen sie auch noch einen anderen Weg herauf.«

Shaya dachte an die schmale Stiege, die sie selbst genommen hatten. Vom Tunnel, der die Treppe mit dem Hafen verbunden hatte, war eine kleine Abzweigung abgegangen. Ein Korallensymbol, das Leomara gut gefallen hatte, verzierte den steinernen Bogen über dem Durchgang. Konnten die Wächter von dort zu ihnen vordringen?

»Kommt zu mir«, forderte sie die Befreiten auf. »Bleibt eng beieinander. So wärmen wir uns gegenseitig.«

Die Ansammlung von fünfzehn schlotternden Menschen linderte die Kälte nur unwesentlich, auch wenn sich niemand beklagte. Gemeinsam schritten sie durch die Halle dem Tor entgegen und passierten dabei zwei steile Treppen an der Seitenwand der Hafenhalle. Beide führten aufwärts. Ihre Feinde aber waren irgendwo unter ihnen. Von hier würde wohl keine Gefahr drohen, versuchte Shaya, sich zu beruhigen. Und wenn die Bestien über die Wendeltreppe kämen, böte sich hier eine Möglichkeit zur Flucht.

»Liegt hinter diesem Tor die Freiheit?«, fragte Praioslob mit rauer Stimme.

Shaya hob die Laterne, um die mächtigen Eisenflügel zu beleuchten. Feuchtigkeit hatte sich wie Reif darauf niedergeschlagen. »Ich fürchte, wir müssen noch einen weiten Weg hinaufgehen, bis wir zu unseren Seglern kommen.«

»Aber hier stehen doch genug davon«, wandte eine der Sklavinnen ein.

Shaya kämpfte gegen die Verzweiflungstränen, die ihr in die Augen stiegen. Selbst wenn sich dieses Tor öffnen ließe, würde jeder von ihnen dem grimmigen Frost zum Opfer fallen, bevor sein Herz fünfzig Schläge täte.

»Herr des Lichts, so sehr habe ich zu dir gefleht …« Andächtig drückte Praioslob die Handflächen gegen das Eisen.

Zu spät bemerkte Shaya, dass er keine Handschuhe trug. »Pass auf!«, schrie sie, aber da klebte Praioslobs Haut bereits an der eiskalten Oberfläche fest.

Er versuchte, die Hände zu lösen, hielt jedoch inne, als er merkte, dass er sich damit die Haut abreißen würde.

»Nicht bewegen«, riet Shaya. »Und achte darauf, dass nicht noch mehr Haut mit dem Metall in Berührung kommt.«

»Müsst ihr mich losschneiden?«, fragte er erstaunlich gefasst.

»Nein. Aber du brauchst Geduld.« Sie sah zurück in die Halle, wo sich die Recken aufgeteilt hatten, um Kleidung zu suchen. Phileasson sortierte brauchbare Seile und Segel aus, wohl, um die Schiffe damit auszurüsten.

»Crottet!«, rief Shaya. Der Nivese kannte sich mit solchen Problemen bestimmt am besten aus.

Als er sich die Misere besah, furchten Sorgenfalten seine Stirn. »Wenn wir ihn losreißen, werden seine Handflächen zu offenen Wunden. Die Elfen müssten sie gesund singen.«

»Dafür ist Galandel zu erschöpft.« Salarin erwähnte Shaya erst gar nicht. Natürlich könnten sie ihn fragen, aber seit er die Botschaften gelesen hatte, die die gefangenen Elfen in die Bleiwände geritzt hatten, benahm er sich seltsam. Seine erstaunliche Kampfkunst hatte der Ottajasko vorläufig das Entkommen ermöglicht, aber sie machte den sonst so sanftmütigen Elfen für Shaya auch unheimlich.

»Ich habe mein Leben dem Gott geweiht, der die Gesetze der Welt erlassen hat!«, rief Praioslob. »Ihr müsst tun, was ihr für richtig haltet, aber ich werde meinen Körper nicht durch einen Zauber besudeln lassen!«

Als Geweihte der Travia durfte Shaya auch die Hilfe der anderen Zwölfgötter erbitten, wie die kleine Flamme, die eine Gnade Ingerimms war. Peraine gewährte einen Segen, der die Heilung unterstützte, aber er war bei Weitem weniger wirkungsvoll als die Elfenzauber.

»Solange das Metall so kalt ist, können wir die Hände nicht ohne schwere Verletzungen lösen«, meinte Crottet bestimmt. »Wir könnten versuchen, das Eisen zu erwärmen, indem wir warmes Wasser darübergießen.« Er seufzte. »Aber woher sollten wir das bekommen? Und selbst wenn wir es hätten, würdest du die Hände nicht unversehrt lösen können. Du solltest vielleicht doch erwägen, dir durch einen Zauber ...«

Der Geweihte schüttelte entschieden den Kopf. »Ausgeschlossen! Aber ich will euch nicht durch meine Dummheit zur Last fallen.« Praioslob biss die Zähne zusammen und lehnte den Oberkörper zurück. Seine Arme zitterten. Shaya sah, wie sich die Haut zwischen Händen und Eisentor spannte.

»Warte!«, rief sie.

Er hielt inne.

»Warte.« Sie schloss die Augen. »Wer von euch trägt meinen Rucksack? Es ist der mit den orangefarbenen Bändern daran.«

Bei ihrem Rückzug hatten sie nicht darauf geachtet, wer welches Gepäck griff, und auch seitdem war keine Zeit gewesen, die Ausrüstung zu ordnen. Jetzt reichte ihr einer der Sklaven, was sie erbeten hatte.

Mit steifen Fingern löste sie die Verschnürung. Unter dem Öltuch lag ihr Gebetbuch, dann kam die wollene Wäsche. Die hatte sie ganz vergessen! Sie reichte sie verschämt an die Befreiten weiter. Jedes Kleidungsstück half, und war es auch noch so klein.

Shaya legte die Säckchen mit den Gewürzen auf den Steinboden. Darunter fand sie, was sie suchte.

Der lange Transport hatte die Gänsedaunen in dem kleinen Beutel platt gedrückt und unansehnlich gemacht. Dennoch nahm die Geweihte sie in die hohlen Hände, als handelte es sich um Edelsteine. »Verzeih mir, dass ich nicht besser auf sie achtgegeben habe, gütige Mutter Travia«, flüsterte sie.

Sie stand auf. »Kommt alle eng zusammen. Stellt euch um Praioslob, aber berührt nicht das Tor.«

Die Sklaven und Crottet folgten ihrer Anweisung.

Shaya schluckte und hob den Blick zur Decke. Irgendwo weit über dem Fels spannte sich der Himmel, über den Travias Gänse zogen.

»O Mutter, die du gütig auf deine Kinder herabschaust!«, begann Shaya ihr Gebet. »Du weißt, dass ich immer deinen Geboten folgen und tun will, was dir Freude bereitet. Manchmal habe ich im Stillen geseufzt, wenn mir die Pflicht in deinem Haus schwer wurde, und ich habe geweint und gezweifelt, als ich mit dem Foggwulf in die Fremde fahren musste. Ich bin nur ein Mensch und habe ein schwaches Herz. Aber ich habe zu dieser Gemeinschaft beigetragen, was meine Möglichkeiten mir erlaubten. Ich habe die Feuer geehrt, an denen wir lagerten. Ich habe Frieden gespendet, wo ich konnte. Wir sind zu einer Familie geworden.« Sie schürzte die Lippen. »Wenn auch zu einer etwas seltsamen.«

Shaya sah die Befreiten an.

»Jetzt haben wir Gäste bei uns aufgenommen. Auch sie sind deine Kinder, aber wir besitzen selbst so wenig, dass wir ihnen kein warmes Heim bieten können. Sie leiden. Sie frieren, und wenn du uns nicht hilfst, werden sie sterben.« Sie schluckte. »Während der gesamten Reise habe ich meine Kraft eingesetzt, so gut ich konnte. Ich habe Nässe und Frost ertragen, mich in Felle gewickelt, Feuerholz gesammelt und sogar an den Riemen gerudert. Aber jetzt vermag ich nichts mehr zu tun. Meine Kräfte sind erschöpft. Höre mich, Mutter Travia! Ich weiß, dass du mich nicht zurückstoßen wirst, denn du erbarmst dich der Tochter, die zu dir fleht! Gewähre uns die sichere Zuflucht deiner Gnade!«

Tief atmete Shaya ein. Sie führte die gewölbten Hände an ihren Mund, als wolle sie daraus trinken. Während sie die Versammlung abschritt, blies sie in die Daunen. Obwohl sie so zerdrückt waren, flogen sie auf, als wären sie frisch gerupft und dann in der Sonne getrocknet worden. Wie Blumensamen senkten sie sich auf Crottet und die Befreiten.

Dankbarkeit füllte Shayas Augen mit Tränen, als um die Gruppe herum ein orangefarbenes Leuchten entstand. Schnell intensivierte es sich so sehr, dass es wie eine Halbkugel aus gefärbtem Glas wirkte. Kurz hinter ihrem Scheitelpunkt schloss sie mit dem Eisentor ab.

Sofort wurde die Luft warm, als stiege ein Sommerwind aus dem Boden. Der Reif auf der Eisentür schmolz. Die Sklaven tuschelten, einige lachten befreit auf.

Auch Shaya war glücklich, aber sie sah, dass die Gefährten die eiskalte Halle noch immer nach Kleidung durchsuchten.

Für den Augenblick war die ärgste Not gebannt. Doch das Wunder, das ihr gewährt worden war, würde nicht lange anhalten. Sie hatte ihnen eine kurze Frist verschafft. Einen Augenblick, in dem sie innehalten und neue Kräfte sammeln konnten. Sie wollte sich Travias Gnade würdig erweisen, indem sie ihrer Familie in der Not half. Dieses Wunder wurde nur selten geschenkt. Sie dürfte nicht darauf hoffen, ihre Familie von nun an auf diese Weise durch die eisigen Nächte des Nordens zu retten.

Innerhalb der Kuppel brauchten die Sklaven keine Umhänge. Shaya erbat ihren von Shulinai zurück und sammelte auch die übrigen ein. Praioslob war zuversichtlich, dass er seine Hände bald lösen könnte, sie klebten schon nicht mehr ganz so fest.

Als Shaya gerade Crottet hinaus in die Kälte folgen wollte, kam Vascal della Rescati zu ihr. Auch der Liebfelder lächelte, als er die Wärme bemerkte, die ihn gewiss an das freundlichere Klima seiner südlichen Heimat erinnerte.

»Hast du Leomara gesehen?«, fragte er.

»Wieso – ist die Kleine nicht bei dir?«, gab Shaya zurück.

Sorge um das Mädchen mischte sich in die Freude über Travias Wunder. Shaya nahm die Laterne auf. »Vielleicht ist sie bei Irulla.«

Sie fanden die Waldmenschenfrau zusammen mit Ohm Follker in einem Lagerraum, wo sich Fässer, Seile und Segel stapelten. Auf Regalen und in Halterungen waren Hobel, Hämmer und weiteres Werkzeug sortiert. Woher die Schleimpfützen auf dem Boden kamen, konnte Shaya nicht erkennen. Aus der Decke tropfte jedenfalls nichts. Bei den Kratzspuren an den Wänden dachte sie an einige der mit Klauen bewehrten chimärischen Wächter. In der Tat lag eine dieser Kreaturen, die sie fürchtete, aber auch bedauerte, an einer Wand. Trotz der Kälte war sie halb verwest, und Maden rekelten sich auf ihrem Leib.

Irulla und Ohm sichteten einen Haufen Pelze, der neben den

Fässern lag. Nach Größe und Farbe zu urteilen, stammten manche von weißen Bären, andere von Robben und einige sogar von Mammuten.

»Wir müssen sie zurechtschneiden, aber dann wird es gehen«, meinte Ohm. »Am besten nur ein Loch für den Kopf, sodass sie zu allen Seiten über den Körper fallen.«

»Wisst ihr, wo Leomara steckt?«, fragte Shaya.

Die beiden verneinten.

Vascal und Shaya wechselten besorgte Blicke.

»Zuletzt habe ich sie gesehen, als wir von der Wendeltreppe kamen«, erinnerte sich Shaya. »Ihr hat das Korallenwappen über der Abzweigung so gut gefallen.«

Sie sah, wie sich die Sorge in Vascals Antlitz vertiefte. »Wir müssen dort nachsehen!«, keuchte er und lief los, sodass Shaya Mühe hatte, ihm zu folgen, und ihn erst einholte, als er den Eingang mit dem Korallenwappen durchschritt, der abwärts ins Unbekannte führte.

Shayas Laterne war das einzige Licht in dem zwei Schritt breiten Gang. Reliefs zeigten Elfen, die zwischen Fischen tauchten. Merkwürdigerweise wanderten sie auch zwischen Türmen umher, über deren Spitzen Wellenlinien verliefen. Bei diesen Darstellungen waren ebenfalls Fische zu sehen. Entweder sie flogen über den Himmel, oder die Elfen befanden sich unter Wasser, wo sie Pflanzen ernteten, die in der Strömung wogten.

Nach zwanzig Schritt begann der Boden schräg abzufallen. Er war glatt wie Eis, aber dunkel. Shaya stützte sich mit der Hand, in der sie die Laterne hielt, an der kalten Wand ab und benutzte ihren Wanderstab, um nicht auszurutschen. Im weißen Reif zeichneten sich deutlich die Fußabdrücke eines Kindes ab.

»Leomara?«, rief Vascal in die Finsternis jenseits des Lichtscheins. »Bist du dort?«

Wandbilder ersetzten die Reliefs, aber die Motive blieben gleich. Tintenfische, ein Wal, ein Hammerhai und dazwischen immer wieder Elfen, manche mit Netzen, andere mit Körben, in denen sie Pflanzen sammelten. Den Wal betrachtete Shaya genauer.

Er stieg aus einer Spalte im Meeresboden auf, was sie nicht für ungewöhnlich hielt. Aber der Künstler hatte die Augen mit Lichtkegeln versehen, als strahlten sie ins Wasser hinaus. Das erinnerte Shaya an die leuchtenden Kugeln des Fischs, der sie oben im Himmelsturm, in dem halbkugelförmigen, von Wasser umgebenen Raum, erschreckt hatte. Bestand auch der Boden dieses Gangs aus Glas? Die dunkle Farbe unter dem Reif und die glatte Oberfläche ließen das vermuten.

»Die Seepocken auf diesem Grünwal sind ungewöhnlich regelmäßig verteilt«, meinte Vascal. »Da hat es sich der Maler zu einfach gemacht. In der Natur findet man so etwas nicht.«

Shaya wollte ihre Beobachtung zu den Augen mitteilen, aber ein empörtes Krächzen ließ sie zusammenfahren. Ein Rabe stieg aus der Dunkelheit auf und flatterte an ihnen vorbei.

»Leomara?«, rief sie, als sie sich nach dem Schreck gesammelt hatte. »Bist du dort unten? Komm zu uns! Wir sind auch nicht böse, weil du weggelaufen bist.«

Nur ein Knacken antwortete ihr. Als sie den Atem anhielt, hörte sie noch weitere solche Geräusche.

Vascal zog sein Rapier, und Shaya fasste ihren Wanderstab fester. Sie dachte an die vielen Geschichten, in denen Dämonen in finsterer Tiefe lauerten. Wenn einer der Gehörnten dem Kind etwas angetan hätte, würde er die Niederhölle, aus der er entsprungen war, für einen heimeligen Ort halten, wenn sie mit ihm fertig wäre, das wohl!

Sie fanden Leomara vor einer Wand aus Eis, die den Gang vollständig verschloss. Das Mädchen sah ihnen entgegen, aber es war die Stimme der Visionen, die aus ihm sprach.

»*Ich gab mich selbst, mein Licht, für den tiefen Traum. Mich schmerzt, dass mein Volk sein Sehnen in die Höhe richtet, über alles hinaus, was Sterblichen zu erstreben gestattet ist. Hätte ich noch einen Körper wie die Meinen, ich spräche vor dem Rat, um auch die unwahrscheinlichste Möglichkeit zu nutzen, sie zur Besinnung zu bringen.*«

»Sind das die Gedanken eines Geistes?«, flüsterte Shaya Vascal zu.

»Es hört sich so an.«

»*Ich gleite durch die Tiefen, immer weiter, immer länger. Ich zaudere, in meine Heimat zurückzukehren. Zu welchem neuen Wahnsinn mag sich mein Volk verstiegen haben? Immer wieder durchschauert Entsetzen den Leib, den ich mir baute. Ich habe Bhardonas Jünger in mich aufgenommen, doch das werde ich nicht noch einmal tun. Sie sprechen mit mir, nennen mich Vonthodael, den Meister, Vonthodael der-das-Fleisch-überwand, Vonthodael Herr-unter-dem-Meer. Damit wollen sie mir schmeicheln, und dann reden sie davon, dass wir alle Götter werden könnten und ich ihnen auf diesem Pfad vorausgegangen sei. Ihre Worte verwirren meinen Geist. Ich will sie nicht mehr hören!*«

Bis jetzt hatte Leomara in stolzer Haltung gestanden. Nun sackten ihre Schultern herab und zuckten, weil sie weinte.

Shaya kniete sich hin, stellte die Laterne ab und breitete die Arme aus. »Komm zu mir, Kleines.«

Leomara warf sich an Shayas Brust. »Die Stimme hat gesagt, ich soll hier herunterkommen.« Sie schluchzte. »Sie wollte mich dorthin führen, wo große Schönheit ist. Aber das Eis ist zu fest. Ich kann nicht durch.«

»Das ist auch gut so«, meinte Vascal. »Sonst wärest du wohl ertrunken. Ich schätze, wir befinden uns unter dem Packeis.«

Shaya streichelte über Leomaras Kopf. »Wie kommst du darauf?«

Er hob die Laterne an. Wo Shaya sie abgestellt hatte, war ein Kreis in den weißen Belag getaut. Durch den gläsernen Boden sahen sie gelbgrüne Algen, die sich sanft bewegten.

»Halt die Lampe weiter weg«, bat Shaya. Sie ließ Leomara los und beugte sich so tief, dass ihre Nasenspitze beinahe das Glas berührte. »Was sind das für Lichter?«

»Fische?«, schlug Vascal vor.

»Aber sie stehen still.«

Der Gelehrte hockte sich neben sie.

An manchen Stellen standen die Lichter in Gruppen beieinander, andere leuchteten einsam. Sie schienen sich in verschiedenen Tiefen zu befinden. Wenn Shayas Augen ihr keinen Streich spielten, waren sie in steinerne Strukturen eingebettet.

»Denkst du auch an die Bilder, die wir auf dem Weg hierher gesehen haben?«, fragte sie.

Vascal nickte mit zusammengepressten Lippen.

»Das sieht aus wie die Lichter einer vieltürmigen Stadt«, meinte Shaya.

Schritte und Laternenschein näherten sich. Praioslob und Shulinai hatten sich in grob zurechtgeschnittene und von Stricken zusammengehaltene Felle gekleidet, ihre Füße waren mit mehreren Lagen groben Leinens umwickelt, und der Geweihte hielt eine provisorische Fackel, die aus brennender, um eine Dolchklinge gewundener Leinwand bestand. »Dem himmlischen Richter sei Dank, ihr seid wohlauf! Kommt schnell zurück. Das große Eisentor lässt sich nicht öffnen. Wir müssen zurück zur Wendeltreppe und weiter hinaufsteigen. Irulla war bei Abduls Erzbarriere. Sie sagt, die Wächter brechen durch! Die Zeit drängt.«

Noch bevor sie den gläsernen Gang verlassen hatten, hörte Shaya Kampfgeräusche.

14 VEREINTER KAMPF

*Zweite Ebene,
achtzehnter Tag im Goimond*

Staunend betrachtete Beorn den Garten, der sich hinter dem Tunnel ihren Blicken eröffnete. Bäume und Büsche waren von Raureif überzogen. Hier und dort sah man in dem von feinen Eiskristallen überpuderten Gras Spuren von Nagern.

Die Anführerin der bleichen Elfen sagte etwas. Ihre drei kalkweißen Begleiter schwiegen, wie die ganze Zeit schon. Wen sie mit ihren pupillenlosen Augen ansahen, war schwer zu sagen. Der Blick des wuchtigen Ungeheuers dagegen ruckte ständig von einem Recken zum nächsten, als könne es nicht fassen, dass es mit seiner gewaltigen Krebsschere noch immer keine Körperteile abschneiden durfte.

»Sie pumpen das Wasser von Geysiren in ein Rohrsystem im Fels des Turms«, übersetzte Galayne. »Daher kommt die angenehme Wärme in den Palästen. Doch einige Teile dieser Leitungen sind mit der Zeit verstopft oder anderweitig ausgefallen. Kayil'yanka entschuldigt sich für die Unannehmlichkeiten, die daraus entstehen. Der Himmelsturm ist wohl einfach zu groß für die wenigen Bewohner, die ihm noch geblieben sind.«

Beorn bedachte die Elfe, die ihn offenherzig anlächelte, mit einem langen Blick. Sie versuchte, ihn hereinzulegen. Er hatte nur noch nicht durchschaut, auf welche Weise. Und er würde nicht abwarten, bis sie am Zug war.

»Und die Bibliothek?« Er erwiderte Kayil'yankas Lächeln.

Galayne deutete zum anderen Ende des Gartens. »Dort drüben.«

»Vertraust du ihr?«

»Einer Frau mit silbernen Augen und einem Ungeheuer als Leibwächter? Nein!«

Beorn nickte. »Sobald sie uns die Bücher gezeigt hat, werden wir uns wohl voneinander verabschieden.«

»Du denkst an eine Trennung für immer, Drachenführer?«

Der Blender betrachtete die Elfe. Sie war schön, aber sie hatte eine Kälte an sich, die ihn vermuten ließ, dass sie keine sonderlich leidenschaftliche Frau war. Diese Elfe würde ihn hintergehen ... Er hatte keinen Beweis dafür. Es war nur sein Instinkt, der es ihm sagte. Aber dieser Instinkt war ihm immer ein guter Berater gewesen.

Sie durchquerten den gefrorenen Garten. Aus dem Augenwinkel beobachtete er das Monster. War das ein Dämon? Würden ihre Waffen es töten? Vielleicht half ein Segensspruch von Lenya oder die Axt, die Iskir hatte weihen lassen.

Im Durchgang zur Bibliothek schlug ihnen der muffige Geruch von altem Leder und falsch gelagerten Pergamenten entgegen.

Beorn trat als Erster ein und verharrte. Das hier würde die Falle für seine Ottajasko werden, das spürte er. Von einem kleinen Atrium zweigten mehr als ein Dutzend enge Gänge ab, gesäumt von Bücherregalen, die bis zur hölzernen Decke reichten. Er sah den Lichthof hinauf zu dem magischen Leuchten unter der gewölbten Decke. Über drei Stockwerke zog sich diese Schatzkammer uralten Wissens.

Seine Gefährten und auch die Elfen traten hinter ihm ins Atrium.

Kayil'yanka sagte etwas. Wenn Beorn sein Auge schloss, hörte sich ihre Doppelstimme beinahe an, als würde eine zischende Schlange eine singende Nachtigall bedrohen.

Galayne deutete auf einen düsteren Tunnel aus Regalen zu ihrer Linken. »Sie sagt, dass es dort entlang zu den Büchern über die Geschichte des Turmes geht. Es soll reich bebilderte Ausgaben geben, die du verstehen wirst, ohne die Schrift der alten Elfen lesen zu können.«

Beorn trat an eines der Regale dicht beim Eingang. Seine Hand strich über die fleckigen, ledernen Buchrücken und verharrte auf einem besonders dicken Folianten. Die Bücher waren mit einer Mischung aus Staub und Raureif überzogen, die den Farben der Einbände längst ihre Pracht genommen hatte.

»In Ordnung, legen wir erst einmal die Sachen ab«, sagte Beorn im Plauderton. »Das hier wird länger dauern.«

Natürlich war niemand so blöd, die Waffen abzulegen. Er duldete keine Trottel in seiner Ottajasko. Sie stellten lediglich die Rucksäcke und die erbeuteten Schätze ab.

Als er das Buch herauszog, knirschte es wie Schritte, die man auf zu dünnem Eis tat. Pergamentfetzen und Staub fielen zwischen den harten Buchdeckeln herab. Beorn klappte den Folianten auf und blickte auf mit gefrorenem Schimmel überzogene Fetzen und Mäuseköttel.

»Mir scheint, du warst schon länger nicht mehr hier, Kayil'yanka, und auch sonst niemand, der Bücher liebt.«

Die Elfe deutete auf den Tunnel und redete aufgeregt auf Galayne ein.

»Sie sagt, die kostbaren Schriften im Herzen der Bibliothek seien durch Zauber geschützt.«

Beorn schenkte der bleichen Elfe sein freundlichstes Lächeln. Er machte einen Schritt in ihre Richtung. »Dann komme ich natürlich gern mit ihr.«

Galayne übersetzte. Ihre Gastgeberin tat einen übertriebenen Seufzer, dann ging sie auf den Büchertunnel zu, auf den sie vorhin schon gezeigt hatte.

»Zidaine«, sagte der Blender ruhig. »Fangschuss!«

Die Fechterin zog einen Bolzen aus dem Lederbeutel an ihrer Hüfte, legte ihn in fließender Bewegung auf die Führungsschiene der immer noch gespannten Armbrust und hob die schwere Waffe. Das Klacken des Abzuges zerriss die Stille. Der Bolzen verwandelte das linke Auge des Scherenmanns in ein blutiges Loch. Die Wucht des Treffers ließ ihn nach hinten taumeln, aber er starb nicht. Sein Brüllen hallte durch die Bibliothek, während er mit der schnappenden Schere und dem anderen Arm durch die Luft wischte.

Die blasse Elfe war fast genauso schnell wie Zidaine. Sie zog einen Dolch und warf ihn.

Stahl klirrte auf Stahl, als Galayne den Wurfdolch kurz vor Beorns Gesicht zur Seite lenkte. Der Blender riss seine Axt aus dem Ring.

Wütende Schreie mischten sich in das Gebrüll des Scherenmannes.

Kayil'yankas Gefährten zogen ihre schlanken Klingen, doch der wütende Ansturm der Ottajasko brachte sie sofort in die Defensive.

Lenya stand mit ihrem Bogen auf einer Treppe und suchte nach einem sicheren Ziel.

Die Elfen kämpften, obwohl sie auf verlorenem Posten standen.

Eimnir taumelte mit einer tiefen Fleischwunde zurück. Sein Gegner setzte nach und wollte ihm den Todesstoß versetzen, als ein Pfeil kreischend über die Brustplatte des Elfen fuhr.

Wütend blickte der schwarz gerüstete Krieger auf, als der zu Boden gegangene Eimnir mit aller Kraft seine Axt auf den linken Fuß des Elfen niedersausen ließ.

Kreischend machte der schwarze Krieger einen Hüpfer zurück.

Ein weiterer Pfeil zog eine blutige Furche über seine Wange, und dann beschloss Iskirs Axt das blutige Handwerk, als ihr geweihtes Blatt neben der Nase im Gesicht des Elfen versank.

»Platz!«, rief Zidaine, die erneut ihre Armbrust gespannt hatte.

Die Recken traten zurück. Nur einer der Elfen war noch auf den Beinen. Irgendwer hatte dem Scherenmann den Rest gegeben, sein Kopf lag zwischen seinen Ziegenbeinen. Beorn konnte es aber schlecht erkennen, tentakelartige Rauchfäden schlängelten sich durch die Luft und schienen den Großteil des Lichtes aufzusaugen.

Der letzte Elf ließ sein Schwert fallen, als er die gespannte Waffe auf sich gerichtet sah.

»Wir werden uns auf dem Weg nach oben nicht mit Gefangenen belasten«, entschied Beorn.

Das Klacken des Abzuges beendete den aufgeregten Redeschwall des Elfen. Der Bolzen durchschlug seinen Hals.

Stille lag über dem Atrium. Die Rauchfäden zerfaserten.

Ein Blick reichte dem Drachenführer aus, um zu erkennen, dass seine Ottajasko nur ein paar Fleischwunden davongetragen hatte, nichts Ernstes. Der Scherenmann war erschlagen, ebenso Kayil'yankas drei bleiche Brüder. Nur sie selbst fehlte.

Beorn nahm den Helm ab und legte den Kopf schräg.

Da rief jemand ...

Aber das war nicht der Singsang der Elfe. Das Säuseln und Klagen von Geistern kannte er inzwischen auch zu Genüge, das hörte sich anders an. Es waren aufgeregte menschliche Stimmen. Auch Schritte und das Klirren von Stahl.

»Bei Hranngars fauligen Zähnen!«, fluchte Beorn. »Das sind Schwerter. Phileasson scheint also doch noch nicht aus dem Turm geflohen zu sein. Galayne, Zidaine, ihr setzt der Elfe nach und bringt sie zur Strecke. Der Rest folgt mir in den Garten. Sehen wir, welche neuen Freunde der Foggwulf uns vorstellen möchte.«

*Zweite Ebene,
achtzehnter Tag im Goimond*

Wieder hielten sie an und lauschten. Galayne konnte Kayil'yanka hören, auch wenn sie sich sehr bemühte, ihren Atem zu beherrschen. Sie war etwa drei Regalreihen links von ihnen, schätzte er. Aber er wollte sie nicht finden, und er war sich sicher, dass das Geräusch ihres Atems zu leise für Zidaine war. Die Sinne der Menschen waren einfach zu plump.

»Nichts«, flüsterte er seiner Gefährtin zu.

»Dort vorne ist ein Licht«, raunte die Fechterin.

Er wusste, was sie gesehen hatte. An diesem Ort hatte er in der Vergangenheit oft innere Einkehr und Frieden gesucht. Ohne zu wissen, wie die Kammer einst geheißen haben mochte, hatte er sie das Schreibzimmer getauft. Er schmunzelte. Dort hatte er gegen seine Natur rebelliert, die Dunkelheit in seinem Innern ersticken wollen.

»Gehen wir hin.«

Zidaine blieb vor ihm. Sie trat erstaunlich leise auf. Die gespannte Armbrust lag ruhig in ihren Händen. Ihr Zeigefinger lag am Abzug.

Sie verharrte. »Hörst du das? – Ein Rauschen. Und das Licht, es schwillt an und ab ... so wie beim Spiegellabyrinth.«

»Ich glaube nicht, dass es hier Geister gibt. Aber seien wir vorsichtig.«

Vor ihnen lag ein Rechteck aus blauem Licht. Das Rauschen war jetzt unüberhörbar. Sie blickten in ein kleines Zimmer.

Die Platte eines Stehpultes schwebte in der Luft. Das Licht sickerte aus Steinen an den Wänden und in der Decke. Ein großes Gemälde zeigte das Meer. Die Wellen im Bild bewegten sich, und das Rauschen von Brandung war zu hören. Tiefer Frieden überkam Galayne. Er war fast am Ziel.

»Was für ein wunderschöner Ort«, sagte Zidaine staunend.

»Ich denke, dies ist der Ort, an dem du auf Phileasson und den Magier, der dir schöne Augen macht, warten solltest.«

Sie fuhr zu ihm herum. Galayne machte einen raschen Schritt zur Seite, um nicht vor der gespannten Armbrust zu stehen.

»Jetzt?«

Lag da Angst in ihrem Blick?

»Wir müssen doch noch diese Elfe …«

»Es ist der ideale Ort.«

Das war er wirklich. In dieser Kammer hatte Galayne früher die Finsternis verleugnet, und jetzt kehrte er hier zu ihr zurück. Natürlich würde eine mindere Kreatur wie ein Mensch die dunkle Harmonie eines solch perfekten Kreises niemals würdigen können.

»Das Rauschen und das Licht werden Phileassons Leute anlocken, wenn sie hierher kommen«, fuhr Galayne fort. »Sie werden dich finden! Und sie werden dir glauben, dass du während der Kämpfe verletzt wurdest. Schließlich irrt hier noch die Elfe herum, und wer weiß, was Phileasson auf den Fersen ist.«

Zidaine nickte zögerlich.

»Willst du es lieber lassen?«

»Nein!«, rief Zidaine. Der Stolz eines Menschen war so vorhersehbar wie der Trieb eines Wolfes, nach einem Stück Fleisch zu schnappen. »Nur so werde ich in Phileassons Ottajasko aufgenommen werden.«

»Das ist nicht ganz sicher«, gab Galayne zu bedenken. Er genoss es, sie um ihren eigenen Untergang betteln zu sehen.

»Das Risiko gehe ich ein. Tu es!«

Ihr Mut beeindruckte ihn, wie er sich widerwillig eingestand. Sie war die Einzige neben Beorn, die ihm immer ein Rätsel geblieben war. Sie trug eine Dunkelheit in sich, die es fast mit der Seinen aufnehmen konnte. Ob sie ebenfalls einmal dagegen angekämpft hatte? Er hätte sie gern noch länger studiert.

»Es wird wehtun.«

Doch auch das brachte ihren Willen nicht ins Wanken. »Ich weiß.« Noch stand sie ganz entspannt.

»Warum nimmst du das auf dich?« Er lächelte. »Sollte dir die Reise in Beorns Ottajasko missfallen haben? Glaubst du, sein Stern beginnt zu sinken?«

Die Fechterin bedachte ihn mit einem Lächeln, so herablassend, wie er es bislang nur von Elfen gekannt hatte. »Glaubst du, ich schulde dir irgendwelche Antworten?«

Er lachte leise. »Nein. Du schuldest mir gewiss nichts. Und ich zweifele nicht daran, dass du einfach nur den Weg fortsetzt, den du immer schon gegangen bist. Es war nicht Goldgier oder Abenteuerlust, die dich hierher geführt hat … Da ist etwas tief in dir …« Er tippte mit der Klinge auf ihre Brust. »Du bist anders als alle anderen Menschen, denen ich bislang begegnet bin.«

»Ich habe bei zweien von Phileassons Recken noch eine alte Schuld zu begleichen. Nun kennst du mein Geheimnis.«

»Ich glaube, ich würde nicht gern in deren Haut stecken. Du hast so etwas an dir …«

Zidaine setzte an, etwas zu erwidern. In dem Augenblick stach er zu, bevor sie sich in Erwartung des Angriffes verkrampfte. Der Stahl drang links unter ihrem Rippenbogen in ihren Leib. Sie keuchte auf und ließ die Armbrust fallen.

Galayne zog die Klinge zurück und wischte das Blut an Zidaines Pelzweste ab.

»Du solltest nicht stehen.« Er nahm ihre Hände und half ihr, sich gegen die Wand gelehnt auf den Boden zu setzen.

Sie sah auf das dunkle Blut, das aus der Wunde rann.

»Wenn du dich vorbeugst, sodass die Wundränder aufeinander

drücken, blutet es nicht so stark.« Er nahm ihre Rechte und presste sie auf die Wunde. »Wenn du drückst, wird es auch helfen.«

Sie keuchte erneut, aber ihr standen keine Tränen in den Augen. Ihm war ein Rätsel, wie Beorn sie überredet hatte, das zu tun. Aber es war gut. Mit ein wenig Glück würde sie es schaffen, den Himmelsturm lebend zu verlassen. Ob das noch einem weiteren Mitglied aus Beorns Ottajasko gelingen könnte? Galayne würde nicht darauf wetten.

»Wie lange bleibt mir?« Zidaine sprach langsam. Es war nicht zu überhören, welche Schmerzen sie litt.

»Wenn du sitzen bleibst und dich nicht bewegst, hast du sicherlich noch mehr als eine Stunde. Das ist reichlich Zeit.« Er betrachtete sein Werk. Nicht wenige Menschen hätten jetzt wohl gejammert, oder sie hätten versucht, mit ihren Göttern Frieden zu schließen. Zidaine war anders.

»Du solltest dann gehen ...«

»Ja.« Er hob seine Klinge zum Fechtergruß. »Ich wünsche dir Glück, Zidaine.« Ohne sich noch einmal umzusehen, verließ er die Kammer. Kayil war nahe. Sie hatte beobachtet, was im Schreibzimmer geschehen war. Er konnte ihr Sikaryan spüren. Ihre Essenz. Alles, was sie ausmachte. Bewusstsein, Verstand und Lebenskraft. Er musste gegen seinen Hunger ankämpfen. Durch Galandel war ihm wieder bewusst, wie sehr er elfisches Sikaryan vermisste. So lange darbte er schon! Das würde sich bald ändern.

Endlich konnte er seine Fesseln abstreifen. Schnell, fast wie ein Gedanke, war er an Kayils Seite.

Die Nachtalbe hob ihr Schwert.

Viel zu langsam! Ohne Mühe drehte er ihr die Klinge aus der Hand.

»Was hast du da getan?«

Er bedeutete ihr, zu schweigen und vor ihm her zu gehen. Kayil leistete keinen Widerstand. Er roch den säuerlichen Duft ihrer Angst.

Erst als er sich ganz sicher war, dass sie so weit vom Schreibzimmer entfernt waren, dass Zidaine sie nicht mehr hören konnte, redete er.

»Du warst die Strengste im Tribunal.«

Die Nachtalbe straffte sich. »Kannst du nicht verstehen, dass wir uns unwohl fühlten, mit dir in unserer Mitte?«

»Es hätte nicht auf diese Weise sein müssen …« Sie hatten ihn in Ketten geschlagen und im Meer versenkt. Das alles würde nun herauskommen. Der Göttin hatten sie wahrscheinlich erzählt, dass er einfach gegangen war.

»Warum bist du bei den Rosenohren?«

»Sie sind ein Geschenk für die Göttin. Mein Geschenk! Sie wird mit ihnen spielen. Du wirst sie ihr übergeben.«

Kayil sah ihn überrascht an. »Aber sie sind dein Geschenk. Warum sollte ich …«

»Weil ich es dir sage! Sei klug und folge meinen Befehlen. Dir ist hoffentlich klar, dass, wenn du die Göttin enttäuschst, sie dich mir zum Geschenk machen wird.« Der Geruch der Angst wurde stärker. Sie war verlockend … Er würde sich nicht mehr lange zurückhalten können. »Geh! Sieh zu, dass möglichst viele von der Mannschaft des Einäugigen lebend in Gefangenschaft geraten. Damit wirst du unsere Herrin entzücken.«

Sie ging nicht, sie lief. Er lauschte auf ihre Schritte. Es war gut, zurückgekehrt zu sein.

»Das wohl!« Galayne lächelte.

Zweite Ebene,
achtzehnter Tag im Goimond

Mit einer quer über Schulter und Brust geschlungenen Seilrolle hielt sich Tylstyr Hagridson zwischen den anderen am Ende der Marschkolonne, aber nicht weit genug hinten, um die jenseits der Windung der Wendeltreppe verborgenen Gegner zu sehen. Sein Kampfzauber brauchte jedoch eine Sichtverbindung. Deswegen konnte Tylstyr Eichward vom Stein, der sie als Nachhut gegen die brüllenden Monstrositäten schützte, nur dadurch helfen, dass er Stolperer vermied und einem entkräfteten, abgemagerten und pfeifend atmenden Sklaven unter die Arme griff, damit dieser die Treppe nicht blockierte. Überdeutlich sah der Zauberer im Licht der Stufen die blauschwarzen Finger des Mannes. Kein Heilzauber der Elfen würde sie mehr retten können. Eigentlich verdiente er Mitleid, aber jetzt konnte man keinen schonen, ohne sie alle zu gefährden. Unter ihnen hörte Tylstyr Eichwards Schwert über den Stein schrammen. Ein unmenschlicher Schrei bezeugte, dass die Klinge dennoch ihr Ziel fand.

Tylstyr erwartete einen nahezu endlosen Aufstieg bis zur Spitze des Turmes, aber obwohl sich die Wendeltreppe fortsetzte, bog die Kolonne bereits nach zwei Stockwerken in einen abzweigenden Gang ein, über dem das gemeißelte Wappen eine Feder zeigte. Den Grund dafür erkannte er, als er sah, wer sie in dem mit Eis überzogenen Garten erwartete.

Beorn der Blender und seine Recken mussten sich hier schon eine Weile aufhalten. Sie standen in Kampfmontur zwischen den eisverkrusteten Büschen und Bäumen, die im Licht der Kugeln unter der Höhlendecke erstrahlten, als sei dies ein verwunschener Wald wuchernder Kristalle.

Auch Phileasson zog jetzt sein Schwert, während die nachrückenden Kameraden den weiten Garten füllten.

»Euren neuen Freunden wird die Lust vergehen, wenn sie erst mit echten Thorwalern spielen«, begrüßte sie der Blender. Beorns Grinsen war schwer zu deuten. Vorfreude mochte darin liegen, aber auch Herablassung. Die Flügel an seinem Helm wirkten, als spreizten sie sich drohend. »Wer noch nicht von der Mutterbrust entwöhnt ist, findet dort«, er deutete mit dem Schild zu dem Durchgang in der Wand an seiner Linken, »einen Platz, wo er niemandem im Wege steht. Aber ich vermute, du hast auch ein paar Leute bei dir, die nicht zu feige zum Kämpfen sind?«

»Das wohl!« Phileassons Atem stieg in weißen Wolken zu den Leuchtkugeln unter der Decke auf, als er seine Recken ordnete. Die Hälfte der Befreiten und Leomara zogen sich in den Raum zurück, den Beorn ihnen gewiesen hatte, aber Shaya Lifgundsdottir weigerte sich, untätig dem Schicksal der Ottajasko zuzusehen, die sie als ihre Familie betrachtete.

Auch Lenya, die blonde Traviageweihte, die Beorn begleitete, schien zum Kampf entschlossen. Sie hatte bereits einen Pfeil auf der Sehne und drei weitere in ihrer Hand, wie es meisterliche Bogenschützen machten, wenn sie rasch nacheinander schießen wollten.

Tylstyr hielt Ausschau nach Zidaine, entdeckte sie aber nicht. Als Eichward hereingerannt kam, die Situation erfasste und sich zur Seite warf, um aus der Schussbahn auf die nachrückenden Chimären zu kommen, erzwang der Kampf seine ganze Aufmerksamkeit.

Während er noch astrale Kraft sammelte, schlugen Pfeile in den fellbedeckten Körper eines vierarmigen Eisbären mit einem Skorpionschwanz. Wunden, die Eichwards Bidenhänder gerissen haben musste, klafften bereits im Torso, und einer der Arme hing nur noch an wenigen Muskelsträngen, aber die Verletzungen nahmen der Kreatur, an der Tylstyr nichts Elfisches mehr erkennen konnte, nichts von ihrem Kampfeswillen. Im Gegenteil, das mit gelben Fängen bestückte Maul versprühte blutigen Speichel, als sie ihre Wut herausbrüllte, sich mit den drei gesunden Pranken auf Tjorne Warulfson warf und mit wuchtigen Schlägen Holzspäne aus dem Schild seines Freundes sprühen ließ.

Tylstyr brannte einen Flammenstrahl in den entstellten Körper, doch die nächsten Wächter stürmten bereits herein. Die Drachenführer dirigierten die Kampfformationen ihrer Recken. Sie bildeten zwei Blöcke beiderseits des Eingangs, aus dem die Feinde strömten. Kein Gegner gelangte in den Garten, ohne eine Klinge zu schmecken.

Doch Vorsicht war diesen Kreaturen fremd, und Schmerz stachelte ihre Wut an. Was einen Menschen umgebracht hätte, verlangsamte sie noch nicht einmal. Als einer Chimäre alle Extremitäten außer einem Arm abgetrennt wurden, zog sie sich damit über den Boden und schnappte mit den Zähnen. Diese Wächter waren gezüchtet, um ihrem Hass auch dann zu folgen, wenn er sie selbst zerstörte.

Tylstyr stieß mehrere Flammenlanzen gegen die Feinde, aber er musste aufpassen, im entstehenden Gewühl nicht die eigenen Leute zu treffen – zu denen nun auch Beorns Recken zählten. Der Blender lachte, als er sein Schwert aus dem feuerroten Bauch eines Wächters riss und sofort danach in den Unterleib einer mit riesigen Krebsscheren ausgestatteten Chimäre stieß, der er gleichzeitig den eisernen Rand seines Schilds unter das Kinn rammte.

Immer stärker werdender Kopfschmerz bohrte hinter Tylstyrs Stirn. Er trat ein wenig zurück und kämpfte gegen die Pein an. Zidaine entdeckte er nirgends in den Reihen der Recken. Sie war eine Kämpferin! Sie müsste hier sein. Was war geschehen? Sie konnte doch nicht ...

Schwarzgraue Kugeln flogen in den Garten. Das Licht unter der

Höhlendecke wurde zum vagen Schimmer fortgeschrittener Dämmerung. Ratten wühlten sich aus dem gefrorenen Boden, dazu kamen fette Würmer. Weiteres Getier strömte aus den Durchgängen herein, um über die Gefährten herzufallen.

»Zusammenbleiben!«, rief Phileasson. »Schützt euch gegenseitig!«

Immer mehr Wächter drängten über die zerstückelten Leiber der bereits besiegten Chimären. Zwei von ihnen glichen einander wie Zwillinge. Sie waren Hünen, groß wie Trolle. Mammutköpfe erhoben sich über ihre breiten Schultern. Als sie gegen Phileassons Schildwall rammten, brach dieser auf. Die Stoßzähne durchbohrten zwei Befreite. Selbst den unerschütterlichen Eichward schleuderte der wuchtige Angriff gegen eine Wand. In der entstehenden Unordnung drohten die Gegner, zu dem Raum durchzubrechen, in den sich diejenigen zurückgezogen hatten, die zu schwach waren, um zu kämpfen.

»Wir schützen unsere Leute!«, brüllte Phileasson zu Beorn hinüber.

Die Antwort des inzwischen über und über mit dem Blut seiner Feinde besudelten Blenders ging im Kampflärm unter.

Sie zogen sich zurück. Tylstyr, der am nächsten zum Durchgang stand, erreichte den angrenzenden Raum als Erster. Er wusste nicht, was er erwartet hatte, aber eine mehrstöckige Bibliothek war es sicher nicht gewesen. Die steinerne Decke war hier zehn Schritt hoch, was für drei mit vereistem Holz unterteilte Ebenen voller Regale ausreichte. Die Treppen, die sie verbanden, hatten ebenso unter den Jahrtausenden gelitten wie die Bretter und die tragenden Pfosten. Dennoch überwältigte der überraschende Anblick den Magier. Seine Augen huschten über Tausende von Büchern. Die Größe der Halle konnte er nicht abschätzen, aber hinter zusammengebrochenen Regalen waren immer weitere zu sehen.

Tjorne Warulfson rannte ihm in den Rücken. Der Freund blutete aus einer Wunde am rechten Arm. Einige tiefe Schnitte klafften in seiner Krötenhaut. Er warf sich herum und riss den Rundschild hoch, wobei die Kette aus Knöchelchen um seinen Hals wirbelte.

Tylstyr machte den Nachrückenden Platz. Auch Phileasson und Salarin Trauerweide traten nun in die Bibliothek, Schilde und Waffen in Richtung des Durchgangs erhoben.

Tjornes Blick ruhte ungläubig auf den Säcken, aus denen goldene Leuchter und Ketten mit taubeneigroßen Juwelen quollen. »Bei Swafnir! Der Blender weiß, wie man plündert«, sagte er.

»Jetzt geht es ums Überleben, nicht um Beute!«, zischte Phileasson verärgert. »Formiert euch! Wir halten den Durchgang!«

Damit waren Ohm, Eichward und Irulla bereits beschäftigt. Der Skalde und die Waldmenschenfrau stemmten den Chimären ihre Schilde entgegen, während der Ritter seinen Bidenhänder durch die Lücke dazwischen hackte.

»Tylstyr!«, rief Phileasson. »Schnapp dir Abdul und dann dort rauf!« Sein Schwert zeigte auf die mittlere Ebene der Bibliothek.

Tylstyr verstand die Überlegung. Die Holzkonstruktion sparte hier einen Halbkreis vor dem Eingang aus, sodass man von dort perfekte Sicht auf alles hatte, was durch das Tor kam, das die Gefährten keinesfalls lange halten könnten. Das war die ideale Position für einen Magier, der Flammenstrahlen in die durchbrechenden Gegner sandte. Nachdem Abdul die Treppe mit der Erzbarriere verschlossen hatte, hoffte Phileasson wohl auf weitere Großtaten. Doch momentan glich der gut sechzigjährige Novadi eher einem erschrockenen Kind als einem kaltblütigen Kriegsmagier.

Tylstyr brach der Schweiß aus, als er daran dachte, welche Schätze ein Feuer in dieser Bibliothek vernichten würde. Vielleicht würde in der nächsten Stunde mehr Wissen zu Asche, als die Schule der Hellsicht seit ihrem Bestehen angesammelt hatte.

Tylstyr zog Abdul hinter sich her die Stufen hinauf. Er sah, wie Shaya die Befreiten ins Labyrinth der Regale führte. Shulinai, die langhaarige Tulamidin, hatte Beorns Schatz wohl nicht widerstehen können. Am Handgelenk funkelte eine Goldkette, besetzt mit glitzernden Saphiren. Das Geschmeide schien aus einer anderen Welt zu stammen als die groben, mit Stricken zusammengehaltenen Felle, die sie vor der Kälte schützten. Und sicher war eine Welt, in der Schmuck Bedeutung besaß, besser als eine, in der man fürchten musste, von dämonischem Gezücht zerrissen zu werden.

Die Recken hielten die Chimären eine Zeit lang auf, nicht aber die Ratten. Die Biester huschten zwischen den Beinen hindurch, bissen in Fersen und Waden und stürzten sich auch auf die fliehenden Befreiten. Quiekend starb eines von ihnen, als Shayas Wanderstab seine Wirbelsäule zerquetschte.

»Bleibt in der Bibliothek!«, rief Phileasson, als Tylstyr mit Abdul die Empore erreichte. Vom Geländer, das die Studiosi einstmals vor dem Sturz in die Tiefe bewahrt hatte, waren nur noch einzelne Streben geblieben. »Verteilt euch nicht zu weit!«

Als die mammutköpfigen Chimären gegen die Schilde anrannten, brach die Stellung auf. Die Schwerter prallten von den dicken Schädeln ab. Salarins schwarzer Nachtalbensäbel schlitzte einen Unterarm auf, aber der Hieb eines Stoßzahns wirbelte den Gefährten davon.

Tylstyr stieß die Finger vor, schrie die Formel und brannte einen gleißenden Strahl in den Rumpf, der dem eines riesenhaften Elfen mit absurd aufgequollenen Muskeln glich.

Die Chimäre wankte, aber es gab genügend entstellte Kreaturen, die ihr folgten. Mäuler schnappten und Klauen schlugen, vereinzelt hatten die Bestien auch Keulen und andere primitive Waffen dabei.

Phileasson beorderte seine Leute zurück. Durch den löchrigen

Holzboden sah Tylstyr sie noch kurz, dann verschwanden sie im Labyrinth der unteren Ebene.

Abdul zog mit zitternden Händen Bücher aus den Regalen. Manche Einbände waren noch intakt, aber die Seiten zerbröckelten bei der ersten Berührung.

Tylstyr schleuderte weitere Kampfzauber auf die Verfolger. Pochend meldete sich der Kopfschmerz zurück, der von der starken Beanspruchung der arkanen Mächte herrührte. Er spürte jedoch auch die magische Kraft des Himmelsturms in jeder Faser seines Körpers, vor allem aber in seinem linken Unterarm, den er immer wieder vorstieß, um den Flammenstrahl gegen ein Ziel zu schicken. Das prasselnde Feuer stellte die Härchen an seinem Nacken auf, die Furcht war noch nicht gänzlich überwunden. Vielleicht würde sie das auch nie sein, aber der Magier empfand auch Faszination über die Macht, die es ihm verlieh. Ihm war die Möglichkeit gegeben, diesen Kreaturen der Niederhöllen etwas entgegenzusetzen. Er verdampfte ein kopfgroßes, glotzendes Auge und schmorte die Pranke von einem tentakelartigen Arm.

Der Mammutköpfige, den der Kampfzauber getroffen hatte, schien klüger zu sein als seine Kameraden. Als er sich erholte, starrte er Tylstyr an, zeigte mit dem Rüssel auf ihn und trompetete.

Der Magier wollte ihn mit einem Flammenstrahl zum Schweigen bringen, doch der Zauber misslang. Die Erschöpfung forderte ihren Preis.

Eine Chimäre versuchte, die Treppe heraufzukommen. Die morschen Stufen brachen unter dem Gewicht.

Dennoch waren Tylstyr und Abdul in Gefahr. Die Bretter, auf denen sie standen, erzitterten, als etwas Schweres gegen einen Stützpfeiler donnerte.

Tylstyr packte seinen Gefährten und zog ihn gerade rechtzeitig fort, um von der nachgebenden Empore zu entkommen. Als sie in die Tiefe krachte, kippten Regale nach. Hoffentlich stürzten sie auf einige Chimären! Das würde die riesenhaften Wesen zwar nicht umbringen, aber behindern und vielleicht sogar verletzen.

Die beiden Magier rannten zwischen den verwirrend angeordneten Regalen tiefer in die Bibliothek hinein. Unter den Brettern, über die sie liefen, mussten sich nicht nur die Gegner, sondern zudem ihre Gefährten befinden. Aber in welcher Richtung?

Auch hier war das Holz vereist. Abdul rutschte weg, und da Tylstyr ihn festhielt, schlug er ebenfalls auf den Boden. Hastig rappelte er sich wieder auf. Neben ihnen durchbohrten die Spitzen einer Krebsschere die Bretter.

Da die Leuchtkugeln nur durch die Löcher in der Zwischendecke über ihnen schienen, entzündete Tylstyr seinen Zauberstab. Auch dieses Feuer vereinte für ihn Faszination und Grauen. Er genoss die Macht, die er darüber ausübte, aber gerade inmitten der Folianten war er sich auch seiner zerstörerischen Kraft bewusst.

Wieder splitterten Bretter unter dem Ansturm der mächtigen Schere. Tylstyr starrte in zuckende Stielaugen über einem Gewimmel von Tentakeln. Schreiend stieß er die Finger vor und bohrte eine sengende Lanze in den Kopf des Feindes.

Mit einem Kreischen brach die Chimäre in die Knie, aber nicht nur sie wurde ein Opfer des magischen Feuers. Altes Pergament, seit Jahrtausenden ausgetrocknet, ging in Flammen auf.

Abdul gluckste. Tylstyr zog ihn weiter, obwohl sein Schädel inzwischen so schmerzte, als wollte er zerspringen.

Ihm ging auf, dass ihre Gegner die Fackel durch die löchrigen Planken sehen mussten. Er ließ das Licht des Zauberstabes verlöschen. Hinter ihnen prasselte das Feuer. Tylstyr fand keine Möglichkeit, ihm Einhalt zu gebieten. Falls es um sich griff, mochte der Rauch die Luft in der Bibliothek vergiften. Das Wissen, das die brennenden Bücher über Jahrtausende bewahrt hatten, ging nun unwiederbringlich verloren. Tylstyrs Herz verkrampfte sich.

Erst als es nachgab, bemerkte er, dass das Brett unter ihm morsch war. Abduls Mantel entglitt ihm. Er stürzte drei Schritt tief auf den Felsboden, auf den auch sein Zauberstab klapperte. Schmerz stach durch seine linke Ferse bis ins Schienbein.

»O Rastullah Allgütiger!«, rief Abdul erschrocken.

Die Flammen warfen tanzende rote Zungen auf den Boden zwischen den Regalen, aber wo Tylstyr lag, war es stockdunkel. Er tastete nach seinem Zauberstab. »Such die anderen!«, rief er zu Abdul hinauf.

Der Novadi schien ihn zu verstehen, hastige Schritte entfernten sich.

Tylstyr wollte aufstehen, doch selbst mithilfe des Stabes misslang es ihm. Das linke Fußgelenk fühlte sich an, als habe Ohm Follker sein gesamtes Arsenal an Dolchen hineingerammt. Sobald er es belastete, schienen sich die Klingen im Fleisch zu drehen.

Aber er musste hier weg. Hinter dem nächsten Regal hörte er Schritte, so schwer, dass sie nicht von einem Menschen stammen konnten. Für einen chimärischen Wächter wäre eine Konstruktion aus ein paar Brettern, auf denen Bücher standen, kein Hindernis. Wenn er Tylstyr bemerkte, würde er ihn sich holen.

Er unterdrückte jeden Schmerzenslaut und gestattete sich lediglich ein leises Zischen durch die zusammengepressten Zähne.

Auch wenn der Gegner nicht genau wusste, wo er sich befand, würde er auf ihn stoßen, sobald er das Regal umrundete. Der Feuerschein zuckte etwa zehn Schritt entfernt über den Boden, dort lag der nächste Durchlass. Könnte er das massige Wesen mit einem einzigen Flammenstrahl außer Gefecht setzen?

Tylstyr dachte an die Chimäre, die sich mit einem Arm über den Boden gezogen hatte, um ihrem Gegner die Fänge in den Leib zu schlagen. Nur der Tod vermochte diese Kreaturen in ihrem Kampfrausch zu stoppen.

Er konnte sich dieser Gefahr unmöglich allein stellen! Verzweifelt sah sich Tylstyr um.

In einer Richtung öffneten sich die Regale, zwischen denen er lag, zum Feuerschein hin. In der anderen stießen sie an die steinerne Wand. Aber dort schimmerte auch ein kaltes Licht.

Verdichtete sich an dieser Stelle einer der Geister des Himmelsturms?

Tylstyr wischte sich über die Augen. Der Schimmer hatte eine rechteckige Form. Er mochte aus einer Türöffnung dringen. Tylstyr bildete sich ein, Meeresrauschen zu hören, kurz übertönt vom Stöhnen einer Frau.

Solange der linke Fuß den Boden nicht berührte, konnte er sich auf Händen und Knien bewegen. Er schleifte den Zauberstab mit, während er sich dem schemenhaften Licht näherte. Dabei wechselte es die Farbe, spielte mal mehr ins Blau, dann wieder ins Grünliche, blieb jedoch stets kalt wie ein wolkenverhangener Morgen.

Der Wächter grollte, aber als sich Tylstyr umwandte, konnte er ihn nicht sehen. Er befand sich wohl noch auf der anderen Seite des Regals. Tylstyr zog sich weiter vorwärts. Er brauchte die Chimäre nicht zu besiegen. Es reichte aus, ihr so lange auszuweichen, bis die Gefährten ihn fanden.

Aber was geschah, wenn das Feuer ihn vorher erreichte?

Er versuchte sich damit zu beruhigen, dass der Rauch zur Decke aufstieg. Oben würde die Luft zuerst knapp werden, nahe am Boden könnte er noch lange atmen. Dennoch brach ihm der Schweiß aus.

Er musste auf Phileasson und die Ottajasko vertrauen! Sie würden ihn nicht zurücklassen!

Mit grimmiger Entschlossenheit kroch er in den Nebenraum, der die Ausmaße eines großzügigen Schlafzimmers aufwies. Das grünblaue Licht sickerte aus leuchtenden Steinen, wie im Swafnirtempel von Olport, wo offenes Feuer verpönt war. Ein halbes Dutzend davon war in die Wände eingelassen, die kantige Oberfläche des größten wölbte sich aus der Decke. Bei allen schwoll die Helligkeit an und ab, aber während sich manche verdunkelten, leuchteten andere schon wieder stärker. Das von oben scheinende Licht war kräftiger als das der Steine in den Wänden. Es schuf einen blauweißen Kreis, in dessen Zentrum sich ein elfenbeinernes Schreibpult befand. Ohne Gestell schwebte es in der Luft.

Hätte jemand dort gestanden und von seiner Arbeit aufgesehen, wäre sein Blick auf ein bewegtes Gemälde in einem verschnörkelten Goldrahmen gefallen. Dort rollten die Wellen eines Meeres auf den Betrachter zu, als sei es ein Fenster. Aber das konnte unmöglich sein, denn das Wasser lag eisfrei unter einem violetten Himmel, an dem eine rote Sonne stand. Dennoch war die Illusion meisterhaft, und sie umfasste auch die Geräusche einer Brandung, die gedämpft durch den Raum klangen. Unwillkürlich dachte Tylstyr an die wenigen windstillen Tage, die er an Thorwals Küsten verbracht hatte.

Bis auf das Pult und das Bild befanden sich keine Einrichtungsgegenstände im Raum. An der Wand unter dem bewegten Gemälde kauerte jemand.

Vorsichtig kroch Tylstyr näher. Die schlanke Gestalt konnte unmöglich zu einem Wächter gehören. Vielleicht handelte es sich um einen Nachtalben, und der mochte auch in geschwächtem Zustand gefährlich sein.

Tylstyr sah eine übergroße Armbrust, gespannt und geladen, in einer schimmernden dunklen Lache liegen. Als er die Verletzte erkannte, stieß er einen erstaunten Ruf aus. »Zidaine!«

Die Augenlider der jungen Frau flatterten, als er ihre Schulter berührte. Sie beugte sich weit nach vorne und presste eine Hand auf ihren Bauch. Dunkles Blut sickerte zwischen ihren Fingern hindurch. Überall um sie herum war Blut. Bei den Göttern! Sie konnte dem Tod nicht mehr fern sein.

Vorsichtig griff Tylstyr nach ihrer Hand, hielt aber inne, als Zidaine ächzte und zittrig mit der Linken eine abwehrende Geste machte. Er brachte ein Ohr vor ihre bebenden Lippen.

»Nicht … bewegen.« Die Worte verlangten ihr große Anstrengung ab. »Wenn vorgebeugt kauere … drückt mein Körper … Wunde zusammen … Wenn aufrichte … schnell ausbluten.«

Tylstyrs Herz raste. Verzweifelt betrachtete er die Lache, in die er hineingekrochen war. Seine Finger klebten von der dunklen Flüssigkeit. »Du verblutest schon jetzt!«

Ihr leises Lachen endete in einem schwachen Husten. »… langsamer …«

»Du darfst nicht sterben! Du hast dich entschlossen, zu leben und zu kämpfen, niemals aufzugeben! Die Freiheit erwartet dich. Jenseits der Höhle erstreckt sich der Horizont endlos.«

Ihr Kopf verharrte vorgebeugt, aber sie drehte die Augen, bis ihre Pupillen auf ihn gerichtet waren.

Sie mochte recht haben, was das aufrechte Sitzen oder das Aufstehen anging. Er hatte nichts bei sich, um die Wunde zu verschließen und die Blutung zu stoppen. Konnte er seinen Umhang oder sein Gewand zerschneiden, um ihr einen strammen Druckverband anzulegen? Oder ihres? Er hatte nur ein kleines Messer, dem der winterfeste Stoff Einiges entgegensetzen würde. An ihrem Waffengurt hingen ein Rapier, viel zu sperrig für diese Aufgabe, und der Dolch, bei dem sich Bronzeschlangen zu einem Korb wanden. Aber auch ein Verband würde das Unausweichliche nur unwesentlich verzögern.

Mit dem verletzten Fußgelenk konnte er keine Hilfe holen, also musste die Hilfe zu ihnen kommen. »Salarin! Galandel!«

Erst als er schon gerufen hatte, fiel ihm ein, dass die Falschen ihn hören könnten. Trotz der Kopfschmerzen bereitete er sich vor, seinen Kampfzauber zu sprechen. Zugleich gelang es ihm kaum, den Blick von Zidaine zu wenden.

»Deine ... Augen«, keuchte sie.

Er stützte ihren Rücken. Die Muskeln fühlten sich an, als wären sie versteinert.

»Du ...« Sie schluckte. »Tylstyr ... der Junge, der mich retten wollte ...« Schwach zeigte sie auf die Kette aus Möwenknöchelchen.

Mit einem Schlag wurde seine Kehle so rau, dass er befürchtete, zu krächzen, wenn er spräche. Also nickte er stumm.

Ein Lächeln zitterte auf ihren Lippen. »Danke ... dass du nicht ...«

Als er Schritte hörte, wandte sich Tylstyr widerstrebend zum Eingang. Der Schreck fuhr ihm derart in die Glieder, dass Zidaine stöhnte, weil die Hände an ihrem Rücken ruckten.

Im kalten Licht der Leuchtsteine stand ein Nachtalb in schwarz schimmernder Rüstung. Die ellipsenförmigen Kristallaugen in seinem Helm waren das Hellste an ihm, sie glänzten wie bei einem Insekt. Lässig hielt er einen Säbel in der rechten Hand.

Er näherte sich ohne Hast. Dabei sagte er etwas, das Tylstyr nicht verstand. Seine zwei einander umspielenden Stimmen hatten Ähnlichkeit mit denen Salarins und Galandels, wenn sie sich unterhielten, aber Zischlaute brachen die Harmonie.

Tylstyr löste sich vorsichtig von Zidaine, erhob sich auf die Knie und nahm den Zauberstab in beide Hände. Er erkannte, dass die schwarze Rüstung Schrammen aufwies. Unter dem Kinn war sogar ein Stück herausgebrochen, sodass er die bleiche Haut schimmern sah.

Noch einmal sagte der Nachtalb etwas, wobei die freie Hand eine abgehackte Geste vollführte.

Tylstyr ignorierte den Schmerz in seinem Fußgelenk und rutschte auf den Knien in eine Position, die ihn zwischen Zidaine und den Feind brachte. Er räusperte sich, um das Kratzen aus dem Hals zu bekommen. Die Magie des Himmelsturms schmerzte in seinen Nerven, als zöge jemand eine winzige, aber rostige Harke daran entlang. Die Kraft des vorbereiteten Flammenstrahls kribbelte in seinem linken Unterarm, aber wenn er Zidaine retten wollte, durfte er den Zauber nicht verschwenden. Die Nachtalben hatten sich als Magier erwiesen, die mit finsteren Mächten paktierten. Dieser hier hatte sich auf den Kampf vorbereitet.

Die Ruhe, mit der der Nachtalb den Säbel hob, sprach dafür, dass er von seinen eigenen Fähigkeiten mindestens ebenso sehr überzeugt war wie Tylstyr. Diese Arroganz war seine einzige Schwachstelle.

Tylstyrs Atem stockte, als er einen verwegenen Entschluss fasste. Er setzte den rechten Fuß auf, sodass er jetzt mehr hockte als kniete. Hinter ihm stöhnte Zidaine.

Als der Schlag kam, riss Tylstyr den beidhändig gefassten Zauberstab hoch.

Einen gewöhnlichen Stock, auch wenn er aus dem Holz einer Steineiche geschnitten war, hätte der schwarze Säbel sicher durchschlagen. Die Klinge wäre durch Tylstyrs Schulter und tief in seine Brust gedrungen.

Ein Zauberstab jedoch war unzerstörbar. Tylstyrs Arme zitterten unter der Wucht des Angriffes, aber so viel Widerstand überraschte seinen Gegner. Tylstyr drückte das rechte Bein durch und kippte den Stab ab, sodass ein Ende gegen den Helm schlug und gleichzeitig der Säbel zur Seite geschoben wurde.

Der Nachtalb taumelte.

Schmerz, Wut und Entschlossenheit mischten sich in Tylstyrs Schrei, als er sich auch mit dem linken Fuß abstieß, um nah genug an seinen Gegner zu kommen. Er ließ den Stab fallen. Wenn er bei diesem Angriff scheiterte, würde er ihn nicht mehr brauchen.

Wie ein Ertrinkender zog er sich an seinem Feind hoch. Er rammte Zeige- und Mittelfinger in den Riss der Rüstung unter dem Kinn. Als er die kalte Haut fühlte, brüllte er seinen Zauber hinaus. Gleichzeitig krallte er sich mit der Rechten an der Schulter des Gegners fest und riss sich noch näher heran.

Das Feuer materialisierte in der greifbaren Wirklichkeit, konnte sich jedoch nicht zu einem Flammenstrahl formen. Der Großteil der zerstörerischen Kraft wütete im Innern des Helms, doch die Flammen waberten auch heraus und um Tylstyrs Hand herum.

Er schrie, ließ aber nicht los. Nur wenn er den Nachtalben ganz sicher tötete, wäre Zidaine gerettet. Er spürte, wie sein Gewand Feuer fing und sein Haar versengt wurde, wie seine Hand verbrannte. Er presste die Lider zusammen und wagte nicht, sie wieder zu öffnen. Noch konnte er das Grauen hinauszögern, das der Anblick seiner verkohlten, nutzlosen Hand ihm bereiten würde. Sie wäre verloren, man müsste sie abnehmen, ihm bliebe nur ein Stumpf. Es hätte keinen Sinn gehabt, gegen die Angst anzukämpfen. Tylstyr ließ sich ganz in sie fallen, bis das Gefühl wie eine Lohe über ihm zusammenschlug, seine Seele verbrannte und das Tor zum Wahnsinn weit aufstieß.

Mit dem letzten Rest seines Verstandes bemerkte er, dass er auf den Boden schlug. Ohne sein Zutun wälzte sich sein Körper auf dem Fels. Er rollte hin und her, lachte abwechselnd irre, heulte oder schrie unartikuliert Schmerz und Hoffnung hinaus. Er wollte nachsehen, ob es Zidaine gut ging, wagte jedoch nicht, die Augen zu öffnen und kicherte wegen dieser Idiotie.

Irgendwann war Asleif Phileasson bei ihm, drückte seine Schultern auf den Boden und rief seinen Namen. Tylstyr starrte in die grauen Augen des Drachenführers. »Lebe ich noch?«, fragte er.

»Du schon. Dieser Nachtalb hier wird ohne Kopf vor seine dunkle Göttin treten. Aber wir müssen uns um dich kümmern. Salarin!«

»Wir müssen weiter!«, hörte Tylstyr den Elfen rufen. »Eichward ist tot! Wir können ihm nicht mehr helfen.«

Phileassons Gesicht wurde hart wie ein Runenstein. »Komm her, Salarin.«

»Ich habe ihn sterben sehen ...«

»Komm her, sage ich! Hier liegt ein weiterer Recke, der uns braucht.«

»Aber jeder Moment, den wir warten, bringt dich in Gefahr!«

Phileasson sprang auf. »Bei Swafnirs Fluke, ich bin dein Drachenführer! Du wirst jetzt Tylstyr helfen, oder ich prügele dich dermaßen durch, dass du selbst einen Heiler brauchst!«

»Nein ...«, stöhnte Tylstyr. »Zidaine ...!«

Die Melodie von Salarins Heilgesang dämpfte den Schmerz.

Aber darum ging es Tylstyr nicht. Gern wollte er die Pein ertragen, wenn er wusste, dass der Frau, zu der das Mädchen von damals herangewachsen war, geholfen wurde. Warum hörte man nicht auf ihn? War Zidaine für die anderen unsichtbar?

Er drehte den Kopf. Nein, dort kauerte sie, noch immer unverändert mit weit vorgebeugtem Oberkörper, darauf bedacht, sich nicht zu bewegen.

Tylstyrs Brandwunden schlossen sich, neue Kraft belebte seine Glieder. Er sah Salarin an. »Du musst Zidaine retten!«

Der Elf ignorierte seine Worte. Er war ganz auf die Heilung des Magiers konzentriert.

Tylstyr schlug ihm mit der flachen Hand ins Gesicht.

Der Gesang verstummte.

»Du musst dich um sie kümmern! Sie stirbt!«

Während die Miene des Elfen undeutbar blieb, war Phileassons Überraschung klar zu erkennen.

Dennoch nickte er. »Tu es, Salarin.«

Tylstyr griff seinen Zauberstab. Die Haut der Linken spannte schmerzhaft, als sich die Finger um das Holz schlossen. Die Hand war noch nicht vollständig wiederhergestellt. Tylstyr runzelte die Stirn. Eigentlich hätte sie nicht mehr zu retten sein sollen. Oder hatte die Panik ihn so benebelt, dass er die Verletzung überschätzt hatte? Er zog sich am Stab hoch, soweit das möglich war, ohne den verletzten Fuß zu belasten.

Salarin sah Zidaine an und betastete die Stelle, auf die sie ihre Rechte presste. Entschlossen zog er die Hand der Verwundeten zur Seite und brachte sie in eine aufrecht sitzende Position. Wie bei einem Weinfass, in das man eine Axt schlug, quoll ein Schwall dunklen Bluts über Zidaines Bauch. Sie schrie.

Salarin drückte die gespreizte Hand auf die Wunde und sang.

Tylstyr wagte kaum, zu atmen. Nur am Rande bemerkte er, dass weitere Gefährten eintrafen und mit Phileasson sprachen.

Zidaine wurde ruhiger. Sie lächelte sogar. Dann schloss sie die Augen, ihr Kopf kippte zur Seite.

Salarins Gesang endete mit einer Harmonie, in der seine beiden Stimmen zu einer einzigen verschmolzen.

Tylstyr sah kein Blut mehr nachkommen, aber auf dem Boden und in Zidaines Kleidung befand sich bereits so viel, dass er um ihr Leben bangte. »Wie geht es ihr?«, fragte er mit bebender Stimme.

»Ich habe sie von der Schwelle des Todes geholt. Sie schläft jetzt.«

Während der Elf Tylstyrs Fußgelenk heilte, ließ Phileasson Zidaine in eine Trage aus Segeltuch legen. »Wir nehmen sie mit. Sie ist eine Thorwalerin.«

Tylstyr wusste, dass das nicht zutraf. Zidaine stammte aus Havena, ein Sturm hatte sie an die Küste von Stainakr geworfen, und damit hatte ein grauenvoller Winter für sie begonnen. Sie war zu einer Rächerin geworden, auf deren Todesliste sein Freund Tjorne und vielleicht sogar er selbst stand. Tylstyr betrachtete ihr wunderschönes, friedlich schlafendes Gesicht, und die Gefahr war ihm gleichgültig.

Phileasson führte die Gruppe durch die Bibliothek, vorbei an mehreren erschlagenen Wächtern. Rauch lag in der Luft, aber Feuerschein sah Tylstyr nicht. Er suchte nach den bekannten Gestalten seiner Gefährten. Abdul hatte es geschafft, sich zu den anderen durchzuschlagen. Der Zauberer nickte ihm zu, lächelte dabei aber so irre, dass Tylstyr sich fragte, ob der Novadi ihn erkannt hatte oder eine der Wahngestalten seines zerrütteten Verstandes grüßte. Einige befreite Sklaven waren nicht durchgekommen, und Eichward fehlte. Tjorne war verletzt, aber am Leben, Galandel sah elend aus, in allen Mienen standen Schrecken und Besorgnis. Nur Irullas Züge waren unter der weißen Spinne gleichgültig wie immer.

Im frostüberhauchten Garten lagen ebenfalls Leichen, die meisten von ihren Gegnern, aber auch eine von einem Recken aus Beorns Gefolge, dem etwas Großes die Brust aufgerissen hatte. Kampfgeräusche drangen aus anderen Räumen herüber.

»Lassen wir die Frau hier für den Blender zurück?«, fragte Ohm Follker.

»Nein!«, protestierte Tylstyr.

Die anderen sahen ihn überrascht an. Er hatte wohl sehr bestimmt gesprochen.

»Wir nehmen sie mit«, bestätigte Phileasson. Er ging Richtung Wendeltreppe voraus.

15 DIE FLUCHT

*Vierzehnte Ebene,
achtzehnter Tag im Goimond*

»Ich mag dich, Shaya.« Das Knurren in Asleif Phileassons Stimme verriet, warum man ihn den Foggwulf nannte. »Aber wenn du mir noch einmal vorschreiben willst, was ich zu tun oder zu lassen habe, wirst du es bereuen, das wohl!«

Unter seinen strengen Augen wich die Spannung aus dem Körper der Geweihten. Sie schluckte und ging zwei Stufen weiter nach oben, blieb aber in Sichtweite des Geschehens.

Phileasson blickte abwärts, auch wenn die Fackel an Tylstyr Hagridsons Zauberstab noch nicht einmal die Windung der Wendeltreppe vollständig ausleuchtete.

»Ich kann sie hören«, sagte Ohm Follker. »Sie kommen.«

»Vielleicht ist es Beorn«, flüsterte Shaya Lifgundsdottir.

»Man kann Beorn viel vorwerfen«, meinte Phileasson ruhig. »Aber er kreischt nicht wie die Dämonen der Niederhöllen. Doch leider sind die dort unten nicht Dämon genug, als dass die Schwelle, die Praioslob auf die Stufe gezogen hat, sie dauerhaft aufgehalten hätte. Wir müssen uns auf andere Weise den Vorsprung sichern, den wir brauchen.«

Er sah in Tylstyrs Augen. Die Erschöpfung stand überdeutlich im Gesicht des Magiers. Salarin Trauerweide hatte seine Verletzungen nur unvollständig geheilt, der Elf durfte seine magische Kraft nicht verausgaben. Man sah an Galandel, wohin das führte. Außerdem gab es andere, denen es noch schlechter ging. Auf gebrochene Arme nahmen die Recken ebenso wenig Rücksicht wie auf die Verwundung in Crottets Seite, die zwar nicht mehr blutete, aber noch immer bei jedem Schritt schmerzte, wie er sagte.

»Tu es«, forderte Phileasson den Magier auf.

»Beorn hat gemeinsam mit uns gekämpft!«, protestierte Shaya. »Wenn du das befiehlst, verurteilst du ihn zum Tode!«

»Er ist ein Drachenführer, der so manchen Sturm durchfahren hat. Er wird einen Weg finden.«

»Wie könnte er das, wenn du die Treppe blockierst?«

»So sind die Regeln des Wettkampfs«, versetzte Phileasson. »Ich darf ihn nicht selbst töten, aber ich darf ihn behindern. Er hat das Gleiche versucht, als er in der Nacht auf dem Eis unsere Segler zerstören wollte.«

Shaya kniff die Lippen zusammen und schwieg.

»Bring die Leute nach oben«, forderte Phileasson sie auf.

Sie wandte sich ab und ging. Ohm folgte ihr. Nur Tylstyr, Salarin und Phileasson blieben im Schein der Fackel, dem einzigen Licht in diesem ansonsten vollkommen dunklen Abschnitt der Wendeltreppe. Noch immer konnte Phileasson das Symbol über dem Durchgang nicht deuten, aber er wusste, dass das Spiegelbild, das er dahinter sah, auf dem Glas entstand, das Unmengen von Wasser zurückhielt.

Tylstyr schloss die Augen. Brandblasen entstellten die gerötete Haut an der linken Hand, mit der er jetzt einen Bogen beschrieb. Das schien ihn nicht zu behindern. Als er »Ignifaxius!« rief und sie vorstieß, schoss ein sengend heißer Feuerstrahl aus den Fingern.

Unvermittelt rammte Salarin seine Faust in die Richtung, die

Tylstyrs Lohe vorgab. Die Silben, mit denen er diese Geste begleitete, schmerzten in Phileassons Eingeweiden.

Glas splitterte und krachte. Das Rauschen war zu hören, bevor das Wasser durch den Durchgang und die Treppenstufen hinab quoll. Lautes Knacken zeugte davon, dass die Glaswand weiter aufbrach. Bald würde das kleine Meer mit der Wucht eines Wasserfalls die Treppe hinabdonnern, bis es gefror und das Eis ihren Verfolgern den Weg erschwerte.

»Es wird Zeit, mein König«, sagte Salarin.

Wenn sie in Sicherheit wären, würde Phileasson dem Elfen die Marotte austreiben, ihn mit diesem Titel anzureden. Jetzt liefen sie gemeinsam mit Tylstyr die Stufen hinauf. Im Thronsaal trafen sie auf die Ottajasko.

»Nicht trödeln!«, rief Phileasson. Die toten Hochelfen lagen noch immer gefroren auf den Rängen. Phileasson war unwohl bei dem Gedanken daran, wie Beorns Leute sie ausgeplündert hatten. Den Anhängern der geflügelten Sonne war vielleicht zu gönnen, dass man ihnen die Finger gebrochen hatte, um die Ringe abzuziehen, aber gegenüber ihren Opfern kam Phileasson diese Demütigung falsch vor. Daran änderte auch nichts, dass ihr Tod Jahrtausende zurücklag.

Gemeinsam traten die Gefährten auf die Terrasse, neunzehn Männer und Frauen, wenn man die kleine Leomara mitzählte. Die bewusstlose Zidaine hatten sie in ihrer Hängematte aus Segeltuch den ganzen Weg die Treppe hinaufgeschleppt. Sieben der befreiten Sklaven hatten sie gegen die Wächter verloren, sie waren unerfahren im Kampf gewesen. Auch Eichward vom Stein war in der Bibliothek zurückgeblieben, und das schmerzte Phileasson noch mehr. Der Ritter gehörte zu den Wenigen, die nicht zu ihm gekommen waren, um die Aufnahme in die Ottajasko zu erbitten. Phileasson hatte ihn südlich der Bodirmündung getroffen und überredet, sich ihm anzuschließen, um seine nostrischen Verfolger abzuhängen. Er hatte nicht geahnt, dass er den Hünen in den Tod führen würde.

Die Eiswüste erstreckte sich als endlose, weiße Fläche im hellen Tageslicht. Ohm Follker war anzusehen, wie sehr er den Blick in den offenen Himmel genoss, und Praioslob stimmte auf Knien ein Dankgebet an den Herrn der Sonne an. Der goldene Strahl, der sie vom Heiligtum der alten Elfengötter hierher geführt hatte, traf über ihnen den Turm.

Die Eissegler, mit denen die beiden Ottajaskos gekommen waren, lagen unverändert an der Terrasse. Phileassons Aufmerksamkeit richtete sich jedoch auf das große, prachtvolle Schiff mit der geflügelten Sonne am Heckkastell. Ohm und er hatten es bereits bei ihrer Ankunft gründlich untersucht, abgesehen von Leinen und Segeln war es in tadellosem Zustand.

Phileasson musterte, was sie an Material aus der Werft am Boden des Himmelsturms mitgenommen hatten. »Holt von den kleineren Eisseglern, was sich gebrauchen lässt«, befahl er. »Beeilt euch. Wir machen den großen flott und fahren alle gemeinsam auf ihm.«

Das prachtvolle Gefährt war vierzig Schritt lang und hatte ein durchgezogenes Deck, sodass sich ein abgeschlossener Laderaum ergab. Zwar hatten sie auf ihrer Flucht keine Zeit gefunden, Reichtümer aus den Palästen des Himmelsturms mitzunehmen, mit denen sie ihn hätten füllen können, aber er würde vor der eisigen Witterung schützen. Zudem machte der schwarze Rumpf den Eindruck, auch für eine Fahrt im Wasser geeignet zu sein. Wenn sie es auf dem Eissegler bis nach Riva schaffen könnten, fänden sie dort bestimmt einen Käufer, der ihnen ein Vermögen dafür geben würde!

Keinem war wohl dabei, über dem Abgrund zu arbeiten. Die Höhe des Himmelsturms war im Tageslicht viel besser abzuschätzen als bei ihrer Ankunft. Wenn die Luft plötzlich nicht mehr trüge, weil vielleicht ein Nachtalb diesen Effekt aufhob, würden sie mehr als dreihundert Schritt in die Tiefe stürzen.

In einem von Beorns Seglern fanden sie einen Toten mit Wunden wie von einem Tier. Ein Fuß war unterhalb des Knöchels abgerissen. Ohm erinnerte sich an seinen Namen: Hallar. Er hatte im Tal der Donnerwanderer mit ihm ein Horn geleert. Shaya bestand darauf, den Totensegen für ihn zu sprechen. Lenya hatte wohl damit gerechnet, ihn bald zu bestatten, aber da nun ungewiss war, dass sie den Rückweg hierher fände, war das nicht mehr sicher. Phileasson ließ die Geweihte gewähren. Nun, da die Gefahr vorüber schien, rührte ihr vorwurfsvoller Blick etwas in ihm an.

Ein Drachenführer muss entscheiden, dachte er. Ob richtig oder falsch, das Schiff muss Fahrt machen. Wer nicht mit Fehlern und Schuld leben kann, der darf nicht führen.

Bitter dachte er daran, dass niemand Eichward den Dienst erweisen würde, den Shaya an Hallar vollzog. Auch der versklavte Thorwaler, dessen Namen er noch nicht einmal kannte, würde diese Vorbereitung auf die Küste hinter dem Nirgendmeer nicht erhalten.

»Das reicht!«, entschied Phileasson, als das Segel an einem der beiden Masten einsatzbereit war. »Den Rest erledigen wir, wenn wir lagern. Zerschlagt den anderen Eisseglern die Kufen, und dann nichts wie weg von hier!«

Eiswüste,
neunzehnter Tag im Goimond

»Komm zu deinem Drachenführer, Vascal della Rescati!«

Asleif Phileassons Hände ruhten auf dem elfenbeinernen Griff seines Breitschwertes, dessen Spitze auf dem Eis stand. Blutrot spiegelte die blanke Klinge das Lagerfeuer. Hinter dem Drachenführer ragte die dunkle Masse des Eisseglers auf.

Salarin Trauerweide lauschte auf die Stille. In allen Richtungen des weiten Himmels erstreckte sich das Eis bis zum Horizont. Das aufwühlende Lied des Himmelsturms klang nur noch in seinem Innern.

Während die befreiten Gefangenen mit Shaya Lifgundsdottir am Feuer saßen, bildeten die Mitglieder der Ottajasko eine Doppelreihe zwischen ihrem Anführer und Vascal della Rescati, der soeben vor allen seine Schuld eingestanden hatte. In der tiefsten Höhle, die sie im Himmelsturm erkundet hatten, war er seiner Neugier erlegen. Er hatte sie alle in Gefahr gebracht, indem er versucht hatte, durch das von den Dämonenstatuen bewachte Tor noch tiefer vorzudringen, dorthin, wo die Nachtalben lebten. Die steinernen Augen hatten sich geöffnet und ihn rot glühend angestarrt. Kurz darauf war der Alarmschrei erklungen, der ihre überstürzte Flucht erzwungen hatte.

Vascal beugte sich der thorwalschen Sitte, indem er durch das Spalier ging. Crottet, der beinahe am Säbelhieb eines Nachtalben gestorben wäre, schlug hart zu. Seine Fäuste trafen Vascal in Bauch und Gesicht. Als der Liebfelder in die Knie brach, trat Crottet ihn noch dreimal in die Seite. Erst dann ließ er zu, dass sich der Gefährte erhob und weiterging.

Auch Leomara stand in der Reihe. Phileasson hatte entschieden, dass ihr Platz hier war, denn sie gehörte zur Ottajasko. Sie schlug jedoch nicht zu.

Salarin beschränkte sich darauf, Vascal weiterzustoßen. Das konnte man eher als Hilfe denn als Bestrafung deuten, aber der Grund für Salarins Zurückhaltung war ein anderer.

Ihn verwirrten die Melodien, die in seinem Innern erklangen. Er hatte die Götter gesucht und seine Ahnen gefunden. Oder?

Hatten seine Vorfahren nicht vielmehr ihn gefunden? Hatten sie ihn vielleicht sogar gerufen, ohne dass es ihm bewusst gewesen wäre? Nachdem er eine Nacht traumlos geschlafen hatte, war ihm fremd, was er im Himmelsturm getan hatte. Er erinnerte sich an die Kampfzauber, die er gesungen hatte, aber nicht an ihre Melodie. Alte Gesänge über Aldarin der-in-den-Wipfeln-wacht und Lemiran der-Riesen-tötet säuselten am Rande seiner Wahrnehmung, wo er sie nur beinahe verstehen konnte. Vor seinem geistigen Auge sah er die Bilder, wie er mit Degen, Säbel und einigen anderen Waffen gegen Chimären und Nachtalben gekämpft hatte, als sei er der legendäre Zahir Xetarro, von dem er in Taladur gehört hatte. Es erschien ihm unwirklich. Hatte in den Bleikammern ein Geist von ihm Besitz ergriffen?

Dann musste diese Wesenheit auch seinen Verstand benutzt haben. Er hatte Phileasson als seinen König angesehen, und das war noch nicht das Erschreckendste. Er hatte unbegreifliche Dinge gedacht und getan. Sie folgten einer klaren Logik, nämlich Phileasson, *den König*, zu schützen. Aber sie machten Salarin sich selbst gegenüber fremd. Er wusste nicht mehr, wer er war.

War er noch derselbe, der den Eid der Schiffsgemeinschaft gesprochen hatte? War er noch ein Teil von ihr, oder betrog er seine Gefährten?

Als Vascal vor dem Drachenführer in die Knie brach und Phileasson ihm wieder aufhalf, wollten die Recken zum Lagerfeuer zurückkehren.

»Wartet!«, bat Salarin mit fester Stimme. Er stellte sich dorthin, wo Vascal seinen Weg begonnen hatte.

Phileasson sah ihn mit gerunzelter Stirn an. »Was hast du uns zu sagen, Salarin Trauerweide?«, fragte er in der rauen Sprache der Thorwaler.

Salarin löste den Umhang und ließ ihn in den Schnee fallen.

Sofort drang der Frost der Nacht durch seine Kleidung, aber er zitterte nicht nur deswegen.

»Ich habe vor der Ottajasko Schuld auf mich geladen. Ich muss dafür büßen.«

Schweigend wartete Phileasson ab. Die anderen sahen ihn fragend an.

Salarin lauschte auf die Melodien in seinem Innern. Die Lieder, die sein Leben ausmachten und die neuen Klänge, die sich hineinmischten.

Die Kampfzauber, die er gesprochen hatte, waren auf schwer bestimmbare Art falsch gewesen. Sie hatten die Harmonie der Welt gestört, aber das konnte er den Menschen unmöglich erklären. Vielleicht würde er ein andermal mit Galandel Mutter-der-Schrate darüber reden. Sie kannte den Unterschied zwischen der Magie, die mit den Tönen der Dinge floss, und jener, die diese Melodien zerriss. Für die Recken hatte er an ihrer Seite gekämpft und damit vielen von ihnen das Leben gerettet.

Aber nicht allen.

»Ich habe dir gesagt, dass ich Eichward sterben sah.«

»Das wohl.«

Salarin schloss die Augen, um zu erforschen, was ihn dazu gebracht hatte. »Im Himmelsturm«, sagte er langsam, »warst du mein König, Foggwulf. Nicht irgendein König, kein einfacher Herrscher, wie es viele gibt, sondern ein König, an dem das Heil meines gesamten Volkes hängt, der wichtiger ist als alle anderen. Ich war besessen vom Wunsch, dich in Sicherheit zu bringen. Ich hätte mein Leben dafür gegeben.«

»Das habe ich gemerkt.«

»Ich hätte auch jedes andere Leben dafür geopfert.« Salarin öffnete die Lider. »Eichward war nicht tot. Als ich ihn zuletzt gesehen habe, hat er einem Wächter den Kopf gespalten. Einer dieser Kreaturen mit den riesigen Krebsscheren. Aber diese Chimäre hatte ihm vorher das rechte Bein am Knie abgetrennt.«

Phileassons Gesicht wurde so dunkel, dass es Salarin an die Statue der Todesgöttin Zerzal erinnerte. »Du hättest ihn heilen können.«

»Ja«, gestand Salarin. »Aber ich wollte meine magische Kraft bewahren, um dich damit zu schützen.«

»Du hast auch mich geheilt!«, rief Tylstyr. »Und Zidaine!«

»Beides auf direkten Befehl meines Königs.«

»Auch bei Eichward wäre das mein Wunsch gewesen«, sagte Phileasson.

Salarin nickte. »Das wusste ich. Aber du hast ihn nie ausgesprochen, weil ich sagte, er sei tot. Ich dachte, ich bräuchte meine magische Kraft, um dein Leben zu bewahren, und wir konnten einen so schweren Mann unmöglich mit uns tragen. Das hätte uns zu langsam gemacht und wäre deswegen eine Gefahr für dich gewesen.«

Lange schwieg Phileasson, bevor er sich an die Gefährten wandte. »Salarin bringt eine schwere Beschuldigung gegen sich selbst vor. Nichts ist verwerflicher, als die eigene Ottajasko zu verraten.«

Sogar Shaya schien diese Ansicht zu teilen. Mit versteinerter Miene beanspruchte die Geweihte einen Platz in der Doppelreihe.

»Dafür wurden schon Recken von ihrer Ottajasko zu Tode geprügelt wie räudige Hunde«, sagte Phileasson. »Aber bedenkt, dass Salarin nicht gänzlich er selbst war und sein Verhalten bereut.« Er straffte die Schultern. »Komm zu deinem Drachenführer, Salarin Trauerweide!«

*Eiswüste,
einundzwanzigster Tag im Goimond*

Tylstyr war zur Wache eingeteilt, aber auch Galandel schlief nicht. Die auffällig kleine Elfe stand am Bug und sah über das endlose Eis, auf dem das Licht des Halbmondes schimmerte. Etwas von ihr war im Himmelsturm geblieben, sagte sie.

Die Insel der Schneeschrate lag noch hinter dem Horizont, obwohl sie mit dem Eissegler viel schneller vorwärtskamen als bei der Hinfahrt – vor allem, seit sie auch am zweiten Mast ein intaktes Segel hatten. Da die Risse im Eis bei Dunkelheit schlecht zu erkennen waren, rammten sie für die Nacht zwei schwere Anker ins Eis und holten die Segel ein. Die Unterkunft im Bauch des Schiffes ersparte den Schläfern den beständigen Wind, und auch wenn sie nur mit Holz von den zerstörten kleineren Eisseglern heizen konnten, leisteten die Kohlepfannen einen wertvollen Dienst.

Ob Galandel die Hrm Hrm und die Heimat vermisste, die der Stamm ihr so lange geboten hatte? Während er beobachtete, wie der Wind mit einer Strähne des weißen Haars spielte, die sich unter ihrer Kapuze hervorgestohlen hatte, überlegte er, welche Bedeutung Jahrhunderte für die Elfen hatten. Manche Angehörige dieses Volkes waren offenbar unsterblich, wenngleich andere nur unwesentlich älter wurden als Menschen. Aber sie zählten die Jahre nicht. Salarin hätte wohl gesagt, für ihn sei die Melodie der Zeit entscheidend, nicht der Taktschlag.

Salarin war von der Ottajasko weitaus übler zugerichtet worden als Vascal. Galandel hatte ihre gesamten magischen Fähigkeiten aufgeboten, um ihm wieder auf die Beine zu helfen. Phileasson hatte das jedoch erst nach einem Tag erlaubt. Der Gefährte hatte spüren sollen, was es bedeutete, einen Recken der Ottajasko dem Feind zu überlassen.

Gern hätte sich Tylstyr mit Galandel ausgetauscht, aber er musste seine Runde entlang der Reling fortsetzen. Außerdem wollte sie vermutlich ungestört bleiben. Sie hatte sich entschlossen, weiter mit Phileasson zu ziehen, möglicherweise, um zur Goldregenglanzsippe zurückzukehren. Jetzt nahm sie Abschied vom ewigen Eis.

Auf dem Weg zum Achterkastell betrachtete Tylstyr die geflügelte Sonne, deren Gold im Mondlicht schimmerte. Sie war das Wappen Ometheons, des Mannes wie der Turmstadt, und das Symbol der Magierphilosophie. Die Abhandlung darüber befand sich unter den wenigen Schriften, die er mit Tjornes und Vascals Hilfe gerettet hatte. Tylstyrs Xenographus hatte ihm schlaglichtartige Einblicke gegeben, aber sicher ließen sich aus einer kompletten Lektüre viel tiefere Erkenntnisse gewinnen. Möglicherweise welche, die die Grundfesten dieser Denkschule erschüttern konnten. Schon allein die Existenz dieses jahrtausendealten Werkes würde den Ruf mancher Gelehrter zunichtemachen. Viele brächten es gern an sich. Einige, um die enthaltenen Gedanken zu verbreiten, andere, um sie zu unterdrücken.

Dabei war dieses Buch harmlos im Vergleich zu den Abhandlungen zur Chimärologie und zur Dämonenbeschwörung, die praktische Anwendungen boten, um die Schrecken der Niederhöllen in die Welt des Greifbaren zu rufen. Vascal wusste bestimmt um ihren immensen Wert, aber die Erfahrungen, die Leomara mit der Wissbegierde von Magiern gemacht hatte, würden ihn mit äußerster Vorsicht agieren lassen. Ansonsten hatte Tylstyr nur Phileasson eingeweiht. Sie waren übereingekommen, die Schriften nicht an den Meistbietenden zu verkaufen, sondern in einer harmlos erscheinenden Kiste an die Akademie von Thorwal zu schicken. Diese war zwar nicht die reichste, aber dort wäre ein Missbrauch schwer vorstellbar, und ihr Wohlwollen wäre Phileasson auch in Zukunft nützlich.

Tylstyr stieg die Treppe zum Achterdeck hinauf. Er wusste, dass Zidaine im Achterkastell schlief. Er lächelte, als er an ihre dunklen

Augen dachte, die so voller Schalk sein konnten. Bevor sie im Himmelsturm das Bewusstsein verloren hatte, war ihr klar geworden, dass er der Junge war, der sie als Kind hatte befreien wollen. Oder hatte sie es vorher schon gewusst? Jedenfalls hatten sie seitdem nicht mehr darüber gesprochen, aber je weiter sie zu Kräften gekommen war, desto mehr hatte sie über die Reise mit Beorn geredet. Daran hatte sich auch Phileasson sehr interessiert gezeigt, vor allem, als es um das Grab im Eis und den dort bestatteten Elfenherrscher gegangen war.

Auch bei der Rückfahrt orientierten sie sich am goldenen Strahl, den Nurtis Träne vom alten Heiligtum aus zum Himmelsturm schickte. Da sie bereits eine weite Strecke zurückgelegt hatten, mussten sie sich nun in der Nähe dieses Grabmals befinden. Phileasson war jedoch so begierig darauf, Riva zu erreichen und dort seine nächste Aufgabe zu erfahren, dass er keinen Zwischenhalt einlegen würde.

Tylstyr wollte gerade wieder auf das Hauptdeck hinuntersteigen, als ihm auffiel, dass zwei Sterne flimmerten. Verwundert hielt er inne. Sie waren nicht besonders hell, eher grau als weiß, dafür aber größer als die anderen. Und sie wuchsen an.

Sollte er Alarm schlagen? Segel konnten es nicht sein, sie standen zu hoch am Himmel.

Nein, sie standen nicht. Sie bewegten sich.

»Wacht auf!« Die Treppe knarrte protestierend, als er die Stufen hinuntersprang. »Aufwachen! Alarm!«

Phileasson war als Erster mit Schild und Schwert an Deck.

»Etwas nähert sich von Norden«, meldete Tylstyr.

Inzwischen war nicht mehr zu übersehen, dass sich die beiden Objekte fliegend bewegten. Hatten die Nachtalben einen Weg gefunden, den Effekt der Schwerelosigkeit auch jenseits der unmittelbaren Umgebung des Himmelsturms zu erzeugen?

»Flügelschläge«, murmelte Galandel. »Weiße Schwingen und große Leiber. Das sind Drachen! Gletscherwürmer!«

Praioslob fiel auf die Knie, reckte die Arme zum Himmel und betete.

»Shaya!«, rief Phileasson. »Bring diejenigen, die nicht kämpfen können, hinter eine Schneewehe! Nehmt ein Segeltuch mit und verbergt euch darunter. Wenn die Drachen dieses Schiff abbrennen, ist es hier nicht mehr sicher.«

»Gletscherwürmer spucken kein Feuer«, sagte Crottet tonlos. »Sie atmen Kälte.«

»Dann werden wir also im Eis sterben«, meinte Irulla trocken. Trotz des Fatalismus' machte sie einen kampfbereiten Eindruck. Die Spitze ihres Speeres glänzte im Mondlicht.

Tylstyr konzentrierte sich auf seinen Kampfzauber. Er hatte keine Furcht mehr vor dem Feuer. Durch diese Angst war er hindurchgegangen, jetzt lag sie hinter ihm.

Obwohl er sich der Gefahr bewusst war, bewunderte er die Schönheit der beiden Gletscherwürmer. Die schneeweißen Schwingen hatten eine Spannweite von etwa zehn Schritt, und ihr Schuppenkleid glänzte wie Diamanten auf dunklem Pergament.

Salarin war noch angeschlagen, stellte sich aber trotzdem mit seinem Bogen neben Tylstyr an die Reling. Ruhig legte er einen Pfeil auf die Sehne.

»Kein Kampfzauber?«, fragte Tylstyr.

Der Elf schüttelte stumm den Kopf.

Die Gletscherwürmer behielten ihre Höhe, bis sie beinahe über dem Eissegler angelangt waren. Dann stießen sie wie Raubvögel herab, das vordere Klauenpaar vorgereckt.

Tylstyr rammte dem linken einen Flammenstrahl in die Brust. Er brüllte auf.

Der andere spie eisige Kälte über das Deck. Sein Strahl wogte über Ohm Follker hinweg wie der Atem Firuns, des grimmigen Wintergottes. Augenblicklich war er von Reif überzogen. Die kurze Axt entglitt seinen steifen Fingern.

Salarin schoss einen Pfeil auf den Drachen, dessen Flügel aber dennoch auf Ohm einpeitschten. Der Skalde hockte sich auf das Deck und hielt den Schild mit beiden Händen schützend über den Kopf.

Der Gletscherwurm stand beinahe still in der Luft, seine Klauen griffen nach Ohm.

Die Gefährten drangen von allen Seiten auf das Monstrum ein. Deswegen wandten einige dem zweiten Drachen den Rücken zu, was dieser für eine Attacke nutzte. Mit Schrecken erkannte Tylstyr, dass Zidaine eines der Opfer war. Sie wehrte sich mit einem Wirbel schneller Hiebe, aber was vermochte ihr schmales Schwert gegen die wuchtigen Klauen auszurichten?

Praioslobs Gebet wurde lauter. Er flehte jetzt mit volltönender Stimme zu seinem Gott.

Tylstyr schleuderte einen weiteren Flammenstrahl. Er traf den Gletscherwurm, der auf Zidaine eindrang, am Kopf. Gerade noch rechtzeitig. Die Kämpferin warf sich zur Seite, während der Drache das mächtige Haupt schüttelte. Erst dann spie er seine Kälte über einige Recken, kreischte und zog sich mit seinem Gefährten in ein Dutzend Schritt Höhe zurück, um über dem Schiff zu kreisen.

»Das sind Jungtiere«, meinte Crottet. »Wir haben Glück.«

»Aber nicht genug«, zweifelte Tylstyr. Ohm bewegte sich zwar, war aber außer Gefecht, und auch Firutin, der noch immer mit dem großen Hammer kämpfte, mit dem er in der Sklaverei gearbeitet hatte, konnte nicht mehr aus eigener Kraft stehen. Und der Angriff hatte kaum begonnen.

Tylstyr schleuderte noch eine Flammenlanze, aber sein Ziel stieg so plötzlich mit einem wuchtigen Flügelschlag auf, dass er es verfehlte. Er musste bedachter mit der magischen Macht umgehen, außerhalb des Himmelsturms erschöpfte sie schneller. Schon begann sich stechender Schmerz hinter seiner Stirn einzunisten.

»Herr Praios, ewige Sonne, Trenner von Recht und Unrecht!«, rief Praioslob. »Sieh auf das Vertrauen deiner Diener, und wiege ihre Fehler nicht zu schwer! Nie habe ich an dir gezweifelt, auch nicht in den Jahren der Gefangenschaft bei der Paktiererin und ihrer verderbten Brut. Doch wer soll deinen Namen und deine Gnade preisen, wenn die Kreaturen des Bösen uns überwinden? Richte deinen strafenden Blick auf die Feinde, die uns bedrohen! Mach den Plan jener zunichte, die deiner spotten!«

Aus dem leeren Nachthimmel fuhr ein sonnenheller Strahl hernieder. Er brannte sich durch die übereinander fliegenden Gletscherwürmer. Kreischend fielen sie vom Himmel und schlugen neben dem Schiff aufs Eis, wo der Strahl es verdampfte.

Noch zwei Herzschläge lang stand das goldene Licht wie eine Säule, dann erlosch es so plötzlich wie ein Blitz. Dampfschwaden trieben über das Deck, wurden zu feinem Eis und schlugen sich auf Planken, Masten und Recken nieder.

Praioslob sackte weinend zusammen. »Welche unverdiente Gnade erweist du mir Unwürdigem, o himmlischer Richter? Wie kann ich jemals meine Schuld an dir abtragen?«

Zidaine sah aus wie überzuckert, als sie auf Tylstyr zukam.

»Bist du verletzt?«, fragte er.

Lächelnd schüttelte sie den Kopf. »Es sieht so aus, als machtest du es dir zur Gewohnheit, mich zu retten.«

Tylstyrs Hals wurde eng.

Aber die wichtigste Lektion, die der Himmelsturm ihn gelehrt hatte, war, dass es sich lohnte, seine Ängste zu überwinden. Er lehnte den Zauberstab gegen seine Schulter und legte die Arme um Zidaine. Er wollte sie an sich ziehen und sie küssen.

Sie wurde steif wie ein Eisblock und drehte ihr Gesicht weg.

Heißer als das Feuer, das ihn verbrannt hatte, jagte die Scham durch Tylstyrs Körper. »Verzeih.« Er gab sie frei. »Ich wollte nicht ...«

»Doch«, sagte sie schnell. »Du wolltest.« Sie schürzte die Lippen. »Und vielleicht will ich es auch. Aber ich bin noch nicht frei. Ich ...«

»Was für eine Beute!«, rief Phileasson begeistert.

Die Schwaden lichteten sich, das Mondlicht schien jetzt auf die toten Gletscherwürmer. Shaya führte diejenigen, die nicht mitgekämpft hatten, an ihnen vorbei zurück zum Schiff.

»Wartet«, bat Phileasson. »Packt alle mit an! Wir müssen die Drachen an Bord holen. Ich weiß noch nicht, ob wir sie komplett oder in Stücken verkaufen, aber von dem Gold werden wir in Riva eine Woche lang feiern können, das wohl! Wenn wir uns beeilen, kommen wir noch rechtzeitig zur Warenschau.«

Tylstyr erinnerte sich an die Worte Garhelts, der Obersten Hetfrau, als hätte sie sie gerade eben erst gesprochen. In Riva würde die dritte der zwölf Aufgaben warten, die sie lösen mussten, um Asleif Phileasson zum König der Meere zu machen. Nach all den Gefahren und dem Grauen im Himmelsturm war es wohl ein wenig verrückt, aber er freute sich darauf.

EPILOG
DIE GÖTTIN

Dritte unterirdische Ebene,
fünfundzwanzigster Tag im Goimond

Eichward vom Stein erwachte. Er lag auf etwas Hartem, aber nicht auf Fels. Auch nicht auf Eis, und doch fühlte es sich unangenehm kalt an. Er trug seinen Harnisch nicht mehr. Offensichtlich befand er sich nicht mehr in der vereisten Bibliothek. Er hörte auch keine Kampfgeräusche, oder sie waren sehr weit entfernt. Nur ein leises, metallisches Klicken drang an sein Ohr.

Allmählich klärte sich seine Sicht. Über ihm hing ein helles Licht. Er wollte sich ins Gesicht greifen, konnte aber seine Arme nicht bewegen. Unter den Fingerkuppen spürte er grobfaseriges Holz.

Er spannte seine kräftigen Muskeln an, konnte die Arme aber dennoch nicht bewegen. Ein unwilliges Röcheln entrang sich seiner Kehle. Er hob den Kopf an und sah an sich hinab. Er war mit breiten Lederbändern auf die Holzplatte gebunden.

Neben dem Tisch, auf dem er lag, stand das schönste Wesen, das er jemals gesehen hatte. Er hielt den Atem an, um diese Vision nicht zu verscheuchen.

Die Elfe hantierte mit kleinen Gegenständen am Fußende des Tisches. Die meisten waren filigrane Messer, aber auch eine unpassend grobe Säge befand sich darunter.

Eichward folgte ihren eleganten Bewegungen, als sie eine Klinge ablegte. Er wunderte sich, dass er sie nicht an seinem Unterschenkel spürte. Eichward hob den Kopf ein Stück höher.

Er sah nur einen Fuß. Seinen linken.

Mit grausamer Plötzlichkeit kehrte die Erinnerung an die Chimäre zurück. Er hatte dem niedergestreckten Ungeheuer den Gnadenstoß gewähren wollen, aber die Bosheit hatte seinem Gegner ungeahnte Kraft verliehen. Die gewaltige Schere hatte sich um sein rechtes Knie geschlossen. Er erinnerte sich noch daran, der Bestie dennoch den Schädel gespalten zu haben, und an Salarins gehetzten Blick … dann war da nur noch Schmerz.

»Ich fürchte, Ihr werdet keine Tjoste mehr reiten«, sagte die Frau mit melodiöser Freundlichkeit.

»Ich danke Euch für meine Rettung«, brachte er hervor. »Ihr habt ein wahres Wunder gewirkt. Ich spüre keine Pein.«

»Ich habe viel Erfahrung in diesen Dingen.« Sie schenkte ihm einen warmen Blick aus ihren goldenen Augen. Er wusste, jeder Ritter würde die Farben dieser Dame im Turnier tragen, wenn sie nur ein einziges Wort mit ihm sprach. Ihr silberweißes Haar strich über seine Brust, als sie sich zu ihm herabbeugte. Was für ein vollkommenes Geschöpf!

»Ihr seid die Dame meines Herzens«, stammelte er und fühlte, wie das Glück seine Brust wärmte. In diesem Moment war nichts mehr wichtig, was jenseits dieser Kammer lag.

»Ich weiß, mein tapferer Ritter.« Sie lächelte, und er schämte sich, weil sich etwas zwischen seinen Beinen regte. Er trug keine Hose!

Die Dame richtete sich wieder auf. Sie trug ein schlichtes, ärmelloses Kleid in der Farbe unberührten Schnees. »Es wird Euch sicher freuen, dass sich Euer Herr der Freiheit erfreut.«

»Mein … Herr?« Eichward suchte in seinen Erinnerungen, aber eigentlich wollte er an nichts anderes denken als an diese Frau.

»Phileasson. Der Foggwulf«, sagte sie. »Er hat meine Gastfreundschaft ausgeschlagen. Anders als Beorn und seine Rüpel. Und Ihr natürlich. Ihr seid auch geblieben, um uns einen Gefallen zu tun. Mir und meiner kleinen Schülerin.« Sie sah über die Schulter.

Eichward folgte dem Blick. Dort stand noch ein Tisch. Darauf lag eine nackte junge Frau, ebenfalls gefesselt. Ihr schwarzes Haar war zu einem Knoten gebunden, die Haut dunkel wie bei Abdul. Sie zitterte, als wäre ihr kalt. Eine Verwundung erkannte Eichward jedoch nicht.

»Damit wird es gehen.« Die Elfe hielt ein Messerchen ins Licht.

»Müsst Ihr an meinem Bein noch etwas wegschneiden?« Innerlich wappnete sich Eichward für den Schmerz.

»Nein, Euer Bein ist gut verheilt«, sagte die Elfe. Sie hatte helle Haut, vor allem im Vergleich zu der jungen Frau, war aber bei Weitem nicht so bleich wie die Nachtalben.

»Wo ...« Er räusperte sich. »Wo sind wir eigentlich? Haben wir den Himmelsturm verlassen?«

»Wir sind im Raum der Offenlegung.« Sie tastete seine kurzen Rippen ab. »Hier wird Euer Innerstes offenbar.«

Raum der Offenlegung ...

Das hatte Eichward schon einmal gehört. Sie waren in diesem verderbten Tempel gewesen, er hatte mit dem Geist aus Luft gekämpft und dann waren sie eine Treppe hinuntergestiegen, um Abdul zu befreien ...

Und dort, über einem Türsturz, hatte Tylstyr mit seinem Zauber einige verschlungene Symbole entziffert.

»Raum der Offenlegung«, wiederholte Eichward flüsternd.

Die Tische. Die scharfen Instrumente. Das schlagende Herz in einem Glas.

Sein Kopf ruckte herum. Dort, an der Wand, das Bild von diesem

Magier, der in einem Sessel saß und eine Art Wolf zwischen den gedrehten Hörnern kraulte!

»Wird es wehtun?«, hörte er die Stimme der jungen Frau auf dem anderen Tisch.

»Nein, Selime, das hier tut noch nicht weh«, sagte die Elfe.

Im gleichen Augenblick spürte er ein Ziehen unter seinem Rippenbogen. Die Elfe stand über ihn gebeugt, ihr Körper verdeckte das Licht.

Eichward biss die Zähne zusammen. Er fühlte, wie kalte Luft in die Wunde strömte.

»Und bei mir?«, fragte die junge Frau. »Wird es bei mir wehtun?«

»Nicht so sehr wie bei ihm.« Die Elfe lächelte Eichward an und schob die Hand in sein Fleisch.

Hart schlug er den Hinterkopf gegen das Holz.

Er fühlte, wie ihre Finger sanft sein Herz umschlossen.

Es schlug wild, als wolle es sich ihr entwinden.

Ich werde nicht schreien, dachte er. Auf keinen Fall werde ich ihr die Genugtuung gönnen, dass ich schreie.

Aber seine Tränen konnte er nicht zurückhalten.

»Er ist genau richtig«, sagte die Elfe zärtlich. »Siehst du, wie tapfer er ist?«

Eichward spürte, wie sie sein Herz verdrehte.

»Jetzt bekommst du das Letzte, was dir zur Vollkommenheit fehlt, meine Schöne. Ein Heldenherz.«

METRIKEN

Zeitrechnung:

In der gebräuchlichsten Zeitrechnung Aventuriens werden die Jahre nach dem Fall der Stadt Bosparan gezählt (BF).

Das Jahr beginnt und endet im Hochsommer. Es ist in zwölf Monde zu jeweils dreißig Tagen mit vierundzwanzig Stunden eingeteilt. Am weitesten verbreitet ist die Benennung der Monde nach den Göttern des zwölfgöttlichen Pantheons, während die eigensinnigen Thorwaler ihre eigenen Bezeichnungen verwenden.

Zwischen dem letzten Mond des alten und dem ersten Mond des neuen Jahres liegen fünf »Namenlose Tage«, die keinem Mond zugeordnet sind und in denen der unheilvolle Dreizehnte, der Gott ohne Namen, wirkt. Die Thorwaler schreiben diese Tage Hranngar zu.

Thorwal	**Zwölfgötter**	*irdische Entsprechung*
Midsonnmond	Praios	Juli
Kornmond	Rondra	August
Heimamond	Efferd	September
Schlachtmond	Travia	Oktober
Sturmmond	Boron	November
Frostmond	Hesinde	Dezember
Grimfrostmond	Firun	Januar
Goimond	Tsa	Februar
Friskenmond	Phex	März
Eimond	Peraine	April
Faramond	Ingerimm	Mai
Vinmond	Rahja	Juni

Wochentage:

Swafnirsdag
Traviasdag
Jurgasdag
Hjaldisdag
Orozarsdag
Ifirnsdag
Firunsdag

Längenmaße:

Finger – 2 Zentimeter
Spann – 20 Zentimeter
Schritt – 1 Meter
Meile – 1 Kilometer

Ränge der Traviakirche:

Gänslein – Novize
Travienlieb – Akoluth
Bruder/Schwester – Priester/Priesterin
Hoher Bruder/Hohe Schwester – Erzpriester
Mutter/Vater – Tempelvorsteher
Hohe Mutter/Hoher Vater – Als Hohes Paar Oberhäupter der Traviakirche

Ränge der Praioskirche:

Quaestor Lumini – Novize
Venerator Lumini – Akoluth
Donator Lumini – Priester/Priesterin
Luminifer – Erzpriester
Custos Lumini – Prätor
Heliodan – Patriarch

GLOSSAR

Al'Anfa: Reiche Stadt im Süden Aventuriens, beherrscht einige umliegende Stadtstaaten.

Andergast: Königreich im Nordwesten Aventuriens, geprägt von urtümlichen Wäldern, dem endlosen Konflikt mit dem Nachbarn Nostria und der Nachbarschaft zu den Orks.

Asdharia: Die alte Sprache der Elfen, beinahe in Vergessenheit geraten.

Aventurien: Kontinent auf der Welt Dere.

Bidenhänder: Großes Schwert, zweihändig geführt.

Backbord: In Fahrtrichtung links.

Boron: Gott von Schlaf, Tod, Schweigen und Vergessen.

Cthllanogog: Ein Dämon, der Körperteile bietet.

Drache: In Thorwal häufig für die Langschiffe verwendet, die ein Drachenhaupt auf dem Vordersteven tragen.

Drachenführer: Kapitän eines Drachenschiffs.

Dublone: Al'anfanische Goldmünze.

Efferd: Gott von Wind und Meer.

Elfen: Kulturschaffende, von Natur aus magiebegabte Spezies. Nach ihrem Lebensraum haben sich verschiedene Völker wie Firn-, Au- und Waldelfen herausgebildet. Alle weisen einen ähnlichen Körperbau mit spitzen Ohren, großen Augen und einem symmetrischen Gesicht auf.

Feyra: »Nicht-Elf«, »Gegen-Elf«, »Gegenteil-von-Elf«.

Firun: Gott des Winters und der Jagd.
Garethi: Verkehrssprache des Mittelreichs und am weitesten verbreitete Sprache Aventuriens.
Geweihter: Jemand, der die Weihe eines Götterkults empfangen hat.
Güldenland: Sagenumwobener Kontinent westlich von Aventurien, jenseits des Meers der Sieben Winde, auch: Myranor.
Hesinde: Göttin des Wissens und der Magie.
Hesindedispute: Jährlich in Thorwal abgehaltene Treffen von Gelehrten und Philosophen zur Erörterung von Themen intellektuellen Interesses.
Hetleute, Hetfrau, Hetmann: Anführer der thorwalschen Sippenverbände.
Hjalding: Zusammenkunft mehrerer Hetleute, bei dem in der Regel sippenübergreifende Beschlüsse gefasst werden.
Hjaldinger: Aus dem Güldenland stammende Vorfahren der Thorwaler.
Holmgang: Traditionelles Duell unter Thorwalern. Die Rivalen steuern eine kleine Insel (einen Holm) an, auf der sie ihren Zweikampf austragen.
Hranngar: Die verderbte Seeschlange, Todfeindin des Gottwals Swafnir.
Hrm Hrm: Ein Stamm von Schneeschraten.
Ignifaxius: Kampfzauber, bei dem ein Feuerstrahl aus den Fingern des Magiers schießt.
Ingerimm: Gott der Schmiede und des Handwerks.
Isdira: Die Sprache der heutigen Elfen.
Isenborn: Reichsjunkergut, berühmt für seinen hervorragenden Stahl.
Knorr: Dickbauchiges Transportschiff der Thorwaler.
Krötenhaut: In Thorwal beliebte Lederrüstung, mit Eisennieten verstärkt.

Kusliker Zeichen: Gebräuchlichstes Alphabet Aventuriens, in dem unter anderem das Garethi notiert wird.

Liebliches Feld: Reich im Westen Aventuriens, bekannt für seine feine Lebensart.

Magier: Zauberkundiger, der die Magie wissenschaftlich betreibt und in der Regel einer Gilde angehört.

Magierphilosophie: Denkschule, die die Macht einer Gottheit auf das Maß der Verehrung zurückführt, die ihr entgegengebracht wird. In der extremen Form vertritt sie die Annahme, große Verehrung könne Sterbliche vergöttlichen.

Nachtalben: Ein elfenähnliches Volk mit einfarbigen, pupillenlosen Augen und bleicher Haut.

Namenlose, der: Dreizehnter, verdammter Gott.

Nandus: Sohn der Hesinde, Halbgott, Rätseln und der Forschung zugeneigt.

Nivesen: Menschliches Volk, das im hohen Norden lebt und zum Großteil in Stammesverbänden den Karenherden folgt.

Novadis: Menschliches Volk, das vor allem in Wüstenregionen und angrenzenden Gebieten lebt.

Nurti: Elfische Göttin des Lebens.

Oberste Hetfrau: Anführerin der Thorwaler.

Ometheon (Ort): Lyrische Bezeichnung für den Himmelsturm.

Oreal: Al'anfanische Münze in verschiedenen Wertigkeiten, je nach Metall. Gebräuchlich sind Oreal aus Silber oder aus einer Kupfer-Gold-Legierung.

Orima: Elfische Göttin des Schicksals.

Otta: Langschiff.

Ottajasko: Eigentlich eine Schiffsgemeinschaft, wird aber auch auf einen Sippenverbund angewendet.

Praios: Gott von Gerechtigkeit, Gesetz, Herrschaft und Sonne.

Premer Feuer: Hochprozentiges Getränk.

Pyr'Dakon: Elfischer Gott der Elemente.
Rastullah: Ein Gott, der alleinige Verehrung einfordert.
Recke: Thorwalscher Krieger und Seefahrer. Allgemeiner für einen Angehörigen einer Schiffsgemeinschaft verwendet.
Riemen: Mit einem Ruderblatt versehene Stange, die dem Vortrieb eines Seefahrzeugs dient.
Robbentöter: Einseitig angeschliffenes Schwert mit gerader Klinge.
Runajasko: Akademie in der thorwalschen Stadt Olport, an der Magie, Schiffbau und Skaldenkunst gelehrt werden.
Runen: Schriftzeichen der Thorwaler und Hjaldinger.
Salasandra: Magische Vereinigung von Gedanken und Gefühlen einer Elfensippe im gemeinsamen Gesang.
Schneeschrate: Spezies von drei Schritt großen, mit weißem Pelz bedeckten Kreaturen des hohen Nordens.
Schwester: Anrede für weibliche Geweihte; zugleich Bezeichnung für eine Priesterin der Traviakirche.
Shakagra'e: Siehe Nachtalben.
Sikaryan: Die Essenz eines Lebewesens.
Simia: Elfischer Gott der Kreativität und Kunst.
Skalde: Thorwalscher Barde. Die Skalden sind Wahrer der Tradition und genießen als Kundige überlieferter Gesetze und der Runen höchstes Ansehen.
Steuerbord: In Fahrtrichtung rechts.
Swafnir: Der große Wal, Gott der Thorwaler.
Taladur: Die Stadt der Streittürme, alte Königsstadt Almadas.
Thorwal: Land im Nordwesten Aventuriens. Auch: Hauptstadt dieses Landes.
Travia: Göttin von Heim und Herd.
Tulamiden: Menschliches Volk, das im Osten Aventuriens siedelt.

Yaquir: Großer Strom in Mittelaventurien.

Xenographus: Ein Zauber, der den Sinn eines geschriebenen Texts offenbart.

Zerzal: Elfische Göttin des Todes.

DRAMATIS PERSONAE

Personenverzeichnis Prolog

Abdul el Mazar (62): Ein novadischer Magier mit besonderem Interesse an den untergegangenen Echsenvölkern.

Alondro (21): Ein Schläger in Faustos Diensten.

Arella Orinia (27): Eine Dame von Welt mit einer Vorliebe für fliegenden Schmuck an dunklen Orten.

Asef (60): Ein ehemaliger Kommilitone Abduls.

Cylina Amazetti (29): Eine weltoffene Kauffrau auf der Suche nach lohnenden Kontakten.

Esmeralda (19): Eine Botin, Handlangerin Faustos, kundig in Al'Anfas dunklen Gassen.

Fausto Bilar (47): Der Verwalter der Warenlisten im Sklavenmarkt von Al'Anfa.

Gordo (23): Ein Gehilfe in der Zollmeisterei von Al'Anfa.

Hammud ben Hassan (55): Ein Magier, Freund und Kollege Abduls.

Jamilah saba Anaram (15): Eine begabte Novadi aus gutem Elternhaus.

Kamillio (34): Ein Dienstleister im Prä-Bestattungsgewerbe.

Raya Bilar (43): Die Gemahlin Faustos, geschickt in schwieriger Lage.

Salix Kugres (55): Ein al'anfanischer Grande und Rektor der dortigen Universität.

Saranja (32): Eine diskrete Dame, für deren Namen so mancher gestorben ist.

Selime saba Anaram (15): Eine begabte Novadi aus gutem Elternhaus.

Personenverzeichnis Hauptteil

Abdul el Mazar (63): Ein novadischer Magier, im Himmelsturm gefangen und vielfach missbraucht.

Asleif Phileasson: Siehe Phileasson.

Beorn Asgrimmson, der Blender (32): Der berühmteste Plünderfahrer Thorwals.

Crottet (29): Ein nivesischer Händler, der sich Phileasson angeschlossen hat.

Eichward vom Stein (34): Ein hünenhafter Ritter aus Andergast, der sich Phileasson angeschlossen hat, um etwas zu finden, das es wert ist, dafür zu kämpfen.

Eimnir Hermson (27): Ein schweigsamer Ruderer in Beorns Mannschaft mit der Leidenschaft, Dinge niederzubrennen.

Fejris: Phileassons Schwert.

Firutin (27): Ein kräftiger Mann aus Isenborn, Sklave im Himmelsturm.

Foggwulf: Siehe Phileasson.

Galandel Mutter-der-Schrate (ca. 350): Eine Elfe, die ihre vor drei Jahrhunderten begonnene Reise zum Himmelsturm abschließt.

Galayne (sehr alt): Ein uralter Elf, der weiße Kleidung und schwarze Künste liebt.

Hallar Uravson (31): Ein Recke aus Beorns Ottajasko, der bevorzugt an der linken Seite seines Drachenführers kämpft.

Irulla (35): Eine Waldmenschenfrau und hervorragende Spurenleserin mit einer Vorliebe für den Tod.

Iskir Svenson (17): Der jüngste Recke in Beorns Ottajasko, sehr groß gewachsen.

Kayil'yanka (sehr alt): Einflussreiche Nachtalbe, die kürzlich in Ungnade fiel.

Lenya Yasmadottir (32): Schwester der Traviakirche, Bogenschützin, Schiedsrichterin der Wettfahrt, die Beorn begleitet.

Leomara della Rescati (9): Ein Mädchen, das für Visionen empfänglich ist.

Ohm Follker (51): Ein Skalde und alter Freund Phileassons.

Olav Stirson (49): Der Steuermann und nach Galayne ältestes Mitglied von Beorns Mannschaft.

Ometheon (Person): Der legendäre Begründer der Magierphilosophie.

Phileasson (36): Der berühmteste Entdecker Thorwals.

Praioslob (43): Ein Geweihter des Praios, der als Sklave im Himmelsturm schuftet.

Salarin Trauerweide (25): Ein Elf, der sich Phileasson angeschlossen hat.

Salda Olverjadottir (23): Eine Thorwalerin, die, anders als ihre Narben vermuten lassen, mehr austeilt als einsteckt.

Shaya Lifgundsdottir (33): Eine Traviageweihte und Schiedsrichterin der Wettfahrt, die mit Phileasson reist.

Shulinai (22): Eine Tänzerin aus Aranien, die als Sklavin im Himmelsturm lebt.

Teyul'kala (Alter unbekannt): Eine Nachtalbe, die ihrer Göttin treu ergeben ist.

Tjall Ketilson (24): Ein Recke aus Beorns Ottajasko, der lieber seine Axt sprechen lässt, als viele Worte zu machen.

Tjorne Warulfson (23): Ein tapferer Recke, jüngster Sohn eines Hetmanns und Mitglied in Phileassons Mannschaft.

Torkil Wulfgrimmson (25): Ein Recke aus Beorns Ottajasko, belächelt als schwacher Trinker, geachtet als Fährtensucher.

Tylstyr Hagridson (25): Ein Magier, der sich Phileasson angeschlossen hat, um der Vergangenheit zu entkommen.

Ursa Oddadottir (26): Eine exzellente Kämpferin und eigensinnige Kriegerin in Beorns Schiffsgemeinschaft.

Vascal della Rescati (53): Ein etwas eitler Nandusgeweihter aus dem Lieblichen Feld, der mit seiner Nichte die Welt bereist und sich Phileasson angeschlossen hat.

Zidaine Barazklah (24): Eine für ihre schlanke Gestalt ungewöhnlich kräftige Fechterin in Beorns Mannschaft.

Das große Abenteuer geht weiter in:

BERNHARD
HENNEN
ROBERT CORVUS

DIE WÖLFIN
DIE PHILEASSON-SAGA

Peter V. Brett

Manchmal gibt es gute Gründe, sich vor der Dunkelheit zu fürchten ...

... denn in der Dunkelheit lauert die Gefahr! Das muss der junge Arlen auf bittere Weise selbst erfahren: Als seine Mutter bei einem Angriff der Dämonen der Nacht ums Leben kommt, flieht er aus seinem Dorf und macht sich auf in die freien Städte. Er sucht nach Verbündeten, die den Mut nicht aufgeben und das Geheimnis um die alten Runen, die einzig vor den Dämonen zu schützen vermögen, noch nicht vergessen haben.

978-3-453-52476-7

Peter V. Bretts gewaltiges Epos vom Weltrang des »Herrn der Ringe«

Das Lied der Dunkelheit
978-3-453-52476-7

Das Flüstern der Nacht
978-3-453-52611-2

Die Flammen der Dämmerung
978-3-453-52474-3

Der Thron der Finsternis
978-3-453-31573-0

Erzählungen aus Arlens Welt

Der große Bazar
978-3-453-52708-9

Das Erbe des Kuriers
978-3-453-31682-9

www.heyne.de

BERNHARD HENNEN
DRACHENELFEN

In seinem Epos *Drachenelfen* entführt Bestsellerautor Bernhard Hennen die Leser in das atemberaubende Universum der Elfen und lüftet das lange gehütete Geheimnis der sagenumwobenen Drachenelfen.

Jeweils erhältlich auch als E-Book und Hörbuch
Lese- und Hörproben unter heyne.de

HEYNE ‹

Bernhard Hennens
große Fantasy-Saga

Die Elfen sind geheimnisvoll, mächtig und magisch.
Doch ihre Welt ist bedroht.

978-3-453-31566-2

978-3-453-31567-9

978-3-453-31568-6

978-3-453-31569-3

Leseproben unter **www.heyne.de**